第14辑

法律全球化与全球法律化

高鸿钧 主 编

聂 鑫 副主编

清华大学出版社

北京

内 容 简 介

本辑为"法律全球化与全球法律化"专号,收入了肯尼迪和特文宁以及何美欢等法学名家的重要文论,还刊登了年轻学者关于法律全球化的新近研究成果,内容涉及全球治理、全球化时代的法律传播、司法审查、行政法、商法、公司法以及知识产权法等。这些研究反映了国内外关于法律全球化研究的前沿,对于思考中国的法治和法学发展具有重要的借鉴价值。

本书适合法学、经济学以及政治学等领域的研究者及相关专业学生阅读,对政府官员和关心法律全球化问题的社会各界人士,亦有重要价值。

图书在版编目(CIP)数据

清华法治论衡.第14辑,法律全球化与全球法律化/高鸿钧主编.--北京:清华大学出版社,2011.8
ISBN 978-7-302-25899-5

Ⅰ.①清… Ⅱ.①高… Ⅲ.①法治—文集②环境—全球化—文集
Ⅳ.①D902-53

中国版本图书馆 CIP 数据核字(2011)第 116315 号

责任编辑:方 洁
责任校对:王荣静
责任印制:李红英
出版发行:清华大学出版社　　　　　　地　　　址:北京清华大学学研大厦 A 座
　　　　　　http://www.tup.com.cn　　邮　　编:100084
　　　　　　社 总 机:010-62770175　　邮　　购:010-62786544
　　　　　　投稿与读者服务:010-62776969,c-service@tup.tsinghua.edu.cn
　　　　　　质 量 反 馈:010-62772015,zhiliang@tup.tsinghua.edu.cn
印 刷 者:三河市君旺印装厂
装 订 者:三河市新茂装订有限公司
经　　销:全国新华书店
开　　本:155×230　**印　张:**32.5　**插　页:**1　**字　数:**431千字
版　　次:2011 年 8 月第 1 版　　**印　　次:**2011 年 8 月第 1 次印刷
印　　数:1～3000
定　　价:46.00 元

产品编号:037658-01

感谢台达环境与教育基金会
为本辑"论衡"提供部分资助

CONTENTS

Comments & Reviews

Focus on New Laws

卷首语

法律全球化的迷思

一

　　全球法律化与法律全球化的表述，并非文字游戏，而是意有所别：前者意指不同社会走向某种法律之治，后者则意指某种法律之治走向不同社会；前者暗示社会治理模式演化的时间之矢；后者暗含某种法律扩散的空间之力。它们是历史的宿命还是虚假的必然？是法治地球村的昭示还是神话乌托邦的幻觉？是众生平等的未来福音还是弱肉强食的现实梦魇？凡此种种，见仁见智，论说纷纭。

二

　　全球化时代既非"自然状态"或"丛林时代"，也非大同世界或永久盛世。置身其中,我们宁愿联想到春秋战国时代:联合国类似春秋的周都,G8 类似春秋的五霸、战国的七强,西方的计量单位成为"公制"标准,英语成为"世界语"、美元成为"世界货币",类似秦国的车同轨、书同文和统一度量衡,美国类似战国后期的秦国,而拉登炸美则类似荆轲刺秦。

当然,对于当代世界格局,任何类比都失之简单。但有一点难以否认,全球化颇有美国化之势。全球化似乎意味着世界跟着西方走,西方跟着美国走,美国跟着"华府"走,"华府"跟着"华街"走,"华街"跟着感觉走,感觉跟着贪欲走。在一些人眼中,全球的政治中心是华盛顿,控制方式是炸弹;经济中心是纽约,控制方式是金钱;文化中心是洛杉矶,控制方式是媒体。于是,"华盛顿共识"被等同"全球共识","滑饵街"法则被等同国际法则,"道穷厮"指数被等同全球标准指数,法律全球化被等于全球法律美国化。这种说法虽然未免夸张,却展示了令人警觉的图景。

霸权逻辑激起了反霸权的抵制,全球的法律被地方化,外来的法律被本土化,现代的法律被传统化。法律趋同的追求导致了趋异的对抗:法律民族主义对抗法律帝国主义,地方原旨主义对抗人类普世价值,狭隘的本土模式抵制世界发展潮流,朴素的民革诉求拒斥体改和宪政进程。

三

经济全球化并未增进全球平等,反而助长了贫富分化。富人无祖国,穷人守乡土,资源流动无国界,财富享受有禁区,其态势虽非东邪西毒,却成北帝南丐。南南合作不过世界"丐帮"的精神聚餐,《北京共识》也不过西医给东土开出的杂方。先发国家内强外强,借助法律输出获取经济利益,通过法律传教士传播文化价值。后发国家内弱外弱,民族国家尚未建成,即被卷入全球化的激流;国家法尚未稳固,就遭全球法的挑战;领土边界尚未划定,便面对去领土化的冲击。

强国以全球法打压国家法,弱国则以国家法抵抗全球法;强国以人权挤压主权,弱国则以主权抗拒人权;强国以去领土化延伸影响,弱国则以再领土化奋力阻击;强国发射全球主义的"飞毛腿"狂轰滥炸,弱国则以地方主义的"爱国者"挺力拦截。在现代世界体系中,强国成为中心,以金钱为筹码,称雄争霸,通过剥削实现压迫;某些弱国沦为边缘,以威权为筹码,求强求富,乃至在后发崛起的狂追猛赶中走火入魔,对内造成压迫,并通过压迫实现剥削,铸成国富民穷。于是,世界似乎只有这两种秩序:一种高喊时间就是金钱,效率就是生命;另一种高呼权力就是真理,服从就是力量。前者硬法软法齐用,软硬兼施;后者宽赦严打共存,宽严相济。

四

就不同法律体系的地位而言,尽管全球法奋力摇滚,跨国法密集踢踏,民间法不停 RAP,国家法仍然昂首挺胸,一路"恰恰恰",强撑体面。然而,国家法全控的时代毕竟一去不返,国际人权日益坚挺,对主权步步紧逼;新商人法如同候鸟,与富可敌国的跨国公司携手并肩,四处游走,国界形同虚设;世界社会尚未形成,社会世界却已穿越国家疆界,结成全球网络:绿党、赤潮、白领、黑帮各守其则,各行其道。

全球化与信息化并驾齐驱,相得益彰。信息没有国界,只有网络;没有中心,只有结点;没有等级,只拥有界面;没有历史,只有当下。在这个时代,缺席者即在场者,消费者即生产者,言说者即收听者,游戏者即被游戏者。在即时互动过程中,原因与结果、现象与本质、本地与他乡、虚拟与真实、演员与观众以及自我和他者相互交叠,彼此交融,难以辨识界域。我们似乎又回到了部落时代:到处是流动的景观,青年潜伏在丛林里,等待猎物,老人蜗居在洞穴中,给孩子们讲述神话。共时覆盖了历时,感官压倒了理性,虚拟掌控了实在,口语吞没了官话,戏说取代了说戏,性感代替了感性,恶搞解构了搞恶,这一切莫非是对神话世界的复归?神话的内容似乎不再是精卫填海和愚公移山,而是"神马浮云"和"凤凰石头"。如果这一切并非夸张,以理性和科学为基础的现代法国家法将会面临怎样的挑战?

五

全球化虽然没有使得人类共享收益,却同担风险。生存法则的吊诡在于,幸运千呼万唤不出来,而灾难千方百计难逃脱,防不胜防。人们在金融危机中惊魂未定,甲流、核漏接踵而至,北非战火突然又起。灾难源自地方,却殃及全球,于是人类进入了风险社会。走出一种灾难的捷径似乎在于制造更大灾难,消除恐惧的妙方仿佛在于使恐惧常态化,或者以多难兴邦的修辞聊以自慰。故而新闻善于耸人听闻,一如某些媒体勇于赤身裸体。如果说冷战对峙是一种恐怖平衡,那么今日世界则面临着失去平衡的恐怖。

人类制造灾难的风险远远大于防御灾难的能力,核武的杀伤力足以多次毁灭人类。然而,人类最大的风险也许不是核武器扩散,而是克隆人问世。如果说进化论以人畜同祖的逻辑,驱除了人的神性之光,那么克隆人则会以人畜同体的结局,打破人畜界限,彻底颠覆人性尊严。当美人鱼不再是童话,牛魔王不再是妖魔,狮身人面不再是怪物,我们人类的伦理道德意义何在?我们真的会以这样的方式自我解构人类中心主义,实现众生平等的理想?

所有这一切都表明,随着交往和交流范围的扩大,人类在变得强大的同时也变得更加脆弱。在风险全球化时代,国家日益成为"事故共和国",而全球则日益成为"风险共同体"。当此之时,国家法、国际法、跨国法以及全球法如何控制风险和应对灾难,也许是全球治理中最迫切的问题之一。

六

自古至今,世界主义和大同理想,一直弦歌不辍。然而,永久和平只是良好的愿望,而持续战争则是严酷的现实。乌托邦一旦付诸实践就坍塌成青红帮,在野党一旦手握大权就形同黑手党,改革派一旦掌权就变成保守派,民主潮一旦得势就蜕变为专政朝。

面对种种困局,有识之士探索世界宪政和全球法治的路径,全球非政府组织和公民社会开始构建全球民主网络,国际组织强化人权保护机制,边缘群体和弱势人群吁求道义声援,一些重要后发国家"师夷长技以制夷",继"四龙"、"四虎"之后,而成为世界舞台耀眼的"金砖",而某些先发国家则遭到"多行不义必自毙"的报应,相继陷入了玩火自焚的困境。

与此同时,昔日独孤求败的全球霸主摇摇欲坠,改变世界经济体系的诉求不断强化,重构政治秩序格局的呼声日益高涨,诉诸图腾与血缘的部族统治纷纷瓦解,父位子承或兄终弟及的家国政治难以为继,自由、民主与公平、正义的价值得到广泛认同。由此可见,在全球化的过程中,压迫激起了反抗的灵光,规制暗藏着解放的动因,失望透露出希望的信息。

地球村是人人怡然自乐的桃花源还是血肉横飞的角斗场;是花果飘香的伊甸园还是白骨粼粼的万人坑?无论是全球法律化还是法律全球化,都难以提供满意的答案。因而,我们不仅需要追问:"全球化的法律是何种法律,法律化的全球是谁的全球?"而且需要自问:"为了人类命运和全球福祉,我们应当有何作为,必须有何作为?"

高鸿钧

2011 年 4 月于清华园

全球治理之谜（上）

[美]戴维·肯尼迪 著 刘 洋 译* 高鸿钧 校

一、导言：我们所知何其少

　　作为本书形成基础的这次研讨会从多种方式，把宪政作为思考全球治理的出路。在过去的若干年里，许多人尝试用宪政的隐喻来

　　* 戴维·肯尼迪(David Kennedy)，现任哈佛大学法学院教授，全球治理研究所所长。本文原载于 Jeffrey L. Dunoff and Joel Trachtman eds. ，Ruling the World? Constitutionalism, International Law and Global Governance(Cambridge and New York：Cambridge University Press，2009)，pp. 37～68. 作者于 2008 年 1 月在俄亥俄北方大学佩蒂特法学院以本文为基础进行了讲座，并在俄亥俄北方大学法律评论(Ohio Northern University Law Review，34，2008，pp. 827～860.)发表了本文的前一版本。本文翻译得到了作者授权，在此对戴维·肯尼迪教授深表谢意。译者刘洋为清华大学法学硕士。

描述超越民族—国家的法律秩序。① 我们受到某种激励,把《联合国宪章》想象成为一部宪法,在涉及使用武力的问题时尤其如此。另外一些学者则在人权逐渐成为证明权力正当性的全球性话语时,看到了一个宪法时刻。某些国际贸易法学者建议,我们可以把世界贸易组织(WTO)看做一种宪政秩序。世界贸易组织的出现,使得关贸总协定(GATT)变得更加法律化,强化了其纠纷解决机制,而且更深入地涉及国家内的法律规制。如果像彼特斯曼(Ernst-Ulrich Petersmann)的主张那样,我们倘若把人权添加到世界贸易组织国家间规制体系的实体法律"界面"——杰克逊(John Jackson)的著名称谓,那么我们就可把这一结果看做宪法化,至少在我们愿意用宪法角度来看待欧盟法律体制的意义上是如此。② 同时,其他学者则在各国宪法之间看到了构建世界公法的关键。在他们看来,比较宪法才是我们探索在全球层面如何进行治理的前沿和中心领域。

在开始考虑凡此种种的宪法思想时,我们应当谨记,宪政仅仅是正在发展之中的关于全球治理的众多思考的一种而已。在法学界,人们正在重新想象国家之外与国家之间的法律的性质。当然,法学家并不孤单,我们在社会科学、经济学、政治学、社会学、人类学以及更多领域之中的同仁,都在重新思考权力与影响力的全球模式。

毋庸置疑,某些尝试要比另外一些显得更加对症下药的方案前景光明,但人们正在全新地思考该问题这一事实本身就具有现实意

---

① 参见 Bardo Fassbender, *The United Nations Charter as Constitution of the International Community*, 36 Colum. J. Transnat'l L. 530(1998)。该文讨论了《联合国宪章》作为全球宪法的问题。类似的观点有 Alfred Verdross & Bruno Simma, Universelles Völkerrecht: Theorie und Praxis(3d ed. 1984)中也有讨论。另见 Anne-Marie Slaughter & William Burke-White, *An International Constitutional Moment*, 43 Harv. Int'l L. J. (2002); John O. McGinnis & Mark L. Movsesian, *Commentary: The World Trade Constitution*, 114 Harv. L. Rev. 512 (2000); Ernst-Ultrich Petersmann, *Trade Policy as a Constitutional Problem: On the Domestic Policy Functions of International Rules*, 41 Aussenwirtschaft (1986); *The WTO Constitution and Human Rights*, 3 Journal of Int'l Econ. L. (2000)。

② 参见 John H. Jackson, *The World Trading System: Law and Policy of International Economic Relations*, pp. 178~179, 248~250(2d ed. 1997)。

义。它的意义在于,它反映了在我们被如何治理的问题上其实所知甚少。

实际上,我们对全球社会结构的了解非常之少。公共权力是如何被运用的,它的杠杆分布在何处,权威系于何人,以及它们之间是如何相互联系的?在任何地方我们都能看到来自于全球的、外国的、遥远的事物的影响。它们是怎样运作的?各个部分如何联系成为整体?政治的世界、市场的世界以及文化影响的世界是在一个紧凑的结构之中呢,还是松散而偶然地拼凑在一起的?是否存在多个全球秩序——说到底,多少算是陷入完全混乱,而多少是由无形之手所操控?

对于某些人而言,全球治理的问题首先来自于对实质问题的关注。世界上的贫困怎么会程度如此之深,范围又如此之广?在世界上不同文化与国家之间以及它们各自的内部如何确保安全?如果我们希望对贫困或者环境有所作为的话——如果我们要控诉或抗议抑或仅仅一般参与——我们应该去找谁?是什么力量使先进与落后的部门、文化或者国家彼此割裂开来?关于这些问题的知识为何分布得如此不均?如果我们能够得知造成影响力、财富以及知识不均衡和不平等的缘由,我们也许就能够明白怎样才能把世界变得更美好。

但是,这些问题的答案却绝非明确无疑。全球舞台上的权力是如何集结起来的?即便这种问题的答案也完全不清楚,更不用说权力的行使怎样才能公正或者有效了。实际上,我们才刚刚开始求解全球治理的谜题。单单是描绘出全球性力量的模式,以及识别出影响力的渠道与杠杆就已经是一个庞大的社会学挑战了。

同时,我们也应该看到,就在不久之前,法学界的大部分人还都自认为他们了解这一切是怎么回事。私法与公法,国内法与国际法,它们有各自的领域。全球治理就是这些为人熟知的部分的总和,每一部分则有它们领域内的专家在工作。令人惊奇的是,这种信心迅速地消失不见,而这些领域的边界也很快不复存在。

不久之前,非常普遍的情形是,国际公法学家貌视地把国际经济法与贸易法排除在他们的关注范围之外。每个法学院的国际法学者都怀有一种恪守各自区域的心态。每个子领域都在捍卫自己的领地。欧洲法研究就是一个引人瞩目的例子，恰因为它的出现是非常晚近的事情，所以它跨越国际公法、国内商业规制、宪法以及行政法等其他学科。但它很快就成为了独立的领域。

如果你去访问欧洲与美国的法学院，你就会惊奇地发现这些现象已经不复存在。各个领域内的专家——家庭法、反垄断法、知识产权、民事程序、刑法、银行法以及商法——都从国际与比较法的角度来看待他们的学科。现在已经很难想象还有一个法律问题不是跨学科并且跨国界的。国际法学者横跨公法与私法，讲授从贸易法到国家安全法再到发展理论的课程，而且涉猎国内法与比较法，现在也是很正常的事情。我现在脑中浮现出的——我肯定你们同样也能想到——许多新创造的（学科整合）在几年以前都是不可想象的。据我所知，在国际地方政府法（international local government law）这一领域中的两门课程里，私法学者们完成了一本关于比较伊斯兰现代化的法学案例教科书，从事关于帝国与殖民地法律秩序的新项目研究等。

过去曾经出现过与这一现象相似的几次时刻，那是同时包含着巨大的未知以及学科再创时刻。我对这几次时刻形成了初步想法，以下的讨论便从我的这些想法出发。

首先，如果新秩序等待被发现，而不是被创造，这将令人吃惊。当然，也有可能我们所处的世界已经被构建了，已经被构成了，已经被治理了，而我们只是缺乏理解它是如何运作的视角。不过，更合理的预设似乎是，世界中的事物在变化——迅速地，同时在向各个不同方向变化着，所以我们的常规理解已经失败。如果有某种新秩序，不管是法律秩序或是其他秩序，它将既是被发现的，在同样程度上也是被创造的。对于全球治理的工作，我们不仅应该理解为一种描述，而且应该理解为一种规划。

我认为，那些对宪法比喻抱有高度热忱的学者充分理解这一点——他们所提出的宪法化解释不仅是一个发现,而且是一种设计。如果世界的法律秩序是由世界贸易组织或者《联合国宪章》抑或其他方式而确立起来的,难道不是更好吗?而且我们都清楚,在诸如此类的事情上,有时候这么说就会把它真的变成这样。这就是为什么有时候致力于世界宪法的想象在道德上以及政治上都有着迫切的需要。如果你认为宪政在国内运作良好,而且你的宪法可能面临着某种全球性压力的威胁,那么用宪法语言解释世界就将是最严肃和迫切的设计。

当然,我们的规划只是各种尝试之一,并会受到舞台上其他角色的规划和优先选项的牵制。我们需要把全球治理作为一个动态过程,即通过法律、政治和经济的安排释放利益压力、改变力量均衡以及实现治理规划本身的进一步创新。

此外,我猜想,压力下的匆忙变革可能会湮没我们通过学界内对话来重新思考世界的努力。与先前的宪法秩序一样,新的全球治理体制将在集体的希望、斗争与失望中得以构想和建构。这是一个经由我们仅有的一点朦胧认识所创造并了解的秩序。我的惟一安慰只是这样的直觉——抑或可能是希望——世界秩序在重构之后,法律仍在,仍在构想、塑造和描述这种新秩序,巩固且抗争那种新的安排。

当然,与此同时,能够看到事情如何转化——以及他们应该怎样转化,是一种极高的学术嘉奖。仅仅寻求理解那些我们所未知之物,辨认那些逃脱了我们掌控的权力,识别那些聪明人不会再依赖的图式,寻找那些没有确定答案的问题,或者恪守那些与今天的问题相去甚远的答案,凡此种种,远不能令人满意。但是,恐怕这就是我们的现状。对于当下而言,其余一切都只是某种希望。

我的第二个初步观察是,关于如何被治理的知识在全球分布极其不均衡。如果你喜欢这样的表述的话,这也是我们发现我们自己如何被构建的一部分。南半球与北半球的人们对全球权力与秩序的性质有着相当不同的理解,对于这一事实,我们不应当感到惊奇。人们通常认为我们的情形相似。我们经常听到的说法之一就是,身处南半球的人们对于事情怎样运作与我们知道的一样多，但是他们有着不同的目标与利益，或者说他们所具有的知识虽然与我们不同，但却处于平等的地位——他们知道地方性事务，这些事务也许属于文化的范畴。如果我们怀有建构理论的奢望，那么这些人则幸运地生活在情境之中，在那里，理论切合实际。在某种意义上而言，这一点确定无疑。但局内人和强势者无疑会有盲点和偏见。

但我们也知道，把理论置换成情境所得收益很少均等分布。那些身居系统中心的人能够有时（甚至常常）看到秩序是如何构成的，权力的杠杆所在位置，而系统边缘的人却无法获得这种观察的视角。没错，他们可以抵抗，可以创新，可以占用——但我们也可以，因为我们同样是我们所思考问题的情境。对这种知识分布的不平等而造成的治理机制中的不均衡，我感到忧虑。所有这些问题随着教育资源——与此类似的制度性资源——如此不均的分布而变得更加严重。根据经验，我们都知道，当你从外向内看时，似乎强势者对他们的所作所为不仅心知肚明，而且深谋远虑。但是一旦从内部向外看，你就很容易受到接连不断事情的打击。我们需要找到某些办法，以帮助世界体系边缘的知识精英来理解，从体系中心看，世界是怎样的面目，这正如我们也需要更多地向他们学习。人们容易把这一点仅仅理解成教育政策问题，即属于一种互联网和文化交流事务，但事实上不止于此。关于全球秩序的知识分布同时也是一个宪法（constitutional）问题。

在全球层面，一种类似的动力也影响着公私权力的领域之间的关系。根据我的经验，我确切感到，在多元而分散的全球法律秩序中，与那些在政府部门、外交机构或者国际公共组织中的同行相比，全球经济中的公司业务律师、投资银行家以及商事从业者，出于本能就更懂得如何管理、利用各种工具抑或自然地运作。在军队中我也看到了类似的情形。在军队高度职业化的今天，专业军人包括军队法律人，在对跨国全球战役行动时进行战略性思考的时候，面对着本应是共同但实际存在千差万别的解释规则和原则，他们遇到的困难比那些在全球金融或者商业领域中的同行要来得多。因为对后者来说,法律多元不过是一种日常的风险与机遇。

在一个流动世界中,战略行动知识的分布也是一个宪法问题。公司与金融业中的行动者可以轻易地移动,而每个公共机关则建立在领土管辖上,这是法律的规定。我们可以把这一点看做是宪法性问题,它对政治生活的形式有着构成性作用。不论你认为这个世界是如何被治理的,我们都将需要给生存并拼争在这个世界中的人们的动力效应(dynamic effects)保留一点空间,在这个世界中,人们不仅具有不同的利益、文化或价值,而且具有关于世界如何运作的不同知识,以及不同层次的知识。

让我们来思考一下由粗线条勾勒出的关于20世纪的故事。在过去的一个世纪里面,全球劳动力从农奴和奴隶经由解放而获得公民权,但同时也被监禁在一个个民族—国家之中。在始初,资本在很大程度上也曾是领土的囚徒。在某些地方,资本极度匮乏,发展举步维艰;而在其他地方资本充盈,工资提高。当资本能够流动之后,但凡发展之处劳动力价格也随之上涨,而资本相对稀缺时,当地工资仍然居高不下。金融界、知识界以及商业领袖自我放逐,得以在全球范围内自由游弋。身处底层的那些人则与正式的市场以及政治生活相剥离开来,转而生活在一个由非法移民、依靠本国汇款生活以及黑市创业精神所构成的非正式世界之中。同时,政治在很大程度上仍然是民族国家的特权,与地域内的中产阶级利益捆绑在一起。资本的相对流动与政治的相对封锁使两者变得都不稳定。最终,政治领导权与经济领导权在各地都漂散分离。在结构上,这种现象关联着不同的利益,存活于不同的条件下,对应着不同的选民。然而所有这一切都不是偶然。以上每一步变化的构想、实行以及抵抗,都是经由法律来进行的。

如果要体会这一点,你可以从一个自由贸易区到另一个去做环球旅行,观察科层制规则里的例外与非正式规则,然后尝试领养一个外国儿童,或者去听一听任何一个美国总统初次竞选演讲中的观点,即关于美国人与墨西哥人将享有共同的政治未来的那种观点。这些领土安排和态度都是由法律所保障的——且也是我们全球治理的一部分。

我无法确定这个故事如何重要,甚至无法确定这个故事是否完全适当。然而我把它看做一个警示。这个世界的政治、经济以及社会生活是由法律组织起来的,对于这种组织方式,在关于全球法律与治理的日常讨论中,我们很少有机会能够予以关注。我们已经在世界的政治经济中植入了断层线(fault lines),并也置入了将重塑全球治理惯常渠道的运动力量,正如我们正在接近了解全球治理是如何运作一样。

二、重新构想法律世界及经由法律来构想世界的早期工作

在我们评估宪政主义者的规划之前,应结合其他建议的语境,这些建议涉及的是如何形构全球法律秩序,无论如何这样做对我们都将有所助益。首先,我们应当谨记传统的法律学科——国际公法、国际私法、国际经济法、比较法、联合国法——也都是经过再创(reinvention)性规划的产物。每一学科都是精确地描绘全球体制图景的努力,同时也是在某种程度上通过重新想象与重新描述从而重塑该体制的规划。可以说,我们的第一个当代重新思考规划是历经 20 多年而重新书写这些领域的历史:回溯这段历史的起源,不是到 1648 年或者罗马帝国,而是追溯到 19 世纪中后期;这段历史将我们的常规法律学科与特殊人群的富于想象的政治与意识形态规划相连接,受到这种或者那种欧洲自由主义与法条主义(legalism)的启发,与殖民意图联姻;这段历史以现代主义修正的爆发形式,追续着 20 世纪中对这些传统的反复重塑。作为重新想象、重新构建与改革的规划,我们的常规学科已经被推上了这条道路,而这由席卷了社会与学界的政治与意识形态——在近年来最为显著的要数女权主义与各种后殖民主

义——的趋势所驱动。

我们虽然对这些常规方案——不论是作为描绘世界的图式还是作为自由主义的改革方案——已经失去了信心，通过探索这些常规的方案，我们仍然能够学到不少东西。当我们把它们拼接在一起，它所展示出的世界治理方式的图景就醒目地呈现出盲点与偏见。这一图景的不同部分无法彼此契合或相互叠加。不过，了解为什么这些部分不能连贯协调，以及这些部分如何能在如此之长的时间内看起来显得连贯协调，还是富有意义的。设计这些方案的知识分子也试图将全球法律秩序与他们时代的社会与心理力量重新连接起来，从而将该秩序编纂成法典，以原理捕捉该秩序，以新制度构建该秩序，并且认为这些新制度大于它各个部分的总和。从他们的抱负以及技术细节中我们都能学有所得。从广义上讲，这些都是人本主义的努力，它们将我们在国内所知的人文主义扩展到全球舞台。一个世纪以来世界舞台上的法律人文主义所展示的局限和可能性，对于我们富有借鉴意义。此外，这些运行中常规学科提出的方案所失甚少，它们全在这里，以碎片的形式置入我们想象和制度的纤维中的这个或那个角落里。他们提出的思想与阐释的原理仍然流通。

在新思想与新发展带来的激动中，我们很容易忽视这段历史。本书收录了关于欧盟新近治理的讨论，关于软法的论述，关于委员会工作程序（comitology）的文章，以及关于公开的协调方法的内容。我们应记住，这些都是基于漫长的历史——不仅包括重塑欧盟的行政机器的历史，而且包括其他国际机构以及国家行政机构的历史，这些机构希望通过公民社会模式来型塑关系，并且软化国家间协议需求。想想1992年的方案，单一欧洲市场，新的协调方法，欧洲公民权，欧洲的分级统一计划（variable geometry, The Europe of Two Speeds），这些都恰好提示我们追溯到1985年《单一欧洲法》。在我们的记忆中，很难找这样的时刻：欧盟的那些精英们没有关注迫切的程序改革，成员国间交往的新模式，关于同公民和社会团体的规制或交往的新风格,或者因为上次改革是几个月以前,而目前感到无所事事。欧盟并不是软法、规制性谈判、守法激励等惟一的试验场域,进行这类似验的还有其他场域,在外交领域中关于临时性多边主义的新制度安排,就是这种例子。这些安排涉及的是"二战"后世界中无政府与秩序问题,只是一长串时髦多边解决方法中的最新款式而已——我们可以联想到区域性政府间组织、安全联盟和集团、意愿同盟(coalitions of the willing)以及联合国大会的"联合求和平"决议(Uniting for Peace)。

在我们开始讨论的时候,我希望大家停下来,回顾这些之前的工作。即便没有其他理由,至少这也能提醒我们,不论我们构筑何种机制,它都建立在那些往往仍然烟火未灭的一个多世纪的努力之上。这些工作记录了前辈怎样从治理的角度并以治理为目的,致力于以新的方式将这个世界整合起来。

实际上,我们即使从常规学科出发,也能找到一部更新与改革的历史。在美国,以三个重新构想方案为代表,但奇怪的是,每一个方案都隶属于一所大学。第一个是耶鲁的世界公共秩序方案,其在20世纪50年代以迈尔斯·麦克杜格(Myres McDougal)与哈罗德·拉斯维尔(Harold Lasswell)为先驱。植根于两次世界大战之间的社会学与哲学,他们致力于摈弃传统学科边界,而从最基本的问题重新思考公共秩序的问题。在他们方案的最底层并不是主权政治——但也不是(凯尔森式的)基础规范(Grundnorm)。在他们看来,这是程序与价值、沟通模式以及说服与强制。所有的元素都在一个连续体上,具有反形式的特征,要求做出判断和在人类的伦理之中进行选择。而精英则栖居于一个政策过程中,在此之中他们制定政策,同时遵循法律。全球治理是一个进展中的工作,一种异常严肃的事业,既不是非理性的政治也不是理性的法律,而是为选择一个自由和公正的世界公共秩序而正在提出的方案。

第二个方案可看做是对第一个的反应,是一个在曼哈顿的哥伦比亚大学与纽约大学里为一代人提供了替代性基础的工作。这个方案群星汇集——弗兰克（Franck）、弗里德曼（Friedmann）、亨金（Henkin）、沙赫特（Schachter）以及他们的许多同事。[①]与耶鲁学派一样，他们同样具有反形式主义和后现实主义的意向，但他们强调的重点却不同。为了限制"冷战"中的大国，规则显得更加有必要。联合国貌似庞大，《联合国宪章》一次性地规定了一套限制，提供了一个多边主义的场所，以及一套现成的术语与视角，用以讨论国家权力的合法化与去合法化。对曼哈顿学派来说，如果说全球治理是一项关于规则与机制的结构工程，那么在同样的重要性上，它也是一项关于精神的工作，一项关于自我的工作。这里最为著名的例子可能是路易斯·亨金的人权论。对他而言，人权机制在一个全球意识形态中才得以成熟。这一全球意识形态为各地的精英所共享，它在不需要执行机制的情况下也能够自动地限制和引导公共权力的行使。如果亨金的主张正确，那么霍姆斯和霍菲尔德的观点就错了。人权不仅仅

①　其中尤其重要的作品包括：Thomas M. Franck, *The Courts, the State Department and National Policy: A Criterion for Judicial Abdication*, 44 Minn. L. Rev. 1101(1960), *International Law: Through National or International Courts?*, 8 Vill. L. Rev. 139(1962-63)and later The Power of Legitimacy Among Nations(Oxford Univ. Press 1990), Fairness in International Law and Institutions(Oxford Univ. Press 1995); Wolfgang Friedmann, *Half a Century of International Law*, 50 Va. L. Rev. 1333(1964), The Changing Structure of International Law(Columbia Univ. Press 1964), *United States Policy and the Crisis of International Law*, 59 Am. J. Int'l L. 857(1965), *The Relevance of International Law to the Processes of Economic and Social Development*, 60 Proc. Am. Soc'y of Int'l L. 8(1966), *Law and Politics in the Vietnamese War: A Comment*, 61 Am. J. Int'l L. 776(1967); *The Reality of International Low-A Reappraisal*, 10 Colum. J. Transnat'l L. 46(1971), Louis Henkin, How Nations Behave: Law and Foreign Policy(Praeger 1968), International Law: Politics and Values(Kluwer Academic Publishers 1995)(from Henkin's general course at the Hague Academy of International Law, 1989); Oscar Schachter, *Dag Hammarskjöld and the Relation of Law to Politics*, 56 Am. J. Int'l L. 1(1962), *The Uses of Law in International Peace-Keeping*, 50 Va. L. Rev. 1096(1964), *Scientific Advances and International Law Making*, 55 Cal. L. Rev. 423(1967), *Human Dignity as a Normative Concept*, 77 Am. J. Int'l. L. 848(1983), *In Defence of International Rules on the Use of Force*, 53 U. Chi. L. Rev. 113(1986)。

全都是救济,每一项权利也不再意味着一项对应的义务。社会秩序被集体的社会实践与社会信念所取代,从而也被其所保障。

人权并不是意识中关于治理的惟一思想。除此之外还有民主、人类自由以及人类交易的倾向。新自由主义(Neoliberalism)毕竟不仅仅是那些国际金融机构和第一世界政府的唯一规训信条——它是一个时代的精神,在市政府中,在公司董事会中,在地方银行以及许多国家的公务员体系中,凡有两者在其名下聚集,它就得以自我执行。在这一方面,曼哈顿学派可以看做威廉·诺布克(Wilhelm Roepke)关于19世纪自由秩序著名描述的回音。这一秩序不是由全球治理的制度所维系,而是由"自由主义"原则的共识所维系。该原则就是政府不应当让政治玷污经济。对诺布克来说,这种"自由主义精神"再加上金本位制度,就构成了他所称的"类似的世界政府"。相比于"二战"后欧洲法律人与国际法律师们的集体主义幻想,诺布克认为他的这个"类似的世界政府"更有价值,在伦理上也更有力量。[①]对曼哈顿学派来说,与之对应的存在就是达格·哈马舍尔德(Dag Hammarskjöld)的行动主义的精神,这种精神是指,在法律与政治、东方与西方的边界上,灵活运筹、应用伟大的往往也是相互矛盾的原则,以一个国际共同体、一个国际司法机构以及一个由他的同行构成的国际陪审团的富有想象力的视角作为引导。

第三个杰出的关于重新想象的方案则有点像对上述反应的再一次反应。在今天它的代表人物是耶鲁的高洪柱(Harold Koh)。虽然我们可以向上追溯他的谱系到菲利普·杰塞普(Philip Jessup),但更精确地说这一方案的起源是在哈佛,那里是高洪柱和我的同窗母校,法律程序学派传统的大本营。这一方案的代表是德特勒夫·瓦茨(Detlev Vagts)、亨利·斯坦纳(Henry Steiner)、阿伯拉罕姆·蔡斯与安东尼娅·蔡斯夫妇(Abe and Toni Chayes)以及安妮·玛丽·斯

---

① 参见 Wilhelm Roepke, *Economic Order and International Law*, 86 Recueil Des Cours, 203(1954)。

劳特(Anne Marie Slaughter)。① 对于这些思想家来说,全球治理的关键在于国内法、国内法院以及在它们之间分配权力的程序。国家(作为分析单位)被打开了,拆成各个部分,取而代之的是转移国内官僚机构和地方权力的内部动力,并在它们之间分配解决问题的权威。他们关注的焦点从维持和平、构建共存或者提供合作方案,转移到了解决纠纷与驯服暴露在国际反应时刻的政治意志。他们的工作也是跨学科的,借鉴了政治学与经济学中的公共选择理论与新制度主义。

毫无疑问,上述传统彼此交叠,相互借鉴。它们都明确地摆脱了常规学科边界的束缚,模糊了公共与私域、国内与国际的界线,并且从社会科学其他学科的同行那里获得灵感。上述传统都认为法律秩序是全球秩序的中心;都拒斥了它们所了解的早期法律思想学派所描绘的法律图景;也拒斥了普罗大众以及其他学科的同行从法律之外观察法律体制时描绘的法律图景。从他们的角度出发,法律系统流动而多元,法律秩序的内在价值以及法律与社会和政治过程的关联都隐而不显,不可察见。

现在已经有大量的文献评述这些思想学派的弱点与局限。它们之

① 参见 Abram Chayes et al. , The International Legal Process(Little, Brown 1968); The Cuban Missile Crisis(Oxford Univ. Press 1974); Abram Chayes & Antonia Handler Chayes, The New Sovereignty: Compliance with International Regulatory Agreements(Harvard Univ. Press 1995); Harold H. Koh, *Transnational Legal Process*, 75 Neb. L. Rev. 181(1996), *Commentary: Is International Law Really State Law?*, 111 Harv. L. Rev. 1824 (1998), *The Globalization of Freedom*, 26 Yale J. Int'l L. 305 (2001); Anne-Marie Slaughter, *Toward an Age of Liberal Nations*, 33 Harv. Int'l L. J. 393(1992), *International Law and International Relations Theory: A Dual Agenda*, 87 Am. J. Int'l L. 205(1993), *International Law in a World of Liberal States*, 6 Eur. J. Int'l L. 503 (1995), *Liberal International Relations Theory and International Economic Law*, 10 Am. U. J. Int'l L. & Pol'y 1(1995), *The Accountability of Government Networks*, 8 Ind. J. Global Legal Stud. 347(2001); Henry J. Steiner & Detlev Vagts, Transnational Legal Problems: Materials and Text(Foundation Press 1968)(this text is currently in its fourth edition, in relation to which) Harold H. Koh has joined Steiner and Vagts as coauthor: Henry J. Steiner et al. , Transnational Legal Problems: Materials and Text(4th ed. 1994); Detlev F. Vagts, *The United States and Its Treaties: Observance and Breach*, 95 Am. J. Int'l L. 313(2001), *International Law in the Third Reich*, 84 Am. J. Int'l L. 661(1990), *The Traditional Legal Concept of Neutrality in a Changing Environment*, 14 Am. U. Int'l L. Rev. 83(1998).

间相互批评，而且能够存留很久，乃至其内部又产生了新的不满和反思的漩涡。在此我无意回顾导致这一现象的原因。与它们之前的学科一样，它们仍然遍布我们的周围，它们的核心观念与制度和学理上的创新，仍然对我们有所裨益，而且事实上，在法院中，在外交官、活动家以及学者那里，它们每天都仍然得到运用。但是，我们今天聚集在这里讨论各种新型宪政，部分是因为至少在这个意义上中心已经不能维持，而且这些早期的作品已经失去了激发能力。我们开始考虑世界宪法化这一工作，不仅仅建基于我们常规学科的残垣断壁之上，同时也倚赖这些早期强有力的努力背景，以超越常规的方式重新构想法律秩序。

如我确信，他们的支持者会同意，甚至是完全同意，这些最近的传统对于解决问题来说，甚至至多也显得粗浅和不够全面：我们在全球层面上是如何被治理的？许多问题仍有待探寻。20多年前，当我开始讲授国际法的时候，从这个词汇之外去寻求国际法的新路径，在当时看起来就已经富有意义。许多年来，我们发现自己一直全神贯注地致力于理解这些早期努力的历史和局限，由此思考如何以新的范式通过法律构建世界。

过去的一些年里，又有另股大规模的重新解释法律世界的思潮，而所有的这些都与我们今天讨论的宪政有所区别。所有的这些又都建基在由耶鲁、曼哈顿和哈佛更新的我们传统学科的遗产之上。且让我列举一二，以让各位感知这些正在进行的努力的规模和多样性。首先我们始于澳大利亚国立大学正在进行的一项法律社会学宏大规划，这个规划旨在描绘世界的规制。彼特·德拉豪斯（Peter Drahos）与约翰·布雷斯维特（John Braithwaite）从一个观察出发：大量的规则既不是由国家所创制，也不是由国家所实行，某些规则即便是由国家创制和施行的，也常常由其他国家的人们或其他机构所起草，并可以由这些人和机构加以施行。①他们关注私人秩序、标准设置机构以及行业与职业机构

---

① John Braithwaite & Peter Drahos, Global Business Regulation (Cambridge Univ. Press 2000). 该成果是一个更大项目的一部分（the Regulatory Institutions Network，或称作 RegNet），这一项目在过去八年中催生了大量跨学科的、涵盖多样主题的文献。关于 RegNet 的成果可详见 http://regnet. anu. edu. au/program/publications/index. php。

内的社会实践与影响模式。他们的规划是描述性的,即描述在规则形成世界的背后,谁在发挥作用,他们如何变得强有力,哪些规则和原则从一个领域穿行到另一个领域,以及哪些规则和原则被遗弃了? 他们的抱负是更加公平地分享关于全球规制的内部运作机制的知识,并更加公平地运用这种知识,从而赋权给那些被这个过程所遗漏的人们。

其次,纽约大学有一个新的关于全球行政法的规划。①理查德·斯图尔特(Richard Steward)、本尼迪克特·金斯伯里(Ben Kingsbury)以及它们的同事尝试新的思路,即把公共权力都作为行政管理的一种形式,而不论它是由法院还是由私人来行使,这种公共权力是指已被整合成为常规等级形式的公共权威,或者在全球范围内扩散的公共权威。从这一角度来观察,他们提出的问题是,常规的行政法改革是否不能够为改进全球治理提供方案? 这些常规行政法改革涉及的是透明、参与、听证机会以及司法审查。

在法兰克福,贡特尔·托依布纳(Gunther Teubner)和其他人的著作受到了尼可拉斯·卢曼(Niklas Luhmann)系统理论的影响。②他

---

① 见 Benedict Kingsbury, Nico Krisch & Richard Stewart, *The Emergence of Global Administrative Law*, 68 L. & Contemp. Probs. 15 (2005); Benedict Kingsbury, *The Administrative Law Frontier in Global Governance*, 99 Proc. Am. Soc'y of Int'l L. (2005)。同时请参见下述专号中的各篇论文: Benedict Kingsbury, Nico Krisch & Richard Stewart (special eds.), *The Emergence of Global Administrative Law*, 68 L. & Contemp. Probs. (Summer/Autumn 2005), and Benedict Kingsbury & Nico Krisch (special eds.), *Symposium on Global Governance and Global Administrative Law in the International Legal Order*, 17 Eur. J. Int'l L. (2006)。关于全球行政法的进一步文献资料,请见 *A Global Administrative Law Bibliography*, 68 L. & Contemp. Probs. 365(2005), and http://www.iilj. org/GAL/documents/GALBibliographyMDeBellisJune2006. pdf。

② 见 Gunter Teubner & Andreas Fischer-Lescano, *Regime-Collisions: The Vain Search for Legal Unity in the Fragmentation of Global Law*, 25 Mich. J. Int'l L. 999-1046 (2004); Gunther Teubner, Law as an Autopoetic System(1993), *The King's Many Bodies: The Self-Deconstruction of Law's Hierarchy*, 31 L. & Soc. Rev. 763(1997); *Contracting Worlds: The Many Autonomies of Private Law*, 9 Soc. & Leg. Stud. 399(2000)。另见 Global Law Without a State(Gunther Teubner ed., 1997)中收录的各篇文章。这些文献从尼可拉斯·卢曼系统理论中借鉴良多。参见 Niklas Luhmann, Social Systems(John Bednarz & Dirk Baeker trans., Stanford Univ. Press, 1995); and Niklas Luhmann, Law as a Social System(Fatima Kastner et al. eds., Klaus A. Ziegert trans., Oxford Univ. Press 2004)。

们认为,这个世界可能是由一系列半自主的系统所构成,它们依照产业、社会实践领域或信念而任意结成,每个系统都有自己的规则和程序,甚至是宪制性(constitutional)程序与原则,并且追求自身的逻辑:卫生系统、体育系统、贸易系统以及医药系统等。政府(当然包括外交部门)只是众多系统之一。它们的研究目标是辨识这些系统,探索它们的产生和互动,进而寻找一个通用模型:什么构成了一个系统,系统如何变化以及如何与其他系统彼此互动,冲突如何解决,以及系统如何维系?

还有些正在新出现的著作,它们基于国内和布鲁塞尔而发展起来的理念,提出了关于国际社会"新治理"的思路。这一学派的学者秉持民主试验的信条,并认为新型制度安排应摆脱较为传统的法律和规制思考模式,致力于在一个更新与变革的宏伟规划中,把民主合法性的概念与经济效率的概念嫁接起来。①

在关于重新构想的规划中,最有趣而具有持续性的宏大规划之一,便是由新一代学人所做出的反思国际法与第三世界关系的努力。

---

① 见 e. g. , Charles F. Sabel, *A Quiet Revolution of Democratic Governance*: *Towards Democratic Experimentalism*, in Governance in the 21st Century(Organisation for Economic Co-operation and Development 2001); Michael Dorf & Charles F. Sabel, *A Constitution of Democratic Experimentalism*, 98 Colum. L. Rev. 267(1998); Charles F. Sabel & William Simon, *Destabilization Rights*: *How Public Law Litigation Succeeds*, 117 Harv. L. Rev. 1016(2004); James Liebman & Charles F. Sabel, *A Public Laboratory Dewey Barely Imagined*: *The Emerging Model of School Governance and Legal Reform*(2003)28 N. Y. U. Rev. L. & Soc. Change 183; Gráinne de Búrca, *The Constitutional Challenge of New Governance*, 28 Eur. L. Rev. 814(2003); Law and New Governance in the EU and the US (Gráinne de Búrca & Joanne Scott eds. , Hart Publishing 2006); Susan Strum, *Second Generation Employment Discrimination*: *A Structuralist Approach*, 101 Colum. L. Rev. 458 (2001); David M. Trubek & Louise G. Trubek, *Hard and Soft Law in the Construction of Social Europe*: *The Role of the Open Method of Co-ordination*, 11 Eur. L. J. 343(2005)。又见 Orly Lobel, *The Renew Deal*: *The Fall of Regulation and the Rise of Governance in Contemporary Legal Thought*, 89 Minn. L. Rev. 342(2004),它提供了一个关于大部分新治理文献的杰出综述。本人关于新治理路径的想法,请参见 David Kennedy, Remarks for the "New Governance Workshop" Harvard Law School(Feb. 25-26, 2005), available at: http://www. law. harvard. edu/faculty/dkennedy/speeches/Remarks. pdf。

激发这一智识运动的作品是托尼·安吉(Tony Anghie)、马考·穆图阿(Makau Mutua)、詹姆斯· 加西(James Gathii)、齐姆尼(B. S. Chimni)以及巴拉克日什南·拉嘉勾堡(Balakrishnan Rajagopal)等学者,然而他们并不与某所特定的大学相关联,参与者的据点分布在不同地方。只有伦敦是个例外,在伦敦大学亚非学院以及其他附属学院里,你能找到大量的参与者。① 他们正在探究殖民过程对于全球法律与政治生活所具有的持续性重要影响,辨识在把疆土转变为正

---

① 关于以第三世界路径研究国际法的当代文献,请见 Anthony Anghie, *Francisco de Vitoria and the Colonial Origins of International Law*, 5 Soc. & Leg. Stud. 321(1996), *Finding the Peripheries: Sovereignty and Colonialism in Nineteenth Century International Law*, 40 Harv. Int'l L. J. 1(1999), *Colonialism and the Birth of International Institutions: Sovereignty, Economy and the Mandate System of the League of Nations*, 34 N. Y. U. J. Int'l L. & Pol. 513(2002), Imperialism, Sovereignty and the Making of International Law (Cambridge Univ. Press 2005); Upendra Baxi, *'The War on Terror' and 'The War of Terror': Nomadic Attitudes, Aggressive Incumbents and the 'New' International Law; Prefatory Remarks on Two Wars*, 43 Osgoode Hall L. J. 7(2005); Bhupinder Chimni, *International Institutions Today: An Imperial Global State in the Making*, 15 Eur. J. Int'l L. 1(2004); James Gathii, *International Law and Eurocentricity*, 9 Eur. J. Int'l L. 184(1998), *Alternative and Critical: The Contribution of Research and Scholarship on Developing Countries to International Legal Theory*, 41 Harv. Int'l L. J., 263(2000), *Neoliberalism, Colonialism and International Governance: Decentering the International Law of Governmental Legitimacy*, 98 Mich. L. Rev. 6(2000); Balakrishnan Rajagopal, *Locating the Third World in Cultural Geography*, 1998-99 Third World Leg. Stud. 1(1999); International Law From Below; Development, Social Movements and Third World Resistance(Cambridge Univ. Press 2003); Makau Mutua, *What is TWAIL?*, 94 Proc. Am. Soc'y of Int'l L. 31(2000), *Critical Race Theory and International Law: The View of an Insider-Outsider*, 45 Vill. L. Rev. 841(2000), *Savages, Victims, and Saviors: The Metaphor of Human Rights*, 42 Harv. Int'l L. J. 201(2001); Karin Mickelson, *Rhetoric and Rage: Third World Voices in International Legal Discourse*, 16 Wisc. Int'l L. J. 353(1997); Obiora Chinedu Okafor, *Newness, Imperialism, and International Legal Reform in Our Time: A Twail Perspective*, 43 Osgoode Hall L. J. 171(2005), *The Third World, International Law and the Post 9/11 Era: An Introduction*, 43 Osgoode Hall L. J. 1(2005); Amr A. Shalakany, *Arbitration and the Third World: A Plea for Reassessing Bias under the Specter of Neoliberalism*, 41 Harv. Int'l L. J. 2(2000)。又见 *Symposium: Globalization at the Margins: Perspectives on Globalization from Developing States*, 7 Ind. J. Global Legal Stud. (1999)。

式主权国家所没有解决的问题,这些主权国家可能参与到政府间机构之中,并且承担领土政府的责任。正如人们可以预见的,这是一个庞大网络所产生的成果,与那些目前由纽约大学、澳大利亚国立大学或法兰克福产生的作品相比,这些作品在观点以及方法上更加多样化。然而他们怀有共同的雄心,即从边缘的角度重新绘制全球治理的图景,他们突出关注完全不同的问题和统治模式。他们对去殖民时代的智识先辈感到不满,这种不满与那些身处北半球决计重塑我们传统学科的人们所感受到的不满同样强烈。

这些都是有力的重新界定概念的努力。在这种情况下,人们总会认为每一派都摸到了大象的某一部分。当然,每一派的确都做到了这一点。但同时每一派所描绘的又是一只不同的大象。每一派的观点都或多或少反映了先前的常规学科模式,都声称提供更为完整阐释,是一种关于如何治理问题的道理充分、完全彻底和脚踏实地的答案,并自以为可以在全球治理领域作为科学王后的候选人。我们不应拒斥这些主张,将其斥为一种误导的傲慢。当然,宪政近年来在我们法律学界获得了傲人的地位——如同过程(process)、民事程序以及联邦法院研究在前一代学人中所具有的地位,或者如同私法在更前一代之中所具有的地位。治理的结构总是这样的产物,一方面得益于由其名称所催生的学科洞见,另一方面得益于那些都号称正统的不同视角之间的斗争。

如果我们要拥戴宪政,我们就不仅需要解释,在我们从国际公法或国际经济法中所获取的知识中,它添加了什么新的内容,我们同时也需要解释,如果把宪政作为根本性的问题,这意味着什么。涉及存在哪些问题以及解决办法何在,毕竟每一个领域都有专业意识。从一个基础出发,有些问题就比较容易发现,另一些则不易发现。当我们比较全球治理的思考框架时,我们需要评估他们的相对洞见与盲点,并且评估选取特定基础而具有的后果。什么样的改革方案和什么样的政治空间促使我们认定这些观点中的这个而非那个?

更重要的是,关于如何把各种要素组合起来,这些无疑不是现存仅有的新观点。由法与经济学者引入法学的公共选择理论与制度经济学传统,也提出了解释全球法律制度的新方法。① 况且,我提到的仅仅是英语学界中的著名规划。我们必须考虑到在世界的其他地方同样进行反思,莫斯科、德黑兰、北京等,这会是一个很长的名单。而且我们还仅仅着眼于法学内的规划,此外有许多富有活力的规划内容正在穿越社会科学的各个领域。

林林总总讨论了这么多之后,也许我应该亮出自己进行彻底重新描述的规划了。我本人关注点一直是专家的工作以及专业知识在世界治理中的作用。在过去的几年里,我研究了各种专家的工作,包括国际法律师、人权活动家、职业军人、经济发展的专家,尝试理解他们专业知识的性质,他们所具有的知识,关于什么属于他们领域范围的背景意识,他们为某种立场辩护的词语,以及他们使自己认知真实

① William J. Aceves, *The Economic Analysis of International Law*: *Transaction Cost Economics and the Concept of State Practice*, 17 U. Pa. J. Int'l Econ. L. 955(1996); Douglas G. Baird et al., *Game Theory and the Law*(Harvard Univ. Press 1994); Eyal Benvenisti, *Collective Action in the Utilization of Shared Freshwater*: *The Challenges of International Water Resources Law*, 90 Am. J. Int'l L. 384 (1996); Robert D. Cooter, *Structural Adjudication and the New Law Merchant*: *A Model of Decentralized Law*, 14 Int'l Rev. L. & Econ. 215 (1994); Jeffrey Dunoff & Joel Trachtman, *Economic Analysis of International Law*, 24 Yale J. Int'l L. 1(1999); Jack L. Goldsmith & Eric A. Posner, *A Theory of Customary International Law*, 66 U. Chi. L. Rev. 4(1999); Moshe Hirsch, *The Future Negotiations over Jerusalem*, *Strategical Factors and Game Theory*, 45 Cath. U. L. Rev. 699(1996); Jonathan R. Macey, *Chicken Wars as a Prisoner's Dilemma*: *What's in a Game?* 64 Notre Dame L. Rev. 447(1989); William B. T. Mock, *Game Theory*, *Signaling*, *and International Legal Relations*, 26 Geo. Wash. J. Int'l L. & Econ. 33(1992); Joel R. Paul, *The New Movements in International Economic Law*, 10 Am. U. J. Int'l L. & Pol'y 607 (1995); Paul B. Stephan, *Barbarians inside the Gate*: *Public Choice Theory and International Economic Law*, 10 Am U. J. Int'l L. & Pol'y 745(1995), *Accountability and International Lawmaking*: *Rules*, *Rents*, *and Legitimacy*, 17 Nw. J. Int'l L. & Bus. 681 (1996-97); Alan O. Sykes, *Protectionism as a Safeguard*: *A Positive Analysis of the GATT "Escape Clause" with Normative Speculations*, 58 U. Chi. L. Rev. 255(1991), *The Economics of Injury in Antidumping and Countervailing Duty Cases*, 16 Int'l Rev. L. & Econ. 5 (1996); Joel P. Trachtman, *The Theory of the Firm and the Theory of the International Economic Organization*: *Toward Comparative Institutional Analysis*, 17 Nw. J. Int'l L. & Bus. 470(1996-97).

情况的渠道。在这些初步研究的基础上，我提出了我希望的在全球治理中专业知识和专家工作所应采取的一般模式。①

简言之，我逐渐感受到，关于专家的作用的研究严重缺乏。我们把注意力放在政治家与公共意见上的时候，却没有足够重视起一个问题，即他们的选择和他们的信念是如何受到幕后操手的操控。最终，如果一代人中的每个人都相信经济是一个有待管理的国家输入—输出系统，然后他们突然都被说服，转而认为经济是一个全球性分配资源的市场，在价格机制下通过有效率的交换而实现最优生产率，那么，很多东西都在这其中改变了。这也是治理。同时我们关于专家与专业知识却少有现实主义的看法。我们经常高估他们的能力和影响。我们认为研究发展问题的经济学家知道如何实现发展，或者认为法律专家知道如何构建制度或如何草拟法规，以达到所期待的效果。他们受到特定情境中冲突和阻力的牵制，或者说是能力不足。同时，对专业知识所带来的盲点与偏见，我们缺乏充分认知。正如格言所云，握锤者眼中万物皆钉子。实际上，专家很少知道他们所不知——也很少知道他们所知大多不过是流行时尚、道听途说、误读曲解以及简单口号，很少知道他们所知矛盾重重而无法直接运用或施行。

用"专家"或"专业知识"来形容我也许不明智，因为我们都习惯于把这些术语和职业工作等同起来，这些职业包括科学家、技术人员、医生以及法律人。我的假设更加宽泛：在我们最熟悉的职业领

---

① 参见 David Kennedy, *Challenging Expert Rule: The Politics of Global Governance*, 27 Sydney. L. Rev. 5（2005）, The Dark Sides of Virtue: Reassessing International Humanitarianism（Princeton Univ. Press 2004）; of War and Law（Princeton Univ. Press 2006）, *The Politics and Methods of Comparative Law*, in The Common Core of European Private Law: Essays on the Project 345（Mauro Bussani & Ugo Mattei eds., Kluwer Law International 2003）; *New Approaches to Comparative Law: Comparativism and International Governance*, 2 Utah L. Rev. 545（1997）; *Laws and Developments*, in Law and Development: Facing Complexity in the 21st Century 17（Amanda Perry-Kessaris & John Hatchard eds., Cavendish Publishing 2003）; *The International Style in Postwar Law and Policy*, 1 Utah L. Rev. 7（1994）.

域，我们能够观察到的是国际法律人或者研究发展问题的专家，这类权力与知识之间的关系，是外行人与领导者所知和所为关系的模型。政治家在某种程度上来说也是专家，选民也是如此。这不仅仅是说他们从专家那里学到如何思考国际大事。这也意味着他们在类似于学科或领域的社会网络中扮演着角色，获知他们的承诺及其可能性。

对所有这些人来说——技术专家、政治家、公民——观念如何成为政策，或者不同学科领域的专业知识如何在这个过程中混合协调在一起，这些问题并非总是那么明确。但我确信，如果我们想要理解职业实践与知识之间相互构成的关系，我们就本应早已置换行动者对抗结构的争论，这种争论极大毁损了涉及国际事务的社会科学。由此我们可能逐渐看到的不是结构中行动者，而是从事规划的人们，看到规划所述何人，看到这些人的信奉与厌恶，看到关于权力与服从的意志。我们将看到，人们以学科的形式组织起来，用国际公法或国际经济法或宪政的术语彼此对话。这些学科会有一部历史——一部思想史，一部制度与政治史。

他们的知识修辞多于处方。他们的实践最好通常被理解为主张与论点，这些论点的行话与其他的语言具有同样的结构。如果我们寻求这种进路，我们就应较少关注程序与制度，甚至较少关注实体的规范与价值。全球治理的宪法，如果我们可以称作"宪法"，应由运用专业知识从事规划的人们以学科习惯用语来写就，而这种习惯包括思维习惯以及争论方式。（未完待续）

法律播散：一个全球的视角[*]

[英]威廉·特文宁 著　魏磊杰 译[**]

一、绘制法律地图

革新举措是一个起点。它们将新的需求与满足带给这个世界，然后通过强迫的或自发的，选定的或无意识的，迅速的或缓慢的模仿

---

[*] 本文建立在下述著作基础之上并对原所涉诸主题进行了深化与扩展：William Twining, *Globalisation and Legal Theory* (2000)；"Comparative Law and Legal Theory：The Country and Western Tradition" in Ian Edge（ed.）*Comparative Law in Global Perspective*（2000a）Ch. 2；"Reviving General Jurisprudence"（In M. Likosky（ed.）*Transnational Legal Processes*（2001）ch. 1 reprinted in *The Great Juristic Bazaar*（2002）；"A cosmopolitan discipline? Some implications of 'globalisation' for legal education" 8 *Int. Jo. of the Legal Profession* 23（2001a）；"A Post-Westphalian Conception of Law"，37 *Law and Society Review* 199（2003）。本文的后续篇《社会科学与法律播散》已在《法律与社会杂志》2005 年第 32 卷上刊载。在斯坦福大学行为科学高等研究中心访问期间（1999—2000），我得以完成本文的多数研究。就该中心全体同仁提供的充分协助以及就卡罗尔·格卢克、哈维·莫罗奇和戴维·斯诺针对历史科学与社会科学文献提出的宝贵建议，本人深表感激！对在由牛津大学社会科学研究中心、威斯敏斯特大学以及格罗宁根大学举行的工作坊上迪尔德丽·德怀尔、特里莎·格林哈尔希、约翰·格里菲斯、戴维·内尔肯、埃辛·欧茹鸠、戈登·伍德曼及其他与会者提出的意见，本人也表示感谢。

[**] 威廉·特文宁，英国伦敦大学法律系奎因杰出法理学教授；魏磊杰，上海交通大学凯原法学院与荷兰蒂尔堡大学联合培养博士研究生。本文原载《法律多元杂志》2004 年第 49 期的第 1～45 页。对该刊主编戈登·伍德曼教授与原作者威廉·特文宁慷慨授权，译者谨表由衷谢忱！

向外传播或扩散。它们总是步调一致，就好像一束光波或一窝白蚁那般。①

在 20 世纪 50 年代晚期，当在苏丹喀土穆教书时，我常常讲授一门名为"法学概论"的课程。为厘定研习苏丹法律体系的语境，我往往给学生们展示一幅世界法律地图。② 这幅地图表明几乎每一个国家或是属于普通法系或是属于民法法系。它显示一些民法法系国家属于社会主义阵营（此时为"冷战"时期），而很多殖民地或前殖民地国家，出于有限的目的，在诸如家庭法和继承法等属人法领域，承认宗教法和习惯法。

在为研习苏丹法而确定一个宽泛语境，以冷战术语解释法律类型及特别在强调殖民主义对法律播散之影响等诸方面，这幅简单地图发挥着有益的作用。它解释了——但并未意在证成——我们现在为何主要研习建立在英国法基础上的法律（English-based law）。它将苏丹法律体系视作国家法律多元的一个例证，且为讨论本土法（local law）的未来发展提供了一个起点。

今天，这幅地图似乎过于简单了。在一定程度上，这是因为在过去 40 年间这个世界已然发生改变，但主要原因却在于它被建立在即使在那时仍存在疑问的诸多假设基础之上。例如，根据正统说法，作为对国家法法律体系（municipal state legal systems）的描绘，它夸大了民法法系与普通法法系间既有差别的重要性；它有意弱化了在普通法传统和罗马法传统内部法律体系间的不同；它过度偏重于私法而几乎并未关注混合法律体系。

我的地图将世界上所有国家的法律描绘为或几乎完全属于普通"法系"或完全属于民法"法系"，这在很大程度上是一种法律出口者的视角。这是建立在假设存在大规模移植的一副图景。然而，除了

---

① Gabriel Tarde, *Les lois de l'imitation* (1890, 1979 p. 3)。

② 更详尽的描述，可参见 William Twining, *Globalisation and Legal Theory* (2000)，pp. 142ff。

对描绘的地图持幼稚态度外，我也不加批判地接受了一种同样幼稚的法律继受模式。在某些获得普遍认同的假设基础上，我们可将其改造成一种理想的继受类型，尽管从整体来看这种模式可能被多数研究法律播散的老练学者视作太过简单。

一个标准事例可以这种形式表现：在 1868 年，甲国从乙国进口一项法令、一部法典或一套法律学说体系且从那时到现在这一法令、法典或学说体系仍然有效。如这个事例被视作一个标准范例（paradigm case）并被归纳为一种理想类型，则它可能包含很多不可靠的假设和一些重大疏忽或遗漏。

（1）假设存在可辨识的法律出口者和进口者；

（2）假设标准继受事例是在国家之间发生的法律的进口与出口；

（3）假设典型的继受过程意味着从甲国到乙国的一种单向的直接法律移转；

（4）假设继受的主要对象是法律规则和法律概念；

（5）假设法律进口与出口的主要推动者是政府；

（6）假设继受意味着在某一特定时刻正式地颁行或通过法律；

（7）假设继受主体在继受日（reception date）后未经重大改变而仍保持特性；

以下则为其他通常的，但绝非普世的假设。

（8）标准事例是一个民法法系或普通法系的"母法秩序"向一个欠发达的非独立的（例如殖民地的）或未成熟的（如"转型中的"）法律体系进行的出口；

（9）最常见的继受事例大体是技术性的而非政治性的，具有代表性的往往涉及"法律人之法"（lawyers' law）；①

----

① 关于这个易受责难，但并非完全没有意义的"法律人之法"的概念，参见 William Twining，"Some Aspects of Reception"(1957)，*Sudan Law Journal and Reports* 229（试图解决地图所生的一些疑惑而做出的平生第一次尝试）。

（10）被继受的法律或是填补法律空白或是直接取代（往往是过时或传统的）前法。①

在往往并未参考社会科学文献的情形下，学者们个别性地对这些假设提出了质疑。尽管如此，这些假设仍在有关继受/移植的法律思想和法律话语中大行其道，且施加着一种限定性，甚至有时是扭曲性的影响。依循此种类型对当今世界的法律进行归纳，实际上是对往往是肤浅的、误导的、夸大的、种族中心主义的甚或在某些情形下明显虚假的一般化的纵容。② 然而，明显存在着与法律相关的可辨识的类型。而问题就在于，首先找出并非虚假、肤浅或误导的类型，并进而对它们进行解释。此为着手研究法律播散所应做的事情。

从 1959 年起，在继受、移植、散布、扩张、移转、进口与出口、强制继受、流转、移居、移置（transposition）以及法律的跨境流动等诸标签

---

① 绝大多数假设皆与比较法的"国家与西方传统"紧密相连，这是直到近来仍旧契合西方主流比较法的多数话语，但绝非适合所有实践的一种理想类型。这个 20 世纪主流比较法观念的理想类型的主要构成要素是："（1）基本主题是实证法与政治国家的'官方'法律体系（国家法法律体系）；（2）它几乎排他性地关注欧美的资本主义社会，几乎很少或根本不会对'东方'（包括以往的及现存的社会主义国家，例如中国）、'南方'（较为贫穷的国家）以及较为富裕的太平洋地区国家予以细致的考量；（3）它主要关注普通法与民法之间的相同与不同，这由所谓的'母法'法律传统或体系所例证，例如法国和德国属于民法法系，而英国和美国属于普通法系；（4）它几乎完全关注于法律学说；（5）在实践中，它几乎特意关注私法，特别是债法，债法有时被看做是一个法律体系或传统的'核心'代表；（6）关切点在于描述和分析而非评估和提出对策，惟一的例外是'立法比较法'，它往往声称乃是从针对共同问题的外国解决方法中获得的经验，然而这在理论上却难以自圆其说。"See William Twining, "Comparative Law and Legal Theory: The Country and Western Tradition" in Ian Edge(ed.) *Comparative Law in Global Perspective*, Ardeley NY: Transaction Publishers; William Twining, *Globalisation and Legal Theory*(2000), pp. 184~189. 诚如我们将会看到的那样，所有主流的法律播散描述皆不属于这个传统。

② See further William Twining, "A cosmopolitan discipline? Some implications of 'globalisation' for legal education" 8 *Int. Jo. of the Legal Profession*(2001).

下,学者们开始对法律播散进行研究。① 在本文中,我将使用"播散"(diffusion)这个术语来涵括所有情形,以此强调它与其他社会科学中播散研究间的潜在联系。这份文献包括很多富有价值的研究和相当不令人满意的一些论辩。我将指出:法律播散研究已被一套广泛认同的假设所阻碍(我那幅简单的地图就是如此);在全球化的时代,我们需要一幅更宽广更复杂的图景与一种灵活可变的方法论以作为研究法律播散过程及其结果的基础。在这篇论文的后续篇中,我将指出:令人遗憾的是,诸多法律播散研究虽在 19 世纪与人类学和社会学具有共同的根源,但它们却早已与其他社会科学中关涉技术革新、语言、宗教、体育、音乐等播散的浩繁文献脱离了联系。尽管如此,重新恢复这种联系的时机却已然成熟。②

在整个历史发展进程中,法律体系和法律传统之间必然发生互

---

① 关于学者描述播散的各种比喻,参见 David Nelken in D. Nelken and J. Feest(eds.) *Adapting Legal Cultures*(2001),pp. 15～20 以及 Esin Örücü,"Law as Transposition" 51 *ICLQ* 205(2002)。这些术语彼此绝非同义。尤其是,有些比喻关注最初的来源(出口、移转、传播、移居、播散、流散),而另一些则直接关注继受者(继受、进口、移置)。在通常使用中,"播散"可能意指前种视角,但我却将其作为能包容这两种视角的一个属概念,正如它在社会科学的标准话语中所具有的那种作用:"对于这种过程而言,播散乃是最全面和最抽象的术语,包含蔓延、模仿、社会学习、有组织扩散以及其他类似情形。"See David Strang and Sarah Soule,"Diffusion in Organizations and Social Movements",24 *Annual Review of Sociology* 265(1998),p. 266.尽管如此,需要意识到在多数文献中存在的"出口者"的偏见。在经济分析中,一直都存在着主要关注需求方(选择采用的个人)视角与市场和基础设施视角(更多地强调结构、机会、营销和供给)之间的对比分析。参见 L. A. Brown,"Diffusion:Geographical Aspects" 6 *International Encyclopedia of the Social and Behavioral Sciences* 3679(2001)。在医学研究的语境中,格林哈尔希等人将"播散"(非正式传播)与"扩散"(根据计划的传播)作为从自然传播("让它发生")扩展到管理式的改变("使它发生")的波谱之上的两个点而对它们进行了有益区分。See T. Greenhalgh et al.,"Diffusion of Innovations in Service Organizations:Systematic review and recommendations",*Millbank Quarterly*,December,2004.

② See William Twining,"Social science and diffusion of law",32 *Journal of Law and Society*(2005),pp. 203～240.

动。的确,两者之间彼此隔绝的情形相当罕见。① 因此,与法律体系、法律传统之间互动和相互影响相关的主题,往往在法律史、比较法、法律改革、法律与发展、后冲突重构(post-conflict reconstruction)、法学理论以及法社会学等诸领域中被视为更广泛的关注点的组成部分,便几乎不会让人感到惊讶了。② 在关注具体法律体系的历史或特征时,着眼于其外在影响可能与探求其历史根源或探察其在文学或艺术中的"影响"一样会收效甚微。③ 它也可能造成对出口者的过度强调,抑或过于关注某些特定时刻(例如"继受日")以及可能导致对先前与随后事件及两者间互动的关注的偏离。

例如,在肯尼亚发生的"Otieno 葬礼案"涉及农村与城市、传统与现代、妇女与家长制及殖民地法和本土法之间的利益、观念和价值的

---

① 格伦指出,在世界上,并不存在纯正的法律体系,转引自 P. Arminjon, B. Nolde, and M. Wolff, *Traité de droit comparé*(1950), p. 49. 他继续谈道:"然而,今天所有法域的这种混合性质却被国家机构、确定不同'法系'的分类学上的比较法方法论以及强调内国法律体系具有独特性的国家主义历史学所掩盖。尽管如此,认为所有法域皆是混合的并非意味着就承认环保主义者或播散论者所鼓吹的文化多样性理论或以任何方式对这一现象出现之原因进行解释。"See H. Patrick Glenn, "Persuasive Authority" 32 *McGill Law Jo.* 261 (1987), pp. 264~265.

② 一个适例就是皮斯托与韦伦斯就六个亚洲经济体在经济快速增长时期(1960—1995)所做的意义深远的比较性研究。虽然该书关注法律在经济发展中扮演的角色,但它附带地对"移植"进行了某些富有重要意义的观察:"由此可以说,这个研究项目的一个关键研究结果是:法律与法律制度不应被视作一旦被采用就将会产生预想结果的技术性工具……就未经对基础的经济框架予以正确考量就推行的盲目性法律移植,这份研究结果提出了警告。它也建议,法律改革项目不应孤立地被评估,而应被放在经济政策的更为宽广的语境下为之。"See K. Pistor and P. A. Wellons, *The Role of Law and Legal Institutions in Asian Economic Development 1960-95*, Oxford UP, 1999, p. 19.

③ 本文与爱德华·怀斯在其富有意义的论文中得出的结果相符:"法律文化的国际维度构成了法律变革发生的其中一个语境。然而,单纯研究法律思想行进的路线不可能期望获得对于此种变革的解释。"See Edward M. Wise, "The Transplant of Legal Patterns", 37 *Am. Jo. Comp. L.* 1 (1990), p. 22.

冲突。① 那些强调国家继承法的殖民地根源之人混淆了这个事实：这是肯尼亚人之间的斗争，他们中的一些人支持进口来的国家法，因为在他们看来，这种法更适合当代城市生活样式，或是因为它对具有典型非洲色彩的传统家长制提出了挑战。同样，在"亚洲价值争论"中，那些捍卫亚洲人权与民主事业之人往往将当代国际人权制度和人权话语视作是没有意义的。反对西方霸权是一回事，而基于它拥有的"西方的"纽带与根源而诋毁自由和民主的正当性则是另一回事。②

二、法律播散研究中的若干里程碑：一个简要的回顾③

基于某些目的，关注播散问题是有意义的。当播散现象发生时，人们潜在的关切、采用的视角与方法以及直接的历史语境纷繁多样。有关法律播散的文献并不属于某个单一的研究传统。④ 通过对法律播散研究中的若干里程碑的简单回顾，即可明晰这一点。

---

① 基本案情大体是，1987 年，在内罗毕执业的一位知名律师去世后，他的配偶与其宗族成员围绕其葬礼权而引发的纠纷。当时，这个案子吸引了诸多舆论关注并由此产生了大量相关文献。这些文献包括：J. B. Ojwang and J. N. K. Mugambi（eds.）*The S. M. Otieno Case*（Nairobi，1989）；David W. Cohen and E. S. Atieno，*Burying S. M.：the politics of knowledge and the sociology of power in Africa*（1992）；John W. Van Doren，"Death African Style：The Case of S. M. Otieno" 36 *American Jo. Comparative Law* 329（（1988）. For further references，see A. Manji，"Of the Laws of Kenya and Burials and All That"，14 *Law and Literature* 963（2002）。

② See，e. g.，Amartya Sen，"Human Rights and Asian Values：What Lee Kuan Yew and Li Peng don't understand about Asia" *The New Republic*，July 14&21，33-40（1997），Yash Ghai，"Human Rights and Asian Values"，9 *Public Law Review* 168（1998）。

③ 更充分的讨论，参见 William Twining，"Social science and diffusion of law"，32 *Journal of Law and Society*（2005），pp. 203～240。

④ 格林哈尔希富有启示性地提出，关于技术革新播散的社会科学文献，尽管被置于社会学的一些不同的分支中，但的确属于经历了若干发展阶段的一种独立的研究传统。Trisha Greenhalgh，"Meta-narrative mapping：a new approach to the systematic study of complex evidence" in B. Hurwitz，T. Greenalgh，and V. Skultans（eds.）*Narrative research in Health and Illness*（London. BMJ. 2004）；cf. Trisha Greenhalgh et al.，*Diffusion of Innovations in Health Service Organizations：A Systematic Literature Review*. Oxford：Blackwell. 2005.

　　法学家从事的继受研究相当广泛且非常多样。从历史上看,它们可被追溯到加布里埃尔·塔尔德(Gabriel Tarde)、亨利·梅因爵士以及马克斯·韦伯等人的著作。它与文化人类学的播散理论存在一种紧密联系,但法律不久就淡出了这一背景。① 自从第二次世界大战结束以来,业已出现很多受到截然不同关切所催发的里程碑。第一,以科沙克尔(Koschaker)②与维亚克尔③的经典著作为代表的中世纪欧洲"继受"罗马法的研究以及由此引发的诸多争论。第二,有关基于殖民权力而进行的法律出口或强制继受(Imposition)的描述。④ 此类研究与法律多元、法律与发展的文献彼此交织。第三,数量众多的关注聚焦于基本上属于例外情形的"自愿"继受,尤其以日本、土耳其及较弱程度上的埃塞俄比亚为代表。在该领域中,埃辛·欧茹鸠对

---

　　① 播散主义代表了对 19 世纪流行观点的一种回应：存在调整人类进步的自然的法律演变过程。

　　② 保罗·科沙克尔最知名且事后为诸多学者借鉴的观点是,罗马法在中欧的继受与拿破仑法典的传播更多地是一个帝国权力和声望的问题而非它们本身出众的技术优势。See Paul Koschaker, *Europa und das römische Recht* (1946, 2nd edn. 1953) discussed by Zweigert and Kötz, *An Introduction to Comparative Law* (trs, Tony Weir, 3rd edn. , 1998), p. 100.

　　③ Franz Wieacker, *Privatrechtsgeschicte der Neuzeit* (1952, revised 1967), translated by Tony Weir as *A History of Private Law in Europe*, *with particular reference to Germany* (1995); cf. F. Wieacker, "The Importance of Roman Law for Modern Western Civilization and Western Legal Thought", 4 *Boston College International and Comparative Law Review* 257 (1981); "Foundations of European Legal Culture", 38 *American. Jo. Comparative Law* 1 (1990). See James Whitman, review of Wieacker (1995) in 17 *Law and History Review* 400 (1999), p. 402.

　　④ 例如在 1979 年桑德拉·伯曼与芭芭拉·哈勒尔·邦德主编的《法律的强制继受》一书。在这种语境下,"强制继受"这个术语有时被批评为太过于模糊,因为几乎所有的影响皆是在权力相对不均衡的语境下发生的。

土耳其继受的研究颇值得注目。[①] 第四,艾伦·沃森提出的普遍性"移植理论",[②]他与奥托·卡恩·弗罗因德(Otto Kahn-Freund)之间的争论[③]及由此促生的诸多文献。此外,对于下述问题,近来无论在学术界还是实务界中皆存在明显的兴趣复苏迹象:作为欧洲一体化组成部分的法律改革与协调、在发展中国家的结构调整项目、东欧"转型国家"的重构以及后冲突社会的重构等。[④] 这种兴趣源自在多重语境下的多种关切,而且,在很多情形下,继受或移植的讨论再次成为一些更广泛议题无法回避的事项。

多数但并非所有文献皆关注于相对较大范围的继受,例如中世纪欧洲对罗马法的继受、"普通法的传播"、一系列法典出口到土耳其或拉美国家。在一定程度上,这可能对缺乏跨学科交流的原因作出解释,因为当代社会学的多数文献着眼于对具体产品、技术或观念的播散路径和过程进行更细致的研究。[⑤]

如果这些乃是促使法律播散成为一种特殊关注的学术和理论著作的主要里程碑,那么,这里明显并不存在一种单一的、持续的研究传统。相反,所有这些截然不同事例的历史语境属于与学术专业主

---

① See especially, Esin Örücü, in R. Jagtenberg, E. Örücü, and A. J. de Roo, *Transfrontier Mobility of Law*(1995); Esin Örücü, E. Attwooll and S. Coyle(eds.)*Studies in Legal Systems: Mixed and Mixing* (1996), pp. 89～111; *Critical Comparative Law: Considering Paradoxes for Legal Systems in Transition* (1999); "Turkey Facing the European Union: Old and New Harmonies", 25 *European Law Rev.* 57(2000); "Law as Transposition", 51 *International and Comparative law Quarterly.* 205(2002), See now *Enigma of Comparative Law: Variations on a Theme for the 21st Century* [Leiden: Martinus Nijhoff(Brill), 2004].

② Alan Watson, *Legal Transplants*(1974, revised edn., 1993);关于这个主题,他最近观点的变化,参见 *Law Out of Context* (2000) and *Legal Transplants and European Private Law*(Ius Commune Lecture, Maastricht, 2000)(对勒格朗观点的回应)。

③ Otto Kahn-Freund, "On Uses and Misuses of Comparative Law" in *Selected Writings* (Stevens, 1978), pp. 298～299(originally published in 37 *Modern Law Rev.* 1(1974)); Alan Watson, "Legal Transplants and Law Reform" 92 *Law Quartrly Rev.* 79(1976), p. 81.

④ 例如卢旺达、塞拉利昂、阿富汗、伊拉克以及以某种独具一格形式呈现的后种族隔离时代的南非。

⑤ Everett M. Rogers, *Diffusion of Innovations*(4th edn., 1995).

义(academic specialisms)具有松散联系的各自独立的历史：文化人类学(播散主义)；罗马法与法律史①；比较法②与法律多元③以及近来经由系统理论④、法律社会学⑤、历史法学⑥、法律经济分析⑦、欧洲一体化⑧以及法律与发展⑨等所产生的主要学术文献。在这种语境下，沃森似乎是一个无法对其进行分类的通配符(wild card)。

　　虽然诸如维亚克尔、沃森、格伦以及欧茹鸠等早期播散论者和法律学者几乎完全是一种纯粹的学术性关切，但近来的一些发展却提出了直接实用性的问题：国际金融机构的政策制定者想知道为何"移植"经常地被视作已经失败，失败的原因何在以及如何衡量涉及外国模式的进口或强制继受的改革的"成功"(我将在第四节中讨论这些问题)；本土改革者想知道在不同模式间选择时应考虑何种因素(当被给予一次选择)；法官意欲获得指导来明晰何时适合地将外国先例和其他渊源视作说服性权威(persuasive authority)；⑩抵制者想了解

---

① 例如维亚克尔的著作。

② 例如卡恩·弗罗因德、埃辛·欧茹鸠以及皮埃尔·勒格朗等人著作。

③ M. Chiba(ed.)*Asian indigenous law in interaction with received law*(1986)；M. Chiba,*Legal Pluralism：Towards a general theory through Japanese legal culture*(1989)；"Legal Pluralism in the Contemporary World" 11 *Ratio Juris* 228(1998).

④ Guenther Teubner, "The Two Faces of Janus：Rethinking Legal Pluralism" 13 *Cardozo Law Rev.* 1443(1992)；"'Global Bukinawa'：Legal Pluralism in World Society" in G. Teubner(ed.)*Global Law Without the State*(1996).

⑤ David Nelken and Johannes Feest(eds.)*Adapting Legal Cultures*(2001).

⑥ H. Patrick Glenn,*Legal Traditions of the World*(2000/ 2004).

⑦ Ugo Mattei, "Efficiency in Legal Transplants：an Essay in Comparative Law and Economics",14 *International Review of Law and Economics*(1994).

⑧ E. g. J. Allison, *A Continental Distinction in the Common Law* (1996)；Pierre Legrand,*Fragments on Law-as-Culture*(1999)；"The Impossibility of Legal Transplants",4 *Maastricht Jo. Of European and Comparative Law* 111(1997).

⑨ Yves Dezalay and Bryant Garth,*Dealing in Virtue* (1996),*The Internationalization of Palace Wars*(2002).

⑩ Patrick Glenn, "Are Legal Traditions Incommernsurable?" 49 *Americal Journal of Comparative Law* (2001), at 230n；Anne-Marie Slaughter, "A Typology of Transjudicial Communication" 29 *U. Richmond Law Rev.* 99 (1994)；David Fontana, "Refined Comparativism in Constitutional Law" 49 *U. C. L. A. L. Rev.* 539(2001).

如何减弱这种影响或调整不受欢迎的进口法以适应本土条件的最有效的策略与技术。这些发展趋势的一个特点在于,日渐增多的改革方案已被委托给私人组织,而这些组织对学术性争论没有丝毫兴趣,尤其是那些强调地方文化的独特性及认为需要较长时间方可实现改革的争论。①

当前存在数量众多的信息、案例研究以及崭新的视角,它们如此重要以至于无法被忽略。所有的这些发展导致在幼稚模式下的那些假设日趋捉襟见肘。然而,并不会令人感到惊奇的是,几乎所有的实践性改革努力皆关注国内法。托伊布纳、格伦、千叶正士及其他学者的一些更具理论性的著作涉及的领域更为宽广。单个的假设虽然被质疑,但却是以一种并非系统的方式为之。

三、播散、法律的诸层次与合法间性:一个全球的视角

在 20 世纪 50 年代末期,当描绘我的地图时,我不加批判地采用了一种全球视角。作为战后重构的组成部分,当时存在很多话语谈及"通过世界法实现世界和平"、"人类的共同法"、"世界公民"甚至是"跨国法"等。尽管如此,这远非是一种对"全球化"的持续性关注。②从那时起,世界发生了变化,法律也发生了变化,而且我们对两者所持的观念也相应发生了变化。从一种全球视角观察法律播散,将不

---

① Veronica Taylor, "The Law Reform Olympics: Measuring the Effects of Law Reform in Transition Economies" in Tim Lindsey(ed.) *Law Reform in Developing and Transitional States*, Routledge 2007.

② 这一时期意义重大的著作包括:C. Wilfred Jenks, *The Common Law of Mankind* (Stevens, 1958), Philip C. Jessup, *Transnational Law*, (Yale UP, 1956), F. S. C Northrop, *The Meeting of East and West*(NY MacMillan, 1960); L. Jonathan Cohen, *The Principles of World Citizenship*(1954)。在 20 世纪 60 年代早期,我参加了由人类研究理事会在芝加哥组织的一些会议。在"冷战"初期,"国际法学家委员会"鼓吹法治以及民权和政治权利(例如 1955 年《雅典决议》),这与支持反帝国主义运动以及社会与经济权利的"国际民主法律人联合会"形成了鲜明对比。

可避免地要在心目中勾画一幅世界法律的地图(mental map)或法律的整体图景。然而，显而易见，我们需要一些远比我在喀土穆的初步尝试更为精细化的东西。

近来，我再次萌生了绘制法律地图的想法，与其说是为了描绘一幅或多幅世界法律地图或一本世界法律的历史地图册(一项可能仅具有限价值的事业)，还不如说是为了找出践行此项事业存在的若干困难。[①] 在并未罗列论据的情形下，我将总结出自己的观点，该观点意味着从全球视角思考法律播散的一种思维方式。

在法律中，就人类关系所处的地理层次与这些关系的法律秩序所处的地理层次进行区分尤为重要。从外部空间到真正的本土，包括诸如区域、帝国、流散点(diasporas)、联盟国(alliances)及其他跨国实体和集团之类的中间层次。这些层次并非整齐地以同心圆形式或以等级体系的形式固定，它们也绝非静止或清晰地得到界定。一种适度包容性的全球法学需要包含所有层次的法律秩序、不同层次间的关系以及所有重要的法律形式，具体包括超国家法(例如国际法、区域法)、非国家法[例如宗教法、跨国法以及闪灵法(chthonic law)，也即传统和习惯][②]以及各种不同形式的"软法"。在多数情形下，仅仅聚焦政治国家的国内法与国际公法("威斯特伐利亚二重奏")[③]的世界法律图景太过于褊狭。例如，很难证明从这幅图景中忽略伊斯

---

① 在最近的一篇论文中，戈登·伍德曼对这一假设进行了抨击："法律的世界由已被妥当界定的'领域'组成，每个领域代表一个法律体系或彼此不相联系的法律体"——特别是在区域性意义上设想这些领域之时。See Gordon Woodman, "Why There can be No Map of Law", pp. 383~392 in Rajendra Pradhan(ed.), *Legal Pluralism and Unoffical Law in Social, Economic and Political Development: Papers of the XIIth International Congress.* 2003. 这提出了法律秩序、法律体系等特性的有趣问题，然而却超出了本文的范围。

② Patrick Glenn, *Legal Traditions of the World*, 2nd ed, (2004). Ch. 3.

③ William Twining, "A Post-Westphalian Conception of Law", 37 *Law and Society Review* 199(2003), cf. Allen Buchanan, "Rawls's Law of Peoples: Rules for a Vanished Westphalian World" 110 *Ethics* 697~721(2000).

兰法或其他主要的宗教法律传统是正当的。① 然而，仅包括为主权国家(国家法律多元)正式认可的那些宗教法或习惯也将造成严重的误导。同样，试图将欧盟法、当代商人法(*lex mercatoria*)、国际商事仲裁或人权法的所有例证统统涵摄到"国际公法"之下，也将可能冲破这个概念的包容极限，而得不到任何相应增益。在这一点上，我并非意在对下述问题提出质疑：是否纳入到一种宽泛法律概念之中的辨识标准问题；在此概念下，如何区分法律制度与其他社会制度和习惯；规范秩序和法律秩序的特性及哪些因素可被作为"法律"的临界情形(borderline cases)。② 完全可以这样说，包含"非国家法"与"软法"等重要形式的一种宽泛"法律"概念将不可避免地会引致对规范多元与法律多元的认真对待。③ 如采用了一种宽泛的法律概念并将法律的不同层次与强法律多元论视作意义重大的观念，这无疑将对

① 关于"宗教法"这一概念引发的问题，参见 Andrew Huxley(ed.)*Religion，Law and Tradition*(2002)。有关在印度的英国官员将印度法视作"宗教法"的错误认识，参见 J. D. M. Derrett，"The Ministration of Hindu Law by the British"，4 *Comparative Studies in Society and History* pp. 10~52(1961~1962)。

② 这些问题在拙文中被详尽讨论，参见 William Twining，"A Post-Westphalian Conception of Law"。仍可对以下两种情形提出异议：正如布莱恩·塔马纳哈试图所做的那样，在抽象意义上明确指定辨识法律(identification of law)的一般标准所具有的价值(Brian Tamanaha，*A General Jurispurdence of Law and Society*，2001)；或是否更好地将划定界限和临界情形的解决置于特定语境之下(William Twining，"A Post-Westphalian Conception of Law")。在确立一种关于法律播散内部融贯视角的语境下，包含主要法律传统以及诸如那种被格伦所承认的且因具有政治、经济或智识意义而被判定为值得关注的制度化秩序习惯(institutionalised practices of ordering)之类的传统，将是合理的。而且，衡量是否包含临界情形的准确标准最好应在更具体的语境下进行判断，例如研究播散过程的某些具体情形及其结果或研究具体法律体系或法律秩序的地方史。基于当前目的，规定这一条件就已足够：当可以识别一种制度化的体系、凝聚体或社会实践和规范的组群时——在一个或更多层次的关系与次序上它们以实现人与人之间(法律主体之间)的有序化关系为发展目标——可以说就已经存在一种法律秩序。这几乎与塔马纳哈宽泛的概念同样宽广，但在四个主要方面有别于它：①它是一种独立适用于"民间的"法律概念的一种分析性概念；②较之塔马纳哈的社会秩序概念，这个"秩序"概念更为宽泛；③它采用了一种"稀薄功能主义的"(thin functionalist)元素，但在这里"功能"意指提出或点出而非就是实际的结果；④这并非意在作为一个普世性定义或一套辨识标准。

③ William Twining，*Globalisation and Legal Theory*(2000)，especially pp. 82~88.

播散的研究具有重大的潜在意义。

关于法律继受或移植的几乎所有描述皆聚焦于国家法,源自一个政治国家或法域的法律现象或被强制继受、被出口或被调整以适应另一国家或法域。中世纪欧洲继受罗马法则是一个重大例外。当然,存在诸多语境,在这些语境中聚焦两个或两个以上的国家法法律体系间的互动关系(国家间的关系)是合理的。但如果关注所有层次上的法律秩序,从真正本土法到星际空间法,其间包括非国家的本土法、区域法、跨国法以及流散点法等,那么显而易见,借用、混合及其他形式的互动可能在所有层次上与不同层次间发生;互动可能是水平的、垂直的、对角的甚或涉及更多复杂路径的。

跨层次的播散更值得关注。可以对 1998 年《英国人权法》的探源为例进行说明。这是一个混合借用人权理论、国际公法、内国法及一位英国起草人(David Maxwell Fyfe)的独特观念等诸因素的复杂故事——首先在斯特拉斯堡存在了 50 年,事后移居伦敦、爱丁堡以及贝尔法斯特。[①] 同样,桑托斯对于巴萨嘎尔达(Pasagarda)法的描述显示了里约热内卢一所贫民窟的内部体制是如何采用与改造“柏油法”(asphalt law)(即正式的巴西官方法)的某些法律形式和法律术语的。[②] 1980 年《维也纳国际货物销售合同公约》及其他国际公约从诸国家法中获益甚多,并将它们与其他材料混合,然后转而对国家法产生影响。[③]

此类例证强调了规范多元、法律多元与法律播散之间存在的紧密联系。当规范秩序和法律秩序共存于相同的时空语境中时,两者之间将一直存在或多或少发生持续互动的可能。当一种法律秩序、

---

① A. W. B. Simpson, *Human Rights and the End of Empire: Britain and the Genesis of the European Convention* (2001).

② Boaventura de Sousa Santos, *Toward a New Legal Common Sense* (2nd ed, 2002) Ch. 3.

③ E. g Roy Goode, *Commercial Law in the Next Millennium* (Hamlyn Lectures, Sweet and Maxwell, 1995) Ch. 4. Ⅱ.

体系或传统以某种显著方式影响另一种秩序、体系或传统时,普遍认为法律播散将会发生。"影响"——这个出了名的含糊概念——仅是互动的一种或是桑托斯提出的有用的"合法间性"(interlegality)的一种。① 由此,将法律播散视作合法间性的一个方面可能富有启示意义。②

在法律多元研究的初期,学者们往往将共存的法律秩序视作是彼此冲突或相互竞争的。③ 然而,这却并不真确。相反,共存法律秩序之间的关系种类可能是非常多样的:它们可能相互补充;两者间的关系可能是相互协作、相互吸纳、竞争、隶属抑或处于稳定的共生状态;秩序之间可能趋同、吸收、融合、抑制、模仿、附和或相互避让。举例来说,桑托斯对巴萨嘎尔达法的描述乍看上去好像是对篡夺、颠覆官方法律并与之竞争的一种非法法律体系的描述。但进一步观察后便会发现,其间彰显的关系却远非如此简单:非官方的和平秩序关系与纠纷解决方式可能对官方的秩序模式进行补充而非提出挑战。

---

① 当然,对于法律秩序间的合法间性、互动和相互影响的讨论引出了关于特性的诸多棘手问题,对此可参见萨莉·福尔克·穆尔提出的"准自治型法律领域"(semi-autonomous legal fields)。See Moore, *Law as Process*, 1978, pp. 54~81; Brian Tamanaha, *A General Jurispurdence of Law and Society*, 2001, pp. 206~208. 在这一点上,确切地说,将规范秩序和法律秩序设想为更像波浪或云彩而非台球,常常更为有益。

② 基于当前目的,采用一种相对标准的社会科学定义是有用的:"社会实践、信念、技术或道德规则的播散,皆为社会学家抑或人类学家的兴趣所在。在两种情形下,播散过程分析指出了个人、团体或共同体如何可能接纳、排斥或调试实践、规则或由其他人设计的社会表征(social representations)。"See L. A. Brown, "Diffusion: Geographical Aspects", 6 *International Encyclopedia of the Social and Behavioral Sciences*(2001), p. 3681. 可与这段表述相比较:"在人类学中,播散被视作这样一种过程,通过该过程,物质和非物质的文化形式和社会形式在空间中得以传播。"See R. Stade, "Diffusion: Anthropological Aspects", 6 *International Encyclopedia of the Social and Behavioral Sciences*(2001), p. 3673. 有关播散的大多数描述强调跨越空间的观念运动;对于规范多元和法律多元研究的强调则有少许不同,这是因为它们关注共存于相同时空语境中的不同规范秩序和法律秩序之间的互动。两者之间并不存在严格界限。

③ 例如,在解释非洲的习惯法与进口法之间的相互关系时,安东尼·阿洛特主要依循与国际私法相似的"内部冲突法"(也即准据法)。See Antony Allott, *New Essays in African Law*(1970), London: Burrerworths: Part II.

桑托斯将巴萨嘎尔达居民联合会与国家机构间的关系描述成始终处于不断变化的状态之中，而且是一种"暧昧的模式"。他们与警察的关系极为复杂：总体上，社区居民避免与警察打交道；警察提供"良好的服务"给社区居民，然而社区居民却担心会被视为与他们过分搅和在一起；社区居民对提供的服务表示感谢，偶尔会将警察作为一种威胁手段，但实际上仅在极端情形下才会与他们合作。从国家机关的角度看，权力和权威的一种可选择核心的存在可能被解释为一种威胁、一种挑战或一种便利。①

四、超越幼稚模式：一些对应的假设

在讨论那幅地图时，我指出，它预设了一种幼稚的继受模式，这种模式包含一些不可靠的假设，且将诸如下述情形视作小规模继受的简单范例：在 1868 年，甲国从乙国进口一项法令、一部法典或一套法律学说体系，且从那时到现在这一法令、法典或学说体系仍然有效。

这个事例涉及两个国家之间的一种两极关系：在某一特定时刻（继受日），借助政府推动，在未经重大改变情形下，以正式地通过或颁行法律的形式而进行的法律规则或制度的单向移转。虽然在该事例中并未明确表明，但人们通常假设：为了以填补漏洞或取代既有本土法为手段而促发技术革新（"现代化"），标准情形乃是从一个（作为母法的）先进民法法系或普通法系向一个欠发达国家的移转。就衡量继受是否"成功"的标准，也存在很大的模糊性：通常的假设似乎是，如果被继受法已存活了相当长时间，那么就意味着"它是有效的"。

---

① Boaventura de Sousa Santos, *Toward a New Legal Common Sense* (2nd ed, 2002) Ch. 4. 此论述可与在贝尔法斯特和其他城市设立的"禁区"（No-go areas）相比较。约翰·格里菲斯恰当地警告在讨论合法间性时不要将层次和关系具体化：从一种社会学观点来看，这种关注应当具体到做事之人（people doing things）。（参见与作者的通信，2004 年 9 月）；另见 John Griffiths, "The Social Working of Legal Rules", 48 *Journal of Legal Pluralism* (2003).

　　如将这些因素建构成一种"理想类型",我们可以发现,有关法律播散的主流文献容许对这个模式的一些偏离,并在不同的继受与移植类型间做出了一些重要区分。[①] 尽管如此,所有这些假设仍是普遍存在的。尤其是,几乎所有文献皆将法律播散视作通过政府推动而建立起来的不同国家法法律体系之间的关系。如采用影响不同关系层次与不同秩序层次的一种全球视角与一种宽泛的法律概念,如将法律播散视作合法间性的一个方面,针对作为法律播散的一个必要特点甚或基本特点的每个构成因素,我们可以建构起一种系统性的挑战。这意味着一种更为多样与复杂的法律播散与合法间性图景需被建构起来。出现的这种可选择的图景不可能通过单纯对立的"理想类型"而获得;相反,它是简单模式中任一构成因素的可能的系列变种。在未声称具有全面性的前提下,表1说明了这一点。

表 1　法律播散:标准情形与若干变种

1. 来源地→目的地	两极:单一出口者→单一进口者	单一出口者→多个目的地,单一进口者取至多个来源地,多个来源→多个目的地等。
2. 层次	国家法法律体系→国家法法律体系	跨层次移转,在其他层次上的水平移转(例如区域间、亚国家间、跨国际非政府间)。
3. 路径	单向直接移转	复杂路径,相互影响,再出口

----

　　① 在主流文献中,诸多重要的区分相对比较标准:1)大规模继受/小规模继受;2)自愿继受/强制继受;3)在出口者与进口者之间存在的社会—文化的相似性或相异性与罗杰斯提出的"趋同性"与"趋异性"的区分(See Everett Rogers, *Diffusion of Innovations*, 4th ed, 1995);4)法律人之法的继受与属人法的继受;5)一些学者,尤其是埃辛·欧茹鸠,进一步引入了一系列的区分,但在很大程度内皆处于有关国家法的假设框架中(参见下文)。一些区分早在 1936 年就已被艾伯特·科曹雷克采用,参见 Albert Kocourek, "Factors in the Reception of Law", 10 *Tulane Law Rev.* 209(1936)。可进一步参见帕特里克·格伦所做的可能存在争议的"作为联盟的继受"(reception as alliance)与"作为建构的继受"(reception as construction)的区分(否认继受是"被强制的")。参见 Patrick Glenn, "Persuasive Authority", 32 *Mcgill Law Journal* (1987), p. 265 以及 Jonathan Miller, "A Typology of Legal Transplants" 51 *Am. Jo. Comparative Law* (2003)(提出建立在进口者动机基础之上的一种类型学)。

续表

4. 正式/非正式	正式颁布或通过法律	非正式、准正式或混合形式的
5. 对象	法律规则与概念；制度	任何法律现象或观念，包括意识形态、理论、人员（personnel）、"思维方式"（mentality）、方法、结构、常规（官方的、私人职业者的、教育的等）、文学样式、公文格式、象征符号、仪式等
6. 推动者	政府→政府	商事组织或其他非政府组织，军队，诸如殖民者、商人、传教士、奴隶、难民、信徒等"带来他们的法律"的个人或团体，作家、教师、政治活动家、游说通过议案者等。
7. 时间选择	一个或一个以上的特定继受日	持续性的，往往是旷日持久的过程。
8. 权力与声望	民法法系或普通法系的母法秩序→欠发达国家	互动
9. 对象的改变	不改变或少许的调整	"没有改变就没有移植"
10. 与既存法的关系	一张白纸（blank slate）；填补空白与漏洞，进而完全取代。	抗争，抵制，分层，吸收，表层法（surface law）
11. 技术的/意识形态的/文化的	技术的	意识形态，文化，技术
12. 影响	"它是有效的"	绩效衡量，实证研究，监测，实施

为了澄清和说明表1，对其中所有要素进行评论并提供相应事例加以佐证可能是有益的。一些为人熟知的例子，不妨一笔带过，而其他例子则需更详尽的描述。当然，有必要预先强调三点：第一，我的目的在于阐释法律播散的一些复杂性并提出分析此过程的一种方法，而并非意在创设一种纯粹的可选择模式。因为这个主题太过复杂以至于无法实现这个目标。第二，即使采用较之我所提出的概念更为褊狭的法律概念抑或主要关注国家法的播散，这种分析的大多数也可适用。第三，单个来看，多数观点皆非崭新的观点，我将采用

在主流文献中可发现的事例对其进行阐释,目的在于建构一种描述此种复杂性的系统化图景。

(1)进口来源往往是多元的。标准的殖民地和新殖民地标准情景假设单一出口国向单一进口国强制输出法律规则或制度。然而,这个过程往往远非如此简单。例如,进口国可能从一些国外来源中进行折中地选择,土耳其就是如此,在面对不同域外法典时,她进行了细致选择以至于最终并未纯粹受益于任一个欧洲国家。进口的可能并非源自单纯一个法律秩序的一种观念或模式。例如,诸如美国法律重述、统一法或示范法典之类的协调工具被创设出来以达到它们皆可被适用于同一国家内的多元法域之目的,或者诸如《维也纳国际货物销售合同公约》或联合国国际贸易法委员会《国际商事仲裁示范法》之类的公约被起草出来以达到它们皆可被适用于世界上多个国家之目的。相对而言,像一个殖民地或新殖民地大国那样的出口者,可能产出标准格式的工具以便利于向很多目的地国出口,这可用《印度证据法》、《印度刑法典》、《昆士兰刑法典》及很多其他法律佐证。正如当一代学生被派往不同的国家留学,他们带着作为其智识资本之构成部分的不同法律文化因素回到祖国那样,互动的过程往往更为分散或复杂。可以说,这是罗马法在中世纪欧洲继受过程的重要组成部分。在某种程度上,诸多区域间、国际间的公约是建立在多种内国法渊源基础之上而形成的新创造,当然也包括重要的新因素。不可想象,在法律秩序与法律传统间会发生纯粹二元的互动。相反,欧茹鸠常常采用的烹饪式比喻——诸如混合碗、沙拉碗、沙拉盘以及菜泥——可能更为妥当地对其进行描述。①

(2)跨层次互动。跨层次播散是一种重要的但却相对被忽视的现象。标准事例假设国家法法律体系之间存在一种单向的直接移转。较之国家间的移转(例如不同区域间或准国家的不同地方间),

---

① See Esin Örücü, "A Theoretical Frame for Transfrontier Mobility of Law"(1995), in R. Jagtenberg, E Örücü and A. J. de Roo(eds.), *Transfrontier Mobility of Law*. The Hague: Kluwer Law International.

播散可能在其他层次上水平发生。更重要的是，它是跨越不同层次的秩序而发生。① 例如，国家往往采用国际规范作为国内法的组成部分。1998 年《英国人权法》赋予《欧洲人权公约》"进一步的效力"。② 《联合国囚犯待遇最低限度标准规则》已构成了多数区域和国内规则的基础，同时也被用作评价具体监狱制度的范本。③ 同时，亦可进一步考量由非政府组织新近建立的旨在关注南非妇女的权利及其对法律之影响的跨国性关系网络。④ 同样，桑托斯也已清晰地展示出，巴西贫民窟的内部体制仿造了国家的"官方法"，而这在人类学文献中是一种相对标准的情景。⑤ 就不同宗教传统间的相互影响或地方习惯与宗教法间的相互影响，格伦提供了很多例证。⑥ 总之，播散可能在不同地理层次之上甚至超越这些层次而在不同种类的法律秩序间发生，并非仅限于在国家法法律体系之间水平发生。

---

① 例如，在国际与国家之间，准国家与国家之间，国家与跨国家、国家、国际或跨国非政府的本土（transnational-non-state local）之间等诸层次。对于"政治空间象限化"（Compartmentalization of political space）的有益批判，参见 Julie Mertus, "Mapping Civil Society Transplants: A Preliminary Comparison Between Eastern Europe and Latin America" 53 *U. Miami Law Rev.* 921(1999)，pp. 930~933。

② 关于《英国人权法》跨层次性的介绍，参见 William Twining, "Cosmopolitan Legal Studies", 9 *International Journal of the Legal Profession*(2002)，pp. 99~100。

③ Vivien Stern, *A Sin Against the Future: Imprisonment in the World*(1998), pp. 195~197; Human Rights Watch, *Global Report on Prisons*(1993).

④ A. Griffiths, *In the Shadow of Marriage: Gender and Justice in an African Community*(U. Chicago Press, 1997), Lisa Fishbayn, "Litigating the Right to Culture: Family Law in the New South Africa", 13 *Int. Jo. Of Law, Policy, and the Family*, 147 (1999).

⑤ Boaventura de Sousa Santos, *Toward a New Legal Common Sense*(2nd ed, 2002) Ch. 3. 对于国家法概念（例如留置权、衡平、主权）的相似模仿和调试乃是普通法运动（Common Law Movement）（乃是美国民兵组织几乎不可见的"法律的"衍生物）话语的一个重要组成部分。See Susan Koniak, "When Law Meets Madness" 8 *Cardozo Studies in Law and Literature*, 65(1996).

⑥ 参见 Patrick Glenn, *Legal Traditions of the World*, 2nd ed, (2004). 关于伊斯兰法与本土习惯之间存在的"不可化约的连续"（irreducible continuum），参见 Lawrence Rosen, *The Justice of Islam*(2000), especially Ch. 5.

(3) 播散路径可能是复杂和间接的。① 可以说,1872 年《印度证据法》即是一个很好例证。该法由詹姆斯·菲茨詹姆斯·斯蒂芬为印度制定。它是对英国证据法的一次伟大的简明化与理性化。在印度获得颁行后,该法在大英帝国的其他很多区域也被作为立法范本。它对英国本土证据法也产生了影响:当斯蒂芬的证据法议案未被国会通过后,他将《印度证据法》作为其富有影响力的《证据法纲要》一书的基础,而该著作事后成为几代英国及英联邦国家的律师在律师会馆受训时的教材。② 当然,相互影响甚至在国家层次上也是普通存在的,例如在美国不同州之间、在英格兰与苏格兰之间以及美国、英国与澳大利亚之间的互动。而在宗教、习惯以及国家法律秩序之间相互影响的事例已为诸多文献详尽描述。③

(4) 继受的标准范例包括一个采用或者颁布法律的正式行为,例如,通过一项立法、采用一部宪法、借助摆脱殖民统治后的自治权力创制独立宪法或在本土立法中颁行一项"继受条款"。它可能借助一项具体的行政或司法决定,而以较不那么正式的形式发生。尽管如此,当法律观念由殖民者、传教士或商人引入或被有影响的法律类或其他类著作传播时,多数播散过程是非正式的且会持续很长时间[参见下文(6)]。

正式的继受行为可将法律与其他多数继受主题区分开来。当然,也存在不同程度上的正式化,甚至当主要的推动者是政府或具体

---

① 关于"影响研究"(*Einflußforschung*),参见 J. D. M. Derrett, "An Indian Metaphor in St. John's Gospel", 9 *Jo. Royal Asiatic Society* 271-86 (1999) cited in W. Menski, *Comparative Law in a Global Context* (2000), p. 52。

② J. F. Stephen, *A Digest of the Law of Evidence* (1st edn., 1876; 12th edn., 1948). 关于斯蒂芬 (1876-1948) 和《印度证据法》的介绍,参见 William Twining, *Rethinking Evidence* (1994) pp. 52～57, L. Radzinowicz *Sir James Fitzjames Stephen* (Selden Society Lecture, 1957)。

③ See e. g. Patrick Glenn, *Legal Traditions of the World*, 2nd ed, (2004), pp. 356～357, Martin Chanock, *Law, Custom and Social Order* (1985), Lauren Benton, *Law and Colonial Cultures* (2002).

公务人员时，诸多影响可能或多或少地以非正式的方式发挥作用。[①] 当推动者是个人或非政府团体时，正式的继受行为很可能仅是例外。

（5）任何"法律的"现象或观念都可能成为播散的对象。总之，规则、概念及诸如法院之类的法律机构，并非惟一甚至主要的继受对象。这在法律播散的主流文献中大体已获承认。诸如制度设计、正式程序、着装、象征符号和仪式、文学样式（例如法律汇编、法学杂志）、法学教育与培训的结构、方法和实践、人员（例如外国律师或顾问），或公文格式之类的继受对象皆是显见的；[②] 而其他对象则可能并非如此明显，诸如法律起草、司法意见或法律论证的样式、监狱管理技术或建筑本身、指定的替代监狱执行的措施等。一些则可能更让人感到困惑，诸如"思维方式"、观念、习俗、未被言明的假设、意识形态甚或基本信念。[③] 罗杰斯富有意义的论述让我们意识到"围绕相同系统而播散的一套技术革新是内部独立的"。研究任一限定的议题可能更容易，似乎它是一种孤立事件，然而事实上播散往往以"技术

---

① 皮斯托与韦伦斯的报告指出："尽管在大多数（六个亚洲的）经济体中缺乏重要的正式法律改革，但在 1960 年至 1995 年间法律体系仍旧发生了重大改变。仅仅通过关注重要法典的颁行或修改，不可能理解这种改变。之所以 35 年间的法律改变不那么显而易见是因为：它往往在行政规则制定或行政实践的层次上发生，而非通过颁行新的重要法典。" See K. Pistor and P. A. Wellons, *The Role of Law and Legal Institutions in Asian Economic Development* 1960-1995, Oxford UP, 1999, p. 4.

② 一种不那么显明的播散形式与法律工具有关。例如，在跨国贸易、投资与金融过程中采用的种类繁多的协议和交易的标准形式。一个例子就已足够："土木工程施工合同条件"（非正式称呼为"红皮书"）即是由国际咨询工程师联合会（FIDIC）拟定的标准格式合同。它是正在出现的跨国建筑法（*lex constructionis*）的一个重要因素，可被解释为该法的组成部分。See www. l. fidic. org/resources/engineeringourfuture/（May, 2004）. 对于迈克尔·道格拉斯提供的这个例子，本人表示感谢。

③ 就从一种地理学视角研究的对象名单进行比较："因此，播散现象涉及广泛的领域，包括诸如汽车、耕作技术、家庭计划、信用卡、广播与有线电视、购物中心、生产实践；诸如生产线、实时生产系统存货清单、政治活动、文化实践、边疆发展、第三世界国家环境的现代化、流行病、城市贫民区以及城市自身等的移植模式。" See L. A. Brown, "Diffusion: Geographical Aspects", 6 *International Encyclopedia of the Social and Behavioral Sciences* (2001), p. 3676.

束"(technology clusters)的方式发挥着作用。①

（6）虽然政府是最明显的法律进/出口的推动者，但也存在很多其他播散的推动者。韦伯、沃森及其他学者将法律专职人员（honoratiores）视作在播散过程中往往扮演关键角色。纵观整个历史，殖民者、传教士以及商人"始终随身携带他们的法律"。奴隶、难民、信徒以及法学家也是如此。② 通过文献传播法律与通过立法传播法律一样多。商业、教育以及宗教，在引发法律改变方面，可能与政府行为发挥同样重要的渠道作用。考虑到殖民者、商人或移民"带来他们的法律"这一事实，播散过程可能更接近一种语言的传播。包括上千甚或上百万次的未被记录下来的个人选择，这种选择贯穿整个漫长时间段而不必然发生在任何历史性的时刻或特定的事件之中。③ 故而，有诸多理由认为，在法律中，正如在其他领域中一样，对于草根阶层及其他层次的说服，较之自上而下的法律制定，可能更有效率，但这种假设需要获得进一步的实证研究支持。④

（7）继受往往包含一个旷日持久的过程，即使存在某些关键时刻，如果不参考先前和随后的事件，将不可能理解该过程。⑤ 甚至对

---

① See Everett Rogers, *Diffusion of Innovations*, 4th ed, 1995, pp. 14～15. 关于法律的技术性视角具有的局限性，参见下文。

② 戴维·内尔肯指出（参见与作者的通信）：对担当变革推动者（change agents）的法学家的详尽实证研究可能是一个极能产生成果的研究领域。我同意这一观点。关于变革推动者，社会科学的文献非常具有启发意义。参见 Everett Rogers, *Diffusion of Innovations*, 4th ed, 1995, Ch. 9.

③ 然而，法律，像语言那样，"乃是以群组为导向的最卓越的革新"。See Robert L. Cooper(ed.), *Language Spread*: *Studies in Diffusion and Social Change*(1982), p. 20.

④ 就这一观点，格伦提供了一种语气较强的表述，"继受乃是大规模遵从说服性权威的一种明显事例……将继受视作伴随征服而被强制实施的，或者自愿实施的，皆不妥当，因为所有继受皆必然是自愿发生的。"参见 Patrick Glenn, "Persuasive Authority", 32 *Mcgill Law Journal*(1987), pp. 264～265. 表面上看，这种说法似乎与有关殖民经验的文献所述的主要趋势不符。尽管如此，格伦的"继受"概念包括接受和说服的一些观念：法律并不被"继受"，除非它被接受。然而，这种观点却是存在争议的，例如可参见 Sandra Burman and Barbara Harrell-Bond(eds.) *The Imposition of Law*(1979)。

⑤ 在英国殖民地规则仍适用于非洲期间，作为国际共管区的苏丹是例外的，因为它并没有一个具体的继受时期。See further, A. N. Allott, *New Essays in African Law*(1970) Ch. 2.

国家法继受的著名例证（诸如土耳其①）——涉及一个或更多具体继受日——的更细致的描述，也强调了过去很长时间内的历史持续性。普遍的观点认为，如果不参考"二战"前日本宪政传统及直到现今为止对其进行的解释和发展，人们将不可能理解"麦克阿瑟宪法"。② 诸多播散故事的最新章节往往是对本土进口者历史的描述，但这也可能具有误导性。

（8）在文献中，学者往往假设大多数播散，至少发生在当代的播散，是从帝国或其他权力中心到殖民地或欠发达的外围的运动。标准范例是一个普通法或民法法系的母法秩序向一个欠发达的非独立的（如殖民地的）或未成熟的（如"转型中的"）法律体系的出口。③ 的确，帝国主义与新帝国主义（neo-imperialism）构成了这幅图景的重要部分。然而，这种恩惠式的观点却几乎并不契合历史发展过程中法律扩散的情形，在该过程中，法律构成了作为殖民者、移民、难民及其他人或重大宗教性离散族群携带行李的一部分。同时，它也并不符合国家、区域或联盟国间互动的情形。对国家法扩散的排他性关注往往伴随一种形式主义式和技术统治式的自上而下的视角，而这种视角低估了非正式互动过程的重要性。

（9）如将其适用于法律现象，布鲁诺·拉图尔（Bruno Latour）的

---

① 土耳其凯末尔的诸多改革是在一个相对较短的时间段中发生的，但如欲理解它们，必然既要考虑在1923年前逐渐现代化和世俗化的漫长过程，又要考虑从1926年开始的同样漫长的实施、解释、调适以及缓慢而不均衡的接受过程。同样，也必考虑到与宗教复兴相关的进一步的继受浪潮、对世界经济的参与以及土耳其试图融入欧洲而不断进行的尝试。

② See, for example, Frank K. Upham, *Law and Social Change in Postwar Japan* (1987); Kyoko Inoue, *MacArthur's Japanese Constitution* (1991); Lawrence W. Beer and Hiroshi Itoh, *The Constitutional Case Law of Japan, 1970 through 1990* (1996); Ray A. Moore and Donald L. Robinson, *Partners for Democracy* (2004).

③ 有关于此的讨论，参见 Zweigert and Kötz, *An Introduction to Comparative Law* (trs, Tony Weir, 3rd edn. , 1998), pp. 41~42。

格言"没有改变,就没有移植"①可能言过其实,然而却没有一位谨慎的法律播散学者将会假设被借入、被强制移植或进口的东西仍会保持不变。② 这不仅是继受法的解释与适用问题,而且也是关乎其被适用或不被适用、自身影响及对本土政治、经济和社会具有重大意义的问题。在某些时候,某种具体法律制度可能的确仍保持有效,因为它是法律精英智识资本的组成部分,③然而,大多数的继受至少是"进口法"与"本土条件"互动的一部分,如何及在何种程度上任何特定的"进口法"仍旧保持其特性或被接受、被忽略、被使用、被吸收、被调适、被扎根、被抵制、被排斥、被解释、有选择地被实施等在很大程度上皆取决于本土条件。此类描述至少考虑到进口法与本土条件(包括本土法)之间的互动。但实际上这仍采用了似乎正在提问的出口者的观点:我们的法律发生了什么?

---

① Bruno Latour, *Aramis or the Love of Technology* (trs. Catherine Porter, Harvard UP, 1996). 在文化地理学中,"一个基本观念是:播散物既是新的技术革新的一种促进因素,同时在其传播过程中又往往发生变化。由此,播散、播散物与人文景观之间的关系是复杂的且容易发生持续的改变。" See L. A. Brown, "Diffusion: Geographical Aspects", 6 *International Encyclopedia of the Social and Behavioral Sciences* (2001), p. 3677. 可与此文论述相比较:N. Alter, "Diffusion of Sociology", 6 *International Encyclopedia of the Social and Behavioral Sciences* (2001), p. 3684。

② 在关于播散的社会科学文献中,"再创造"(reinvention)这个术语有时比"调适"更受欢迎,它强调了这样一种观念:本土民众往往采用富有创造性的解决问题的方法。在这个过程中,借鉴或模仿仅仅只是一个方面。See Everett Rogers, *Diffusion of Innovations*, 4th ed, 1995, p. 17, pp. 174~180.

③ 可将斯蒂芬的 1872 年《印度证据法》作为例证加以说明。除了些许的立法更改外,这部法律已在印度存活了 130 多年。它被印度的判例所包裹。印度法律实务者的专著——诸如《萨卡尔论证据》,篇幅几乎与美国的同类型著作一样浩繁。See *Sarkar on Evidence* (1st edn. 1913; 12th edn. 1971-ed. P. C. and S. Sarkar); cf. J. G. Woodruffe, and Ameer Ali (1979-81) *The Law of Evidence* (14th edn. 1979-81). 学者们的作品与法律文本紧密保持一致,而且印度的判例在很大程度上似乎并未与立法起草人的精神脱离很远。《印度证据法》可被作为证明艾伦·沃森理论的一个事例,这一理论认为:在未发生改变且也未与当地社会经济、政治的变化与条件发生任何重大关联的情形下,很多移植物可以存活很长一段时间。尽管如此,这部法律显然已被融入印度及其他地方几代律师的职业生活中,并成为他们智识资本的一个稳定的组成部分。我推测,整个情形可能更为复杂,但到目前为止,似乎并不存在围绕该法在实践中的应用所进行的实证研究。

从本土视角来看，情形可能会显得非常不同，无论他们身为政治精英、政治精英的对立者、少数派团体成员还是在日常生活中面对各种规制秩序的普通民众。对于这种西方多数继受文献所持的自上而下的偏见，来自日本的一位一流学者千叶正士进行了批判。他大胆断言：“从一种文化视角来看，非西方社会法律的整体结构乃是在继受法与本土法之间的相互关系中得以形成的。”①基于一种非西方观点，千叶对于日本、斯里兰卡及其他地方法律多元的细致研究，乃是对西方多数学者在描述播散过程中所持的出口者偏见的一种有益平衡（counter-weight）。与外国法律观念、法律与制度如何进口及如何抵制它们相关的另一个重要主题，则往往构成某些更广泛的本土政治斗争的一部分。②

（10）填补空白。学者们往往假设，进口的法律是被用来填补空白或某些漏洞，或取代既有的法律；③或者没有什么可被取代，或者其他法律改变是一个直接因素。当法律出口者忽视、漠视或敌视本土法或其他既有法时，他们往往将其视作不可见的或没有意义的。他

---

① 在其著作中，千叶正士提出了这个观点。See M. Chiba, *Legal Pluralism: Towards a general theory through Japanese legal culture*(1989), p. 7. 在近期的著作中，千叶正士将其对于国家和准国家法律形式的单纯关注扩展到了“跨国家的法律”（既强调国际法又强调世界法）。See M. Chiba, "Legal Pluralism in the Contemporary World" 11 *Ratio Juris* 228(1998).

② 例如，可将艾米·蔡的观点（认为经济全球化的影响激起了对在市场上占主导地位的少数族群的强烈抵制，而商法改革被视为他们的利益所在）与德扎莱、加思对拉美“宫廷战争”的描述进行对比。分别参见 Amy Chua, *World on Fire* (New York: Doubleday, 2003); Dezalay and Garth, *The Internationalization of Palace Wars*(2002)。

③ 在社会科学文献中，这被称之为“空容器谬误”（empty vessels fallacy）。See Everett M. Rogers, *Diffusion of Innovations*(4th edn. ,1995), pp. 240～242. 米斯特里斯将针对东欧诸国的域外技术性法律援助描述为“法律的外科手术”，域外概念被引入“好像它们是法律的移植物来取代功能失灵的器官”。See L. Mistelis, "Regulatory Aspects: Globalization, Harmonization, Legal Transplants, and Law Reform: Some Fundamental Observations" 34 *The International Lawyer* 1055(2000), p. 1065.

们倾向于低估萨莉·梅里称之为"抵制国家法渗透的各种形式"[①]的事物。尽管他们主要关注国家法,但几乎所有当代细致的继受研究皆承认,继受往往涉及与既有规范秩序之间的相互关系;至于这些是否被具体学者定名为"法律的"、"非正式的"、"传统的"或"习惯的",则是次要因素。[②] 就此,德扎莱与加斯对进口的美国法学教育和司法改革的观念与拉美本土实践、态度及权力结构之间互动的细致研究,提供了一个很好例证。[③] 与较早的观点一样,重要的问题在于,播散过程几乎一直都是通过本土参与者折中促成的。

(11)技术视角、语境型/表达型视角与意识形态视角。有关法律传播的法律文献中到处充斥着关于播散对象和播散过程的三个基本观念之间的一种紧张关系,这些根本观念可被贴上如下标签:工具主义法律观、表达型/语境型法律观和意识形态法律观。

狂热的播散论者往往假设,法律大体是彼此不相关联的技术产品,像小部件或其他发明一样可以自由移转,作为法律现代化与社会现代化的工具可被进口。在实质意义上,工具主义法律观将这个过程视作是解决问题的一个方面,来自其他地方的办法可被进口以解决本土问题。根据这种观点,法律规则、制度与实践在本质上只是一种技术形式。通常,在现代化过程中,欠发达国家从更发达的"母国"或"宗主国",尤其是当代工业化国家,进口发明和设备。在技术意义

---

① Sally Merry,"Legal Pluralism",22 *Law and Society Rev.* 869,p. 882. 在这一点上,彰显修正主义历史的一个重要例证就是对庞德有关"美国法的形成时期"描述的质疑。庞德认为,在美国大革命之后,普通法被接受以取代简单的殖民地法。而近来的史学研究却指出,殖民地法并不简单,并不存在普通法的继受时刻,相反,存在一个旷日持久的吸收和发展的复杂过程,这个过程在不同殖民地之间也是不同的且继受的观念仅是构成每个地方情形的一种因素。See Edward M. Wise,"The Transplant of Legal Patterns",37 *Am. Jo. Comp. L.* 1(1990),pp. 7~10.

② 例如,伯科维茨等人所写的一篇文章关注于国家法的移植,但却承认"今天大多数社会既存在正式法律体系也存在非正式法律体系"。See Daniel Berkowitz,Katharina Pistor and Jean-Francois Richard,"The Transplant Effect",51 *American Jo. Comparative Law* (2003),p. 175. 他们论点的核心在于被进口的正式法律往往必须与既存的非正式法律秩序(或其他规范秩序)发生互动。

③ See Dezalay and Garth,*The Internationalization of Palace Wars*(2002).

上，这类进口品更为先进且更适合当代条件。对此，一些标准的比喻富有启迪意义：进口、出口、创制、调适、移转、仿制、机械制造甚至工程建设、硬件以及软件等。① 学者们甚至谈到出口国为获得其法律产品的市场份额或用户群而彼此之间展开的竞争。这些价值和取向与官僚制的理性化以及经济效率的理念相契合。由此，对于技术性手段的强调便被认为是理所应当的。②

第二种视角是意识形态式的。在继受中，最重要的因素乃是促其发生的潜在价值、原则与政治利益而非具体规则或条文。根据这种观点，法律材料几乎完全与政治价值和信念交叠在一起。③ 在殖民时代，进口法主要被视作借助殖民权力而进行社会控制和剥削的一种工具。然而，这亦被表述为殖民主义"文明化"使命的一部分："我们将法治馈赠于你们。"在后殖民时代，"民主、人权与善治"以及"法治"被作为市场驱动型意识形态的一部分而被出口。批判法律研究运动的学者将这种意识形态斥为"自由法制主义"（liberal legalism）。

可以说，凯末尔改革既是意识形态式的又是技术层面的：它们皆为凯末尔旨在实现土耳其世俗化、民主化、现代化以及最为重要的西方化之整体策略的一部分。在近些年中，诸多活动皆围绕这样的努力而展开：借助法律促使一个国家从管制型或管理型经济朝向自由市场经济体系转变并且改革法律体系以鼓励国外直接投资。此种结构型调整和现代化规划往往将自由市场的意识形态与一套工具性和技术性假设结合在一起。

在一种截然不同的语境下，诸如戈德雷和埃瓦尔德等比较法学

---

① 与法律移植相关的比喻，参见 David Nelken in D. Nelken and J. Feest（eds.）*Adapting Legal Cultures*（2001），pp. 15～20 and Esin Örücü，"Law as Transposition" 51 *ICLQ* 205（2002）。

② 关于技术与"技术性偏见"（technical prejudice），参见 William Twining，*The Great Juristic Bazaar*（2002），pp. 176～182。

③ E. g. Duncan Kennedy，*A Critique of Adjudication*（1997）.

家,强调了理解"哲学"基础——作为领会法律学说的一个必要部分——的重要性。戈德雷对于合同法学说起源的描述旨在说明:合同学说的概念与原则的基本结构是如何与其扎根其间的新托马斯主义道德理论(neo-Thomist moral theory)相分离并由此变得内部不相融贯的。[1] 埃瓦尔德强调了宪政理论在理解德国民法典及其与传统罗马法之间存在深刻差别的价值所在。[2] 从一种意识形态的视角观之,仅将进口法视作针对共同问题的一系列技术性解决方法——例如将"法律人之法"看做是与政治无涉的[3]——或仅凭其技术优越性而择选出更优的一种体系,皆模糊了潜在的目标且自以为这些目标并不会引起争议。[4]

一种非主流的观点更加富有浪漫色彩。[5] 法律主要是本土社会、价值以及传统自发而生的产物且在很大程度上体现或反映了本土社会。[6] 法律整体深嵌于本土文化之中。这使得对域外观念的继受和吸收变得困难。当然,法律体系之间发生互动并相互影响,但这个过

---

[1]　James Gordley, *The Philosophical Origins of Modern Contract Doctrine* (Oxford UP, 1991).

[2]　See William Ewald, "Comparative Jurisprudence(I): What Was it Like to Try a Rat?", *University of Pennsylvania Law Review* (1995), pp. 1889~2149.

[3]　关于"法律人之法"这一概念存在的问题,参见 William Twining, "Some Aspects of Reception" (1957) *Sudan Law Journal and Reports* 229。

[4]　将工具性观点和浪漫性观点视作是两种相对排斥的观点是错误的。例如,布鲁诺·拉图尔以一种浪漫的方式展示了技术(播散)的过程。See especially Bruno Latour, *Aramis or the Love of Technology* (trs. Catherine Porter, Harvard UP, 1996). 同样,并非所有的问题解决方法皆是有意识的和理性的。See William Twining and David Miers, *How To Do Things With Rules* (4th edn., Butterworth, 1999), Ch. 2.

[5]　对于"新浪漫主义转向"的极佳分析和共鸣式的批评,可参见詹姆斯·惠特曼的论文,载 R. Munday and P. Legrand (eds.), *Comparative Legal Studies: Traditions and Transitions* (Cambridge UP, 2003), Ch. 10.

[6]　这种意味深长的观点的更强表现形式就是所谓的"镜像理论":一种认为法律回应或"反映"社会的观点或假设。这往往与沃森的移植理论相悖。沃森的理论认为,法律变革的主要推动力量是模仿。我认为,将两者并列可能具有某些价值,但这种对比往往被打上了过于强烈的感情色彩。See William Twining, "A Post-Westphalian Conception of Law", pp. 206~213.

程往往是缓慢和复杂的。在这一点上，这种商谈采用了汇集自然现象与有机组织的类比和比喻：无缝之网、移植、吸收、消化、蔓延、刺激、排斥甚至渗透。① 移植怀疑论者往往将法律视作本土文化、语境、历史以及传统的表达且深植于它们其中。取代将具体概念、法律或制度视作不相关联的单位，他们往往将它们视作内在融贯的有机系统不可分割的组成部分。②

不可否认，这三种法律观的每一种皆有其合理之处。当卡恩·弗罗因德将肾脏"移植"与汽化器"移植"相比较时，他指出，诸如合同法与商法之类的法律的技术性领域，较之那些可能与政治语境和社会语境存在更紧密联系的领域（诸如公法与家庭法）更易被移植。他总体认为，法律现象非常多变且存在于一种连续的可移转的状态中。有时，在"法律人之法"与"属人法"之间，学者们也会进行相似的对比：前者大体被认为可很好地被迁移，而后者则并非如此。之所以土耳其凯末尔式的继受普遍被视作一次卓越改革，原因恰在于它囊括

---

① 作为一种向往目标的这种浪漫观点的更精致表现，可在与弗兰克·劳埃德·赖特的建筑观进行的类比中展现出来。根据这种观点，正如赖特的"自然房"（natural house）一样，一种法律体系应当由审慎地采用的本土材料组成；它应当成为景观的组成部分而非看上去是一种外来的强制物；而且它应以内部融贯的方式包含和表现本土的价值。总之，它应与其所处语境相协调。这栋自然房与景观融为一体，然而它并不纯粹地反映它。虽然赖特自称是一位浪漫主义者，但他的建筑艺术观并不排斥功能、技术以及实用性等观念。一些评论者将其与一种具体的意识形态——开拓精神（frontier spirit）——相联系，这种意识形态鼓吹自由、民主以及稳健的个人主义。参见 Donald Hoffman, *Understanding Frank Lloyd Wright's Architecture*（Dover, 1995）。乍看上去，这种类比似乎有些古怪。但在截然不同的法学理论领域中却皆有其强烈的回应。例如，萨维尼主张将法律视作民族精神之表达的观念；卢埃林主张的工艺和时代风格的观念；诺内特与塞尔兹尼克的回应型法以及罗纳德·德沃金的"作为整合的法律"的观念。根据这种观点，一栋房子必须契合其所处语境，法律也是一样。

② 一个适例来自艾利森的著作[J. Allison, *A Continental Distinction in the Common Law*（1996）]。这是一部将在英国法中公/私法划分作为一次不成功移植范例而进行详尽研究的著作。这部著作的核心主题是："鉴于法律体系与政治体系的融贯性，移植是危险的。"See J. Allison, *A Continental Distinction in the Common Law* (1996), p. 236. Cf. Guenther Teubner, "The Two Faces of Janus: Rethinking Legal Pluralism" 13 *Cardozo Law Rev.* 1443(1992).

了婚姻法及其他属人法等重要领域。此即为这些区分的价值所在，但仍需审慎地对待它们。

当然，问题远非如此简单。何种比喻最适合用来描述播散或移植的过程——技术、意识形态还是建筑？提出此问题与询问一项法律是否更像一个部件、一栋房子或一种信仰体系一样合理。法律太过宽泛与多变以至于不适合做任何诸如此类的化约主义式的举动；播散过程也是如此。问题解决型、表达型以及意识形态型法律观皆为考量法律播散过程的有用参考点。它们代表了三种不同的但却相互关联的观察具体现象的视角。然而，法律现象、播散推动者的动机以及法律秩序与法律文化之间的内部关系如此地形形色色与纷繁驳杂，以至于期待一种或他种视角来完满说明所有事例将是荒谬的。如果不考虑潜在的信念、价值以及目的，人们不可能深入地进行法律研究。有时，依循在解决具体问题方面有用的创造来观察具体的法律规则、设施或制度是富有意义的。反过来说，较之询问一种具体解决方法是否适合解决一个具体的问题，存在更多理解诸类法律改变过程的方法。

围绕移植而持续进行的争论如此不令人满意的原因之一在于：这些争论往往是以两种极端观点（技术论者 vs. 语境论者；"强沃森理论"vs."强镜像理论"）的对立表现出来①，或以两种适中观点之间的讨论表现出来，例如卡恩·弗罗因德②，他将可移转性视作一种相对因素且做出了如此多的妥协以至于他的观点之间似乎并不一致：一边强调差异，另一种则强调相似，事实上两种说法都是一样。如意欲摆脱此种困境，那么就需承认：在如此高的一般化层次上，讨论如此复杂的图景的确是有限度的。③

----

① See William Twining, "A Post-Westphalian Conception of Law", pp. 206～213.

② See Otto Kahn-Freund, "On Uses and Misuses of Comparative Law", pp. 8～13, 300～305.

③ 这一主题将在《社会科学与法律播散》一文中探讨。See William Twining, "Social science and diffusion of law", pp. 203～240.

（12）评估效果："成功"与"失败"。在法律播散文献中，学者们往往模糊地谈及继受的"有效"或"无效"问题。尽管如此，自从 20 世纪 90 年代以来，外国法律改革机构在以东欧为代表的"转型国家"、以阿富汗和伊拉克为代表的后冲突社会投入了巨额资金。① 国际金融机构②、西方援助机构（如美国国际开发援助署）在"法治"、"善治"、"立法改革"、"司法改革"以及"制度能力建设"等名义下资助了诸多与法律有关的项目和规划。这些资金往往借助于需要"展示成果"且自身受制于当代问责程序的大型官僚制机构予以分发。这转而促发了旨在诊断法律体系的"健康"与否、评估改革的有效性、效率与可持续性以及评估具体项目"成功"与否的诸多工具的形成。然而，相关人士仍在对这些工具进行持续的检讨与提炼。③

在很大程度上，在学术文献中最初仅被模糊参照的审计文化现

---

① 对于维罗妮卡·泰勒与特丽·哈利迪告知我这些发展情形，谨表谢意。See Veronica Taylor, "The Law Reform Olympics" in Tim Lindsey (ed.) *Law Reform in Developing and Transitional States*, Routledge 2007.

② 这绝不仅限于世界银行和国际货币基金组织。例如，在与东欧相关的项目中，欧洲复兴发展银行在评估措施的开发方面扮演着先导性的角色。除其他事项外，亚洲发展银行对皮斯托与韦伦斯所从事的影响深远的研究予以了资助。英国国际发展局业已提出相关评估指导纲要。

③ 例如，美国国际开发援助署在东欧和中欧亚实施的"商法与法律机构改革"项目（CLIR）对其以往的努力做出了如下自我评价："早期努力……的成功——这里是指第一代商法与法律机构改革——喜忧参半。新的法律被起草（有时直接从先进市场经济国家照搬而来）并被颁行，但几乎没有产生任何持久性改变。……在第二个阶段，实践者的关注转而投向旨在推行和实施商法和其他法律的制度性框架的强化和理性化。这引发了在制度性分析和运作性分析、规制设计以及效能建构等方面的重大提升。……虽然在某些实质性领域（例如关税与贸易协议/世界贸易组织的加入、关税管理、抵押登记以及资本市场等）获得了长足进步，但在其他领域（主要是破产法、反垄断法和知识产权法的实施）却未有丝毫进展。……'第三代'商法与法律机构改革项目（聚焦于）实施与执行之间的差距问题"而且"旨在确保在实施与执行法律以及制度改革中的可持续性"。See C-LIR Handbook, 1999, quoted by Veronica Taylor, "The Law Reform Olympics" in Tim Lindsey(ed.)*Law Reform in Developing and Transitional States*, Routledge 2007, pp. 18～19. 泰勒做出这样的评论："美国国际开发援助署主持下的'三代'法律改革总结出的法律洞察仍主要是一种形式主义式的观点……且其最终目标是工具主义式的：传送一种评估法律体系并将其分类的技术。"（同本注）。

在在很大程度上已被转而用于衡量移植与继受的"成功"或"失败"。[①]绩效指数、效率标准、基准测试、适应性评估甚至是成绩排行榜早已或正在被各种推动者研发出来，被用来作为资金分配的标准。正如大范围所发生的那样，这些法律改革和评估工作被承包给了私人组织，这些组织往往处在必须在严格限定的时间内提供标准化的、节省成本的一揽子建议和评估意见。而且，其中的一些过程缺乏他们意在提升的透明度。[②]

这些相对新颖的活动的一个显著特征是在很大程度上忽视了法律院校。在绩效措施的形成过程中，经济学家和其他非法律学家似乎与执业律师相互协作，在很大程度上，对于诸如比较法、法律与发展、规制、顺应以及移植等学术遗产而引发的争议和累计的知识，他们并没有意识到或根本不感兴趣。当学者强调本土历史与长期时间段的独特性时，尤为如此。这些措施之下的潜在假设往往是技术统治论的、形式主义的以及强烈的工具主义式的，几乎很少注意到文化、语境以及传统。[③]

这很容易让学术型法律人——特别是比较法学家和法社会学者——将这些发展动向斥为粗糙的、反应迟钝的"童话故事"，而不值得谨慎为学之人的关注。一些人可能拒绝与它们发生任何联系，因为它们在意识形态上是不可接受的。很多学人反对审计和采访，尤

---

① 例如，沃森（Alan Watson, *Legal Transplants* (1974, revised edn. , 1993), pp. 88~94)与艾利森(J. Allison, *A Continental Distinction in the Common Law* (1996), pp. 15~16, 236)皆轻描淡写地谈到了在未具体指定任何评价标准的情形下获得的成功和面临的风险。伯科维茨等人富有意义地详尽讨论了近来就法律改变对经济发展之影响所做的实证性研究。他们使用一句宽泛的概括总结了全文："然而，在经历多半不成功的法律移植的二百年后，对于法律制度的发展抱持更多的耐心似乎是必要的。"See Daniel Berkowitz, Katharina Pistor and Jean-Francois Richard, "The Transplant Effect", 51 *American Jo. Comparative Law* 163(2003), p.190.（添加的强调）。

② 在这一点上，欧洲复兴开发银行更为公开，例如，它通过其刊物《转型中的法律》发布相关事项。See especially Anita Ramasastry, "What Local Lawyers Think: A Retrospective on the EBRD's Legal Indicator Surveys", *Law in Transition* (Autumn 2002)14.

③ William Twining, *Globalisation and Legal Theory* (2000), pp.161~165.

其是当他们的表现被与成绩排行榜挂钩时。针对教育式排行榜的所有标准的反对意见直接被提出：硬变量排斥软变量；它们量化了不可量化的因素；它们就不可通约的因素进行了比较；它们的评价是武断的；它们往往涉及可疑的或简单化的假设、虚假的准确性、评价之时的潜在偏见及鼓吹所谓的"万全之策"。①

然而，问题在于：这些新的发展动向具有非凡的影响力且已成定局。② 早期的一些努力很可能是粗糙的，但这些方法正在被持续地加以完善。③ 最起码，这些衡量和评估法律改革规划的富有影响力的尝试，值得持续性地予以理论批判。经济分析、"新制度主义"以及审计的必要性，无论它们可能多么地富有争议，却正在引入描绘和分析国家法法律体系的真正意义上的新方法。④ 对此，可以做出这样的补充：从关注立法转向关注可持续性实施代表着从关注表层法到关注运行之法的日渐增多的有意义的现实转变。在将来，比较法将必须进行调整以适应激增的数据库、普遍适用的定量评价、官僚制理性主义的观念与复杂程序以及不可通约性的基本问题。⑤

---

① 在《信任的力量》一书中，奥诺拉·奥尼尔(Onora O'Neill)认为，对于目标设定、绩效指标以及一些"透明度"形式的诸多批评已被证成，因为它们倾向于促进一种谴责文化(a culture of blame)而非缓和它们被期望加以补救的"信任危机"。

② 多数发展与商法相关且相对而言较为新颖。学术性的关注指向诸如民主审计及在较长期限内在人权评估中使用统计学之类的问题。例如，关于英国民主审计的著作，可参见 David Beetham, *Auditing Democracy in Britain*(Democratic Audit Paper No. 1,1993), Franseca Klug, Keith Starmer, and Stuart Weir, *The Three Pillars of Liberty : Political Rights and Freedoms in the United Kingdom*(Routledge,1996)。

③ 将宏观经济分析适用于法律移植的大胆尝试，参见 Daniel Berkowitz et al. "The Transplant Effect",51 *American Jo. Comparative Law* 163(2003)。

④ William Twining, *Globalisation and Legal Theory*(2000),pp. 161～165.

⑤ 关于不可通约性，参见 Wendy Espeland and Mitchell L. Stevens,"Commensuration as a Social Process" 24 *Ann. Review of Sociology*,pp. 313～343(1998),Fred D'Agostino, *Incommensurability and Commensuration*(Ashgate,2003); Ruth Chang(ed.)*Incommensurability, Incomparability,and Practical Reason*(1997)。关于比较法中的可通约性的理论问题，可参见 Patrick Glenn,"Are Legal Traditions Incommensurable?" 49 *American Jo. Comparative Law* 133(2001); *Legal Traditions of the World*(2004),pp. 44～58,354～355。

五、结论

总之,作为合法间性的播散过程太过多变和复杂以至于不能将其简化为一个简单模式或一种理想类型。尽管如此,上述分析就简单化的诸多假设提出了一些告诫。

(1)出口者与进口者间的关系并不必然是二元的,仅仅包括一个出口者与一个进口者。相反,继受的来源往往是多元的。

(2)播散可能在不同地理层次之上或超越此种层次而发生在多种法律秩序之间,而不仅仅在国家法法律体系之间水平发生。

(3)播散的路径可能是复杂和间接的,且影响可能是相互的。

(4)播散可能并不涉及正式地通过或颁行法律而以非正式互动的形式发生。

(5)法律规则和概念不是惟一的甚至主要的播散对象。

(6)政府不是惟一的且可能并非主要的播散推动者。

(7)不要假设一个或更多的特定继受日。播散往往意味着一个旷日持久的过程。即使存在某些关键时刻,如不参照事前或随后的事件,也不可能理解这个过程。

(8)法律播散往往包括从一个帝国或其他权力中心到一个殖民地的、非独立的或欠发达的外围的移转。但仍然也存在其他类型。

(9)未经重大改变而仍保留其特性的移植观点早已被广泛地视作已经过时。

(10)进口法很少填补空白或整体取代既存的本土法。

(11)法律播散往往被假设为是工具性、技术性以及现代化性的。然而在法律的技术性视角、语境型/表现型视角以及意识形态视角之间存在一种持续的紧张关系。

(12)在播散文献中,学者往往谈论继受"有效"或"无效"问题。直到近来,才出现从实证角度评价和衡量此种影响的努力。由此提出了诸多衡量工具是令人怀疑的,但这的确是一个需要认真地予以关注的学术领域。

这些一般性观点可作为对复杂性的若干告诫。然而，此类告诫不应停留在宏观图景之上。需要针对此现象进行多种细致的研究。在第二篇论文中①，我将探讨关于继受/移植的法律文献与关于播散的社会科学文献之间的差距，并且思考从这种更周密和更强烈的——可能对法律播散的细致研究具有助益或启示意义的——实证主义传统中可以学到什么。

① See William Twining, "Social science and diffusion of law", pp. 203~240.

全球行政法：原则与价值的追问

[英]卡罗尔·哈洛 著 徐霄飞 译 毕洪海 校 *

一、引言

全球行政法的概念提出了一系列极富争议且难以回答的问题。这样一种全球行政法的制度是否真的正在形成？如果是，我们想要它吗？就像国内的行政法制度总地来说是自由发展那样，是否应当任由全球行政法独自发展，而可能在全球化背景下受到不可避免的交叉影响？或者是，应否有意识地促进全球行政法协调一致（harmonization）的进程？现在使一般原则法典化的时机是否已成熟？如果是，那么

  * 卡罗尔·哈洛（Carol Harlow），伦敦经济学院荣休教授。徐霄飞，清华大学法学院宪法与行政法学专业博士生。毕洪海，法学博士，北京航空航天大学法学院讲师。原文为：Carol Harlow，"Global Administrative Law：The Quest for Principles and Values"，17 *The European Journal of International Law*，2006，pp. 187～214。

主体应当是国际的行政机构、法院——伴有司法治理的危险还是学者，其中有人已经积极推动宪法的国际化或者国际法的宪法化？还有就是存在可以"法典化"的素材吗？换种方式说，是否存在普遍承认的原则，这些原则可以合理地作为这一方案的基础？最后，全球行政法的适当领域在哪里？作为世界法（cosmopolitan law）的一种，全球行政法是否且应否只在全球层面运作？就像那些人权律师通常所鼓吹的那样，是否应当鼓励这些原则侵入国内的法律与宪法领域？如果是，那怎样执行？

本文讨论的是原则问题，以及这些能够确认并汇集到一起的原则是否能够作为全球行政法的基础。第二部分详细阐述了"行政法原则"这一核心概念。在随后的部分中，确认了行政法原则的四种可能的渊源，并简要讨论了其作为全球行政法律体系基础的适宜性。第三部分探讨的是行政法原则最显而易见的一种渊源：国内的行政法律制度。这已经是比较法分析的主题了，而且在欧盟这一有限的区域内，也是在欧盟委员会和欧洲法院推动下的一体化步骤的主题。接下来的部分则讨论那些与全球性经验直接相关的可供选择的渊源。第四部分讨论的是一种正在迅速扩张的渊源——法治的系列价值，这些价值在国际贸易法中得到了运用，而且深受经济自由主义与自由贸易拥护者的支持。第五部分讨论的是善治的价值，这是全球性图景中的新成员。善治的价值部分来源于公共行政的管理理论（managerial theories），这种理论在 20 世纪 80 年代横扫整个英语世界，善治（good governance）的价值被嫁接到经济自由主义上，如今主要是诸如世界银行与国际货币基金组织这样的经济机构在推动。第六部分讨论的是人权的价值。这是一种对抗性的且正在迅速扩张的价值渊源，但只是在其程序性质范围内才是如此。因此，许多国际人权文本都包含正当程序权利，其属于从古典行政法律制度中发展而成并受其保障的那种类型。随着人权法越来越被人们所接受，人权律师积极推动将其作为具有普遍拘束力的普世性价值，这些程序性权利也正在成为具有拘束力的国际法规范。第七部分检讨了认为人权价值具有普世性的主张是否可以证成。这一部分着重强调了本文的一大发现：出自这些不同渊源的诸原则之间存在着相当多的重叠，这可以作为全球行政法律制度的初步基础。但是最后两部分具有警告之意。第八部分结尾提出了致命的执行问题，而第九部分讨论的是追求全球化的原则①，通过未公布的贸易条约和跨国争端解决机构加以实施，会带来民主的问题。尽管没有直接阐述，但这一部分还触及另外一个非常重要的问题，即迅速占领全球空间的那些法律主体对国内政治格局的影响，就此笔者主要持一种消极的观点。② 最后的结论就是有理由对全球行政法报以相当程度的怀疑。或许多元主义与多样性是更好的选择。

实际上，全球行政法是否只是一种学术上的幻想，还是个待决的问题。卡塞斯在讨论现在冲击国内行政法的繁杂厚重的国际监管规范时，认为其至少是一个或然的事件。③ 施奈德则更喜欢说"全球法律多元主义体系"，存在于"整个世界不同结点所具有和形成的各种机构、规范与争端解决程序当中"。④ 肯伯利、柯瑞克与斯图尔特在一篇支持全球行政法这一方案的论文中⑤，提出了可以发展并推广全球行政法的五种场合：①在正式的国际组织内部，特别是联合国、安全理事会或世界卫生组织；②在根据条约体制而设置的分散式行政机构当中，典型的是已经确立了自主的争端解决机制的《服务与贸易总

---

① 作者说该文的论述分为九部分，但纵观原全文，实际上只有七部分。原因是作者最初文章为九部分，但发表时，编辑做了删减，由此造成章节数字上的混乱。但这并不影响文章整体的思路、内容与阅读。特提请读者注意。——译校者注。

② 对于此种消极观点的进一步阐释，参见 C. Harlow, "Voices of Difference in a Plural Community", 50 *American J Comparative L*, 2002, p. 339 and "Deconstructing Governance", 23 *Yearbook of European Law*, 2004, p. 57。

③ Cassese, "Shrimps, Turtles and Procedure: Global Standards for National Administrations", IILJ Working Paper No. 2004/4, p. 19.

④ F. Snyder, Governing Economic Globalisation: Global Legal Pluralism and EU Law, 2002, pp. 10～11.

⑤ Kingsbury, Krisch and Stewart, "The Emergence of Global Administrative Law", 68 *Law & Contemporary Problems*, 2005, p. 15.

协定》和世界贸易组织。③通过参与设定议程的行政主体与其他（政府性的）联合企业的跨国网络。④通过被委以监管功能的私人机构或混合组织，比如负责食品法典（Codex Alimentarius）的食品安全标准委员会。⑤体现为那些明显属于私人机构的自我管制框架，例如国际奥林匹克委员会、世界反兴奋剂组织或国际体育仲裁法庭。尽管这篇论文的作者们把这些类别作为完全可以产生全球行政法的情形，但笔者认同的是施奈德与马林斯基，即全球法律多元主义"不只是提供游戏规则；而是包括游戏的参与者在内，也构成了游戏本身"。① 换句话说，调整特定全球商品链条的法律规则和实践网络，必然会体现这一链条中的影响力和权力结构。② 因此本文的一个观点是，这样一种体系的演进，会侵蚀那些经常遭到忽视的第三世界国家的利益与富有特色的文化传统。

二、国家与欧盟的行政法原则

如前所述，本文的主要目的就是确定那些可以作为全球行政法基础的原则。为了绕过法理学著作中常见的那种语义学争论，本文承认，不但原则包含一种伦理向度，而且法律秩序与法律原则都有助于共同体道德的塑造并从中获得自身的价值。③ 尽管如此，区分"原则"与"价值"仍是有益的，所谓"原则"指构建法律体系必须的基石，而"价值"则主要是在法律体系外部形成的。由于缺乏清晰可辨的政治或宪法架构，任何全球法律秩序的讨论，便很有必要区别哪些要素与法律紧密相关而哪些不是。因此只要有可能，本文将区分"原则"、"权利"和另一方面的"价值"或"标准"。

---

① Snyder，同前注③文，p. 11.

② Muchlinski，"Globalisation and Legal Research"，37 *The Int'l Lawyer*，2003，pp. 221~237.

③ 进一步的讨论，参见 P. Cane，Responsibility in Law and Morality，Oxford：Hart Publishing，2002。

西方任何行政法律制度的正当化原则都可以在民主与法治这对孪生理念中找到根基。可以说,至少在 21 世纪,这对孪生理念应当作为每一种行政法律制度的背景理论。就欧盟而言确实是如此,欧盟通常被认为是目前最复杂的国际政治体,具有非常成熟的跨国法律秩序。这对孪生的理念已成熟为欧盟的宪法原则,牢牢地嵌入其政治安排当中。这在各种作为欧盟宪法的条约中就得到了体现,并且在《欧洲基本权利与自由宪章》的序言中得到了概括与重申,它申明欧盟是"奠基于民主与法治原则的"。再者,《欧盟宪法条约》则予以全盘吸收,初次赋予了宪章法律执行的基础。① 这可以被视作西方政府制度与政治理论内部的孪生理念的长征,从此作为法律秩序的支配性原则融入到全球与跨国的治理制度当中。

在我们的主题下,可以说法治是这两个原则更重要的一个。每一个西方的行政法制度都是基于法治的,而当一种行政法制度能够——而且可能必须——在民主政府的制度之外发挥作用时,一个不遵守法治的民主政府完全就是自相矛盾的。法治的理念是行政法的原则据以运作的核心背景理论,而同时又是一种支配性的原则。法治导出了另外一套原则,它们形成了行政法的内容。例如,在宪法层面上,法治衍生出诉诸法院解决争端之权利原则;行政法则将该原则扩展为一套正当程序原则,包括向裁决者陈诉和申辩的权利、获得公平听证的权利、说明理由的决定等。更细的规则则界定什么是"听证",通常是在判例法中。这一过程使得该原则的范围能够扩张(或限缩),后来则通过把正当程序扩充到所有的决定者而被重塑为一种行政程序。然而,立法者可能也会插上一手,典型的如美国行政程序法,或者是《欧共体条约》第 253 条(还有第 190 条),规定欧盟所有的决定者都有义务说明理由。

"诉诸法院"这项关键原则连带着通常与其形影不离的正当程

---

① 关于该项规定有约束力的解释与适用,参见 Part Ⅱ,Title Ⅶ,Arts,pp. 111~114,在此并不是评论预言这份文件最终命运。

序原则，当今在许多人权文本中都得到了体现，著名的如《欧洲人权公约》第 6 条第 1 款，曾就此引发了大量的法学讨论（本文第六部分将对这样的文本进行详细的论述）。然而我们应当注意，在宏观层面同意最终的价值与目标，并不能表明在微观层面不存在重大的分歧。换句话说，原则与价值并非总是一致的，这一点本文后面会加以说明。

　　欧洲的每一种体制都承认行政法的首要功能就是控制公权力，或者如夏皮罗所言是"有限政府"。[1] 以略有不同的方式来说，行政法要求官员服从法治，规定行政组织内部的行为。这体现的事实是，行政法的主要制度是在 19 世纪确立的，通常以着重强调三权分立或权力功能性分离的宪法为背景。[2] 结果是，行政法在争取有限政府的斗争中发挥了重要作用。"马伯里诉麦迪逊案"[3]确立了对部长行为的司法控制，随后法国的拿破仑国王案几乎与之完全对应[4]，而英国现代行政法的一件里程碑案件确立了英国普通法院对政府特权完全的管辖权。[5] 这些都是意义深远的案件，确立了法院对先前被视为政府或政治行为的管辖权。于是人们对许多体制中的行政法定义都强调控权功能也就见怪不怪了。卡塞斯坚决认为，行政法属于规训公共行政并调整其与私方当事人关系的法律部门[6]，这无疑引起了夏皮罗的共鸣，并且以夏皮罗非常熟悉的方式，指出：

　　　　行政法是与控制政府权力有关的法律。无论如何，这才是

---

① Shapiro,"Administrative Law Unbounded", 8 *Indiana J Global Legal Studies*, 2001, p. 369.

② 普通法体系中的英国不成文宪法，明显是个例外，它不是正式意义上的分权宪法，不过它坚定地承认法官独立并禁止司法决策（judicial policy-making），参见 J. Allison, *A Continental Distinction in the Common Law：A Historical and Comparative Perspective on English Public Law*, Oxford：Clarendon Press, 1996。

③ Marbury v. Madison, 1 Cranch 137, 2 L Ed 60(1803).

④ Conseil d'Etat, 19 Feb. 1875, Prince Napoléon, Rec. 155, concl. David.

⑤ Council of Civil Service Unions v Minister for the Civil Service [1985] AC 374.

⑥ S. Cassese, "An Introduction to Italian Public Law", 2 *European Public Law*, 1995, pp. 299～300.

　　行政法的核心……行政法的主要目的在于……保持政府权力在法定界限内运作,从而保护公民以防止其权力的滥用。必须防止强劲的政府机器胡作非为。①

　　在整个普通法世界,行政法已经演进成通过外部机关对行政进行"制衡"的制度的一部分。立法机关确立行政法的框架,不过其实质内容很多源自法院,总地来说是留待法院来发展原则。就此而言,法国的模式却相当不同,在法国,行政法官是从行政机关内部发展行政规范,而规制框架很大程度上源自行政机关。② 这种框架促进了另一种更以行政为中心的行政法定义,即行政法是所有适用于行政的法律与规则。③ 从这个角度看,虽然司法审查发展了行政法的原则,但行政法不仅仅是以法院为中心的关于"命令与控制"的制度;还包括立法和政府与行政官员为实施政策而设定的条例,甚至以其为中心。当然,这种观点并非绝对的;在大多数制度中,行政法都具有两面性。不过,第二种视角与经济自由主义者所支持并由国际贸易法律机构在全球层面提供的法治理念并不一致(本文第三部分)。

　　重申一遍,在大部分制度中,行政法已演变为主要关注程序;结果,行政法的原则很大程度上也都具有程序性的特征。④ 行政法要求

---

　　① H. W. R. Wade & C. Forsyth, *Administrative Law*, Oxford: Oxford University Press, 8th edn., 2000, pp. 4~5.

　　② 《法国宪法》第 37 条规定了现代法国体制中的规制功能部门。关于规制功能部门演变史, see M. Troper, La séparation des pouvoirs et l'histoire constitutionnelle française (1980)。抛开实践,仅从理论上讲,英美法上的委托授权体制与法国体制不同,关于此种差异,参见 Lindseth, "The Paradox of Parliamentary Supremacy: Delegation, Democracy, and Dictatorship in Germany and France, 1920s-1950s", 113 *Yale LJ*, 2004, p. 1341。

　　③ C. Debbasch, *Institutions et droits administratifs*, 1976, p. 17. 关于美国的情形, "行政法是与行政机关的权力与程序有关的法律,特别是对行政行为进行司法审查的法律", See, K. C. Davis, *Administrative Law Text*, St. Paul, Minn.: West Pub. Co. 3rd edn., 1972, p. 1。

　　④ 法国行政法上审查的四个传统子范畴——不合法,不合理,程序性瑕疵,与不正当目的——并非全部被限定在程序性上,尽管在实践中审查的程序性根据主导着判例法。可参见 J. -M. Auby, Traité de Contentieux Administratif, 1984。

政府与行政机关遵循合法性的界限，或特别是在美国行政法中，不能超越被授权的范围。由此得出了作为所有行政法制度核心的合法性原则，根据这一原则，行政机关必须在其权限内运作（用普通法上的术语来说就是越权无效原则；在法语中就是行政合法原则（excès de pouvoir））。通常行政机关还要遵循正当程序原则。[①] 行政法还应当包含"规定行政机关如何合理制定规则的一套规则；即行政法就是一套关键性的程序"[②]。法律人经常假定这些原则应当通过司法审查的过程产生，实际上往往也是如此。然而这种假定并不必然正确。就像前面提到的，如果行政法的功能是发展行政的框架，体现为有效决策与治理的必要工具，那么行政法的实践与程序并不需要通过判例法来形成；且无须将其全部纳入法院的权限范围就可以法律化。如前所述，美国有关规则制定程序的主要渊源是美国行政程序法中；欧洲的多数国家都拥有行政程序法，而欧盟的行政程序来自欧盟委员会调整竞争程序的条例，不过除此之外，欧洲法院还阐述了一般性的原则。[③] 不过，法典化通常会为司法化提供强大的刺激，表现为通过强化司法审查的方式重申司法至上。[④]

但是正如澳大利亚主流行政法教科书的作者所述，行政法原则的界定"是一个鲜有论述者能达成一致的问题，因为这最终取决于人们想要从行政法中获得什么"。基于此，作者们大胆地抛出了他们的立场，声称法律制度的最低条件是：

---

① 有时人们会说意大利的法律并没有遵守这些原则，不过请参见意大利 1990 年 8 月 7 日颁布的《行政程序法》第 241 条。以及 Cassese，"Shrimps, Turtles and Procedure: Global Standards for National Administrations"，p. 325。

② Shapiro，'The Institutionalization of European Administrative Space' in A. Stone Sweet, W. Sandholtz, and N. Fligstein, *The Institutionalisation of Europe*，2001, p. 94.

③ Lenaerts and Vanhamme，"Procedural Rights of Private Parties in the Community Administrative Process"，34 *CML Rev*，1997, p. 53. 也可参见 H. P. Nehl, *Principles of Administrative Law*，1998。

④ Shapiro，"APA: Past, Present and Future"，72 *Virginia L Rev*，1986, p. 447; Shapiro，"The Giving Reasons Requirement"，U Chicago Legal Forum，1992, p. 179.

致力于依据法律的善治理念。我们认为这些理念包括公开、公平、参与、责任性、一致性、理性、司法与非司法救济程序的可得性、合法性与公正。①

使用"理念"(ideals)这个词,意味着我们开始偏离行政法的古典内核以及与之相伴的程序性原则。我们发现,行政法原则那种典型的现代式混合体,即全部依赖于法治的公平、合法、一致性、理性与公正,增加了一套不是那么熟悉的价值。正如在第四部分我们会看到的那样,"参与"尤其模糊:参与受到了美国行政法的强力保护,但在其他国家则较弱;参与最初是作为一项个人权利加以保护的;当今,正如博格纳姆所述,参与在全球层面成为一项集体行动的权利。② 再者,斯堪的纳维亚的体制高度推崇开放政府;公开实际上是一项受到保护的公民基本权利与宪法价值。③ 而英国的态度则迥然不同,英国才刚刚从保护官方秘密转向资讯自由方面的立法。④ 而公开或(用更时髦的术语来说是)透明是否适合作为行政法的一个原则,来自不同制度的作者给出的回答就不同。不过,通过行政法的机制,典型的如监察专员、特别裁判所或司法审查实现获取政府信息的立法性保护,显然使其进入到了行政法的界限。

认识到这个问题后,迈克尔·塔格特通过将公开、公平、参与、公正、责任性、诚信与理性罗列为"主要从行政法提炼出来的公法价值"

---

① M. Aronson, B. Dyer, and M. Groves, *Judicial Review of Administrative Action*, 3rd edn., 2004, p. 1.

② Bignami, "Three Generations of Participation Rights in European Administrative Proceedings", 68 *Law and Contemporary Problems*, 2005, p. 61.

③ Larsson, "How Open Can a Government Be? The Swedish Experience", in V. Deckmyn and I. Thomson (eds.), *Openness and Transparency in the European Union*, Luxembourg: European Commission, 1998. C. Harlow, "Freedom of Information and Transparency as Administrative and Constitutional Rights", 2 *Cambridge Yearbook of European Legal Studies*, 1999, p. 285.

④ P. Birkinshaw, *Freedom of Information*, London: Butterworths, 3rd edn., 2001.

加以回避。他也承认"这些价值同宪法存在许多共同的地方"。[①] 不过塔格特把其中一些原则称作法律性的可能是错的。尽管公平、公正、诚信与理性毫无疑问是古典的行政法原则，而正如刚才所说，公开有时是宪法上的价值，而责任性和透明更有可能是源自善治的议程，后面我们就会看到。

不过塔格特模糊宪法与行政法界限的做法仍是有意义的。他解释说："近来对公法价值的强调，使得行政法原理与价值的影响力可以超越司法审查有限且不确定的轮廓，并且在刚刚平整过的曾被称为公共行政的地带投下长长的影子"。[②] 伴随着私有化、自由化以及随后规制化的自由主义经济议程，20世纪70年代晚期"新右派"政治学的突然出现给公法带来了不受欢迎的后果，导致了责任性的式微，因为私法取代公法成为控制机制。[③] 这也导致了公法与公法人影响力同样不受欢迎的式微。[④] 通过将行政法的原则作为私法制度也必须遵守的宪法性价值，这样才能维持对私有化实体的控制。这一点在全球化的背景下非常重要，在全球层面同样存在着对影响力和价值的争夺。

肯伯利、柯瑞克与斯图尔特在专门考虑全球行政法时，汇集了更

---

① Taggart，"The Province of Administrative law Determined"，in M. Taggart(eds.)，*The Province of Administrative Law*，Oxford：Hart Publishing，1997，p. 4.

② 同上。

③ 有关这种后果，see variously：Aronson，"A Public Lawyer's Responses to Privatisation and Outsourcing"，in Taggart(ed.)，*The Province of Administrative Law*；Freedland，"Government by Contract and Public Law"，Public Law，1994，p. 86.；Freeman，"The Private Role in Public Governance"，75 *NYU L Rev*，2000，p. 543；Daintith，"Contractual Discretion and Administrative Discretion：A Unified Analysis"，68 *MLR*，2005，p. 554。

④ Taggart，*The Province of Administrative Law*. Compare Dubois(et al.)，"La contestation du droit administratif dans le champ intellectuel et politique"，in J. Chevallier(et al.)，*Le droit administratif en mutation*，1993，. M. Freedland and S. Sciarra(eds)，*Public Services and Citizenship in European Law：Public and Labour Law Perspectives*，New York：Oxford University Press，1998.

完整的行政法原则清单。① 这是围绕全球行政法作用的三种不同看法展开的：第一，如前所述，古典的责任制模式或者说是授权模式，目的在于确保行政行为的合法性，使得"行政体制的下属或外围部门依附于正当性的中心（不管是行政性质的还是议会性质的）"；第二，下面要提到的以权利为导向的自由主义模式；第三，有利于促进民主的模式（第五部分）。这个清单仍然是时髦的"善治"价值与古典行政法原则的混合物，在有限的范围内承认了普通法世界之外的制度。这一清单包括：责任性、透明与信息的获取、参与、诉诸独立法院的权利、正当程序权利，包含获得听证的权利、决定说明理由的权利与合理性。比例原则与合法预期原则是外来的，是从欧洲的法律制度引入的。② 这些是我们应当谨记的原则与价值。

三、"法治"原则与经济自由主义

在古典的行政法律制度中，法治通常要求政府总是在其权限内行为；遵循适当的程序；并且还要向公民平等地提供诉诸法院以及其他裁判机制的途径。这种"薄的"或程序性的法治版本有可能盛行于经济共同体当中，不过不是在每一个地方都会得到完全一致的解释。③ 在全球层面，法治的关键要义就是法律秩序的存在，具有稳固的一般性原则，以及诉诸法院解决争端的正式权利。法治的原理也可能通过宪法化的进程固定住整个体制。

现实中这种进程的最明显的例证就是早期的欧共体。在欧共体中，按照德国式的自由秩序（ordo-liberal）原理，欧共体条约被解读为

---

① Kingsbury, Krisch, and Stewart, "The Emergence of Global Administrative Law", p. 15.

② 参见 J. Schwarze(ed.), *Administrative Law under European Influence*, Sweet & Maxwel, 1996。

③ 参见 F. Neumann, *The Rule of Law: Political Theory and the Legal System in Modern Society*, Leamington Spa: Berg, 1986。

一份代理宪法(surrogate constitution)，此外还有法官塑造的欧共体法律至上的原理，有效地将其成员国与资本主义经济捆绑在一起，迫使他们"确保自己的经济制度是按照市场与竞争的原则组织与运行"。① 在条约中明确规定的"四大自由"(人员、商品、服务、资本自由流动)长期以来被解读为与经济公民身份有关的经济宪法。② 当欧洲法院依据《欧共体条约》第230、232条进行司法审查时，这些自由还与经济学版本的"薄的"法治一道，影响了欧洲法院落实行政法原则的方式。很大程度上借鉴国家行政法的制度，这些原则是以合法性与正当程序为中心的，不过普通法的律师应该注意欧洲法院赋予德国比例原则的核心地位。

格雷曾说："20世纪晚期自由市场的实验，试图通过民主机构正当化民主在控制经济生活范围和内容方面所存在的苛刻界限。"③欧盟就是其中无助于这种意识形态的杰出例证，但绝非惟一的。同样的资本主义市场经济意识形态构成了世界贸易组织的背景价值，尽管存在重要的保留，世界银行与国际货币基金组织亦是如此，不过在行动的范围与价值散播方面到目前为止逊于欧盟的情形，在欧盟，稳固建立并且灌输着这些原则的法院将其直接施加于各成员国。不过，在斯通·斯威特看来，市场"可能是一种高度依赖规范支撑的社会制度；如果缺乏一种由法律构成的高度精炼的社会利益(体现为民事财产权)、合同与侵权法以及法院的正式裁决机制，实际上很难想象市场"。④皮特曼恩认为："国家与国际层面上对自由、非歧视与法治

---

① See Seidel,"Constitutional Aspects of the Economic and Monetary Union", in F. Snyder(ed.), *Constitutional Dimensions of European Economic Integration*, Cambridge, MA: Kluwer Law International, 1996, p. 476. Streit & Mussler, "The Economic Constitution of the European Community: 'From Rome to Maastricht'", in ibid.

② Everson,"The Legacy of the Market Citizen", in J. Shaw and G. More(eds), *New Legal Dynamics of European Union*,1995.

③ J. Gray, False Dawn, *The Delusions of Global Capitalism*, London: Granta Books, 1998, p. 9.

④ Stone Sweet, "What is a Supranational Constitution? An Essay in International Relations Theory", 3 *The Review of Politics*, 1994, pp. 441~463.

的宪法保障"非常重要,是"民主和平"的前提条件,主张这种三元的经济价值具有"全球宪政"(global constitutionalism)的地位。[①] 皮特曼恩直接把世界贸易组织、法治与司法化联系起来,他说:

> 就通过公民分散化执行精确且无保留的世贸组织规则,保护个人自由与法治反对保护主义式的政府权力滥用而言,诉诸国内的法院程序是最有效且最民主的方式。[②]

不过,马林斯基区分了经济自由主义的几种变体。[③]"强硬的自由主义"(Hard libertarianism)将其伦理议程限于保护私有财产和基本的市场自由。"新自由主义"(Neo-liberalism)强调"经济宪法"的益处,这种宪法以国际自由贸易为基础但并不反对保护基本权利或环境。[④]"规制功能主义"(Regulatory functionalism)接受政府的规制,而对市场作为责任性的机制持怀疑态度;在这些规制功能主义者当中,我们发现市场支持者与资本反对者形成了一个有些意外的联盟,他们的共同立场是都认为需要一部全球的公司责任法典。代理与授权原则被用来正当化在全球层面设定规制性的标准;换句话说,民主国家运用外事权,默许委托政府间组织"填充国际'社会契约'条款"[⑤]

---

① Petersmann, "How to Reform the United Nations System? Constitutionalism, International Law and International Organizations", 10 *Leiden J Int'l L*, 1997, pp. 421~463.

② Petersmann, "European and International Constitutional Law: Time for Promoting Cosmopolitan Democracy in the WTO", in G. de Burca and J. Scott(eds.), *The EU and the WTO*, 2001, pp. 81~110.

③ Muchlinski, "Human Rights, Social Responsibility and the Regulation of International Business: the Development of International Standards by Intergovernmental Organisations", 3 *Non-state Actors and Int'l L*, 2003, p. 125.

④ 在此 Muchlinski 引用了 Petersmann 与 J. H. Jackson 的观点:see, e. g., Jackson, "The WTO 'Constitution' and Proposed Reforms: Seven Mantras Revisited", 4 *J Int'l Economic L*, 2001, p. 67。

⑤ Muchlinski, "International Business Regulation: An Ethical Discourse in the Making?", in T. Campbell and S. Miller(eds), *Human Rights and the Moral Responsibilities of Corporate and Public Sector Organisations*, 2004, p. 99. 还可参见 Majone, "The Rise of the Regulatory State in Europe", 17 *W European Politics* 1994, p. 77。

的权力。因此，"企业自由主义"（corporate libertarianism）或者说利润最大化的进路，据说就贯穿于诸如世界贸易组织或世界银行等组织呼吁私有化、放松规制和全球市场自由化的政策当中；但是经济自由主义越来越能够接受一种"伦理层面的责任"，这种责任同样适用于跨国公司与国际的规则制定。马林斯基把这解释为政府间组织的"某种宪法化"。这与我们当前讨论的主题明显有关；在全球行政法倡导者的议程上，价值总体性的"宪法化"处于优先地位，尤其是在全球层面设定标准的正当性方面，要求其必须公开、参与、透明、负责任而且得到宪法承认。① 这样一种更柔和的经济自由主义正在形成，其发起者兴致盎然地支持前面讨论过的某些"公法"的程序性原则。

无论如何，为了增加法治的道德维度，就法治原理采取更柔和的实质性解释的做法一直存在。② 例如，法治曾是 1959 年新德里举行的一场国际会议的中心议题。在此次会议上，国际法学家委员会（International Commission of Jurists）签署了一项宣言，坚定地将法治原则作为社会民主政治议程的核心。③ 重要的是，此次大会并不完全是由英美主导的活动。来自 53 个国家的法律人签署了这一宣言，其中很多人都是来自发展中国家，宣言具有很浓重的实质性内容，与下面要讨论的善治议程有着显著的相似。新德里的国际会议与人权运动也有重要的联系，人权运动那时刚刚发轫，下面还将说明，人权的价值相较于经济自由具有更强的普世性标准。新德里宣言明确承

① Muchlinski, "Human Rights, Social Responsibility and the Regulation of International Business: the Development of International Standards by Intergovernmental Organisations", p. 146. 还可参见 Petersmann, "Rights and International Economic Law in the 21st Century: The Need to Clarify Their Interrelationship", 4 *J Int'l Economic L*, 2001, p. 4。

② Craig, "Formal and Substantive Conceptions of the Rule of Law: An Analytical Framework", Public Law, 1997, p. 467.

③ 2 J Int'l Commission of Jurists(1959), at pp. 7-43; International Commission of Jurists, The Rule of Law and Human Rights-Principles and Definitions(1966).

认需要一个强大的执行机关和有效的政府,保障法律和秩序、保障经济和社会发展;另一方面,宣言要求政府机关应是民主的,恪守立法权为其规定的界限,要求歧视性的法律或者限制公民和政治自由的法律被宣布无效。因此,与经济自由主义的议程不同,经济自由主义信奉民主但实际上确立的是以法院为导向的法律人治理或"司法治理"(juristocracy),而新德里宣言则主张行政权与司法权之间恰当的平衡,体现的也是行政法的古典原则。

在经济自由主义背景下,韦勒打破了法治与法官之间的紧密纽带,质疑司法权的正当性。在他看来,作为 1994 年《争端解决谅解协议》(*Dispute Settlement Understanding*)的直接结果,世界贸易组织"虽是向法治的迈进,然而却没有认识到其带来了一种法律文化,这种文化与《争端解决谅解协议》所具有的遵守与执行维度一样不可或缺"①。这一文化包括的不仅是最低限度或"薄的"法治,前面将这种法治概述为要求稳固的一般法律原则和诉诸法院解决争端的正式权利。正如韦勒所述,更宽泛的法治理念关注的是通过法院以及司法判决的约束力所体现出的法律至上性。跨国或全球"司法治理"的权威正是建立在这一基础之上,如卡塞斯所说,其裁定能够深入到国家的法律制度当中。② 因此,韦勒预计,通过《争端解决谅解协议》专家委员会获得的将是,符合经济自由主义法治模式的一系列裁定将被逐渐用来替代政治过程谈判的结果。最终,权力可能会从设置相关机制的国家政治机构中过滤出来,而有效的执行机制则设置在国家层面。这些裁定仅基于诸如公开或透明等某些原则或价值,再加上行政法上的某种参与机制就可以正当化,然而这种看法是没有什么

---

① Weiler,"The Rule of Lawyers and the Ethos of Diplomats: Reflections on the Internal and External Legitimacy of WTO Dispute Settlement", 载 www. jeanmonnetprogram. org/papers No. 00/0090(Part Ⅲ)。

② Cassese, "Shrimps, Turtles and Procedure: Global Standards for National Administrations", p. 19. 关于司法治理(juristocracy)这一概念 see R. Hirschl, *Towards Juristocracy: The Origins and Consequences of the New Constitution*,Cambridge: Harvard University Press,2004。

说服力的。我们很难把这些原则与实践看做是"宪法认可的"；因为它们回避了太多有关责任性的问题。

四、跨国"善治"价值中的行政法原则

作为一位经济史学家，兰德斯开列了一份增长与发展所必备的措施目录，包括保障私人财产、个人自由和执行契约的权利，但是，在向更柔和的经济自由发展时，兰德斯又添加了稳定、回应而且诚信的政府。[①] 这一目录代表了善治方案的要点。

世界银行在发展中国家推行结构性改革方案的失败刺激了其对善治的兴趣。世界银行的资助项目遭到地方的抵抗，这向世界银行的管理者表明，政府可能不与被统治者接触。在一个资助印尼的方案中，因大面积的腐败、援助资金的流失和审计措施的不充分导致责任性成为一个严重问题之后，世界银行的管理者认为有必要在公共谘商方面投入时间与金钱，从而建立公众对开发项目的信任。结果（虽然有些难以置信），世界银行 1989 年的一份报告催生了下述观念："自由经济制度情境下的民主化将会迫使政府更加负责、更少腐败，因而更有效率地发展。"[②]即使只是对捐赠国而言，即便在那些政府并不民主的国家，善治似乎也需要责任机制。这样，参与和责任机制就成为"善治"的价值，或许是应当如此，从而运用公众的力量监督项目进度以帮助遏制腐败。[③] 而且因为信息与责任机制结合在一起，所以透明原则很快也就加入到了善治价值的三元组中。

到 20 世纪 90 年代早期，经济自由化与促进政治自由主义和政治

---

① D. Landes, *The Wealth and Poverty of Nations*, New York：W. W. Norton Co. 1998.

② World Bank, *Sub-Saharan Africa：From Crisis to Sustainable Growth*, 1989.

③ See S. Mallaby, *The World's Banker*, Penguin Press HC, 2004, 特别是第七章。人类学家斯科特·古根海姆(Scott Guggenheim)注意到了这种影响，并认为印尼实现真正发展的关键在于"在独裁体制的底层建立起基层民主制度"。

民主化紧密联系在一起,而善治的信念被称作支配西方广泛援助政策与开发思维的"新正统观念"。① 在列韦奇看来,一种"功能性的新自由主义政治理论"已经形成,该理论

> 将对市场和经济增长关注与对民主的关注联系在一起。因为该理论认为民主政治是繁荣的自由市场经济所必需的,而且反之亦然,二者难分难解……于是,新自由主义政治理论认为,自由经济背景下的民主化将促使政府更加负责,更少腐败,因而更有效率地发展,因为政府将根据其绩效进行评估,若不能有效提供公共物品就会被抛弃。②

善治的内容开始包含更多的内容,这包括:高效的公共服务、独立的司法制度和执行合同的法律框架、公共资金的负责任的管理;向代议制立法机关负责的独立审计官;各级政府尊重人权与法律;多元的制度架构以及新闻出版自由。③

虽然这种"愿望清单"与前面描述的"薄的"或经济法治理念之间的密切联系是显而易见的,很多非政府组织也认可同样的善治议程。同样地,"世界主义社会民主"(cosmopolitan social democracy)的运动也团结在法治议程的周围,包括在国际层面推动公正的执法以及更加透明、负责任与民主的全球治理。世界主义社会民主加深了对追求更公平分配世界资源的社会正义和人类安全的承诺。④ 追求全球行政法与追求"新世界秩序"的世界民主的关联在于参与这一概念。因此,在非官方的全球治理委员会(Commission on Global Governance)提出的构建全球治理体系的建议中,由市民社会代表构成的"议会制机构"连同适用于"国际市民社会"的申诉委员会

---

① Leftwich, "Governance, Democracy and Development in the Third World", 14 *Third World Quarterly*, 1993, pp. 605~611. 也可参见 Grindle, "Good Enough Governance: Poverty Reduction and Reform in Developing Countries", 17 *Governance*, 2004, p. 525。

② Ibid., at p. 609.

③ Ibid., at p. 605.

④ D. Held and A. McGrew, *Globalization/Anti-Globalization* (2002), at pp. 131~132.

(Petitions Council)就很重要。① 这一建议会增强并正当化市民社会代表的地位，在第五部分中指出，他们从参与权中收获最大。

善治的价值源自何处？我们在何种程度上可以把它们同行政法联系起来？依据胡德的看法，它们源于西方公共行政的两股主要传统：第一，古典公共行政的公共服务模式，这种模式受公共利益观念主导，这在法国行政法中也占据着中心地位。② 第二，源自20世纪90年代席卷公共行政领域的"新公共管理"改革，在这场变革中，"节俭与精干"的经济价值、效率和效果优先于更柔和与人性化的公共服务价值。③ "节俭与精干"价值的这种显著地位进一步推动在行政法中嵌入另外一套"柔性"的价值。④ 新公共管理的潮流迅速席卷了整个英语世界，并且在欧洲取得了某种成功，⑤但是在全球化与新自由主义经济理论的推动下，则一直具有一种国际性的维度。所以，善治的两条主要线索，尽管完全不同，至少就其宣扬的标准方面走到了一起。

在一个与英联邦公共行政与管理协会和国际行政科学学会共同运营的互动网站上，国际货币基金组织、世界银行与经济合作与发展组织推广的全球善治方案体现的也就是这些。前两者的参与是很重要的。公共行政与管理协会并不是国际援助组织，而是主权国家的合意性联合会。国际行政科学学会是一个非营利性的自愿组织，得到政府、大学及其他对行政科学感兴趣的机构资助。其会员

---

① Commission on Global Governance,*Our Global Neighbourhood*,1995,在该书第66页,指出民主与正当性和实效性相关,法治被称作"行政管理的价值标准"。

② 关于这种关联，see Malaret Garcia,"Public Service, Public Services, Public Functions, and Guarantees of the Rights of Citizens: Unchanging Needs in a Changed Context",in Freedland and Sciarra, *Public Services and Citizenship in European Law: Public and Labour Law Perspectives*.

③ Hood,"A Public Management for All Seasons",69 *Public Administration*,1991,p. 3. 胡德认为前者与后者在价值标准上是半斤八两,两者都没有超出公共行政的范围。

④ Ibid.

⑤ 关于新公共管理运动在欧洲的散播,参见 D. Farnham(et al.),*New Public Managers in Europe*,Basingstoke:Macmillan,1996。

资格完全基于自愿。中国、日本与韩国都是会员国,而且国际行政科学学会还是一个英法双语组织,非洲法语区的参与程度较高。与这些机构的合作关系起到了在很多非西方国家正当化善治价值的作用。

我们认为,在欧洲公共行政中引入善治标准的是在 1999 年一系列臭名昭著的腐败丑闻震惊欧盟之后[1],经济合作与发展组织发表的第一份《公共管理与治理》(PUMA)报告,即《公共服务中的伦理》。[2]惊慌之下,欧洲议会设立了一个强大的、全部由著名律师和审计员组成的独立专家调查委员会。鉴于这一背景,专家委员会特别强调源自 PUMA 伦理报告的责任性和职责价值也就不足为奇。[3] 但尽管这些专家关注的是职责与责任性,但是欧盟委员会随后在《欧洲治理白皮书》[4]中的回应是,挑选出五项"善治"原则作为欧盟治理的基础:公开、参与、责任性、效率与连贯性,不过赋予了责任性非常狭隘的含义。[5] 该回应利用的是"直接协商的多头政体"的理论概念,植根于两个假设:第一,代议机关实际的政治监督不适于多级治理;第二,回应性行政加上公共协商能够代替民主机构,从而抵消对"专家治理"

---

① 这最终导致了桑特(Santer)为主席的欧盟委员会集体辞职,参见 C. Harlow, *Accountability in the European Union*, New York: Oxford University Press, 2002, pp. 53~57; Tomkins, "Responsibility and Resignation in the European Commission", 62 *MLR*, 1999, p. 744。

② 参见 PUMA Report, Ethics in the Public Service, 访问于 www. oecd. org. 还可参见 PUMA Policy Brief No 10, Citizens in Policy-making, Information, Consultation and Public Participation, 载 http://www. sigmaweb. org/LongAbstract/0, 2546, en _ 33638100 _ 34612958_35063275_119696_1_1_1,00. html。

③ 参见,独立专家委员会,1999 年 3 月 15 日针对欧盟委员会存在的欺诈、管理不善及裙带关系发布的第一份报告。

④ European Commission, White Paper on European Governance (WPEG), COM (2001)428 final [2001] OJ C287/1.

⑤ Ibid. ,在第 10 页对责任性(accountability)的定义是:"欧盟内部立法与执行过程中的角色应是透明的。欧盟的每个机构应当明确说明并承担它在欧洲所实施的相关行为的责任。但是各成员国政府和介入其他层次制定和执行欧盟政策的其他角色也应当表现出更大的透明性与责任性。"

体制的普遍不信任。① 这体现了《欧洲基本权利宪章》第 46 条的规定，该条指示相关机构应当"同代表性的协会与市民社会保持开放、透明和定期的对话"。② 倘若批准欧盟宪法条约，并赋予该规定可执行性，在所有涉及欧共体法律的事项当中，实际上就会在整个欧盟的范围内将公共谘商的原则"宪法化"。

欧盟委员会接着为非政府组织（现在被称作"市民社会组织"）规定了新的谘商程序③，不过显然担心其正在采取的步骤。欧盟委员会不安地称：

> 参与不是要使抗议制度化，而是关于根据前期的谘商与以往的经验塑造更有效的政策。……通过法律规则不可能创造一种谘商的文化，法律规则可能导致过度僵化，有可能减缓通过特定的政策。④

在这里，欧盟委员会有些不真诚地说："决定应当谘商哪些协会

---

① Cohen and Sabel，"Directly Deliberative Polyarchy"，3 *ELJ*，1997，p. 313；Gerstenberg and Sabel，"Directly-Deliberastive Polyarchy：An Institutional Ideal for Europe？"，in C. Joerges and R. Dehousse（eds），*Good Governance in Europe's Integrated Market*，New York：Oxford University Press，2002. ；Scott and Trubek，"Mind the Gap：Law and New Approaches to Governance in the European Union"，8 *ELJ*，2002，p. 1.

② 《欧洲基本权利宪章》第 46 条（[2000]OJ C364/1），现在被包含在了欧盟宪法条约的第二部分，其规定："欧盟各机构，应当采取适当的方式，提供相应机会，使公民与代表协会能够获知与公开交流他们关于欧盟所有行动的观点。欧盟各机构应当同代表协会和公民社会保持开放、透明与定期的对话。欧盟委员会应当同相关各方进行广泛的磋商，以确保欧盟的行动是连贯一致和透明的。"

③ European Commission，White Paper on European Governance（WPEG），COM（2001）428 final［2001］OJ C287/1. ，p. 16. 还可参见 Commission Communication，"*Promoting the Role of Voluntary Organisations and Foundations in Europe*"，COM（97）241 final；Commission Communication，"*The Commission and Non-governmental Organisations：Building a Stronger Partnership*"，COM（2000）11 final；Commission Communication，"*General Principles and Minimum Standards for Consulting Noninstitutional Interested Parties*"，COM（2002）277。

④ European Commission，White Paper on European Governance（WPEG），COM（2001）428 final［2001］OJ C287/1. ，pp. 15～17.

并且接受谁的建议,或者决定哪些协会的行为准则应当通过审查时,没有做出价值判断"。① 在这些评估中,隐藏着具有重要政治意义的重大行政裁量,应当受行政法控制。行政客观性的这种表象不可能再起到抵制司法审查的作用。②

目前,无论国家的还是跨国的行政法制度都没有采取这种三元的善治价值。透明这一善治原则是公民的一项民主权利,但是法院显然一直不愿意做出规定;③实际上,为保护私人权利和利益而确立的古典行政法制度,实际上可能会把政府信息归为私人财产,公众无权取得。④ 现在几乎所有国家的立法都引入了开放政府,而且将把公开作为行政法的一项原则是立法保护的宏伟体现。在美国,行政程序法案在规则制定程序中为利害关系人留下了空间,这就是后来公民诉讼团体所宣称的民主参与。从宪法理论的视角来看,这引出了下面要讨论的正当性的问题;从行政法的视角来看,这引出了诉讼资格和阻碍申请司法审查这一次级的问题。在美国,所谓成功的判决很大程度上是短暂的⑤,而欧洲法院的司法理念则是非常不愿意扩大

① Bignami,"*Creating Rights in the Age of Global Governance: Mental Maps and Strategic Interests in Europe*",载 http://law. bepress. commission/expresso/eps/390,p. 21。

② 参见案例 T-135/96 UEAPME v. Council〔1998〕ECR Ⅱ-2335。

③ 参见著名案例 C-68/94 Netherlands v. Council [1996] ECR I-2169;以及相应评论,Dyrberg,"Current Issues in the Debate on Public Access to Documents",24 *EL Rev*,1999,p. 157. 还可参见 Curtin,"Citizens'Fundamental Right of Access to EU Information: An Evolving Digital Passepartout?",37 *CML Rev*,2000,p. 7。

④ 英格兰典型地属于这种情形,在英格兰为争取资讯自由的斗争非常激烈,法院更倾向保护官方秘密。参见 P. Birkinshaw, *Freedom of Information*。在欧盟也存在相似的限制,参见 Harlow,"Freedom of Information and Transparency as Administrative and Constitutional Rights",2 *Cambridge Yearbook of European Legal Studies*,1999,p. 285。

⑤ see Sierra Club v. Morton,405 US 727(1972); Lujan v. Defenders of Wildlife,504 US 555(1992); Friends of the Earth, Inc v Laidlaw Environmental Services,528 US 167 (2000). 还可以比较参见,Sunstein,"Standing and the Privatisation of Public Law",88 *Col L Rev*,1988,p. 1432; Sunstein,"What's Standing After Lujan? Of Citizen Suits,'Injuries',and Article Ⅲ",91 *Michigan L Rev*,1992,p. 163。

诉讼资格规则。①

更广泛地承认参与是一项行政法的原则是 20 世纪六七十年代美国行政法的一个关键方面，但阿曼认为这在全球化中遭到了严重威胁。② 而美国早期这些争论的相应观点也开始在全球层面成形。在著名的"虾/龟案"（Shrimp/ Turtles）裁决中③，提交给世界贸易组织争端解决委员会的核心问题是，保护特定物种的美国立法与世界贸易组织规则是否兼容。在争端的过程中，那些受新立法影响最大的国家主张，美国有义务适用平等对待的原则，不得任意或不公正地歧视不同的国家。他们主张，这在规则制定阶段必须包括一种参与权。上诉机构承认了根据平等原则对待利害关系人的义务，还有诚信的原则，有趣的是将二者都作为法律与国际法的一般性原则；但是却运用了一种"薄的"法治推理风格，严格遵循世界贸易组织的程序规则，要求美国只须遵守已有的谘商规定。④

在司法程序的第二阶段，参与的问题再次出现。争端解决专家委员会准许了一批非政府环保组织的介入，这些组织附在美国提出的意见当中。在上诉审时，据称根据《争端解决谅解协议》，这种介入是不允许的。上诉机构裁定，这种介入在美国已经采取的"尝试和有限"的范围内是可以承认的。尽管这远不及某些普通法法院给予法庭之友（amicus curiae）陈述的慷慨欢迎，但仍可能是非政府组织迈向

---

① Harlow，"Towards a Theory of Access for the European Court of Justice"，12 *Yearbook of European Law*，1992，p. 213. 还可参见相关案例 Case T-177/01 Jégo-Quéré et Cie SA v. Commission［2002］ECR Ⅱ-2365；Case C-50/00 Unión de Pequenos Agricultores v. Council［2002］ECR Ⅱ-2365；Case C-263/02P Commission v. Jégo-Quéré et Cie SA［2004］ECR I-3425。

② Aman Jr，"Administrative Law for a New Century"，in M. Taggart（ed.），*The Province of Administrative Law*，Oxford：Hart Publishing，1997，p. 95. 这种见解经常被认为来自这篇杰出的文章，Stewart，"The Reformation of American Administrative Law"，88 *Harv L Rev*，1975，p. 1667。

③ 关于美国限制虾类及虾类产品进口案，见 WTO 争端解决结构报告，WT/ DS58/ AB/R(12 Oct. 1998)，载 www. sice. oas. org/DISPUTE/wto/58abr. asp。

④ Ibid.

跨国诉讼参与权的第一步。

当然在上诉时,广义的参与理论观念并没有而且也不应当审议。解决具有重大的宪法意义的问题并不是裁决委员会的任务;相反,危险在于他们会不假思索地陷入这样做的情形。必须谨记的是,斯图尔特"重构"行政法的主张,重构的目的在于向更广的参与者开放决定,并且让其更多地渗入到决策过程,这一主张是根据美国多元主义民主理论的背景提出的。毫无疑问,在美国,法院是很强大的,但仍然是在充满活力的代议制民主的情境下发挥作用,这种民主情境具有精力充沛的政治机构与利益团体,虽然也很强大,但却是植根于政治上非常活跃的市民社会,其中既有的功能性政治团体发挥着作用,而且他们的作用得到很好地理解。聚集于联合国与欧盟委员会周围的那些非政府组织发挥作用的情境显然不是这样的。他们是在"民主赤字"的厄境中进行操作,市民社会要么不存在要么就是被边缘化;正是出于这种缺陷,他们得出了诸如代表制正当性的主张。他们作为市民社会代表的资质多年来一直是不假思索地被接受,但最近开始经受详细的审查。① 全球行政法为什么要保障这种利益?凭借这种参与程序获得正当性软弱的跨国管辖权,为什么允许其胜过正当性强大的民族国家的法律? 这些更宽泛的问题对于全球行政法的正当性至关重要,将会留待本文最后进行讨论。

五、作为行政法原则渊源的人权:正当程序

正当程序权利为所有的普通法制度所接受②,而且也被其他很多

---

① Charnovitz,"Two Centuries of Participation: NGOs and International Governance",18 *Michigan J Int'l L*,1997,p. 183;Curtin,"Private Interest Representation or Civil Society Deliberation? A Contemporary Dilemma for European Union Governance",12 *Social & Legal Studies*,2003,p. 56.

② 正当程序权利起源于刑事程序,它的法语表述是 les droits de la défense。在正当程序权利简明的外观下有着源远流长的谱系,在英美文化的脉络里,可以沿着《美国宪法》的第 4、5 修正案和第 14 修正案追溯到《英国大宪章》。

法律制度认可①。然而我们不能错误地认为该原则具有"普世性"，或者是在每一个法律制度都具有相同的形式或者相同的范围。例如，欧洲法院曾经考察了各国广泛承认正当程序的竞争决定方面的程序；不过，这些程序差别很大，而且此时的欧盟"俱乐部"包含的法律秩序还比较有限。再者，据说程序正义的属性集中于公正、提供听证与决定说明理由。② 然而，尽管英国法律对听证权的保护比较强，但诉诸法院的权利尽管被说成是宪法性的权利，③却可以被议会立法所剥夺。还有，英国法律并不承认说明理由是一般的行政义务，不过大部分行政法律工作者都认为应当是一般性的行政义务。④ 因为欧共体的条约确实包含说明决定理由的义务，所以欧洲法院裁定，在涉及欧共体法律的案件中，该项要求必须被纳入到各国的行政法制度当中。⑤ 同样地，在法国行政法当中，首要的关注是合法性与"辩护权"；因此在行政诉讼中，只要不涉及处罚，也就不适用正当程序权利。然而，现在欧洲法院在 Johnston 这一典型案件中已经采纳了诉诸法院的原则并将其宪法化，⑥裁定在涉及欧共体法时，禁止国家法律中的排除条款剥夺法院的管辖权，同时法国在 Heylens 案中不得不向欧共体法律让路，⑦该案确定了：①在行政诉讼中有效司法保护的一般原则；②向当事人说明行政决定理由的义务。通过这种方式，基本行政程序被宪法化为"欧共体法律的一般原则"，使其可以通过各国的行政部门扩散，至少涉及欧共体法律的情形是如此，这提供了"拉升"国

---

① 参见一项全球性调查研究：S. Guinchard(et al.)，*Droit processuel*，*Droit commun et droit compare du procès*，Dalloz-Sirey，3rd edn.，2005。

② M. Bayles，*Procedural Justice*：*Allocating to Individuals*，Massachusetts：Kluwer Academic Publishers，1990.

③ R v Lord Chancellor ex p Witham[1997]2 All ER 779，at pp. 783~784.

④ 参见 Richardson，"The Duty to Give Reasons：Potential and Practice"，Public Law，1986，p. 437。

⑤ Case 222/86 UNECTEF v. Heylens[1987]ECR 4097. 依据《欧盟宪法》，《跨大西洋经理事会协定》的第 253 款(还有第 190 款)规定了说明决定理由的义务。

⑥ Case 222/84 Johnston v. Royal Ulster Constabulary[1986]ECR 1651.

⑦ Heylens，supra note 85.

家法律的机会,不过并不总是能够被抓住。① 也许正如波普·威尔所述,如果一项原则可能导致法国的公共行政部门将国民作为"给予或拒绝给予其好处的恳求者",②那就是过分地限制;或许是不符合现代的要求;或许是对参与和透明这些善治的价值没有给予充分的尊重;或许有理由进行有益的"拉升"。不过我们不宜很快跳到这一结论上。文化的同一性并不是一种无条件的善。"不能因为某种制度或规则只存在于某个或少数国家,就判定是坏的;多数并不总是正确的。"③法国现在必须遵守的欧共体法律自己的正当程序标准又是从哪里来的呢? 在本质上,他们是普通法的标准,是由欧洲法院引入的,据说是为了回应跨国公司的抗议,这些抗议是通过英国政府提出的,其威胁将不遵守欧共体的竞争法。④ 再者,就欧盟委员会在竞争案件中的做法而言,欧洲法院本身与欧洲人权法院的观点就存在冲突。⑤

在当前这个人权至上的时代,使正当程序的价值标准宪法化或赋予其"普世性"的最好方式,就是以人权的名义。⑥ 为了把它们更牢固地别入人权的圣殿里,往往会提出一种"尊严的"解释以证成正当程序的权利。因此,劳伦斯·却伯坚持"听证的正当程序权利具有内在的价值,因为其赋予政府决定所针对的个人或群体参与做出决定

---

① Anthony, "Community Law and the Development of UK Administrative Law: Delimiting the 'Spill-Over' Effect", 4 *European Public Law*, 1998, p. 253.

② P. Weil, *Le Droit Administratif*, Paris: Presses Universitaires de France, Paris, 1973, p. 80.

③ Abraham, "Les principes généraux de la protection juridictionnelle administrative en Europe: L'influence des jurisprudences européennes", 9 *European Public L Rev*, 1997, pp. 577~582.

④ Case 17/74 Transocean Marine Paint v. Commission[1974]ECR 1063. 还可参见 H. -P. Nehl, *Principles of Administrative Procedure in EC Law*, Oxford: Hart Publishing, 1998。

⑤ 关于这两个法院互相分歧的判例法可参见 Sherlock at(1993)18 EL Rev 465。

⑥ Gunichard(et al.), *Droit processuel, Droit commun et droit compare du procès*, pp. 59~87.

过程的机会，而这种机会体现的是他们作为人的尊严。"①从这一点出发，不管其对结果的影响如何，正当程序权利被认为是有价值的，甚至是必须的。② 事实上现代的权利法案包含有关正当程序的规定是标准的做法，就像《美国宪法》第14修正案那样赋予其宪法地位。正当程序权利体现的是古典法治对于法律面前人人平等、不溯及既往原则、公正或独立的法官，公平审判的关注，已经进入了现代的人权文本。《欧洲人权公约》第5条与第6条第1款就复制了1948年《世界人权宣言》第10条的规定。③ 第6条第1款规定，只要涉及确定某人的"公民权利和义务"就要"在合理的时间内由独立且公正的裁判机构进行公平且公开的听证"，这一内容在行政法领域极有影响。

但是随着正当程序权利在人权文本中找到自己的位置，其范围也在稳步拓展。在欧洲，到20世纪90年代，正当程序权利的触角已经深入到行政司法领域，以致成为一种"发展中的人权"。④《欧洲人权公约》第6条第1款产生了丰富的法学理论，随着"公民权利和义务"进入到福利领域甚至触及到税收，这一规定已经深入到了国家的行政法制度当中。⑤ 例如，打着正当程序权利的名义，整个欧洲都对那些现行有效的土地利用规划制度进行了抨击，希望把规划决定移交给独立的法官。⑥ 而最新的人权文本则进一步推动了这一进程，加入了一项所谓的"第四代"人权。这些人权采取的是"良好行政原则"

---

① L. Tribe, *American Constitutional Law*, N. Y. : Foundation Press, 1988, p. 666. 也可参见 Mashaw, "Dignitary Process: A Political Psychology of Liberal Democratic Citizenship", 39 *U Florida L Rev*, 1987, p. 433。

② Richardson, "The Legal Regulation of Process", in G. Richardson and H. Genn (eds.), *Administrative Law and Government Action*, Oxford: Oxford University Press, 1994, p. 114.

③ 第10条规定："人人完全平等地有权由一个独立而公正的法庭进行公正的和公开的审讯，以确定他的权利和义务并判定对他提出的任何刑事指控。"

④ Bradley, "Administrative Justice: A Developing Human Right?", 1 *European Public Law*, 1995, p. 347.

⑤ 参见 Hickman, "The 'Uncertain Shadow': Throwing Light on the Right to a Court under Article 6(1)ECHR", *Public Law*, 2004, p. 122。

⑥ Bryan v. UK(1996)21 EHRR 342; Zumtobel v. Austria(1994)17 EHRR 116.

(principles of good administration)这种形式,覆盖了现代行政法的核心领域。① 因此,《欧盟基本自由宪章》第 5 章第 41 条大大扩充了古典的正当程序权利,规定"在对任何人采取不利的具体措施前,其都有权要求听证"。而且该条还更进一步,保证欧洲公民"有权要求在合理的时限内公正、公平地处理涉及自己的事项"。这一发展是有问题的;似乎将官僚机构未能回复信函的情形也提升到了基本自由的层面。

从人权文本中的坚实基础出发,以人权的名义主张正当程序标准具有普世性只是小小的一步。下一步则是将其推向一个更高的层面,主张正当程序权利是普世性的宪法原则。或许,正如比较宪法学者所期望的那样,我们正在经历一种"无限的法律趋同,横跨文化与世界历史大幅度地系统化";②或许趋同"限于国际人权法,人们可能将其称作人道法律";③或许我们能够赞同国际上普遍接受的刑事程序权利法案。然而,在欧洲法院最近的一项判决中这种想法却遭受了挫折。联合国制裁委员会(负责将被认为从事恐怖活动的人和组织列入黑名单,以便冻结他们的财产)的决定在欧洲初审法院遭到了抨击。在谎称这些正当程序的规范具有普世性的情况下,法院却以程序性的理由拒绝介入。④

六、全球治理的行政法原则具有同一性还是多样性?

本文基本的主张一直就是,无论如何都很难确定的一套普世的

---

① Kanska,"Towards Administrative Human Rights in the EU: Impact of the Charter of Fundamental Rights",10 *ELJ*,2004,p. 296.

② N. Dorsen(et al.),*Comparative Constitutionalism: Cases and Materials*,St. Paul, MN.: West Publishing Company,2003,p. 10. 也可参见 Ackerman,"The Rise of World Constitutionalism",83 *Virginia L Rev*,1996,p. 771.

③ Teitel,"New Approaches to Comparative Law: Comparativism and International Governance",117 *Harv L Rev*,2004,pp. 2570~2593.

④ Cases T-306/01 and T-315/01,Ahmed Ali Yusuf and Al Barakaat International Foundation and Yassin Abdullah Kadi v. Council and Commission,21 Sept. 2005.

行政法原则,既不受欢迎也不是特别可取；而更倾向于多元主义与多样性。行政法主要是西方的产物,作为一种控制公权力的工具于19世纪晚期成型。在控权哲学的支配下,行政法在追求有限政府的斗争中发挥了重要的作用,其核心价值就是恪守法治。法治的核心就是有限政府的理念,通过法律限制政府超越其权力范围,普通法上的越权无效原则与法国法上的行政合法原则都是以此为前提。在这一框架中,行政法的功能被认为是提供结构与程序,一方面据以实施政府的政策另一方面又对政府进行控制。

这也表明行政法的规范是逐步演变的,而且能够在不同的价值体系中运作。不过同时,这些规范本身却也是充斥着价值。在各国的制度中,行政法是在公认的政治制度和宪法框架中发挥作用,与这二者紧密相连。行政法的"背景理论"体现的就是这些外部的价值,使得宪法与行政法的价值与原则很难区分。更进一步讲,在国内的制度中,规范的宪法化旨在使行政法的价值与原理超越公共行政与私人管理以及公法与私法划分的界限。[①] 在全球领域中,经济的全球化、自由化与私有化也是密切相连以至于无法区分,前述进程也找到了确切的对应物。就像阿曼所说的,"全球化时代法律的一项主要功能就是帮助创立民主所必需的制度化结构,不仅是在政府机构内部而且还要在超越政府机构由私人部门支配的领域中发挥作用。"[②]

本文的主体部分已经提到,普世性的价值从来都不缺乏候选者。实际上,在全球层面,各种不同观点的拥护者正在进行激烈的意识形态上的战斗。经济自由主义的强硬派通过推动国际贸易法及其机构(如世界贸易组织、世界银行或国际货币基金组织),力图在普世型的经济宪法中确立"薄的"或程序性的法治版本。他们越来越多地通过国际或跨国的争端解决机制,尤其是欧洲法院和国际贸易组织的专家委员会,试图把这些价值"法律化"以获得权威(如果其并非总是具

① Taggart, *The Province of Administrative Law*, p. 4.

② A. Aman Jr, *The Democracy Deficit*, New York: New York University Press, 2004, p. 136.

有正当性的话）。更柔和的经济理论家则更倾向于"善治"的议程，这对具有不同思维模式的自由主义者也有吸引力，而世界主义法律与社会民主的运动则试图占领同经济自由主义相同的领域，但是正如前面所述，这却要颠覆其价值。

即便在现代行政法发达且为人们充分了解的制度条件下，也仍存在很多原则不一致的情况。至少在欧盟自身内部就可以确定四种行政法系。① 这里存在两种主要的结构性模式：法国模式，行政法官从行政内部发展其规范；普通法的"制衡"模式，由"普通的"法院进行司法审查。伴随着贸易战争与帝国主义，19 世纪末期爆发了第二波欧洲化，法国的制度与原则开始流行：法国法律在两次世界大战期间对中国很有影响，而现代泰国则全面照搬法国的行政法院。斯堪的纳维亚的行政法传统还有所不同；在这里，议会监察专员已经演变成为解决行政争议的主要制度，而且与行政法院共享大量的设定规范的功能。当今议会监察专员制度已经为世界上许多不同的政体广泛接受。② 全球化和善治项目的讨论往往会忽视那些独立但却同样有效的行政法模式的存在，然而相比较于外在于行政部门、不属于支配性权力结构范围的法院系统，通过内部的监察制度更容易将法治原则"移植"到怀有敌意的领域。这种推理路线重拾与强化了前面的观点，即不能仅因为制度"根据正当程序原则初看上去难以理解、然后认为反常、最后则是怀疑"就简单地否定掉。③

行政法的原则很大程度上亦是如此。本文第二部分所引用的目录已经指出了对英美法律制度的偏见。这代表着双重的殖民化。第一重殖民化发生的情形是，行政法吸收全球治理或人权运动中的那

---

① Bell, "Mechanisms for Cross-fertilisation of Administrative Law in Europe", in J. Beatson and T. Tridimas(eds.), *New Directions in European Public Law*, Oxford: Hart Publishing, 1998.

② 阿尔伯塔大学(University of Alberta)主办了一个"国际议会监察专员协会"，有关该协会的公告与信息可访问 www. law. ualberta. ca/centres。

③ Abraham, "Les principes généraux de la protection juridictionnelle administrative en Europe: L'influence des jurisprudences européennes", pp. 577～582.

些背景价值作为原则，常见的如民主、参与、透明和责任性这些理念，这一进程在博格纳姆研究参与权在欧洲演进与转变的文章中得到了描述和讨论。① 第二重殖民化则涉及一种复杂的相互影响或法律移植的过程，藉此原则从一种行政法制度进入到另一种当中。尽管这一过程通常是自发的，但新近出现的、强大的跨国司法治理的影响加快了这一过程，这种影响在人权法院和欧洲法院中发挥着作用。从某种制度借鉴而来的原则被应用到另外的制度中，著名的是德国的比例原则，然后"以有差别的方式反馈"给被借鉴的制度。② 经过转换，原则就成为"欧洲共同标准"的一部分，或许是比较宪法学者所期望的"无限法律趋同"的一个阶段。

当然，为什么借自西方制度的行政法律规范不能成功地扩散到全世界，对此并没有什么特别的理由。奥斯曼帝国曾经拥有发达的行政体制，毫无疑问其原则和规则在广义上属于行政法的定义；同样地，过去数个朝代老练的中国官宦阶层所遵守的规则完全也可以被贴上行政法的标签。但是，这些竞争者的制度已经失败而且被西方化的浪潮所取代，总体上倾向于普通法的制度。首当其冲的是帝国。尼奥·弗格森提醒我们，大不列颠帝国"在全世界范围强加西方的法律、命令、统治和规范"，"还没有哪个组织能出其右"。③ 第二波发生在 19 世纪末期，不过较少直接地强加，目的是为了回应国际贸易的增长，正如前面所述，在这一波当中欧洲大陆的模式更有影响。第三波则是第二次世界大战末期的文化传入。在日本或埃塞俄比亚这样的

---

① Bignami，"Three Generations of Participation Rights in European Administrative Proceedings"，p. 61.

② Polakiewicz and Foltzer，"The ECHR in Domestic Law：The Impact of the Strasbourg Case-Law in States where Direct Effect is given to the Convention"，12 *Human Rights LJ*，1991，pp. 125～142. Schwarze，supra note 32；A. -M. Slaughter，*A New World Order*，Princeton：Princeton University Press，2004，p. 132；Slaughter，"A Typology of Transjudicial Communication"，1994，28 *University of Richmond Law Review*，p. 100.

③ N. Ferguson，Empire：How Britain Made the Modern World，New York：Penguin，2003，pp. xx～xxii.

国家中,基于他们自身充分的理由,自愿地接受了西方的法律制度。从这一视角来看,移植西式行政法的意识形态代表的不过是又一波文化帝国主义的浪潮而已,体现出的是公共行政领域已发生的情形。

李本认为在欧盟人权领域这一进程正在行进。欧盟条约"不仅要求其成员国必须尊重那些基本自由。如我们将会看到的,欧盟还打算系统地扩张与组织鼓励保护民主、人权、基本自由和法治的政策。"①传播的手段就是第三和第四个洛美协定,二者都包含与尊重人的尊严和人权有关的规定。李本就美国的外交政策表达了同样的观点,对"人权的普世性(真实的或虚幻的)——因为人权出现并发展于欧洲和西方"——提出了质疑。② 这里存在有关自愿性、有效性以及从批评的角度来看的正当性等关键问题。

米勒尝试着回答其中的一些问题。③ 尽管某些法律移植是由外部规定的,诸如国际货币基金组织、世界贸易组织的上诉机构和亚洲发展银行的协定,通常的条件就是调换西式的商业法,其他的移植则是因为"正当性造成的"。因此,发展中国家"通常因弱的国家机器而受累,民众没有什么理由相信法治。外国模式的威望可能会赋予改革过程以理性权威。"④在人权法的情形中,还有一项重要因素:正当性的产生"不仅是因为根据既定程序通过和公布的理性权威,还因为其本身就是'好的'国家所采用的、被证明是'好的'法律网络的一部分"。⑤

全球化的倡导者通常假定,引入全球标准将有助于确保所有重

---

① Leben,"Is there a European Approach to Human Rights?",in P. Alston(eds.),*The European Union and Human Rights*,Oxford:Oxford University Press,1999,pp. 70~71.

② Ibid.

③ Miller,"A Typology of Legal Transplants: Using Sociology, Legal History and Argentine Examples to Explain the Transplant Process",51 *American J Comparative L*,2004,p. 838.

④ Ibid. ,p. 857.

⑤ Ibid. ,p. 863. 也可参见 Moscoti,"Reforming the Laws on Public Procurement in the Developing World: The Example of Kenya",54 *ICLQ*,2005,p. 621。

要参与者的全球性活动的合法性，最后会带来普遍的"拉升"。① 然而经验表明实际情形并非总是如此。也许就列韦奇所列举的那些"善治"标准，共识正在增加；② 毫无疑问，世界人民既不希望在难民营中无助地饱受折磨，也不愿意成为社会混乱或生态灾难的牺牲品；他们不希望生活在无法获得体面公共服务的贫困当中；或者，面对即便是可能的小灾小难，他们希望政府能够迅速地回应他们的吁求。然而，这种包罗万象的善治是不可能实现的，这绝不是说人类无须再努力以尽可能地实现善治。对于发展中国家而言，可利用的发展空间正在急剧缩减，至少在可预见的未来，满足于比较低廉、"足够好的治理"（good enough governance）就是必要的，甚至是更可取的。③ 正如威勒提醒我们的那样，认为增加西式官僚机构或正当程序必定有益于国民，这存在某种顽固的盲目性；相反，经济自由主义所看重的裁决路径是故意偏向那些能够负担得起的人，通常是国家和那些具有自己娴熟律师的跨国公司。④ 例如，只有那些富裕且得到充分支援的人，才能把他们追讨被冻结资金和财产的案件推到欧盟的法院。⑤ 试图为穷人和下层民众规定外部标准也存在一定的伪善，因为那些自封的"好国家"也不愿意而且有时候也无法实现。此外，我们需要认识到，如果法律移植并非真正自愿，而是发展中国家勉强承认的对其不利的贸易条约条款，那么就不可能被彻底地植入。⑥ 随后这将不可

---

① P. Sands, *Lawless World*, London：Penguin, 2005.

② Leftwich, "Governance, Democracy and Development in the Third World", pp. 605~611.

③ Grindle, "Good Enough Governance：Poverty Reduction and Reform in Developing Countries", p. 525.

④ Weiler, "The Rule of Lawyers and the Ethos of Diplomats：Reflections on the Internal and External Legitimacy of WTO Dispute Settlement", 可访问 www. jeanmonnetprogram. org/papers No. 00/0090(Part Ⅲ)。

⑤ Cases T-306/01 and T-315/01, Ahmed Ali Yusuf and Al Barakaat International Foundation and Yassin Abdullah Kadi v Council and Commission, 21 Sept. 2005.

⑥ Hunter Wade, "What Strategies are Viable for Developing Countries Today? The WTO and the Shrinking of Development Space", 10 *Review of International Political Economy*, 2003, p. 4.

避免地导致严重的执行难题。

七、法律化的风险与民主[①]

就全球化进行怀疑式的新功能主义或公共选择分析将认为所有的超国家机构都在谋求"权限最大化"，也就是试图增强他们自己的权力并且拓展他们影响力的范围。[②] 这就是人们熟悉的"组织治、组织享"(government by organizations for organizations)的现象。[③] 尽管博格纳姆采取的是不那么激愤的历史制度主义路径，[④]她还是得出，权利，包括程序性权利在内，满足的是超国家主体的利益。博格纳姆将这一推论适用于法院与恳求法院帮助促进自身议程的私方当事人身上，不过也适用于非政府组织与利益团体。国家也会促进那些他们所熟悉的权利和程序，像在国内那样尽可能地在国际裁判机构或国际官僚机构保护其国民的利益。例证就是，欧洲法院被推向了经济宪政主义的方向，这不仅仅是出于其自身的地位和立场，而且也是由其主要"对话者"推动的。[⑤] 再者，像国际奥委会或者世界反兴奋剂机构等国际体育组织的程序，也趋向复制英美的正当程序规则，而这些规则是那些与最强大的国家和国际机构共事的运动员所熟悉的。尽管不太容易清除这种态度，但也并不必然会引出一种负面的

---

① 原文是"Democracy and the Hazards of Juridification"，如果直接翻译成"民主与法律化的风险"在中文语境里容易产生歧义，误以为讨论的还有"民主的风险"。因此，改变原次序，翻译成"法律化的风险与民主"。——译者注

② Pollack,"Supranational Autonomy" in Sandholtz(et al.), *The Institutionalisation of Europe*,2001.

③ Andersen and Burns,"The European Union and the Erosion of Parliamentary Democracy: A Study of Post-parliamentary Governance", in S. Andersen and K. Eliassen (eds.), *The European Union: How Democratic Is It?* Sage Publications Ltd,1996,p. 229.

④ Bignami,"*Creating Rights in the Age of Global Governance: Mental Maps and Strategic Interests in Europe*",访问于 http://law. bepress. commission/expresso/eps/390, p. 21.

⑤ Weiler,"A Quiet Revolution-The European Court of Justice and its Interlocutors", 26 *Comparative Political Studies*,1994,p. 510.

解读。施耐德视全球化为"法律多元主义"之一种形式的观点，[①]在这里体现的基本上是一种温和的多元主义解决方式，至少具有辅助性原则这一方面的价值，依据辅助性原则，应当在尽可能贴近决定者的层面做出和解释决定。然而这一原则在目前的讨论中显然是缺位的，它当然是任何一种全球行政法体系的基础性原则。[②]

不过这是一种循环论证。其他不那么温和的情形促使人们不是那么担心民主正当性，而是担心责任性的问题。诸如食品安全委员会这样的自我规制机构的程序可能追求的是自我利益；政府官员间的跨国网络发展成为自私自利的小集团等。因为对民族国家在正在形成的全球经济与社会中作为宪法正当性的充分来源或是责任性的代理者的能力存在担心，所以"按照纯粹经济价值以外的价值判断，倘若不对这种权力进行以某种公共利益为导向的审查，那么全球性权力的发展……将永远不可能被认为是正当的"。[③] 因为决定者逃避责任性实在是太容易了。民主也是脆弱的。

法律全球化的怀疑者关心的主要是架构而非原则问题。在现代民族国家，权力是"分配的"而且是"有限的"；在全球层面，权力正在扩散到公私主体的网络，逃脱民主政府和公法艰难确立的控制。这个世界不仅"本质上难以渗入以民主为基础的价值和公共利益或共同福祉（collective good）的观念，而且还无法产生人们所希望的公共政策结果"。[④] 寻求能够支撑这样一种事业的价值体系一直就是本文首要的主题，不过因篇幅有限，不得不将民主政治这一关键问题略

[①] Snyder，Governing Economic Globalisation：Global Legal Pluralism and EU Law，pp. 10～11.

[②] See Carozza，"Subsidiarity as a Structural Principle of International Human Rights Law"，97 *AJIL*，2003，p. 38.

[③] Muchlinski，"International Business Regulation：An Ethical Discourse in the Making？" p. 99；Muchlinski，"Globalisation and Legal Research"，p. 240. 也可参见 Chalmers，"Post-nationalismand the Quest for Constitutional Substitutes"，17 *J Legal Stud*，2000，p. 178。

[④] Cerny，"Globalization and the End of Democracy"，36 *European Journal of Political Research*，1999，p. 1.

过。然而，能否形成具有这种民主性质的国际社会，仍然是让人非常怀疑的。[①]

全球行政法可以说正在形成的场所当中，首屈一指的是跨国的法院或其他不那么正式的裁判机制，例如世界贸易组织的争端解决专家委员会。这引出了"司法治理"或"法官统治"（government by judges）这种素有争议的问题。无疑跨国治理体系和人权公约的诞生已经导致了对法官全面的赋权。例如，欧洲法院作为负责选定、创制和颁布重要的基本法律原则的制宪者角色是无可争辩的。[②] 另外，在人权的背景下，斯拉特谈到了"自由国家的共同体"，他们是由法院来促进人权的价值；她尝试建构一种跨司法沟通的类型，涵盖了法官就权利观念进行"轻松国际交流"的各种方式。[③]

但全球行政法能开启全球政治的天地吗？在一部颇有创见的研究法律与全球化关系的作品中，阿曼表现得很乐观。他认为法律"不只是权利或救济的源头，尽管很重要，但也是创造与维系政治的手段"。[④] 他乐观地认为，通过创造民主协商的空间，全球行政法有助于创造一个"政治"社会。但另一方面，他告诫警惕那些试图"在重大时刻把决定从政治领域排除"的方法和机制。[⑤] 然而如本文竭力表明的

---

① Dahl,"Can International Organizations be Democratic? A Skeptic's View", in I. Shapiro and C. Hacker-Cordon（eds.）, *Democracy's Edges*, Cambridge: Cambridge University Press,1999,pp. 19～37.

② R. Dehousse, *The European Court of Justice*: The Politics of Judicial Integration, London: Macmillan Press 1998; Mancini,"The Making of a Constitution for Europe",26 *CML Rev*,1989,p. 595; Weiler,"A Quie Revolution-The European Court of Justice and its Interlocutors",26 *Comparative Political Studies*,1994,p. 510. 还有一种不太被认可的解释,参见 H. Rasmussen, *On Law and Policy in the European Court of Justice*, Boston: Kluwer Academic Publishers,1986。

③ Slaughter,"A Typology of Transjudicial Communication", p. 132. 还可参见 McCrudden,"A Common Law of Human Rights? Transnational Judicial Conversations on Constitutional Rights", in K. O'Donovan & G. Rubin（eds.）, *Human Rights and Legal History*, *Essays in Honour of Brian Simpson*, Oxford: Oxford University Press, 2000, pp. 14～29。

④ A. Aman, *The Democracy Deficit*, p. 178.

⑤ Ibid. , p. 138.

那样,这正是热情支持发展以普世原则为基础并且走向统一性的全球行政法的立宪主义者所采取的进路。真正的危险在于,公民在所形成的全球空间中没有"自由与论坛以最大化试验和变革的机会"。① 相反,呈现给他们的是法律化的机构与论坛,其中"政治成为程序的政治,为界定权和管辖权而进行的斗争：问题主要不在于是否要进行利益的权衡,而是最终哪一当局被授权进行权衡"。② 这就是支持多元主义的最终观点：以多样性作为全球行政法的首要价值,以辅助性作为其基本原则。否则,全球行政法可能做出的贡献也只是会扼杀民主,而将不民主正当化。在谈到早期的集权化活动时,斯图尔特中肯地指出：

> 颇有反讽意味的是,麦迪逊为解决派系问题而实行集权的做法造就了麦迪逊的梦魇：政府内部派系复杂林立,而且充斥着通常不负责任微观政治……尝试采用新的行政法制度来解决麦迪逊的梦魇已经取得了一些改善,但最终可能只会加重这一梦魇。③

---

① A. Aman, *The Democracy Deficit*, p. 178.

② Koskenniemi, "The Effects of Rights on Political Culture", in P. Alston(eds.), *The European Union and Human Rights*, p. 114.

③ Stewart, "Madison's Nightmare", 57 *U Chicago L Rev*, 1990, pp. 335~346.

全球化时代的美国法学院：一个比较的视角

[美] 戴维·S. 克拉克 著*

张　伟 译　毕竟悦 校**

一、引言

罗格斯法学院(Rutgers School of Law)，即 1908 年草创之际的新泽西法律学院(Jersey Law School)，在培养法律学生方面已有百年之久。①

---

* 戴维 S. 克拉克(David S. Clark)，威拉米特(Willamette)大学梅纳德和波萨·威尔逊(Maynard & Bertha Wilson)法学教授，及国际法和比较法证书项目主管。作者对Willamette 大学法学院夏季研究基金的资助使本文得以完成表示感谢。

** 张伟，北京航空航天大学法学院博士研究生；毕竟悦，北京航空航天大学法学院博士研究生。本文原载《罗格斯法律评论》第 61 卷第 4 期(61Rutgers Law Review，1037-1078，2009)，经作者授权翻译和发表。

① 参见 Rutgers Sch. of Law-Newark, History of Rutgers School of Law-Newark, http://law. newark. rutgers. eduabout-school/history-rutgers-school-law-newark(最后访问时间 2009-09-15，以下简称 History of Rutgers)。

像诸多得以幸存并举办百年纪念研讨会的美国法学院一样，它不断繁荣并创造出一种其创立者难以想象的复杂体制。根据官方历史记载，该法学院早年存在一种商业导向的课程，来吸引那些渴望得到实践性法律教育的学生，课程安排在下午和晚间。到20世纪20年代中期，该院2300人的注册规模使其成为美国第二大法学院，甚至比今天的规模还大。[①] 那些学生当中很多都是新近移民的子女，这已经显示出其在形成美国世界地位中的角色，并为在一个承诺给予机遇的国家提高社会地位提供了一种途径。这种将注册入学对文化上歧异的学生群体开放的意愿揭示了我在此的主题：全球化时代的美国法学院。

对此，我将作如下展开。第一，我简要描述了有组织的美国国际法和比较法研究活动的起源。几乎是在一开始，它们就得到了法律教育家的支持。美国国际法协会（ASIL）和美国比较法协会（ASCL）最近都在纪念它们各自的百年诞辰。第二，我回顾了近期美国法律教育和法律职业的进展，以及它们同国际法、比较法和外国法律体系的关系。这一基于便利的考虑应从1990年算起的时期，也就是我所谓的全球化时代。第三，我总结了美国法律教育的特色所在。在此，转述马克·安东尼（Marcus Antonius）的说法，我要赞美恺撒（Caesar）而不是埋葬他。我的视角基于比较的方法。在一些例子上，我指出了美国法律教育在理论和实践上的紧张关系，并通过进行比较描述了大多数外国训练体制是如何解决这一问题的。最后，我对尤其是2000年以来的外国法律教育发展进行了考察，这表明了美国法律教育模式的统治地位以及世界范围内经济和文化的全球化对个别国家及其法律教育制度所带来的压力。[②]

---

① 参见 Rutgers Sch. of Law-Newark, Quick Facts, http:/flaw. newark. rutgers. eduabout-school/quick-facts（最后访问时间 2009-09-15）。

② Jan Klabbers & Mortimer Sellers eds. , The Inernationalization of Law and Legal Education，2008.

二、百年来的美国国际法和比较法研究

美国法律教育的一个新时代始于 1900 年。随着在主要的法学院中成功地确立起科学的教学和研究方法,其中的 25 所法学院在 1900 年成立了美国法学院联合会(AALS),有力地为学术上持续的国际法和比较法研究提供了支持。①

(一)国际法

弗里德里克·科吉斯(Frederic Kirgis)撰写过 1906 年成立的美国国际法协会(ASIL)的确切历史。② 他提到 20 世纪初期美国外交政策中的扩张主义同和平运动共同促进了这一信念,即美国价值、经济活力以及联邦制的经验可以对国家之间的交往方式发挥有益影响。这些利益也为一些法律教育家所认同,促成了 ASIL 的形成。同空想主义者和世界联邦主义者一道,法律家们包括相信正式的争端解决机制——或者是仲裁或者是裁决——将能避免战争的学者。这些法律教育家的核心人物是詹姆斯·布朗·斯科特(James Brown Scott,1866—1943),于 1899—1903 年任伊利诺斯大学法学院院长,之后是哥伦比亚大学法学教授,也在乔治·华盛顿、乔治敦、约翰·霍普金斯任教。他 1902 年出版了《国际法案例》(Cases on International Law)一书供大学和法学院学生使用。③ 另一位教育家是(乔治·克齐威,George Kirchwey,1855—1942),1901 年至 1910 年担任法学院

---

① Rbbert Stevens,Law School:Legal Education in America from the 1850S to the 1980S,p. 96(G. Edward White ed. ,1983).

② Frederic L. Kirgis,The American Society of International Law's First Century:1906-2006(2006).

③ Frederic L. Kirgis,The American Society of International Law's First Century:1906-2006,pp. 7~8,注 34。波士顿图书公司(Boston Book Co.)出版了这本 961 页的书的第一版,西部出版公司(West Publishing Co.)在 1906 年重印。从哈佛毕业后,Scott 在柏林、海德堡和巴黎学习国际法直到 1894 年,这自然地赋予他一种关于法律的比较视野。

院长，在此期间他引进了哈佛案例教学法。斯科特和克齐威，加上一位未来的国务卿，设想在 1905 年成立一个国际法协会，将来可以出版一份期刊以致力于该学科的研究。这就产生了一个 21 人的委员会，主要是国际法教授和有经验的外交官，他们为 ASIL 起草了章程。

斯科特成为于 1907 年开始出版发行的美国国际法期刊的第一任主编。编辑委员会的其他成员有，爱荷华大学的查尔斯·格里高利（Charles Gregory）教授，哥伦比亚大学的约翰·巴塞特·莫尔（John Bassett Moore）教授，宾夕法尼亚大学的里奥·罗威（Leo Rowe）教授，时在布朗大学、后在哈佛大学的乔治·威尔逊（George Wilson）教授，以及耶鲁大学的西奥多·乌尔西（Theodore Woolsey）教授。该协会 1914 年举行年会之时，有 44 位国际法教师与会参加了七次国际法及相关学科教师研讨中的第一次。作为卡耐基国际和平基金会国际法部的主管，斯科特拥有财政支持以实现其理念和拓展国际法的目标。他之前进行的一项调查显示有 180 所学院和大学，以及 64 所法学院在讲授国际法。这就帮助他说服了基金会的受托人来召集 1914 年的研讨会。基金会为该协会建立一个常设的国际法研究和教学的委员会提供资金。尽管该协会没有支持斯科特所甚为青睐的诸多教育举措，但斯科特和基金会一直在努力不懈，例如在 1936 年为一个国际法的夏季课程授予了 200 份奖学金。[①]

该协会在 2006 年举行了其百年纪念年会。当然，与其早年相比变迁甚多。该协会 1906 年的章程宣称的两大目标其中之一为"促进国际法研究"。[②] "一战"之后，当美国未能加入国联，也没有成为常设国际法院规约的成员，国际法协会就不再突出其要拯救世界于战火的使命，而是变得更具学术性。从 20 世纪 50 年代后期开始，重新兴起了在法学院中支持国际法的活动。耶鲁法学教授、1958—1959 年任国际法协会主席及 1966 年美国法学院联合会

---

① Frederic L. Kirgis, The American Society of International Law's First Century：1906-2006, p.34；亦可参见卡耐基国际和平基金会，美国教育机构国际法教学报告（1913）。

② 美国国际法协会章程第二章，重印于 Frederic L. Kirgis, The American Society of International Law's First Century：1906-2006（2006），p.581。

（AALS）主席的米勒斯·麦克道格（Myres McDougal，1934—1998），和弗吉尼亚大学法学教授（1927—1963，1963—1968 担任院长）、1962—1963 年任协会主席、1970—1979 任国际法院法官的哈迪·迪拉德（Hardy Dillard）出任新一届领导。1974 至 1976 年担任协会主席的哈佛大学教授（1956—1960）的理查德·巴克斯特（Richard Baxter）则致力于创立国际法模拟法庭竞赛（1961 年首次举办）并在该协会与数量日益增长的国际法学生俱乐部之间建立了正式联系。1962 年，参加该协会年会的一些法学院的学生组织了国际法协会学生联合会，并以菲利普·杰赛普（Philip Jessup）为 1963 年的模拟法庭比赛冠名。菲利普·杰赛普曾于 1941—1961 年在哥伦比亚大学担任菲利普·杰赛普国际法与外交学教授，并于 1961—1970 年担任国际法院法官。[①] 1987 年该联合会重组为国际法学生联合会（ILSA）。[②] 现在国际法学生联合会负责主办每年的 Jessup 竞赛，并为学生提供在国际法律舞台上的学习、研究以及交流网络的机会。[③] 国际法协会现在依然是国际法教学的利益集团，为法学院的开创性课程改革提供支持。[④]

（二）比较法

比较法研究的新领域源自理想主义的和现实的关切。美国有组织的比较法研究始于 1904 年在圣·路易斯（St. Louis）的律师与法学家世界大会，这是在美国举办的第一次比较法国际会议。[⑤] 1903 年，美国律师协会主席任命耶鲁大学的西米恩·鲍德温（Simeon

---

① Frederic L. Kirgis, The American Society of International Law's First Century: 1906-2006, pp. 291～292,301～302. 在 20 世纪 60 年代，该协会也资助了一系列国际法教学与研究的会议，参见 Frederic L. Kirgis, pp. 305～306。

② http://www.ilsa.org/aboutlhistory.php（最后访问时间 2009-09-15）。

③ http://www.ilsa.orglabout/index.php（最后访问时间 2009-09-15）。ILSA 的主要组成单位是各个参加法学院的国际法协会。

④ http://www.asil.org/interest-groups-view.cfm? groupid=31.

⑤ David S. Clark, Nothing New in 2000? Comparative Law in 1900 and Today, 75 Tul. L. Rev. p. 871,pp. 888-890(2001).

Baldwin，1840—1927）为美国律师协会的执行委员来筹划这次大会。① 鲍德温 1869 至 1919 年在耶鲁任教，并曾担任过美国律师协会和 AALS 的主席。② 他和其他人一起在该次大会之后即进行组织化的努力来成立比较法研究所，并推动美国律师协会在 1907 年将其作为下设的一个部门。研究所成员每年在美国律师协会的夏季会议上碰面，并在 1908 至 1914 年间发行一份 200 页的年刊（Annual Bulletin），直至"一战"中断了大西洋两岸的联系。这是美国第一份比较法期刊。③

比较法研究所的主任是鲍德温。其理事为哈佛法学院院长詹姆斯·巴里·埃姆斯（James Barr Ames，1846—1910），哥伦比亚法学院院长乔治·克奇威（George Kirchwey，1855—1942），宾夕法尼亚法学院院长和后来的美国法律研究所（American Law Institute）首任所长威廉·德雷帕·刘易斯和西北大学法学院院长威格摩尔。1911 年，那时正在哈佛法学院担任斯托里（Story）讲座教授并且后来成为 20 世纪上半叶美国伟大的比较法学家的罗斯科·庞德也成为其理事。研究所目标中有两个是促进外国法研究以及为实务律师、法学家和学生收集外国法律信息，大部分年刊编辑都是法学院的教授。在 1910 年，比较法研究拥有 5 家法律图书馆和 17 家法学院作为机构会员，到 1914 年，上述机构分别增加到 14 家和 20 家。

波士顿图书公司（及其继承者麦克米兰公司）在 1911 至 1925 年

---

① David S. Clark，The Modern Development of American Comparative Law：1904-1945，p. 55 AM. J. COMP. L. 587，594（2007）（以下简称 Clark，Modern Development）. 该文的中译参见[美]戴维 S. 克拉克：《现代美国比较法的发展：1904—1945 年》，董春华译，《比较法研究》，2010(2)。——译者注

② Clark，Modern Development，p. 594. 参见 John H. Langbein，Law School in a University：Yale's Distinctive Path in the Later Nineteenth Century，in History of The Yale Law School：The Tercentennial Lectures 53，59（Anthony T. Kronman ed.，2004）。

③ Clark，Modern Development，p. 592，pp. 598~599. 虽然 ABA 于 1878 年即已组建，但直到 1915 年才开始出版其期刊。作为一份季刊，比较法研究所的编辑成员主办的是每年的第二期，主要是那些此前在比较法研究所年刊上所处理的主题。比较法研究所成员每年持续会面，而 1929 年与美国律师协会安排刊登事宜时会面持续一年之久。

间出版了 12 卷现代法律哲学丛书,由美国法学院联合会的一个委员会编辑而成,该委员会的主席是威格摩尔,比较法学家是其中的主导力量。这套丛书主要由大陆法学的专著、文章和翻译成英文的摘要组成。在将大陆法律理论变成可以理解的英文形式的同时,编辑们(有时也是译者)撰写了大量有用的导论和编辑序言。①

庞德院长的教学材料应当视为美国使用的第一本公开出版的比较法学生教材。1914 年的哈佛大学版被命名为"罗马法和作为其发展的现代法典选读:比较法导论"。在序言中,庞德解释了当他于 1899 年首次运用查士丁尼法学总论教授罗马法(遵循他自己的老师的先例)时的沮丧。同样,对庞德的目的而言,依赖于英语对罗马法的处理包含了太多的历史和太少的法律。结果,1902 年,他收集了从罗马时代的文献(尤其是查士丁尼学说汇纂)到现代的(主要是欧洲)法学研究以及民法典(包括新近的德国和日本)的诸多摘录。②

在 1915 至 1918 年间,威格摩尔和阿伯特·柯克里克(Albert Kocourek,也在西北大学)汇集和编撰了三卷"法律之进化",将有关古代的和原始的法律体系,它们的规则以及影响法律发展的物质的、生物的和社会的因素整合在一起。作者打算将第一卷——其副标题是"古代法和原始法的渊源"——作为一本教材使用,以配合最初在哈佛发展起来的案例教学法。结果,于 1915 年出版的"渊源"成为世界上第一本比较法的案例教材。

1933 年,美国律师协会合并了比较法研究所和国际法分会,威格

---

① Clark,Modern Development,p.600.威格摩尔的委员会主持了极为有益的十卷本大陆法律史系列丛书的出版。其他委员会成员通常都是组织和编辑现代法律哲学系列丛书的同一人员。历史卷提供的是经过翻译欧洲法律历史和法学家的书籍、文章和某些重要方面的原始材料的摘要。在法国法、德国法和意大利法以及民事程序和刑法和刑事程序法方面都有独立的卷本。

② Clark,Modern Development,p.606.这本选读的第一版在 1906 年出版。

摩尔担任首任主席。① "二战"以后，法学教授们发现需要成立自己的组织来支持比较法的教学与研究。② 美国法律比较研究协会于 1951 年美国律师协会年会期间举行了第一次会议。20 家法学院的代表在纽约举行会议讨论加入该协会的问题，1992 年更名为美国比较法协会（ASCL）。法学院是首要的机构成员，可以便于其教授在年度和专题会议中的出席。1952 年美国比较法协会开始出版一份期刊，且迄今已有超过 100 家法学院会员，其中有些还是外国的法学院。③ 该协会在 2004 年举办了百年纪念活动。④

三、美国法律教育与全球化

（一）从本土到全球

美国法学院的国际法和比较法的研究与教学迄今已有百年之久。这并不能掩盖，世界各地的主流法律观点——肯定是源于 19 世纪——依然聚焦于由国家而且具体而言就是民族国家所颁布的法律

---

① Clark, Modern Development, p. 610. 现在 ABA 仍有国际联络办公室，负责协调世界各地的法律组织以及为外国法官和律师在美国访问提供便利。关于美国律师协会，国际联络办公室，http://www. abanet. org/liaisonfhome. html（最后访问时间 2009-09-15）。1983 年，美国律师协会代表大会采纳"第八目标"（Goal Ⅷ）以"提高世界法治"。从 1990 年开始，美国律师协会同非政府组织和政府基金一起引人注目地推进其法治计划，并在 2007 年开始将其作为一项世界任务。关于美国律师协会的法治创举，参见 http://www. abanet. org/rol/about. shtml（最后访问时间 2009-09-15）。

② David S. Clark, Development of Comparative Law in the United States, in The Oxford Handbook of Comparative Law p. 175, p. 206 (Mathias Reimann & Reinhard Zimmermann eds. ,2006)（以下简称 Clark, Development of Comparative Law）。

③ David S. Clark, Establishing Comparative Law in the United States: The First Fifty Years,4 Wash. U. Global Stud. L. Rev. p. 583 (2005)（以下简称 Clark, Establishing）; see Centennial Universal Cong. of Lawyers Conference, Lawyers and Jurists in the 21st Century,4 Wash. U. Global Stud. L. Rev. p. 535, p. 674 (2005)。

④ Clark, Establishing, p. 584（描述了这次百年纪念重现了 1904 年 St. Louis 第一届世界律师和法学家大会盛况）。

这一事实。① 到 19 世纪之时,大学对拉丁语的罗马—教会之共同法 (jus commune)研究已经为欧洲大陆法国家之本国语的国家法研究所取代。在普通法国家,如美国,随着布莱克斯通之英国法释义 (Commentaries on the Laws of England,四卷,1765—1769)的美国版变得普及而且美国法学家也在写下他们自己关于法律的评论,通过学徒制和律所训练而进行的法律研究开始逐渐从英国普通法中脱离。② 在 19 世纪下半叶,更多的法律学者抛弃了自然法观念,并信奉当地实在法所展现的精神。③

"二战"之后,一些法律教育家认识到这种本土主义的视野是有害的,并开始努力在普遍法则、外国实例、或者日益增强的跨国交流中寻找智慧。1945 年,获得反法西斯战争胜利的国家创立了联合国。在欧洲,1958 年成立的欧洲经济共同体(European Economic Community)则显示了另一种道路。④ 到 1990 年,苏联的崩溃开启了较之于共产主义和资本主义、极权主义和民主体制的两极世界格局下更为广泛的跨国法律关系的可能性。这些事件以及类似事件对法律实践和法律教育会产生何种影响呢?

---

① 参见 John Henry Merryman 等,The Civil Law Tradition:Europe,Latin America, and EastAsia,pp. 435~476(1994)(描述了知识革命对现代民族国家的影响).

② David S. Clark, Legal Education and the Legal Profession, in Introduction to the Law of the United States,pp. 13~14(David S. Clark ed. ,2d ed. 2002). James Kent(1763-1847)和 Joseph Story(1779-1845)是重要的例子。Kent 是哥伦比亚大学法律讲师及纽约大学校长,1826 至 1830 年出版了四卷 Commentaries on American Law。Story,哈佛大学教授和联邦最高法院法官,1832 至 1845 年间出版了九卷有关美国法各个方面的"评论(Commentaries)"。

③ Roscoe Pound,What May We Expect from Comparative Law?,22 A. B. A. J. 56, pp. 57~58(1936),重印于 Merryman 等,The Civil Law Tradition:Europe,Latin America, and EastAsia,pp. 15~16。

④ Europa:Summaries of EU Legislation,Treaty Establishing the European Economic Community, EEC Treaty, http://europa. eu/legislation-summaries/institutional affairs/ treaties/treaties eec en. htm(最后访问时间 2009-09-15)。

（二）20 世纪 90 年代

说到经济和文化全球化的影响是变革性的似乎有些不充分。① 早在 20 世纪 90 年代，就已经出现了组织全球性的美国法学院的呼吁。② 1995 年，基于鼓励学生（包括法律系学生）到另一欧盟成员国学习的伊拉莫斯支持计划的成功，欧洲人将其支持对象扩展到也包括教授在内。在这一创举（苏格拉底计划）之外，欧盟在 20 世纪 90 年代将其支持扩展到非欧盟成员的东欧大学并推出培养外语流利人才的计划（Lingua 计划）。

在 1995 年的 ABA 年会上，法律教育部和国际法与实践部共同支持了一个名叫"美国法学院全球化"的项目。该小组成员注意到全球化正在开辟新的法律市场。受过外国法、比较法和国家法训练的律师将占领这些市场。虽然美国律所早已是参与到这些发展的先锋，但训练律师和法律实践的新的方法仍然不可或缺。

ABA 主席建议，律师在有效的国际法律实践中必须流利掌握第二语言。其他人则建议由更多的教授来讲授他们学科的国际方面知识，或者由法学院就这些新的全球法律发展来承担对法官和律师的培训。AALS 通过将全球化作为 1998 年年会主题"全球语境下作为共同事业的法律思考和法律教育"（Thinking and Teaching about Law in a Global Context as an Exercise in Common Enterprise.）继续对此加以强调。③

---

① Carole Silver, Internationalizing U. S. Legal Education: A Report on the Education of Transnational Lawyers, 14 Cardozo J. Int'l & Comp. L. p. 143, pp. 145～146(2006); David E. Van Zandt, Globalization Strategies for Legal Education, 36 U. Tol. L. REV. p. 213, pp. 213～215(2004-2005).

② David S. Clark, Transnational Legal Practice: The Need for Global Law Schools, 46 Am. J. Comp. L. p. 261, pp. 268～269(Supp. 1998)(以下简称 Clark, Transnational).

③ AALS 1996 年将其和加拿大法学院长期的合作关系扩展到墨西哥。1998 年加拿大、墨西哥、美国的十三家法学院成立了北美法律教育联盟（North American Consortium on Legal Education），http://www. nacle. org(最后访问时间 2009-09-14)。

1994 年,纽约大学宣布了其创建世界第一所全球性法学院的计划。在一家大基金会的支持下,这一首创计划邀请外国法学教授(大部分要任教一个或半个学期)、外国学者(教授、法官以及政府官员为期一到六个月),以及外国研究生到纽约大学来和本土教授及学生进行交流与合作。一些基金将导致课程方面的改革并为召开反映正在发展的全球化经济的会议提供资金。1997 年,纽约大学法学院 1500名注册学生中外国学生多达 225 人——代表超过 50 个国家。在这种努力下,由于外国的和美国的教师和学生在一起生活,他们将会以一种更为非国家化的方式共同学习国际法律秩序,并获得关于美国法的新视野。①

(三)当前形势

20 世纪 90 年代的挑战是,发展各种方案以应对经济和文化的全球化,并进而评估何种途径最为有效。依托其资源、环境和对其竞争使命的把握,美国法学院多少具有全球性。但是,也有一些特定的事实值得注意。第一,国际性的律师事务所和每个律所都越来越希望毕业生精通比较法和国际法。第二,外国法学院学生越来越对在美国学习感兴趣。1995 年,大约有 3500 名外籍学生进入美国法学院学习,主要是 LLM 项目。第三,从 2004 年到 2008 年,美国律师协会认可的法学院的国内申请者只有 17000 人,将视线投向海外就是一个良好的商业意识问题。②

2000 年,美国法学院联合会发起召开了国际法律教育家研讨会(the Conference of International Legal Educators)。纽约大学则提供

---

① e. g. , William D. Henderson, The Globalization of the Legal Profession, The Symposium: Globalization of the Legal Profession, 14 Ind. J. Global Legal Stud. p. 1, pp. 1~3(2007)(包括会议研讨论文);Laurel S. Terry, Foreword, 22 Penn St. Int'l L. Rev. p. 527, pp. 527~529(2004)(包括全球法律实践的专题研讨论文).

② Clark, Transnational, pp. 270~271. 关于法学院录取委员会(LSAC), http://members. lsac. org/Public/MainPage. aspx? ReturnUrl＝％2fPrivate％2fMainPage2. aspx(最后访问时间 2009-09-14)。

论坛。与会者来自 27 个国家。专题讨论的议题有不同法律和法律教育体系之间的合作、师生交换、通过国际合作以丰富课程以及全球性课程和教育成果的发展等。这导致了第二个 AALS 事件，即 2004 年在夏威夷举办的"应对跨国挑战的律师教育研讨会"。有来自 47 个国家的法律教育者与会。会议涵盖的相关议题有商业贸易、政府组织以及非政府组织中的律师，确定一种跨国律师的核心课程以及运用诊所、交换或者技术来培养跨国律师的具体方法。与会者一致同意成立一个新的组织，即在 2005 年成立的国际法学院联合会（the International Association of Law Schools）。其任务在于通过提高法律教育来"强化社会发展中法律的角色"，而且特别是要为越来越广泛参与国际法律事务准备律师，包括在政府机关以及非营利性的和公司部门工作的律师。①

此外，法学院录取委员会（the Law School Admission Council，LSAC）和美国律师协会法律教育部及会员部都对全球化的影响作出了回应。LSAC 在 2008 年修改其章程，允许其会员对美国和加拿大法学院以外的澳大利亚开放。第一家非北美的会员是墨尔本大学法学院，将其本科的 LLB 学位项目改为一种授予 JD 学位的研究生项目。该法学院提供的声明是：这次墨尔本向研究生法学教育的转变是对为越来越广泛的国际法律职业提供最为优秀的法律教育的挑战作出回应的世界潮流的一部分。LSAC 还为国际学生提供 LLM 证书申请服务，收费是 185 美金，这反映了外国律师越来越对在美国法学院获得一个硕士学位有兴趣。②

法律教育部是非营利组织美国律师协会的一个部门，对符合一定标准的美国法学院及其基础的 JD 项目作出评估认证，并允许 JD 毕业生在美国各州参加律师考试。但是，对于国际法和比较法项目，该部门并不批准外国夏季（或海外学期）项目，也不把 LLM 项目开放

---

① 参见"国际法学院联合会"，"章程"，http://www.ialsnet.org/charter/index.html（指出投票成员将主要是法学院，最后访问时间 2009-09-15）。

② https://llm.lsac.org/llm/logon/splash.aspx（最后访问时间 2009-09-14）。

给外国法律学生或律师。相反,该部对这些项目进行检查,并假定其符合既定标准,然后加以默许。在过去的 20 年内,随着这些跨境活动的增长,美国律师协会提高了数据采集水平以跟踪这些发展。1952 年,美国律师协会成立了美国律师基金会(the American Bar Foundation, ABF),今天已经独立并且是法律制度和法律程序的经验研究的杰出机构。在和伊利诺斯大学的合作中,ABF 负责法律与全球化中心,以提高社会对全球性法律、全球性法律制度以及全球性的法律行为的科学理解。[①]

2009 年,美国国内有 191 所全部通过 ABA 认证的法学院,此外还有 9 所获得临时认证的法学院。其中有 112 所有一个或者多个 ABA 监督之下的海外夏季项目,一些机构已经将其作为一项重要的提供内容,以使大部分学生的兴趣都能够得到满足。著名的例子有(Santa Clara)大学(14 个),美利坚(American)大学(11 个),以及宾夕法尼亚州立大学、(San Diego)大学和(Tulane)大学(各 7 个)。33 所法学院拥有 ABA 监督下与一所外国法学院合作的比较法海外项目,通常是一个学期。这些项目目前是外国法研究课程的一部分,其中有些美国学生和外国学生一起学习。一些美国法学院重视这一途径,如北卡罗来纳大学有 5 个,哥伦比亚大学、康涅狄格大学、康奈尔大学各有 3 个海外合作院校。[②]

根据来自美国律师协会和国际教育研究中心的信息,2008 年在美国注册 LLM 项目的外国法学院毕业生和律师有大约 4600 人。总体而言,在 JD 学位之外(主要是 LLM)总共有 8312 人注册,占学生总数的 5.5%。这比 1990 年的 5227 名非 JD 学生增加了 59%,当时只

---

① "美国律师基金会","任务",http://www.americanbarfoundation.org/researchlCenter onLawandGlobalization.html(最后访问时间 2009-09-15)。

② 很多法学院都送出六名以下的学生到国外参加为期三年以上的合作项目。尽管这需要向美国律师协会提交一份报告,但并不需要 ABA 的监督和同意,参见 e.g.,Rutgers Sch. of Law-Newark,Study Abroad at Leiden University,http://law.newark.rutgers.edu/ Academics/study-abroad-leiden-university(最后访问时间 2009-09-15)。

占学生总数的 4%。结果在 2008 年，外籍人员占后 JD(post-JD)群体的 55%。美国有 50 所法学院还有针对外国律师的 LLM 特别项目。① 此外还有很多国际法或比较法某一方面的 LLM 项目，很多美国学生和外国学生一起注册。例如，国际法项目下面有 33 个类别，比较法有 18 个，国际商法、国际贸易法或国际税法有 11 个，人权法有 3 个。2006—2007 年，一名外国学生在一所公立法学院的平均费用是 25227 美金，在私立法学院则为 30520 美金。② 对大约 4600 名非 JD 项目的外国学生做个粗略的计算，所有法学院的该项收入大约是 1.28 亿美金。③

尽管美国法学院专门针对外国律师的 LLM 项目比 1997 年以来的两倍还多，但另一个重要的发展是注册 JD 学位项目的外国学生和律师的数量的增加。2008 年，有 2017 人注册美国法学院的 JD 项目，582 人获得 JD 学位。有些法学院有一种外国律师项目，允许业已在国外获得其法律学位的个人在两年内完成 JD 学位。④

表 1　美国法学院 J. D 学位项目中外国学生数量（根据 2008 年的法学院情况）

法　学　院	外国学生数
Boston University	29
Cardozo	29
Columbia	113
Cornell	28
Detroit Mercy	117

---

①　ABA-LSAC Official Guide to ABA-APPROVED Law Schools：2009 Edition，pp. 76～854(2008)(以下简称 ABA-LSAC Official Guide)。

②　ABA Section of Legal Educ. & Admissions to the Bar，Legal Education Statistics，Law School Tuition，http://www. abanet. org/legaledlstatistics/charts/stats%20-%205. pdf(最后访问时间 2009-09-15)。

③　这一估计假定没有经济援助而且外国学生各有一半进入公立和私立法学院。尽管法学院向外国学生提供助学金，但也是和精英的私立法学院收取的更高费用相抵消（如 2008—2009 年哥伦比亚大学是 47000 美金，而纽约大学是 46000 美金）。

④　e. g.，Rutgers Sch. of Law-Newark，International Applicants/Foreign Lawyer Program 2009，http://165. 230. 71. 92/admissions-financial-aid/international-applicants-foreign-lawyer-program(最后访问时间 2009-09-14)。

续表

法　学　院	外国学生数
Emory	25
Fordham	31
Franklin Pierce	28
Georgetown	55
Harvard	72
Howard	35
Illinois	35
Indiana-Indianapolis	42
Miami	59
Michigan	46
Michigan State	59
New York University	51
Northwestern	31
Pennsylvania	28
Suffolk	33
Thomas Cooley	157
Washington University	53

　　明显可以看到表 1 中法学院的多样性,所有法学院均至少拥有
25 名外籍学生。尽管这显示上述 22 所法学院正在作出重要努力来
吸引外国学生到他们的主要项目中来,但大多数法学院在这一文化
融合中也有部分参与。此外,拥有主要是外国律师注册的 LLM 项目
的法学院中的多数允许这些学生注册到一些 JD 学生也能进入的班
级。美国大学华盛顿法律学院就是这种做法。虽然不在表 2 中,但该
法律学院 1980 年开始的国际法律研究项目,2009 年有来自 53 个国
家的 137 名律师注册。[①] 大部分都是 LLM 学生,但除此之外则是访
问学者、研究员以及交换生。总体上,加上美国法学院中少数民族学
生数量的增长,如果教师在讨论中鼓励学生对材料的多重视角,课堂

---

① Am. Univ. Washington Coll. of Law,International Legal Studies Program,http://
www. wcl. american. edu/ilsp(最后访问时间 2009-09-15)。

经验——和 1970 年代相比——明显更为有趣和多元。

美国全日制 JD 注册数量最多的四所法学院，表 2 中有三个：Harvard(1734)，Georgetown(1605)，和 NYU(1424)。[①] 它们都有超过 50 位外国学生。但是，拥有超过 100 名外国学生的三所法学院则是不同的机构。哥伦比亚法学院，位于纽约市，在国际法和比较法上历史悠久，并拥有著名的帕克外国法和比较法学院(Parker School of Foreign and Comparative Law)，一定会对纽约大学在 1994 年宣布作为世界首家全球性法学院深表惊诧。显然它在和纽约大学竞争"全球性法学院"的桂冠，其 113 名外籍学生占到了 JD 人数的 9%。另外两所位于密歇根州。Thomas Cooley 和任何大学均无隶属关系，拥有四个校区，最著名的是一个在职 JD 项目。它表明存在于美国法学院中的广泛多样性，而且展现这种多样的一个方式就是其对外国学生注册的保证。[②] 在其 157 名 JD 学生中，只有 30 名是全日制的。另一个机构则是一所天主教法学院，Detroit Mercy，基督与美洲慈悲姐妹会(the Jesuits and the Sisters of Mercy of the Americas)是其赞助人。117 名外籍学生几乎占到其 JD 人数的 16%。与此相比，外籍学生占 JD 班人数超过 5% 的规模较小的法学院有哈佛大学(8%)，伊利诺斯大学(6%)，密歇根州立大学(6%)以及华盛顿大学(7%)。[③]

（四）美国法学院国际法和比较法项目介绍

美国法学院中有很多优秀的国际法和比较法中心与项目，一些在本文的其他地方业已提及。就介绍而言，两所法学院的例子就足

---

① George Washington(1412 J. D. 学生)注册的全日制外国 J. D. 学生少于 25 人。参见 ABA-LSAC Official Guide，p. 312。

② 该学院另一个突出特点是对非裔美国人（以及一般少数民族）的律师教育。2008 年 Thomas Cooley 注册的非裔美国学生比哈佛都多，是美国居于领导地位的主要的非裔美国人法学院。

③ 参见 ABA-LSAC Official Guide，p. 252，356，364，456，804。

够了。在 20 世纪 90 年代中期宣布其自身作为世界第一所全球性法学院计划的纽约大学是怎么发展的呢？1997 年,在其法学院 1500 名注册学生中有来自超过 50 个国家的 225 名外国学生。目前的运作是通过"豪瑟全球法学院计划"(the Hauser Global Law School Program)来协调。"目标在于改革法律教育并使纽约大学法学院成为一种全球性的而非仅仅是一个国家的法学院。"该项目支持每年多达 20 名教授和法官来法学院任教,并拥有来自 50 个国家的三百多名学生,包括 1700 名学生当中的那些豪瑟全球奖学金(Hauser global fellowships)获得者。这一主要努力使外国学生占该学生群体的百分比从 1997 年的 15％提高到目前的大约 18％。该计划在第一年的课程中还引进了全球性资料,并且由于拥有美国法学院数量最大的国际学生群体,生动地表明全球性讨论无论在学术还是社会领域都是其特色所在。①

哥伦比亚大学法学院坐落在曼哈顿的非商业区。它在国际法和比较法的研究上比纽约大学更早,自 20 世纪 90 年代中期以来,这两所法学院于该方面在美国法学院中脱颖而出。② 哥伦比亚声称其法学院从内战之前开始就在使美国法律教育国际化。早在全球市场和即时的世界交流迫使美国实务律师对美国领土之外的法律加以注意之前,哥伦比亚的师生就已经在发展国际公法、国际经济法和比较法的原理与原则了。尤其是过去的十多年间,该法学院的国际法和比较法项目,如双学位授予、学期境外学习、跨国实习以及为课程和专题研讨提供国际交流的视频会议,发展迅速。哥伦比亚的 LLM 项目有来自 50 个国家的大约 200 名律师和学生,加上外国

---

① http://www.law.nyu.edu/global/intlprograms/index.htm(最后访问时间 2009-09-15)。

② 这两所法学院的新世纪排名很接近:2001 年分别位列第四和第五位,现在则并列。

参见 Schools of Law, U. S. News & WorldReport, Apr. 9, 2001, at78, http://grad-schools. usnews. rankingsandreviews. com/best-graduate-schools/top-law-schools/rankings。

学生参加的 JD 项目，从而使该院的外籍学生超过 300 人。大约 1450
人的学生群体占总人数的 21%。在该院七个专门根据国家、地区或
者内容来处理法律问题的中心和机构中，为外国访问学者提供了很
多机会。①

西北大学法学院的戴维·凡·兰德（David Van Zandt）院长预
计，下一个 20 年内很多美国法学院将拥有 20% 到 25% 的外国 JD 注
册学生，而针对外国律师的 LLM 项目的重要性将下降。后一种现象
我们尚未目及，但就其全部学位项目而言，一些法学院正在接近 20%
的比例。很多事情将依赖于其他国家的法律教育如何开展竞争和满
足全球化需要上作出回应。②

四、美国法律教育的特色

美国法律教育在一些方面是独特的。第一，训练律师的基础项
目是一种研究生学位的课程，要求入学前的教育，通常是四年，在一
所大学或者学院获得一个学士学位。第二，不存在一个国家的司法
机构来监督法律教育的主要内容：学生的录取、导师的聘任、费用的
设定、课程设计并制定必修科目，或者开办一个新的法学院。第三，
在经济较为发达的国家中，美国在一个人成长为一名得到完全认可
的律师的过程中是惟一事实上不存在重要的学徒期的国家。在其他
地区，学徒制一般不是一所大学的任务。第四，美国法学院在教学和
获取法律材料中对电子技术的运用上在世界上处于领先地位。最

---

① 它们是欧洲、日本、中国、韩国、全球法律问题、人权以及帕克外国法与比较法学
院。参见"哥伦比亚法学院"，"地区与国际研究中心"，http://www.law.columbia.edu/
center.programintlprogs/Centers（最后访问时间 2009-09-15）。

② e.g.，Louis F. Del Duca，Symposium on Continuing Progress in Internationalizing
Legal Education-21st Century Global Challenges，Introduction，21Penn. St. Int'l L. Rev. 1，1
（2002）（对法律学生的全球化竞争进行了讨论）；亦可参见专题研讨，Developing
Mechanisms to Enhance Internationalization of Legal Education，22 Penn. St. Int'l L. Rev. p.
393，pp. 394-395（2004）。这两期均刊载了这些研讨会论文。

后,整体来讲,特别是就其顶尖的法学院而言,作为世界上最为优秀的法律教育,美国法律教育名副其实。它同样也是学生平均培养成本最高的法律教育。

(一)一种研究生性质的学位项目

美国法律教育在 19 世纪从一种学徒制和律所训练制度(类似于英国模式,但没有律师会馆)成长为一种更类似于大陆法系国家特别是德国的大学教育。[①] 20 世纪 70 年代,哈佛首次提出使法律更为科学并使其作为一门学科更有影响这种观念。1869 年至 1909 年担任哈佛大学校长的查尔斯·艾略特(Charles Eliot),推行一种课堂实验室的方法,以其归纳推理程序来取代在律所形式的法学院中采用的讲座和背诵方法。他在 1870 年聘请克利斯托夫·朗戴尔(Christopher Langdell)为法学院院长。接下来的 15 年内,这二人共同将一些使法律学习更为严格的措施加以制度化:入学考试,最后获得法学学士学位的渐进课程,年度考试,以及研究能力。朗戴尔最有影响的革新是引进了一种利用苏格拉底式对话来讨论上诉案件并鼓励将其材料编入案例教材的教学指导方法。[②]

哈佛的成功促使这一方法在其他大学广为传播。到"一战"结束之前,只有哈佛和宾夕法尼亚大学把一个本科学位作为进入其法学院的严格条件。但是,在美国律师协会及其评估程序的推动下,这一观念日渐盛行。仅在"二战"前夕,美国律师协会认可的法学院就达一百多家,而大多数州也开始要求在参加州律师考试时必须有进入法学院之前至少两年的大学教育经历。到 20 世纪 60 年代时,大多数

---

① David S. Clark, Tracing the Roots of American Legal Education-A Nineteenth Century German Connection, 51 Rabels Zeitschrift Fur Auslandisches Und Internationales Privatrecht, p. 313, pp. 317~318(1987), reprinted in 1 The History of Legal Education in the United States: Commentaries and Primary Sources, p. 495, pp. 496~497(Steve Sheppard ed. ,1999)(以下简称 Clark, Tracing)。

② Clark, Tracing, p. 501.

法学院都认同这一将法学教育作为一种研究生课程的做法并开始推出 J. D 学位来取代 L. L. B. 学位。截至目前，惟一移植美国这种将法学作为研究生项目的创新的国家只有加拿大。①

（二）一个非政府组织的灵活管理

大多数国家都是通过一个中央教育部门来管理大学法律教育。在另一些国家，考虑到法律教育的法律属性，管理或者全部或者部分由司法部门负责。这种管理主要是在一种全国性的公立大学体制下，虽然其某些方面也可能应用到私立机构。② 在公立情况下，关于预算、教授薪酬、学生录取、基建、强制性课程等决定都是集权性的。③ 对经费不足、数量超额、陈旧的讲座、过时的科目、技术和图书资料的缺乏以及整体上的低效的抱怨十分常见。

然而，无论是美国的联邦教育部，还是州的教育部门都没有对法律教育中的录取标准、课程或者提供的学位进行直接干涉。④ 而是美国律师协会的法律教育部，一个民间的 NGO，就需要决定的这些问题（以及其他诸如财务和管理、教员、图书馆和建筑设施等问题）提出标准，并定期对一家法学院进行首次和后来的再次评估。⑤ 尽管有些法

---

① 参见 Law Sch. Admission Council，Legal Education in Canada，http://www. lsac. org/canadiancfc/template2. asp? url＝LegalEdCanada. htm（最后访问时间 2009-09-15）。

② e. g.，Kyong-Whan Ahn，Law Reform in Korea and the Agenda of "Graduate Law Schools," 24 Wis. Int'l L. J. pp. 223～224(2006).

③ Kyong-Whan Ahn，Law Reform in Korea and the Agenda of "Graduate Law Schools,"pp. 236～237；参见 e. g.，Norbert Reich，Recent Trends in European Legal Education：The Place of European Law Faculties Association，21 Penn St. Int'l L. Rev. p. 21，p. 23(2002).

④ 美国教育部会对监督某个高等教育领域的团体进行认证（并在五年内再次认证）。美国律师协会法律教育部是负责法律教育的机构。Hulett H. Askew，Accreditation Update：U. S. Department of Education Rerecognition Process，40 Syllabus(A. B. A. Section of Legal Educ. and Admissions to the Bar)，Winter 2009，at 1.

⑤ Charlotte Stretch，Section Council Begins Comprehensive Review of the ABA Standards for the Approval of Law Schools，40 Syllabus(A. B. A. Section of Legal Education and Admissions to the Bar)，Winter 2009，at 2.

学院的管理者抱怨美国律师协会对他们工作的管理,或者州司法考试对其课程的不当影响,但比较而言,美国法学院项目的多样性和高质量确实令人瞩目。

(三)诊所与职业技能训练,但非学徒制

在 20 世纪五六十年代,对美国法律教育中绝对强调案例教学法(也许它在传授分析技巧上十分有用)的反思,导致的课程改革开始考虑律师需要运用的其他技能。在文书起草、专题研究、模拟法庭以及跨学科课程之外,一些人提倡通过课堂、诊所、实习或者通过对咨询、谈判、仲裁、辩护以及之后的价值和伦理的模拟来培养职业和实务技能。到 20 世纪 90 年代,当涉及职业技能教育的麦克科雷特报告积极支持实务律师和法官(他们有时感到学院派律师脱离了法律)时,诊所和职业技能教育才在大多数法学院获得了立足之地。[①]

然而,法律教育中理论和实践的紧张关系并未得到解决。当然,在 19 世纪 70 年代之前,并不存在这种紧张,因为此时美国法律教育是完全实践性的,和大多数普通法国家一样。只是在哈佛法学院引进民法、科学的大学教育之后,刺激了要给法学带来声望的愿望,就此播下这一问题的种子。[②]

既然是外国制度的移植带来了这一问题,也许考察其他国家如何处理年轻律师的实务训练问题的比较法方法可以为美国的室内实务训练提供一条选择性的思考。在大多数经济发达的大陆法国家(以及普通法国家)这种方法是独立于大学的学徒制。典型的大陆法

---

① The Maccrate Report:Building The Educational Continuum(Joan S. Howland & William H. Linberg,eds. ,1994). 十多年后,这在卡耐基基金会关于法律教育两年之久的研究中得到了支持,其结果与建议参见 William M. Sullivan 等,Educating Lawyers:Preparation for the Profession of Law(2007)以及 Roy Stuckey 等,Best Practices for Legal Education(2007)。

② Clark,Tracing,pp. 497~498,pp. 501~502.

系国家有法国、德国、意大利、日本和韩国，普通法国家为澳大利亚、加拿大和英国。[1] 它们的项目期间范围是六个月到三年并可能包括某一单一领域的业务实践或者若干法律职位的轮岗。在所有这些国家，执业律师们认为允许一位未经监督指导的大学法科毕业生来从事实务对一位不加怀疑的公众来说是不负责任的。而且，他们的经验是，学院派法学家，如学者，只是不能提供充分的实务指导。这种法律教育的多元化会使各方获益。

（四）教学与信息技术

现在，随着法学院基本上都为学生在建筑物及其周围覆盖了无线网络连接，美国法学院在教学和研究中运用电子技术是十分普遍的。涉及国际法和比较法的一个突出例子是 1992 年成立的康奈尔法学院法律信息中心（Cornell Law School Legal Information Institute，LII）。在指导如何发现并运用电子信息资源的同时，LII 根据主题和来源来组织法律材料。LII 世界法律资料汇编根据国家和各洲收集的可以从互联网上访问的主要资源有宪法、法规，以及来自于世界上的法律机构或者与之有关的司法意见和其他法律材料，也包括国际法资源和文件汇编。[2]

---

[1] David S. Clark, Comparing the Work and Organization of Lawyers Worldwide: The Persistence of Legal Traditions, in Lawyers' Practice and Ideals: A Comparative View, p. 9, pp. 29～33（John J. Barcel6 Ⅲ & Roger C. Cramton eds. , 1999）（以下简称 Clark, Comparing）；John Henry Merryman 等，The Civil Law Tradition: Europe, Latin America, and EastAsia, pp. 854～891；亦参见 Georgina Wolfe & Alexander Robson, The Paph to Pupillage: A Guide forthe Aspiring Barrister（2008）（United Kingdom）；Patti Ryan, The Future of Articling, Law Student, Sept. 2008, pp. 16～23（Canada）；Law Inst. of Victoria, Supervised Workplace Training, httpJ/www. careers. liv. asn. au/content. asp? contentid＝94（Victoria, Australia）（最后访问时间 2009-09-15）。

[2] Legal Info. Inst. , Law by Source: Global, http://www. law. cornell. edu/world. 搜索引擎和网络排名系统，如谷歌，认为 LII 是最为重要的法律网络资源链接。http://www. law. cornell. edu/lii. html（最后访问时间 2009-09-15）。

（五）全球影响排名

美国法律教育,尤其是其法学院前五十强,拥有世界上各种法律教育的最高声誉。它也肯定是最为昂贵的。支持这一判断的证据包括决定在美国注册进一步深造的外国律师比任何其他国家都多。此外,一些国家,为应对全球化的压力,也正在移植美国法律教育中的一些做法。这些包括将研究生法学院作为主要的法律学位的澳大利亚、日本、韩国。[①] 最后,国际法学院排名制度认可了美国大学教育的质量,这往往和《美国新闻与世界报道》(U. S. News & World Report)中的精英法学院排名一致。一个例子是《经济学人》采用的,每年由上海交通大学的世界一流大学中心进行的排名。在 2008 年的大学世界前五十强中,美国有 36 所。在这 36 所大学中,其中的 26 所拥有法学院。在全球排名前一百的高校中,美国占 54%,其次是英国,占 11%,再次是德国,占 6%。[②]

外国学生注册美国法学院有很多原因。一些可能想长期居住在美国并在法律实务中利用其外国背景的优势。其他人则可能已经是另一国家的律师,希望通过一个美国法律学位来增加其声望,并在回国后的实务中加上 LLM 的头衔。下一步是通过一个美国的州律师考试,在外国 LLM 学生中,纽约是最受青睐的选择,既然 LLM 证书足以应付这一考试。外国律师在纽约的通过人数每年都在不断增

---

① 参见下面的第五部分,中华人民共和国是另一种例证,但是她对一种美国 JD 式的三年制职业学位项目的引进(称之为 J. M.,即法律硕士)具有重大的本土变异。参见 Matthew S. Erie,Legal Education Reform in China through U. S. -Inspired Transplants,59 J. Leg. Educ. p. 60(2009).更为典型的是成立一种提供法学硕士学位的研究生法学院,往往有一个专业。例如,里加研究生法学院(Riga Graduate School of Law),是拉脱维亚大学的一个独立的自治单位,1998 年由索罗斯基金会成立。它提供欧洲法和国际法、法律与金融以及法律语言学等项目,仅用英语教学。关于里加研究生法学院,参见 http://www. rgsl. edu. lv/index. php? option = comcontent & task = view & id = 54 & Itemid = 107(最后访问时间 2009-09-15).

② Ctr. for World-Class Univs., , Analysis, http://www. arwu. org/rank2008/ARWU2008analysis(EN). htm(最后访问时间 2009-09-15).

加。根据 2008 年 7 月的管理记录，2872 名具有外国教育背景的律师参加考试，有 1290 人或者 45% 的人成功通过。既然允许其在美国执业，这无疑进一步增加了他们的影响力，并使得个人对在美国或者海外的跨国律师事务所而言更具吸引力。当然，从一所美国律师协会认可的法学院获得一个 JD 学位会使毕业生有资格在美国任何一个州参加律师考试。①

五、全球化与美国法律教育的海外影响

在欧洲和东亚的发达国家，以及其他许多地区，法律教育正在经历重大的改革。这些改革首先是对经济和文化的全球化的回应，其已对法律实践产生影响。有人轻蔑地称这一进程为美国化，这也许是为了在文化抵御中赢得支持，而且很明显，有些情况下美国模式就是其国家性的讨论起点。②

（一）法律教育的欧洲化与布伦纳计划

法律教育欧洲化的压力来自欧盟和各国政府，而后者则来自于

---

① 例如，纽约州司法考试委员会，ABA 认证的法学院的法律博士研究生，参见 http://www. nybarexam. org/JD. html（最后访问时间 2009-09-15）。

② 参见 e. g., Matthew S. Erie, Legal Education Reform in China through U. S.-Inspired Transplant, p. 169；Takahiro Saito, The Tragedy of Japanese Legal Education：Japanese'American Law Schools, 24 Wis. Int'l L. J. p. 197, 202（2006）；参见 Wolfgang Wiegand, The Reception of American Law in Europe, 39 Am. J. Comp. L. p. 229（1991）。有时美国联邦政府，直接或间接对这种移植提供资助，但历史上成效甚微。在相关机构的工作人员或许本意很好，但往往都是当地的政治和文化现实使得此一任务过分复杂化并导致不可预料的结果或者仅仅就是浪费资源。但是参见 e. g., 华盛顿大学法学院亚洲法中心，阿富汗法律教育家工程，http://www. law. washington. eduIAsianLaw/ResearchfProjects/AfghanEducators. aspx（最后访问时间 2009-09-14）. Veronica Taylor, 一位理解这种文化难题的比较专家，是该项工程主管。华盛顿大学法学院亚洲法中心，阿富汗法律教育家工程（2005-20-11）， http://www. law. washington. edu/AsianLaw/Research/Projects/AfghanLegalEducatorsProject. pdf（对华盛顿大学努力支持阿富汗的法律教育以在阿富汗发展一个公正透明的司法制度和民主国家进行了比较）。

大学和法律行业。[①] 第一,欧盟关于学生和教师交流的伊拉斯谟和苏格拉底计划对法律教育影响有限。该设想是法学院将在 27 个欧盟成员国中实现跨境合作以便学生交换和通过 ECTS 的学分相互承认。[②]欧盟不仅向学生而且向法学教师和教授提供资金激励以推动这一进程,但并没有导致课程或认证改革。或许有 5% 的欧洲法律学生参与到这些计划中来。课程的效果则更为间接。因为一所法学院要变得更有吸引力,就不得不频繁使用英语来发展其欧洲法和比较法课程。这削弱了传统的民族主义法律进路。

第二,既然欧盟致力于服务的自由贸易,这意味着外国人可以进入法律行业,在漫长的谈判之后,它采取了学历承认的办法。这些措施使得律师依其本国身份可以从一个欧盟国家到另一欧盟国家从事法律实务,并且在参加一项附加考试或者持续三年的执业之后可以所在国的律师身份进行执业。这就刺激了多边司法实践,特别是在那些法律教育已经拥有传统的学术和语言纽带的相邻国家之间。[③]

与这些发展相关,美国有何作为呢?于 2002 年担任里加研究生法学院(Riga Graduate Law School)院长、不来梅大学法学教授及前欧洲法学院协会主席的诺伯特·里奇(Norbert Reich)在 2002 年的分析是:

> 将法律职业和法律研究开放竞争可能是欧洲法律教育过去十到十五年内最具戏剧性的发展,并且美国模式在此的影响最大。第一个这种发展涉及学习的类型本身,尤其是由于高质量的美国法学院提供的 LLM 项目的流行并吸引到一些最优秀的欧洲法律学生。很多欧洲法学院都在效仿并且现在已经发展出

---

① e. g. , Alexander H. E. Morawa & Xiaolu Zhang, Transnationalization of Legal Education: A Swiss(and Comparative)Perspective,26 Penn St. Int'l L. Rev. p. 811(2008).

② Laurel S. Terry, The Bologna Process and Its Impact in Europe: It's so Much More Than Degree Changes,41 Vand. J. Transnat'l L. p. 107,p. 122(2008)(以下简称 Terry, The Bologna Process).

③ Norbert Reich, Recent Trends in European Legal Education: The Place of European Law Faculties Association,pp. 24～25.

他们自己的研究生法律项目。这种学习要比传统的法律教育更为开放、具有竞争性以及更为专业化。对依旧是国家导向的本科法律学习而言它们现在是一种具有吸引力的和流行的补充。

另一个竞争要素是大型美国律师事务所的扩张（大都通过与英国、荷兰以及德国律所的合并来进行），它要求一种不同的律师类型：精通英语和他或她的母语，熟悉国际贸易并将其转移为国内法问题（即税法、公司法、环境法、消费者保护法以及兼并和收购），并了解其所在行业的工作的欧洲和全球影响。传统的国家法律教育模式对于这种新的在国际上流动的律师而言过于狭窄。①

里奇最后认为，国立的法学院将不得不继续培养毕业生成为传统的律师、法官、检察官、政府官员、公司高管以及利益团体的游说者，并在其国家法律体制内从事教育。然而，现在他们必须要和欧洲以及国际的律师共存。这就要求欧洲的法律教育变得更为专业性、合作性、比较性和国际性。②

用以改革所有高等教育的布伦纳计划，一个在 1998 年为欧洲的大学校长们所开始推动的创举，为这些对法律教育的关切提供了补充思路。在巴黎的一次启动会议之后，欧洲的高等教育部长们 1999 年在布伦纳举行会议。他们的布伦纳宣言建议，通过一种统一的 3—5—8 年学位进度顺序重建大学教育，以典型的美国大学模式为模范，从学士学位开始。既然欧洲的学生接受的中等教育比美国学生要好，那么第一学位就只用花三年时间学习。对于更优秀的学生，一个平均两年时间的硕士项目即随之而来。最后，对那些追求学术生涯

---

① Norbert Reich, Recent Trends in European Legal Education：The Place of European Law Faculties Association, p. 25；Laurel S. Terry 等, Transnational Legal Practice,43 Int'l Law. p. 943(2009).国家法学杂志(The National Law Journal)估计在过去的 20 年内美国律师事务所的跨国业务较之于本土业务的增长速度的十倍。美国法律服务的出口收益在 2007 年是 64 亿美元。参见 Laurel S. Terry 等,Transnational Legal Practice, pp. 943～944.

② Laurel S. Terry 等,Transnational Legal Practice, p. 26.

的学生,可以通过另外三年更长的学习和研究来获得一个博士学位。这些目标将提高欧洲高等教育区(EHEA)内的质量、透明度和竞争力,并缩短学习年限,这可以降低退学率。现在有46个国家参与到布伦纳进程和EHEA中来。[①]

同法律教育相关的是,随着两年一度的一系列会议的进展,罗瑞尔·特里(Laurel Terry)发现布伦纳计划有五大目标。它们是发展:

(1) 欧洲学生的学习成果或特定学科的能力;

(2) 承认学生(或律师)在其本国之外学习的机制;

(3) 欧洲水平的质量保证标准;

(4) 更能回应商业和工业需求的高等教育,以帮助欧洲成为世界最具竞争力的知识经济体;和

(5) 标准课程计划。[②③]

后一点对美国法律教育来说尤为重要。如果46个欧洲国家决定欧洲法律学生应该掌握特定的法律概念,那么欧洲的规模和美国经济的全球性就要求对那些概念也很熟悉的国际律师。

1999年,作为"伊拉斯谟计划"的一部分,欧盟引入了欧洲学分转换系统(ECTS)。最初它是一种学分转换系统,原则就是一学年一名全日制学生要达到60学分。这就为评估各种在国外学习的课程提供了一种统一的制度基础。晚近以来,ECTS已经发展成为一种官方应该在针对机构、地区、国家以及欧洲等各个层面上加以实施的累计体系。它们现在运用ECTS来衡量学生是否应该获得一个具体学位,不论是否在国外学习。[④]

针对高等教育的欧洲布伦纳计划的实施,就其涉及法律训练而言,使得已经开始法律学习的人从一国到另一国进一步深造,获得学位或其他证书,或者成功就业变得更为容易。而且,布伦纳进程的支持者认为,这也将使欧洲高等教育对那些可能前来欧洲学习或工作

---

① Laurel S. Terry 等, Transnational Legal Practice, p. 28.

②③ Terry, The Bologna Process, p. 112.

④ Terry, The Bologna Process, p. 123.

的非欧洲人员更具吸引力。①

例如，法国从 2003 年到 2006 年进行了布伦纳进程所要求的 LMD(Licence-Master-Doctora)改革。2007 年，大部分大学的法律院系都将这三种毕业证书授予给满足下列条件的人：获得三年大学证书后，又进行了两年的硕士课程（需要法律实习训练，取代之前的法学学士），最后又进行了三年的高级博士学位的学习。法学院系现在也是使用 ECTS 学分系统，如大学证书就要求 180ECTS。法国最古老的法学院（源于 12 世纪），现在叫巴黎一大（Université Paris 1, Pantheon-Sorbonne），有五个讲授法律的院系：行政法与公法；商法；国际与欧洲研究；经济、劳工与社会法；以及一般法律研究。一般法律研究系和其他四个法律系以及政治科学系一起工作。所有的法律学生，都要为他们的大学证书在一般法律研究系注册，一年级和二年级的政治系学生也要如此。其他大学的法学院通常也将政治科学或经济学合在一起，并在其核心课程之外拓展特别课程。②

布伦纳计划在德国的实施更为困难有两个主要原因。第一，在数年的辩论之后，联邦政府在 2002 年进行改革以回应最为紧迫的问题。在立法之后如此迅速地对那些改革重新考虑需要实际的政治压力。第二，布伦纳计划本身是教育部长们的一项首创和一种大学教育改革。③ 但是联邦法官法案控制着法律教育，而州一级司法部长则管理成为一名法官或者律师的两次州律师考试。尽管如此，一些德国法学院和州的教育部长们正试图达成一种妥协，汉堡大学法学院的这种项目及课程就是如此。

2003 年，汉堡法学院建立了两个新项目以符合布伦纳计划的要求：Baccalaureus Juris(六学期)和 Magister Juris(八学期)。学生现在可以在不参加第一次州司法考试的情况下获得一个大学法律学

---

① Terry, The Bologna Process, p. 124.

② 关于巴黎一大的法律教育情形，http://www. univ-parisl. fr/ufr/ufr26-etudes-juridiques-generales(最后访问时间 2009-09-15)。

③ Terry, The Bologna Process, pp. 113～114.

位,这次考试是法官法要求进入学徒实习项目以成为法官或律师的条件。时间将揭晓法学学士(Baccalaureus Juris)是否对政府或商业中的一份法律相关的工作或其他工作有用。该学位并不禁止学生继续其学习并随后参加州司法考试。学生在申请任何一个学位之前必须在汉堡注册满一整年。获得法学硕士(Magister Juris)学位的人员将也将符合第一次州司法考试的参加条件。[①]

(二)日本:训练"人民社会生活的医生"

1999 年,日本政府成立了司法制度改革委员会(JSRC)来研究并建议首相进行改革,以改进国家司法体制。[②] 司法制度改革委员会的报告建议减少审判延期,让法官介入严重刑事案件(lay judges for serious criminal cases),在当事人被捕之后立即提供法律援助取代此前起诉之后才提供的法律援助,全职的民事和刑事法律援助工作律师,一种替代性纠纷解决机制(ADR)项目的认证制度,以及放宽对实务律师(bengoshi)的管理。[③]

司法制度改革委员会发现大批律师,尤其是实务律师,将被要求来执行这些改革,并设定了一个到 2010 年新律师数达到三倍以上的目标。为完成这一目标,司法制度改革委员会建议 2004 年建立研究生法学院。传统的日本法律教育和律师训练制度由在一所四年制的本科法律系获得一个学位,通过法务省的国家司法考试,并完成由法律培训与研究中心(LTRI)负责的最高法院的学徒实习项目等环节组成。[④]

从 19 世纪晚期日本移植了欧洲大陆法律体系开始,日本的法律

---

① Univ. of Hamburg, Faculty of Law, Studies, Baccalaureus and Magiste http://english. jura. uni-hamburg. de/studies/BaccMag. php(最后访问时间 2009-09-15)。

② Setsuo Miyazawa,Kay-Wah Chan & lhyung Lee,The Reform of Legal Education in East Asia,4 Ann. Rev. L. & Soc. Sci. p. 334,pp. 339 ~ 340(2008),http://arjournals. annualreviews. org/doi/abs/10. 1146/annurev. lawsocsci. 3. 081806. 112713.

③ Setsuo Miyazawa,Kay-Wah Chan & Lhyung Lee,The Reform of Legal Education in East Asia,p. 340.

④ Setsuo Miyazawa,Kay-Wah Chan & Lhyung Lee,The Reform of Legal Education in East Asia,pp. 340~341.

体系就包括典型的欧洲本科法律院校。但是它建立这些院系目的不在于培养实务律师，而是培养政府官员和法官。甚至直到"二战"以后，法律院校继续在向商业和政府输送雇员的一般教育项目中发挥首要作用。尽管一所法学院是学生接受综合性法律教育的惟一场所，但他们不需要本科法律学位（LL. B.）才能参加国家司法考试。目前的一百多所本科法律院校拥有将近 20 万名学生，其培养的法律学生数量超过了美国。①

有大量的大学毕业生参加国家司法考试。但是，直到 1990 年，由于法律培训与研究中心设定了一个大约 2％的通过率，每年只有大约500 人通过。由于法律职业之外的压力，这一数字在 20 世纪 90 年代稳步增长到 1999 年的 1000 人，通过率为 3％。通过考试者随后要进行两年（现在缩短到 18 个月）的学徒训练，并作为司法受训人员享受国家支付的津贴。法律培训与研究中心在此一期间的开始和结束提供实践指导。在剩余的时间内，接受培训者则在全国指定地区的法院、检察官办公室以及实务律师律所接受锻炼。学徒期结束之后，受训人员要选择法官、检察官或者律师（法律职业的三大分支）来作为其要从事的职业。

旧制度导致了数量极其稀少的实务律师，20 世纪 90 年代大约有15000 名律师，而日本人口有 1.2 亿。律师的分布在日本严重不平衡，60％的律师集中在东京和大阪。很多司法辖区都没有或者只有一名律师（被称为"0-1 辖区"）。

田中英夫（Hideo Tanaka）是东京大学和哈佛法学院的英美法教授，批评了这种制度。他主张大学法律教育向职业教育的转型。既然法律培训与研究中心是培训更多律师的障碍，而且还导致了一种过分保守的司法体制，在哈佛大学和其他北美大学任教的 Setsuo Miyazawa 建议成立法学院。这些法学院将在一种研究生层次上提供法律职业教育并以诊所取代法律培训与研究中心。

---

① Setsuo Miyazawa, Kay-Wah Chan & Lhyung Lee, The Reform of Legal Education in East Asia, p. 340.

日本的政治动向在 20 世纪 80 年代发生了改变。大公司此时开始发现当时的司法制度已经过时。他们首先寻求更少政府管制的商业自由作为一种复苏日本经济的手段。政治宣传支持行政管理中的透明度和通过更少的政府家长制来保护自己利益的公民责任。政府则通过一系列管制放开和其他行政改革来予以回应。到 20 世纪 90 年代后期,商业团体的注意力转到了司法体制和法律职业上。他们视之为取代政府官僚保护其利益的一种替代途径。

司法制度改革委员会可以根据这种商业支持提出法治要求通过发展一种更多民众所支持的可接近的司法制度进行提升。考虑到日本法律文化中既有法律体制的根深蒂固,一个政府的委员会(如 JSRC)可以如此明确地宣布改革法律制度的一个主要部分的要求很不寻常。其规划呼吁政府建立职业法学院来培养更多以及接受更好教育的作为"人民社会生活的医生"的律师。①

2001 年司法制度改革委员会的最终建议是启动建立研究生法学院,在一开始将是本科法律教育的补充,但对于希望成为法官、检察官和律师的学生而言也可能会取而代之。② 司法制度改革委员会希望:

(1) 将司法考试的通过人数从 1999 年的 1000 人提高到 2004 年的 1500 人;

(2) 建立一种新的研究生法学院(hoka daigakuin)制度,通过一种把法律教育、司法考试和学徒实习有机联系起来的程序来培养律师;

(3) 2004 年引进这些研究生法学院;并

---

① Setsuo Miyazawa,Kay-Wah Chan & Lhyung Lee,The Reform of Legal Education in East Asia,pp. 339~342.

② Setsuo Miyazawa,Kay-Wah Chan & Lhyung Lee,The Reform of Legal Education in East Asia,pp. 342~343. 只把 bengoshi(15500 人)看做律师是十分具有误导性的。1995 年,法律服务人员的总数是 141675 人。在法官(2740)和检察官(2000)之外,LTRI 也对其进行培训,其他"法律工作者"或法律服务人员基本上都是在大学法学院接受教育。他们的分化和数量是税务代理人(zeiri-shi)(62 000)、行政公证员(gydsei shoshi)(35 000)、法律公证员(shih6 shoshi)(17 360)、专利代理人(benri-shi)(3500)、公证人(k6sh6-nin)(534)以及商业法务人员(3000)。Dan Fenno Henderson,The Role of Lawyers in Japan,in Japan:Economic Success and Legal System p. 27,pp. 38~39(Harald Baum ed. ,1997).

（4）为这些法学院的毕业生引入一种新的司法考试制度，使得到2010年可以每年产生3000名新律师。

司法制度改革委员会预计到2018年实务律师的总数将达到50000人，这和1997年的2000人相比是一个巨大的增长。

人们可以看到日本的这种新的研究生法学院和美国法律教育制度的相似性。司法制度改革委员会没有决定把本科法学院转为职业法学院有两点主要原因：①他们从来没有进行过这一新的设想中的教育类型而且改变其文化实在太困难；②将所有的本科法学院全部改革为职业法学院，由于学生众多而不具备实践可操作性。司法制度改革委员会希望毕业大批实务律师，他们受过一种与受大律所青睐的跨国技能相关的社会目标及全球化业务更为相关的教育。它还希望拥有学院的和社会背景的律师受到教育并减少新的司法考试的申请人数。后者将导致的一个随之而来的更高的通过率，和美国接近。司法制度改革委员会希望学生能够全身投入新法学院的法律学习，而非依赖于考试补习班。

2005年，日本有74所新法学院，录取了大约5800名学生。录取程序要求一种LSAT-型的水平测试。大约60％的新生都是法学院毕业生，其余的则来自其他本科领域和拥有生活经验的某种重要团体。收费实际上比本科法学院更高，范围从公立法学院的7000美金到私立法学院的10000美金到18000美金不等。这些法学院现在已经组建了日本法学院联合会（Japan Law School Association），将授予JD学位（Homu Hakushi）。政府教育部门授权进行资格认证和再认证（五年一次）。至少1/5的教师应当拥有实践经验，往往是法官或检察官。学生和教师的比例最高为15∶1。在基础的博士课程之外，学院还引进了新的科目，如国际人权，并增加了实践技能班、诊所和模拟教学。有兴趣的教授在2008年成立了日本诊所法律教育协会（Japan Clinical Legal Education Association）。①

———————

① Setsuo Miyazawa, Kay-Wah Chan & Lhyung Lee, The Reform of Legal Education in East Asia, pp. 343～347.

几乎是在一开始就出现了反对声。负责法律培训与研究中心考试的法务省,拒绝将通过率增加到司法制度改革委员会建议的 70％。2006 年的第一轮突出强调改革课程的新的司法考试,通过率为 48％,2007 年下降到 40％,2008 年进一步下降到 33％。这导致研究生法学院申请者数量的急剧下降,将近 30％ 的申请人不具有一个本科法律学位。司考补习班则通过其针对改革后的司法考试的新产品再一次增加了注册量。评论者预计一些新法学院很快就要关闭。①

(三) 韩国的新研究生法学院

日本对韩国现代法律制度的影响,从 19 世纪晚期开始并在 1910 到 1945 年的殖民期间日益增强,直至 21 世纪。② 当日本于 2004 年改革其法律教育时,韩国法学家和商业人士对此密切关注。数年以

---

① Setsuo Miyazawa, Kay-Wah Chan & Lhyung Lee, The Reform of LegalEducation in East Asia, p. 349. 一所法学院因为太想一所补习学校而失去了国家认证,而同样命运也会降临到其他法学院。此外,2011 年出现了"迂回路线",即通过初级考试的学生可以不进法学院参加司法考试,这将"击败整个体制"。更过关于日本法律教育改革的细节,参见 Masako Kamiya, Structural and Institutional Arrangements of Legal Education: Japan, 24 WIS. INT'LL. J. 153 (2006); Mark A. Levin, Japan's New Law Schools: Elite, Cautious, Regionaland Idealist, 62 Japanese J. L. & Soc'y 139 (2005); James R. Maxeiner & Keiichi Yamanaka, The New Japanese Law Schools: Putting the Profession into Legal Education, 13 PAC. RIM L. & PoLY J. 303 (2004); Setsuo Miyazawa, The Politics of Judicial Reform in Japan: The Rule of Law at Last?, in Raising The Bar: The Emerging Legal Profession in East Asia, p. 107, pp. 107-115, pp. 136-162 (William P. Alford ed. , 2007); Luke Nottage, Build Postgraduate Law Schools in Kyoto, and Will They Come-Sooner and Later?, 7 Australian J. Asian L. 241 (2006); Kahei Rokumoto, LegalEducation, in Law IN Japan: A Turing Point 190 (Daniel H. Foote ed. , 2007); Hidetoshi Hashimoto, Legal Reform in Japan: The Establishment of American Style Law Schools and Reinstitution of Jury System (2007), http://www. allacademic. com/meta/p178567_index. html(最后访问时间 2009-09-15,未发表的论文见 2007 年 2 月 28 日在芝加哥召开的国际研究协会年会); Mayumi Saegusa, Why the Japanese Law School System Was Established: The Mechanisms of Institutional Creati (2006), http://www. allacademic. com/meta/p103976_index. html(最后访问时间 2009-09-15,未发表的论文见 2006 年 8 月 11 日在加拿大蒙特利尔召开的美国社会学协会年会)。

② Setsuo Miyazawa, Kay-Wah Chan & Lhyung Lee, The Reform of LegalEducation in East Asia, p. 351.

来,伴随着不能满足当今社会需求的批评,韩国法学家对改革自身的法律教育制度进行着思考。

2007 年,韩国国民议会通过立法以实行美国式的职业法学院制度。《关于建立和管理法学院的法案》是诸多争议的最后正式障碍。当前韩国的法律教育制度十分类似于 2004 年之前的日本,开始要参加国家司法服务考试,如同日本的国家司法考试,并不要求本科法律学位作为先决条件。① 实际情况则是很多学生参加补习班,往往长达数年,以准备这一考试,而每年只有 1000 人(或者大约 5%)可以成功通过。② 通过考试者将进入司法研究与训练中心(JRTI),在韩国最高法官的监督下进行为期两年的学徒实习。

2008 年,教育部颁布了 2007 年法案的实施办法并选择了 25 所大学来容纳这些新的法学院。有 15 个在首尔,而最大的一个法学院在首尔国民大学,其三年制的课程每年将录取 150 名学生。③ 全国法学院的注册数被设定为每年 2000 人,并从 2009 年 3 月开始实施。因此,不像日本法学院毕业生的数量与获准通过司法考试的人数之间的鸿沟已经危及很多法学院,韩国研究生法学院的注册规模则和司法研究与训练中心允许通过司法考试的预期数量保持接近。

尽管有人也许认为这表明了韩国对日本法律的移植,但另一种视角认为韩国的解决办法乃是对同样影响到世界上发达国家的法律实践的经济和文化全球化的反应。甚至东京很快就会出现首尔那样的巨型国际律师事务所,以及全球性 NGO 的四处蔓延就是这种现实的表现。美国法学院中政府官员、法官、检察官、学者、获得

---

① Setsuo Miyazawa,Kay-Wah Chan & Lhyung Lee,The Reform of Legal Education in East Asia,pp. 340~341,pp. 351~352.但是在这两个国家,绝大多数通过司法考试者都拥有本科学位。

② 韩国政府设定了一个每年通过司法考试人数的限额。Setsuo Miyazawa,Kay-Wah Chan & lhyung lee,The Reform of Legal Education in East Asia,p. 351(目前的限额是 1000 人)。

③ 韩国将不提供一些日本法学院的两年制替代项目,参见 Setsuo Miyazawa,Kay-Wah Chan & Lhyung Lee,The Reform of LegalEducation in East Asia,p. 354。此外,在韩国,那些成立新法学院的大学必须停止其本科法律项目。

高级学位的实务人员或者访问学者职位的数量也许是美国法影响韩国法的最好证明。从 2000 年开始,韩国法学院越来越把美国法学院的特定要素吸收进来,如诊所、法律伦理学以及诸如国际商贸这样的专业课程。2004 年,官方将英语作为韩国司法考试的一门必要科目,而且司法研究与训练中心把国际合同法和其他国际性学科增加到其课程之内。[①]

六、结论

根据这些简要的考察,我们能从美国法学院的地位和发展当中了解到什么呢? 第一,美国法律教育整体上依然是世界上最优秀的法律教育。这并不是说它已经完美无缺,甚或就对于美国社会的需求而言已经足够。它是一种在某些方面人们会发现有用的昂贵产品——要比其他国家向其本国学生和其他人所提供的更为有用。

第二,这种情势是对世界范围内经济和文化全球化的具有活力的回应。外国法律教育制度,公立的和私立的,都在努力追赶美国,而且可能甚至要超越之。特别是,欧洲地区的联合,如欧盟,正在全面培养跨国的和全球的法律人才。欧盟首先是当做一个经济问题来推动这些活动的,即作为法律服务收费的竞争。

第三,作为更好地理解另一文化和视野更为开阔的首要途径,大多数国家已经认识到法律人才学习一门外国语言的重要性。有时完全国家性的法律教育和培训制度指定一种具体的语言,偶尔是英语,

---

① Setsuo Miyazawa,Kay-Wah Chan & lhyung Lee,The Reform of Legal Education in East Asia,pp. pp. 354-355. 关于韩国法律教育和改革措施更为详细的介绍,参见 Sang-Hyun Song,The Education and Training of the Legal Profession in Korea Problems and Perspectives for Reform,in Raising The Bar:The Emerging Legal Profession in East Asia 21(William P. Alford ed. ,2007)。下一个试图进行法律教育改革的东亚地区可能是台湾地区,参见 See Chang-Fa Lo,Possible Reform for Legal Education in Taiwan:A Refined "J. D. System?" 1 Asian J. Comp. L. 1(2006),http://www. bepress. com/asjclvoll/issl/art7。

例如韩国；①但更为常见的则是几种语言的选择，例如德国。② 另外，某种特定的教育制度则指定外语类型，如德国布塞瑞尤斯（Bucerius）法学院是英语，③或者如墨西哥国立自治大学法律系把选择英语作为外语要求的一部分。

因而，那些决定将其实际资源投入国际法和比较法之中的美国法学院将继续处于令人羡慕的地位。当然这并非一家法学院在法学院学生的竞争中胜出的惟一途径。然而，这的确对很多学生的利益有影响，包括那些非美国公民，那些期待进入职场去解决跨国的甚或全球性的社会问题，如环境、战争与和平、人权、人口迁徙或经济发展等问题。参与解决这些问题的法律人才将为政府、贸易或非政府组织服务。美国的跨国律师们可能要在美国本土或海外生活。

在美国出生的法学院学生同外国学生的竞争中，前者唯一的不利之处是，在掌握一门外语方面甚至达不到中等流利水平。尽管经由学习其经过翻译的历史、政治或者文学来深入了解一种外国文化是可能的，但更为深度的知识只能源自在外国土地上生活并学着讲出和阅读这种语言。不幸的是，美国学院和大学的现代外国语选修总人数自 1968 年以来就一直很少并且甚至是在不断下降，虽然在 1998 年至 2002 年间上升了 12.5%。④ 选修语言课程的高等教育学生的百分比从 1960 年的 16.1%，降至 1968 年的 14.3%，2002 年降至

---

① Setsuo Miyazawa, Kay-Wah Chan & Lhyung Lee, The Reform of Legal Education in East Asia, 4 Ann. Rev. L. & Soc. Sci., pp. 354-355(2008).

② Britannica Online Encyclopedia, Secondary Education, http://www. britannica. com/EBchecked/topic/531682/secondary-education(最后访问时间 2009-09-15)。美国高中水平的同等外语要求的一个例子是"国际学士计划"颁发的毕业证书，参见 Int'l Baccalaureate Org. , Diploma Programme Curriculum，http://www. ibo. orgldiploma/curriculum(最后访问时间 2009-09-15)。

③ Bucerius Law Sch. , Legal Studies, http://www. law-school. de/20. html? &L(最后访问时间 2009-09-15)。

④ Elizabeth B. Welles, Foreign Language Enrollments in United States Institutions of Higher Education, Fall 2002, 35 Adfl Bulletin p. 7, pp. 8-9(2004), http://www. adfl. org/resources/enrollments. pdf. 1998 年到 2002 年间所比较的现代语言注册学习不包括古代语言和美洲符号语言在内。

8.9%,所以目前只有大约 9%的学生学习 12 种最常见的现代外国语言的其中之一。而且,西班牙语成为占主导性的,同 1960 年的 30%的选修注册人数相比,2002 年则占 56%,2002 年只有 16%的语言学生在学习在国际法律实务中取得重要优势的中文、德文、日语、韩语或俄语。

为弥补这种缺陷美国法学院能有何作为呢? 一个法学院可以做出一项或多项简单的调整。第一,它可以把法学院外语学习的毕业学分提高到 6 或者 8 学分。不像所有法学院学生必备的书面英语这么熟练,法学院也可以监督外语学习并只有学生表明其与更高层次的职业规划的关联时才予以许可。既然大部分法学院都是提供外语课程的大学的一部分,这种解决办法就十分简单。第二,法学院可以通知申请者将在其录取决定中对流利掌握一门外语的申请者提供优惠条件。这就会以另一种方式来促进美国法学院的多元化。这些方法中的每一个或者全部都将与一个法学院在比较法和国际法的专业化相得益彰,例如那些提供证书项目的机构。

就法学院而言,一种成本更为高昂的解决办法是在法学院课程中提供侧重法律问题的外语课程。一个值得推荐的例子是匹兹堡大学法学院,颁发一种国际法和比较法证书。在该证书所要求的课程之外,一个学生至少需要注册 9 学分的选修课,包括:一级和二级律师中文,一级和二级律师德语,一级和二级律师法语,一级和二级律师西班牙语。[①] 事务律师可能也要注册这些课程。[②] 此外,利用作为

---

① 匹兹堡大学法学院,国际法与比较法证明,http://www.law.pitt.edu/academics/cile/jdprogram/intcertificate;匹兹堡大学法学院,国际法课程 http://www.law.pitt.eduacademics/cile/courses. Vivian Curran,设立了律师语言项目,学生可以在一种法律语境下学习外国语言。关于 Vivian Curran,参见匹兹堡大学法学院,http://www.law.pitt.edu/faculty/profileslcurranv。她的教科书,Comparative Law:An Introduction(2002),对比较法持一种文化的观点,强调语言的重要性。例如,有一章就是关于"通过文化入侵而作为翻译和比较的比较法"。

② 匹兹堡大学法学院,律师语言项目,http://www.law.pitt.edu/academics/cile/jdprogramlanguages(最后访问时间 2009-09-15)。项目负责人设计了便于美国律师与其外国客户之间交流的律师语言课程。而且他们还能将一种外国法律文化意识传递给美国的法律实践者。

一所大学之一部分的优势，法学院允许其学生得到一种地区学习证书以进行全球性的或者一些区域之一的学习：亚洲、拉美、俄罗斯和东欧，或者西欧。这些证书项目要求熟练掌握该地区的一门语言，加上学习完六门课程和一份跨学科的研究论文。个人可以选择在法学院完成三门课，并至少在其他两个院系完成另外三门课（J. D 学位要求其中两门课达到 88 分）。[1] 法学院的国际法律教育中心负责协调这些创新项目，海外学习机会以及针对外国律师的 LLM。[2]

① 匹兹堡大学法学院，国际法律教育中心，区域学习证明，http：//www. law. pitt. edu/academics/cile/jdprogramI/areastudies；匹兹堡大学法学院，区域学习：拉美，http：//www. law. pitt. edu/academics/cile/jdprogram/areastudies/latin（最后访问时间 2009-09-15）。

② 匹兹堡大学法学院，国际法律教育中心，http：//www. law. pitt. edu/academics/cile；匹兹堡大学法学院，JD 国际项目，http：//www. law. pitt. edu/academics/cile/jdprogram（最后访问时间 2009-09-15）。

商法救国[*]

何美欢

　　非常感谢法学院能够提供这个机会,在接受演讲的邀请之后,我一直在想为同学讲些什么。同学建议我讲一讲自己的人生故事,这实在有点为难,这个问题可能过分个人化,而我自己也不是什么人物。关于自己求学和专业的议题,我之前曾经讲过一次,我不想重复。但是,既然同学们给了我这么一个讲台,我就想把握机会,在我离开之前,讲一讲对同学们的期望。这可能是有点"训话"的意味,但是既然你们主动要求,不训白不训。

　　我的题目是"商法救国",当然不是说只有商法才能救国,任何法学的专业都可以用这个标准来讲,我用"商法"只不过是根据我个人

---

　　* 本文是清华大学法学院已故教授何美欢一次讲座的讲稿,2008 年 5 月 31 日,何教授受清华法学院学生会"大家讲坛"邀请做此讲演,并授权本刊发表,鲁楠根据录音整理。

的专业；我也不是说，仅仅用商法就可以救国。之所以强调"救国"，除了吸引眼球之外，还因为在一般人的眼中，商法只是谋取私利的工具，有志者可能因此对商法敬而远之，而这样对吸引人才是不利的，所以就选了这个题目。

今年是多事之年，我在网上看到很多人仇外，而这种形势是令人担心的。我看到网民责怪政府对外软弱，他们鼓吹对外采取更强硬的态度，甚至想到利用武力，这种反应，我认为是可以理解的。但是真正采取这种斗争的方法，反对外国，恐怕只有坏事。对国际社会强硬，是有一个先决的条件，这就是本国的实力雄厚。事实上多年来，国家的经济实力确实得到了提升，但是目前的繁荣是非常非常脆弱的，国家与强国还有差距。再者大家所希望的不是把门关起来，自己在内部称雄，而是复兴中华，重树在国际上应有的地位。现在是 21 世纪了，再不能因为人家不尊重你或者不愿意跟你来往，就采取强硬的姿态，这不是现在可以采取的行动和态度。确实，外国媒体对中国的情况作出了不公平的报道，但这样的现象，问题出在哪儿？我认为问题有三个方面。

第一，国家确实存在着一些问题。第二，当局忽视了公共关系。第三，外国人打心里不尊重中国人。这些问题也绝不是任何一些法律就能够解决的。但是具体体现在商法范畴的内忧外患很多，不好好地解决这些问题，国家的经济实力上扬的幅度有限。经济实力本身不足以赢得别人的尊重，但经济实力能给国家巨大的地位，参与制定游戏规则的资格；而经济实力也可以给予国人自信心，能不卑不亢地对待外国人。这之后，才能说去赢取别人的尊重。所以我想从一些商法的问题谈起，再涉及学术方法和素养，而这也是同学给我的另外一个议题，提出我对同学们的期望。我来分五部分讲。

第一部分，国际商法。在这一部分，我会通过一个例子，详细指出国际商法对中国发展的挑战。以及防御并解决问题对同学们提出的要求。第二部分，国内商法。同样处理，但是内容很简单。第三，解释为什么防御及解决问题是同学们的职责。第四，学习方法。第五,我没有标题。

一

先说外患。19 世纪发达国家对其他国家的掠夺是显性的、伪装的。所以在当时,即使在其本国内也有些有良心的人同情、支持被掠夺的国家。今天发达国家的掠夺是隐性的,他们反而站在道德的高处,向发展中国家提出各种要求,达不到标准的发展中国家就理所当然地被敌视了。上世纪有记者冒险到延安,将毛主席写活了,有无数个志愿者在中国建设医院、学校,包括清华、北大的前身。但今天,却没有一个有名望的记者、知识分子对中国怀有哪怕一丝一毫的好感。今天中国是相当孤立的。70 年代末,我第一次来到中国,在北京机场看到了一个标语,而且到处都插着这个标语,这就是“我们的朋友遍天下”。70 年代末,我们的朋友满天下。当时觉得非常非常欣然,但是今天情况是什么样? 今天的情况没有多大好转,反而少了一些外国的左派人士的支持。今天越左派的人越恨中国。那么国际商法是隐性掠夺的工具,我要强调,是一些国际商法,而不是全部国际商法。

我打算从美国的次贷危机说起,而论证一些国际商法是发达国家用来维护本身的优势,抑制发展中国家的工具。有人会认为,这是比较偏激的说法,甚至有些危言耸听。我的目的不是说服同学们,让你们认为我的主张是对的;而是说服同学们,假如我说的有一点点道理,那么我接下来讲的学术方法就很有必要了。

目前对次贷的报道大多数强调次贷的问题,又提出,中国不存在次贷这个问题。我的主张是,次贷危机暴露的问题最主要的不是次贷本身。我将这个问题分为两部分。在这里先讲第一部分,接着是讲银行业的本质,当中会涉及《巴塞尔协议》的问题,而欧美的对应方法并不尝试解决问题的症结,只会巩固发达国家的优势。对金融法没有认识的同学不用担心,我会尽量把问题简化,如果你听不懂,这不是你的问题,是我的问题。

次贷危机所暴露的问题,次贷危机是由两个因素交织在一起形成的,一是证券化的爆炸性发展,二是次贷的爆炸性发展。而当中起作用的是大型银行的参与。那么证券化是什么,这是一个很简单的概念。你向银行借款,这笔借款是你的债,是银行的财产,就是向借款人追讨的权利。财产是可以出售的,银行将它贷出的贷款转让给一个特殊目的的组织,Financial Public Body(FPB),就是说仅仅为这个目的而成立的公司或实体。这个 FPB 发行证券,通常是债券,而用发行的收益向银行支付购买贷款的价款。那么吸引这些债券持有人的是未来的现金流,就是原来的借款人按期还款后,FPB 向债券持有人支付约定的金额。证券化本身是很简单的,它的发明是善意的,它的起源可以追溯到美国大萧条的时代,当时美国政府为了活跃房地产,为了鼓励公民购房,成立了政府机构向银行担保住房抵押。政府的担保解决了银行的信心问题,它们更愿意贷出款项。但是没有解决银行的金源问题,就是它能够从哪里得到资金来贷出去。当时它们能贷出去的款项受制于它们能吸引的存款。所以之后政府再成立另外一个机构,叫“房利美”(Federal National Mortgage Association,简称 Fannie Mae),由它向银行购入已经贷出的抵押贷款。这样银行就可以用房利美付出的价款再贷出去。房利美的功能就是为银行的抵押提供基金。到了 1970 年,房利美本身为了扩充资金来源,将买来的抵押贷款打包后,发行以抵押贷款为担保的债券,这就是证券化。当初的规模不大,证券化的贷款都是政府担保的贷款,也就是说优质贷款。后来房利美将业务扩张,将一般的没有政府担保的抵押贷款也收购来证券化,这些还是优质的贷款。但是这样一来,商业银行就得到了启发,为什么让这些肥水流向政府呢?所以 1977 年美洲银行率先发行抵押贷款支撑的证券,从此以后,证券化业务便稳步上升,但规模还是相对小。到了 20 世纪 80 年代末,到 20 世纪 90 年代中期,证券化业务增长得特别快。这是因为银行为了规避巴塞尔协议的规定,从账面上减少客户的贷款而导致的。为什么规避,规避什么,下面再说。到这个阶段,被证券化的贷款还是优质贷款。这是证券化的第一期发展。

现在要把证券化抛开,讲次贷是什么。次贷的起源也是善意的,20世纪80年代以前,在美国政府管制利率的时代,次贷根本不可能存在,为什么?因为如果借款人是高风险的人,那么银行理所当然希望收取更高的利息来补偿这个高风险。但是,因为利率是受管制的,银行不能收这个高利息,所以它根本就不愿意贷款。利率管制撤销后,大型银行仍然不愿意向低下阶层贷款,它们的做法是用一个地图,在地图的区域中用红笔画一个圈,在这个圈内,它们说我们绝对不贷款。就是把周边的贫民区画出来,说我们不贷款。当时监管者的烦恼是如何使这些大型银行发放次贷。当时住在这些贫民区的人获得银行的服务,仅仅由一些边缘区的银行满足,这些边缘性银行的专业是向次贷借款人贷款。这个时候,可能有些贷款对借款人不利,有些时候有些贷款银行因为经营不当倒闭,但当时这些都是小打小闹。对当时主流的金融界根本不起什么作用,没有什么影响。在这个阶段,如果大型银行接受次贷,这是作为取得监管者的宽心的善举。但是到了20世纪90年代中期,情况起了变化。由于利率的变动,优质抵押贷款的市场出现衰退,大型银行大举进入次贷市场,为了争取市场份额,它们将贷款的条件降低。这样造成了对贷款的需求。如果发展停留在这个阶段,今天的次贷危机也不会如此严重。但是,大型银行不仅仅加入了次贷市场,它们还利用证券化来筹措资金。那以前的边缘的小次贷银行,它们也是用证券化来筹备资金,但是它们筹款的能力有限,与大型银行能够筹备到的金额是不可同日而语的。因此从1995年到2005年期间,次贷的规模增长了942个百分点。如果说,以前的次贷是为了解决一部分穷的但是有信用的人对住房的需求,那么这种大规模的扩张必然囊括了又穷又没有信用的人。以前借款人拖欠贷款会造成麻烦,但是因为金额所限不能造成危机,而大型银行的参与彻底改变了整个次贷的行业。借款人拖欠的现象就不是发生在边缘的小打小闹了。

那么次贷危机所暴露的问题是什么?我刚才说,目前的报道集中于次贷本身,就是说贷款发放给不合格的人,因此认为中国不存在这些问题,因为中国不允许零首付等。但是次贷只是问题的表象,问题远远超过次贷。问题的症结在于证券化,而证券化已经扩展到所有贷款。例如信用卡应收账贷款,商业应收账,甚至最有特色的中小型商务贷款也证券化了。那么证券化的问题在哪里?证券化的本质是贷款人将贷款追索的权利出售,那最显然的后果是贷款人因此忽略了对借款人以及贷款项目的审查,这就是所谓的道德风险。那么在次贷危机爆发之前,在一片歌颂声中,只有很微弱的反对声音。当时的论据也是限于推理,没有引起注意。但是如果我们需要证据来证明如此明显的道理的话,次贷危机充分证明了大型银行批准次贷的方法违背了原来一切的贷款原理。而除了因为可以将风险推出之外,没有别的理由来解释。此外,因为这个危机,学者开始从事一些实证研究,证明了贷款质量的变坏是由于证券化所造成的。那么支持证券化的理由一直是,所发行的证券都由评级机构评级后,由专业投资人去选购。同样,在次贷危机发生之前,只有很少的研究者对评级机构进行批判性研究。仅有的理论认为,评级机构是一个怪物,监管机关不应该给它监管地位。而次贷危机显示了评级机构完全失灵。它们不能将好的证券与坏的证券区分出来。

次贷危机所暴露的问题不限于这些。但是这两点也已足以支持我的论点——就是欧美的对应方法只会对发展中国家不利。但是在展开讨论这个论点之前,我要先介绍巴塞尔协议。前几年,我已经做过一个演讲,题目就是"巴塞尔协议的正当性"。今天我只简单地重复,先简单说巴塞尔协议的内容,再说它的正当性,指出它在制定的程序上,在实体内容上都不正当。最后再回到次贷危机问题上。

巴塞尔协议的内容很简单,巴塞尔协议有两个,一是1988年的;二是2007年的。那巴塞尔协议(一)的主要的目的是巩固国际银行体系的稳定,而达到这个目的是由确立基本标准的方式达成的。巴塞尔协议的结构非常简单,只有四种规定。第一种,它为在国际上活跃的银行规定了一个资本对资产的最低比率,这就是8%,其概念非常简单,为了限制银行业务过分扩张,要求银行必须有一定的资本,以便在经济或者业务衰退时,银行有一个保障存款人垫底。用大家更熟悉的概念,就是购房不能用银行贷款来支付全部价款,购房人必须自己提供若干比例的资本,现在应该是30%。那么万一出现问题,楼市下跌,只有达到30%才会影响到银行。巴塞尔协议要求银行有一个8%的垫底。第二,这个比例是资本对资产,资产是分母,资本分为两类,第一类是被认为较为坚固的,对第一类的资本金额不设限制,第二类的限于资本的50%。第三,资产指的是银行贷出的贷款,分母不是贷款的简单总额,而是风险加权资产。概念是风险越高的资产需要越多的资本支持,风险低的资产需要的资本少一些。风险分为5个等级,加权系数由0,10%,20%,50%,100%组成。第四种规定我们暂时不需要理会。如果银行的资本比率低于指定的8%,为了达标,银行有两个选择:一是增加资本,即加大分子;二是减少资产,即减少分母。减少资产是有两个方法:一是绝对减少,把这个总额减少;另外一个方法就是将风险高的资产换为风险低的资产。这就是巴塞尔协议(一)的基本概念。条文非常简单,几份文件只有28页。

那巴塞尔协议(二)就比较复杂了,文本本身就已经有240页。其主要规定就目前来说,我们只需要注意三点。第一,它保留了巴塞尔协议(一)的规定,就是8%,但是加以改革,将这个规定定为"标准规定";第二,它对"标准规定"中的一个改革,就是要求运用外部评级机构对债务人的评级。第三,它向银行提供另一种计算比率的方法,允许银行用本身的内部风险评估计算基本的要求,这就是IRB(internal rating based approach),银行基本上可以自己计算需要的资本多少。这三点我要重点来讲,其他的内容我们不谈。

原来巴塞尔协议(二)实施日计划是在2006年,现在基本上是推迟了,但现在有些国家包括美国还没有实施。那中国自1995年采纳了巴塞尔协议(一),打算在2010年前采纳巴塞尔协议(二)。

我的论点是,巴塞尔协议的正当性存疑。分程序上和实体内容上来讲。从程序上讲，到现在都没有说巴塞尔协议是什么，它的性质和地位如何。巴塞尔协议是由巴塞尔委员会发布的，那这个委员会是什么？《经济学人》认为它是富有国家的银行监管者的委员会。它自己本身没有正式的跨国监管权，它发布的公文没有法律效力，那么如果只是一小撮人的"君子协议"，没有法律效力，那么我们外人没有资格对它的制定过程说三道四。但是巴塞尔协议绝对不是什么君子协议，它是由诸如 IMF 等国家机构施加于委员会外的国家（的一种规则），它是法律。可以叫它为"软法"。但是这不能掩盖它具有约束力的性质。既然我们这些其他国家要受它约束，我们就有资格问问，他们是谁？他们是如何得出这样的协议？要知道巴塞尔委员会是谁，需要作一个侦探工作。这一点本身就容易让人对巴塞尔产生疑问，尤其是在今天强调公平、公开的时代，而委员会是谁，我们却不知道。巴塞尔自己说，是向十国集团（Group of Ten）的央行负责，但是谁是十国集团？按照学者们的研究，他们认为是，比利时、加拿大、法国、德国、意大利、日本、荷兰、瑞典、英国、美国。但是这是学者们的研究，你在巴塞尔协议的主页看不到，至少我在三年前，还没有发现。这个委员会在 1977 年成立，当时成立的直接动因之一是当时有三次大规模的银行倒闭事件，是在德国、英国和美国发生的。这些事件让这些国家感到国际合作协调的需要。所以巴塞尔委员会的第一份协议就是监管超过一个法域经营的银行的问题，这个协议发布于 1975 年，但是到了 1985 年才无意中披露给其他人知道。这就是它们黑箱作业的证据。今天的委员会相对公开，但它仍然没有宪章或规章，他们仍然是封闭运作。那巴塞尔协议（一）的制定，今天的巴塞尔协议不是为了国际协调，它们最有名的不是国际协调，而是关于资本的规定。这个改变是在 20 世纪 80 年代开始，当时美国国会认为美国银行的资本不足，恐怕它们不能承受拉丁美洲的债务危机，因此对银行施加最低资本要求，这是为了保证美国银行的稳定。但是美国当局又害怕，如果只有美国银行需要符合资本的要求，它们对其他国家的银行就失去了竞争力。因此美国的目的是对各个国家都施加资本要求。1982 年巴塞尔委员会就将资本要求纳入议题,开始研究基本的问题。但是美国对委员会的进度不满,在 1987 年与英国联手逼迫委员会在短短 12 个月内制定发布巴塞尔协议(一)。那么委员会没有政治理由故意拖慢进程。那为什么委员会进度缓慢呢?我刚才讲的概念非常简单,为什么几年都拿不出这个协议来?巴塞尔协议(一)结构简单,但细节不容易协调。8% 这个数字是没有意思的,你给我一个数字,你要达到 8%,但是告诉我你有全权为这个分子分母下定义,那我一定可以担保你,我可以达到 8%。这个争议是在对分子怎么定义,对分母怎么定义。德国认为只有纯股本才能算作资本;法国认为,要把重复债务列入基本的定义;美国要求资本包括贷款损失合并,资本要求包括未成型的资产增值,虽然美国强调委员会在美国的时间表内发布协议,但参与各国都得到了一些甜头。你看巴塞尔协议对资本的定义就可以知道。第一,资本分为两部分,第一部分股本作为基本资本,对第二类资本作出限制,这是满足德国的要求;第二类包括:①未披露的货币,这是满足瑞典的要求;②包括重估货币,这是满足日本的要求;③一般贷款损失或货币,这是满足美国的要求;④重复债务,这是满足法国的要求。因此,评论者说,最后得出来的定义在经济逻辑上找不到依据,这个定义只是在银行原来已经启用的标准上所作出的妥协,这是巴塞尔协议(一)的制定过程,是一小撮国家的交换的结果。

那么因为巴塞尔协议(一)的产生环境,其内容令人不满是意料中的事。在它还没实施之前,就已经有人说应该修改。1999 年 6 月委员会发布了一份执行文件,征求对修改建议的意见。修改建议立即受到猛烈的攻击。2001 年 1 月 16 日再发布新修改建议,原来打算 2004 年实施,后来实施期一再推迟。最终在 2007 年 6 月通过。打算在 2006 年或 2007 年实施。但是到现在,还有国家没有实施,这包括美国。我们没有时间去探讨这五年中的讨价还价过程。我只是想指出上面提出的 IRB,就是由银行自己计算资本要求,是英国和美国推动的。最初德国牵头反对,后来作出让步,在这个过程中德国也得到了一些它过去争取过的条款。那么结论应该是没有怀疑的，就是巴塞尔协议欠缺正当性。今天的国际公法的来源仍然是条约，或者是国际惯例。它明显不是国际惯例，但它也不是条约。即使在生效中间也不是条约，这个文件只是各个国家的行政机关订立，没有经过本国的立法机关通过，但是它具有法律效力。那么制定这个协议的历史充分证明，巴塞尔协议只是一小撮国家有限议价的结果。它没有经过科学论证，没有得到世界各国的同意，而被施加于各国身上，程序上的不正当是显然的。虽然今天的巴塞尔委员会是相对公开，现在它将建议发布给非成员国，咨询它们的意见，非成员国有场合发表意见，但是没有机制确保它的意见得到尊重。咨询不足以给巴塞尔协议正当性。

那么是否可以从实体内容上找到正当性呢？就是说，金融学是非常复杂的问题，只有富有国家才会对问题有足够的了解，只有它们才能制定优质的规定。而对内容的需求，解释了为什么在程序上排除了其他国家。那么对巴塞尔协议的内容批评不少，时间所限我只讨论 IRB，就是说银行可以自行决定其本身的资本要求。下面从规管的原理以及巴塞尔协议的原理来检讨 IRB 规定的正当性。国内规管的原理：任何一个企业如果借贷过度，都要承担因为一时周转不灵而倒闭的风险，因此企业有自身的动力防止借贷过度。而法律是任由它们自生自灭的。但是历史证明，银行借款太容易了，它们借贷过度常常发生，但法律很少任由银行自生自灭，而是对它们施加这样那样的监管。为什么？是因为它们有特殊性。如果市场对某一个银行失去信心，导致挤兑出现，这个问题很快就会蔓延到其他银行。而没有任何一个国家能任由市场来惩罚借贷过度的银行，这就是银行管制的原理。上面只解释了为什么一个国家会对本土的银行施加资本要求，国际的资本的规管原理在哪？同样是在银行危机的外部性。就是说一个国家的银行危机很可能蔓延到其他国家，那么其他国家或者说国际社会就有理由干涉。这两个原理与 IRB 的原理不能共存，IRB 的原理是银行比监管者更能制定适当的资本要求，它们制定的标准比监管者制定得更好。这是否真的是另外一个问题,但假设我们接受这个论点,那么就要问,如果银行本身能够制定资本要求,自己管好自己,那么政府干涉的道理就不存在。你可以反驳说,只有大型银行有这样的能力。因此只有它们才有 IRB 的待遇,其他小银行就要受到管制。但这个论证充其量只能支持国内管制,不能支持国际管制。因为国际管制的原理是一个国家的危机的外部性,而小银行根本没有能力对其他国家的金融市场造成冲击。因此国际管制的道理不存在。IRB 还有很多其他的问题,其中一个是我们预测 IRB 在此基础上会减少大型银行对资本的要求。但同时巴塞尔协议(二)会对其他不使用 IRB 的银行施加更沉重的资本要求,结果是什么?结果是在经济好的时候,其他国家的竞争力会被削弱,因为它们要承担更沉重的资本要求;但是在经济差的时候,大型银行的缺失被暴露,危机蔓延,所有国家都要为这个危机埋单。这就是对 IRB 可预见的后果。

现在我们可以回到次贷的问题,我会从欧美对次贷的反应来论证国际商法对发展中国家的不利。2007 年 10 月,G7 部长跟央行行长委托一个叫 Financial Stability Board(FSB)的机构分析危机的起因及金融体系的弱点。十国集团我们不知道是什么,FSB 是谁也不太清楚。它是由 G7 发起的包括国际组织及若干国家的"机构",机构可以加引号,因为它好像是一个虚名的机构。可能是每年在某个地方开会,但是它没有一个实体的住所,它是由一个秘书处提供服务,而这个秘书处设在巴塞尔。但是没有名称,没有地点,没有联系方式。你看网页,好像是如果你需要问,那你就不应该知道。那这是个貌似国际化的组织,但应该看到这是一个烟幕,老板是谁很快就可以知道。我们对这个 FSB 去作一下研究,FSB 认定之后,去联系其他一连串的机构。2008 年 7 月 7 日提交报告,报告具体是由谁提交给谁,不知道。用英语来讲,By who to whom,不知道。同一个周末,7 月 12 日,G7 开会研究这份报告,所以我可以推论报告是提交给 G7。报告对巴塞尔协议提出广泛建议,我们可以推论,G7 对这份报告评核后会指示巴塞尔委员如何修改,可以看到巴塞尔的十国集团不被信任。如果要研究如何修改巴塞尔协议,巴塞尔是一个国际机关,为什么不委任它作研究?这说明实在的老板是 G7,在关键时刻就会露面。其实 G7 还是太大,在 G7 中又设了一个 G5。那为什么强调这些细节?因为这再次证明,巴塞尔协议所定的标准是大国的产品,这本身就值得我们进行仔细研究。

最稀奇的是厚厚的修改建议。这个建议中有两个问题没有被提出来。一是是否检讨 IRB,二是检讨是否使用评级机构的评级来计算资本的规定。稀奇是因为次贷危机明显显示:第一,大型的、信誉良好的金融机构不能够自控地设立谨慎的风险标准;第二,评级机构仅仅起了副作用。所以如果说最后决定不对巴塞尔协议在这两方面作出修改,这已经需要大量的论证支持。但完全不检讨问题,这只能以 G5 利用巴塞尔协议的两个方法来保持它们的霸权地位来解释。这是我一直详细讲的一点,国际商法的"外患"。其他国际商法对发展中国家不利的最大的就是知识产权法。但是我要强调的是,不是所有国际商法,而是一些国际商法。

那么防御及解决这些问题对同学们提出的要求。当年这个标题的前身是防御及解决,这是你们的事。这点我在后面再说。这里先说解决问题需要的素质。同学们需要有在两个层面上工作的能力。一是理论、原则和政策;二是操作细节,这两者都是不可或缺的。从事商法的人必须能够掌握理论。上面次贷的例子可以说明,这个国际性质的规范没有表面上不合理的,它肯定是有大条道理的。表面上不合理的国际规范,其水平就太低了。你要从似是而非的东西里看出问题来,找出哪部分是好的,哪部分是坏的,就非得对理论有透彻的了解。而这个理论决不能限于法律理论,还应包括政治学、经济学、社会学、心理学。没有理论的商法就只能是谋取私利的工具,但也只能是最低端的私利业务。刚毕业的同学,已经有些这样的经验,有一份法律草案送到他的办公室,老板要求他对这个法律草案写一些评论,当然这不是纯学术评论,而是从客户的角度看这个法律草案有什么不妥的地方。那么有经验的人没有理论也许能看出问题，但是没有理论肯定写不出令人信服的论点。

两者之中理论容易，同学们可以轻松地、洋洋洒洒地写出一篇又一篇的大道理，因为第二手材料丰富。但是只谈道理是无济于事的，特别是探讨南北的问题。说发达国家制定的规范不公平，你只是说不公平、不公平，这样说就会赢得左派的称号，没人会理会你。必须将道理与细节相结合，才能得出有理有据的主张。这是国际商法对同学们提出的要求。

二

国内商法，内忧，我举两个例子。

第一个例子也是跟次贷有关。次贷危机在英国所暴露的问题是什么？次贷危机在英国已经导致银行出现1866年来首次的挤兑。为了说服存款人回家，英国财政部部长不得不向所有存款人担保所有存款，就是超越法定限额。那么挤兑解决之后，银行经过多个月的努力，未能找到买家，最终需要将银行国有化，这是最坏的结果。评论者指出，这个危机跟它的处理办法暴露了监管制度的弱点：一是，相关官员反应缓慢、优柔寡断，错过了几次解决问题的机会。二是，反应缓慢的一个原因是英国的"三头马车"监管结构导致的，"三头马车"是指金融监管由财政部、央行及超级金融监管机构共同管理。而这个三头马车有两个缺点，一是没有领导，有三个等于没有一个头；二，英国的央行处于弱势，因为它只有部分的货币政策主导权。而对银行的监管权在2002年被银监会分去了。

那么在本土问题上，美国的反应一贯都是认真的，它们从中看到监管结构可能存在的问题，现在已经将问题提上日程。当然因为政治原因，最终结果可能不理想，但是承认问题、研究问题是它们优良的传统。

但是看英国，英国起初在今年夏天通过法律改革监管制度以平民愤,但是对问题的症结,就是这个"三头马车"跟央行的职权,一早就说明不在检讨范围内。理由很简单,因为这个格局是当时的财政部部长,现在的首相的"杰作"。

那么可以问,为什么我在中国国内法这个问题的标题下谈英美对次贷暴露的监管问题。这是因为中国同样存在监管结构的问题。中国证监会成立之前,中国的金融监管是统一的,由中国人民银行负责。以后银监会、保监会相继成立,现在的结构不能说不存在问题。首先,央行的权力被缩减,对它履行职责的能力造成了很大的影响;其次,分各监管的后果,是应该做的不能做,或者不能做好。但是监管结构的问题没有被提上公共议程。这是国内商法的第一个问题。

第二个问题是地震。地震是天灾,也是人祸。在法律方面最显而易见的,就是建筑规章的不足,或者是执法的不足。

<h2 style="text-align:center">三</h2>

那么防御及解决问题对同学们提出的要求,就是远见和勇气。就是提出问题,研究问题,提出建议的勇气。那么下面提出内忧外患的例子。防御和解决国家面临的问题要求同学们,一能透彻了解商法理论、原则、政策,同时能操作技术性的细节,自发作研究,有勇气提出建议。我并不是说同学们在求学阶段对中国的法治提出一切所需要的修改建议,而是同学们应该装备自己,日后做这个工作。我一直认为,应该先把自己照顾好,才能去关心别人。一方面说是为社会服务,一方面要求其他人照顾自己,这是自私的行为。所以同学们现在将目标放在找一份好工作是应该的,但是在个人经济条件稳固后,就应该回馈社会。那么可以说,就是这样,我是不是过分理想化。又有人说,你们大人都不做的事,为什么要求我们长大之后做呢?答案很简单,因为大人们不需要承担不作为的苦果。到了今天,国家、社会都已经积累了一定的财富,即使以后经济搞得不好,吃老本也可以吃一会儿。吃老本可以吃一时,但是国家的本不算厚,再厚的本也不

能吃到永远。到吃完的时候,我们都已经不在了,苦果就留给你们。如果商法、金融法、知识产权法搞得不好,中国就只能继续出售体力,这个优势现在已经在消失中。如果到你们中年的时候,国家还是依靠出售体力赚钱,那么就会很苦很苦。那物质以外,同学们,多年来的经验就表明了我们追求的不仅仅是物质。我们需要的是世界的尊重,我们希望的是中华文化的复兴,这样你们的中年、晚年才能过得舒畅。所以不是为了别的什么,只是为了你们自己也要解决问题。你们可以埋怨前辈没有解决问题,但是埋怨没有用处,问题还存在,也没有处理。

四

那么同学建议的一个讲题就是学习方法,我上面说你们在求学时期,应该装备自己,以备日后解决更多的问题。那么如何装备自己?我在这里分三点讲一讲,我宁可多留一些时间回答问题。

第一点不是方法,是学习态度。其实比学习方法更重要的是学习态度。学习态度对的,没有学不成的,最坏的也只是慢一点。学习态度不对的,很难有长远的成功。学习态度我讲两点。一是要定长期目标,能进入清华的同学们,你们的能力有一定的保证,愿意踏实工作的,赚到有体面的生活不是难事,是早晚的事。这是因为中国的经济还在发展中,其实同学们应该不用过分担心,不要因为担心而从事短期行为。对个人,对社会更有利的是树立长远目标,而长远目标就是愿意所谓"浪费时间"来练功。我用上面的巴塞尔协议为例,讲一讲我认为正确的学习态度。如果希望自己日后做有价值的原创性工作,应该按照以下顺序学习,认真阅读巴塞尔协议原文,用自己的文字将它的结构、主要内容概括出来;如果你对金融方面已经有些认识,在第一步之后,应该已经发现一些问题,如果你经验少,在这个阶段可能不会发现问题,无论是否已经发现问题,应该着手搜集关于巴塞尔协议的事实,比方说历史、人员、业绩等,以及学者对巴塞尔协议的论文,细心阅读分析,在这个阶段应该开始有问题的感觉,尝试找出一两个具体的问题。认定问题后,首先重新阅读以前已经阅读过的文献,包括巴塞尔协议原文,一定要重新阅读,因为之前的阅读是没有焦点的,所以一定会错过了一些重要的信息。有问题在心里,重新阅读才能将所有有用的信息划出来。此外还要全面地、系统地搜集有关问题的资料。同样,之前你所做的搜集工作是不完整的,因为当时的搜集工作没有焦点,当然搜集到的材料要阅读、分析等,这样才能认定问题,提出建议。这些过程一定会牵涉一些时间的浪费,所谓时间的浪费,它确实是耗时,需要很多时间,但这是否是浪费时间?首先完成第一步的时候,就是你自己去读这个协议的原文,概括它的内容,如果做完之后没有发现问题存在,这是不是浪费时间?我的答案是明显的,不是,肯定不是。在这个阶段看不到问题,有两个可能的情况。一是真的不存在问题,二是存在问题但你没有看出来。如果真的不存在问题是否就是浪费时间?短期地看是,因为你花了时间之后,没有得出任何可以用的东西。但是理科的同学肯定不会同意这种说法,你读了这个文献之后发现没有问题,这本身就是一个发现。但是从长远来说,这不是浪费时间,因为你长了知识,而这个知识包括对不存在问题的认知。如果有问题,但是你没有把它看出来,而你读了,这是不是浪费时间?同样短期地看是,因为你花了时间,也找不到论文的题目。但是长远来看,不是浪费时间,绝对不是。首先,你为什么没有能够把问题看出来?因为你的阅读功力不够,所以有问题存在,但你自己读原文看不出来。如果是这个原因的话,这个阅读过程本身就有价值,因为阅读功力只能靠练习提升。那么假如初步认为有问题,研究后,就是搜集文献等之后认为没有问题,这是否是浪费时间?用同样的推理,不是。所以一个学者,他的家里如果没有一堆堆的以前认为有问题,现在发现不是问题的文献,他就不是一个真正的学者。你开始研究问题的时候,肯定是没有把握,没法确定它是否是一个真问题,你要研究后才能确定它是否是一个真问题。如果不愿意浪费时间,不愿意从第一步开始,只是先看现有文献来找问题,甚至找观点,找建议,这种短期行为模式只有两种后果:第一,你的创新能力一定会有限,人家看到的你也许能看到,人家没有看到的,虽然不说你一定不能看到,但是99%你看不到。同学可能会反驳说,我对研究没有兴趣,我当律师,创新没有多大用处。我上面已经提到一个例子,说明律师也需要创新。即使最低级的律师也要学会处理第一手的法律文件,任何实践都会有源源不绝的法律法规被发布,法律出来的时候客户要知道应该如何行事,那时候还没有第二手资料来解释这个法律,你要向客户提供最基本的意见,就是如何行事。不要谈论如何游说,怎么反对,如何规避法律,不要谈论这个,只是谈论如何行事。都要自己将这份原始法律文件读懂。你不愿意在求学阶段,所谓"浪费时间"来练习这个基本功,耽误的只是你自己。这是第一个我想讲的,是学习态度,要树立长期目标,即使最基本的职业律师都要。

第二点是好奇心,就是 intellectual curiosity。intellectual curiosity 是最好的学习动机。我觉得,同学们学习的一个严重的障碍是欠缺好奇心。我说的是 intellectual,不是八卦新闻,但对这一点我觉得无能为力。首先,这可能存在文化的问题。前一阵子我想学习中文的成语,成语中有一句可以说明问题,不是有一个"杞人忧天"吗?这个可怜的"杞人",如果他不被嘲笑,他可能成为一个出色的科学家,你想想牛顿跟他的苹果,他思考为什么苹果会从树上掉下来——它当然会掉下来啦,有什么好想的?是不是有可能,好奇心在中国是不是不被鼓励?这是猜测。其次,近十年,我读了大量的教育的文献,但到现在还没发现如何培养成年人的好奇心。你们都是成年人了,有或者没有好奇心,我不知道怎么培养。但是我在这里提出来有一个用意,就是希望你们将来养育孩子的时候留意保持、发展他们的好奇心。

好了,学习方法。先谈一些方法,就是阅读的重要性,以及阅读的方法。我查看同学们对法学教育的看法,常常看到有意见认为,法学院未能装备他们从事实务工作所需的技能,常常表示需要一些实务性的法律课程,比如法律文书。我在关于法学教育的文章中其实已经谈过这个问题,而有的同学把两个议题混在一起了。一是法律文件重要,这个我绝对同意,这里指的法律文件不限于诉讼中的文书,还包括合同、公证书、法律草案等,这个文本很重要。二是如何学习,以备日后能作出出色的法律文件。这我也同意是一个问题,也同意这个问题的内容。但是,总有些同学把两个问题混在一起谈。我的意见很简单,头痛不一定要医头。法律文本重要不一定就是说要在法学院开设必修课程,教授同学们书写起诉书。我最常见的一些抱怨,是刚毕业的一些法学生甚至不能草拟最基本的起诉书。那是否表示,我们在法学院应该教学生们起草这些最基本的法律文书?我认为在清华这一等级的法学院绝对不应该。你想想,一个毕业生到了一个法院也好,律所也好,企业也好,被要求草拟起诉书而不能交卷,这个是什么样的问题?发生了什么?一个可能性是这个所甚至连一个范本,或者以前的档案都没有,这个差不多是不可能的。另外一个可能性呢,就是这个学生,给他一个以前的档案,他不懂得如何按照这个档案,利用本案的事实来填写一个标准的起诉书,或者说他不懂得如何找一个起诉书的范本,然后按照本案的事实来填写。如果是这个情况的话,解决方法不是开设课程,强迫教授传授学生如何起草起诉书,解决方法是将法学院关闭。因为如果我们的毕业生连这个工组都不能胜任,我们就是彻底失败,没有必要继续办下去。任何课程都不可能展示所有的文书表格,这样的学生出去后,一定会碰到其他要求,那么他怎么处理?同样不懂得怎么处理。我们在学校要培养的是自发性,独立工作能力,而不是在学校巩固学生的依赖性。我认为导致这些抱怨的更可能的情况是同学们填写了起诉书,但是内容不好。那这个情况表明的问题是什么?这不是一个文书的问题,而是学问和思考的问题,文书出现的问题不是写,而是读,就是说同学们不懂得如何读、如何思考。没有内容,你的文笔再好也写不出好的法律文件。所以无论我们培养的目标是研究型还是实务型的人才,最重要的是培养批判性阅读的能力。这不是说书写不重要,而是说不应该本末倒置,在学习阅读和思考的同时,书写能力必然同时自动提升。在法律内容学习已经到了一定的阶段,再来学习文字的编辑与语法等问题。那担心自己执业能力的同学,与其跑来跑去学这个学那个,倒不如用心将基本法律课程弄懂、读透,这才是办法。我可以说,当年我们出来当律师的同学,毕业一年后聚会,每个同学都说:我希望最好能让我现在回到法学院念书,重新读那些一年级的基本课程。因为发现这些基本课程在执业当中有用。因此我认为阅读是最重要的。

关于阅读方法,我认为同学们最大的问题是消极阅读,不懂得主动,或者积极阅读。消极阅读指的是同学们只是接收信息,最好的是能够将接收的信息很好地概括出来。而消极阅读的方法往往甚至不能将作者的原意正确地读出来。主动的、积极的阅读方法是一边读,一边问,好像是跟作者谈话一样。他说了一些话,你想一想,提出问题,再到他的文章中尝试找出他对这个问题的回答。这样往来跟作者的互动才能准确地读出他的讯息。这是任何阅读的第一步,就是把它读懂。读懂之后就进行分析,分析之后再作评论。这是我所想讲的学习方法的第二点。

第三点,我只说个头,我不再说。第三点是认真对待毕业论文。我想我不必多说,我应该已经在多个场合谈过这个问题,论文写作是一种很好的锻炼,即使你将来不作研究,这个锻炼都是很好的。上周六,我们请了一些执业律师来看我们的同学作一些批判性的表演,这些律师就说,你以为模拟法庭只是为诉讼的,不是,模拟法庭是为了训练你的批判性的能力,而这种批判能力即使对那些当顾问的律师也是很有用的。所以批判性的学识的功能不限于对研究工作的准备,而是对你在日后的执业也起到作用。

<h2 style="text-align:center">五</h2>

最后的第五部分,我找不到合适的标题。当然,我曾跟同学说,你没有标题,就证明你思想混乱。但是我今天来不是为了发表论文

的，我今天来是告别的，所以我就原谅了自己。现在我想回到开始讲的，外国人打心里不尊重中国人，如何解决这个问题？逞强是不能奏效的，说世界不公平，应该用中国的标准来要求中国，这些话没有人会认真理会，更不用说理解或者接受。只有成功后，才能够否定原规则，重立本身的规则。而成功几乎只有一个标准，就是国民在精神上、物质上都过得比人家好，这才能证明国家制度的优点。在达到这个阶段之前，是应该埋头苦干，认真学习，而不是未红先骄。

上面我讲过我对同学专业能力的期望，下面我想用"奥运"讲一讲我对同学们在行为方面的期望。这个夏天本来应该是一个舒畅的夏天，但近来发生的事件将奥运变成了一个危机四伏的事件。那关系到同学们的行为，我担心会发生的很多很多事情。比方说，在某项赛事中，中方与外方参赛者实力相当，中方裁判员所谓偏向中方参赛者，或者外方裁判员偏向外方参赛者，那么如果中方判员偏向中方参赛者，人家就会说中国人没有体育精神，不能公正行为。如果中方裁判员判中方参赛者输了，或者外方裁判员偏向外方参赛者，恐怕年轻人会闹事，引起抱怨，这是一方面。另一方面，不管裁判怎么样，如果外方参赛者输了，可能会有外方的观众闹事，同样可能引起抱怨。因为人多，大家都精神高昂，但是文化举止有很大的差异，在街上发生小冲突，继而变成大冲突，这些都是可能发生的。所以我希望同学们能够克制，利用本身年轻人的地位去影响别人去克制。宁可少拿几个金牌，也要避免出事故。这不是懦弱，英语有一个谚语，区分 war and battle，一个人可以 lose the battle，but win the war，也可以 win the battle，but lose the war。奥运只是 battle，只是战役，不是 war，输掉了奥运不要紧，中国的 war 是中华文化的复兴——重点应该放在这。千万不要让几个金牌把 war 输掉。

我希望同学们仔细想想，如果觉得我讲得有一点道理，今年夏天继续保证不出事故，关键是在你们。因为有代沟，我们说的话很难被其他青年接受。我常常上网，有的时候也有发言的冲动，但如果我这么在网上说，我肯定得被人骂死。但是我真的认为，这是你们应该做的，可以做的。我希望你们能回去想想。将来的行为，我也希望你们按照这个思路。我们的关注点是 war，不是 battle。

最后我要利用这个机会，感谢给我写信的同学们，我没有办法一一回应，但是我很受感动，谢谢各位。

中世纪的共同法基础：罗马法与教会法

苏彦新[*]

欧洲国家的，尤其是西欧大陆国家的法律近代化，在一定意义上可以说是一种内生于欧洲法律历史传统的、创造性转化的结果。尽管它经由理性与世俗化的整体性转化，且在国家与宗教分离的民族国家域内呈现。但是欧洲国家的法律近代化，特别是它们的私法近代化的历史源流与基础，却主要是以受古希腊的理性精神熏陶的罗马法为基础，兼及吸收教会法以及其他法律而融合的结果。甚至以普通法为其表征的英格兰法律也未逃脱罗马法的影响。因此，我们研究欧洲的法律近代化无法绕开中世纪的罗马法与教会法，也是历史纵深的要求。当然，欧洲国家的法律近代化的时空展开在不同的欧洲国家与地区并非是同时发生，而且时间不一，且具体到不同国家

---

* 苏彦新，法学博士，郑州大学法学院副教授。

与地区也极为复杂。同时,它们对罗马法包括对教会法以及其他法律的吸收的原因、方式也极为不同。不过本文的重点是中世纪的罗马法与教会法的关系与它们之间的相互影响。

一、中世纪罗马法与教会法的联系

(一)普世性观念

中世纪的罗马观念和基督教观念之融合。沃格林教授对此论道:"东方的秩序观念本身并不必然导致秩序以内在于尘世的方式固化在一个成文的、无须历史研究或注释研究的规则体系中;只有与罗马法传统相结合,它才能实现这种固化……通过基督教秩序融合在罗马传统中,《学说汇纂》获得神圣著作的地位,不可更改,也不可受到史学批评,而帝国的决策和宪章所获得的地位则是,它们可由卡里斯玛权威解读并发展。"①就思想观念或曰意识形态言,罗马的世界帝国同基督教的普世教廷的观念是一脉相承的。

我们谈到中世纪西欧的法律,就不同法律之间的密切关系而言,罗马法与教会法之间的联系相对来讲更为密切。正如《剑桥中世纪史》所论:"中世纪的世界,并不存在一个单一的法律体系与政府的庞大共同体;中世纪的世界是由许多不同的共同体所构成,不同的共同体因于种族、语言、社会与法律制度而有别……在中世纪时期每一个政治单位以其自身所掌握的罗马法内容以不同的方式承袭与适用。"②

(二)普世性组织

罗马法是罗马国家的"国法",基督教是罗马帝国的"国教"。西

---

① 〔美〕沃格林:《政治观念史稿》,卷二,中世纪至阿奎那,叶颖译,179～180页,上海,华东师范大学出版社,2009。

② H. M. Gwatkin, *The Cambridge Medieval History*, *Cambridge at The University Press*, 1926, Volume V, p. 703.

欧中世纪的大门关住了一个成为永久历史过往的罗马帝国，但西欧中世纪的大门却迎来了一个新的替身：罗马的基督教。而且随着时间的推移，到了 11 世纪基督教之教会法同罗马法一起，如商人法一样构成了一种"超国家之法"。在漫长的中世纪，日耳曼王国皈依基督教，基督教取代了先前的罗马帝国之统治，成为罗马帝国政权机构的继承组织。

（三）法律的相互影响

某种程度上，除了基督教教会组织复制了罗马帝国之组织外，单就法律而论，在罗马帝国时期，基督教成为罗马的国教之后，基督教就对罗马法发生了影响，"尤其是在公元 3 世纪和 4 世纪期间，罗马法律受到基督教思想的冲击就是一例。值得注意的是，总的说来，罗马法顶住了这些冲击。除了某些特殊的规定，如结婚、离婚、亲子关系等之外。基督教对罗马法的影响在其他方面是微乎其微的。"[①]而进入"中世纪初期，教会依罗马法而存在——因此，教会靠罗马法而生存的格言，表明一个普世教会的状况与西欧各个民族的特殊的、习惯法的法律制度的对比。"[②]对于这种历史绝不是简单地因于罗马法本身的优点，而是归因于罗马法规范汇编进了教会法汇编。罗马法规范构成了古典教会法所承袭的部分。因此，在许多特别情况下，教会法学家无须违背罗马法，也无须制定一套新的法律规范，例如前面论到的时效取得法就是民法影响了教会法。有关时效取得的大量罗马法规则全部为教会法所吸收。实际上，中世纪的评论法学家对此有所论述，他们把这种现象称之为绝大多数的罗马法"教会法化"。而且到了 12 世纪和 13 世纪时，即古典教会法的形成时期，也未阻断罗马法的影响。

---

① 转引自[法]亨利·莱维·布律尔：《法律社会学》，许钧译，84 页，上海，上海人民出版社，1987。

② R. H. Helmholz, *The Spirit of Cassical Canon Law*, The University of Georgia Press, 1996, p. 17.

（四）法律知识与法律文献的积存

应该说教会与教会法对罗马法也有较大影响。11世纪开始的罗马法复兴所依据罗马法之文献文本也大多同教会有关，"教会图书馆和修道院成为学习和研究罗马法文献的中心。事实上，每一个管区的主教都宣布有权—并由教会法庭强制推行—批准人文学科教师执业"①。移居英国的已故俄裔历史学家维诺格拉多夫曾说，西欧存在一条虽细小但却涓流不息的法学知识溪流，一直在中世纪最黑暗的那数百年里流淌着，也就是说，5到10世纪这一细流源自且流经教会学术中心。罗马帝国解体之后，面对着"蛮族"的入侵与定居，而担负着对这些新定居者"蛮族人"进行先进文化之启智的，正是基督教及其僧侣们。"中世纪是从粗野的原始状态发展而来的。它把古代文明、古代哲学、政治和法律一扫而光，……它从古代世界承受下来的惟一事物就是基督和一些残破不全而且失掉文明的城市，……僧侣们获得了知识教育的垄断地位。政治与法律都掌握在僧侣手中。教士充任国王的法律顾问或大臣，主教既是大封建主又是皇室的官吏。"②因此教会与教会法在保存古典完备的初级教育的学科体制过程中，继续使用写作、文献编集、档案管理，为政府机构提供所需的基础。教会在西欧各君主王国的范围内形成了跨越封建的文化联系。

（五）共同构成的法学复兴

在中世纪中后期法学复兴上，罗马法之复兴与教会法学之形成，它们共同构成12世纪文艺复兴之中的"法学复兴"的组成部分。法学教师一般兼任两种法律的教学，学生一般对两种法律并不陌生。而且罗马法与教会法也是中世纪大学法学院开设的共同课目，教学方法与解释方法、文献形式也大致相同。当然，罗马法作为一种成熟的

---

① 参见泰格、利维：《法律与资本主义的兴起》，纪琨译，29～30页，上海，学林出版社，1996。

② 《马克思恩格斯全集》，第7卷，400页，北京，人民出版社，1959。

法律与正在形成中的教会法有着差别。但是它们复兴与成长于共同的知识氛围中，都受到了经院主义方法之影响，正如已故的伯尔曼教授在其《法律与革命》中所阐述的，"辩证方法逐渐成为研究法律的科学方法，"①"在 11 和 12 世纪复兴了对罗马法的研究的欧洲法学家们，却开始依据一般原则和一般概念对于庞大的罗马法律规则网络予以系统化和协调化，他们使用着与他们神学方面的同事在系统整理和协调《圣经》旧约与新约、教父著述以及其他神圣文本时所使用的同样的方法。这些法学家们将法律概念的概念和原则化了的法律原则作为出发点。"②

就方法论而言，不论是罗马法还是教会法，在中世纪经院哲学方法影响下，尤其是注释法学是循着"在一种法律体系之内的法律教义学解释的方法"③。此后，从一种法律的意义的解释转向了评论法学的一种分析框架的建构。可以说两种法律都具有以文本之神圣的一种"解经学"的方法特征。因此，教会法在方法上同罗马法分享着共同的方法。正如乌尔曼教授所论的，"罗马法为整个教会法提供了法学的工具与技术手段"。④ 但是 11 世纪晚期和 12 世纪的法学之出现，总体上讲，中心在于复兴的罗马法。"格拉蒂安的《教令歧异矛盾协调集》标志着一种教会法的系统分析的、决定性的进步，但是与其同时代之波伦亚的民法学家的著作相比，人们都会承认格拉蒂安的著作是可以忽略不计的。对此之解释是，民法学家引导着教会法学家。或者婉转的说法，它们共同前进。所有的罗马法方法与大多数罗马法文本对教会法的形成与解释深具影响。"⑤当然，出现于 11 世

---

① ［美］哈罗德·J.伯尔曼：《法律与革命——西方法律传统的形成》，贺卫方等译，173 页，北京，中国大百科全书出版社，1993。

② 同上注，184～185 页。

③ M. Cappelletti, J. Menyman and J. M. Perillo, *The Italian Legal System*, *An Introduction*, Stanford University Press, 1967, p. 22.

④ W. Ullmann, *Law and Politics in the Middle Ages*, *An Introduction to the Sources of Medieval Political Ideas*, Cornell University Press, 1975.

⑤ see T R. H. Helmholz, The Spirit of Classical Cannon Law, p. 18.

纪晚期和 12 世纪的西方的新的法律方法——它的逻辑、它的命题、它的推理类型、它的一般层次化、它的联系个别与一般，以及案件与概念的技术——将法律作为一门自然科学而对其进行有意识地系统化过程的一个实质组成部分。总之，这种新的法律方法服务于中世纪的所有共同体。

最后，教会法作为由教会法院适用之法律，在它的法律渊源中，除了最重要的渊源《圣经》之外，还有宗教会议决议、法令、教皇谕令，以及作为补充性法源的罗马法。

在法律分类、概念、术语与原则上，罗马法与教会法也存在交互影响与借鉴。例如，格拉蒂安就把法律分为神法、自然法与人法，同时他认为君主的法律或敕令要服从教会的法律与谕令，习惯法不仅让位于自然法还低于制定法。他在沙特尔主教伊沃的《教令集》基础上建立了自己的体系。此外，"他还有罗马法的注释法学家的成果，尤其是他的同城公民伊纳留斯的成果可资借鉴。"①12、13 世纪的法学家，不论是教会法学家还是罗马法学家，都对一般法律概念进行界定，如代理、公司、自然人与法人、管辖权等。

就私法领域之影响，教会对"社团、法人"概念与制度进行了更为深刻与全面的论述，例如教会法发展了"基金"或"社团"。婚姻法中对同意须有某种自由意志作出，对近代婚姻法乃至于契约法都深有影响。当然，对诚信概念，教会法也予以丰富与发展。在遗嘱法方面，教会法学家确立了一种确定遗嘱有效性以及解释和执行遗嘱的规则体系。对于占有权，教会法贡献也很大，且对占有之方式以及恢复占有之方式进行了研究。契约法中教会法最大的贡献在于系统化了"原因"理论。同时，有关买卖之公平交易与意思表示经由西班牙新经院法学转化，进入近代西欧的私法之中。

实际上，就教会法对世俗法之影响而言，教会法院的管辖权正如所论，主要在于涉及宗教性的事务与问题，如婚姻、遗嘱、教育、神职、

---

① 参见［美］哈罗德·J.伯尔曼：《法律与革命——西方法律传统的形成》，176～177 页。

什一税、教区管理之法，宣誓而管辖的利息、高利贷等。但是教会法院除了宗教性事务管辖外，它对一些世俗事务也拥有管辖权：与告解义务有关的法律问题、依特权而由神职人员所涉事务、世俗之当事人依约定提交教会法院所辖之案件则排斥世俗法院、教会之公证文书。而这些问题与案件，教会法院适用教会法。维亚克尔教授论道："因主教法院扩大之后，伦理神学与教会内部法条传布到全欧洲这种裁判的影响包括：a. 更精确地划分不同的客观法律领域，尤其是区分整个教会的普通法与教区之法；b. 即使在管辖教外事项的法庭，也可以适用伦理神学的原则，诸如：寺院法中的衡平、信仰利益、良知、诚信、同情等关于人、事的评价标准，都可以用来判断法律的义务。它们对于利息、暴利行为、适当的契约对价以及抗拒法律行为中之欺诈、胁迫，意义尤其重大。……因此，教会裁判不仅深化、精微化社会伦理，毋宁更促使中世纪后期的法律逐渐向开放社会演进。"①

　　教会法与罗马法密切相关，因此，不理解罗马法就无法理解教会法，反之亦然。而且到了中世纪之中晚期二者形成了一种有别于英国普通法的共同法，并长期主导着欧洲的法律教育，且共同法经常提供法律规范用来解决地方法未予以关注的问题。"不但教会法成长的较早阶段属于从基督诞生到古代结束的时期，而且教会法本身在很大程度上也是罗马法发展主要阶段的产物，并且绝大多数的罗马法之规范与原则源于比较古老的制度。教会法起源及很大程度尔后它的发展正如民法本身一样，更多的是罗马文明之结果。"②

二、罗马法与教会法的区别

　　由于罗马法与教会法因于本质与调整范围之别，实际上在漫长的中世纪历史演进中，特别在 11 世纪之后，政治特别是王权与教权之

---

　　① 参见［德］弗朗茨·维亚克尔：《近代私法史——以德意志的发展为观察重点》（上），陈爱娥译，60～61 页，上海，上海三联书店，2006。
　　② T. H. M. Gwatkin, *The Cambridge Medieval History*, p. 705.

争,经济特别是工商贸易与城市文明之发展,致使两种法律也存在斗争。最明显的就是 12 世纪。一度成为经院哲学与教会法之胜地的巴黎大学禁止罗马法传授。同时,在相当长的时间内,教授教会法与教授罗马法的学院是分立门户的。尤其是在 16 世纪宗教改革之后,在西欧教会法之适用受限,并因于文艺复兴与人文主义精神对人与人性的弘扬,加上世俗化社会的不断推进,尤其伴随着后来科学与理性精神的冲洗,基督教之教会法就走向衰落了。而不断被改造的日益迈向形式合理性的罗马法成为西欧国家继受的对象。

(一)历史发展不同

罗马法主要是罗马国家之世俗法;教会法主要是基督教教会之法律。而且由于罗马法与教会法之成长阶段不同也产生了中世纪之历史演进过程之不同。中世纪所承袭的罗马法是在古代罗马国家已被完善的一种法律体系,而教会法在中世纪之前的古代世界才刚刚开始萌芽、发展。教会法尚在成长时期。因此,在中世纪,两种法律体系的文献史也有差别,教会法之历史学家,在《教会法大全》形成之前、之中、之后,在文献上,上穷碧落下黄泉,爬梳整理追踪文献资料。同时,由于基督教在罗马帝国之分裂后,形成了希腊天主教会与罗马天主教会,这种教会的一分为二,也产生了两套教会法律体系。东部的或希腊的教会法与西方的或拉丁的教会法。尽管它们之间具有共同的因素,但是东部与西部的教会法仍然有许多差别。特别是在西方的或拉丁的教会法发展上,产生了以格拉蒂安作为界分的教会法之"旧法"与"新法"之不同阶段,特别是教会法之共同法的产生。

(二)宗教与世俗的二分

教会法乃宗教之法律,具有宗教性,教会法始终对其自身进行划分。准确地讲,教会法把其自身同罗马法区别开来。某种意义上,我们也可以说《民法大全》是一位信奉基督教的皇帝的作品,并且《查士丁尼法典》与《查士丁尼新律》中包含有具体涉及牧师与教会的法律。

然而教会法之目的与罗马法学所确立之目的并不相符合。这种目的在格里高利的宗教改革之后更为明显。教会法学家也不否认《民法大全》维持上帝之于人类整全计划的尊崇地位，也强调了《民法大全》包含许多优秀法学部分。但是，教会法学家认为《民法大全》存在缺限，它需要通过教会之法律对它进行补充与修改。因为《民法大全》之内容包含着罗马法与基督教信仰之冲突。这也导致了后来的《教会法大全》之编纂。实际上《教会法大全》是对抗罗马法的表现之一。特别是在教权与皇权或王权之对抗中，罗马法支持皇权，这也是教会与教皇以及教会法学家所不能容忍的。的确，《民法大全》的内容在教会法学家的作品中也大量进行了引用，而且基本之内容在教会法学家与罗马法学家之间也不存在差异，但是在两种法律的教授之间显然存在障碍。也如前述学院是各自独立的，每一方都致力于本身的《法律大全》。实体内容上也或多或少存在不同。当然，也如有些学者所言，"即使如此，与其说教会法学家与罗马法学家存在差别，不如说他们之间更为趋同。许多教会法学家具有教会法与罗马法的双学位，而民法学家也被要求熟知教会法"①。

（三）样板之法与适用之法

罗马法对欧洲是一种完美之法律、已成熟之法律，是一种理想法；但是教会法是中世纪的欧洲的教会法院适用之法律，正在成长之法律。其次，在调整范围上，教会法的调整范围虽然广泛但主要限于"心灵之安宁"，且事涉宗教之义务与问题。尽管在一些情况下也调整非宗教之世俗事务。再次，至少早期阶段，教会法因于财产权之观念包括敌视商业利益与逐利行为，高利贷显示了教会法阻碍商业社会之前进。特别到中世纪中晚期，对于买卖之公平价格的讨论、金钱之讨论，从另一面展示了教会法之困局。"对于高利贷者而言，为了使自己获救，他必须放弃钱袋吗？这就是关于在财富与天堂、金钱与

---

① R. H. Helmholz, *The Spirit of Cassical Canon Law*, p. 19.

地狱之间的高利贷者的一场大战斗。"①就财产权而言,基督教与教会法早期都认为个人财产权乃是罪恶。这同罗马法在经济生活方面的差异显而易见,罗马法学家"创立了一套法理逻辑,可以应用于各种各样的社会形态——实际上适用于任何承认私有财产与'资本主义'商业的社会形态",②"教会曾经试图对现存的社会制度或任何较重要的习惯作正面攻击。它从未向人们许诺来生一个经济的天堂,或者是今生的经济乐园"。③ 因此,可以说以托马斯·阿奎那的经院主义哲学为代表,随着教会的封建化、地产化,以及教会财富的增加,开始关注经济、货币、商业生活。"教会清楚认识到,并非附庸的人、或者只在表面上充当附庸的人,他们所经营的自由贸易乃是影响社会稳定的强烈腐蚀剂。如果说,古代教义曾经教导经商就是罪恶,那么新的政治现实则教导人:贸易者正威胁封建制度。但是教会不能对由于贸易积累起来的巨大财富熟视无睹,因为只消染指其中,教会统治者就能盖教堂和大学,过他们已经过惯了的那种生活。虽然那些豪强市民有时候会使教会感到难以容忍,但在另一场合,教会却要支持他们,以对付君主与封建领主。于是,它就便力图将商业纳入它那个神学、道德、法律无所不包的体系。而正是在这个体系之内,教会才能宣称它已恢复了罗马法。"④但总体上,基督教与教会法并非完全能够迎合商业社会。在某种意义,正如德国的思想家马克斯·韦伯与英国的托尼教授所论的,这要到宗教改革之后的新教伦理才同资本主义发生了亲和性。⑤ 因此,"中世纪的神学家与教规学者拒绝给予金钱、资本以任何可生产性;因此,在有偿借贷中,使借出的金钱生子

---

① [法]雅克·勒戈夫:《钱袋与永生》,周嫄译,9页,上海,上海人民出版社,2007。

② [美]约瑟夫·熊彼特:《经济分析史》,第1卷,朱泱等译,111页,北京,商务印书馆,1991。

③ 同上注,115页。

④ [美]泰格、利维:《法律与资本主义的兴起》,39页。

⑤ 同上注;马克斯·韦伯:《新教伦理与资本主义精神》,李修建、张云江译,北京,中国社会科学文献出版社,2009。不过要说明的是,托尼与韦伯对宗教与资本主义之关系的观点并非完全相同,对新教论述也有差别。

是悖理的。"①

三、结语

因此，我们在理解与研究欧洲法律的近代化时，对于中世纪的这段法律史，尤其是这段法律史中的罗马法与教会法之关系应给予重视。通过解读，我们也可看出它们的复杂关系，而梳理且清晰地辨析罗马法与教会法在方法、知识、文献等各个方面的联系与区别，以及它们之间的相互影响，将有助于我们更好地把握与正确理解欧洲的法律近代化，特别是西欧国家，尤其是西欧大陆国家的法律的演变与近代化。

---

① ［法］雅克·勒戈夫：《钱袋与永生》，26～27 页。

匿名的商人法
——全球化时代法律移植的新动向

鲁　楠[*]

在法学研究的诸多领域中,商法是最具活力也最令人困惑的部分。一方面,商法有着悠远的历史,其起源甚至可以追溯到上古时代的罗德法(Lex Rhodia)[①],在其历史发展的大部分时间里,它有着鲜明的跨国特征,并在某种程度上独立于政治权力的运作;仅仅是在晚近欧洲民族国家形成之后,欧洲各国才逐步将中世纪晚期发展成熟的"商人法"通过不同的方式纳入民族国家的法律体系,随着经济全球化的浪潮席卷世界,商法又开始显露出突破民族国家格局的潜力,成为现代世界体系的组成部分。另一方面,在商法领域,大多数学术

---

* 鲁楠,清华大学法学院 2007 级法理学博士生。

① 黄进、胡永庆:《现代商人法论:历史与趋势》,《比较法研究》,1997(2),147 页。

研究始终围绕着民族国家格局来展开,无法摆脱商法研究的国别局限,这种研究范式使商法的学术研究往往落后于商法的实践本身。这种尴尬的局面迫使我们必须跳出以民族国家格局为核心的法学理论范式,转而以一种以全球化为视角的社会理论来审视商法问题。

根据这一宗旨,本文分为以下四个部分。

在第一部分,我将从"商人法的复兴"这一议题入手,分析商法在民族国家格局成熟之后,重新获取跨国化特征的时代背景,我试图说明,"商人法的复兴"不是商法向中世纪商人法的某种"复归",也不是某些学者所主张的商法的"再身份化",而是与社会变迁的历史逻辑息息相关,商法自身的发展变化与现代世界体系的形成是相得益彰的。只有从以全球化为主题的社会理论出发,通盘考虑社会变迁的形态和动力问题,才能够勾勒出一部清晰晓畅的商法史,才能够解读"商人法复兴"的复杂背景。

在第二部分,我将挖掘与经济全球化相伴生的"新商人法"所具有的特征及其在法律实践上的表现。为了阐释清楚这个问题,我将它与欧洲中世纪晚期的"商人法"进行比较,说明两种"商人法"扎根于不同的社会情境。根据卢曼的社会系统理论,前者属于分层时代的商人法,具有鲜明的身份特征;后者属于功能分化时代的商人法,具有匿名的特征。

在第三部分,我将着重探究全球化时代的"新宠"——跨国公司及其背后复杂的法律课题。传统的商法研究习惯于从民族国家法律监管的角度来审视跨国公司,认为一个超越民族国家监管限度的经济实体,对民族国家的法律体系既是一种挑战,也是一种威胁,惟其上升到全球治理的维度,才能够为跨国公司的法律监管提供妥善的解决之道;但本文认为,这种研究进路固然具有现实意义,却被牢牢束缚在以国家权力为核心内容的法律概念之上,因而无法突破民族国家格局的束缚,无法面对全球化时代的"去中心化";只有将跨国公司作为一种独立的社会存在,作为经济系统的一个组成部分,作为经济全球化的一个环节,将其视为"新商人法"的活跃的创制者,才能够在跨国公司的法律问题上有新的突破。

最后,根据以上三个部分的论述,我将针对传统的法律移植理论提出一种立基于全球化视野的法律移植观点。传统的法律移植理论,或者从特定的法律文化传统出发,考察传统被"侵入",进而调整、更新的历史过程;或者从特定的法律规则体系出发,考察规则体系被打破,进而改变、重组的复杂逻辑。从某一法律文化传统或法律规则体系自身的命运观之,这个过程或者是悲歌一曲,或者是史诗一卷……但是,如果站在全球史的立场上,从现代世界体系生成、演变和发展的历史过程来观察,那么复杂的法律移植不过是巨大的全球化过程的一个环节、一个步骤和一个插曲,问题的关键在于如何站在这一历史过程的前端。

一、"新商人法"与社会变迁的历史逻辑

"现代商人法"的概念首先是由英国学者施米托夫和南斯拉夫学者哥尔德斯坦(Aleksandar Goldstajin)于 20 世纪五六十年代提出的,并进而引起国际法学界的广泛讨论。1961 年,英国著名国际贸易法学家施米托夫在其著名的论文《国际商法:新的商人习惯法》[①]一文中也提出了"商人法的复兴"这一命题,在此之前,他在赫尔辛基大学发表的演讲中提到:"我们正在开始重新发现商法的国际性,国际法——国内法——国际法这个发展圈子已经完成。各地商法发展的总趋势是摆脱国内法的限制,朝着国际贸易法这个普遍性和国际性的概念发展。"[②]这一论断得到了一大批著名商法学家的支持,认为它揭示了经历民族化过程的商法重新向国际主义的复归,这是"东西方

---

① [英]施米托夫:《国际贸易法文选》,赵秀文、郭寿康译,2～24 页,北京,中国大百科全书出版社,1993。

② 同上注,12 页。

的共同呼声"。① 前南斯拉夫学者哥尔德斯坦甚至这样写道："现在是承认独立于国内法制度的商业自治法存在的时候了。"②

时隔将近半个世纪，当我们重新温习以施米托夫为代表的一批商法专家们的经典论述，都会惊讶于他们敏锐的眼光和学术洞察力。的确，在 20 世纪下半叶，曾被牢牢地"圈定"在民族国家法律格局内部的商法正在逐步摆脱樊篱，重新获取它曾经有过的跨国性和普遍性。但遗憾的是，这批先知先觉的法学家们并未提出一套完整的商法理论去系统解释这一历史过程的前因后果，他们只能够停留在现象学描述的层次，隐含地用具有历史循环论色彩的论述来定位这一奇异的法律现象。施米托夫及其后继者心知肚明，即使重新获得跨国性和普遍性的"新商人法"也与欧洲中世纪晚期的"商人法"有着绝大的不同。精于制度比较的施米托夫就曾指出，欧洲中世纪晚期的旧的商人习惯法是建立在"集市法的统一性；海事惯例的普遍性；处理商事纠纷的专门法院；以及公证人的各项活动"③基础上的商事习惯法体系。而新的国际商法则建立在普遍承认的合同自由和商事仲裁裁决这两个孪生原则基础上，是以商事惯例与国际造法为主要渊源的

---

① 当时，脱胎于 1950 年成立的国际比较法委员会（International Committee of Comparative Law，ICCL）的国际法律科学协会（International Association of Legal Science，IALS）在联合国教科文组织的资助下，先后于 1958 年、1960 年和 1962 年分别在罗马、赫尔辛基和伦敦召开三次研讨会，就能否建立起这种新型的商法进行论证，这三次研讨会包括了来自于东西方两大阵营的商法专家。仅就第三次研讨会而言，就包括了巴黎的扎泰依（Imre Zajtay）和童克（André Tunc），来自伦敦的施米托夫，来自布拉格的克纳普（Viktor Knapp），华沙的查莫（Henryk Trammer），费城的洪纳德（John Honnold）以及西弗莱堡的柯麦罗（Ernst von Caemmerer）等人。这些讨论所得出的结论是，"国际贸易自治法作为新的商人习惯法，无疑已出现在我们的时代，该法对于具有不同的经济和社会制度，以及不同法律传统的国家，具有普遍性"。施米托夫也认为，在"新商人法"的帮助之下，"世界在意识形态和经济方面的分化将不会造成障碍"。参见 Imre Zajtay，"The International Association of Legal Science: Its Contribution to Comparative Law"，26 *The American Journal of Comparative Law*，1978，pp. 441～445；C. Schmitthoff（ed.），*The Sources of the Law of International Trade，with Special Reference to East-West Trade*，London: Stevens & Sons，Ltd.，1964。

② ［英］施米托夫：《国际贸易法文选》，12 页。

③ 同上注，5 页。

新的商事规则体系。[①] 然而这种区分并没有抓住问题的关键所在——必须看到，传统"商人法"有着非常鲜明的"身份性"特征，它是隶属于"商人"这个独立的社会阶层的法律规则体系，而这种因阶层而划分的多元主义法律格局只属于欧洲中世纪那个特殊的时代；而新"商人法"则既非商人之法，也非民族国家之法，它是与经济全球化相伴生的一种全新的法律多元主义格局的组成部分。所谓的"新商人法"，并非复兴传统的商人法，而是"茁生"（emergency）而出的全新的法律体系。

为了进一步说明这个问题，我需要借助一些经典的全球化理论，为"商人法复兴"问题的研究铺陈出一种合适的理论叙事。这种理论叙事不仅要具有足够的历史延展度，从而将新旧商人法甚至欧洲中世纪之前商法萌芽的某些现象囊括进来，而且要具有足够的广度，使我们能够发现商法与时代语境之间的密切关联。在关于全球化问题的研究中，诸多社会理论家都有过经典的论述，提出了不同的理论范式。如德国著名社会学家马克斯·韦伯用"理性化"来描述现代社会与资本主义世界体系的形成过程。在其著名的作品《新教伦理与资本主义精神》中，韦伯描述了资本主义的商业精神与新教伦理之间的选择性亲缘关系[②]，这一论述与欧洲中世纪晚期商人法的形成与发展暗合符节。著名法学家伯尔曼也从这一视角入手来分析传统的商人法，认为"法律是商业活动和灵魂拯救之间的一座桥梁"。[③] 但韦伯同时暗示了后期商业精神与宗教伦理之间彼此脱钩，资本主义自成体系的历史过程，虽然这一过程极其重要而韦伯语焉不详——这导致很多学者在对商法史的研究中过分关注宗教传统与商法演变之间的

---

① ［英］施米托夫：《国际贸易法文选》，20～24 页。

② ［德］马克斯·韦伯：《新教伦理与资本主义精神》，于晓、陈维纲译，西安，陕西师范大学出版社，2006。

③ ［美］哈罗德·J.伯尔曼：《法律与革命——西方法律传统的形成》，贺卫方、高鸿钧等译，413 页，北京，中国大百科全书出版社，1993。

内在关联,从而无法将商法强烈的世俗性特征解释清楚[①],不论从何种意义上言之,商法是理性之法、世俗之法,即使在宗教精神弥漫的欧洲中世纪,商人法仍然是卓尔不群的"异数",其世俗面向与古代商事习惯是一脉相承的。另一方面,韦伯的"理性化"论述缺乏一种明晰的社会发展与社会演进的分析框架,这使我们难以将韦伯的理论应用于商法发展与变化的学术研究中去。

德国另外一位著名的社会思想家哈贝马斯将社会演进的历史逻辑归结为由传统社会向现代社会的转变过程。这一过程一方面表现为生活世界的理性化,一方面表现为大型功能系统的形成及其对生活世界的宰制。[②] 经济系统的横向扩展势必带来法律系统与之相应的横向扩展。故而经济系统的全球化必然伴生法律系统的全球化,法律将突破民族国家格局。他认为,这一历史过程既是挑战也是机遇,如果能够促使扎根于生活世界的市民社会和公共领域横向扩展,并带动政治全球化,实现"没有世界政府的世界内政",则能够化解经济全球化所引发的各种危机。[③] 这一论述极有见地,以此观之,"商人法的复兴"实是经济全球化所带来的法律全球化的一个组成部分。但哈氏的全球化理论似乎缺少一种历史的纵深,难以为我们提供更为明晰的框架将商法的漫长历史纳入分析的视野。哈贝马斯将社会划分为前俗成社会、俗成社会与后俗成社会三个阶段,其着眼点在于社会整合的不同模式,这一着眼点难以与商法演进的历史逻辑达成对焦。

与马克斯·韦伯与哈贝马斯两位大家的社会理论相对,奥匈帝国时代著名的法社会学家欧根·埃利希也曾提出过一种"全球的布

---

① 参见张薇薇:《中世纪西欧商人兴起与法律:11—16 世纪》,北京大学博士论文,2005。

② [德]哈贝马斯:《在事实与规范之间——关于法律和民主法治国的商谈理论》,童世骏译,21~32 页,北京,生活·读书·新知三联书店,2003。

③ [德]哈贝马斯:《后民族结构与民主的未来》,载哈贝马斯:《后民族结构》,曹卫东译,70~125 页,上海:上海人民出版社,2002。

科维纳"的思想图式,即市民社会本身将其法律秩序全球化。这种全球化图式来自于埃利希著名的"活法"理论。埃利希认为,法律深深地扎根于市民社会的日常生活本身,而与政治没有直接关联,一种法律的产生来自于社会自身发展的需要,它是活跃而不断变化着的,而不是僵死不变的。"新商人法"便是一种扎根于日益全球化的现代社会生活之中的"活法"。这一理论有着强劲的解释力,为托依布纳等现代法学家所赞赏,托依布纳认为埃利希的理论"由于新涌现的全球法,它在经验上和规范上将被证明是正确的"。[①] 但值得指出的是,埃利希虽然正确地意识到法律与政治之间并非存在必然性的关联,从而"意外地"适应了全球化时代"去中心化"的整体局势;虽然正确地揭示了法律因扎根于市民社会从而具有的自我创生的特征,从而与晚近商人法的实践有所呼应,但"新商人法"由于其高度专业化的语言和独特的法律沟通属性,使其不同于那些直接扎根于市民社会,可以通过日常语言去表述的法律规则体系。作为"活法"的新商人法体系是高度专业化的,为特殊语言所主宰的法律沟通,它是一个具有自创生属性的法律系统。

出于以上各种全球化和社会演进理论所存在的缺陷和不足,我准备选取美国著名学者沃勒斯坦的"世界体系"理论来作为诠释商法史的外在背景;而以卢曼与经过托依布纳发展的社会系统理论作为工具来诠释商法发展与变迁的内在机理。通过这两种理论,我将说明,从外部视角来看,商法的发展演变与世界体系的不同模式之间相互关联;从内部视角来看,商法的形式和特征取决于商法作为一个系统在特定环境下自我组织和自我维持的方式。必须看到的是,沃勒斯坦的世界体系理论开启了现代西方左翼全球化理论的先河;而卢曼理论却与右翼全球化理论暗合符节。在基本的立场上二者之间的确存在着冲突,这导致两种理论对新商人法的观察各有所见所蔽,前

---

① ［德］托依布纳:《全球的布科维纳:世界社会的法律多元主义》,高鸿钧译,载高鸿钧、张建伟编:《清华法治论衡》,第 10 辑,242 页,北京,清华大学出版社,2008。

者洞察了新商人法背后的资本逻辑,及其蕴涵的危机;而后者则有助于精细描述现代社会商法系统内部的运作机制。从描述性层面来看,笔者赞赏右翼全球化理论的细致观察,而从规范性层面来看,左翼全球化理论所提供的批判性维度则是笔者赞赏的。

(一)新旧"商人法"与世界经济体系的形成

沃勒斯坦认为,人类历史虽然包含着各个不同的部落、种族、民族和民族国家的历史,但这些历史不是孤立发展的,而是相互联系着发展和演变的,为了弄清楚整个人类社会结构发生、发展和衰亡的过程,了解现代世界形成的历史逻辑,就必须"完全放弃采用主权国家或国家社会这个模糊概念作为分析单位的想法",而以"世界体系"作为惟一的分析框架。① 在 16 世纪以前,"世界体系"主要表现为一些"世界性帝国",如罗马帝国、中华帝国等;这些"世界性帝国"有一个单一的政治中心,但没有与之相应的"世界性经济",即使有一点,也是极不稳定的。② 到了 16 世纪,随着资本主义生产方式的发展,开始以西北欧为中心,形成"世界性经济体系",也就是"资本主义的世界经济体"③,这个世界经济体是一个由中心区、半边缘区和边缘区三个部分组成部分联结而成的整体结构,是一个自成一体的经济网络,却没有一个统一的政治中心。如今,这个资本主义世界经济体已经由以西北欧为核心的"欧洲的世界经济体"扩展到全球,编织起产品生产和商业交易的巨大网络,但它本身固有的不平等和由此引起的各种紧张关系致使它已经进入"混乱告终"的时期,势必被一种新的世界体系所取代,深受马克思主义影响的沃勒斯坦认为,它可能是一个"社会主义的世界政府"。④ 根据这样的分析,世界体系的发展大致可

---

① [美]伊曼纽尔·沃勒斯坦:《现代世界体系》,第 1 卷,尤来寅、路爱国等译,7 页,北京,高等教育出版社,1998。

② 同上注,39～50 页。

③ 同上注,28 页。

④ 同上注,462 页。

以划为三个大的分期：一个是世界性帝国；一个是资本主义世界经济体；一个是未来可能会出现，或者正在出现的"社会主义世界政府"。沃勒斯坦重点分析的对象——资本主义世界经济体兴起于1450—1640 年这一历史时段[①]，而这一历史时段，又恰恰是欧洲中世纪晚期的"商人法"发展与成熟的历史时段，这背后究竟有怎样的关联？难道，传统商人法的发展与成熟是资本主义世界经济体发展成型的一个征兆和表现吗？如果欧洲中世纪晚期的"商人法"所具有的国际性和普遍性适应了正在兴起的"资本主义世界经济体"，那么为何它又经历了民族化的过程？我们不妨回头重新温习一下传统的商法史叙事。

一般的商法史叙事将欧洲中世纪晚期(约 10 世纪至 16 世纪)的"商人法"作为商法真正形成的标志，之前漫长时代的商业交往及逐步累积的商事习惯被看做商法的酝酿和萌芽。为什么中世纪晚期的"商人法"被看做这样的标志？一般认为，此时的"商人法"伴随着商人行会的出现、商人法庭的产生和商法典的编纂[②]——这意味着"商人法"初具规模：特定的社会阶层、特定的法律创制模式和特定的法律文本。而商人法产生的历史背景则在于农业的发展，人口的增加、城市的兴旺、宗教政策对商人阶层的宽容、十字军东征对东西交通之路的扩展以及王权与神权斗争所带来的均势和平衡。[③] 这种历史解释虽然勾勒出了商法产生的时代背景的若干要点，却未能将解释的着眼点提升到社会变迁的高度，结果失之零散。一个显而易见的批评是，在古罗马时代，农业在北非的省份有着高度的发展；整个罗马帝国也是人丁兴旺；罗马的城市鳞次栉比；罗马的宗教政策对商业发展也难以形成阻碍；罗马军团每征服一地便同时修建宽阔的大道，便利交通；罗马的王权始终对商业发展保持着宽容的态度……为什

---

① ［美］伊曼纽尔·沃勒斯坦：《现代世界体系》，第 1 卷，尤来寅、路爱国等译，80 页，北京，高等教育出版社，1998。

② 何勤华、魏琼编：《西方商法史》，255 页，北京，北京大学出版社，2007。

③ 同上注，247～255 页。

么罗马帝国时代便没有产生真正的"商人法"呢？根据沃勒斯坦的论述，像古罗马那样一个时代，其"世界体系"模式是帝国模式，在帝国模式之下，尽管有堪称发达的商业交往，甚至可能会产生"商品生产者社会的第一部世界性法律"[①]，但经济并未形成一种独立的社会整合力量，也尚未形成统一的沟通循环。在帝国之下，是通过单一的政治中心来维持世界体系的运转，这意味着只有通过武力支持的政治力量才能够维持帝国的基本格局：帝国的便利交通是罗马军团的开疆拓土所为，北非的粮仓是供已然没有农业生产的罗马中心城市用度，罗马帝国后期，商品交易甚至往往以奢侈品贸易为主，而非真正刺激商业交往的大宗商品贸易。这种"世界体系"在实质上并没有将经济作为世界体系运转的枢轴与核心，而直到政治多元主义时代来临的欧洲中世纪后期，一个不同于世界性帝国模式的世界经济体系方才开始孕育生成。世界经济体系与帝国模式的不同之处在于，经济而非政治构成了世界性交往的枢轴与核心，只有在世界经济体系而非传统帝国模式之下，才能够真正形成具有标志性意义的"商人法"。考察"商人法"产生的历史背景，我们虽然必须关注到欧洲中世纪长期的物质积累，但封建制下农业经济本身容易与城市商业形成竞争局面，在沃勒斯坦看来，商业的勃兴是 14 世纪到 15 世纪"繁荣骤降"、"农业大衰退"的结果[②]，农业的衰退刺激了商业的勃兴以及随之而来的海外探险，"它是 16 世纪以后欧洲扩张与经济转变的背景和序幕"，也是"商人法"产生的宏观背景。[③] 当然，这里仍然存在的一个问题是，根据沃勒斯坦的世界体系理论，世界经济体系产生的年代起点大概在 1450 年，而早在 11 世纪，欧洲商人法便已经开始形成，这是否意味着世界体系理论无法解释 11 世纪至 15 世纪之间的商法历史呢？沃勒斯坦坦言，在中世纪的大部分时间里，"在欧洲以内至少有两个小的世界经济体，其中，中等规模的是基于北部意大利诸城邦，较小

---

① 《马克思恩格斯选集》，第 4 卷，248 页，北京，人民出版社，1995。
② ［美］伊曼纽尔·沃勒斯坦：《现代世界体系》，第 1 卷，16～25 页。
③ 同上注，25 页。

的一个是基于佛兰德和北部德意志诸城邦。欧洲的大部分没有直接参与这两个系统①，"在 11 世纪到 15 世纪的时段中，商人法的规则体系始终围绕着威尼斯、佛罗伦萨等意大利城市展开，或者围绕着北部的汉萨同盟展开，这与沃勒斯坦的论述是可以相互印证的。从商事习惯法的汇编角度观之，《阿玛斐法典》、《康梭拉多海商法典》都属于围绕着意大利北部城邦形成的，适用于地中海流域的商事习惯法汇编；而《奥列隆惯例集》、《维斯比海商法典》和《汉萨海商规则》都属于围绕着汉萨同盟，适用于北海、波罗的海流域的商事习惯法汇编。②而随着世界经济体系的逐步形成，这两个分开的经济系统很快便被打破了。

将商法史叙事纳入沃勒斯坦世界体系理论的另外一个棘手的问题是伴随着欧洲民族国家历程开始的商法民族化的过程。如果说欧洲中世纪晚期的"商人法"已经具备了一定程度的普遍性和国际性，那么商法的民族化岂不是一种历史的倒退？因为，不论是像法国那样，通过法典化的方法，将商事习惯制定成为商法典；还是像英国那样，通过曼斯菲尔德大法官的努力，将商事习惯法纳入普通法体系——都意味着将曾拥有统一叙事的"商人法"割裂开来，迫使"商人法"失去它本具有的跨国性和普遍性。③从沃勒斯坦的世界体系理论看来，这似乎是"历史的逆流"——"资本家没有在世界面前炫耀他们的旗帜"，而兴起的意识形态是"国家主义"（statism）。④沃勒斯坦认为：资本主义世界经济体系的鲜明特征是：经济决策主要面向世界经济体的竞技场，而政治决策主要面向世界经济体内的有法律控制的较小组织——国家（"民族国家、城市国家、帝国"），"经济和政治的这种双重导向，也可称之为'差别'，是各个集团在表明自己合适身份

---

① ［美］伊曼纽尔·沃勒斯坦：《现代世界体系》，第 1 卷，27 页。
② 何勤华、魏琼编：《西方商法史》，262～264 页。
③ 这部分历史参见 Michael T. Medwig，"New Law Merchant：Legal Rhetoric and Commercial Reality"，24 *Law and Policy in International Business*，1993，pp. 589～616。
④ ［美］伊曼纽尔·沃勒斯坦：《现代世界体系》，第 1 卷，79 页。

时的混乱和神秘化的根源,这种身份是集团利益合情合理的、理性的表现形式"。① 世界经济体系形成的过程同时是一个巨大的不平衡重新排布的过程,根据在社会分工体系中所处位置的不同,会形成中心区、半边缘区和边缘区,为了在这一过程中努力争取有利的位置,有希望进入中心区的国家无不采取"国家主义"的策略,加速其民族国家的形成,并以举国之力来推动本国的商业发展,诚如布罗代尔所说:"不管其愿望如何,(国家乃是)本世纪最大的企业家"②,这样中心区国家迅速的民族国家化会带动本国法律体系的形成。集权主义的法国于 1673 年颁布了《商事条例》,又于 1681 年颁布《海事条例》,1807 年,在以上两个条例的基础上,最终形成的《法国商法典》,便是这一历史过程的重要表现。同样的历史过程也发生在英国,早在1606 年爱德华·柯克爵士开始担任王座法院首席法官的时候,便开始主张普通法对商业事务的一般管辖权③,后来在曼斯菲尔德担任王座法院首席法官的 1756—1788 年间,普通法吸收"商人法"的过程基本宣告完成。法国与英国改造或吸收中世纪"商人法"的方式虽然多有不同,但其宏观的历史背景是一致的,是在世界经济体系形成的过程中,努力争取进入中心区的一种举措。随着世界经济体系的格局趋于稳定,资本扩张的逻辑将世界每一个角落席卷进来,民族国家格局将无法适应经济全球化的历史过程,经济全球化将促使商法突破民族国家格局,重新获取其跨国性与普遍性。应该看到的是,在 18—19 世纪改造或吸收"商人法"的过程中,不同的国家所采取的方式实际上极大地影响了日后经济全球化时代它们所处的位置。相对于大陆法系国家将"商人法"彻底地民族化和法典化而言,英国将中世纪"商人法"纳入普通法体系的方式则更加温和,它极大地保留了传统"商人法"所具有的跨国性和普遍性,只是将商人法的原则重述进入普通法体系,而这也在某种程度上导致了日后的经济全球化时代英

① [美]伊曼纽尔·沃勒斯坦:《现代世界体系》,第 1 卷,79 页。
② 转引自[美]伊曼纽尔·沃勒斯坦:《现代世界体系》,第 1 卷,173 页。
③ 何勤华、魏琼编:《西方商法史》,370 页。

美商法席卷全球,而大陆法系彻底民族化的商法体系则始终未能占据经济全球化时代的主导位置,这是很值得反思的。

沃勒斯坦虽然描述了一个关于世界经济体系形成的巨大的社会变迁过程,但他对这一社会变迁所造成的巨大失衡深表担忧。沃勒斯坦说,随着世界经济体系的形成,中心区、半边缘区与边缘区逐渐形成,它们在世界分工体系中所处的地位差异巨大,从世界经济体系中获得的好处也有天渊之别。处于中心区的国家主宰着全球的货币流通、驾驭全球财富的分配、制定国际商业交往的规则,而处于半边缘区的国家则担任世界工厂的角色,为全球提供工业产品;至于处于边缘区的国家,则只能提供农业原料和廉价的劳动力。从商法的角度观之,如果说边缘区的国家主要发展和关注的是国际货物买卖的相关法律,处于半边缘区的国家主要研究和应用的是国际投资和国际货物运输的相关法律;那么处于中心区的国家则是在国际金融和国际知识产权两个领域投入最大的精力,并牢牢把握住在这两大领域的规则制定权。如在国际银行法领域地位举足轻重的新巴塞尔协议,也是在中心区少数国家的秘密会议中制定完成的。在沃勒斯坦看来,这是一场场残酷的斗争——不论是在经济上、政治上还是在法律上。为了克服这种巨大的失衡,就必须期待一种新的世界体系,站在西方"新左派"立场上的沃勒斯坦认为,这一新的世界体系很可能是"社会主义的世界政府"。对于这种"社会主义的世界政府"能否实现,我们姑且不做讨论,但至少沃勒斯坦认为,现代世界经济体系正在经历新的巨大转型,而这一转型必然克服"资本疯狂的逻辑",矫正全球分工所造成的巨大不平等。如果我们将沃勒斯坦所期待的"社会主义"作一种社会中心论而非政治中心论的理解,那么突破目前民族国家格局以及旧的全球体系的一条出路或许在于,随着资本主义世界经济体系的横向扩展,政治系统与法律系统也随之扩展,扎根于同样全球化的市民社会的政治借助法律来遏制世界经济在全球范围内的不公平分配。从这个意义上言之,商人法也不可能再重新走上民族化的老路,而注定成为跨越民族国家格局的"全球法"的组成部分,可以设想的图景或许在于,一个受到拥有民主根基的世界政府主持下的全球法律体系——而它注定要发生在遥远的未来。

(二)商法系统演变的内在机理

在上文的分析中,我从外部视角运用沃勒斯坦的世界体系理论将商法的发展史划分为帝国时代的商法、世界经济体系时代的商法与被沃勒斯坦称为"社会主义世界政府"图景下的商法。如果说帝国时代的商法仅仅处于萌芽状态,而"社会主义世界政府"图景下的商法充满了学者的想象的话,那么世界经济体系则构成了从欧洲中世纪晚期的商人法到新商人法的整个时代背景,沃勒斯坦很好地描绘了这一时代背景。欧洲中世纪晚期"商人法"的出现是世界经济体系孕育生成的"序曲";而18—19世纪商法的民族化是"短章"——它是世界经济体系在震荡与整理中出现的必要环节,但随后必然是一个伴随着经济全球化浪潮滚滚而来的法律的全球化与政治的全球化。不过,沃勒斯坦的世界体系理论在解释商法演变的历史问题存在一个缺憾——它难以将外部视角转换成内部视角解释商法演变的一些细节问题,比如,新旧商人法之间一个显著的差别是传统商人法的"身份性"特征,而新商人法则没有这样的特征,这究竟是什么原因?比如,"新商人法"所具有的一系列自治属性是如何具备的?其内在的机理是什么?这都需要我们转换理论视野,从一个新的立场切入来分析商法演进的历史逻辑。

德国著名的社会理论家卢曼在其社会系统论的思想体系中,曾经提出了一种后设性的社会变迁理论,[①]它认为从宏观上讲,根据全社会系统的初级分化形式,人类社会的发展经历了分隔时代、分层时代与功能分化时代三个大的阶段,而社会变迁的内在动力在于社会

---

① 之所以称卢曼的社会变迁理论是"后设"的,是因为卢曼并不认为社会演化是被计划、被企求的,或被蓄意引导的,而是一个偶连性的过程。参见 Georg Kneer & Armin Nassehi:《卢曼社会系统理论导引》,鲁贵显译,152 页,台北,巨流图书公司,1998。

复杂性的持续性增长。

分隔时代社会分化的基本原则是将全社会系统分为几个相同的部分,例如家庭、部落、村庄等,"每一个此系统将全社会内的环境仅仅视为等同或类似的系统之堆积。因此整个系统只有少许复杂程度的行动可能性,"①这个限定造成了分隔社会自己分化出子系统,而这些子系统的界限就在于地域性及具体的行动处境。初民社会彼此封闭、自我维持的那些部落、群体都属于这样的分隔社会,分隔社会难以产生复杂的商业交往,也难以产生与之相适应的商法。

随着社会复杂性的增加,分工的细致化和新的社会角色的产生,传统的分隔社会无法驾驭这种持续增长的复杂性,这迫使全社会将复杂性"分配到多个的、并且必然是不一样的肩膀上",②整个社会将以层级式分化为原则,从而进入分层时代。卢曼认为,层级式分化是历史上最有成就的,此种分化形式早在从古代部落社会进化到较复杂的社会群体之时就开始了,而且,从古典的欧、亚、美洲的高度文化一直到15、16世纪欧洲近代以前,此分化形式是主要的内部分化原则。在分层社会,重要的分隔原则是,将全社会分化为不同的阶层,这些阶层彼此之间有一种阶序式关系。"整个传统社会,主要就是按照上/下分层的方式分化,使等级化的各阶层成为析出的子系统,"③从欧洲的历史角度观之,5世纪到15世纪欧洲中世纪的大部分时间里,阶层分化始终占据着主导地位。虽然随着经济的发展,商业交往开始复兴,但商人仍作为一个独立的社会阶层存在,被镶嵌进整个社会,而商人法也具有强烈的"身份性"特征。我们不妨将与分层社会相对应的商人法称之为"分层时代的商人法"。当然,需要提及的是,身份性特征并非商人法所独具,在分层时代,绝大多数的法律都具有类似的特征。霍斯沃斯便认为:"我很怀疑这些特征是否对中世纪的

---

① Georg Kneer & Armin Nassehi:《卢曼社会系统理论导引》,158页。

② 同上注,162页。

③ 鲁楠、陆宇峰:《卢曼社会系统理论视野中的法律自治》,《清华法学》,2008(2),57页。

商人或律师来说是独特的。商人在中世纪社会只不过是严格区分的各阶层中的一个阶层，而所有这些阶层的惯例都具有类似的普遍性，只是程度有所不同。而民法和教会法所具有的普遍性程度也是很高的。"①由此可见，欧洲中世纪商人法所具有的身份性并非一个"特例"，而是由那个时代社会分化的基本原则所决定的。

分层时代社会分化的基本形式适应了人类历史长时段的社会复杂性，因而几乎成为人类历史上最有成就的一段历史时期，然而这种分层时代是建立在宗教作为终极的观察之点，提供宇宙学式的安定的基础之上的，随着欧洲的宗教改革和宗教战争，这一终极之点开始分崩离析，迫使整个社会处于偶连状态，依附于宗教的王权政治开始自我循环，并自我证成其合法性，同样依附于宗教的法律也开始形成自我组织的系统，开启了实证化的进程，这种变化渐次在各个领域发生，但率先呈现自我循环特征的是经济系统，韦伯在《新教伦理与资本主义精神》的结尾将其概括为资本主义精神与新教伦理彼此脱钩的过程，而在沃勒斯坦看来这是资本主义世界经济体的形成。卢曼也认为，从16世纪末开始，这种时代转型便开始启动，一直到19世纪末20世纪初渐趋成熟。他将这种时代转型看做是由分层时代向功能分化时代转化。

在功能分化时代，全社会将自己分化为不同的子系统，而这些子系统是无法被一个在各子系统之上共有的基本符号方式整合起来的。各个功能子系统——经济、政治、法律、宗教、科学和艺术等开始按照它们特有的功能观点来运作。如果说在民族国家时代，政治与法律系统的运作尚局限于领土界限，那么经济系统是率先无视领土局限，突破传统的国民经济学范畴，将自身的沟通循环拓展至全球的子系统，也因此是第一个完全按照功能观点，实现自我创生的子系统。在经济系统内部，以支付/不支付为二值代码，以货币为媒介，形

---

① W. Holdsworth: *A History of English Law*, London, Methuen& Co. Ltd. , Sweet and Maxwell, 1937, vol. 5, p. 61.

成巨大的沟通循环,将世界每一个角落囊括其中,而经济系统的横向扩展也带动了法律系统与之相关的某些部分突破民族国家界限,以功能分化为原则将自身"全球化",而这一过程中最突出的表现便是"新商人法"的出现。① 与欧洲中世纪晚期的商人法不同,"新商人法"以功能分化为主要原则,是在商人活动的实践中逐步形成的独立于任何国家主权的法律系统,它包括"全世界的商业实践、内部协调指导原则、格式合同、全球协会的活动、行为准则以及国际仲裁庭的裁决"②,它没有固定的边界,甚至其形式也在活跃的变化之中,但其存在由它在全球经济体系中所发挥的功能所界定,它的边界由商法的专业语言和商业沟通的实践所划定,它的形式由新商人法系统自身适应环境复杂性的需要所决定。如果我们按照传统的,以国家权力为中心的法律观点来衡量这种新出现的法律形式和法律实践,则既无法界定它,也无法解读它。

有的学者认为,与欧洲中世纪晚期的"商人法"相似,这是现代民商法发展中所出现的一种"再身份化"的现象,并试图以这种再身份化来界定"新商人法"的出现。的确,传统的"商人法"是以商人这个独特的社会阶层为指向展开的商事法律体系,它是特色鲜明的身份之法,经过民族化的洗礼之后,商法的身份性特征被极大地削弱,在大陆法系的很多国家,"商人法"成功地演化成为"商事法",被纳入民法的大系统之中。20 世纪末叶,民法理论中陆续出现了一些关于"再身份化"的讨论,主要包括劳动法、消费者权益保护法等法律对特定身份的群体所施加的特别保护,这种特别保护不是对现代民法体系的颠覆,而是一种微调和矫正;但这一理论语境无法解读全球化时代"新商人法"的复杂实践。"新商人法"并非意图去重新识别出商人这一特殊的群体,而是代表了一种指向于全球商业活动的特殊法律沟通,在这种接续不断的沟通之中,衍生出商法的新形式、新内容。我们只有从商法沟通的角度去认识全球化时代的商人法,才会把握住

① ② ［德］贡塔·托依布纳:《全球的布科维纳:世界社会的法律多元主义》,250 页。

新商人法的形与神。

这一系列理论上和实践上的剧烈变化都需要我们重新去认识"新商人法"的出现,我认为,它是"功能分化时代的商人法"。这种"新商人法"所具有的独特属性,我将在接下来的内容中进行详细的论述。

二、"新商人法"的特征与表现

在上文中,我从社会变迁的角度,分别运用沃勒斯坦的世界体系理论与卢曼的社会系统论来解读"新商人法"产生的宏观背景与内在机理。我认为,"新商人法"是在世界经济体系孕育生成的大背景下产生和发展的,这种囊括全球的世界经济体系,要求"新商人法"突破民族国家的局限,重获国际性与普遍性;而卢曼的社会系统理论则从内部视角告诉我们,在社会分化的形式由分层时代向功能分化时代的转化的过程中,欧洲中世纪晚期以身份性为重要特征的"商人法",必然脱胎换骨,最终演变成以功能性为显著特征的"新商人法",二者虽然都具有跨国性与普遍性,但实际上已经有了很大的差异。如果我们无视这种差异,仍然试图用传统的习惯法理论或者制度主义理论来解读"新商人法",将难以把握问题的关键所在。为此,我将 11 世纪以降商法的发展划分为分层时代的商法与功能分化时代的商法两个大的类型,将欧洲中世纪晚期的商人法划入分层时代,而将"新商人法"划入功能分化时代。那么,这种划分的意义何在?功能分化时代的"新商人法"具有怎样的特征?它在商法实践中的表现是怎样的?接下来我将分别回答这些问题。

(一)"新商人法"的特征

在 19 世纪 20 年代末,法国学者朗贝尔(Lambert)就已经开始注意到国际贸易不仅为国内法与国内法院所管辖,有关商业团体通过一般条款、贸易惯例及仲裁,在某种意义上已经制定了他们自己的法律。对于这种法律,他称之为"国际共同法"(droit corporatif international）。在他看来，在市场经济力量的推动下，这种法律已经有效地实现了特定贸易与行业层面上的法律的统一，而且还将导致更普遍的法律统一化。① 但是朗贝尔仅关注到了新涌现的商人法所具有的普遍性特征，施米托夫在此基础上再进一步。施米托夫认为，重新向国际主义复归的"新商人法"具有"自治性"的特征，这种自治性建立在当事人意思自治原则的基础上，但施米托夫随即提出一个问题，"某一个法律规则即使以当事人的意思自治原则为基础，是否可独立于某一领域的法律呢？"施米托夫本人对此问题的回答是："新的商人习惯法作为自治法，只有在主权国家同意或许可的情况下才能在其管辖范围内适用。"② 他认为："因此将国际贸易法归于具有国际或超国家法（international or supranational law）的性质是错误的……描述国际贸易法所具有的特性的最佳方式是将它视为跨国法（transnational law），"③ 它有利于撤除"妨碍国家之间贸易流动的法律障碍"。④ 这表明，他主张的新商人法的自治性是建立在主权国家认可基础之上的，否则我们难以仅仅根据当事人意思自治原则确立新商人法的自治性。另外，施米托夫也主张，应当将这种新出现的商人法定性为新的商人"习惯法"，即只有符合"合理的、确定的和众所周知的"这一条件的商业惯例纳入新商人法的范畴，尽管施米托夫也主张放宽确认商事领域"习惯法"的时间要求。

虽然基本上赞同施米托夫的观点，戈尔德斯坦则更加强调"新商人法"所具有的自治性。他认为，旨在制定示范法（model law）的国际

① Filipe Dely, *International Business Law and Lex Mercatoria*, North Holland, 1992, p. 208.

② ［英］施米托夫：《国际贸易法文选》，赵秀文选译，17 页，北京，中国大百科全书出版社，1993。

③ C. M. Schmitthoff, *Commercial Law in a Changing Economic Climate*, London, Sweet and Maxwell, 1981, p. 22.

④ C. M. Schmitthoff, "Introduction to International Association of Legal Science", in C. M. Schmitthoff (ed.), *The Sources of The Law of International Trade*, London, Stevens & Sons Ltd., 1964, p. X.

条约与标准合同一起，为商事活动逃脱国内法的适用提供了可能性，由此一种以商人共同体为基础的跨国秩序可望逐步建立起来。^① 戈尔德斯坦认为，这种"新商人法"在性质上属于私法，它遵循着"合同当事人意志自由，约定必须遵守以及运用仲裁"三个基本的主张^②，因此它是"国际贸易的自治法"^③。法国著名学者古德曼（Berthold Goldman)提出了更为激进的商人法理论，他认为，现代商人法是在国际贸易范围内自发地适用或制定而没有某特定国内法律制度的干涉而形成的一系列原则和习惯规则，与主权国家的法律体系没有任何关系。^④ 这样，古德曼便突出了新商人法所具有的"自治性"，并将这种自治性的根基落在了他所说的"跨国公共秩序"的基础上。^⑤ 针对古德曼的自治商人法理论，法国学者卡恩（Philppe Kahn)从社会学视角出发，认为古德曼所设想的"跨国公共秩序"缺乏合理的解释，他认为在国际商事关系的调整中，现代商人法的适用，在某种角度来看，是一种明智而实用的选择，由买卖双方所构成的国际商事团体为了实现共同的商业利益，应能够根据国际商事关系的特征来创立"自治性"的法律规则。从法律渊源的角度来看，这些由国际商事团体所创立并对他们的活动具有法律约束力的规则体主要有商事惯例、一般条件、合同条款和一般法律原则。他认为从法律的社会性角度来看，一个组织良好的国际商事团体是能够根据自身的需要创造某些习惯

---

① A. Goldštajn："International Conventions and Standard Contracts as Means of Escaping from the Application of Municipal Law", in C. M. Schmitthoff (ed.), *The Sources of the Law of International Trade*, p. 65.

② A. Goldštajn："Usages of Trade and Other Autonomous Rules of International Trade According to the UN (1980) Sales Convention", in Petar Sarcevic & Paul Volken (eds.), *International Sale of Goods：Dubrovnik Lectures*, Oceana, 1986, Ch. 3, pp. 55～110.

③ Petar Sarcevic & Paul Volken eds., *International Sale of Goods：Dubrovnik Lectures*, p. 69.

④ 黄进、胡永庆：《现代商人法论：历史和趋势》，151 页。

⑤ B. Goldman，"The applicable law：general principles of law-the lex mercatoria", in F. D. M. Law (ed.), *Contemporary Problems in International Arbitration*, London：The Eastern Press, 1986, pp. 113～125.

性行为规范的,这些行为规则通常被认为是适用于国际商事关系领域的法律规则,即商人法规则。晚近,美国著名法经济学家罗伯特·库特教授(Robert D. Cooter)教授认为,"新商人法"是一种"去中心化的法"(Decentralized law),它与商业共同体相伴而生,是在商业共同体内部孕育生成的法律体系。①

以上学者对商人法属性的论述各有侧重,有的强调新商人法所具有的自治性,有的则突出商人法的普遍性和跨国性;有的学者将新商人法定位为一种国际习惯法,试图用"习惯法"的相关理论来描述"新商人法"现象;而有的学者则认为他是在商业共同体内部孕育生成的法律,这是从制度主义的角度,将新商人法理解为一个全球性的商人共同体的法律形式。②

如果将"新商人法"理解为新的商事习惯法,一个棘手的问题或许在于:即使我们抛却时间因素不谈,也很难在全球的维度界定商事习惯法的"法律确念"。而且,根据传统的习惯法理论,国际惯例本身必须经过一个权威部门的承认方才具有法律的效力,那么赋予国际商事惯例以法律效力的所谓权威部门何在呢?这里便暴露了施米托夫理论所难以遮掩的一个吊诡,即如果赋予新商人法以"跨国性",让它突破民族国家法律体系的樊篱,就必须给予它彻底的"自治性",而如果在新商人法的自治性上有所保留,则它的跨国性必然是虚伪的,难以证成的。

古德曼、卡恩与库特意识到了这个问题,他们都选择了赋予新商人法以彻底的自治性,但问题在于,不论是古德曼所设想的"跨国公共秩序",还是卡恩所论述的"商人共同体"在全球范围内几乎都是不存在的,将"新商人法"扎根于想象中的商人共同体的思路无疑是将

---

① R. D. Cooter: "Decentralized Law for A Complex Economy: the Structural Approach to Adjudicating the New Law Merchant", 144 *University of Pennsylvania Law View*, 1996, pp. 1643~1696.

② B. Goldman, "The applicable law: general principles of law-the lex mercatoria", pp. 113~125.

新旧商人法进行模糊类比的迷思。库特在其论述中,提出了"去中心化的法"的概念,并运用博弈论将新商人法实践模拟成为围绕着特定话语、范畴与规范所进行的沟通,这已经将对新商人法自治性的理解提升到了新的高度。与考特相似,托依布纳主张,"商人法,即经济交易的跨国法是没有国家的全球法的最成功范例",①它扎根于片段化的、功能分殊的全球化过程之中,它试图用卢曼系统论的观点来重新描述一幅世界社会的法律多元主义图景。这种法律多元主义不同于欧洲中世纪的法律多元主义,而是基于"多元的社会子系统的内在动力而驱动"②,是新商人法是"专门化的、组织化的和功能性的网络的原生法(proto-law)"。③

我认为,库特和托依布纳都从各自的立场上描述了功能分化时代的"新商人法"所具有的某些重要特征,这些特征包括以下四个方面:全球性、匿名性、专业性与自创生性。全球性界定了"新商人法"的空间广度;匿名性表达了"新商人法"作为一种沟通循环的无主体性特征;"专业性"表明商法沟通循环并非扎根于生活世界的日常语言之中,而是高度专业化的、技术性的法律沟通;而"自创生性"表达了"新商人法"作为自我指涉的系统性存在所具有的自我发展和自我演化的特性。这四个特征从不同的维度重新界定了新商人法所具有的自治性和普遍性,克服了二者在传统商人法理论中难以消除的紧张关系。

首先,"新商人法"具有全球性,它是最新涌现的"全球法"④的组

---

① [德]贡塔·托依布纳:《全球的布科维纳:世界社会的法律多元主义》,242 页。

② 同上注,246 页。

③ 同上注,248 页。

④ 参见 G. Teubner (ed.):*Global Law Without a State*,Dartmouth,1997。有以下几个概念需要予以厘清,它们分别是跨国法(transnational law)、国际法(international law)、超国家法(supranational law)与全球法(global law)。所谓跨国法是指在规则超出特定国家边界的法律规则体系,是从空间角度对民族国家法的超越;国际法是指国家之间的法律体系,其性质是国家间法,是民族国家之间的法律协调;超国家法是指凌驾于民族国家之上的法律体系,是从效力角度对民族国家法的超越;而全球法是指超越地理空间,依照功能原则在具有全球特征的领域具有有效性的法律体系,它不仅在空间上、效力上,而且在内部组织原则上不同于民族国家法。

成部分。"全球性"不同于"国际性",国际性法律指的是在民族国家组成的世界格局背景下所出现的具有跨国性质的法律体系,如传统的国际公法,国际经济法和国际私法对法律的阐释和定位都属于此类,而"全球性"则指的是对"领土"与"国界"观念的突破,是在尽可能广阔的空间内的自我伸张和自我循环。将"新商人法"定位于"国际性"之上,意味着"新商人法"或者直接来源于民族国家的法律实践,或者要受到民族国家法律体系的认可,或者要被统摄到由诸民族国家彼此协调构成的各种"全球治理"框架内①,而新商人法层出不穷的实践一再地突破这种认识。第一,新商人法是伴随着经济系统的全球化而出现的新的法律形式,它扎根于席卷全球的商业交往,这种商业交往本身只是将既存的民族国家格局作为它不得不加以考虑和衡量的外部环境,而不会将此作为其运行的内部原则。这也促使"新商人法"本身不会将民族国家格局作为其法律运行的内部要素,如在全球贸易中,交易双方也许会出于现实情况的考虑而选择对双方交易最为有利的法律,但只要有可能,他们也会对所选择的法律作出相应的更改或者干脆去另创一套适用双方交易的规则,规则的选定也许会受到民族国家格局的影响,但它实际上来自于交易双方在此时此刻的沟通。这种情况在新兴的网络交易中表现得尤其明显,在网络交易平台,很多独立于民族国家法律体系的纠纷解决机制被创设出来,而且形成了适用于该交易平台的法律规则。② 托依布纳认为,作为"全球法"的一种形式的"新商人法"是由"无形的社团"、"无形的市场和分店"、"无形的职业共同体"以及"无形的社会网络"而形成的,它们超越领土边界但却要求以真正的法律形式出现。③ 第二,作为"全球法"的新商人法是从"社会外缘发展起来,而不是从民族国家和

---

① 〔英〕戴维·赫尔德、安东尼·麦克鲁格:《治理全球化:权力、权威与全球治理》,曹荣湘、龙虎译,北京,社会科学文献出版社,2004。

② L. E. Trakman:"From The Medieval Law Merchant to E-Merchant Law",in 53 *University of Toronto Law Journal*,2003,pp. 265～304.

③ 〔德〕托依布纳:《全球的布科维纳:世界社会的法律多元主义》,249 页。

国际体制的政治中心发展起来的"①,它来自于高度技术化和专门化的全球商业实践,是在没有国界观念存在的全球商业领域自发孕育生成的,是为了适应商业交往的需要。如果说全球的商业交往本身是"到处游走",不断地突破民族国家的壁垒,那么"新商人法"同样如此,它并非来自于民族国家法律体系的"赋权",也无须经过国际政治体制的"确认"。第三,"新商人法"是一种"中心"欠发达,而"外缘"高度发达的法,它是一种从律师业务中形成的规则,这种规则产生于"法律的边缘",在它的边界围绕着的是经济与技术过程,全球性的商法律师事务所往往掌握着全球领域商法实践中那些"实际"发挥作用的规则,而非写在各国商法"文本"中的规则,而这些"实际"的规则与操作才是真正发挥作用的,它们并非"潜规则",而是与经济与技术过程紧密地耦合在一起,只有进入国际商业实践的沟通过程,才可能识别出这些实际发挥作用的"新商人法"。第四,民族国家的法律体系能够感受到这种焕发勃勃生机的"新商人法"对自身的强烈冲击,它越来越需要参考国际商事仲裁的实践、非官方的国际商业组织、协会所制定的标准文本,甚至需要考虑大量的行业惯例,而这些不断涌现的"新商人法"形式,也迫使各个民族国家的商法逐步趋同,接纳共同的法律原则,采取共同的法律技术,以便利全球商业的扩展,并希求在经济全球化的浪潮中占据有利地位,但从整体言之,这不过是新涌现的"全球法"对民族国家壁垒冲蚀销毁的一个步骤、一个环节,如果我们能够见"新商人法"之微,而知"全球化浪潮"之著,则应当商法重新定位在"全球性"而非"国际性"上。

其次,"新商人法"具有匿名性。一般的商法理论试图从主体或者行为两个角度来界定商法规范的存在,即实际存在的商法要么是"商人法",要么是"商行为法"。如果说,欧洲中世纪晚期的"商人法"是名副其实的商人的法,它存在的根基在于商人这一独特的社会阶层,那么民族化的商法便是"商行为法",它一方面颠覆了商人作为独

---

① 〔德〕贡塔·托依布纳:《全球的布科维纳:世界社会的法律多元主义》,248 页。

特社会阶层的存在,一方面从法律行为的角度将商法纳入了一元化的民族国家法律体系,在这一过程中,立基于多元社会阶层的法律多元主义被颠覆了。商人作为一个独特的社会阶层从现代社会的消失是不可避免的,正如许多商法学者所指出的那样,现代社会是工商业社会,人已经"普遍地商化",如果再试图从特殊主体的角度去确立商法的独立性,那无异于缘木求鱼。在这个问题上所引发的最著名的争论便是"民商分立"与"民商合一"之争,排除掉国家立法体例的便利和顺畅不谈,这一争论背后关键的问题是商法的独立性何在? 主张"民商合一"的学者的一个最有力的论证来自于,商人作为独特的法律主体不存在了。那么,从商行为的角度是否便能够重新论证商法的独立性呢?从一元化的民族国家法律体系看来,商行为也是难以从普通的民事行为中被识别出来的,民事行为完全可以容纳商行为,民法体系完全可以容纳建立在"商行为"基础上的商法。如果这样的话,商法难免沦为"寄居蟹"。① 然而,理论上圆融彻底的民法叙事,却往往遭遇现实法律实践的挑战,即使传统商法的组成部分如公司法、证券法、保险法、海商法等被纷纷纳入民事特别法,成为"潘德克顿"精巧体系的组成部分,但这些领域的专业性和独特性却始终是如此地引人注目——这些部分在其产生之始便不是民族国家法律体系的组成部分,它们的母亲是欧洲中世纪晚期,甚至更古远时代的"商人法"。② 一个非常有趣的现象是,在商法诸领域中,产生年代越古远的部分,其相对于民族国家独特性和封闭性就越发强烈,如海商法。如果排除时代变化和技术进步的因素不谈——这导致海商法中增加了如海上油污处理等新兴的部分,当今海商法关于船舶租赁、货物运输、海损等制度的设计都可以追溯到遥远的年代,它们最初源于

---

① 张谷:《商法,这只寄居蟹——兼论商法的独立性及其特点》,高鸿钧主编:《清华法治论衡》,第 6 辑,北京,清华大学出版社,2005。

② J. Baker, "The Law Merchant and The Common Law before 1700", 38/2 *Cambridge Law Journal*, 1979, pp. 295~322; W. A. Bewes, *The Romance of the Law Merchant*, London, Sweet & Maxwell, 1986, pp. 12~15。

商人之间的约定,体现在提单的背面条款上,之后才演变为法律,包括海上保险这样的法律领域也直接来源于古代海商之间所形成的风险投资和互保机制。这些高度专业性的"语言"构成了海商法的边界,导致即使一个资深的民法理论家也很可能对海商法知之不多。这样的情况在金融、证券和保险法领域都同样存在。种种现实要求理论在新的层次上重新去审视商法的独立性问题。我认为,不论从"商人"的角度还是从"商行为"的角度去论证商法的独立性都是死路,问题的关键在于商法"话语",以及由这种专业性话语所形成的法律沟通。

托依布纳认为,对于法律的这种独特理解要得益于社会学的"语言转向"(linguistic turn),语言转向使"规则、制裁和社会控制这类经典法律社会学概念的核心,都隐退到背景中去了。言语行为、表述、代码、语法、差异转化和悖论是当代关于法律与社会争论中所使用的新的核心概念"。① 如果我们将商法看做一个自我参照(self-applying)的系统②,那么确立其边界和独立性的便既非独特的主体,也非独特的规则体系,而是铺设在复杂的商业交往表面之上的法律沟通。作为一种独特的法律沟通而存在的商法系统,首先,它在符号维度是自治的,是由合法/非法的二值代码所主宰的世界;其次,它在操作层面是自治的,商法系统将世界看做与自我运作息息相关的外部环境,并在规范上对环境封闭,在认知上对其开放,它能够敏锐地察觉到环境对本系统的激扰,并选择性地做出反应,但商法自身的运作逻辑不会因之改变——故而,商法系统将合法/非法二值代码之外的其他考虑,如国家、领土等因素排除在外;最后,它在功能上是自治的,它与率先全球化的经济系统彼此耦合在一起,为经济系统的运作提供普遍的规范性期待。③ 从这三个维度观之,商法的独立性在于其作为一个独立的法律沟通,以为全球化的经济系统提供普遍化的规

① [德]贡塔·托依布纳:《全球的布科维纳:世界社会的法律多元主义》,255页。
② Hans-Joachim Mertens:" Lex Mercatoria: A Self-applying System Beyond National Law?",in Gunther Teubner (ed.),*Global Law Without a State*,pp.31~43.
③ 鲁楠、陆宇峰:《卢曼社会系统论视野中的法律自治》,54~73页。

范性期待为功能,通过自我组织和自我参照的方式来重新生产商法系统自身的要素。

当我们从系统论的角度来界定商法的独立性,则问题的关键便不在于识别商主体或者商行为,而在于借助商法的独特语言来识别系统的边界,借助商事活动的法律沟通来识别商法运作和生长的过程。没有固定的商主体,一个主体在此刻是商主体,彼刻又不是商主体;没有定型化的商行为,因为商行为一再地被创造或者重塑——在传统的法律观念看来,这是彻头彻尾的"软法",其形体和边界在不断的变化和更新之中,而我们惟一能够把握的是商法的"语言边界"。因此,功能分化时代的商法具有鲜明的匿名特征[1],我们依靠它的语言和功能来确认它的存在,观察它的运作,而主体消失在商法沟通所编织的网络里。

复次,"新商人法"具有专业性。"新商人法"是高度专业化、技术化的法律沟通,是商法的特殊语言所编织起来的系统,它并非像埃利希所说,是扎根于扩展的市民社会基础上的"活法",因为由市民社会本身孕育生成的"活法"缺乏专业性,它往往难以脱离日常语言的实践。哈贝马斯将"生活世界"与"系统"二者明确划分开来,生活世界是由日常语言编织起来的,由密切交往所形成的生活场域,在这一生活场域中,法律往往以非专业性的"习惯法"的形式存在,这种习惯法不过是对生活世界日常交往实践的片段式表达,如在少数民族村落等质密团结的共同体中所适用的习惯法等,其专业性和技术性始终是不够的,它反映了共同体内部伦理生活的精神纽带;而"新商人法"则不同,它是从欧洲中世纪晚期开始,便从商业交往中逐步分化出来的专业领域,是完全按照目的理性,按照韦伯所说的"可计算性"尺度组织起来的法律系统,不论是公司法、证券法、保险法还是海商法,都形成了指向于特定商业实践的专业语言,只有掌握这一套语言,才可

---

① ［德］贡塔·托依布纳:《匿名的魔阵:跨国活动中"私人"对人权的侵犯》,泮伟江译,载高鸿钧、张建伟编:《清华法治论衡》,第10辑,280页,注1,北京,清华大学出版社,2008。

能进入商业交往的法律沟通，不运用商法的专业语言，便意味着被商法实践排除在外，也意味着无法在全球商业交往中享受普遍的规范性期待。这种规范性期待立基其上的并非所谓伦理共同体的伦理共识，也并非对共同体悠远历史的尊重，而是"新商人法"的专业性，它的语言越专业，越技术化，就越能够降低外部环境的复杂性，越能够使商法的沟通接续起来，防止这种沟通在某处出现断裂。这种高度专业化和技术化的法律话语系统，也促使"新商人法"拥有了漠视一切道德、伦理规范的魔力，赋予了它穿透甚至拆解民族国家法律体系的能量，因为专业性本身将作为全球法的"新商人法"建立在高度抽象的法律认同之上。从这个意义上言之，"新商人法"不是习惯法，它既不需要一个外在的权威对它予以确认，也不需要一个实实在在的商人伦理共同体为它提供精神基础。与其他法律形式不同的是，新商人法立基于商业交往的内在需要，它既反映商业交往的最新实践，也在不断的自我调整中将这种实践予以定型化，因此有学者认为商业实践就是商法，商法就是商业实践。[1]

最后，"新商人法"具有自创生性。托依布纳认为，社会系统论视野中的"新商人法"能够"自我维持、自我构成和自我再生产"[2]，它能够在系统内部生产出"新商人法"的构成要素，而将商法的沟通循环继续下去。这种力量既非来自于系统外部的宗教或者政治，甚至也非来自于经济，而是来自于商法本身。商法作为一个系统获取来自外部环境的刺激，通过系统内部的调整，以增加自身复杂性的方式来降低环境的复杂性，从而能够自我维持。在欧洲中世纪晚期，传统的"商人法"尚不具有这种自创生性，它虽然形成了专门的商事法庭，也有了经过合理编纂、适用于特定地域的商事惯例集，甚至在意大利波伦亚大学也有了对罗马法的学术研究，但是应该看到的是，不论是商事法庭对商事惯例的运用，还是商事惯例集对商事法庭判决的搜集

① 参见 W. A. Bewes, *The Romance of The Law Merchant*, 1923。

② ［德］贡塔·托依布纳：《法律：一个自创生系统》，张骐译，45 页，北京，北京大学出版社，2004。

和整理,二者彼此之间并没有形成复杂紧密的循环,商人法的实证性并没有充分建立起来;更应当看到的是,当时大学对罗马法的研究与商法实践本身缺乏直接关联,学术研究并没有为当时的商法实践提供理论基础,总而言之,欧洲中世纪晚期的商人法并未形成完全自治的系统。法律实践过程,法律行为,法律规范和法律学说仅仅是各自运行,并未完全连接在一起,故而它只是一种"部分自治的法"[①]。它要从这种"部分自治的法"变成自创生的法律系统需要经过漫长复杂的历史过程,通过将"商人法"民族化,将其纳入民族国家的民事法律体系,法律行为与商法规范的循环得以构成,并借助现代罗马法体系和国家的审判系统加以体系化,这样商法的实证性得以建立起来,类似的过程也发生在普通法系,只不过是借助普通法的学说体系和普通法院系统来完成的。充分获得实证基础的民族国家商法与民族国家国民经济的形成和发展相得益彰,也同时为自己取得了成为一个自创生系统的全部必要条件,一旦国民经济体系与经济全球化的浪潮碰撞到一起,资本的逻辑通行整个世界,商法必然重获全球性,而且是在自创生的高度获得这种全球性。成为自创生系统的"新商人法",一方面拥有非官方的商事仲裁机构,这种仲裁机构并非是某商人共同体的附庸,而是建立在自愿选择的基础上,由深谙商法技术和商法话语的专家担任仲裁员[②];一方面,商事法律行为与商事法律规范紧密结合起来,赋予现代商人法以实证基础,这是传统民法理论和普通法学说渗入其中的结果;[③]最后,现代商法学说综合商事仲裁的司法实践,吸收传统民法理论,力图将商法解释学建立在全球化大潮

---

① [德]贡塔·托依布纳:《法律:一个自创生系统》,张骐译,37 页,北京,北京大学出版社,2004。

② 曾令良、余敏友编:《全球化时代的国际法——基础、结构与挑战》,423～436 页,武汉,武汉大学出版社,2005。

③ 缺乏实证性的商人法停留在习惯法的层次上是难以适应资本主义经济体系的内在需求的,所以它必须充分地实证化,而当时缺乏赋予"商人法"以这种实证性的权力基础和学理基础,故而将"商人法"民族国家化,运用现代罗马法体系将"商人法"体系化成为法、德等大陆法系国家的选择;而英国则运用普通法学理和实践完成这个过程。民法理论与普通法学理在赋予"商人法"系统性和实证性的历史进程中功不可没,这是必须承认的。

的基础上,这构成了一个复杂的沟通循环,勾勒出现代商人法运作和发展的全貌。而这种自创生的现代商法系统是欧洲中世纪晚期的"商人法"所不能够比拟的。

(二)"新商人法"的表现

在前文中,我主张功能分化时代的商人法既不能够从商人的角度来界定,也不能从"商行为"的角度来分析,而是应当将它看做一个由专门的商法话语所界定的自创生的法律系统。这种观点对习惯于传统法律概念的学者而言是陌生的,他们习惯于通过发现法律背后的权力基础(主权者预设),抓住体现在文本或判例上的正式法律渊源,借助已然高度成熟的民法解释学或普通法理论来界定商法。当我们将"新商人法"立基于现代系统论之上的时候,他们会感到茫然,那么"新商人法"在哪里呢?它的表现是什么呢?

施米托夫认为,"现代商人法"有两个主要的渊源,商事惯例和国际立法①,它建立在"普遍承认的合同自由和商事仲裁裁决这两个孪生原则基础上"②;古德曼和卡恩等法国学者主张"新商人法"应当包括"全世界的商业实践、内部协调指导原则、格式合同、全球协会的合同、行为准则和国际仲裁庭的裁决"③;而托依布纳则认为,由于"新商人法"具有"软法"的属性,其规范性内容是极其不确定的,"它更多的是价值和原则之法而非结构和规则之法"。④ 但从其主要的关注来看,他倾向于认为"新商人法"主要体现在商事合同的法律实践以及国际商事仲裁的判决活动中⑤,跨国公司内部管理的法律实践也是日益被关注的重要部分。⑥ 国内学者高鸿钧教授认为,以跨国公司为中

---

① [英]施米托夫:《国际贸易法文选》,29 页。
② 同上注,24 页。
③ B. Goldman,"The applicable law: general principle s of law-the lex mercatoria", in F. D. M. Law (ed.), *Contemporary Problems in International Arbitration*, pp. 113～125.
④ [德]托依布纳:《全球的布科维纳:世界社会的法律多元主义》,267 页。
⑤ 同上注,259～264 页。
⑥ [德]贡塔·托依布纳:《法律:一个自创生系统》,136～169 页。

心所形成的业务网络是"新商人法"的主要存身之处,而其中大型跨国律师事务所也扮演了至关重要的作用。[①] 我认为,除了以上学者所共同指出的三个重要组成部分之外,国际商事实体法,也就是施米托夫所谓的"国际立法"的确是"新商人法"的重要表现,它是由官方的或非官方的国际经济组织或国际行业协会所制定的商事法律文件,构成了国际商事活动中被广泛参照、援引和遵循的规范本性文本,是新商人法系统中不可或缺的重要环节。出于文章布局的考虑,我将在本章中率先介绍国际商事合同、国际商事仲裁与国际商事实体法,关于跨国公司的法律问题另辟专章介绍。

1. 国际商事合同及其悖论

根据传统的合同法理论,合同的成立与生效之间在原则上是可以彼此分开的,合同的成立来自于当事人双方的合意,而合同的生效来自民族国家法律体系的认可。合同的成立表达了一种独立于公权力之外的"私秩序",而合同的生效表达了公权力对"私秩序"的首肯、监控与确认。然而,以全球视角来看,我们似乎很难从国际商事合同中找到与传统合同理论相对应的这种"私秩序"与公权力之间的紧密结合。经济全球化意味着"私秩序"的全球化,而公权力却仍然被限定在主权国家领土的边界内,那么国际商事合同的法律效力只能来自于"私秩序"本身。哥尔德斯坦认为,"新商人法"的效力建立在世界对契约自由与契约必须遵守这两条原则的普遍承认基础之上,施米托夫一方面对此表示赞同,一方面也认为,即使如哥尔德斯坦所说,契约自由本身赋予了国际商事合同以法律效力,也必须看到"领土主权和公共政策的原则对自治商法这一概念的限制是不言而喻的"。[②] 务实的施米托夫这一见解是符合 20 世纪 60 年代整个国际商事领域的法律实践的,在当时,大多数商事合同都将其法律基础"定住"在某一国家的法律之上,从而赋予合同本身以法律基础,这意味

---

① 高鸿钧:《美国法全球化:典型例证与法理反思》,载《中国法学》,2011(1),11~12 页。

② [英]施米托夫:《国际贸易法文选》,17 页。

着国际商事合同尚未与民族国家法律体系"断根",但之后国际商事实践的迅猛发展,使理论的天平越来越偏向哥尔德斯坦,即国际商事合同对法律的选择越来越具有灵活性,并将合同的裁判机制委托给了非官方背景的国际商事仲裁。晚近商事合同的发展更是令人惊讶,已经开始出现了与任何法律秩序切断关联,通过合同本身创设可适用规范的法律实践,托依布纳将其称为"无法律的合同"。① 宣称无法律的合同,对法律职业者来说是不可想象的,因为任何合同都必须"植根"于既存的法律秩序这种理念乃是法律常理。"无法律的合同"提出了一个难解的悖论,即合同的法律基础来自于合同本身,那么这种合同是自我生效的、自我确认的,它是一种"效力自赋的合同"(self-validation of contract)。② 哥尔德斯坦将商事合同的法理基础建立在契约自由的基础上,一方面,使商事合同摆脱了实证法理论的主权者预设;另一方面,试图用建立在意志自由基础上的主体性哲学为商事合同提供一个外在于合同的"私秩序"基础,从而解除悖论。这种思考与埃利希和涂尔干的想法是内在一致的——但是,一方面,尚无这种外在于合同的"私秩序";一方面,主体意思只有进入到现象的层面才可能被识别,而浮现于现象层面的主体意思沉没在主体间的沟通之中,沟通而非主体意思本身是把握合同性质的关键。在"效力自赋的合同"中,合同的非合同基础何在这个问题,转化为合同如何创设自身的非合同基础。托依布纳认为:"它们已经发现了三种解悖论的方法,即时限、位阶和外部化(外部转移),它们互相支撑,并在无须借助国家之力的条件下,使得全球的经济法从外缘创建其法律中心。"③ 所谓的时限,是合同关于"纠纷解决机制"的部分,其生效是被推展到未来的,这便将效力自赋的合同变成了一种递归的法律行为过程。纠纷解决机制的开启取决于未来特定法律行为的实现,这便使我们觉得,似乎合同的非合同基础来自于未来的某种事态,而非合同本

---

① ② ［德］托依布纳:《全球的布科维纳:世界社会的法律多元主义》,259 页。
③ 同上注,260 页。

身;所谓位阶,即在作为合同主体部分的"初级规则"之外,创设作为关于初级规则的识别、解释和解决冲突的程序的"次级规则","次级规则"的存在解决了合同的非合同基础的问题;最后,合同解决自身悖论的最重要的方法是"外部化",即在合同之外创设一种二阶观察的机制,将合同效力的问题引向合同之外,从而"化解"合同效力自赋的悖论。在国际商事实践中,这种外部化机制最突出的例子是仲裁,仲裁是一种不同于商事合同的机制,它被创设出来以判断合同的效力,而仲裁的效力本身基于合同,这样便在合同与仲裁制度两级之间的循环关系中,形成了一种"反身机制"①,从而将国际商事合同的悖论有效地隐藏起来。② 通过这三种方法,国际商事合同及其背后的商法系统有效地维持了自身的稳定性和自创生性,从而确保了"新商人法"形式上的自治性。

2. 国际商事仲裁

欧洲中世纪晚期的"商人法"形成了商人自己的法庭,它们曾有着各种各样的名称,如"灰脚法庭"、"行商法庭"(the court of pie poudre, curia pedis pulverizati)或者"风尘仆仆男人的法庭"(the court of men of dusty feet)。当时还存在与此相类似的其他商事法院,如海事法院(maritime courts)、集市和自治城市法院(courts of the Fairs and Bouroughs)、特定的贸易中心城市法院(courts of Staple)、高等海事法院(High court of Admiralty)等。③ 这些商人法庭被看做是现代国际商事仲裁机构的雏形。不过,欧洲中世纪晚期的商人法庭与现代国际商事仲裁有着一系列的重大差异。首先,传统商人法庭是依托商人行会存在的,行会是商人作为一个独特的社会阶层而存在的自我组织形式,商事法庭与商人行会紧密联系在一起,法庭的法官来自

---

① 〔德〕贡塔·托依布纳:《全球的布科维纳:世界社会的法律多元主义》,261 页。

② 关于悖论与解悖论的方法,请参见鲁楠、陆宇峰:《卢曼社会系统论视野中的法律自治》,54~73 页。

③ 陈彬:《从"灰脚法庭"到现代常设仲裁机构——追寻商事仲裁机构发展的足迹》,《仲裁研究》,第 11 辑,28~35 页。

于行会,法庭判决的效力通行于行会①,这是分层时代商人法的重要表现;而现代国际商事仲裁则不同,它是建立在双方当事人自愿约定的基础上,即使不隶属于某行会,如国际商会(ICC)的商事合同当事人,也可以选择国际商会的仲裁庭,这就意味着商事仲裁的管辖权、法律效力并不与商人行会直接相关,而取决于当事人的合意,这是功能分化时代商人法的重要表现;其次,传统的商人法庭援引的法律依据来自于古老的,经过适当整理的商事习惯法,它是商事习惯法的忠实捍卫者,而现代国际商事仲裁则尊重商事合同本身对法律的选择甚至创设,它已经摆脱了古老习惯法的束缚,将自身的运作变得更加灵活、开阔,同时也丰富了"新商人法"的内容。再次,传统商人法庭大多依托于特定的取得自治权的城市,其属地管辖权伴随着城市自治而存在,而国际商事仲裁可以不必只定位于仲裁地,它可以是浮动的,可以超出仲裁地国家的法律而独立存在,这类仲裁被成为非国内化或去地方化仲裁(delocalized arbitration)②,这便使国际商事仲裁摆脱了民族国家法律体系的束缚,成为一种去政治化的,去民族国家化的独立存在,而它的独立性与新商人法的自治性紧密地结合在一起。最后,国际商事仲裁的可仲裁范围正在逐步加大。传统上认为涉及公共和社会利益,国家有强制性规定的事项不可提交仲裁,这些事项主要包括竞争法和反托拉斯问题、证券问题、知识产权问题、破产以及惩罚性赔偿等涉及强制性规范的争议。不过晚近形势已经有所改观,很多相关问题都已经开始被允许纳入商事仲裁。③ 例如,在1977 年一家英国公司与一家比利时公司在国际商会申请的仲裁中,仲裁庭便主张,"双方已经明确表达了它们的意图,它们试图赋予友

① [美]伯尔曼:《法律与革命——西方法律传统的形成》,贺卫方、高鸿钧、张志铭、夏勇译,421~424 页,北京,中国大百科全书出版社,1993。
② 陈彬:《从'灰脚法庭'到现代常设仲裁机构——追寻商事仲裁机构发展的足迹》,34 页;Jan Paulsson,"Delocalization of International Commercial Arbitration:When and Why It Matters",32 *The International and Comparative Law Quarterly*,1983,pp.53~61。
③ 陈彬:《从'灰脚法庭'到现代常设仲裁机构——追寻商事仲裁机构发展的足迹》,34 页。

好仲裁(amiable composition)一种极为广泛的意义,并寻求使得可能的诉讼脱离任何国内法"。该仲裁庭得出结论,认为"合同的性质必然排除使用比利时法或者英国法的义务,由于以上原因,仲裁人在行使他们作为友好仲裁的权力时将遵守商人法(lex mercatoria)"。这样的仲裁判决还有很多。[①]

目前,在世界上已经形成了几个重要的国际商事仲裁机构,包括1892年在伦敦成立的伦敦仲裁院,1917年在瑞典首府成立的斯德哥尔摩商会仲裁院,1922年在美国成立的美国仲裁协会,1923年在法国巴黎成立的国际商会仲裁院等。这些仲裁机构都有自己的仲裁程序,有自己的仲裁员名单,其管辖权来自于商事合同的仲裁协议本身,仲裁员由双方当事人自由选择。[②] 当然,这里仍然存在的问题是,国际商事仲裁裁决的承认和执行仍然难以摆脱民族国家的法律体系,各国都有自己的《仲裁法》限定和约束对仲裁裁决承认和执行的范围,这是新的"全球法"与民族国家格局在历史过程此消彼长的一种表现,但随着1958年《纽约协定》(New York Convention)的出台,以及后续80多个国家政府的签署,越来越多的国家倾向于不经本国法院的司法审议而直接接受国际仲裁机构的裁决。[③] 从规范上言之,作为新的"全球法"组成部分的新商人法无须借助民族国家法律体系便可以证明其自身,就如国际商事仲裁裁决也无须依赖民族国家的实力后盾便能贯彻其自身一样;从经验言之,"新商人法"顾及民族国家格局的现实影响,国际商事仲裁考虑到民族国家法律体系对自身裁决的承认和执行,是系统应对环境激扰的方式而已,这是在不

---

① Michael T. Medwig, "New Law Merchant: Legal Rhetoric and Commercial Reality",24 *Law and Policy in International Business*,1993,pp. 603~606.

② 陈彬:《现代商人法在国际商事仲裁中的适用问题分析》,《仲裁研究》,第7辑,36~47页。

③ Michael T. Medwig, "New Law Merchant: Legal Rhetoric and Commercial Reality",pp. 598; UNCITRAL, *1958 Convention on the Recognition and Enforcement of Foreign Arbitral Awards-the "New York" Convention*,http://www. uncitral. org/uncitral/en/uncitral_texts/arbitration/NYConvention. html(最后访问时间 2011-03-13)。

同层面的问题,不能够混为一谈。随着经济全球化所带动的法律全球化,"新商人法"以及作为其表现的国际商事仲裁不论在可仲裁范围上,还是在仲裁裁决的承认和执行上都将逐步扩张,这是不可逆转的大趋势。[①]

3. 国际商事实体法

施米托夫将"国际立法"作为他所谓的"国际商业自治法"的重要渊源,认为这种国际立法是指国际上精心制定的规范性规则,它通过几个国家共同通过一项多边公约或者由一国单方面地采用统一示范法两种途径来实现。[②] 然而,"国际立法"这个称谓遭遇了大量质疑,连施米托夫本人也认为这一术语对于表达"新商人法"的实践来说是颇不恰当的。我们很难清楚地界定"国际立法"的立法者,是来自于各主权国家的合意? 还是来自于主权国家的主权让渡? 是来自于超国家的国际经济组织? 还是国际性的商人自治团体? 比如,在国际贸易领域,由官方国际经济组织制定的商事实体法有 1988 年生效的《联合国国际货物买卖合同公约》;而由国际非政府组织制定的则有 1994 年编纂的《国际商事合同通则》(*Principles of International Commercial Contracts*,PICC);由单一国家制定的示范法则有《美国统一商法典》,它们在国际贸易实践中都被广泛援用,影响巨大。这种国际商事实体法制定者的复杂性,使我们很难说"国际立法"是由主权国家俱乐部一手掌握和操控的。如果换一个视角来看,国际商事实体法不过是被提供的一系列待诠释的文本,它本身来自于对国际商事法律实践的总结和确认,而该实体法能否在国际商事法律实践中被普遍承认,取决于国际商事实践本身,即文本的诠释者和诠释的语境(context)。如作为示范法而存在的《美国统一商法典》,它的法律效力丝毫不来自于美国的国家主权,而来自于它在国际商事实践中的生命力本身。另外一个引人注目的例子是新、旧《巴塞尔协议》。

---

① 黄进、马德才:《国际商事争议可仲裁范围的扩展趋势之探析——兼评我国有关规定》,《法学评论》,2003(3),54~58 页。

② [英]施米托夫:《国际贸易法文选》,21 页。

《巴塞尔协议》是由巴塞尔银行监管委员会(The Basel Committee on Banking Supervision)制定的,而此委员会由美、英、法、德、意、日、荷、加拿大、比利时和瑞典 10 大工业国的央行于 1974 年年底共同成立,作为国际清算银行的一个正式机构,而很多国家的央行,如美联储是私有的中央银行,国际清算银行更是一个可供各国中央银行家进行一些秘密的资金调动的难以追踪的平台,《巴塞尔协议》与其被看做是大国经济主权的延伸,与其被看做是金融家俱乐部的"得意之作",不如被看做是资本疯狂逻辑的扩展。① 所谓"游戏者被游戏",问题的关键或许并非在于谁提供游戏规则,而是在经济全球化的游戏中,匿名的大多数都受到这种游戏规则的束缚,2004 年生效的"新巴塞尔协议"即是如此,从事实上讲,我们不得不承认它是"新商人法"的组成部分。当然,随着经济全球化的扩展,大量的国际商事实体法正在涌现,它遍布于国际商事的各个领域,如国际知识产权、国际海事等。值得注意的是国际贸易组织(WTO)所制定的一系列重要文件以及在推动经济全球化过程中所发挥的重大作用,这些都是难以简单地在民族国家的框架内予以界定的。

当我勾勒出功能分化时代的"新商人法"所具有的特征和表现之后,回过头来审视整个国际法学界关于国际公法、国际私法与国际经济法之间范围与界限问题旷日持久的争论,便可以发现,三个经典法律学科之间的争论是建立在民族国家格局基础之上的。国际公法是在《威斯特伐里亚》合约之后在欧洲逐步孕育形成,旨在调整民族国家格局背景下的国家间关系;而国际私法则是在承认各民族国家法律体系的基础上,提出冲突规范以适应超越民族国家格局的经济秩序,故而国际私法在某种程度上又被称为"冲突法",晚近针对经济全球化所带来的种种变化,有的国际私法学者提出新说,试图将国际私法建立在新的基础上,如韩德培先生提出的"一体两翼"②之说,李双

---

① 关于巴塞尔协议性质和内容的分析,参见本辑专号收录的何美欢教授以"商法救国"为题目的演讲。

② 韩德培:《国际私法》,北京,高等教育出版社,2000。

元先生提出的"国际民商新秩序"①之说等。但是如不能够体会全球化时代"后民族格局"②逐步到来的大趋势,这些说法便难免止步于初步的描述,或纵情于无根基的想象而已;作为最新涌现的全球法的组成部分的"新商人法"被有的学者纳入国际经济法的学术谱系之中,这本无可厚非,但是传统国际经济法实际上研究的是民族国家格局视野下的跨国经济法,从这种思路来研究"新商人法"现象,未免有南辕北辙之讥。学说作为对法律实践的一种回应,作为整个法律系统运作的组成部分,如不能表达法律实践,不能促进法律系统的自我组织,那是令人遗憾的事。

三、全球化时代的"世界精神"——跨国公司

1821年,德国著名哲学家黑格尔在其出版的名著《法哲学原理》中用诗一般的语言写道:"各种具体理念,即各种民族精神,在绝对的普遍性这一具体理念中,即在世界精神中,具有它们的真理和规定;它们侍立在世界精神王座的周围,作为它的现实化的执行者、和它庄严的见证和饰物出现。"③黑格尔寄希望于民族精神的承担者——民族国家通过在世界舞台上持续不断的争斗和自我展现来丰富世界精神的内涵,诠释世界精神的内蕴,推动人类历史向绝对精神的光辉顶点迈进。而在此之前,德国另外一位伟大的哲学家伊曼纽尔·康德晚年在《永久和平论》中则寄希望于采纳共和制度的所有民族国家之间的政治联盟来达到世界的永久和平。④ 这些伟大的构想表达了哲学家在民族国家格局渐次形成的时代对世界历史的理解方式,它始终保持着以民族国家为核心,以政治的合纵连横为主题的世界史叙事。然而,20世纪后半叶以降汹涌澎湃的经济全球化浪潮,正在以出

---

① 李双元:《国际私法》,北京,北京大学出版社,2006。
② [德]哈贝马斯:《后民族结构》,70~132页。
③ [德]黑格尔:《法哲学原理》,范扬、张企泰译,350页,北京,商务印书馆,1982.
④ [德]康德:《永久和平论》,何兆武译,上海,上海世纪出版集团,2005.

人意料的方式改变着人类对于世界历史的理解。如今"世界精神王座"周围的侍立者正在悄然改变,经济全球化时代舞台的主角既不是号称"新罗马帝国"的美国,也未必是任何一个正待崛起的大国——"大国崛起"的政治传奇正悄然被"资本疯狂的逻辑"取代!跨国金融集团的圆桌会议与联合国巨大的议事厅究竟哪个在主宰着世界,这是颇费踌躇的选择;而资本曼陀罗上的舞者跨国公司更是长袖善舞,它们以惊人的资源调配能力,巨大的资本运作和全新的塑造认同的机制重新书写着历史。

跨国公司的历史可以远溯到中世纪在佛罗伦萨设立的像佩鲁齐(Peruzzi)这样的"超级公司"。[①] 这类公司遍及欧洲,它不仅从事贸易,而且还将从佛兰德进口的布料在佛罗伦萨制成成品。其内部组织体现为合作伙伴分散在欧洲主要城市,并维持一个遍及各地的通信网。[②] 然而,这种"超级公司"不论在规模上还是在组织形式上都无法与现代跨国公司媲美,只能算作跨国公司的萌芽形式。随着世界经济体系的逐步形成,在16~18世纪形成了一系列跨洲的大贸易公司,著名的是设立在欧亚之间的东印度公司、北美和哈德逊湾公司和大英皇家非洲公司。这些公司是受到国家资助,具有半政府、半商业性的特许股份公司,[③]它们从国家那里获得特定地域和特定领域的经营特许权,在商业运营的同时承担起行政管理甚至军事征服的职能。它们的"一边是欧洲使用和控制暴力的先进技术,一边是当地人力资源的大规模利用,公司把这两者结合在了一起"[④]。荷兰、英国与法国的特许股份公司之间旷日持久的争斗是世界经济体系形成的初期诸国为争取进入核心区进行斗争的一个历史缩影。但是,与国家主义

① 关于跨国公司历史的介绍,参见 Janet Mclean,"The Transnational Corporation in History: Lessons for Today?",*79 Indiana Law Journal*,2004,pp. 363~378.

② 〔英〕D. 赫尔德等:《全球大变革:全球化时代的政治、经济与文化》,杨雪冬等译,328 页,北京,社会科学文献出版社,2001。

③ 〔美〕J. 阿瑞吉等:《现代世界体系的混沌与治理》,王宇洁译,108~163 页,北京,生活·读书·新知三联书店,2003。

④ 同上注,121 页。

相伴生的这种公司模式也带来了资源过度利用以及公司治理方面的种种问题,"胜利和获取胜利的手段都成为烦恼的源泉,"①这导致特许股份公司体系最终被自由贸易体系所取代。在 19 世纪,代替特许股份公司体系而兴起的是家族商业体系,它们以"利润"和"生计"关系的转换为基础,逐步摆脱国家权力对商业运作的控制,转而借助社会权力基础来维持商业的大规模扩张。但英国式的家族商业体系很快便面临激烈的竞争,"需求的真空被不断地填满,资本主义企业最终暴露在竞争的寒风中"②。1873—1896 年的大萧条成为企业间关系的转折点,它使 19 世纪的家族资本主义向三个截然不同的方向发展。③ 第一个方向是受自由贸易理念影响的英国式的家族资本主义,这种家族资本主义为了适应世界经济体系所带来的激烈竞争,逐步转向为纵向合并,官僚化管理的多国公司体系,但既有经营模式的限制以及国家力量的消长,使这种企业转型很快为德、美所超越;第二个方向是德国以横向合并为主要方式的法人资本主义,即通过联合或兼并企业进行聚变,用同样的投入来为同样的市场制造同样的产出,这种组织模式的好处是在于能够克服市场竞争所带来的不确定性,提高公司本身的规模和组织能力,但坏处是一方面造成巨大的行业垄断,窒息行业内部的竞争,一方面推行横向合并不容易,尤其是在跨国交易上;第三个方向是美国以纵向一体为主要方式的法人资本主义,即企业运作与其供应者和消费者的聚变,以便确保"上游"的初级产品供应和"下游"最终消费品的出口,这意味着在全球形成紧密的劳动分工和巨大的生产链条,它克服了横向合并所带来的巨大阻力和组织负担,而是将生产和销售的各个环节整合进入了一个有次序的公司网络之中,在资源的移动中削减交易成本,降低交易风险,消除交易不确定性。这种巨大的优势使美国式的法人资本主义

---

① ［美］J. 阿瑞吉等:《现代世界体系的混沌与治理》,王宇洁译,124 页,北京,生活·读书·新知三联书店,2003。

② 同上注,132 页。

③ 同上注,142 页。

在第一次世界大战之后迅速兴起,而现代跨国公司的时代也就到来了。

现代跨国公司是功能分化社会的产物,它与欧洲中世纪晚期的"超级公司"、16—18 世纪的特许股份公司、19 世纪英国式的家族资本主义企业、20 世纪德国横向合并的法人资本主义企业模式有着很大的不同,这种不同在于它既不像欧洲中世纪晚期的"超级公司"那样建立在商人行会作为身份纽带的基础上,也不像 16—18 世纪的特许股份公司那样与国家权力紧密结合在一起;它与 19 世纪英国式的家族资本主义企业的差别在于,对于 19 世纪的家族资本主义企业,亲属关系是商业的基础,[①]而跨国公司则是建立在一系列的股权关系基础之上;它与 20 世纪那种横向兼并的企业模式也有所区别,其区别在于这种横向合并旨在培育一个垄断的、巨型的商业主体,而现代跨国公司则在于将自己转变为由多个公司组成的巨大商业网络。现代跨国公司的兴起本身便是现代性趋势的重要隐喻——去政治化、去中心化和去主体化,而它都是与现代大型社会功能分化的现实结合在一起的。

在对现代跨国公司现象进行分析的诸多理论中,有两个理论最具代表性,一个是公司的经济理论[②],一个是私人政府的政治理论。经济理论倾向于以一种资源持有者的契约系列联结(contractual nexus)的观点看待公司,并且使公司管理的参与依赖于交易成本的考虑。[③] 这种经济学视野下的跨国公司理论,彰显了跨国公司不同于民

---

① 以亲属关系网为基础的商人家族企业显然比单个商人家庭企业更有优势,可以避免上述许多尴尬。家族本身不是一种家庭模式,它更多的是多个家庭的囊括,其中可能包含若干个核心家庭,也有扩展家庭,其内部关系既是家长式的又是契约式的,弹性很大。法国年鉴学派代表人物布罗代尔曾经指出,从词源上看,公司(com-pagnia)是共同(com)吃面包(panis)的意思,是由父子、兄弟和其他亲属结合的家族合作形成的,是分担风险、资金和劳力的联合体。参见刘景华、沈琦:《商人研究新视角:亲属关系和家族企业——格拉斯比转型期英国商人亲属关系和家族企业研究评述》,《史学理论研究》,2004(1),78~86 页。

② 公司的经济理论最有代表性的是科斯。参见[美]斯蒂文·G. 米德玛编:《科斯经济学:法与经济学和新制度经济学》,罗君丽等译,上海,上海三联书店,2007。

③ [德]贡塔·托依布纳:《法律:一个自创生系统》,139 页。

族国家的运行机理,著名经济学家科斯即认为,公司的形成是因为"市场的运行是有成本的,通过形成一个组织,并允许某个权威(一个'企业家')来支配资源,就能节约某些市场运行成本",而且由于"有管制力量的政府或其他机构常常对市场交易和在企业内部组织同样的交易区别对待",故而公司必然产生以降低政府或其他机构管制所造成的附加成本的内部安排。从科斯的分析中,我们可以得出结论,公司这种现象的产生本身便是经济系统自身运作的结果,这种运作与政治系统的逻辑是彼此分化开来的。但公司的经济理论将跨国公司的存在理解为一系列的契约安排抑或背后的股权结构,则忽略了跨国公司内部运作的复杂性,将跨国公司的自我组织看得过于分散了,从而难以解释为什么跨国公司内部要发展出稳定规范性期待的规则体系——如果公司内部复杂网络的运作本身要维持在稳定的水平上,就必然要发展出这样的规则体系,而这种规则体系恰恰是"新商人法"的组成部分。

与公司的经济理论不同,关于私人政府的政治理论,则集中于经济组织中的权力关系,认为跨国公司基本上可以被解释为一种经济权力的现象,"在内部,他们似乎运用公司法建构工业帝国内的特大等级制。在外部,他们似乎构筑市场中和政治角力场中的权力"①,然而,将跨国公司类比成"私人政府",将跨国公司的支配力类比成所谓的"工业主权"②,这种分析过分夸大了政治权力运作与经济权力运作之间的相似性,忽略了二者之间的根本差异:同样作为权力形式,政治权力是可以民主化的,而经济权力却不可能民主化③,政治权力可以充入交往理性的内涵,而经济权力则是彻底的目的理性。托依布纳也认为,货币与权力毕竟属于不同的媒介,"在经济组织中,权力被以一种压倒性的批判的眼光来看待"④,在经济系统内部,货币而不是

① [德]贡塔·托依布纳:《法律:一个自创生系统》,143 页。
② 唐勇:《跨国公司行为的政治维度》,43 页,上海,立信会计出版社,1999。
③ [德]哈贝马斯:《后民族结构》,90 页。
④ [德]贡塔·托依布纳:《法律:一个自创生系统》,143 页。

权力扮演着沟通媒介的角色。但是,私人政府的政治理论为公司的研究提供了一种社会学进路的分析范式,将其看做社会组织的一种,并以组织理论为视角来观察组织公司的权力结构——这使我们能够转换视角,将跨国公司看做法律的创制者,从而发现跨国公司内部的规则体系所具有的法律性质。

托依布纳看到两种代表性的公司理论各自的长短之处,提出了"自创生理论"来为跨国公司及其内部的规则体系提供新的理论解说。他认为,"公司的管理存在于法团主义的权力分散与工业组织的权力集中的交叉点上",我们对跨国公司的理解需要立足于"'多重法团主义'自身灵活的网络或者半自治的行政中心的管理"。[①]

> 自创生理论以系统与环境的观点来看待组织和契约。资源持有者的契约网络控制着组织的环境与它的成员之间的外部关系。组织自身构成一个独立的、自治的行动系统,不是通过契约的交易而是通过组织决定的递归联动再生产它自己。[②]

当跨国公司被视为一个"独立的、自治的行动系统",它所具有的三个特征便呼之欲出。

首先,功能分化时代的跨国公司具有去政治化的特征。它逐步与国家政治权力的运作彼此分隔开来。公司属于经济系统,按照经济系统"支付/不支付"的二值代码识别信息,组织自我,依据资本扩张的内在逻辑来引导其行为取向,核定其价值目标,经济系统越具有独立性,则公司越与政治权力的运作相脱钩。政治权力越来越退出公司的内部运作,仅仅成为需要被考虑的外部条件。熟悉近代公司历史的学者,往往有着克劳塞维茨式的论述,认为经济与军事一样,是政治的延伸,商战从某种程度上说便是大国之争。如果说,在国家统制主义兴盛的时代,事实确实如此的话,则在功能分化时代情势有着很大的不同,我们很难识别某跨国公司是为哪个国家的利益服务

---

① [德]贡塔·托依布纳:《法律:一个自创生系统》,139 页。
② 同上注,145 页。

的。如法国的家乐福公司,我们便很难确认它是为法国的国家利益服务的经济组织,它是一个巨大的销售网络,将来自世界各地的资本和资源整合在一起,它有着自己的利益考量,有着自己的运作机理,而不能够与国家权力的运作逻辑混为一谈。现代跨国公司的这种去政治化的特征,也使它具有了在全球范围内操纵、控制、驾驭甚至摧毁主权国家政治控制的能力。即使在发达国家如美国,大财团和跨国公司通过各种方式来影响甚至操纵民主的政治过程也是广为人知的事情,美国总统拉瑟福德·海斯(Rutherford B. Hayes,1822—1893)甚至提出警告:"这不再是一个民有、民治、民享的政体,而是一个为公司所有,公司所治,公司所享的政体!"①在发展中国家,跨国公司凭借其资本的力量左右发展中国家的政治决策,争取有利于本公司发展的环境和条件更是屡见不鲜。更有甚者,在跨国公司业务扩张的早期,它们甚至会扶植反政府武装,收买贪官污吏,培养"御用"学术团体,资助院外集团为本公司获取巨额利润铺路。② 以此言之,跨国公司不是任何民族国家主权的附庸,它们或许会出于现实的考虑荫蔽在强大国家的羽翼之下,或许在特定的时期借助国家的政治和军事实力为资本的扩张提供支持,但政治系统和经济系统彼此的分化本身决定了作为经济全球化时代弄潮儿的跨国公司不会惟国家马首是瞻。在两次世界大战期间,即使各国之间势同水火,两国民众之间的仇恨达到不共戴天的程度,但资本仍然在跨国银行家的俱乐部里不动声色地流动着,战火和仇恨似乎从未干扰金融"帝国"的运作。在支离破碎的地表之下是暗潮涌动的河流,当我们以国民经济学的陈旧眼光来打量跨国公司,会惊愕于跨国公司整合资源和穿透民族国家壁垒的巨大能力,而将跨国公司现象放在经济全球化的背景下来观察,则可以对跨国公司的兴起一目了然。它不过是经济系统自身全球化的一个表现而已。跨国公司作为经济全球化时代的新

---

① [英]米可斯维特、伍尔得里奇:《公司的历史:一部纵贯 5000 年的商业传奇》,夏荷立译,31 页,台北,左岸文化,2007。

② 唐勇:《跨国公司行为的政治维度》,196~217 页。

"利维坦",其支配力的增长,来自于资本逻辑在全世界的伸展,从更深层次的意义上说,来自于目的理性对现代社会的主宰。高鸿钧教授关注到自90年代以来所出现的"全球法律美国化"[①]的现象,并认为注册地绝大多数在美国的跨国公司及为其服务的跨国律师事务所的"征战"是全球法律美国化的重要表征,从这个意义上讲,美国式的跨国公司不过是美国世界性霸权的一个环节。对此美国左翼全球化理论家麦克尔·哈特与安东尼奥·奈格里认为,随着新一轮全球化的到来,主权与资本之间的张力得到了空前的和解,双方在全球的层面上形成了共生的关系,这促使美国政府与大型跨国公司同时处于帝国支配体系的顶端。[②] 对此笔者认为,主权国家与资本之间的共生关系并不意味着,按照资本逻辑运行的跨国公司屈从于特定主权国家的全球性霸权,而是跨国公司利用或者维持这种霸权,来促使资本逻辑能够拓展到整个世界。从现象学的维度来考察,20世纪90年代以来的法律全球化的确部分地具有全球法律美国化的表征[③],但其内核是资本的全球化,是经济与社会生活"脱嵌"并反而宰制社会生活的历史过程的一部分。[④]

其次,功能分化时代的跨国公司具有去中心化的特征。现代跨国公司"是由多个自主的、综合运营的部门和一个总办公室构成的"结构,总办公室"从整体上对各部门和各公司的工作进行评定和计划"[⑤],这种全新的治理结构,使整个跨国公司成为巨大的商业网络。私人政府的政治理论倾向于将跨国公司理解为一个金字塔形的权力

---

① 参见高鸿钧:《美国法全球化:典型例证与法理反思》。

② Michael Hardt, Antonio Negri, *Empire*, Cambridge, London, Harvard University Press, 2000, pp. 325～350.

③ Duncan Kennedy, "Three Globaliztion of Law and Legal Thought:1850-2000", in D. M. Trubek and A. Santos (eds.), *The New Law and Economic Development:A Critical Appraisal*, Cambridge, Cambridge University Press, 2006, p. 69.

④ K. Polanyi, *The Great Transformation:The Political and Economic Origins of Our Time*, Boston, Beacon Press, 2001, pp. 45～58.

⑤ A. Chindler:*The Visible Hand:The Managerial Revolution in American Business.* Cambridge:Harvard University Press, 1977, p. 121.

结构,母公司处于决策的中心,引领和支配着散布在世界各地的子公司。这种理解过分夸大了公司组织内部支配与被支配的关系,在一个市场变化快速、竞争压力增大和政府规制的体制弱化或失灵的时代中,显得刻板、集权主义和不灵活。而"通过契约安排的权力分散和增加灵活性是新的箴言"①,经济全球化所带来的激烈竞争,迫使跨国公司从过去宏观与中观法团主义的制度安排转向一种"以微观法团主义的生产者的联合为基础的公司管理的法律概念"②,它将跨国公司更多地视为"管理的"和"网络的"集团③,这种公司组织形式克服了"作为纯粹的财产管理的一种松散组织形式的 H 形式(持有形式)"与"作为单一集团的严格管理的等级制的 U 形式(持有形式)"各自的弊端,而是采取了作为集团企业大量的权力分散的 M 形式(多重分支的形式),其中的子部门作为自治的"利润中心"出现在市场上。我们可以说,这样公司治理的网状结构,本身便是去中心化的,而其内部运作的规则体系也不取决于作为绝对支配者的母公司,而是蕴藏在这个巨大的网状结构的内部。这种独特的结构也赋予了现代跨国公司极大的自我扩张能力,使它能够组织起巨大的经济网络,将触角延伸到世界的各个角落去。如果说传统的特许贸易公司的领域扩张依赖于国家武力的后盾,而它的业务也终结于帝国的武力边界;如果说传统的家族企业其领域的扩展受制于家族内部的传承与亲属纽带,一旦脱离这种纽带便难以免除分崩离析的厄运;则现代跨国公司由于这种网状结构摆脱了地域和自身组织的限制,从而能够像候鸟一样,游走于世界各国,而且这种看似独立而又紧密联系的安排,使各国的公司法都难以全面地掌控巨大而灵活的跨国公司。

最后,功能分化时代的跨国公司具有去主体化的特征。"私人政府"的政治理论试图从公司内部的支配结构中寻找到具体的支配者

---

①② ［德］贡塔·托依布纳:《法律:一个自创生系统》,149 页。

③ 托依布纳认为,历史上,公司经过了从"祖产集团"、"金融集团",到"工业集团"和"管理的"和"网络的"集团的发展过程。参见［德］贡塔·托依布纳:《法律:一个自创生系统》,151 页。

与被支配者。支配者处于跨国公司权力结构的顶端,扮演着"工业主权"承担者的角色,他们或者是跨国资本家阶层[①],或者是某些隐匿的金融家族[②]。前者吸收了马克思对批判资本主义经济体系的阶级理论,并将其运用到跨国公司的分析之中,后者则将现代世界的金融秩序描绘成了一个有趣的传奇故事。但是必须看到的是,在跨国公司的内部,我们很难落实具体的主权者,其顶部是由独特的股权结构所组成的,而股东大会只不过是众多股份持有者的代表,经理人阶层充当了代理和执行者的角色,虽然在股东与跨国经理人阶层之前充满了复杂而精妙的控制与反控制的游戏,而这也成为各国公司法最为关注的部分。尽管跨国资本家阶层确然存在,但至少在跨国公司内部,其权力被有效地分散在了股权结构的网络里。那么是否存在一个所谓的类似于罗斯柴尔德家族的金融家族呢?也许在世界经济体系形成的历史过程中,某些家族确然起到过重大的作用,发挥过巨大的影响力,但即使依赖家族内部的近亲繁殖,也不足以在高度流动和复杂化的现代社会通过血缘关系来维持经济纽带,所以,不得不说,某些著作对此的分析多少有着想象和阴谋论的成分。实际上我们必须从跨国公司作为一个"独立的、自治的行动系统"的角度来分析跨国公司的内部运作,放弃我们在分析民族国家实证法体系中所惯于采用的"主权者预设",才能够避免"私人政府"的政治理论所可能陷入的理论困境。

同时,"私人政府"的政治理论同时提出了跨国公司内部的实质合法化的问题,即如何能够通过内部合法化的各种方式,如组织工会,成立妇女权益保护组织,允许工人进行诉愿等方式来加强公司内部组织的合法性,缓解公司支配结构所造成的压迫。但是,正如我在前面所论述的,作为经济系统的组成部分,跨国公司奉行的是资本的逻辑,货币而不是权力是这个系统的媒介,"权力可以民主化,而货币

---

① [英]莱斯利·斯克莱尔:《跨国资本家阶层》,刘欣、朱晓东译,南京,江苏人民出版社,2002。

② 宋鸿兵编著:《货币战争》,北京,中信出版社,2007。

不可能民主化"。这一事实促使跨国公司不可能在不受外部环境刺激的条件下,内生出一套自我合法化的机制。只要条件允许,它便无视人权①,忽视环境保护②,破坏初民社会的文化传统,只是在利润的指引下,将资本的逻辑扩展到世界的每一个角落去。在经济系统的内部,是无所谓主体,无所谓个体的生命、尊严与健康的——个体被驱逐到了系统外部的环境当中,除非环境所带来的压力和刺激能够促使跨国公司出于自身维持和运作的考虑来对人权、环境等问题"多加考虑"。从这个意义上说,跨国公司本身是"去主体化"的。晚近兴起的关于"企业社会责任"的讨论引起广泛关注,很多学者认为可以通过某种方式在跨国公司内部培育起"企业社会责任"的机制,但是必须看到的是,这种努力未免一相情愿——从跨国公司的特点和运作机理观之,公司本身无所谓"社会责任",只有通过外部立法所进行的"语境调控",才能够促使跨国公司就人权、环境等问题采取某种积极的态度,而这也必然要求逐步形成全球公民社会和覆盖全球的公共领域以及与经济全球化相应的政治全球化。我在本文的第四部分将对此展开申论。

当我们从现代大型社会功能分化的事实、经济系统全球化的趋势和跨国公司逐步演变、自成一体的发展这三个角度来看待现代跨国公司的特点的时候,一个重要的理论问题浮现在我们的眼前——那么,我们该如何在法律上定位跨国公司? 它究竟完全是民族国家法律体系的被动的承受者? 还是晚近涌现的"新商人法"的创制者? 前一种观点立足于主权者预设之上的分析实证主义法律概念,其背

---

① [德]贡塔·托依布纳:《匿名的魔阵:跨国活动中'私人'对人权的侵犯》,280~313 页。

② 著名的案例是印度的"博帕尔惨案"。1984 年 12 月 2 日,美国联合碳化物公司在位于博帕尔市郊的农药厂剧毒化学物质泄漏,在短短数日内造成博帕尔市 3000 多人丧生,12.5 万人不同程度地遭到毒害,上万人因此终生致残。事后,美国《纽约时报》披露说,美国联合碳化物公司设在印度的工厂与设在美国本土西弗吉尼亚的工厂在环境安全维护措施方面,采取了"双重标准":博帕尔农药厂只有一般的安全装置;而设在美国本土的工厂除此之外还装有电脑报警系统。

景是民族国家格局；后一种观点则立足于法律的社会学概念，或者将跨国公司视为一个具有造法功能的社会组织，或者从系统论的视角将其视为自创生系统，其背景是对民族国家格局的超越。孰是孰非，遽难断定。

第一种观点目前仍然占据着目前整个商法研究的主流。它的基本主张包括以下几个方面。①一切法律都是为主权国家所制定或者认可的规则体系，除此之外的其他规则体系都不能够被识别为法律，故而那些在商业交往中自发形成的"新商人法"只能算作最新涌现的商事习惯，只有通过各民族国家的确认才具有法律的性质，所以商法研究的重点仍然在于各民族国家法律体系中的商法规范，而不是无形无迹的"商人法"；②跨国公司一方面作为一个整体的经济现象存在，但一方面也被纳入各国民商法体系中的"法人"概念予以界定，"法人"概念能够很好地把握和监控跨国公司复杂的运作；③即使跨国公司全世界游走的特征给民族国家的法律监管提出了严峻的挑战，在国际层面通过国家之间以及由国家组成的国际组织的广泛合作，诉诸全球治理的协调机制，可望能够妥善地解决跨国公司法律监管的问题。这种观点的问题在于固守分析实证主义的法律概念，将法律牢牢拴定在现代民族国家的国家主权之上，殊不知即使从法律的发展历史来看，法律也不是自始便与国家现象勾连在一起，而是深深地扎根在社会之中，国家与法律都是社会演化的产物，法律与民族国家格局之间的联系是历史性的、语境性的，跨国公司的出现，"新商人法"的涌现是超越民族国家格局的全球法律秩序的生动体现。跨国公司内部灵活的安排以及资本四处游走的特征为民族国家公司法的监管提出了极大的挑战，它不是一个"法人"，而是散布在世界各个国家和地区的诸多"法人"，这些"法人"一方面保持着它们在"法律"上的独立性，一方面在经济上又紧密地联系在一起，这一矛盾使各国的公司法都面临着对跨国公司监管方面的严峻挑战。更令人惊讶的是，跨国公司内部也孕育出塑造认同的机制，将公司的员工培育成与主权国家公民相对的"公司人"——他们认同公司的文化，崇奉公司的理念,以公司为荣,以公司为家,从而形成新的共同体。这种塑造认同的机制暗藏着消解民族国家政治认同的风险,而这是目前民族国家的政治和法律体系都尚未充分意识到的。鉴于现代跨国公司兴起所带来的种种政治风险和法律挑战,有识之士试图通过一系列的国际安排,从"全球治理"的角度来加强对跨国公司的监管,经济合作与发展组织于 1976 年通过《关于国际投资和多国企业宣言》及附属的《多国企业的行动指导方针》;1965 年在世界银行倡导下制定的《华盛顿公约》、1974 年联合国大会上通过的《关于建立新的国际经济秩序宣言》和行动纲领以及《各国经济权利与义务宪章》、1982 年联合国经社理事会拟定的《跨国公司行动守则》都属于类似的努力。但是"对跨国公司进行国际管制,从理论上讲是最有效的,但在实践上却困难重重"。[①] 1977 年,联合国跨国公司专门委员会就开始拟定《跨国公司行动守则》,1982 年提交了有关草案的最后报告,但此后为修订守则草案进行了为期 10 年的谈判。从 1993 年起,有关跨国公司的事项移交给联合国贸发会议处理,至今没有取得实质性的进展。也就是说,目前还没有对跨国公司进行有效国际管制的法律。这种现实说明,从民族国家格局的视角来试图驾驭跨国公司和整个经济全球化的趋势是非常困难的。[②]

第二种观点是本文所赞同和主张的关于法律的社会学观点,它使我们能够站在经济全球化甚至社会变迁的高度来审视跨国公司的兴起和"新商人法"的产生命题。它的基本主张包括以下几个方面。①国家法与民族国家格局一样不过是诸多法律形式中的一种,它扎根于社会之中,受到社会基本形式和社会变迁的影响,从初民社会的族群之法,到传统社会的身份之法,无不与社会结构与社会过程息息

---

① 陈翩:《涉及跨国公司的五大法律问题》,"WTO 与法治论坛"http://www.wtolaw.gov.cn/display/displayInfo.asp? IID=2003111101459268115(最后访问时间 2008-09-02)。

② Fleur Johns, "The Invisibility of The Transnational Corporation: An Analysis of International Law and Legal Theory", 19 *Melbourne University Law Review*, 1994, pp. 893~923.

相关,所以我们从社会本身出发,而不是从国家形式出发才能够对法律现象有真切的把握,超越民族国家的"全球法"的出现是社会变迁的结果,是与全球化的历史过程互为表里的;②"新商人法"以"契约"和"组织"作为扩展其自身的两个支撑点,通过国际商事合同来不断地发展其内容,通过跨国公司的组织形式来不断扩张其边界。跨国公司内部的各个公司之间通过一系列的契约、协议来协调一致,这形成了在跨国公司内部和跨国公司所覆盖的业务网络之间运行的"商人法"体系①,同时借助跨国公司在全球的业务扩展,这种商人法也随之被带到了世界的各个角落,跨国公司的"全球化"与新商人法的"全球化"是同一个过程;③现代跨国公司的兴起是经济全球化的一种表现,它的出现本身便是对民族国家格局的挑战,而以民族国家格局为视角来看待跨国公司现象就变成了利用与监管之间的两难选择,一方面跨国公司具有无与伦比的资源优势,能够有效地调配资源和人力,开发技术,提高效率。它们在当地投资设厂,解决就业问题,提高当地的现代化程度,对发展中国家有着莫大的好处;但同时,它也借助内部的沟通网络抽逃资本、掌握经济机密,控制当地政府,从事贿赂,侵犯人权,污染环境,这都给国家监管带来了极大的困扰。从民族国家格局的视角来约束跨国公司是难以奏效的——只有突破民族国家格局,针对经济全球化的历史趋势,将具有民主潜力的政治系统全球化,发展出一整套着眼于全球的政治安排及其相应的法律体系,

---

① 对于"新商人法"是否包括跨国公司内部的规则存在分歧。有学者认为,新商人法应当包括跨国公司内部的规则,参见 Jean-Philippe Robe,"Multinational Enterprises, The Constitution of a Pluralistic Legal Order",in Gunter Teubner (ed.),*Global Law without a State*,pp.45~78;也有学者主张"新商人法"不应当包括跨国公司内部的规则,而只应涉及以跨国律师事务所拟定的,跨国公司标准合同为载体,并主要作为仲裁协议之"准据法"使用的商法规则。参见高鸿钧:《美国法全球化:典型例证与法理反思》。对此笔者认为,应当包括跨国公司内部的交易规则,而不包括其管理规则,当然二者之间的划分并不十分容易,很多时候交错在一起。因为跨国公司本身虽然被民族国家商法设定为一个"法人"实体,但实际上是非常复杂的交易网络,而其内部的金融、贸易及运输协议,以及内部纠纷的解决机制也符合本文对新商人法的定位,其影响力显然也是不容低估的。

才可能有效地解决跨国公司的治理难题。

据统计,到 2000 年,全球已经有 6 万家跨国公司、82 万家子公司,其全球产品和服务的销售量达 15.6 万亿美元,所雇用的劳动力是 1990 年的两倍。跨国公司所提供的生产和服务至少占有全球生产的 25%,世界贸易的 70%,其销售额几乎相当于世界 GDP 的 50%。它们覆盖全球经济的每个部门——从原材料到金融,再到制造业——使世界主要经济区的活动实现一体化和重新整顿。在 20 世纪 90 年代期间,接管和合并外国公司的高涨加强了世界主要跨国公司在全球范围的工业、金融和电信活动等重大领域的控制。① 在金融部门,跨国银行是全球金融市场尤为重要的力量,在全球经济的货币和借贷管理上起着决定性的作用。② 跨国公司这一经济全球化浪潮中的"新利维坦",通过标准合同的方式逐步"规范"所涉的经济生活,通过标准合同中的仲裁条款逐步挑选其所信赖的"准据法"③,通过跨国律师事务所逐步塑造适应其利益的法律模式④,跨国公司穿行在不同的法域之间,借助"新商人法",它不仅得以规避和控制不同法律传统为之造成的法律风险,而且在潜移默化中影响乃至改变其经济力量所及的法律传统。

---

① [英]D. 赫尔德、A. 麦克格鲁:《全球化与反全球化》,陈志刚译,47~48 页,北京,中国社会科学文献出版社,2002。

② [英]D. 赫尔德、A. 麦克格鲁:《全球化与反全球化》,48 页。

③ 值得一提的是,"准据法"的选择非常灵活,范围也非常宽泛,从指定特定国家的国内法,到指定国际示范法这样的跨国文本,到仅仅指定一般法律原则的友好仲裁,其情形是非常多样的。但整体而言,准据法的选择受制于特定领域长期所形成的习惯或传统,缔约方的经济实力以及法律服务的方便程度。取决于习惯者,最典型的是国际海上保险,基本上都会到英国伦敦进行仲裁,这种地位英国作为航运大国在历史上逐步形成的,第一份海商保险单也诞生于英国劳合社,即使后来伦敦的世界经济中心地位被纽约取代,海上保险仲裁始终没有转移到纽约;而纽约州法被指定为跨国公司标准合同中的准据法,则是由于跨国公司自身的考量,多数跨国公司总部都注册于纽约,而且大型跨国律师事务所也集中在那里,这实际上促成了纽约法在国际商事仲裁准据法中的重要地位,也成为"新商人法"的重要组成部分。

④ 高鸿钧:《美国法全球化:典型例证与法理反思》。

四、社会变迁、经济全球化与法律移植

"现代性正在经历着全球化的过程，"英国著名社会学家安东尼·吉登斯这样评价我们身处其中的现代社会。[①] 伴随着经济全球化而涌现的"新商人法"是现代社会的一个缩影，它的属性、特征与表现无不折射出现代社会的复杂面貌。同时，现代性并不是一个超脱历史的存在，它是人类社会漫长历史的一个阶段——现代性的过程背后蕴藏着社会变迁的历史逻辑，这种历史逻辑从某种程度上也左右了法律产生、发展与迁移的历史过程。在本文的前三部分，我分别从社会变迁的宏观视角，商人法发展的内部视角和跨国公司兴起的微观视角探讨了全球化时代的新商人法命题，从而将"新商人法"镶嵌于"现代世界体系"与"功能分化时代"的社会理论叙事中——这种叙事为我们提供了一个崭新的进路，去重新审视社会变迁、经济全球化与法律移植三者之间的复杂关系。

（一）社会变迁与经济全球化

社会变迁理论主张人类社会的发展是一个动态的过程，我们通过经验观察和理论抽象，能够从纷繁复杂的历史现象中分析出社会发展与演进的历史逻辑。这种分析并非建立在某种所谓牢不可破的"历史铁律"之上，而是对过往经验的某种归纳和总结，并对未来可能的发展趋势作出谨慎的预测。因此，一切有意义的社会变迁理论都是"后设性"的。在社会变迁理论中，社会形态和社会发展问题是两个核心问题，社会形态是对社会变迁外部表现的总结和归纳，而社会发展问题是对社会变迁内在动力的分析和陈述。如果我们坦承法律作为诸多社会现象的一种，深深地扎根于社会生活之中，则社会形态与社会发展会对法律的形式和法律的发展造成种种复杂的影响，法

[①] ［英］安东尼·吉登斯：《现代性的后果》，田禾译，56 页，南京，译林出版社，2000。

律与社会之间彼此紧密地关联在一起。马克思主义学者通过对欧洲历史的考察，主张一种历史唯物主义的社会变迁理论，将人类社会划分为原始社会、奴隶社会、资本主义社会与社会主义四种形态，并认为人类社会终将进入理想的共产主义社会，而社会发展的动力在于生产力与生产关系的矛盾运动，这种分析反映了那个时代的学者们一个普遍的关注——资本主义的兴起命题。韦伯接过同样的问题意识，却从"理性化"的角度发展了一套与马克思迥异的社会变迁理论，虽然韦伯的社会变迁理论并未发展出完整的社会形态的类型学①，但在社会发展动力的问题上，对理性化与资本主义精神的兴起多有着墨。两位伟大的社会理论家在社会变迁理论上各执一端，也开辟了我们探讨社会变迁与法律发展问题的两大路线。第一个路线是从外部视角"观察"社会变迁问题，主张社会变迁来自于社会本身某部分的"激活"，在特定的历史条件下，整个社会以此为枢轴重新排布和组织其自身，沃勒斯坦的"现代世界体系"理论便是这种思想路线下的产物，它描述了从 16 世纪，甚至更早的时候开始，世界体系转而以经济为枢轴自我组织的"转型"过程，而这一过程在晚近的突出表现便是经济全球化。第二个路线是从内部视角"理解"社会变迁问题，主张社会变迁来自于社会行为与意义之间关系的变动，这种变动促使整个社会由于一种独特精神的兴起而焕然一新，如韦伯便致力于研究资本主义精神与新教伦理之间的关系问题，而所谓的资本主义精神在很大程度上便是"商人精神"，这种分析进路也影响了伯尔曼。伯尔曼也从此角度分析宗教要素与欧洲中世纪晚期的"商人法"乃至于整个现代资本主义法治之间的关系，所谓的法律的革命，首先是时

① 韦伯没有发展出一套完整的社会形态理论是与他的理论风格有关系的，他一方面致力于关注现代性扩展的问题，一方面又不愿意放弃跨文化比较的基本立场。这两种立场在某种程度上彼此冲突，前者是现代性"占领"全世界的历史过程，其中有不可抗拒的社会变迁的历史逻辑；后者则暗藏着韦伯本人对文明多样性的关注和尊重。所以，韦伯并未致力于考察社会形态问题，而是着重探讨了社会发展问题。

代精神的变革。① 不论我们从何种路线切入社会变迁与法律发展的问题，都会对"新商人法"的兴起有所关注。欧洲中世纪晚期的商人法镶嵌在当时建立在身份制度基础上的法律多元主义图景之下，成为与教会法、庄园法、王室法等法律体系并列的法律体系，它的存在本身便标识了那个时代的社会结构。如今，以全球法形式涌现的"新商人法"则成为新的法律多元主义的组成部分——同是法律多元主义，其基本原则却有着巨大的差异。欧洲中世纪的法律多元主义立基于多元的等级身份，等级身份的多元性构成了法律多元主义的基本原则；而全球化时代的法律多元主义则是建立在系统功能分化的基础上，"新商人法"为适应经济系统的稳定行为期待的要求，势必将自身全球化，从而与经济系统紧密地耦合在一起，类似的情况还发生在环境法、科技法、人权法等领域。当我们从两种思想路线切入社会变迁与商法发展的问题，则可以发现前者关注于传统与现代之间的断裂，而后者则试图从"精神"维度弥补这种断裂，从而将传统与现代之间彼此接续起来。然而，不得不承认的是，现代性本身便是断裂，从一开始它便做出了与过去彻底决裂的姿态，我们很难从欧洲中世纪以降的商人与商人法的历史中找寻到一以贯之的"商人精神"。如果说确有这种"商人精神"，那它不过是现代人的自我理解，是现代性在人的精神层面的折射而已。社会变迁理论提示我们现代性是如何将建立在空间隔绝基础上的文化多样性拆毁，而以社会演进的时间逻辑取而代之的，从这个意义上言之，全球化便是现代性本身。经济全球化作为整个全球化浪潮的先导，以最鲜明、最彻底的方式把现代性的特点和弊端暴露出来，而它无不体现在处于这个浪潮风口浪尖的"新商人法"身上。

首先，经济全球化是目的理性的自我扩张。韦伯认为现代社会的形成过程便是"理性化"的过程，而他所谓的理性便是"合理的可计算性"②，这种理性要求一种手段与目的之间高度协调的状态。它表

---

① 参见[美]哈罗德·J.伯尔曼：《法律与革命——西方法律传统的形成》。
② [德]马克斯·韦伯：《韦伯作品集：经济行动与社会团体》，第 4 卷，康乐等译，11～13 页，桂林，广西师范大学出版社，2004。

现在经济生活中便表现为高度精确的货币体系、严密组织的公司体系、灵活而便捷的贸易体系等①，最重要的是形式合理性的现代法律体系，这种现代法律体系承担起了确保现代经济生活稳定持续的功能。然而，韦伯也关注到，理性化过程一方面使手段与目的之间的关系彼此协调起来，一方面却使价值与目的之间的关系处于不确定的、多样的、可选择的状态，而最终的结果是价值与目的之间的关系为手段与目的之间的关系所吞没——这样手段与目的之间的关系便具有了普世的外貌，从而迅速地全球化，而价值则沦为地方性的、多样性的存在。以此观之，经济全球化便是目的理性的自我扩张，它造就出成千上万个"成功男士"和"打工女皇"，它孕育出世俗的、功利的而非超越的、质朴的生活方式，它破坏崇奉与信仰，打碎习俗与传统，以目的理性的锋刃将各种文化包裹之中的多样性统统暴露在现代性之下。"新商人法"是纯粹目的理性的法，是韦伯所谓的形式合理性法的一个部分，故而它在本质上是无视习俗与传统，道德与伦理的，它也不会受到种种地方性文化与历史传承的约束，这使"新商人法"成为超越各民族国家法律体系的独特存在，而且也迫使各民族国家的商法向她所指示的方向趋同。

其次，经济全球化是资本逻辑的铺展。马克思在 150 年前就曾经说过："资本一方面要求摧毁交往即交换的一切地方限制，夺得整个地球作为它的市场，另一方面又力求用时间去消灭空间，就是说把商品从一个地方转移到另一个地方所花费的时间缩减到最低限度。资本越发展，从而资本借以流通的市场，构成资本空间流动道路的市场越扩大，资本同时也就力求在空间上更加扩大市场，力图用时间去更多地消灭空间。"②当时的马克思虽然仅仅在商品流动的意义上预见到了全球市场的形成，而没有看到巨型跨国公司和全球的金融网络的形成，但是时间对空间的消灭恰恰是经济全球化的属性，是现代性

---

① ［德］马克斯·韦伯：《韦伯作品集：经济行动与社会团体》，第 4 卷，康乐等译，127～168 页，桂林，广西师范大学出版社，2004。

② 《马克思恩格斯全集》，第 46 卷（下册），33 页，北京，人民出版社，1980。

的特征。沃勒斯坦继续了马克斯思这一洞见,将资本主义全球化的历史铺展成了巨大的"现代世界体系"理论,这一社会变迁理论展示了资本的逻辑是如何代替武力的逻辑统驭整个世界的,是如何将世界上几乎所有的国家纳入资本主义经济体系的。从宏观上讲,帝国向世界经济体的转型便是传统社会向现代社会的转型,它既带来了科技的进步和社会财富的增长,也同时带来了整个世界经济发展的不平衡以及巨大的不平等。马克思和沃勒斯坦一致认为,资本的逻辑便是剥削的逻辑,是将人剥削人的制度扩展至全球的历史过程。故而,几乎所有的反全球化主张都将斗争的矛头一致指向了经济全球化。从 1999 年西雅图会议开始,世界贸易组织几乎每次会议都会遭到街头战斗和巨大示威游行的抗议,而 2001 年在热那亚,一位抗议者的死亡,也开启了因反对全球化而导致死亡的开端。著名经济学家斯蒂格利茨在世界银行工作的期间,"直接目击了经济全球化给发展中国家(尤其是这些国家中的穷人)所产生的毁灭性影响"[①]虽然他整体上对经济全球化所带来的世界财富的增长抱有信心,但经济全球化所导致的巨大的不平等和分配不公,令他忧心忡忡。斯蒂格利茨抨击那些主宰金融决策的国际经济组织的"伪善",认为它们是"在公共生活中所遭遇的最不透明的机构"[②],希望人们对目前的经济全球化给予最深刻的反思。但是,资本的逻辑本身无视权利与平等,也耻笑透明与坦诚,依靠资本自身的力量是无法将经济全球化纳入良性发展的轨道的。马克思寄希望于世界无产者的联合,通过世界革命的方式来创造一个新的世界,沃勒斯坦也希望"社会主义世界政府"的诞生,但令人尴尬的局面恰恰在于,世界无产者没有联合起来,而世界资产者却联合起来了;社会主义世界政府没有诞生,而资本主义的"无政府世界"却始终继续着。伟大理想与残酷现实的对峙总是令人深思的。

---

① [美]J.斯蒂格利茨:《全球化及其不满》,夏业良译,17 页,北京,机械工业出版社,2004。

② 同上注,20 页。

最后,经济全球化是系统对生活世界的殖民。德国思想家哈贝马斯认为,韦伯对现代社会理性化的分析固然切中肯綮,却忽视了日常生活交往互动中存在的交往理性,它构成了生活世界的根基,现代性恰恰是目的理性对交往理性的侵蚀,是系统对生活世界的"殖民"。马克思对资本疯狂逻辑的分析表明了以货币为媒介的经济系统逐步形成并统治世界的过程,而这一过程也表现为经济系统对生活世界的破坏,这种破坏在经济全球化的过程中也多有表现,它解构民族和其他社会群体的文化传统,破坏他们的生活习惯,改变人们的人格结构,最终造成人普遍的目的理性化、普遍的商化,它塑造了无数"公司人"。这种"公司人"对经济系统的金钱逻辑保持忠诚,对公司的传奇和成功传记充满兴趣,而在这一过程中,民族认同、文化认同和国家认同都在潜移默化地消除殆尽。如果说,在民族国家格局成熟的时代,开放、活跃的公民社会、民主的政治体系能够很好地约束经济系统对生活世界的殖民的话,那么在全球化时代,局限在特定地域的公民社会,约束在领土边界内的政治体系根本无法约束早已自我扩张的经济系统——处在经济全球化浪潮中的人们,会深切地感受到民族国家与经济利维坦相对峙时所表现出来的无力感,会深切地意识到自己被卷入了无政府的世界经济体系所造成的涡流。面对经济系统对生活世界的殖民,有的学者主张强化民族国家格局,借以恢复日益遭到破坏的文化传统和生活方式①,有的学者则干脆站到了彻底反对全球化,甚至批判现代性的立场上。② 对此我认为,经济全球化真正的问题并非是对民族国家格局的破坏,而是由此所带来的对建立在日常生活基础上的生活世界的破坏,是目的理性对交往理性的压抑,是系统对生活世界的宰制,故而希求通过强化民族国家格局来解决经济全球化所出现的问题是药不对症,难以奏效的。经济全球化

---

① 许章润编:《历史法学:民族主义与国家建构》,第 1 卷,25～48 页,北京,法律出版社,2008。

② 参见[英]保罗·赫斯特,格雷厄姆·汤普森:《质疑全球化——国际经济与治理的可能》(第 2 版),张文成等译,北京,社会科学文献出版社,2002。

是一种事实性的力量,正如现代性是社会变迁的大势所趋一样,即使我们站在否定全球化和批判现代性的立场,也不会阻挡社会变迁的历史进程,它最终会冲决落网,深刻地改变整个世界的面貌。既然我们意识到这个时代大势,就必须着眼于全球化,而非着眼于民族国家;着眼于在世界范围内培育全球公民社会和公共领域,而非着眼于阻挡经济全球化的进程;着眼于认真面对现代性,建构一种"无世界政府的世界内政"或者最终建立一个民主的世界政府,而非着眼于批判和否定现代性本身。

(二)社会变迁与法律移植

社会变迁理论为我们提供了一种审视现代性与现代法律的新视角,它突出了时代变迁的时间向度,从而与跨文化比较的空间向度彼此分离开来,它更多地看到了古今命题和法律发展命题,而这也为我们深入理解像新商人法这样的法律形式提供了合适的理论视野。社会变迁理论看重时间问题而非空间问题,看重社会演进的历史逻辑而非个别文化体的命运,故而它往往主张一种基于全球的历史叙事,要求学者从整个世界历史的角度来看待各种问题。这便与传统的法律移植理论形成了冲突。传统的法律移植往往着眼于特定法律文化传统的独特性,关注这种独特性遭到挑战、破坏,从而自我调整、更新的过程,从特定文化体的视角观之,就充满了关于"法律移植的困境与出路"的讨论①,而从社会变迁和全球史的视角观之,则几乎不存在所谓的困境,也无所谓出路。在商法问题上,法律移植问题便表现得殊为明显——商法从欧洲中世纪晚期开始便具有鲜明的国际性和普遍性特征,它被民族国家格局分隔的历史只不过是商法漫长历史中的一个特殊的阶段,既然其"本性"便是具有世界主义特征的法律形式,那么在商法领域中的"法律移植"问题便总是难以纳入传统的法

①　马剑银:《法律移植的困境——现代性、全球化与中国语境》,《政法论坛》,2008(3),54～69页。

律移植理论中去。相反,我们从社会变迁的视角来看待商法命题,则对这一难题更容易获得比较准确的理解。

高鸿钧教授主张,在人类社会发展的不同阶段,法律移植适用不同的范式进行分析,而不能够采取单一的范式。他认为"对处理氏族或部落阶段的初民社会,我们可适用文化范式;对国家产生后和现代社会前的传统社会,我们可适用政治和文化范式;对处于民族国家阶段的现代社会,我们可适用政治范式;对处于全球化阶段的社会,我们可适用经济、政治和人类共同价值范式"①,这一多种范式的运用便加入了社会变迁的维度。初民社会大多是高度质密的血缘与文化共同体,商业交往仅仅在少数的民族和少数的地域零星地存在,故而文化范式是分析法律移植的主要范式;而传统社会与民族国家形成之际的现代社会,国家在法律移植中扮演着积极推动者的角色,法律移植含有复杂的政治考虑,甚至是"宫廷斗争"的组成部分。故而分析法律移植可采用政治范式,如商法的民族化,是在世界经济体系初步形成的时期,各主要国家努力争取进入核心区的政治斗争的一个组成部分,它与民族国家经济体系的形成是同一个过程。而在全球化的时代,"新商人法"则主要需要在经济范式中才能够获得完整的理解,因为现代社会经济系统本身脱离了政治与文化的考虑,将自身全球化,从而也带动了商法本身的全球化。从这种分析来看,将全球化时代的商法置入文化范式与政治范式往往是不合适的,而它也恰恰说明了全球化时代法律移植问题的多样性和复杂性。

(三)商法救国抑或商法济世?

2010 年 9 月,中国著名的商法学家,清华大学何美欢教授仙逝。在她的生前曾留下一则非常严肃的警世预言——全球法律的美国

---

① 高鸿钧:《法律移植:隐喻、范式与全球化时代的新趋向》,《中国社会科学》,2007(4),129 页。

化①,以及一句令人深思的呼吁:"商法救国"。② 这些预言与呼吁在当时如空谷足音,并未激起巨大的反响,直到何美欢教授过世后方才开始引起热烈的探讨。③ 这是由于中国已经深深地卷入了经济全球化及其相伴生的法律全球化浪潮之中,开始感受到了这一浪潮所带来的冲击和震荡。

2010 年 10 月,在何教授过世 1 个多月之后,20 国集团(G20)召开会议,就货币汇率问题展开了新一轮的谈判,而此前美国为代表的发达国家,包括印度、巴西等发展中国家在内,已经屡屡向中国施压,要求人民币升值,美国甚至以将中国列为"汇率操纵国"相威胁;而此前在哥本哈根举行的世界环境大会上,发达国家和一些发展中国家也将矛头指向了中国,要求中国承担更多节能减碳的国际义务,继"绿色壁垒"遭遇国际谴责之后,美国方面很快在"碳关税"上推陈出新,而欧盟更试图推动将具有知识产权垄断优势的新能源技术"推销"给发展中国家。在国际金融法领域,何美欢教授反复解说和强调的《巴塞尔协议》正在面临最新一轮的调整④,这将对发展中国家的银行业带来进一步的影响,而其制定过程的正当性问题仍然悬而未决。而更值得一提的是,在传统的海商法领域同样是一幅山雨欲来的境况,在海牙—维斯比规则体系维持了数个世纪之后,经过《汉堡规则》的短暂中转,《鹿特丹规则》再次被推出,试图将更为沉重的法律义务施加给作为承运人的发展中国家。⑤ 这些线索为我们勾勒出了一幅令人忧心的世界图景,中国正在逐步成为发达国家进行"法律战"的

---

① 何美欢:《论当代中国的普通法教育》,第 1 章,北京,中国政法大学出版社,2005。

② 参见本辑何美欢教授以"商法救国"为题的演讲。

③ 赵晓力:《一个人的法学院——纪念何美欢老师》,"豆瓣网",http://www. douban.com/note/90535829/(最后访问时间 2010-10-29)。

④ 中国证券网:《银行:巴塞尔协议三及对国内银行影响分析》,"中国证券网",http://www.cnstock.com/gonggaojd/xxjm/xxjmtop/201009/866138.htm(最后访问时间 2010-10-29)。

⑤ 张永坚:《勿以乌托邦看鹿特丹规则》,"中国海事服务网",http://www.cnss.com.cn/article/29193.html(最后访问时间 2010-10-29)。

主要对象。我国很多世界经济专家和法律专家试图拿出具体的应对策略。种种迹象表明,中国已经被深深地卷入了经济全球化的浪潮中,如果不希望被这一浪潮所吞没,被国际经济体系的游戏所盘剥殆尽,就必须学习和钻研国际商法的规则,基于此,有见识的学者警告世人"全球法律的美国化",有的专家提出了"商法救国"的口号。但同时,我们有必要冷静下来,去分析这种困局的由来,以及它所依赖的深层次背景——这并非实用主义的策论所能够揭示,只有从历史的视角把握世界经济发展和法律发展的宏观图景,我们才可能找到走出"迷宫"的路线图。

为什么要商法救国?商法何以救国?这个问题耐人寻味。自近代以来,中国所念兹在兹的事情一直便是"救国"——这个词包含了某种危机意识,也包含了某种强烈的自我期许,它是"知识救国"的翻新版本,体现着对国家有所担当的知识分子深深忧虑。要理解商法救国就必须了解经济全球化,也必须了解经济全球化究竟意味着什么。沃勒斯坦曾经用中心区、半边缘区与边缘区的划分来描述现代世界体系所带来的巨大的不平等,如果说,近代中国所有的努力是试图从边缘区进入半边缘区,即由一个提供农业产品的国家上升成为"世界工厂";那么现代中国所面临的挑战是由半边缘区进入中心区,即由"世界工厂"的角色转变成为世界金融中心和世界经济规则制定者的角色。在中心区,一个国家将占据世界经济体系的顶端,享有巨大的优势和控制力量,而这些都是通过对"货币"、"知识"和"规则"三个要素的掌握来实现的。这个转变的过程充满风险和挑战,在世界近代史上,无数国家为了攫取这个宝座而不惜发动战争——中国正在逐步闯入这个关口。如果能够顺利通过,我们将站在世界经济体系的顶端,分享世界经济体系所带来的巨大福利;如果角逐失败,我们将面临重新沦为被盘剥者的危险。从这个意义上来看,商法救国具有非常重要的意义。

但是,经济全球化从来就不是一台独角戏,也不是大国崛起的政治逻辑所能够涵盖的。一个国家的"商法救国"或许能够确保这个国家在残酷的经济全球化中取得优势地位,但那也是残酷的优势,它是不稳定的,终将被优势的残酷所颠覆。从单一国家的命运来思考应对经济全球化的问题是远远不够的。它要求我们不仅仅从"救国"的角度来思考问题,而且要从"济世"的角度来思考问题,在很多时候二者紧密地联系在一起。

著名的全球化理论家桑托斯认为,全球化有两种相互对立的趋势,一种是"自上而下的全球化",是由处于中心区的国家坐庄,从事法律输入与输出的全球化,这是一种霸权主义的全球化。这种全球化表现为两种路径,一是全球化的地方主义;二是地方化的全球主义。所谓的全球化的地方主义,是一个地方现象被成功地全球化的过程,如美国关于软件保护的法律制度被全球化便是其例;另一种是地方化的全球主义,是指跨国的做法和规则对地方条件的特定的影响,这种地方条件重构以回应跨国的规则。这包括自由贸易区,森林砍伐,对自然资源的大规模消耗,外债,历史遗产的使用,宗教场地和仪式,艺术品,野生物旅游,生态破坏等。在国际分工上,核心国家专门将地方货色全球化即地方化的全球主义,而边缘国家被迫将全球货色地方化,即选择地方化的全球主义。从目前看来,这两种路径是主要的路径,是由事实性的力量所推动的全球化过程。新商人法便是这一全球化过程的组成部分。为了克服这种全球化所具有的"霸权主义"特征,就有了与之相对的两种全球化方式,即世界主义与人类遗产的共同保护。它们都力图从全人类的普遍主义的视角,以规范性的道德主义为立场,提出纠正全球化所带来的诸多问题的新的解决方案,与霸权主义的全球化相对,它是"自下而上的全球化",是通过"边缘",即全球日益成长的公民社会而逐步形成的。[①] 桑托斯的这一洞见与沃勒斯坦的"社会主义世界政府"与哈贝马斯的"没有世界政府的世界内政"[②]有异曲同工之妙,三者都看到了经济全球化所

---

① S. Santos, *Toward a New Legal Common Sense*: *Law*, *Globalization and Emancipation* (2nd editiion.), London: Butterworths, 2002, pp. 178~182.

② ［德］哈贝马斯:《后民族结构》,117 页。

带来的弊端不能仅仅依靠个别国家法律体系的调整和法律精英们的奋斗来解决,而需要在全球层次重新组织世界经济秩序,故而他们都积极主张在全球化的背景下的普遍主义立场,而非简单的民族国家立场或者文化怀旧立场。

如果说在民族国家格局之下,一个民主的政府能够监督和确保本国国民经济体系的公平与正义,那么在经济全球化的时代,一个脱离了民主的国家权力监督的经济力量就迫切需要一个有着民主基础的世界政府的出现来对它加以控制。重新根据民族国家格局来条块分割全球经济是不切实际的,这与让信用经济回归金本位制,让现代法律体系回归"自然法"一样荒唐。尽管一个实体的世界政府的出现殊非易事,但通过一系列的中间步骤来逐步的实现它则是可以考虑的,如通过联合国、世界非政府组织、各种其他的民间力量,各民族国家的共同努力,以平衡世界经济秩序,加强世界经济决策的民主化和透明化为目标的"全球治理"方案即是这样的例子,这种全球治理必须依赖逐步全球化的公民社会和政治公共领域,也必须通过全球公民社会所支持的政治系统的全球化来加以推进。这时法律的全球化将不仅仅表现为反映着资本逻辑和经济系统主张的"新商人法",也将涌现出体现着人类共同理想和价值观念,表达着人类共同关注的新的普世主义的法律体系,而它将更为有效地解除经济全球化的魔咒。

误读下的新世界：晚清国人的国际法印象

赖骏楠[*]

一、引言

"国际法在 19 世纪——主要是在其下半叶——最为显著的扩张，或许要属于远东进入国际法的范围这一事件了，"1947 年，努斯鲍姆（Arthur Nussbaum）在一本奠基性的国际法史专著中如是写到。[①] 的确，正是在这个世纪的下半叶，国际法/国际法学得以传播至旧大陆的遥远尽头——中国和日本。1864 年，在美国驻华公使蒲安臣

---

　　* 赖骏楠，北京大学法学院 2010 级博士生。作者注：感谢我的导师高鸿钧教授以及鲁楠师兄对本文初稿的评论和建议，感谢易平博士、杨雪娇同学在资料方面的惠助。文责由本人自负。

　　① Arthur Nussbaum, *A Concise History of the Law of Nations*, New York：The Macmillan Company, 1947, p. 188.

(Anson Burlingame)和清朝总理衙门的双重支持下，在华美国传教士丁韪良(M. A. P. Martin)将其同胞亨利·惠顿(Henry Wheaton)《国际法原理》(*Elements of International Law*)一书译成汉语，其中译名即《万国公法》。在其后直到甲午战争结束的数十年间，丁韪良和傅兰雅(John Fryer)两位西方传教士又先后翻译出包括《星轺执掌》、《公法便览》、《公法会通》以及《公法总论》在内的七部西方国际法学和外交学作品。这些事件显然意义重大：它们是西方对中国承担"文明化"使命的关键步骤；它们是中国学者所说的"西法东渐"的开端；它们有助于中国抛弃古老的"朝贡体制"以及传统的华夷秩序观念，并最终进入由主权国家构成的"民族大家庭"(family of nations)的怀抱。诸如此类。

不过，在努斯鲍姆自己有关国际法在远东扩张的简短叙述中，也显示出若干不和谐的音符。他提到了《南京条约》以及随后的条约港体系，他不得不承认，这其中包含着诸如领事裁判权、片面最惠国待遇这种"显著的不平等"之处，并且这是由西方"以武力强加"给中国的。结果，"中国的主权被严重损害了"。[①] 实际上，对19世纪的中国人（以及日本人）来说，他们对西方的第一印象是坚船利炮。正是靠着军舰的惠助，英国、法国、美国等国家的公使们才得以同中国缔结条约，并最终将国际法介绍给清朝的达官贵人，以使他们尊重由不平等条约所承载的巨大利益。伴随着国际法的传播，中国与其他非西方民族一道，面对的是固定关税、片面最惠国待遇、租界、领事裁判权、混合法庭、势力范围、保护关系等欧洲国家之间不会实行的制度。正如刘禾所指出，19世纪国际法运用其"权利"话语向非西方世界的统治者和人民宣告：西方国家拥有贩卖鸦片的"贸易权"，以及侵犯、掠夺和攻击非西方国家和人民的"权利"。[②] 很显然，反思非西方世界与19世纪国际法的相遇，有助于我们更深刻地体会到，在19世纪资本主义世界体系全球扩张过程中，存在一种法律—正义与暴力—强

---

① Arthur Nussbaum, *A Concise History of the Law of Nations*, p. 189.
② 刘禾：《普遍性的历史建构——〈万国公法〉与十九世纪国际法的传播》，陈燕谷译，载李陀、陈燕谷主编：《视界》（第1辑），73、80页，石家庄，河北教育出版社，2000。

权之间的辩证法：一方面是"文明"时代作为自由主义产物的国际法，一方面却是现实国际交往中广泛存在的不平等事实。二者的并行不悖，无疑会让同时代以及之后的学者感到困惑乃至痛苦。

在努斯鲍姆之后，有更多的学者投入到对这一辩证法的思考当中。有学者将其归咎于国际法学的学术转向：正是由于18世纪末19世纪初实证主义国际法学的兴起，才导致原先一种有关普遍性国际社会的自然法学进路被否定，从此以后，国际法学家走向了狂妄的自我封闭，它们将国际法的适用范围限定于欧洲"文明"国家，广大的亚非地区由此沦为法律的真空地带，这给当地人民带来了无尽的苦难。① 更有学者将19世纪国际法学与该世纪的帝国主义—殖民主义明确挂钩，这种后殖民主义的观点认定：西方与非西方在19世纪的大范围"殖民遭遇"为实证主义国际法学提供了一个证成该学派自身合法性的契机。西方与非西方、先进与落后、"文明"与"野蛮"以及国际社会之内和之外这一系列殖民主义时代的典型二分法在19世纪实证国际法学派的分析中始终占据着核心地位。如果没有"殖民遭遇"，就没有近代实证主义国际法学的形成，而该学派又反过来合法化了"殖民遭遇"。简而言之，19世纪国际法与殖民主义一道，对非西方世界犯下了累累罪行。② 当然，也有不那么极端的观点。国际法本身不是一种罪恶，相反，19世纪国际法学家大多是带有美好世界主义理想的"温良的万国教化者"（gentle civilizer of nations）。他们试图将主权作为一项礼物赠与非西方世界，并为那里的人们撒播自由、平等与博爱。他们似乎真诚地相信，将欧洲殖民帝国主权拓展至非洲这一黑暗大陆，通过殖民地政府建立起有效治理，"文明"能在这里生

---

① 参见 C. H. Alexandrowicz, "Doctrinal Aspects of the Universality of the Law of Nations", 37 *British Yearbook of International Law* 506, 1961; C. H. Alexandrowicz, *An Introduction to the History of the Law of Nations in the East Indies (16th, 17th, and 18th Centuries)*, Oxford: Clarendon Press, 1967, pp. 2~4, pp. 9~11。

② 参见 Antony Anghie, *Imperialism, Sovereignty and the Making of International Law*, Cambridge: Cambridge University Press, 2005, pp. 32~114。

根发芽。此外，他们的自由主义立场过于软弱，同时他们大多数人在世界主义与民族主义之间摇摆不定。当他们试图传播"文明"的时候，他们各自口中的"文明"又分别是英国的、法国的与德国的"文明"。在有意无意间，他们同本国的殖民主义势力形成默契。最终，主权试验失败了，非洲人没有获得自由、平等与博爱，却遭遇了更加剧烈的跨种族剥削与人口灭绝。国际法也失败了。[①]

与上述反思不同，本文试图以中国的视角，来反思 19 世纪世界体系全球扩张中这一法律—正义与暴力—强权间的辩证关系。很显然，我们所身处的位置使我们负有义务去思考：当中国与 19 世纪的国际法与殖民扩张相遇时，中国官僚与知识分子对此是如何认识与应对的？与西方国际法史学界注重理论、视角与观点的情形不同，晚清中国与国际法这一选题尽管在国内学界日益受到重视，但我们依旧缺乏一种对这段历史全面而又深刻的理解。我们的作品总是匮乏理论、视角与眼光，甚至匮乏本该阅读而未曾阅读的外文史料，结果太多的成果依旧是在重复前人的劳动。因此，我们亟须获得一种视角，来关照我们已有的大量经验材料，并得出有意义的结论，最终拷问我们自己的时代灵魂。上文已经提及，对于晚清国人——尤其是知识分子——而言，其与国际法的遭遇总是与对国际间的剧烈非正义的经历紧密联系在一起。晚清知识分子在论述国际法时，一方面将其比拟成"天理人情"这类充满学究气息的朱子理学概念，一方面又对中国在国际政治中的现实遭遇深感痛苦。于是，法律与现实之间的张力，似乎早已烙印在晚清知识分子的心灵之中，而非我们这个时代学者们的杜撰。因此，严肃地对待与反思我们的知识先驱所认真思索过的这些东西，便成了当下学人本应承担的责任。

在很大程度上，本文借鉴了后殖民主义的视角，后殖民主义对包括《万国公法》在内的国际法文本的考察，的确异常深刻地揭示出了

① 参见 Martti Koskenniemi, *The Gentle Civilizer of Nations：The Rise and Fall of International Law 1870—1960*, Cambridge：Cambridge University Press, 2004, pp. 98～178。对书名的译法源自刘晗的提议。

在国际法学说的翻译与流通过程中所发生的饶有兴味的事情。翻译被视作一种创作，创作的过程和结局都由东西方在军事、政治、经济乃至文化上的剧烈不平等所决定，国际法的普遍性主要由西方力量主宰和建构。① 借助一种更为开阔的"跨语际实践"的视角，② 本文还将揭示：在包括国际法理念的传播在内的跨文化交流过程中，中国知识分子对 19 世纪国际法往往存在创造性误读，这种误读在很大程度上困扰了他们对 19 世纪国际法本质和国际政治现实的透彻理解。从这种意义上说，这一"西法东渐"早期进程确实在一定程度上存在着断裂、阴谋、受骗、意识形态以及对强权的粉饰。

然而，与此同时，本文也将更为全面地审视晚清知识界本身对翻译而来的国际法话语的应对。不带偏见（这确实很难，但必须坚持）地阅读当时的相关文本，有助于我们发现在很大程度上容易被后殖民主义掩蔽的一些东西：①晚清知识分子内部在国际法话语上的分化，这至少显示西方的"阴谋"并未完全得逞，并提醒我们不要以过于简单化的思路去分析晚清国际法话语；②晚清知识分子对国际法的主动接受和美化，即便他们已认清那个时代弱肉蚕食的局面，以及 19 世纪国际法在一定程度上的伪善。本文的核心关注对象为郑观应和王韬的国际法观，至少有以下几个理由能够证成他们在文章中所占据的地位：①两人在当时知识界、商界乃至政界的地位；②两人几乎是最早（至迟在 19 世纪 70 年代）对输入中国的国际法译本做出回应的中国人，其中郑观应是做出主动回应的第一人；③在一段时期内，两人的国际法观念似乎代表了清代国人国际法观念的两种极端（下文将论及的是，这两种极端有其共同根源）；④就郑观应而言，他自身的国际法观随着年龄、阅历与时局的变化，也发生了几个阶段的变化，这些变化对于思考晚清整个知识界的国际法观及其变化也有着显著意义。也正因如此，本文在篇幅上将对郑观应的文本予以相对

① 这方面最为出色的作品，参见刘禾：《普遍性的历史建构》，64～84 页。
② 参见刘禾：《跨语际实践——文学、民族文化与被译介的现代性：中国，1900—1937》，宋伟杰等译，北京，北京三联书店，2008。

更多的关注。本文将从相关的西方国际法学术史的回顾开始，并指出 19 世纪实证主义国际法学本身包含的法律与强权的辩证关系（在很大程度上，实证主义国际法学本身就是 19 世纪欧洲殖民扩张的产物），继之以对国际法输入晚清中国的简要翻译史回顾，这些翻译而来的国际法学在很大程度上遮蔽了 19 世纪国际关系中法律与强权之间的暧昧。随后，郑观应和王韬的国际法言论将分别得到考察。我们将会发现，虽然两人共享着同样的国际法智识资源，但却对国际法以及世界格局做出了极为不同的评判。最终，笔者将对这些思想史事实做出较为宏观的解释，并试图得出若干结论或反思。

二、两种国际法图画

为了避免给读者留下仅是单纯罗列史料的印象（这样的作品已经太多），有必要将近代国际法问题的研究从一种史学的法律史转换到法学的法律史。在这方面，日本法学界已经为他们本国的近代国际法史研究做出了重大贡献。几十年来，他们的法学家执著于有关明治时代输入的西方国际法学究竟属于自然法学还是实证法学这类讨论。[①] 然而，在中国，这样的讨论只是刚刚起步。[②] 因此，有必要耗费一定的篇幅，对国际法学中的自然法学和实证法学做出相应解释。

罗斯柯·庞德在给"法律"下定义时，曾经将"法律"归结为以下三

---

① 参见田冈良一：《西周助〈万国公法〉》，《国际法外交雑誌》、第七十一卷、第一号（1972 年）、1～55 页；住吉良人：《明治初期における国際法の导入》、载《国際法外交雑誌》、第七十一卷、第五、六合并号（1973 年）、32～58 页；一又正雄：《明治及び大正初期における日本国際法学の形成と発展——前史と黎明期》、载《国際法外交雑誌》、第七十一卷、第五、六合并号（1973 年）、59～109 页；Kinji Akashi, "Japanese 'Acceptance' of the European Law of Nations. A Brief History of International Law in Japan c. 1853-1900", in Michael Stolleis & Masaharu Yanagihara (eds.), *East Asian and European Perspectives on International Law*, Baden-Baden: Nomos Verlagsgesellschaft, 2004, pp. 1～22。

② 代表性的作品有赵国辉：《近代东亚国际体系转型期理念研究——以近代中日两国对国际法理念的接受为中心》，王建朗、栾景河主编：《近代中国、东亚与世界》（上卷），29～47 页，北京，社会科学文献出版社，2008。

类：法律秩序、权威性资料与司法和行政过程。争论最大的是第二种意义上的法律，这里的法律是指一批决定争端的权威性资料，这种权威性资料包括各种法令、技术和理想。[①] 而庞德在书中最为关注的，显然是这种意义下法律的最后一种成分——法律理想或法律图画。

> 这一成分最终归结为一定时间和地点的社会秩序的图画，归结到有关那个社会秩序是什么以及社会控制的目的是什么的法律传统，这是解释和适用法律的背景，在各种新的案件中是有决定性意义的，因为在那里，必须从各种同等权威性的出发点中加以选择来进行法律论证。[②]

亦即无论何时何地的法律总是同其所处时空中的社会、政治与文化背景相联系，一种法律代表着一种形而上学、价值追求、政治哲学乃至社会理论。法律图画给我们描绘了在这种法律下的人是如何生活，政治共同体是如何被建构，它意味着法学家、政治学家与社会学家对一个时代的社会秩序的认识与想象。有时候，这种想象尚且包含着应然的成分。遗憾的是，庞德的主要关注对象在国内法领域，他没有将自己关于法律图画（或者法律范式）的描绘拓展到国际法领域。实际上，19世纪国际法（或者说国际法学）正经历着一个重大转变，这个转变涉及一种国际法图画被另一种国际法图画所取代，这一取代过程反映了19世纪西方思想界关于世界图景描绘的转变，也给（被）19世纪的国际政治现实打上了深深的烙印。

第一种图画是由人们通常称为国际法学中的自然法学这一流派所描绘的。这个早在地理大发现时代即已产生的学派认为，存在着一种亘诸古今不变、放之四海皆准的普遍自然法，这种法建立在正确理性的基础之上。国际法（或者说"万民法"，亦即"law of nations"，"jus gentium"）正是这种理性法则在国与国之间事务上的具体表现。

---

① ［美］罗·庞德：《通过法律的社会控制 法律的任务》，沈宗灵等译，22页，北京，商务印书馆，1984。

② ［美］罗·庞德：《通过法律的社会控制 法律的任务》，23页。

国际法来源于自然法，因此也就天生地具有普遍性，因为包括主权者在内的所有人都具有正确运用自己理智的潜力。这种国际法与正义原则紧密相连，这个学派的学者很愿意探讨从托马斯·阿奎那的时代就沿袭下来的"正义之战"学说。这种国际法也坚持认为所有的人类活动都必须与更高位阶的道德原则相连，而主权国家的活动也必须与自然法原则相协调。国家在国际法上一律平等，他们通过积极的互相协助来共同促进国际社会的普遍利益。一个国家不得无故侵犯另外一个国家，否则它在自然法上便是有罪的，殖民扩张以及互相残杀都必须受到高度限制。理念、正义、良知、宗教教义、国际社会普遍利益是用来描述这幅国际秩序图景的最常用词汇。在研究方法上，这个学派习惯于大量借鉴哲学与神学中的资源，对自然法/国际法的原理进行各种抽象的论证。①

第二幅图画来自于国际法学中的实证主义者。这些学者认为，国际法并非来源于虚无缥缈的自然法，而是来源于各个国家明示或者默示的同意，这种同意体现在国际条约和国际惯例中。理性法和上帝法的概念被抛弃，任何规则不能仅仅因为其"符合理性"就被视为属于国际法范畴，它们在成为国际法规则的一部分之前还必须经受各个国家的公认。国际法并不是先天的普遍法，相反，它是一种欧洲基督教文明的产物，其普遍性只能通过一步步的外交实践来推求。换句话说，普遍性是历史性地建构起来的。很显然，"正义之战"这样的学说不再受到青睐，学者们都不太愿意去探讨发动战争的理由是否正当，转而去鉴别战争过程中各种行为的合法与非法。世界由极端独立的民族国家构成，每个国家都有自己的与众不同的利益、野心

---

① 参见［美］理查德·塔克：《战争与和平的权利——从格劳秀斯到康德的政治思想与国际秩序》，罗炯等译，170～198 页，上海，译林出版社，2009；杨泽伟：《宏观国际法史》，156～160 页，武汉，武汉大学出版社，2001；Arthur Nussbaum, *A Concise History of the Law of Nations*, (New York：The Macmillan Company, 1947), pp. 114～118；Antony Anghie, *Imperialism, Sovereignty and the Making of International Law*, Cambridge：Cambridge University Press, 2005, pp. 41～42。

与恐惧,这必然导致种种冲突,最终冲突还是要通过实力即战争来解决。战争成了一种国家政策,而不再是为了国际社会的共同利益所必须担负的义务。主权、意志、条约、惯例是用来描绘这幅图画的常见词汇。在研究方法上,神学的路径被抛弃,对自然法的讨论往往只在国际法专著的导论部分出现,或者干脆完全不出现。在阐述具体制度时,条约、惯例、国际交往实践以及法院判例等成为了讨论所依赖的主要资源。①

19 世纪在欧美国际法学界发生的,正是上述第一幅图画逐渐为第二幅图画所取代这一事情。在 19 世纪二三十年代,一些国际法学者虽然名义上尊敬格老秀斯等人的作品,认为国际法部分地来源于自然法,但在阐述国际法具体制度的时候又完全忘掉了自然法,而只承认那些得到各国主权者公认的规则。在 19 世纪中叶,实证法学派日益得势。到 19 世纪末,这一学派终于占据了压倒性优势。19 世纪出现了许多以欧洲为核心的国际会议、国际公约、国际组织与国际法制度,这使得学者们不得不去面对这些大量增加的"实证"制度。民族主义思潮的兴起,国家主权观念的日益膨胀,造就了以奥斯汀学说为代表的分析法学得以产生的土壤,这使得国际法学家也逐渐产生这样一个信念:法律基本上是主权者或主权机构颁布的命令,亦即是"人"制定的行为规则。任何理念或道德概念与"人造法"的效力问题都毫不相干。国内法的效力最后取决于一国本身的主权意志,而国际法的效力则取决于各个主权国家的集合意志。②

---

① 杨泽伟:《宏观国际法史》,162~170 页;刘禾:《普遍性的历史建构》,64~84 页;Stephen C. Neff,*War and the Law of Nations:A General History*,Cambridge University Press,2005,pp. 159~275。

② 杨泽伟:《宏观国际法史》,162 页。胡克则以学术史的眼光,从德国的角度回溯了国际法实证主义的产生历程。相比于奥斯汀在英语世界的影响,在德语世界国际法实证主义的产生更多是受到了黑格尔和萨维尼作品的影响,参见 Ingo J. Hueck, "Pragmatism, Positivism and Hegelianism in the Nineteenth Century. August Wilhelm Heffter's Notion of Public International Law", in *East Asian and European Perspectives on International Law*, pp. 41~55。

欧美列强的殖民主义扩张，也使得国际法学不得不去面对"殖民遭遇"这一问题。于是国际法学家放弃了自然法学的进路，转而强调"国际法共同体"的有限范围，强调"文明"国家与"非文明/半文明"国家、"主权"国家与"非主权/半主权"国家之间的分野，这些做法无疑都是为了给殖民主义扩张披上合法化的外衣。[①] 通过将非西方国家降级为"非主权/半主权"国家，领事裁判权、片面最惠国待遇、固定关税等一系列不合理制度才得以强加给它们。而非西方国家如果试图加入"文明"的"主权"国家行列，则又必须接受由西方国家制定的苛刻标准。而实际上大部分非西方国家之所以能够加入"国际法共同体"，往往是列强现实利益博弈的结果（处在欧洲列强均势笼罩下的土耳其便是一个最典型例子）。正是实证主义国际法学，才解释了19世纪国际舞台上法律—正义与暴力—强权间的辩证关系。于是，19世纪国际法便与弱肉蚕食的现实世界格局紧密联系在了一起。也正是在那个年代，中国与世界发生了遭遇。

三、翻译国际法：以《万国公法》为例

上文已提及，从1860年直到1895年这段时间内，在华美国传教士丁韪良与英国传教士傅兰雅，在其中国同事的配合下，分别翻译了包括《万国公法》、《公法便览》、《公法会通》、《公法总论》等作品在内的一系列西方国际法学作品。林学忠已在自己的新作中指出，丁韪良和傅兰雅在翻译国际法时，都有意强化自然法的色彩，将国际法与"天理"、"人情"等同，从而突出了国际法思想中强调普遍价值的一面。林学忠列举了《万国公法》和《各国交涉公法论》中的若干段落，并且对照以英文原文，以证明丁韪良在中译文中对原文确实进行了

---

① 更深入的分析，参见 Antony Anghie, *Imperialism, Sovereignty and the Making of International Law*, pp. 32～114。

自然法学的改造。①

笔者曾尝试对此问题进行更详尽的探讨,并对作为重点考察对象的《万国公法》相关文本进行了中英文对照的研究。② 美国国际法学家亨利·惠顿的《国际法原理》一书是英语世界用英语写就的最早的国际法实证主义系统专著。该书在大部分场合都遵循实证主义的方法论。以 1855 年第 6 版③为例,在总共 600 余页的巨大篇幅中,纯粹是理论探讨的第一部分第一章("国际法的定义和渊源")只占 26 页。接下来的各章探讨的多是各种国际法具体制度。在正文的主体部分,自然法资源几乎没有被动用过,各项国际法规则并不是经过抽象的逻辑演绎而来。相反,为了阐明一条具体的规则,惠顿总是会引用相应的实例。实际上,这本书与其说是一部理论著作,毋宁说更像一部案例汇编,这当然是一种典型的普通法风格。这说明惠顿在书中实现了自己在"第一版致读者"中许下的诺言:国际法的规则不能根据抽象的哲学或神学体系演绎而来,而只能从大量的外交实例中去推求,惠顿所做的只是将"已经发生的或已经被决定的"归纳成规则体系。④

即使是在纯理论的第一章中,惠顿也试图展现出实证主义在"理论"上的一面。这章探讨的是国际法的来源问题,根据国际法学说史的发展顺序,惠顿先后讨论了格老秀斯、霍布斯、普芬道夫、宾克舍克(Bynkershoek)、沃尔夫、瓦泰尔、赫夫特(August Wilhelm Heffter)、边沁、奥斯汀、萨维尼等人的学说,这其中宾克舍克、赫夫特、边沁、奥

---

① 林学忠:《从万国公法到公法外交——晚清国际法的传入、诠释与应用》,63-67 页,上海,上海古籍出版社,2009。

② 参见赖骏楠:《万国公法与晚清国际法话语(1863—1895)》,第 2 章,清华大学硕士学位论文,2010。

③ 多数意见认为正是这一版本被丁韪良翻译成了中文,参见张用心:《〈万国公法〉的几个问题》,《北京大学学报》(哲学社会科学版),2005(5),76~77 页。笔者的研究依赖的也是这个版本。

④ "Advertisement to the First Edition", in Henry Wheaton, *Elements of International Law*, Boston: Little, Brown and Company, 1855, 6th Edition p. cⅩcⅥ.

斯汀、萨维尼都有着强烈的实证主义倾向（霍布斯在某种程度上的"法律实证主义"被惠顿忽略掉了）。惠顿在讨论中明确反对普芬道夫对大使特权所做的分类，后者认为使节豁免权部分来源于自然法，部分来源于驻在国的默许。惠顿则用严厉的口吻指责这种分类是"完全没有依据的"，实际上所有的豁免权都是基于默许。这意味着所有这类权利都有可能遭受国家的藐视，而报复或敌对则是促使驻在国履行义务的唯一制裁措施。① 惠顿也试图在自然法学的丛林时代爬梳出实证主义的小草。他欣喜地发现了荷兰人宾克舍克这一早期实证主义者，为此，他特意在括号中注明："他写作于普芬道夫之后，但在沃尔夫和瓦泰尔之前"，括号中包围着宾克舍克的其他三人都可以算进自然法学派。② 不过，随着时代的发展，实证主义也愈益得势，这种趋势也体现在了惠顿的文本中：赫夫特拒绝承认他的万民法（Völkerrecht，亦即 law of nations）来源于自然法，它只能存在于各国的普遍惯例和默许同意中；边沁和奥斯汀甚至在怀疑国际法究竟是不是严格意义上的"法律"；由于不存在普遍的国际法，因此萨维尼声称，建立在欧洲基督教文明上的国际法，只能通过欧洲民族在与地球所有其他民族的交往中不断推行它来实现它的后天普遍性。③

　　然而，惠顿的《国际法原理》毕竟是产生于 19 世纪上半叶，这个时代一般被认为处于从自然国际法到实证国际法的过渡期，这两个学派在此时依然保持着某些纠缠不清的暧昧关系。因此，尽管惠顿的作品在总体上偏向于实证法学派，但相比于后来的作品，又明显地带有更多自然法学色彩。④ 上文已经提及，惠顿在其作品的第一章不厌其烦地探讨了格老秀斯、霍布斯、普芬道夫、沃尔夫、瓦泰尔等人的学说，而这些人物在思想史上都曾与自然法学紧密相连。甚至连惠顿给国际法下的定义，也体现出自然法与实证法之间的纠结。

---

① Henry Wheaton, *Elements of International Law*, p. 7。

② 同上注，p. 8.

③ 同上注，pp. 14～22。

④ 杨泽伟：《宏观国际法史》，176 页。

　　国际法,正如文明国家之间理解的那样,可以被定义为与推演自理性的规则相一致,这种理性与存在于独立国家间且源自于社会本性的正义相一致;通过这样的定义,只要对其略微加以修正,国际法便也可以建立在普遍同意的基础之上。①

　　于是,这些"文本事实"就为丁韪良对惠顿原文进行自然法学改造提供了便利条件,而西方自然法学的许多理念本身就与受到宋明理学熏陶的文言文存在着契合的可能性。这种语言条件使得丁韪良可以较为顺畅地实现自己的意图。于是,在《万国公法》中,我们发现丁韪良及其中国同事用"性法"来指代自然法,而"性"这个字眼明显来自于朱子理学。② 而将国际法称作"万国公法"更是导致了这样一种印象:国际法作为国际社会中制约各个国家之间关系的法规体系,就如同自然秩序一样是既定的存在。③

　　与此同时,在语词之外,通过对原文的添加、删除、篡改以及脱离原意的翻译等手段,丁韪良同样成功地实现了对惠顿作品的自然法学改造。例如,他根本就没有译出惠顿那篇实际上相当于实证主义宣言的"第一版致读者";又例如,惠顿在第一部分第一章中引用过荷兰国际法学家宾克舍克的作品,后者在国际法的两个源头——理性和惯例之间,明显更偏向于后者:"万民法只是建立在惯例上的一种假定(presumption),而每一个此类假定都在受其影响的参与方明白无误地表达出相反意愿时就终止了。"④不过丁韪良却将这句话的语

---

　　① Madison, Examination of the British Doctrine which subjects to Capture a Neutral Trade not open in name of Peace, London Ed. , 1806, p. 41, quoted from Henry Wheaton, *Elements of International Law*, p. 22.

　　② 惠顿:《万国公法》,[美]丁韪良译,何勤华点校,6、7 页,北京,中国政法大学出版社,2003。

　　③ [日]佐藤慎一:《近代中国的知识分子与文明》,刘岳兵译,33 页,南京,江苏人民出版社,2006。

　　④ "The law of nations is only a presumption founded upon usage, and every such presumption ceases the moment the will of the party who is affected by it is expressed to the contrary." *De Foro Legatorum*, cap. ⅲ. §10, 转引自 Henry Wheaton, *Elements of International Law*, Boston: Little, Brown and Company, 1855, 6th Edition, p. 9.

气大大减弱了："公法出于常例，若明言不从此常例，则例不复为常例也。"①对于宾克舍克原话最后一句"而且除了在民族间通过默许的协定自愿服从的规则外，不存在其他万民法"②，丁韪良的译法是："如非默许则公法不得行焉。"③仿佛"公法"在此情形下依然存在，只是"不得行"而已。中译者明显在有意减弱原文中强烈的实证主义倾向。上文提及，惠顿在宾氏名字后面用括号形式补充了一句话："他写作于普芬道夫之后，但在沃尔夫和瓦泰尔之前"。④ 惠顿在这里试图强调的是作为实证主义早期代表人物的宾氏的出现年代之早，进而从时间的维度来保证实证主义的合法性。然而不喜欢实证主义的丁韪良却顺带把这对括号连同里面文字都删去了。此外，对于一些更明显的实证主义文字，丁韪良则将其直接删除。⑤

在丁韪良的其他国际法译作中，也存在着类似情形。⑥ 丁韪良做如此改动的原因，首先是为了方便基督教及其文明产物在中国的传播，强调国际法具有先天普遍性的自然法学显然更有助于国际法在东方立足。而实证主义则否认国际法的先天普遍性，并且与强权政治相联，此外它与那种认为西方在"文明"上优越于东方的 19 世纪流行观点有着天然的话语亲和关系。丁韪良如果将实证主义作品如实翻译，很有可能令中国读者不悦，甚至会砸掉自己的饭碗（因其长期供职于京师同文馆）。

另外，根据现有的史料，他自己确实也是笃信这种基督教文明的产物。在他撰写的《万国公法》英文序言中，长老会传教士丁韪良似乎将自然法、基督教与国际法的论证杂糅在了一起。

---

① ［美］惠顿：《万国公法》，11 页。

② "… and there is no law of nations except between those who voluntarily submit to it by tacit convention." *De Foro Legatorum*, cap. ⅲ. § 10, quoted from Henry Wheaton, *Elements of International Law*, p. 9.

③ ［美］惠顿：《万国公法》，12 页。

④ Henry Wheaton, *Elements of International Law*, p. 8.

⑤ 赖骏楠：《万国公法与晚清国际法话语（1863—1895）》，29～32 页。

⑥ 同上注，39～40 页。

中国人的精神完全能够接受它(指国际法——笔者注)的基本原理。在他们的国家礼仪和经典里,他们承认一个人类命运的至高无上的仲裁者,国王和王子们在行使授予他们的权力时必须对这个仲裁者负责;而且,在理论上,没有人比他们更倾向于承认这个仲裁者的法律被铭写在人的内心之中。各民族的关系,就像道德人之间的关系,而且他们的相互义务就是来源于这一准则,这些他们都完全能够理解。①

四、郑观应:从理想到现实

(一)早期回应:"故公法一出,各国皆不敢肆行"

有数个理由允许我们推定郑观应的国际法知识主要来自丁韪良译本:①相比于其他"条约港知识分子"以及买办阶层,郑观应的英语水平可能并不算出色,从 17 岁(1858 年)开始,郑观应在其上海叔父郑廷江处边做杂役边学习英语,而后系统化的英语学习可能有所中断,在宝顺洋行工作期间,他曾进入傅兰雅的英华书馆上过夜课,然而"只读英文两年";②②即使是在师从傅兰雅期间(19 世纪 60 年代),由于傅本人当时并未产生将国际法输入中国的念头,所以不太可能推荐郑观应阅读英语的国际法文本;③郑观应的主业是经商,自然无暇去查找并阅读晦涩的国际法原文;④丁韪良的译本几乎是甲午战争前中国人接触国际法的惟一汉语文本渠道,而郑观应本人在相关讨论中所使用的国际法语词也直接来自丁韪良(这将在下文论及)。

实际上,《万国公法》问世后,郑观应正是知识界中对此做出回应的第一人。《救时揭要》中的文章大多创作于 19 世纪 60 年代,该书于

① 〔美〕惠顿:《万国公法》,〔美〕丁韪良译,"Translator's Preface",北京,京都崇实馆同治三年刻本,1 页。

② (清)郑观应:《中华民国三年香山郑慎余堂代鹤老人嘱书》,夏东元编:《郑观应集》(下册),1483 页,上海,上海人民出版社,1988。

1872 年刊印问世。① 在一篇建议清政府向外国派驻领事以保卫中国商民的文章中，郑观应认为领事的职责是按照"万国公法"与外国地方官交涉，以维护华人权利，当华人在外国滋事生端时，也按照相同的方式来处理。作者没有进一步阐述"万国公法"的内容，也没有阐述领事按照"万国公法"办理交涉的具体步骤。②

《易言》三十六篇本大约创作于 1870 年至 1871 年。③ 该书的第一篇文章即是《论公法》，可见当时作者对国际法的重视。这篇文章显然是作者在阅读《万国公法》之后的有感而发。受到《万国公法》书中张斯桂序言④的影响，郑观应将世界格局比拟成了战国（这里存在一个小差异，张斯桂是将世局比拟成春秋）。在这种七雄格局中，俄国被比拟成了秦国，而英、美、普、法、澳、日诸国则被比拟成了"六国之合纵"。⑤ 郑观应对"公法"中"公"字的解释也源自《万国公法》的《凡例》："其所谓公者，非一国所得而私"（《凡例》的原文是："盖系诸国通行者，非一国所得私也"⑥）。在随后的篇幅中，诸如"性法"、"例法"（指实证法）、"理"、"情"和"义"这类属于"丁韪良传统"译词赫然可见。

在郑观应的眼中，"万国公法"是维系各国关系的惟一准则："而各国之藉以互相维系，安于辑睦者，惟奉《万国公法》一书耳"。他对"公法"本质和效果的了解明显与丁韪良的作品一致："然明许默许，性法例法，以理义为准绳，以战利为纲领，皆不越天理人情之外。故公法一出，各国皆不敢肆行，实于大道民生，大有裨益。"⑦

———————

① 关于该书初版的年份，参见夏东元编：《郑观应集·编辑说明》（上册），1～2 页，上海：上海人民出版社，1982。

② 郑观应：《救时揭要·拟请设华官于外国保卫商民论》，载夏东元编：《郑观应集》（上册），21～22 页。

③ "往余于同治庚午、辛未间，端居多暇，涉猎简编，偶有所见，随笔札记"，见郑观应：《易言三十六篇本·自序》，载夏东元编：《郑观应集》（上册），63 页。

④ 张斯桂：《万国公法序》，载[美]惠顿：《万国公法》，1～4 页。

⑤ 郑观应：《易言三十六篇本·论公法》，载夏东元编：《郑观应集》（上册），66 页。

⑥ 《凡例》，载[美]惠顿：《万国公法》，1 页。

⑦ 郑观应：《易言三十六篇本·论公法》，66～67 页。

如果"万国公法"是如此美好，那么为什么中国不加入它呢？郑观应指出，只有承认自己国家为"万国之一"，国际法才可能适用于该国。于是他批评了士大夫阶层将中国主动列于"公法"之外的态度，这种"不屑自处为万国之一"的态度加剧了西方不将中国列入"公法"的倾向，这导致中国"孤立无援，独受其害"。因此，当下的中国"不可不幡然变计"，亦即"如中国能自视为万国之一，则彼公法中必不能独缺中国，而我中国之法，亦可行于万国"。①

随后郑观应提出了中国加入国际法的具体做法。这里体现出作者对国际法性质的认识依然模糊，他不能分辨出国际法与国内法的差别："万国公法"似乎与"各国律例"在来源、内容和本质上相同："为今计，中国宜遣使会通各国使臣，将中国律例，合万国公法，别类分门：同者固彼此通行，不必过为之虑；异者亦各行其是，无庸刻以相绳；其介在同异之间者，则互相酌量，莫衷一是。"中国融入"公法"后，郑观应开始憧憬未来的世界秩序，他运用古人描写春秋时代的语言，激动地展示了他所理解的丁韪良版本的国际法图景。

> 参订即妥，勒为成书。遣使往来，迭通聘问，大会诸国，立约要盟，无诈无虞，永相恪守。敢有背公法而以强凌弱，藉端开衅者，各国同会，得声其罪而共讨之。集数国之师，以伐一邦之众，彼必不敌。如能悔过，遣使请和，即援赔偿兵费之例，审其轻重，议以罚锾，各国均分，存为公项。倘有怙恶不悛，屡征不服者，始合兵共灭其国，书其罪以表《春秋》之义，存其地另择嗣统之君。开诚布公，审时定法。夫如是，则和局可期经久，而兵祸或亦少纾乎！故惟有道之邦，虽弹丸亦足自立；无道之国，虽富强不敢自雄。通九万里如户庭，联数十邦为指臂。将见干戈戾气，销为日月之光；蛮貊远人，胥沾雨露之化也。不亦懿欤！②

这种充满书生气的论证说明，对于身为晚清知识分子的郑观应

---

① 郑观应：《易言三十六篇本·论公法》，67 页。
② 同上注，67～68 页。

而言，丁韪良利用自然法学话语包装后的国际法图画，是有着多么巨大的诱惑力。然而，在理解这种诱惑时，传统思想中的某些因素也不容忽视。"理"是朱子理学的最高本体。天下之"物"，无论是天然或人为，都有其"理"，并且在"物"之先。处于形而上世界中的先验的"理"，已经完成了对这个世界的所有构想和规划。"理"是宇宙万物的本源，是人类社会最高的道德伦理。当"理"尚处在一种悬空无着落的状态时，它也被称为"天理"、"太极"和"道"。"理"必须借助"气"这一中介，才能变异为万物，如此"理"便随"气"进入"物"中。① 冯友兰先生曾经将"理"与"气"分别类比成古希腊哲学中的"形式"和"质料"，这或许有助于我们更简洁地理解"理"与"气"这对概念。② 而"性"则是"理"在不同地方、不同场所表现出的不同形态，它在本质上即是"理"，同样是"形而上者"（朱熹原语），同样是无处不在。"人性"与"物性"则既联系又区别，它们都源自于"理"，也都具有自然属性。但人由于得到了"形气之正"，所以能够"全其性"，因此"人性"也就比"物性"更为优越。而此处所谓"形气之正"和"全其性"，正是就"仁、义、礼、智"四德而言。在某些场合，朱熹甚至直接将"性"本身解释为"仁、义、礼、智"。而"情"则是"性"在人身上表现，它有着"喜、怒、哀、乐"及"七情"等形态。"情"因为是"性"的表现，所以具有动的特性，但本质上依然与"性"和"理"保持联系。③ 很显然，在这样的分析下，包括朱子理学在内的清代儒学本身就与西方自然法学存在一定程度的思维暗合：至少它们都有着超越性的诉求。于是，在郑观应的初次描绘的国际法世界中，"情"、"理"、"性"、"天理"、"人情"等概念的悉数登场，一方面说明他已被丁韪良的图画俘获，另一方面，则说明他依旧浸淫在他所熟悉的那个强大思想传统中，郑观应正是借助这个传统来理解作为新事物的国际法。丁韪良的自然法学国际法图画，

---

① 张立文：《朱熹思想研究》，182～184 页，北京，中国社会科学出版社，1981；冯友兰：《中国哲学史》，897～898 页，上海，上海书店出版社，1990 年影印本。

② 冯友兰：《中国哲学史》，903 页。

③ 参见张立文：《朱熹思想研究》，461～518 页。

实际上利用的是传统儒家思想中的语词。丁韪良利用这些语词,是因为它们与自然法学相合,而郑观应能够瞬间接受丁韪良的自然法图画,则是因为这与他所熟知的传统儒学相符。

(二)当"公法"遭遇现实:"公于何有? 法于何有?"

然而,一旦回到残酷的现实,"公法"的价值便受到了怀疑。在经历了更多的世局变动后,郑观应开始适时调整自己的观点。大约于1882年①出版的《易言》二十篇本中,依然位于首篇的《公法》一文,出现了对西方国际政治中均势(balance of power)这种现实主义制度的阐述。不过奇妙的是郑观应将均势的来源与自然法联系在了一起:"夫各国之权利,无论为君主,为民主,为君民共主(这些都是《万国公法》中的词汇——笔者注),皆其所自由,而他人不得夺之,以性法中决无可以夺人与甘夺于人之理也。故有均势之法,有相互保护之法。"②

在对作为"万国之大和约"的国际法赞美一通后,郑观应转入了对中西关系现状的描述。他指出,自开港以来,中国方面已经通过同文馆等机构详细翻译和学习了了西方国际法,然而西方列强在与中国立约时,依然未给予国际法上的平等与利益,他悲愤地提出了一连串的反问。

> 一国有利,各国均沾之语,何例也? 烟台之约,强减中国税则,而外部从而助之,何所仿也? 华船至外船,纳钞之重,数倍于他国,何据而别出此也? 外国人初到中国,不收身价;中国人至美国者如何? 中国所征各国商货之入口税甚轻,各国所征于中国商货者,又何如也? 合彼此而观之,公于何有? 法于何有?③

然而中国如何才能改变这种局面呢? 郑观应提出的药方依然是

---

① 关于该书初版的年份,参见夏东元编:《郑观应集·编辑说明》(上册),2 页。
② 郑观应:《易言二十篇本·公法》,载夏东元编:《郑观应集》(上册),175 页。
③ 同上注,176 页。

国际法。商约并非和约，本是可以随时更改的，以便符合双方利益；关税则属于一国主权内事项，他国也不得干涉。所以中国应该向各国宣明："某年之约不便于吾民，约期满时应即停止。某货之税不合于吾例，约期满时应即重议"。① 接下来是《易言》三十六篇本中已有的那段建议中国遣使各国，会同各国使臣共同制定国际法典的话。最后则是三十六篇本中描绘的理想世界秩序的简化版。

> 勒为成书，大会诸国，立盟证明，而遵守之。敢有背者，各国合兵声其罪，视其轻重与悔过之迟速，援赔偿兵费例，罚锾而均分之，以为公需。必怙终不悛，然后共灭其国，存其祀而疆理其地，择贤者以嗣统焉。庶几公法可以盛行，而和局亦可持久矣！②

于是，整篇文章的基调又回到了自然法学。"公法"本身是正义的，片面最惠国待遇、协定关税等事物，本身是为"公法"所不容的。这些现实中的不公，可以通过援引"公法"的办法来纠正。最后，当一部完美的国际法典在各国协商之下制定出来时，完美的世界秩序也就最终成型了："和局亦可持久矣"，国际舞台上再也无须暴力存在了。在一定程度上，我们可以说，"丁韪良传统"依然在左右着郑观应的国际法画面。然后，需要进一步追问的是：在郑观应已经认识到现实中各种违背国际法的现象后，是否仅仅是因为丁韪良的图画实在太美了，所以依旧情不自禁地放弃现实，而倒向虚幻？

对此，我们需要更进一步的阅读与思考。首先，在郑观应眼中，国际法无论怎么与现实不符，但它始终要比中国旧有的对外交往方式更为合理。正如上文所述，早在《易言》三十六篇本中，郑观应就已经批评了保守派官僚视中国为整个天下，而不承认实为"万国之一"的盲目自大的做法。在由民族国家构成的世界体系逐渐成型的 19 世纪，承认各国主权的平等（当然现实中的平等只能在有限范围内实现），并在此基础上进行交往，已是国际关系的大势所趋。虽然晚清

---

① 郑观应：《易言二十篇本·公法》，176 页。

② 同上注，176～177 页。

政府曾试图努力维持传统的"朝贡体制"，①但它走向崩解的命运已经不可避免。国际法则正是作为处理对外关系的合理替代方案出现的。郑观应接受了这一切现实，他已经意识到拒绝融入国际法体系的后果："故公法、约章宜修也，不修则彼合而我孤"。② 在一个与世界进行交往已经无可避免的时代，"我孤"绝非意味着隔离于世界体系从而享受着世外桃源的生活，而是意味着在与西方交往中将得不到国际法上的权益，不平等条约将长期得以维持。

其次，"公法"与郑观应所构想的整个"自强"计划的命运息息相关。面对晚清的艰难时局，郑观应同其他官僚和知识分子一道，最为关注的莫过于"自强"问题。③ 只有建设一个强大国家，才能挽救时局，抵御外侮。因此，《易言》正是郑观应有感于时局并在深思熟虑后提出的系统化的"自强之道"。无论是《易言》三十六篇本还是《易言》二十篇本，郑观应都就商业、农业、工业、矿业以及军事等各个方面的发展提出过自己的意见。然而，这一庞大规划的实现，却有赖于国际关系的稳定。对外冲突和战争无疑不利于国内实业的发展，这也是当时洋务派的主流观点。因此，遵守国际法，并争取在对外关系上实现与西方的平等，是实施自强策略的根本前提。而且，良好的国际法秩序本身也是自强规划的一个构成要件：只有实现国际法上平等，不平等条约才能废除，中国经济和军事才能独立自主地发展。正是由于国际法对于郑观应自强计划的根本意义，所以无论是在三十六篇本还是二十本篇本的《易言》中，《论公法》或《公法》都被放置在首篇。

最后，"公法"是否能被中国知识界接受，对于郑观应设想的在其他领域输入西方法的试验无疑有着积极示范作用。早在康有为和梁

---

① 参见[美]芮玛丽：《同治中兴：中国保守主义的最后抵抗(1862—1874)》，房德邻等译，275～276 页，北京，中国社会科学出版社，2002；John K. Fairbank, "The Early Treaty System in the Chinese World Order", in: *The Chinese World Order*, John K. Fairbank(ed.), Cambridge, Massachusetts: Harvard University Press, 1968, pp. 257～275。

② 郑观应：《易言三十六篇本·论公法》，66 页。

③ 郑观应：《易言三十六篇本·自序》，63 页。

启超等人之前，郑观应就已经提出了部分改革国内政治与法律的意见。他主张中国实行"君民共主"的初步君主立宪制，他认为只有设立议院，才能"联络众情，如身使臂，如臂使指，合四万万之众如一人，虽以并吞四海无难也"。① 此外，甲午战争前的郑观应还提出了在吏治、狱囚、经济立法等方面效法西方的主张。而国际法正是输入中国的第一个法律部门，它能否成功获得知识界和官僚界的接受，在很大程度上影响着未来"西法东渐"的前景。而且，在郑观应的时代，许多知识分子对国际法与国内法的界限认识得并不清楚，正如上文指出，郑观应在论述制定一部普遍国际法典时，便将国际法内容视作与国内法相通。如此，则西方国际法与西方国内法便越接近，国际法成功输入中国，其所起到的符号学效应也就越为显著。

于是，国际法本身在一定程度上的进步性、国际法对于"自强"运动的根本意义，国际法对于"西法东渐"的示范效应，这几个因素汇聚在一起，促使郑观应不得不严肃而又慎重地面对"万国公法"，而不是在遭遇现实后将其彻底弃置一旁。无论如何，这个民族需要近代化，需要学习和接受国际法。而惟一能够获得的国际法资源，又局限于丁韪良的译本。至少在甲午战争战败之前，在"丁韪良传统"之外，郑观应无法找到替代的国际法理论——国际法实证主义。丁韪良的图画本身即是如此美丽，郑观应本人又在思想层面上倾向于它，出于现实的考量又不得不对国际法予以正面描绘，这些原因共同导致郑观应在《公法》一文中依然保留了大量自然法学话语。在简单的文本背后，却隐藏着复杂而又沉重的动机。

（三）甲午前夕："倘积弱不振，虽有百公法何补哉？"

《盛世危言》初版问世于光绪甲午年（1894 年）春季，此时的国际局势（尤其是东亚局势）促使作者对国际法产生了更强的不信任感。不过，就该书的《公法》一文而言，其大部分内容依旧与《易言》二十篇

---

① 郑观应：《盛世危言·议院上》，载夏东元编：《郑观应集》（上册），313 页。

本的同名文章相同:"公法"是"万国一大和约",它本身应当受到赞美。但中国的遭遇显然与"公法"不符,对此中国可以理直气壮援引"公法"予以纠正。中国还应派遣使臣,与各国共同商议制定一部普遍的国际法典,最终期待合理的世界秩序的到来。①

然而,在文章的最后,新的见解终于出现。郑观应在文末添加了一段有关"公法一书久共遵守,乃仍有不可尽守者"的议论。其理由则是"盖国之强弱相等,则籍公法相维持,若太强太弱,公法未必能行也"。接着作者举古罗马、拿破仑作为"太强者"可以公然违反国际法的事例,又举出琉球、印度、越南、缅甸等小国,作为"太弱者"无法援用国际法自卫的事例。近几十年的欧洲历史也可以作为这个命题的例证,普法战争中法国的遭遇,以及土耳其被俄国侵略的命运,都在说明"公法固可恃而不可恃者也"。这套议论说明作者已经认识出国际法背后乃是权力角逐的格局。② 作者最后的表态是极为现实主义的。

> 且公法所论,本亦游移两可。其条例有云:倘立约之一国,明犯约内一款,其所行者与和约之义大相悖谬,则约虽未废已有可废之势。然废与不废,惟在受屈者主之。倘不欲失和,其约仍在两国,当照常遵守,至所犯之事,或置而不论,或谅而慨免,或执义讨索赔偿,均无不可。由是观之,公法仍凭虚理,强者可执其法以绳人,弱者必不免隐忍受屈也。是故有国者,唯有发愤自强,方可得公法之益。倘积弱不振,虽有百公法何补哉?噫!③

从同治年间对国际法及其背后世界图景充满激情的豪言壮语,到光绪初年直面国际法与现实政治间的巨大反差,直至甲午年对国际法更为深刻而现实的思考,表明郑观应对国际法与世局的判断经历了一个从理想主义到现实主义的转变过程。1894 年春天的郑观

---

① 郑观应:《盛世危言·公法》,载夏东元编:《郑观应集》(上册),387～389 页。
②③ 同上注,389 页。

应，已经意识到只有通过各种自强手段，实现国家本身的强大，才可能被列入"公法"之内，享受"公法"的利益。国际法已不再是丁韪良描绘的国际法图景中的弱者护身符，国际法与国家实力紧密相连。然而，历史以及对岸的日本已经来不及等待中国的"发愤自强"，就在郑观应出版《盛世危言》数月后，甲午战争爆发。战争的结局早已众所周知：北洋水师全军覆没，根据最新签订的《马关条约》，清政府必须赔偿日本 2 亿两白银，台湾成为日本殖民地。这意味着，无论是郑观应的"公法"梦想还是"自强"计划，在 1895 年都遭遇了破产。

实际上，无论如何，郑观应对国际法的认识是远不充分的。郑观应的国际法观，自始至终停留在自然法学的层面。无论时局如何艰辛，无论郑观应多么强烈地体察到了丁韪良的国际法图画与现实政治之间的巨大反差，郑观应对国际法的理解始终无法超脱"天理人情"的范畴。他无法理解，或者说无法调和他所接受的自然法—朱子学风格的国际法与国际政治现实间的巨大张力。之所以形成这种思想倾向，既有丁韪良译本的左右，又有郑观应本身知识传统的影响，更有着较为实际的改善对外关系与改革国内政治上的考量。然而，对国际法的重视，不一定意味着对其价值的全盘肯定，更不意味着只能接受其中的自然法学派。遗憾的是，处于那个时代的郑观应，没有找到其他出路。他试图解释他所怀国际法理想与国际政治现实间的张力，但却没有意识到自然法学本来就无法解释 19 世纪的现实政治。他谴责不平等条约、领事裁判权、协定关税等制度，但却没有意识到19 世纪国际法本身就是这些现象相容。他主张中国加入"公法"以享受其中利益，但却没有意识到应当对国际法本身采取一种更为务实的态度，更没有像日本人那样，提出全面改良国内法，并积极参加国际组织、国际会议，积极使用和遵守国际法以迈向"文明"国家的完整规划。他脑海中自始至终存在着传统与现代、理想与现实、排斥与接纳等一系列的张力。缺少足够外来智识资源的郑观应，始终不能理解并化解这一系列的张力。

五、王韬：始终如一的悲观

王韬对国际法的关注显然不如郑观应那样热情，他没有留下专门讨论国际法的文章。在王韬的眼中，包括对外交涉在内的"洋务"似乎处于"末"的地位，而包括"肃官常、端士习、厚风俗，正人心"在内的"中国之政治"才是自强之"本"。① 这或许是王韬不愿意过多探讨国际法的一个深层原因。他也没有像郑观应那般，经历了数次思想变迁后才意识到只有"发愤自强"才能获得国际法上利益。相反，对"内"与"本"的强调，始终贯穿在王韬《弢园文录外编》一书中，这导致王韬在接触国际法伊始就能认识到惟有"自强"才是加入"万国公法"之路。在一篇议论中英商业关系的文章中，作者在最后写道："而我此时正可以通商之局牢笼而羁縻之，发愤自强，以实心收实效，毋怠慢，毋因循，毋苟且，毋粉饰，毋骄矜，毋退诿。诚如是也，则彼之待我，自当与欧洲诸国等，不必与之动援万国公法，而自入乎万国公法之中。"② "牢笼"、"羁縻"这种词汇的出现，表明王韬思想中依然残留着若干华夷秩序观色彩。"不必与之动援万国公法，而自入乎万国公法之中"一方面可做成有关"自强"才是入"公法"之路的解读，另一方面却也体现出作者内心深处对国际法的冷漠，他对积极使用国际法抱着怀疑态度。

与郑观应及当时许多知识分子一样，王韬也使用春秋战国格局来类比西方政治形势。③ 然而王韬并没有清楚地表明中国在这种格局中的位置。与郑观应不同的是，王韬似乎不愿意将中国与西方诸国并列。在王韬眼中，中国有其自己的政治运转模式，在这种治乱循环的模式中，道德终究优越于强力而成为世界的主宰。违背道德只

---

① （清）王韬：《弢园文录外编·洋务下》，27 页，上海，上海书店出版社，2002。

② 王韬：《弢园文录外编·英重通商》，92 页。

③ 王韬：《弢园文录外编·变法自强下》，32～33 页；《弢园文录外编·英宜保土》，102 页。前者将世局比喻成春秋，后者则将世局比喻成战国。

是暂时现象，恃强凌弱终将受到报应，暴虐者最终将沦落到连妇孺都可以将其消灭的境地。① 而王韬眼中的西方国家，正如柯文所说，仍在另一个宇宙中，服从另一种规律。② 这种规律是否就是国际法呢？在春秋与战国之间，王韬笔下欧洲政治更像战国，③这是一个彻底堕落和缺失政治道德的时代，一个大道不行的时代。在那个时代，孔孟及其代表的一切均遭排斥。这是一个崇拜强权而嘲笑道德的时代，诸侯们通过穷兵黩武而非施仁政来扩大疆土。④ 既然欧洲诸国间形势更像战国时代，那么，这无疑体现出了王韬对欧洲政治的一种否定评价。是权力而非正义，才是这种国家间关系的最终裁决者。因此，王韬在思想深处难以对国际法产生信任。值得一提的是，郑观应虽然也将世局比作战国，但其文本中更为浓重的自然法学元素，却将七雄争霸的惨烈意味抹杀掉了。

在一篇大约写作于 1878 年至 1879 年间阐述洋务的文章中，王韬一如既往地强调自强才是洋务的根本这一论点。只有自身强大，其他国家才不敢侵扰中国。接着他谈到了国际法："视观《万国公法》一书，乃泰西之所以联与国，结邻邦，俾众咸遵其约束者，然俄邀诸国公议行阵交战之事，而英不赴，俄卒无如之何。此盖国强则公法我得而废之，亦得而兴之；国弱则我欲用公法，而公法不为我用。"⑤"视观"二字体现出一种局外人的旁观态度，后面对"万国公法"的使用范围的限定（"乃泰西之所以……"）更印证了这种态度。中国的使命是自强，而非幻想国际法能够给自己带来福音，这种法律甚至在西方国家内部都已丧失信誉。然而此时的中国尚未强大，按照弱肉强食的逻辑本应灭亡，但却始终没有遭遇亡国的厄运，这是否证明国际法在某

---

① 王韬：《弢园文录外编·中国自有常尊》，115～116 页。
② ［美］柯文：《在传统与现代性之间——王韬与晚清改革》，雷颐、罗检秋译，62 页，南京，江苏人民出版社，2003。
③ 王韬：《普法战纪》卷 19，15～16 页，转引自柯文：《在传统与现代性之间》，60 页。
④ 柯文：《在传统与现代性之间》，62 页。
⑤ 王韬：《弢园文录外编·洋务下》，27 页。

种程度上保护了中国？其实不然。王韬在一篇讨论向海外派遣领事官的必要性的文章中，再次强调只有自强之后，遣使臣和设领事才会收到实际功效，否则只是虚文。他指出了自强的紧迫性，因为维持目前中国主权相对完整的机制并非国际法（当然更不是清廷的怀柔之道和军事实力），而是西方列强在中国暂时形成的均势："中朝之情，西人了然若指掌，阴为播煽，阳为恫吓，以肆诛求而行要挟者，无所不至。而西人究不得逞志于中朝者，非中朝之礼义可以优柔之，中朝之甲兵足以震慑之，盖在乎泰西各国之互相牵制也。"① 与郑观应相比，王韬对均势的理解显然要现实得多，前者竟然将均势视作自然法的派生物。

在王韬所理解的世界图景中，中国的位置隐隐约约与西方各国保持一定距离。然而他并未遵照传统的华夷秩序观，明确地将中国置于高出他国一等的地位。这个世界已然不是大禹或者周天子的时代，中国也终将成为"列国"中的一员。长期居留香港，并曾游历西方与日本的王韬无疑认识到了这一点。然而现实世界的弱肉强食，却又促使王韬对这个新宇宙产生怀疑和畏惧，他有时退缩到坚持中国自己的"常尊"，有时又似乎默认中国无可避免将进入那种不值信任的"公法"，但如果中国没有抓住机会强大起来，那么它将在残酷的列强争斗中任人摆布。"公法"只是权力的一件外衣，它可以被随时脱掉。丁韪良的国际法图画并没有被王韬接受，与郑观应截然相反，王韬从来没有探讨过国际法的抽象理论，也从来没有憧憬过未来的世界秩序，甚至"性法"这个美丽字眼从未在他这本自编文集中出现。在令人困惑的自然法—强权政治这两极中，王韬全然倒向了后者。王韬游历过欧洲与日本，并在香港创办报纸。与郑观应相比，他对外部世界有着更丰富的切身感知。或许他对自我和他者的世界都看得更加清楚，因而也就更加现实，甚至更加痛苦。

---

① 王韬：《弢园文录外编·设领事》，51 页。

六、结语

郑观应和王韬的国际法观念并不是孤立的现象。在讨论过国际法的晚清知识分子和官僚中，拥有进士头衔的首任驻英使臣郭嵩焘认为："近年英、法、俄、美、德诸大国角立争雄，创为万国公法，以信义相先，尤重邦交之谊。致情尽礼，质有其文，视春秋列国殆远胜之。"[①] 甲午后成为维新派代表人物的陈炽则认为：由于国际法是"情"与"理"的化身，所以"天下万国"中的小国、弱国"则公法之所保全为不少矣"。[②] 即使是在外交实践中大显身手的曾纪泽，对国际法的理解也依然囿于"情理"二字：他的确与丁韪良的圈子交往颇深，他经常阅读《公法便览》、《星轺指掌》、《公法会通》等书，并且试图利用他从丁韪良译本中学到的知识去分析和解决实际问题。[③] 外国在华传教士也参与进有关国际法的讨论中，德国传教士花之安（Ernest Faber）使用了最美的言辞来颂扬"万国公法"，他声称：伴随着基督教诞生而存在的国际法，其"本旨"是"人心"、"人事"以及"理"和"义"。[④] 与此同时，与王韬观点类似的对国际法与国际格局更为消极的态度，在甲午战争之前虽然较为少见，但也无疑见诸马建忠等人的文字中。在法国学习过国际法的马建忠指出："故泰西之讲公法者，发议盈廷，非说理之不明，实所利之各异，以致源同派别，分立门户，上下数十家，莫衷一是，于是办交涉者，不过借口于公法以曲徇其私。"[⑤]

---

① （清）郭嵩焘：《使西纪程》，载陆玉林选注：《使西纪程：郭嵩焘集》，20页，沈阳，辽宁人民出版社，1994。

② （清）陈炽：《庸书·公法》，载赵树贵、曾丽雅编：《陈炽集》，111～112页，北京，中华书局，1997。

③ （清）曾纪泽：《出使英法俄国日记》，载钟叔河编：《走向世界丛书 Ⅴ》（修订本），57、105、141、146、164、225～226、427页，长沙，岳麓书社，2008；曾纪泽：《曾纪泽集》，喻岳衡点校，59、73、340页，长沙，岳麓书社，2005。

④ ［德］花之安：《自西徂东》，92页，上海，上海书店出版社，2002。

⑤ （清）马建忠：《适可斋记言·巴黎复友人书》，张岂之、刘厚佑点校，36页，北京，中华书局，1960。

这已不是简单的"公法可恃"与"不可恃"之间的争论。实际上，两种观点之间的界限是模糊的。郑观应本人的经历就证明了这一点。当最初阅读到《万国公法》时，他为其中的文字激动不已，但一旦遭遇残酷的现实，"公法"的价值便遭到了怀疑，他最终得出"倘积弱不振，虽有百公法何补哉？"的结论。可恃与不可恃这两种观点间的分歧，都源自代表"情理"的国际法理想与残酷现实之间的张力。在这组张力中，有些知识分子坚持了理想，有些则回到了现实。即使是在不可恃论者的文字中，理想意义的国际法依然是"情理"的体现，尽管它在现实政治中不可能实现。例如，在《万国公报》1889 年刊载的一篇名为"与客论公法"的论说中，作者显然更相信"铁舰炮台、快枪巨炮"在国际政治中的作用，不过他对"公法"本身的描述依然不脱"情"和"理"。①

这就表明，无论是郑观应还是王韬，抑或是其他晚清知识分子，无论他们对现实政治的判断如何，无论他们对"公法可恃否"这一问题提供的答案如何，他们都共享着源自丁韪良创造的、自然法学／儒学的国际法想象（只有马建忠似乎是个例外）。这导致数代知识分子对 19 世纪国际法的悲剧性误读。因为自然法学的进路，已经难以解释 19 世纪国际舞台上法律与非正义间的相容关系。正是这一智识资源上的局限性，以及这一过度理想化的智识与现实间的张力，迫使晚清知识分子在"可恃"与"不可恃"两个极端间痛苦挣扎。此外，郑观应的例子则表明，对自然法学这一智识传统起到加固作用的因素，不仅源自知识分子自身的理想化传统倾向，尚且源自实际的政策考量：实现对外关系的近代化改造、改革国内政治与法律以及追求国家军事与经济上的"自强"。

这一有限的智识资源不可避免地限制了晚清知识分子的视角。对"公法"寄予厚望的学者，由于未能意识到 19 世纪"国际法共同体"

① 《与客论公法》(1889 年 3 月)，载《万国公报》(影印本)，第二册，10212 页，台北，华文书局股份有限公司，1968。

如，"南非巨大的政治转型与激进的法律革命相伴随发生"，[①]南非于1993 年颁布过度权利法案，1995 年设立宪法法院，1996 年颁布最终权利法案，这恰恰是其于 20 世纪 90 年代中期向完全民主转型过程的一部分。几乎所有南欧的新民主政体——如 1975 年的希腊、1976 年的葡萄牙、1978 年的西班牙等，和拉美的新民主政体——如 1987 年的尼加拉瓜、1988 年的巴西、1991 年的哥伦比亚、1993 年的秘鲁、1994 年的玻利维亚等，都是制定基本权利法案作为其新宪法的组成部分，同时设立某种形式的司法审查制度。

第四，市场民主的诱惑。在这一图景中，司法审查的确立是向西式民主与市场经济双重转型的结果。苏联集团国家是最典型的例证。为了发展市场经济、融入国际市场、获得国际资本援助等，在内外压力影响之下，作为接受国际"援助"的条件之一，就是进行法律、司法改革。如 1986 年波兰宪法法院的成立，1990 年匈牙利宪法法院的成立，1991 年俄罗斯宪法法院的成立，以及 1993 年捷克宪法法院和斯洛伐克宪法法院的成立等都属这种情形。

第五，跨国合作的需要。这一情形主要体现在国际、跨国或超国家组织领域，为了推进合作，保证法令的统一，针对成员国、组成成员立法、行政开展的司法审查，这是新近的动向。[②]

如前所述，司法审查在相当时期里只运行于美国，欧洲在相当一段时期都拒绝司法审查；即便是后来欧洲的阻力已经不存在了，即在"二战"后的一段时间里，一些国家还是没接受司法审查，而是在实现民主转型之后，才设置了司法审查制度，这里面的内在动力值得深思。

---

① Heinz Klug, *Constituting Democracy：Law, Globalism and South Africa's Political Reconstruction*, Cambridge：Cambridge University Press, 2000, p. 1.

② Ran Hirschl, "On the blurred methodological matrix of comparative constitutional law", in Sujit Choudhry（eds.）, *The Migration of Constitutional Ideas*, Cambridge：Cambridge University Press, 2006, pp. 61~62.

三、司法审查全球化内在动力

司法审查,作为一种制度模式,其变迁、扩张的背后是各种因素混合发酵的结果,在司法全球化进程中,不同的国家、地区选择了相同的司法审查,可以说又运作了不同的司法审查,其背后是路径依赖、社会情势、文化传承、经济力量多种因素的影响。司法审查的确立与扩张,是从各种斗争与讨价还价中产生的结果,是社会资源分配和权力配置的产物。因此,基于司法审查作为一种制度选择模式,接下来讨论其扩张、被接受的内在动力。

(一)联邦制逻辑与自由贸易

有种观点主张司法审查的确立、扩张同联邦制存在着逻辑关系。这种说法被用来解释司法审查的全球化,并被命名为联邦制逻辑观。联邦制的一个特征就是政治权力的片段化,即在中央政府与地方政府之间纵向的权力分立,这为司法审查的运作创造了可能空间。联邦制度架构中,一方面使州拥有制定制政策的职权与选择机会,尽管它会受到中央政府的约束,另一方面,也为州提供了阻止或延迟中央政府行为的能力。在联邦制架构中,为了解决因管辖权引起的争端,不管是在州与州之间,还是州与中央政府之间,必须存在一个中立的解决机构。有学者指出,美国早期最高法院司法审查权的确立同联邦制结构有关联。[①]"在现实中几乎没有一个社会中的法院能够清楚地在他们和政治体制的其他方面之间划出绝对的边界。"[②]考察美国司法审查确立的历史,就会发现在司法审查同联邦主义之间,存在两

---

① [美]杰克·雷克夫:《美国制宪中的政治与理念:宪法的原始含义》,王晔等译,172~203页,南京,江苏人民出版社,2008。

② [美]马丁·夏皮罗:《法院:比较法上和政治学上的分析》,张生、李彤译,2页,北京,中国政法大学出版社,2005。

种基本的机理或互补性：[①]第一，解决法律冲突的需要。在联邦制中，存在不同的法律制定机构，不同的法律及不同的司法管辖区，这势必隐含着潜在的法律等方面的冲突。因此，在联邦体制的运作中，势必需要法院这一中立机构来解决管辖权引起的冲突。很显然，在这种情景下，司法审查与联邦制之间存在某种亲和性，而许多联邦制国家都采纳了某种形式的司法审查制度，这恰恰也凸显了二者的逻辑关系。依据联邦主义来解释司法审查扩张，强调的是在复杂的政治结构下，存在双重立法者的情景中，司法审查是解决潜在法律、管辖权冲突的有力制度选择。第二，自由贸易的需要。在联邦制中，隐含着自由贸易的问题。在联邦制中推行自由贸易体制，但是存在不同的立法机构，有着不同的法律规则，使得各个州面临着集体行动的问题。联邦自由贸易的潜在威胁就是有可能每一个州都将会设置贸易壁垒。如果每个州真的都这样做了，那也就没什么自由贸易可言了。因此各个州面临的共同问题就是，必须承诺保障自己将实施自由贸易。但如何执行呢，如果有的州违反了规则怎么办呢。因此需要通过成文宪法，规定一个中立的法院，来评估州的立法，可以使各个州对自由贸易的承诺更具有信赖力。事实上，美国最高法院的历史就很好地展现了这种自由贸易需求与司法审查之间的逻辑。

关于司法审查与联邦主义之间关联的上述观点，似乎可以用来解释司法审查的扩张。可以假定，司法审查早期扩张的情形也许与后来的情形有某些联系。在美国之外，最初引入司法审查的国家大都是与普通法系有关的联邦制国体，像加拿大、澳大利亚，而墨西哥发展了一种叫做"amparo"的司法审查形式，其限制审理那些对违反宪法的私人案件，在该种形式司法审查的早期运作历史中，其关注的焦点是联邦与州之间的关系。[②]纵观司法审查扩张的早期情景，所谓司法审查与联邦制、自由贸易之间的亲和性，在解释司法审查扩张的

[①]　Tom Ginsburg,"The Global Spread of Judicial Review", pp. 81~98.

[②]　Richard D. Baker, *Judicial Review in Mexico*, p. 36.

动力方面确实有一定的说服力,尤其是运用到欧盟司法审查扩张的情形。似乎从反面可以推出如下结论,20 世纪前司法审查的扩张之所以有限,一个可能的原因就是,在这之前联邦制国家相对较少。然而,"二战"之后,许多采纳司法审查的国家并不是联邦制国家,也不存在推进自由贸易的内部问题,因此更恰当的说法或许是:"联邦制结构或者自由贸易需求是确立司法审查的充分但非必要条件。"[1]

既然联邦制逻辑观无法有力、充分解释司法审查"二战"之后的全球扩张,那么我还需要接着寻找更有力的分析,去解释司法审查全球的内在动力。

(二)议会至上衰落与宪法至上崛起

议会至上,长期以来被看做是英国宪制最根本的特征,曾是英联邦国家民主实践的核心,在英国,议会有权决定法律是什么或不是什么,在议会之外,没有任何人、任何机构有权侵犯或搁置议会的立法。[2] 在欧陆传统中,议会主权的智识论底色来源于卢梭的公意观念。这种理论与法国大革命时期司法机关的激进行为甚至残暴劣迹有关,它们导致法国民众长时期对法官的不信任,以至于为后来法国政治思想的光谱投下了长长的阴影,坚信取代国王的国家法官将成为对人民意志最主要的威胁。[3] 很自然地,早期的民主倡导者大都支持议会主权。在他们看来,对自由的威胁主要来自以下传统力量:旧制度、君主政体、教会。一旦这些侵犯人民权力的传统障碍被剔除,在理论上就很难证成对人民意志的限制,因为人民的意志是权力正当性的惟一来源,议会作为人民的代表机关不应受到外部控制。[4] 浸

---

① Tom Ginsburg,"The Global Spread of Judicial Review",pp. 81～98.

② Jeffrey Goldsworthy, *The sovereignty of Parliament：History and Philosophy*, Oxford：Oxford University Press,1999,pp. 1～8.

③ Alece Stone,*The Birth of Judicial Politics in France*,pp. 23～31.

④ Tom Ginsburg, *Judicial Review in New Democracies：Constitutional Courts in Asian Cases*,Cambridge：Cambridge University Press,2003,pp. 1～11.

淫于这一理论底色,反对司法审查的观念与实践同长期占据主导地位的主张有关,这种主张认为,即便是宪法也可以被立法机构的裁断所修改,严格禁止司法机关审查议会的立法,不能对议会权威进行实质性限制。议会至上意味着在制定法与宪法规范发生冲突时,法官或者不予理会,或者以维护立法的方式解决。

因此,在欧洲大陆,不管是制宪者,还是法律、宪法学者,最初基本上都对司法监督的观念持抵制态度,最主要是因为它要限制代议制机构的权威。他们担心,如果采纳司法审查,将可能导致“法官统治”,而法官缺乏经由民主选举的正当性。[①] 然而,随着民主实践的展开,新的威胁又诞生了。尤其是“二战”时,所谓民选的法西斯独裁政权造就的惨痛经历,使人们认识到存在着对“人民”新的、潜在威胁。欧洲在对待司法审查的态度上发生了转换进而选择了接受,对此卡佩莱蒂有过很好的总结。

> 在 20 世纪前半期的凄惨经历之后,在欧洲产生了一种需要对立法机构本身进行制衡的意识,因为十分明显,即便立法也可能会成为严重滥用权力的来源。因此,欧洲人以及欧洲以外的人便踏上了美国人很久以前就走过的道路。高级法应载入宪法之中,而宪法是很难修改的。司法机构或者其一部分,应成为确保立法与这种高级法一致性的工具。这个古老的世界从法律正义迈向了宪法正义。[②]

议会至上,曾被认为是欧洲政治的一项基本原则,渐失去了它的活力,“新宪政主义”的诞生,开启了司法审查之门。[③] 与议会主权至上的信条相反,新宪政主义宣称立法必须服从宪法,否则无效。如

---

① Alec Stone Sweet, *Governing With Judges*: *Constitutional Politics in Europe*, Oxford: Oxford University Press, 2000, p. 1.

② ［意］莫诺·卡佩莱蒂:《比较法视野中的司法程序》,徐昕、王奕译,202 页,北京,清华大学出版社,2005。

③ Alec Stone Sweet, *Governing With Judges*: *Constitutional Politics in Europe*, pp. 31～34.

今,行政机关与议会的运作无不受到宪政之网的覆盖,而执掌这张约束网的就是践行司法审查的法官。

"新宪法意味着新的开端,标识着新政治秩序的诞生",①"二战"后新宪法的起草者主要致力于两项追求:一是,确立基本权利,界定个人自主的范围,对此国家不能侵蚀挤压;二是,设置特别宪法法院,以捍卫、保护这些权利。由此,人权的话语开始获得根本地位,路易斯·亨金曾把 20 世纪称为"权利的时代"。② 而司法审查的进一步扩张恰恰是与这种被奉为 20 世纪最重要的价值理念即人权观念联结在一起的。人权运动,权利革命,推波助澜,掀起了司法审查全球化的浪潮。

(三)人权运动与权利需求

纵观 20 世纪,"为了政治的目的而有计划和有组织实施的暴力达到了前所未有的程度。但同时也出现了前所未有的努力,即致力于构建全球的法律体制来控制和抑制这些暴力。"③如前所述,纳粹的暴行、"二战"的灾难使战后宪法法院的设立、司法审查的扩张成为可能。换句话说,20 世纪两次世界大战的暴行是强化新宪政主义的构成性因素,对纳粹大屠杀的举世震惊和反感提供了一个重要的反例,这导致以确认人权为核心的新宪政范式,引发了权利革命。战后权利革命的实质内容、寄予法律的地位及它的跨国维度在阿伦特的如下呼喊中得到了绝好彰显:

> "一个接一个、一个比一个更野蛮的罪恶暴行",这说明人类尊严需要一种新的保障。这种保障只有在一种新的政治原则、在一种新的世界法律中才能找到。这一次,它的有效性应该包

---

① Ackerman, Bruce, "The Rise of World Constitutionalism", 83 Virginia Law Review, 1997, pp. 771~797.

② [美]L. 亨金:《权利的时代》,信春鹰等译,1~7 页,北京,知识出版社,1997.

③ [美]利萨·哈嘉:《人权》,高鸿钧译,载[美]奥斯丁·萨拉特编:《布莱克维尔法律与社会指南》,高鸿钧等译,640 页,北京,北京大学出版社,2011.

括整个人类，而它的权力应当受到严格限制，在新界定的地域统一体中扎根，并且受到控制。①

权利革命开启了新权利政治时代，引发了新型法律制度的确立，以新的方式规定了社会关系和实践，推动着社会变革，权利成为"社会变革的尺度和手段"。② 确保普通立法能够受到基本权利价值规制的共识得到最大彰显，而意大利与德国的经历尤为加重了这种观念，这些国家在法西斯与纳粹时期，普通的立法程序完全没有做到尊重、保护人权。关于谁能够成为人权的捍卫者，不仅仅立法机关受到怀疑，而且普通法院也受到怀疑，因为这些法院几乎没有控制或限制独裁者的立法，对于权力的肆虐几乎没起任何作用。"二战"之后，自欧洲到整个世界经历了权利革命，一场接一场非常重要的、在国家与国际层面确认人权的运动，保护这些权利的重担就落在了凯尔森式的宪法法院身上。此时的智识主张已发生大的转移，宪法法院的首要使命被明确为就是保障人权。宪法法院一方面有权推翻立法机关的立法与行政机关的行为，但又独立于普通司法机构，这可以说是人们对立法与普通法院体系双重不信任的反应的一部分。这些法院被看做是保护民主免于受到自身无节制性的侵害，能够保护民主的实质价值。权利作为一种意识形态，开始在全球散布起来，这在"二战"后那些先进的工业化国家以及国际人权机构中非常明显。司法审查开始了又一波的扩张。

由上可知，司法审查的全球化，其动力之一源于权利观念的变化与权利需求的扩张，这种解释司法审查扩张的理论被称为"权利说"。③ 权利说针对的是国家及国际社会日益增长的对个人权利的关切。这种理论的焦点侧重的是制度需求面，即公民对由司法保障基

---

① ［美］汉娜·阿伦特：《极权主义的起源》，林骧华译，序言 3 页，北京，生活·读书·新知三联书店，2008.

② 同上注，644 页。

③ Heinz Klug, *Constituting Democracy: Law, Globalism and South Africa's Political Reconstruction*, pp. 1～6.

本权利的需求。当权利意识扩展时,它们的要求也随之前进,而以保障权利为使命的法院,作为主要的政治参与者的重要性也随之增加。权利说观念对司法审查确立确有影响。若法官浸淫在自由理念和有限政府的文化中,则司法审查更可行。权利作为一种意识形态和权利作为一种文化的扩张,同时伴随着有利于法律动员的支持性结构,导致了大规模的宪法化运动。人们倾向于依靠法院来保障个人权利,这使得司法审查作为一种制度选择来保障那些重要的权利。在此意义下,司法审查作为一种独立的变量,成为权利可依赖的变量,司法审查也成了一项独立的价值。[1]

夏皮罗根据权利意识形态在日益复杂的政治进程中的成长历程,认为对司法审查的需求,来自于在先进的工业化社会各种复杂的条件,源于对无所不在的、技术化的官僚体系的不信任,对把广泛的治理权力委托给那些非民选的政府专家的担忧。公民天然地对不受制约的政府权力的恐惧,要求采取一切可能的办法防止各种可能发生的侵害。而法官,通过执行行政与立法行为说明理由的措施,保障公众的参与性权利,确保公共行为透明原则的实施,成为公共利益最恰当的全才般的守护者。[2] 在夏皮罗看来,权利需求与司法权扩张是一种强劲的辩证趋势与动力。如果法院在保障权利上取得了成功,则会产生更大的约束权力而保障权利的需求,进而导致法院不可避免地进一步卷入政策制定过程中,带来司法权的进一步扩张。但是,法院是否能把自身控制在司法审查的合理水平,还值得怀疑。另外,法院司法权的扩张,反过来会引发立法机关与行政机关的对抗,他们会指责非民选的法官超越了他们应有的边界。

无疑,司法审查全球化同基本权利重要性意识的增强是有密切联系的。然而,司法审查的扩张同时还与法院日益增强的保护各种

---

[1] Tom Ginsburg,"The Global Spread of Judicial Review",pp. 81～98.

[2] Martin Shapiro, "The Success of Judicial Review and Democracy", In Martin Shapiro & Alec Stone Sweet (eds.),*On Law*,*Politics and Judicialization*,Oxford:Oxford University Press,2002,pp. 149～184.

权利的能力或意愿有关。据有的学者研究，"二战"后宪法法院在欧洲的激增，与历史上曾反对司法审查的强大的左翼或偏左派在"二战"之后的瓦解、政权权力格局的变化有关。在这些左翼政党看来，美国模式的司法审查是反多数制的，他们认为司法审查只是一层稀薄的面纱，在其后面是为了加强私人财产权。"二战"后，这种反对的声音再次在法国与意大利的左翼中响起，不过至少是在意大利，这种反对的声音并没能够阻止宪法法院在意大利的设立。① 权力斗争、政治讨价还价，社会资源的再分配与权力的重新配置，为司法审查的确立提供了制度条件。因此有必要将权力因素引入分析之中，展示政治权力是如何塑造司法审查以及它自身又是如何被司法审查所型塑的。因为如果我们仅仅只是接受传统的观点，即认为权利意识的增强是司法审查扩张背后的关键要素，那么我们将会发现，随之而来的是司法审查被建构的模式及运作方式上的差异，仅仅用"权利说"是无法来解释的。被制度选择与政治格局变化调动起来的政治利益，是很有用的分析进路，尤其在探究司法审查全球化第三波即在新兴民主国家扩张的动因时。因此，接下来，将把对司法审查扩张动力的分析，从司法审查的权利需求面转向司法审查的制度供给面，追问在政治转型时期，为什么那些掌权者会选择这种制度？其利益动机是什么？因为"如果没有行动者，思想观念就不会自动出现或发挥其影响"②。那么在选择、设计宪政制度时，作为主要行动者的政治人或者说掌权者，他们是如何考虑的呢？

（四）民主刺激与利益驱动

解释司法审查设立动力的"权利说"本质上是一种"需求面"的理

---

① Michael Mandel, "Legal Politics Italian Style", in C. Neal Tate and T. Vallinder, (eds.), *The Global Expansion of Judicial Power*, New York: New York University Press, 1995, pp. 263~270.

② ［美］约翰·L. 坎贝尔：《制度变迁与全球化》，姚伟译，99 页，上海，上海人民出版社，2010。

论,是从权利保障需求者的立场出发,把司法审查的设立假定为是政治结构对社会压力的制度性回应。尽管权利在创设司法审查上具有着很重要的角色,然而单独依据权利说并不能完全解释司法审查全球扩张这一现象。因为,对权利需求的层次很难超越国家进行统一评估,设置司法审查的国家其内部的权利需求水平、权利意识程度必然是有差异的,但这些国家却又相似地选择了司法审查制度,对此权利说理论不能做出满意的回答。在金斯伯格看来,权利说"不够详细明确",其"既不能解释司法审查在制度设计上的差异,也不能说明法院在司法审查能动性水平上的变化"。[①]同时,它在解释司法审查具体实施方式上的差异也存在不少困境。例如在法国,普通公民个人无权依据基本权利保障向宪法委员会提出司法审查,但同样采取集中式司法审查的德国,却存在着公民宪法诉愿。

当我们把司法审查全球化的动力考察转向新兴民主国家的国内政治时,发现民主化是司法审查全球化第三波的重要刺激动力。民主化过程中,选举政治的实施,伴随的是统治霸权的衰退与政治的不确定性,这反过来也构成了民主化动力的核心。民主意味着选举,无选举就无民主,选举意味着竞争。而"竞争乃民主最重要的动力,也是控制政府的最好方式",在政治不确定性的境况中,司法审查"可以起到平衡器的作用,对抗所有政治力量共有的一种趋势,即尽可能使自己避免受到竞争对手的威胁"。[②]

在金斯伯格看来,民主化是分析司法审查在新兴民主国扩张动因的一项关键要素。司法审查,作为一种"政治保险"(political insurance),是在设计宪政体制时或者说政治重建时,用来解决政治不确定性问题的一种手段、权益措施。在民主逻辑下政党轮换执政,选举政治带来的不确定性,使得掌权者选举胜任的可能值同对于司法独立的期待值二者呈现出反比关系。金斯伯格通过实证研究指

---

① Tom Ginsburg,"The Global Spread of Judicial Review",pp.81~98.
② [德]迪特儿·格林:《现代宪法的诞生、运作和前景》,刘刚译,161页,北京,北京大学出版社,2010。

出，在新兴民主国家，司法审查制度的设置与功能，与政党制度的特征有着密切联系，在司法审查运作的背后体现的是"政治保险"。民主转型过程中，对于确信自身将要失势或者说丧失统治权的政党而言，通过司法保障自身利益的诉求就较高，从政治策略上考虑，他们偏向于由独立的法院实施司法审查的体制。在暂时的失去统治权之后，他们认为法院可以为他们提供挑战未来政府行为的另一个场所。另一方面，强势的政党，尤其是坚信不会失去统治权的情形下，对于独立的司法审查则持有较低的诉求欲，相信自身在司法之外仍能够维护他们的利益。总之，对于政治行动者而言，面对跨期选举政治的不确定性，司法审查成为一种缓解、降低选举失败潜在损失的"政治保险"。①

无独有偶，赫希提出了"统治权保持"（hegemonic preservation）理论用来解释民主转型国家为何纷纷实施权利宪法化、确立司法审查制度的内在动因，其观点核心就是认为在民主转型时期确立司法审查制度，是统治精英在预计到自己将失去统治权时做出的策略选择，目的是为了保存先前通过立法及权利宪法化框架所确立下来的统治利益。因为统治精英失去执政权之后，行政机关的更替，议会的改组都是不可避免的，但是设置一个相对独立的，且任期有保障的宪法法院，把自身的政治势力转移到法院，通过法院来保障自身的利益，对抗未来的统治阶层。② 实际上，赫希的统治权保持理论背后，依据的也是将民主化中选举政治的不确定性作为司法审查设立的驱动力，可以说与前述金斯伯格的政治保险理论同出一辙。政治的不确定性，丧失执政权的潜在性，为了保存先前利益，为了能够有效对抗未来统治阶层的侵犯，需要司法审查来提供一种政治上的保险，需要司法审查来在后失权时代的政治竞争中捍卫自身利益，利益的驱动，

---

① Tom Ginsburg, *Judicial Review in New Democracies：Constitutional Courts in Asian Cases*, pp. 21～33.

② Ran Hirschl, *Towards Juristocracy：The Origins and Consequences of the New Constitutionalism*, Cambridge：Harvard University Press, 2004, pp. 1～16.

使制度结构的设计者从战略上选择司法审查。

像任何一种社会法律现象,不存在简单的或单一的解释能够说清楚司法审查全球化的诸面向。上述几种动力的分析都是基于制度模式选择的内在视角。实际上,司法审查全球化,对于选择、接受司法审查制度的国家而言,还受到外部、国际力量的影响,同时还与一国具体的历史情景、条件相关。但在这些外部影响力量之下一直潜动着一股强流,那就是美国的影响,美国法、美国宪政的影响。可以说,在司法审查全球化进的每一波中都与美国有密切关联。司法审查第一波完全是美国主导;而在第二波、第三波过程中,虽然出现了与美国司法审查模式不同的凯尔森模式或欧洲模式,但是在第二波、第三波连续进程中,美国"凭借武力强加"或者"通过优势谈判权的压力予以强加",司法审查的扩张要么是间接受到美国影响,要么就是直接受到美国影响。如前所述,司法审查始于美国的发展,伴随美国在"二战"中的胜利,司法审查先是推广到德国、意大利和日本,并伴随此后冷战期间的持续性强势地位而扩展到其他地方;另一方面,美国国际开发署和国际金融机构,通过资本的压力,与那些渴望获得金融资助的处于民主转型、国家重建的外围和外围国家进行谈判,强行要求他们把法律改革作为结构调整的一部分,如前所述,这些国家大都确立了司法审查制度。① 总之,司法审查全球化是法律全球化的一个维度,而有学者称法律全球化背后就是"美国法全球化"。的确,司法审查全球化的进程中美国、美国宪政的外部影响无疑是巨大的,不过司法审查全球化过程中美国的影响不是本文所能阐述清楚的,也不是本文的重点。②

---

① [美]邓肯·肯尼迪:《法律与法律思想的三次全球化:1850—2000》,高鸿钧译,载《清华法治论衡》,第12辑,111~113页,北京,清华大学出版社。

② 关于美国法全球化的论述可参见高鸿钧:《美国法全球化:典型例证与法理反思》,5~45页。关于法律全球化中美国法模式的影响可参见邓肯·肯尼迪:《法律与法律思想的三次全球化:1850—2000》,47~117页。关于美国宪政的域外影响可参见 George A. Billias, *American Constitutionalism Heard Round the World*, 1776—1989: *A Global Perspective*。

四、代结语

"新的宪政范式往往出现于特定的历史情景与时刻，先前的政治、经济与社会结构被严重的危机或战争所削弱、丧失正当性或者被完全摧毁"。① 对现代政治而言，议会至上已成为某种没落的陈旧之词，往日的光辉已褪。"二战"以降，驯服权力，肯认人性尊严，人权运动高涨，权利革命风行，民主浪潮激荡，宪法至上终成共识，新宪政主义树为典范。司法审查走出其美国家园，把自由的种子播撒在政治社会变迁的土壤之中，一波又一波地在世界上其他角角落落开疆扩土，从法兰西到南非，从德意志民族到大和民族，从拉美到东欧，从超国家组织到跨国机构，整个世界都被拽上了"司法权全球扩张"这趟开往权利车站的列车。

司法审查全球化，对于我们有何启示？就宪政建设，我们该如何、在哪种层次上回应全球化的挑战？从议会主权的起伏，到民主的波及，司法审查与民主似乎总是交织着暧昧不清的关系。考察表明，民主化推动了司法审查的扩张，但是反过来，司法审查本身也强化了民主化进程。也许，"在司法审查和民主之间，既无根本冲突，也无必然联系"；司法审查可能会推动民主进程，但是它也会制造某些民主风险。确立司法审查与否，并非原则问题，而是实用之计、策略选择，它需要权衡收益与成本。② 司法审查确实会反多数决制，但是这与那种认为司法审查就是反民主的说法是两回事，问题归根结底取决于我们对民主是什么、能是什么、应是什么和为了什么的看法。制度的选择可能因时间、情势、文化不同而各异，每个国家必须寻找适合自己的方案，外回应全球化的冲击，内调和多元化的需求。综观司法审查全球化的进程，似乎选择司法审查的境况利大于弊。

---

① Alec Stone Sweet, *Governing With Judges：Constitutional Politics in Europe*, p. 38.

② 迪特儿·格林：《现代宪法的诞生、运作和前景》，150～173 页。

全球化已是势不可挡,不管其利或弊,全球化也并未使世界完全同质化,全球化同时也带来了反全球化。无论如何,现在我们很难独居一隅地思考所谓"自己的"问题,自说自话,摆在任何一个法律学者面前令人困扰不安的问题就是:全球化与我们的研究有什么关联?本文勉力试图对司法审查在全球扩张轨迹作一考察,因笔者能力所限,对司法审查全球化这幅新的"法律地图"注定只能是走马观花式地素描。再加上我不可能把司法审查全球化所有涉及的领域的问题都悉数介绍,只能挂一漏万,做一全景式的大勾勒,而非细描。制度的优劣,效果的得失,路径的选择,这些都需要进一步的比较考察,研究分析。"就像制宪者面临着许多的挑战,对于 21 世纪比较宪政法律的研习者而言,同样面临着许多挑战",[①]而全球化本身就是挑战之一,有鉴于此,上述问题、疑惑不是本文及笔者能力目前所能回答得了的。

然而,纵观当今世界,在那些不具备司法审查传统的社会,事实表明司法审查正在茁壮成长。希望恰恰就在于此。

[①] Anderw Harding & Peter Leyland, "Compartive Law in Constitutional Contexts", in Esin Orucu & David Nelken (eds.), *Comparative Law: A Handbook*, Oxford: Hart Publishing, 2007, pp. 313~338.

中国知识产权法的美国化？
——美国模式的影响与走向

徐红菊[*]

几乎很少有人会怀疑，中国知识产权法的发展是在美国压力之下推动进行的，无论是美国知识产权的法学思想，还是具体的法律规范，都直接或间接地影响了中国知识产权法的发展进程。存在于文化、政治和经济领域的"美国化"问题，不可避免地在法学领域，尤其在知识产权法领域被提出。那么，在我国颇受美国法律影响的知识产权领域是否确实存在美国化现象，美国知识产权法以何种方式、在何种意义上影响着中国知识产权法的进程，我国知识产权法对于美国法的移植效果如何？这些问题，本文将在以下内容中进行探讨与解析。

---

* 徐红菊，大连海事大学法学院副教授。作者注：感谢高鸿钧教授提出此论题，并委以信任。

一、美国法影响中国知识产权法的主要方式

（一）知识产权合理规则的主动接受

　　法律的全球化表明法律在全球范围内对区域法律产生一体化影响。对他国法律产生影响的法源有两种，一种是整合各国法律精髓获得共同认可的国际法，另一种是某一国先进成熟的国内法。此处的国际法为广义的国际法，既包括具有法律约束力的国际条约，也包括一些获得承认的国际惯例。国际条约应当为各成员国所遵循，成员国国内立法也应以所参加的国际条约为导向，一些获得承认的国际惯例对各国国内立法也同样产生重要影响，如《国际商事合同通则》就是典型的范例。某一国先进成熟的国内法在特定的环境下也会发生全球化的影响。在历史上，尽管受限于地理、经济等条件，其影响范围有所缩小，这种情形也不罕见，盛唐时期的《唐律疏议》对周边各国法律的内容产生重要的影响，如日本的《大宝律令》、朝鲜的《高丽律》和越南的《国朝刑律》等。当代美国法就是法律全球化的重要法源之一，法律全球化不能等同于法律美国化，但是美国法的确发生了全球化的影响，即使在法律制度比较发达的欧洲也不例外。沃尔夫冈·魏甘德（Wolfgang Wiegand）甚至认为，在当代欧洲对于美国法的接受类似于中世纪的欧洲对于罗马法的接受。① 受大陆法影响的地域认为破产法属于程序性的法律，随着席卷欧洲的法律改革，经过 20 余年的讨论与准备，德国终于在 1994 年颁布了全新的《破产法典》。这部法典受到美国法律思想与概念的强烈影响，如其采用的全新的"重组"的概念就是遵循了美国 1978 年《破产法》第十一章的

---

　　① Wolfgang Wiegand, "Americanization of Law: Reception or Convergence?", in Lawrence M. Friedman & Harry N. Scheiber, *Legal Culture and the Legal Profession*, Boulder: Westview Press, 1996, p. 138.

概念。①

美国法这种全球化的趋势，不仅影响了欧洲，也同样影响了我国；美国法不仅影响了我国的合同法、公司法等领域，也同样影响了知识产权法领域；美国法不仅影响了知识产权法的实体内容，也同样影响了知识产权方面的程序法。我国在立法过程中，将美国法中成熟合理的法律规则直接移植入相关部门法中，这种受美国法影响的方式是一种主动接受的方式，是一种对我国法律直接产生影响的方式。这种方式是一种积极的法律举措，有利于尽快解决我国经济发展过程中的类似问题，有利于完善相关的法律体系。如合同法中关于委托代理合同介入权与选择权的引入，以及公司法中"有限责任"及所有权与管理权分离的原则等，都源自美国法。近五年来，受美国影响最大的我国法律领域当属知识产权法，这一时期也是我国知识产权法修订最为紧密和重要的时期，在修订法律的过程中，来自美国的法律思想、法律概念与法律原则的运用受到关注。我国知识产权法关于专利权人权利内容的描述，著作权法中"合理使用"的界定，以及商标法的淡化理论等，皆属于直接对美国知识产权制度的法律移植。这些主动移植的部分多属于在美国确立较早的知识产权规范，如美国版权领域关于"合理使用"的概念可以追溯到 1841 年，约瑟夫·斯托里（Joseph Story）大法官在对 Folsom v. Marsh 一案中进行分析时，最早采用了"fair use"的表述。② 1927 年，弗兰克·谢克特在《哈佛法律评论》中已经提出"商标淡化"的思想。③

此外，我国对美国法的吸纳还表现为通过国际知识产权条约的间接主动接受。当美国法的内容通过谈判成为国际知识产权条约中的规则后，我国对国际知识产权条约中某些条款的吸收，也是对美国法的接受，是美国法间接地通过条约发挥了影响。由于国际知识产

---

① Wolfgang Wiegand,"Americanization of Law：Reception or Convergence?"p. 140.

② Folsom v. Marsh,9 F. Cas 342,348（No. 4,901）（CCD Mass. 1841）.

③ Frank Schechter,The Rational Basis of Trademark Protection,40 *Harvard Law Review* 813（1927）.转引自李明德：《美国知识产权法》,356 页,北京,法律出版社,2003.

权条约是我国参与谈判的,我国是在了解基本条款的情形下签署的,这种对知识产权规则的接受应属于主动接受的方式,尽管是一种间接的影响方式。知识产权方面的国际条约包括《保护工业产权的巴黎公约》《保护文学艺术作品的伯尔尼公约》《罗马条约》等,最为重要的是 WTO《与贸易有关的知识产权协定》(TRIPs)。受美国法影响较大的是 TRIPs 协定,这与美国的知识产权委员会(IPC)有着很重要的关系。但这个委员会并未受到太多关注,因为其并非为美国国家官方机构,而这个由当年美国 13 家跨国公司代表组成的知识产权委员会却是直接参与起草 TRIPs 文本和谈判的主要力量。我国近年对于知识产权法的修订主要目的就是为了与该协定保持一致。

(二)知识产权规则的被动接受

知识产权规则的被动接受是我国因外部压力,而被迫在知识产权制度中作出让步的接受方式。这种被动接受方式在我国知识产权立法过程中有所表现,1992 年中国与美国签订中美知识产权谅解备忘录,有一些条款就是基于贸易方面的压力,而被动地接受了美国在知识产权方面提出的意见。如在谈判中双方争执最大的一点是将药品等排除在不授予专利权的客体之外,在《中华人民共和国政府与美利坚合众国政府关于保护知识产权的谅解备忘录》中的第 1 条"专利权客体"中即规定:"专利应授予所有化学发明,包括药品和农业化学物质,而不论其是产品还是方法。"最终中国做出了让步,这一条款通过专利法的第二次修订成为专利法的正式法律规定。美国还通过世界贸易组织的争端解决程序,对我国的知识产权制度施加影响,如2007 年美国就中国知识产权法与 TRIPs 不一致的著作权法条款等提起上诉,2009 年 WTO 专家组做出要求中国修改相关知识产权法规的裁决,就是典型的案例。为了履行专家组的裁决,我国随后对相关知识产权制度加以修改,这也是一种被动的影响方式。

与主动接受的影响方式不同,被动接受的知识产权法律规则并非中国主动地对知识产权制度加以修正,而是按照美国的意愿对知识产权制度加以改动,在法律效果上可能出现不利于中国利益的情形。但需要指出的是,尽管这是一种被动的方式,绝不同于殖民地时期对西方国家强加条件的被动接受,它仍然是在考虑我国根本利益的前提下做出的接受行为。如果我们不是从中国整体的经济贸易利益出发,而是孤立地评述现有知识产权制度的利弊,就不免会发出有失偏颇的议论。① 这种接受存在合理性的前提,对完善我国知识产权法律体系有着同样的促进作用。

二、我国知识产权法受美国法影响的表现

(一)美国法对中国知识产权立法进程的影响

历史是一面镜子,我们可以透过知识产权法的修订过程透彻地分析美国法对于我国知识产权法的影响。在我国知识产权立法进程中,美国的推动作用不可忽略,几乎每一次法规的修订都有美国法涉及其中。修订内容中,哪些是依据美国法的意志被动收入法典之中,哪些是主动地移植法律知识产权法律规范,这些内容在我国知识产权法中占据多大的比重,发挥着怎样的效果,这些问题的答案都必须联系我国知识产权法的修订历史加以分析。

1984 年我国通过了真正现代意义的专利法规,开启了中国大陆对发明创造予以独占财产权保护的新时代,随后,在 1992 年、2000 年和 2008 年先后进行了三次修正;1990 年我国的《著作权法》通过,随后在 2001 年与 2010 年进行了两次修正;《商标法》在 1982 年通过,在 1993 年与 2001 年进行了两次修正。尽管知识产权法类别不同,但可以看出我国知识产权法制定及修订法规的时间几乎集中在同一时间段内,即主要集中在以 1984 年、1992 年、2000 年、2008 年为点的几段时期里。美国的知识产权制度在全球范围内都产生了重要的影响,

---

① 李明德:《国际规则与制度创新》,载吴汉东主编:《中国知识产权蓝皮书》,18～19页,北京,北京大学出版社,2009。

我国也不例外,知识产权法的每一次修订都受到美国法的影响。下面将我国知识产权法修订的时间段与美国同一时期的活动相比照,分析我国知识产权法受美国影响的程度。

第一段时期:美国 20 世纪 70 年代末的"双边贸易协定"策略

美国早在 1790 年起已经陆续颁布专利法、著作权法及商标法,但在美国,知识产权法并非从确立之初即处于强法律保护状态。标志性判例是 1917 年 Motion Picture Patents Co. v. Universal Film Mfg. Co. 案,法院明确地限制了电影专利公司滥用专利权,在出售机器同时搭售电影的行为。法院指出:"由于电影并非所诉专利的一部分,在合同中做出这样的限制是无效的,⋯⋯生产商所创设的这种电影垄断权,完全在专利法保护之外。"①在此后的 50 余年间,美国专利权处于弱保护状态,专利的侵权人可以比较轻松地逃过法律的处罚。美国著作权法也同样因不愿给予外国作品更高的法律保护,一味维持版权登记要求,而长期游离于《伯尔尼公约》之外。

进入 70 年代后,美国出口贸易受到以日本为首的国家高技术产品的冲击,美国意识到加强知识产权保护,尤其是贸易伙伴国知识产权保护的重要性。在这一时期,美国采取的主要策略是逐一与贸易伙伴国进行双边贸易谈判,以提高关税等贸易条件为砝码要求这些国家建立知识产权保护制度,中国也包含其中。经过艰苦的谈判,1979 年 7 月 7 日,中美两国政府在北京正式签署《中华人民共和国和美利坚合众国贸易关系协定》,1980 年 1 月,美国国会参众两院先后批准了《中美贸易协定》,完成了协定生效的立法程序。《中美贸易协定》第 6 条规定:缔约双方承认,在其贸易关系中有效保护专利、商标和版权的重要性。1982 年,我国通过《商标法》,1984 年,我国颁布《专利法》。

第二段时期:90 年代的《中美知识产权谅解备忘录》

20 世纪 90 年代初这场硝烟弥漫的中美知识产权谈判大战绷紧了中美两国最高层的神经,亲自参与谈判的贸易代表对此段经历自

---

① Motion Picture Patents Co. v. Universal Film MFG. Co. ,243 U. S. 502(1917).

始难忘，即使普通百姓，也仍然记得当年常常驻足聆听电台里他们不熟悉却又令人紧张的实时报道。引发这场知识产权谈判大战的根源是美国一部普通法规中的特殊条款——特殊 301 条款。

"特殊 301 条款"是美国《综合贸易与竞争法》中关于知识产权保护的一个条款，根据该条款，美国可以对被列入重点名单的国家展开半年的调查，如果双方达不成有关协议，美国将对这个国家进行贸易制裁。1991 年，中国被列入重点国家名单，随后针对美国威胁采取的贸易报复，就知识产权问题双方展开了近一年的唇枪舌剑，争议焦点如是否给予"药品和用化学方法获得物质"的产品以专利权问题，就触及了最敏感的中国药品市场利益。最终两国在 1992 年 1 月达成《中美知识产权谅解备忘录》，中国做出部分让步。1992 年 9 月我国通过《专利法》第一次修正案，这是中国知识产权法受美国意志影响最为直接的一次修正，是在短兵相接情形下做出的让步。1992 年《专利法》修正案中明确反映了谈判的内容，如在第 25 条"不授予专利权"的范围中删除了 1984 年《专利法》中规定的"药品和用化学方法获得的物质"这一部分。中美谈判结束时，我国的谈判代表心情很沉重，虽然避免了惨烈的贸易大战，却提出这样的担心："谈判中的让步是不是太多？特别是在专利保护上作出的承诺会不会对国家民族工业的发展造成影响？"①随着时间的推移，这种担心并未消退，它面临的已不仅仅是一场谈判，而是一直延续至今的美国对中国知识产权法影响的评判。但事实是，随着中国经济的发展，保护知识产权已经成为进行国际技术贸易的要求，而当时的中国却"主要关注的是怎样进口技术。而不是怎样保护知识产权"。②

---

① 吴海民：《大国的较量：中美知识产权谈判纪实》，109 页，北京，长江文艺出版社，2009。

② Felix Miao, "Protection of Intellectual Property Rights in Software Products and How to Accomplish a Technology Transfer Transaction in China", 18 *Fordham Intell. Prop.* L. J. 61 (2007-2008). Online at http://law.fordham.edu/publications/article.ihtml?pubID=200&id=2577. Visit http://www.iplj.net.

第三段时期：与 TRIPs 协定的衔接

在利用双边贸易协定等方式推进他国知识产权法进程的过程中，美国总结出了一条宝贵的经验，事实证明，这条经验对于建立世界范围内的知识产权一体化机制发挥了主要作用。这条经验就是将知识产权与贸易捆绑在一起，单独就知识产权与别国谈判是没有前景的。美国对以贸易为基础保护知识产权这种方法的倾向是不同产业集团力量以及它们推进的政策规定与思想两者结合的产物，在与贸易挂钩概念背后的推动力量是产业协会的强大组织。[①] 实例证明，不仅是在双边关系中，即使在 WTO 的多边贸易体制下，大部分成员因顾及国际贸易中的优惠待遇，而最终疏于或放弃了知识产权领域的坚守。1995 年冠名为"与贸易有关的知识产权协定"的国际条约正式生效，全球范围内的一体化知识产权制度披着"贸易"的外衣正式登台。为了能够加入世界贸易组织，履行入世承诺，我国着手修正知识产权法，2000 年完成对《专利法》的修订，2001 年完成《著作权法》与《商标法》的修订。修订后的知识产权法与 WTO《与贸易有关的知识产权协定》(TRIPs)保持了一致，2001 年 12 月我国成功入世，成为世界贸易组织的成员。尽管 TRIPs 文本是由美国、欧盟与日本共同提交，但美国显然充当了最重要的角色，自此，美国可以利用国际条约对 WTO 成员的知识产权法施加影响。

2007 年 4 月，美国就中国知识产权法存在的几项问题要求磋商；12 月，两国的争端进入 WTO 专家组审理阶段；2009 年 3 月，WTO 专家组对这一案件做出最终裁决。在历时两年的时间里，此案引起了中国国内新一轮关于知识产权制度的热议，不仅因为这是我国因知识产权问题在 WTO 被诉的第一个案件，更重要的是，人们在美国对中国知识产权法律制度影响这一问题上，重新进行了反

---

① ［美］苏珊·K.塞尔：《私权、公法——知识产权的全球化》，董刚、周超译，93 页，北京，中国人民大学出版社，2008。

思。在该案中，主要涉及著作权法、商标法及知识产权保护的刑事门槛三个问题。根据专家组的最终裁决，中国应当改进著作权法和海关措施的一些条款，使之与 TRIPs 协定保持一致。裁决的结果使人意识到，利用知识产权公约，美国对中国知识产权法的修正施加了更加有力的影响，尽管这是一种间接的作用方式。2008 年起，我国开始了新一轮修订知识产权法的活动，修正后的《专利法》、《专利法实施细则》、《著作权法》等陆续生效，只有《商标法》修订尚在进行之中。

可见，我国知识产权法的制定与修改与美国有着密切的联系，无论是依据美国单方法律还是依据 TRIPs 协定的条款，无论是主动抑或被动地接受，中国知识产权法的发展进程都没有脱离美国的影响。

（二）美国知识产权经济激励理论的影响

从 19 世纪知识产权制度诞生之初，人们便不懈地开始探索保护知识产权的基本理论，许多学者从原有的法哲学理论中寻找，如洛克的自然财产与劳动论等。"而现代知识产权法则趋向于更加依赖于使用政治经济学和功利主义的话语和概念。……在此情况下，具有重要意义的并不是在一个作品中所体现的劳动或者创造，而是该作品所作出的贡献，通常以经济学或准经济学的术语加以判断。"①这一发展最为显著的是新型的经济激励理论，本文不想对各种基础理论加以探讨，但需要指出，这一理论，即由美国首创并发展的经济激励理论，在知识产权法律领域几乎已被广为接受。

美国最高法院在审理 Brenner v. Manson 案时，曾支持专利局拒绝对一项没有实用性的化学合成物授予专利权，在反驳上诉人"科学

① ［澳］布拉德·谢尔曼［英］莱昂内尔·本特利：《现代知识产权法的演进》，金海军译，207 页，北京，北京大学出版社，2006。

研究价值"的观点,对发明的实用性进行论述时,法院运用经济激励理论明确做出了这样的解释:"专利制度应当与商业世界相联系,而非哲学王国"。经济激励理论是功利主义在近代知识产权领域的发展,经济激励理论认为"只有在它们总体上看确实激励作者创作出了足够的新作品并抵消了那些支出的时候,才能证明知识产权法的合理性。知识产权保护必然激励发明人、作者和艺术家投资于创作。"①同理,将智力成果作为财产权保护的理由是"根据经济学的理论,如果为某种资源界定产权的社会成本高于界定产权的社会收益,那么就不应当为这种资源设定财产权。"②美国早在知识产权制度制定之前,已经在《宪法》中对这一理论加以肯定,《美国宪法》第 1 条第 8 款明确规定:"为促进科学和实用技艺的进步,对作家和发明家的著作和发明,在一定期限内给予专利权的保障",表明美国授予专利权与著作权的基本要求是促进科学和实用技艺的进步。尽管我们讨论了许多解释版权法和专利法的非经济学理论,但是美国联邦宪法及司法判决似乎承认经济激励理论作为证明知识产权合理性的首要作用。③

通过考察我国知识产权制度的立法史,不难发现我国知识产权制度发展进程与美国的行为有着密切的联系,是美国根据自身利益施加压力的结果,这是一个简单的结论。但问题在于,我国知识产权法的制定与修订在多大程度上接受了美国制度呢?中国知识产权法是否很大程度上仅仅是美国法律的翻版呢?从 20 世纪 70 年代末美国开始影响中国知识产权法,到 WTO 中美知识产权第一案后的新一轮修订,历时 30 年,数次修订从未使美国真正满意。这一

---

① [美]罗伯特·P.墨杰斯等:《新技术时代的知识产权法》,齐筠等译,13 页,北京,中国政法大学出版社,2003。

② 郑成思:《知识产权——应用法学与基本理论》,11 页,北京,人民大学出版社,2005。

③ [美]罗伯特·P.墨杰斯等:《新技术时代的知识产权法》,10 页。

过程是中国知识产权制度与经济激励理论结合的过程，这一过程由分离阶段、初步结合阶段和融合过渡阶段组成。

我国 20 世纪 80 年代初的知识产权制度与经济激励理论基本处于分离阶段。美国知识产权制度是商品经济发展的产物，将知识产权制度与商业世界联系在一起实属必然，其核心是法律对私权的保护，运用经济分析的方法证明知识产权制度的价值与合理性是经济激励理论的基础。我国 20 世纪 80 年代制定《知识产权法》时尚处于计划经济时代，这种时代背景造就的知识产权制度不可能反映经济激励理论，尽管一些具体规则已经出现。1984 年《专利法》的立法目的是"有利于发明创造的推广应用，促进科学技术的发展"，寓意了发明技术为社会公益服务的根本理念，强调知识产权内在的"公共利益"属性，与经济激励理论对于理性个人价值最大化的分析大相径庭。20 世纪 90 年代到 21 世纪初这一阶段，经济激励理论在中国开始被逐步接受，尽管学术界异议声音不断，它还是主导了中国知识产权制度的修订过程。知识产权作为私权被正式承认，权利人得到更多的制度保障，包括拥有接受司法审查的机会等，中国知识产权制度开始与经济理论初步结合。21 世纪初，中国（"市场经济"国家）"市场经济国家"地位得到强化，为国际社会逐步认可，国家确定实施知识产权战略，法制面对激励经济发展与创新的经济激励理论不再扭捏，而将其融合入中国知识产权制度之中。

也许有人会批评，带有功利主义色彩的经济激励理论并不能解释知识产权制度中的所有问题，如精神权利问题等，而事实上没有任何一种理论能够达到这样的目的。中国知识产权制度在 30 年的发展进程中，对该理论的许多内容持认可与吸纳的态度。因为许多具体的知识产权规则可以通过经济激励理论得到有效分析，如"1. 专利权不具有永久性，这就降低了专利权对所有者的价值，从而减少了致力于取得专利的资源量；2. 显而易见意味着以很低的成本就可以发现，发现的成本越低,就越没有必要用专利保护来刺激发明活动的进行,……由于授予专利权而引起的重复投资的浪费量将会更大;3.专利权授予应在其达到商业可用性之前,以阻止成本昂贵的开发工作的重复"。①对于商业秘密,"竞争者可以通过独立发现、反向工程和利用持有人的意外披露而进行随意、免费的使用。实际上,竞争替代了作为过度投资制约专利法的证据要求和有效时限。"②这些精彩的分析足以让中国在找到更为适合的理论基础之前,采纳这一理论解决知识产权制度中存在的具体问题。

(三)知识产权法典中的美国法痕迹

著名的"李约瑟之谜"曾经对拥有古老先进文明的中国没有较早产生知识产权制度提出质疑,许多答案似乎归指一个方向,那就是由于等级特权无法产生商品经济的社会环境,这对于现代经济条件下产生的知识产权制度似乎是一个可行的答案。中国在30年时间里建立起国外运行两百余年的复杂知识产权法律体系,这其中移植了许多国外的尤其是美国的知识产权法规则。

专利法领域。专利法中的一些法律概念、法律原则由美国知识产权制度中移植而来。专利制度主要由专利保护的客体、专利申请的审查与批准、授予专利权的条件、专利权的效力、专利权保护范围及专利侵权等主要部分构成。以一些借鉴了美国专利法的主要法律原则为例:①在专利申请方面。各国早期专利法规定的授权专利文件都只有专利说明书,美国率先使权利要求书成为专利文件的必要组成部分,用它来表述和限定专利权的保护范围,从而奠定了现代专利制度的基础。②在专利法授予专利权的实质性条件方面。美国1952年在创新制定《专利法》时增加了关于创造性的规定,上述举措

---

①② [美]理查德·A.波斯纳:《法律的经济分析》,蒋兆康译,上册,48页,北京,中国大百科全书出版社,1997。

在世界各国专利制度的发展过程中都是首创。① 此外，授予专利权实质条件中的"非显而易见"性来自美国知识产权法，美国在 1851 年最高法院判决的 Hotchkiss v. Greenwood 案中确立了这一概念，1952 年专利法将判例法所形成的"非显而易见性"标准做了法典化的规定。② 这些首创且发展于美国的具体专利制度同样构成我国专利法的主要组成部分，鉴于该内容的明确与确定，在此不对我国专利法条文进行一一列举。我国专利法将这些内容移植入法典内，在条文的表述及解释中都未作出大幅的改动。

商标法领域。商标法在我国有较长的保护历史，1982 年制定我国第一部现代意义的《商标法》。比较特殊的是，在知识产权法领域，商标法是受美国知识产权制度影响较小的领域，这与商标的标识性功能有直接的关系。但我国商标法中仍然可以发现美国商标规范的痕迹，如对商标的种类、商标的反向假冒，以及商标淡化理论的借鉴等。1946 年，美国第一次在其商标法《兰哈姆法》中对服务标记与商品商标进行同等的法律保护。我国 1982 年《商标法》只适用于商品商标，未将服务商标纳入保护的范围，在 1993 年对《商标法》进行第一次修改时，引入了服务商标的概念。

与专利法不同，商标法不仅受美国商标法影响程度较小，而且对其并非被动承受，而是主动吸纳，在商标法适用过程中主要是对合理规则的主动移植。这与商标的本质特征有关，从经济学的角度看，商标的经济功能是，通过给定统一质量的保证而降低消费者的寻找成本。③ 商标仅是指明某一特定产品或服务的来源，它与消费者的利益更加密切相关。有趣的是，在美国历次向中国知识产权制度施加压力要求修改时，商标从来都不是重点部分，如在 1992 年艰苦谈判达成

---

① 尹新天：《美国专利政策的新近发展及对我国知识产权制度的思考》载国家知识产权局条法司：《专利法的研究 2007》，2 页，北京，知识产权出版社，2008。

② 李明德：《美国知识产权法》，39 页，北京，法律出版社，2003。

③ 理查德·A. 波斯纳：《法律的经济分析》，上册，53 页。

的《中国政府与美国政府关于保护知识产权的谅解备忘录》中,涉及了知识产权领域的专利权(重点部分)、著作权,甚至商业秘密,却并未提及商标权。因而,尽管在 1992 年后,我国修改了《商标法》,也并非完全由于美国压力所致。到乌拉圭回合谈判中,美国才提出驰名商标问题,这在我国商标法中已经有所表现。

著作权法领域。我国现代意义著作权法的制定始于 1990 年,是知识产权制度中制定时间较长(历时 11 年)、较晚的,也是美国推动的结果。但在著作权的内容上,我国更接近于大陆法系,这也是在后来中美知识产权谈判过程频频遭遇障碍的主要原因。但在著作权法中也有美国法的痕迹,如关于作品许可、合理使用等方面的规定。至 2007 年中美世界贸易组织知识产权第一案中,涉及的主要是著作权法的问题,美国对中国《著作权法》第 4 条第 1 款提出质疑,认为"禁止出版传播的作品不受保护"的规定不符合 TRIPs 协议的规定。2009 年专家组就此问题作出裁决,认为中国《著作权法》第 4 条第 1 款不符合中国应该承担的 TRIPs 协议第 9 条和由此涉及的《伯尔尼公约》第 5(1)条的国际义务,以及 TRIPs 协议第 41.1 条的国际义务,中国应对《著作权法》进行修改。在 2010 年我国完成对著作权法的第二次修正时,删去了这一内容,这在某种程度上体现了美国通过国际条约对我国知识产权制度施加的影响。

三、中国知识产权法的"美国化"分析

(一)法律"美国化"的构成特征

在 20 世纪初,"美国化"(Americanization)的含义是指美国当地移民融入美国的过程,这一概念发展到现在,已经远远超出其原本的含义。在当代世界,美国化的含义是指在某一特定领域,美国模式取代原有传统模式,确立支配地位的过程。关于此种含义"美国化"的讨论

早已有之，1907 年美国学者萨缪尔·墨菲特（Samuel E. Moffett）在《加拿大的美国化》①一文中，第一次提出美国对别国产生影响的"美国化"的概念。肯尼迪在就职演说中曾经描绘，"我们能否建立一个把东西南北连在一起的伟大的世界联盟……以确保人类更为丰实的生活呢?"可见，美国化的产生不仅是商业流动的结果，也是美国整体精神的反映，美国精神从未局限于北美大陆，它内在地含有扩张的倾向。正如施瓦茨指出的，"与大西洋彼岸的法律不同，美国法在性质上是扩张性的，而不是防御性的"。② 法律的扩张，相比其他类别文化扩张是更具有价值的，加之英国在日不落帝国殖民时期，为美国法律全球化影响奠定的良好语言基础，美国法律开始产生越来越广泛的影响。

但"受美国法影响"与"法律的美国化"存在着实质的区别，我们多数人不会否认受到美国法的影响，但是否达到"美国化"的程度则要进行进一步的分析。构成法律的"美国化"至少应同时具备以下两个特征：第一，"美国化"显示的应是一种正在发展的过程。这是一种美国法律原则、法律概念和法学理论在新的法律体系中逐步取得主导地位的过程，其所呈现的是一种发展的动态形式。这种动态形式呈现的是美国法既非刚刚移植入传统体系，亦非就此截止的发展趋势，同时也揭示了对于吸收美国法的地方法律体系所经历的是吸收、消化和融入的过程。这种过程往往在移入国并没有遭遇更加激烈的反对派，而是一种逐步、稳定发展的过程。此外，美国法在新的法律体系中应占据主要的比重。仅仅存在美国法律对传统法律体系的影响，还远不能构成法律的美国化，美国法律概念、法律原则等应当在原体系中占据一定的主导与支配地位。否则，我们只能说存在美国

---

① Samuel E. Moffett, "The Americanization of Canada", Columbia University, 1907.
② ［美］伯纳德·施瓦茨：《美国法律史》，王军等译，25 页，北京，中国政法大学出版社，1997。

法的影响,而不能认为达到了法律"美国化"的程度。

(二) 我国知识产权法受美国法影响的程度分析

在学术文章的论述中,常常会发现法学家认可美国法已经对我国法律,包括知识产权法产生了重要影响的表述,对此,我们已经在前文从立法进程、法律理论与具体法律条款的分析中给予了认可。但是,美国法到底在多大程度上影响了我国的知识产权法,这种影响是否已经使知识产权法达到"美国化"的程度呢?这个问题就不能仅凭以上的分析妄加判断,如前所述,构成"美国化"不仅要求证明中国知识产权法处于持续不断地吸收美国法的发展进程之中,还要求证明美国法在我国知识产权法的内容中已经占据相当的比重,处于"主导"与"支配"的地位。

我国传统上属于大陆法系,在知识产权制度制定之初也是遵循了大陆法系的法律模式,美国法的影响是在 90 年代后才逐渐明显起来。需要提及的是,我国不同类别的知识产权法受美国影响的程度不同,影响最大(也是美国施加压力最强)的领域是专利法,其次为著作权法,最后为商标法。1992 年 1 月《中美知识产权谅解备忘录》签署后,我国在 9 月对《专利法》进行了修改,修订的内容主要是备忘录中达成一致的、关于专利保护方面的四个问题,共涉及 8 个法条:①专利的客体应包括药品和农业化学物质,而不论其是产品还是方法;②授予的权利延及方法专利直接生产的产品;③发明专利的保护期限延长为自专利申请提出之日起 20 年;④强制许可的具体要求。2000 年的《专利法》修改涉及 5 个方面的内容,这其中多数是为了适应经济的发展做出的调整,如取消关于持有人的规定等,移植美国法的内容未占主要地位。2008 年的《专利法》做出了大幅度的修改,修改涉及的法条达到 36 项之多。本文以受美国法影响程度较大的《专利法》第 3 次修改案为范式进行分析,以实例说明专利法领域的美国化影响程度。

表 1 我国专利法第 3 次修改的主要内容与分析

1		共有专利权的行使	受美国专利法影响的条款
2		新颖性、创造性采用了现有技术的概念	
3		现有技术专利侵权抗辩	
4		增加药品和医疗器械的实验例外（Bloar 例外）	
5		确定侵权赔偿额的计算	根据专利申请实践修改
6		关于遗传资源管理、保护	
7		外观设计专利权人的许诺销售权	
8		提高了外观设计专利权的授权标准	
9	实体条款	允许平行进口	
10		强制许可（6 条）	
11		取消批准有关单位推广实施专利技术的规定	
12		增加了允许一件外观设计专利申请包含多项外观设计	
13		改变了构成抵触申请的条件	
14		取消涉外代理机构的指定	
15		删除了关于财产保全的规定	
16		赋予管理专利工作的部门必要行政执法手段	
17	有关专利申请的规定	明确国家知识产权局传播专利信息的职能等（8 条）	根据专利申请实践修改
18		"裁定"改为"调解书"	
19		统一规定为假冒专利行为	
20	法规条文的措辞修改（7 条）	统一使用"外国人"	
21		删除了本条原来条文中的"书面"二字	
22		专利标识	
23		删除"设计人"的表述	
24		检索报告的名称修改为"专利权评价报告"	

从上表 1 中，可以看到，我国《专利法》第 3 次修改涉及的 36 条中，共有 4 条明显受到美国专利法的影响：①共有专利权的行使。在修改此条前，我国专利法的规定与日本相同，即规定共有专利权的行使要取得所有共有人的同意。我国专利法修改后，与美国专利法中的规定类似，即专利共有人可以不经其他共有人同意单独实施或者以普通许可的方式许可他人实施。但在美国专利法中，没有关于专利许可费用分配方面的规定，依据《美国法典》第 35 卷第 262 条，专利

权共同人发放普通许可,不必向其他所有人说明。而我国的专利修改加入了"许可他人实施专利,收取的使用费应当在共有人之间分配"的条款。②引入"现有技术"概念。我国《专利法》修改在两处引入"现有技术"的概念,一处是关于授予专利权实质条件规定,另一处是关于利用现有技术进行专利侵权抗辩的规定。《美国法典》及判例中较早确立了"现有技术"的概念,在司法实践中得到广泛应用,我国一些人民法院和行政机关在专利侵权纠纷的审判、处理过程中也有允许进行现有技术抗辩的实践,只是在专利法层面上还缺乏依据,国家知识产权局建议增加了允许进行现有技术和现有设计抗辩的规定。① ③增加药品和医疗器械的实验例外条款。药品和医疗器械的实验例外条款,最早在美国确立,被称为"Bloar 例外"条款,目的是对于仿制药品和医疗器械上市审批时,对行使专利权的行为提供合法的抗辩理由,以利于在专利权期限届满之后仿制药品和医疗器械的迅速上市。这一条款显然有利于我国的现状,有利于我国药品企业的发展,在第 3 次修正案中得以采纳。由上面的分析可以看出,美国对我国知识产权法律内容的影响很大,尽管 2008 年第 3 次修订仅涉及 4 条,但 1992 年的修改几乎完全是按照中美备忘录中的内容进行,移植了美国专利法中一些主要法律概念与原则。更为重要的是,我国对于支撑专利法基本经济激励理论的逐渐认同,表明了美国法在潜移默化地发生着重要的影响。

专利法是我国知识产权法中受美国法影响最大的领域,著作权法和商标法内容中受到美国法影响的条款相对要少,就现状看,美国法的影响在中国的确得到有史以来的强化,但尚不足以占据主导地位。《专利法》36 条修改中,明显采纳美国专利法律概念、法律原则的只有 4 条,且其中关于共有专利权行使的条文还进行了进一步的补充完善。因而,就我国《专利法》法规分析的角度看,尚不能得出我国专

---

① 国家知识产权局条法司:《国家知识产权局对专利法第 3 次修改的主要建议》,载"中华人民共和国国家知识产权局网",http://www.sipo.gov.cn/sipo2008/zcfg/zcjd/200804/t20080403_369374.html(最后访问时间 2006-12-28)。

利法出现"美国化"的结论。1992年《中美知识产权谅解备忘录》中关于著作权的问题主要是要求中国加入《伯尔尼公约》，给予美国国民的作品（主要是计算机程序和录音制品）受中国著作权法及有关规定的保护。我国著作权法中修改内容主要是扩大作品的范围，明确了出租权、信息网络传播权等权利内容，以及给予权利人提出"诉前保护措施"的权利等，除少数内容外，美国法的痕迹并不明显。而2010年的《著作权法》仅针对世界贸易组织裁决的部分做出了两项修改。

综上分析，我们可以得出这样的结论：我国目前的知识产权法领域确实受到美国法较大的影响，但尚不存在"美国化"的现象。美国知识产权法内容在我国知识产权法律制度中不占"支配"地位，也没有实现主导我国知识产权制度发展走势的功能，但美国法对于我国知识产权领域的影响确是一个稳定上升的发展态势。美国法学理论、法律原则的影响还在逐步加强，尤其在司法领域中，似乎更加倾向于运用美国现有的法学理论对于法律条文进行解释，一些主要的法律原则已经正式规定在我国最高法院做出的司法解释之中，如等同原则等。随着我国知识产权案件的增多，对于正确解决争端的知识产权法律解释与法学理论需求也会急剧增多，在未来中国知识产权法的发展中，是美国法的影响进一步加强，并最终形成知识产权法领域的"美国化"现象，还是发展创新形成具有中国特色的本国知识产权法，从目前的状况看，还不能得出明确的结论。

四、知识产权领域移植美国法律的效果与反思

（一）美国化与法律文化的危机意识

20世纪60年代，席勒系统地阐述了文化帝国主义理论，认为文化帝国主义有三个特点：首先，它是以强大的经济、资本实力为后盾，主要通过市场占有而进行的扩张；其次，这种扩张是一种文化价值的扩张，其目的在于实现全球化的文化支配；再次，文化扩张的过程主

要通过信息产品的传播进行。"美国化"的影响随即在文化领域掀起了争论的浪潮,担心以美国影视和麦当劳快餐为代表的大众商业文化的冲击会使国家传统文化丧失。

这种担心可以归源于对本国"传统"或"历史"遗失的忧虑。法律是所有专业中最具有历史取向的学科,更坦率地说,是最向后看的,最依赖于往昔的学科。它尊崇传统、先例、谱系、仪式、习俗、古老的实践、古老的文本、古代的术语、成熟、智慧、资历、老人政治以及被视为重新发现历史之方法的解释。[①] 法律领域的全球化同样唤起了人们对外来文化冲击的危机意识。法律是一种文化现象,它存在于人们相互交往形成的社会经济与政治关系之中,它体现了一个特定民族的价值追求。美国法的冲击势必使法律走上变革的道路,这种变革在外部因素的刺激之下发生,就可能产生内部矛盾的激化,人们对美国法影响的法律文化产生危机意识就不难理解了。

(二)知识产权领域移植美国法律的效果分析

1. 借鉴美国法的重要途径:法律移植

我国知识产权制度借鉴美国法的主要途径是法律移植。法律移植表明一国对同时代其他国家法律或者国际法规范的引进、吸收与同化的过程。法律移植是吸纳其他国家法律的一种重要途径,可以直接将美国知识产权制度中的概念、原则与基本理论移植入本国法律体系之中。

尽管存在认为法律与文化不可分割,因而不可进行移植的悲观论者,法律在各国间进行移植确已成为法律发展的普遍现象。沃森在《法律移植论》中认为,在遥远时代的《埃什南纳法令》、《汉谟拉比法典》以及《出埃及记》这些人类古老的法律典籍中就存在着法律移植。无论法律移植的古老存在形式还是现代的发展演变,这一特殊的法律文明交流与传播形式的本质性意义,就在于它是一个国家或

---

① [美]理查德·A 波斯纳:《法律理论的前沿》,武欣等译,149 页,北京,中国政法大学出版社,2003。

地区主动地、有选择地自愿采纳和接受其他国家法律的过程。尽管法律移植可能出现变异或目的落空等情形，但有一点是确定无疑的，即法律移植在客观上促进了人类法律文化的交流与沟通，进而在一定程度上推动了法律发展的国际化趋势。① 我国知识产权制度发展较晚，没有现成的模式可以遵循，将成熟的法律概念与法律原则移植引进，是知识产权法发展必然的选择。

2. 我国知识产权领域的美国法律移植：从被动适应到主动调整

从我国知识产权法的历次修改内容看，对美国法移植经历了从被动适应到主动调整的过程。从 20 世纪 90 年代到 20 世纪末是对美国法律被动适应的阶段，进入 21 世纪后，我国也进入了对所移植法律规范进行主动调整的阶段。

20 世纪 90 年代到 20 世纪末是我国知识产权法对所移植法律的被动适应的阶段。20 世纪 90 年代初期和中期，中国知识产权立法的国际化进程，主要受到中美双方冲突的影响。1992 年 1 月、1995 年 3 月和 1996 年，中美之间达成三个谅解备忘录。其中第一个谅解备忘录，主要涉及知识产权保护标准，其形成表明中国接受了美国的要价，基本上按照美国标准来修改本国法律；后两个则主要涉及知识产权法的实施，相关备忘录主要是针对侵权与保护②。这一时期，我国知识产权法的修改完全处于被动适应阶段，由于对国际条约的理解、法学理论理解的有限性，对于一些所修改法规的内容尚不能充分驾驭。这一点，可以我国对强制许可规范的修改为例加以证明。我国 1984 年《专利法》第 52 条规定，发明和实用新型专利权人在一定限期内无正当理由没有在中国实施专利的，专利局可以给予实施专利强制许可。我们把关注的重点放在"实施地域范围"上，可以发现，按照 1984 年《专利法》的规定，限定了实施的地域范围，即必须在中国实施专利。在 1992 年 1 月的《中美知识产权谅解备忘录》中，美国要求中

①　公丕祥：《法制现代化的理论逻辑》，367～368 页，北京，中国政法大学出版社，1999。

②　吴汉东：《中国知识产权法制 30 年的 9 个问题》，载吴汉东主编：《中国知识产权蓝皮书》，93 页，北京，北京大学出版社，2009。

国专利法做到:"专利权的享有不因发明的地点、技术领域以及产品为进口或当地生产而受歧视,"进口在国外实施专利生产的产品也是一种实施行为。由于 TRIPs 协定第 27 条有着同样的规定,为了符合两者共同的要求,我国在 1992 年 9 月的《专利法》中,将原第 52 条加以删除。而这显然是对 TRIPs 协定规定的一种误读,因为我国 1984 年的规定源于《巴黎公约》第 5 条 A 款,而 TRIPs 协定没有对《巴黎公约》进行否定。尽管《巴黎公约》未明确提及不实施专利的地域范围,但《巴黎公约》中不仅规定"不实施"可以作为强制许可的理由,还规定各国可以"不充分实施"作为强制许可的理由。"不充分实施"的含义即指专利产品不能够满足国内市场所需。在充分了解此项规定的法理渊源及各国的立法例后,我国在 2008 年的专利法修订中,又将这一规定完善后重新纳入法典。可见,我国这一时期的知识产权法主要处于被动适应的阶段。

进入 21 世纪后,我国知识产权法理研究日益成熟,国家技术创新能力增强,调整知识产权法内容,使其适应我国经济的发展成为一种内在的自发追求,我国知识产权开始进入主动调整阶段。开始主动地将国外先进成熟、适需的法理概念与法理原则移植引入。

对所移植法律的主动调整表现为依据本国情况对所移植法进行的修整与完善。如前文所提及的关于共同专利权人对外可以单独发放普通实施许可合同的规定,尽管这一规定借鉴了美国法,但对于许可使用费分配问题的规定,却是我国主动调整补充的规范。又如 2008 年我国对专利侵权赔偿计算方式的主动调整:我国专利法修订前,专利侵权赔偿的计算方式,即对所失利润、非法获利和许可费的计算没有规定顺序。从美、德、英、日四国的规定看,各种专利侵权损害赔偿计算方式在法律适用上也没有顺位区别,专利权人享有选择计算方式的权利。[①] 我国 2008 年对于专利侵权赔偿的计算方式明确

---

① 和育东:《专利侵权损害赔偿计算制度:变迁、比较与借鉴》,《知识产权》,2009(5),11 页。

规定了顺位关系，首先是所失利润，然后是非法获利、许可费，最后是法定赔偿。我国对于所移植法调整的效果还需在实践中得到证明，但对于所移植法律的主动调整表明知识产权法的发展进入新的发展阶段。

（三）法律移植的目标：本土化与创新

法律移植并非整体法律规范的照抄照搬，而是将对本国法域适用的某个或某些法律概念或法律原则移植过来，这些移植来的新的、独立的法律机体中的概念与原则，只有实现本土化，才是法律移植的成功，本土化趋势是被移植法律概念与法律原则的最佳归宿。"总而言之，总是存在着本土性的，不可制约的因素，这些因素抑制了有关源于其他法域的法律规则融入本地的认识论上的接受能力……因而，由于本土文化所固有的整合能力，很快就使得这些借来语词的外形，发生了本土化趋势。"[①]

本土化一般会有以下三种表现方式：第一，保持原有的含义与功能。这种情形多适用于本国法域对此尚处空白状态，移植来的法律概念继续保持在原语境中的含义，但在本国发挥了同样的规范作用。如我国专利法权利保护范围解释中对美国等同原则的移植，在适用中基本上保持了等同原则在美国所固有的"以实质相同的方式、采用实质相同的方法、发生实质相同的结果"判断标准。第二，因本土化而改变部分内容。这是在国家间进行法律移植中最常发生的结果。在专利法领域，我国移植了授予专利权的实质条件，即实用性、新颖性与创造性，但在其具体含义的解释上均呈现了本土化的趋势。如新颖性在第 3 次专利法修改后，完成由相对新颖性向绝对新颖性标准的转变。第三，含义与内容发生本质性改变。这种情形依然是本土化的结果，区别是所移植入法律机体的法律概念只保留了名称，其所

---

① ［意］D. 奈尔肯、［德］J. 费斯特：《法律移植与法律文化》，高鸿钧等译，85 页，北京，清华大学出版社，2006。

代表的含义与内容已经发生了本质性的改变,与原有法律语境下的含义截然不同。如"专有技术"(know-how)这一概念,在美国原指只有特定技巧的人才能掌握的技艺,在移植入中国后,却转变为"技术秘密"的含义。

"各种特殊规定性与一个民族或者一个时代的特殊性相联系,共同构成一个整体。只有在这个整体中,立法与它的各种特殊规定性才具有意义。"[①]我们从美国知识产权制度中移植来法律规则也一样,要与中国知识产权法律体系中的各种特殊规定性相结合,才会构成一个真正的整体。这一过程也是知识产权制度在中国进行本土化的目标,当其符合现有法律机体各种特殊规定性的需要,并与之协调一致时,就会为原有的制度带来新的生命力与制度的进步。原国家知识产权局条法司副司长文希凯在总结中国知识产权制度的发展时曾说:"回头来看,加速与国际知识产权制度的接轨,不仅没有阻碍我们的产业发展,反而对产业的良性发展起到了非常大的促进作用。"这种本土化的过程本身就是一种法律创新,随着法制的不断进步,最终必然进入本国的创新阶段。这一阶段是法制发展的高级阶段,既与先进的法理、立法技术直接相关,也由国家的经济发展水平所决定。随着国家知识产权战略的制定和实施,在版权、专利和商标的保护方面,中国也有可能在制度创新方面作出自己的贡献。知识产权制度的创新,与一个国家的社会经济发展水平和创新能力密切相关。[②] 我国知识产权法的进程在顺利完成主动调整阶段后,将来必然也会进入法律的本国创新阶段,这是法律移植的目标。

综上,我国知识产权制度的确在美国压力之下曲折前行,从知识产权法规到法学理论,都受到美国法律的重要影响,这种影响在未来的一段时间内仍将持续。但我国知识产权法尚未达到"美国化"的程度,即美国法并未在中国知识产权制度中占据"主导"与"支配"的地

---

① [德]黑格尔:《法哲学原理》,杨东柱等译,3页,北京,北京出版社,2007。

② 李明德:《国际规则与制度创新》,载吴汉东主编:《中国知识产权蓝皮书》,20页。

位。我国知识产权法对美国法吸纳的主要方式是法律移植，我们对于法律移植应抱有客观、科学的态度，我国已经由 20 世纪的被动适应阶段进入对所移植法律的主动调整阶段。我们不应排斥这种法律移植，因为"从时间上讲，这是从现实放眼于未来；从文化上讲，这是汲取其他民族的文化之长来丰富本民族的文化；从方法上讲，这是以多元强化一元，以个别充实一般；从历史讲，这则是任何一个民族、文化及其相应社会制度自我发展与完善，从而在各种进化竞争中作为强者的必由之路"。① 最终，随着我国经济的发展，自主创新能力的增强，知识产权法的发展也应当能够迈向本土化与创新的高级阶段。

---

① 米健：《法以载道》，115 页，北京，商务印书馆，2006。

法律移植：股东派生诉讼制度改革的经验和启示

朱芸阳[*]

股东派生诉讼制度的引进，本质上是一种法律移植现象。伴随着全球经济一体化和各国法制现代化的进程，各国彼此之间互相借鉴和移植法律的现象普遍存在。股东派生诉讼作为公司治理中的一项基本制度，被认为是遏制管理层不法行为、保护公司及少数股东利益的重要机制，已经在全球各国被广泛接受。股东派生诉讼制度不仅在美国得以长期存续并发扬光大，而且为英国[②]、澳大利亚[③]、新加坡[④]、新

---

* 朱芸阳，清华大学 2009 级商法专业博士生。

② Companies Act，2006，Pt. 11.

③ Corporations Act，2001，Pt 2F. 1A.

④ Companies Act §§ 216A-B.

西兰①等英美普通法国家所普遍接受，同时，被韩国、日本②等大陆法系国家所继受，我国在 2005 年公司法改革中也引进了该项制度，在《公司法》第 152 条中明确规定了股东派生诉讼制度。因此，本文拟从公司法上股东派生诉讼制度为观察视角，选取英国、美国、德国、日本这几个典型性国家为考察对象，③详细梳理各国股东派生诉讼制度的发展脉络，阐述经济全球化背景下公司治理法律移植的动因、重要途径和效果，并尝试探究相关法律制度发展的新趋向。

一、股东派生诉讼制度的治理理念

股东派生诉讼（shareholder derivative litigation），或称"间接诉讼"，是指当公司由于某种原因没有就其所遭受的某种行为的侵害提出诉讼时，公司股东可以代表公司以旨在使公司获得赔偿等救济为目的而针对该种行为所提出的诉讼。④

归纳而言，规定股东派生诉讼制度主要基于两方面的立法理念考虑：第一，股东派生诉讼对于保护少数股东利益意义重大。从传统公司法理论来看，当公司遭受损失时，应当由公司本身来决定是否追究法律责任，法院不应当干涉公司的自由经营活动。该理念在传统公司法和判例中根深蒂固。⑤ 但是，现代公司企业的治理结构，使得

---

① Companies Act,1993,Pt. IX.

② Japanese Commercial Code,1993, § 267(1).

③ 目前，从理论和实践经验而言，资料最丰富的是美国。而美国作为股权高度分散的证券市场，与中国股权相对集中的市场情况差距相当大，其借鉴意义是否重大值得深思。而近些年来，其他重要国家，包括英国、欧盟国家以及东亚国家（韩国、日本等国）关于股东派生诉讼的理论讨论和立法例日渐丰富，不仅仅是英美法系英国 2006 年《公司法》对股东派生诉讼制度作出相应地规定，而且，与中国股东类型、公司治理环境结构更加类似的东亚国家，韩国、日本的公司法均对该制度作出了回应。因篇幅有限，本文只能分别选取英、德、日三国作为不同类型的代表与制度的母国与美国进行比较和论述。

④ 施天涛：《公司法论》（第 2 版），442～443 页，北京，法律出版社，2006。

⑤ C. Hale,"What's Right with the Rule in Foss v. Harbottle?", *2/219 Co. Fin. Insolvency L. Rev.*,1997,p. 225.

该自由裁量权必须进行修正，才能更好地维护股东权益，僵硬而不加任何限制地允许公司行使自由裁量权力，将会导致不公平的局面出现。尤其是在英美法系中，股权的高度分散，管理层在公司治理结构中处于核心地位，大型公众公司中的董事、高级管理人员掌握着实际决策权力，即使立法中明确规定了董事、管理层的受信义务，但是在实践中，处于董事、管理层，或者控制股东控制下的公司在其因董事、管理层或者控制股东的行为而遭受损失的情况下，依然怠于追究其赔偿责任，使得股东特别是中小股东的利益遭受损失，因此，赋予股东诉诸法院追究董事、管理层或者控制股东的权力，通过保护公司利益的方式保护自身利益，不失为一种保护少数股东利益的途径。

第二，股东派生诉讼是改善公司治理环境的利器。受信义务作为公司治理的核心内容，不仅需要通过公司法对受信义务制度作出明确规定，如果仅仅规定受信义务本身，而受信义务无法得到执行，则受信义务将会成为一纸空文，因此公司法上更关键性的问题是：在公司董事、高级管理人员等义务人违反受信义务时，如何追究其责任从而保护公司合法权益。股东派生诉讼最常见的形式就是针对公司管理层违反受信义务提起的诉讼。股东派生诉讼制度的存在，使得违反受信义务的行为被诉诸法院，从而追究不法行为人的法律责任成为可能，并因此对公司董事、监事、高级管理人员甚至控制股东的行为产生威慑作用，从而降低代理成本，改善公司治理环境。因此，概括而言，股东派生诉讼制度主要包括两层作用，一是为股东提供救济手段的补偿作用，二是改善公司治理环境的威慑作用。

与直接诉讼相比，股东派生诉讼具有鲜明的特点：在股东派生诉讼中，虽然当公司利益遭受损失时，股东个人的利益也可能间接受到侵害。但是，利益直接受到侵害的对象并非直接是股东个人，而是公司，因此，股东实际上是代表公司利益提出的诉讼。在美国，当股东个人利益和公司整体利益均因公司的董事或者管理层的行为，例如内幕交易，遭受到损失时，股东既可以以自身的名义提出直接诉讼，也可以代表公司提出股东派生诉讼，两者并行不悖。① 其次，股东派生诉讼涉及到股东诉权和公司自由商业判断权力的平衡问题。正如前所述，法院不干涉公司的自由经营活动，是传统公司法上和判例中根深蒂固的基本理念。法院面临着两难境地：既不愿意破坏公司的自主经营权力，也不愿意由于公司作出不公正的决定，使得违反受信义务的赔偿责任无法实际得到执行。因此，股东派生诉讼制度的实体规则和程序设计中，处处体现出限制小股东滥用公司派生诉讼制度的理念，防止小股东提出无意义的派生诉讼，从而牟取个人利益或者不必要地浪费公司的人力和财力资源。下文将会论述到，各国立法或者法院判例在诉讼前置程序审核、适格原告的界定、担保的应用、商业判断原则在股东派生诉讼中的应用、诉讼特别委员会终止诉讼的权限、公司在股东派生诉讼程序中的地位等诸多方面都体现出其在保护公司自由裁量权和中小股东利益之间不断寻求最佳平衡点。

二、各国股东派生诉讼制度的发展历程

（一）英国：福斯规则及其后续发展

股东派生诉讼起源于英美衡平法，英国 1843 年福斯诉哈波特尔（*Foss v. Harbottle*）②一案被通说作为股东派生诉讼的肇端。但英国普通法在福斯规则建立之后百余年的历史中，并没有明确提出"股东派生诉讼"的概念。而自 19 世纪伊始，在应对少数股东诉讼的问题上，美国和英国就走上了不同的发展道路。

英国的公司规则根植于合伙制度，从根本上决定了英国股东派生诉讼规则的发展保守。18 世纪末至 19 世纪初，为了适应工业革命大发展的趋势，集合资本和分散风险，需要设立不同的商业组织形式，英国合股公司（joint stock company）正是合伙形式的一种延

---

① ALI Principles 7. 01 (c).

② 2 Hare 461,67 *Eng. Rep.* 189 (1843).

伸——由大量的成员组成,股份可以自由转让。这种合股公司的内在组织机制也与现代公司相似,所有权与经营权相分离,①公司权力由管理层行使,同时以信托证书(a deed of settlement)的形式规定财产由受托人管理,财产所有人可以自由转让该组织的股份。直至英国 1844 年《合股公司法》允许设立法人后,根植于合伙形式的合股公司也才得以法人的形式出现。在尚未建立成文公司法的情形下,英国通过判例对合伙的相关法律进行解释阐述,形成了大量的公司法规则,用以规制公司董事义务和内部管理机制的规则也产生于传统的合伙规则。因此,在 1843 年福斯诉哈波特尔一案②中,法院依照遵循先例的原则,坚持少数股东必须首先用尽公司内部救济手段,重申了两条规则,包括“多数决规则”和“适格原告规则”,即,如果公司多数股东通过内部程序的方式批准少数股东所声称的不当行为,公司多数股东有权禁止少数股东提出诉讼,法院无权干涉公司事务;同时,当公司遭受不当侵害时,有权提出诉讼的适格原告应当是公司。③ 前者与公司制形成之前的合伙规则一脉相承④;而后者则是基于在本案中首次得到阐明的“公司独立人格”的论点。此外,有学者也将形成福斯规则的原因归结于,19 世纪初工业革命高速发展时期下自由主义经济思想盛行,受到自由主义经济思想影响的法院主流观点是,依照多数决规则作出的决定应当是正当并受到尊重的。⑤

　　福斯规则的确立,将寻求救济的权利首先赋予了具有独立人格的

---

　　①　A. J. Boyle, "The Minority Shareholder in the Nineteenth Century: A Study in Anglo-American Legal History", 28/317 *Modern Law Review*, 1965, p. 319.

　　②　在该案中,有 2 名股东起诉董事将他们自己的财产以昂贵的价格出售给公司,法院判定,原告股东在提议由股东大会讨论是否起诉董事前无权进入法院向董事提起诉讼。

　　③　K. W. Wedderburn, "Shareholder's Rights and the Rule in Foss v Harbottle", 15/194 *Cambridge Law Journal*, 1975, pp. 195~198.

　　④　在合伙中确立了多数表决制规则。*Carlen v. Drury*, 1 V & B 154 (1812), p. 158.

　　⑤　L. Griggs, "The Statutory Derivative Action: Lessons That May Be Learnt From Its Past!", 6/63 *University of Western Sydney Law Review*, 2002, p. 71.

公司,但是这并不意味着由于公司董事不法行为侵害公司利益时,少数股东毫无寻求救济的可能,英国衡平法院对此做出了回应,1950 年爱德华兹诉哈利厄尔(*Edwards v. Halliwell*)[①]一案以及随后 1982 年英国保诚保险有限公司诉纽曼实业有限公司案(*Prudential Assurance Co. Ltd. v. Newman Industries Ltd.*)[②]则逐步确立了福斯规则适用的例外情况——"欺诈少数股东"原则(fraud on the minority),如果公司董事或者控制股东的不法行为构成"欺诈少数股东"时,少数股东有权利提起诉讼。[③] 此原则被学者认为是真正意义上的不适用"多数决规则"和"适格原告规则"的例外情形。[④] 构成"欺诈少数股东"规则的两个要素是"控制"(control)和"欺诈"(fraud)。前者是指行为人对公司具有控制力以至于公司无法提出诉讼;后者是指被指控的行为构成欺诈。要求"控制"存在的理由是法院认为,"对公司具有控制力的不法行为人不会允许公司对其提出诉讼,"[⑤]否则应当遵循一般规则由公司提起诉讼。随后英国通过一系列判例逐步确认了"欺诈"的广泛内涵,"控制股东直接或者间接地获得属于公司或者其他股东

---

① *Edwards v. Halliwell*,2 All ER (1950).

② *Prudential Assurance Co. Ltd v. Newman Industries* Ltd (No 2),1 Ch 204 (1982).

③ 但是即使诉讼是由股东个人提起,但是这种救济手段仍然被认为是基于公司诉权代表公司进行诉讼。正如英国上诉法院在 Prudential Assurance 一案中再次申明的,这是基于英国法上的一种"根本的原则",即"作为基本规则,A 不能就 B 对 C 造成的损害代表 C 起诉 B 请求赔偿或者其他救济,因为 C 作为受到侵害的一方才是适格原告,因此有权提出诉讼。""公司遭受不法侵害,公司的债权人和雇员也有理由去抱怨,……但是如果公司的相关人等都有权利去诉讼,则公司将会因诉讼而被善意扼杀(killed by kindness)。" *Prudential Assurance Co. Ltd. v Newman Industries* Ltd. (No 2),1 Ch 204 (1982),p. 210.

④ 在 *Prudential Assurance Co. Ltd. v. Newman Industries* Ltd. (No 2)一案中,法院重申:①适格原告是公司;②当行为超越公司权限时,福斯诉哈波特尔规则不适用;③当股东的个人权利受到侵害时,福斯诉哈波特尔规则不适用;④当需要特别多数的股东批准时,而公司仅以简单多数通过决议时,福斯诉哈波特尔规则不适用;⑤当不当行为人控制公司且构成欺诈时,福斯诉哈波特尔规则不适用。其中只有最后一项被认为是真正意义的例外情形。M. Maloney,"Whither the Statutory Derivative Action?" 64/309 *Canadian Bar Review*,1986,p. 311.

⑤ *Burland v. Earle*,AC 83 (1902).

应当享有的金钱、财产或者利益，"①包括以高价将财产卖与公司②、违反受信义务侵占公司机会③等，均构成少数股东提起诉讼的诉由。但必须引起注意的是，福斯规则适用于任何与少数股东诉讼有关、基于股东权利和公司权利的情形，少数股东意欲提起诉讼时，应当证明所处情形是属于排除福斯规则适用的例外情况。至此，英国判例没有将基于自身利益的少数股东诉讼与基于公司利益的股东派生诉讼区分开来。

福斯规则的核心在于法院是否应当阻止股东提起诉讼，如果确实存在不应当阻碍诉讼的情形（即该规则的例外情形），则应当允许股东起诉。④ 但是在审理案例中英国法院体现出的普遍观点是对允许少数股东提起派生诉讼持以谨慎甚至是敌意态度，因此鲜有派生诉讼案件能够成功起诉。⑤ 面对经济全球化的发展趋势，投资者不断呼吁应当改善公司治理环境，关于股东派生诉讼的规则和程序应当更加透明化的需要也更加迫切。⑥ 而因此，英国也开始对本国股东派生诉讼制度进行深刻反思和期待实质性地改进，改革的目标是让派生诉讼的程序更加合理化和现代化。⑦

对于该制度的关注可以追溯到 1995 年至 1997 年期间英国法律委员会（English Law Commission）针对股东救济的调查研究，法律委员会分别在 1996 年和 1997 年发表了关于股东救济的《咨询意见》（*Law Commission shareholder remedies：A Consultation Paper*）以及《调查报告》（*Law Commission shareholder remedies：Law Com*

---

① *Burland v. Earle*，AC 83 (1902).

② *Atwool v. Merryweather*，LR 5Eq 464n (1867).

③ *Cook v. Deeks*，1 AC 554 (1916).

④ A. Reisberg, *Derivative Actions and Corporate Governance*，Oxford：Oxford University Press，2008，p. 102.

⑤ D. D. Prentice，"Notes：Shareholder Actions：The Rule in Foss v. Harbottle"，*104/341 LQR*，1988，p. 346. 在 Knight v Frost 1 BCLC 364(1999) 以及 Clark v. Cutland，EWCA Civ 810 (2003)中有亦所论述。

⑥ Law Commission shareholder remedies：*Law Com. Report* No. 246 (1997)，para 6. 9.

⑦ Law Commission shareholder remedies：*Law Com. Report* No. 246 (1997)，para 6. 12.

Report）。法律委员会在《调查报告》中明确表示，公司法的改革将以"适格原告原则、公司内部事务多数决原则、商业判断原则、章程契约至上原则、免除股东不必要的干预原则以及股东救济的效率和经济原则"为六大原则，①致力于提供快速、公平、经济高效的机制以解决少数股东和公司管理层的争议，同时，避免影响股东和管理层之间的权利平衡。② 随之法律委员会于 1998 年启动了为期三年的公司法律评估报告项目，进一步地深化和具体化了前述调查报告，最终报告由隶属于英国前贸易工业部（Department of Trade and Industry）的独立机构公司法调研小组（Company Law Review Steering Group）于 2001 年完成，其中的内容又被政府于 2002 年和 2005 年公布的关于公司法改革的白皮书③所吸收，而最终写入到 2006 年英国公司法中。至此，股东派生诉讼制度最终被英国以成文法的方式确立下来，完成了判例法向成文法迈进的蜕变。

股东派生诉讼制度改革的根本原因是，英国普通判例法中所确立的福斯规则已经无法适应英国保护公司股东、完善公司治理机制的需要。正如法律委员会《咨询意见》中提及的，福斯规则及其例外情况已经既过时又不够灵活。④ 这些关于派生诉讼存在问题的论述与长期以来学者们的批评意见不谋而合。①由于福斯规则的限制，少数股东只有在满足例外的情形下才能提出诉讼，而有限的例外情形限制了派生诉讼类型的发展，例如，在董事"过失"行为的情形下股东无权提出派生诉讼。⑤ ②"欺诈少数股东"规则的适用受到质疑，"控制"因素的界定也被认为是含糊不清的，例如不法行为人具有投票权的控制也可能引发派生诉讼，但是在大型公司中董事无须多数

---

① Law Commission shareholder remedies：*Law Com. Report* No. 246(1997)，para 1. 9.

② A. Reisberg，*Derivative Actions and Corporate Governance*，p. 127.

③ *The White Paper on Modernising Company Law*（Cm 5553-I）（2002）；*Company Law Reform White Paper*（Cm 6456）（2005）.

④ Law Commission shareholder remedies：A Consultation Paper No. 142（1996），para 14. 1.

⑤ Arad Reisberg，*Derivative Actions and Corporate Governance*，pp. 91～92.

投票权即可形成控制,此时是否属于适用福斯规则的例外情形? 此外,是否存在不属于欺诈少数股东的类型但是亦有需要提起股东派生诉讼的情况? ③福斯规则历经百余年,规则适用的案例浩瀚之巨,只有借助律师的专业技能,才能准确解读该规则的含义,使得谙熟法律的律师得以专长于此。① 而股东除了需要受到福斯规则适用例外范围狭小的限制以外,他们还要面临原告资格、司法审查、可能得到的补偿无法预计、诉讼费用来源,甚至法院不愿探究公司真实意志等困难。② ④从民事诉讼法的程序上来说,少数股东必须首先提供表面证据证明其有权提起诉讼。因此,没有有效的诉讼安排可能导致该诉前证明程序就已经耗时耗力堪比一场诉讼本身。③

公司法改革后,再次明确了董事是对公司而非股东负有义务,首先享有诉权的一方应当是公司。2006 年《公司法》第 11 部分并非是替代英国普通法判例中的实体规则,而是为以福斯规则为基石的派生诉讼制度提供新的诉讼程序。新的程序旨在为法院建立更加现代、灵活和容易理解的判断,以便决定是否允许股东提起派生诉讼。④公司法改革以后,股东派生诉讼制度在实体规则和程序上,发生了一些关键性的变化。

首先,在实体规则上,公司法扩大了原福斯规则确定的诉讼范围。概括而言,①在董事具有“过失”但并未获利的情形下提出派生诉讼成为可能。《公司法》第 260 条第(3)款明确规定,股东可以就公司董事因为过失、不履行违反义务或违反信托义务的行为或者不作

---

① Law Commission Consultation Paper No. 1142,para 4.35.

② W. Kaplan & B. Elwood, "The Derivative Action: A Shareholder's 'Bleak House'?" 36/443,*University of British Columbia Law Review*,2003,p. 450.

③ 在英国保诚保险有限公司诉纽曼实业有限公司一案中,法院认为,应当要求提起派生诉讼的原告提供证据证明 1)公司有权提起诉讼;2)诉讼应当适用福斯规则。*Prudential Assurance Co. Ltd. v. Newman Industries* Ltd (No 2),1 Ch 204 (1982),pp. 221~222. 在《民事诉讼程序法》中第 19.9 条规定,在法院在批准是否允许提起少数股东诉讼时原告应当提供以上证据。

④ Explanatory Notes to the Companies Act 2006,para 491.

为,向法院提起派生诉讼的申请。因此,在董事违反《公司法》第 10 部分第 2 章中一般董事义务时,也可能被提起股东派生诉讼。换言之,2006 年英国公司法采纳了法律委员会的建议,在董事没有以合理的注意、能力或者勤勉履行义务,即使其并未因此获得私利的情况下,股东仍然可以提起派生诉讼。②申请人无须证明实施不法行为的董事对公司股份具有控制。① 因为这个要求可能使得公众公司的股东意图提出派生诉讼几乎无法成功。②

　　在程序规则上,建立了由法院决定是否允许股东提起派生诉讼的"两步程序"。即使法律委员会力求在"有效发挥公司管理层的日常管理职能使其避免受到不必要的干预"以及"在特定情形下通过赋予股东诉权以保护少数股东、增强股东信心"这两者之间达到平衡,但是,该委员会在报告中仍然表达了对派生诉讼可能引发公众公司的大量诉讼,从而影响公司管理层决策的担忧。③ 因此,《调查报告》建议通过"授予令状"(the grant of leave)程序对不必要的诉讼进行控制,即由法院全面考虑管理层、股东或者公司其他独立机构的意见,以决定是否继续诉讼。④ 最终,公司法改革接受了法律委员会的建议,采取了由法院决定是否允许股东提起派生诉讼的"两步程序"(two-stage procedure for permission to continue a derivative claim)。第一步,首先由申请人提供表面证据供法院考量是否允许提起派生诉讼,法院应该仅根据申请人提供的证明,而不要求被告出示证据来考虑。如果表面证据不成立则法院应当驳回诉讼请求。第二步,在实质性诉讼程序之前法院可以要求公司提供证据。并且,公司法明确规定了法院允许提起诉讼或者驳回诉讼所必须考虑的因素。⑤ 公

---

① Explanatory Notes to the Companies Act 2006, para 491.

② A Reisberg, *Derivative Actions and Corporate Governance*, p. 134.

③ J. Poole & P. Robert, "Shareholder Remedies—Corporate Wrongs and the Derivative Action", 99 *Journal of Business Law*, 1999, pp. 101~102.

④ Law Commission shareholder remedies: Law Com Report No. 246 (1997), para 6.15

⑤ Explanatory Notes to the Companies Act 2006, para 492.

司法中规定的程序可以由民事诉讼程序规则进行增补。① 两步程序有利于法院通过发挥裁量权过滤掉明显不必要的诉讼。而新建立的派生诉讼程序中明确规定了法院在考虑是否允许股东提起派生诉讼时必须考虑的因素,是希望给予法院明确的指引,由法院行使裁量权力,在肯定公司董事善意做出商业判断的能力和股东权利之间寻找适当的平衡,使得股东在适当时以公司的名义向董事提出诉讼。② 同时,使得法院在尚未对公司造成骚扰时,尽可能提前阻止没有诉由的股东诉讼。③

股东派生诉讼的范围扩大,并不意味着派生诉讼案件的剧增。正如法律委员会《调查报告》中指出的,"我们并不认为(关于派生诉讼的)建议将会显著改变提起诉讼的可能性。从某些角度看,诉讼可能性会变大,但是同时从其他方面来看,相反诉讼可能性会变小。但是,所有的案件将会受约束于严格的司法控制(tight judicial control)"④。

同时,值得注意的是,2006 年英国公司法改革必然带来其他制度的相应变化。派生诉讼将董事一般义务,包括董事违反注意义务均纳入可能提起派生诉讼的范围,⑤实际上增强了董事义务的可归责性,继而将可能对董事人才资源市场造成不利的影响,包括是否可能促使高素质的人才因为惧怕承担太多的义务而不愿意担任董事职位。更深一步,也可能对董事高管保险(D&O Insurance)造成影响,使得保险商们提高保险金,以应付派生诉讼可能产生的赔偿费用。⑥

(二)美国的股东派生诉讼制度

不同于英国的公司制度是从合伙制度中演绎而来并受到遵循

---

①　Explanatory Notes to the Companies Act 2006,para493.

②　Arad Reisberg,*Derivative Actions and Corporate Governance*,p. 134.

③　Explanatory Notes to the Companies Act 2006,para 495.

④　Law Commission shareholder remedies:Law Com Report No. 246 (1997),para 6. 13.

⑤　《公司法》第 260(3)条。

⑥　A. Reisberg,*Derivative Actions and Corporate Governance*,p. 160.

合伙规则先例的约束，美国从 19 世纪之初就建立了纯粹的公司制度，早期那些建立在合伙规则上的、关于少数股东问题的英国案例，并没有能引起美国法院的兴趣。① 1832 年罗宾逊诉史密斯（*Robinson v. Smith*）一案②中，美国法院首次面临少数股东起诉公司不法行为的案件，纽约衡平法院作出判决认为，无论何时公司财产受到管理层或者受托人的滥用，应当以公司的名义提起诉讼；由公司清白的董事基于自身或者股东大会上股东的提议提起诉讼。但是，同时也认为，"任何错误都不能因为形式需要而不予纠正"。在随后近十年的案件审理中，纽约衡平法院以及其他州法院都坚持了这一原则，少数股东必须首先用尽公司内部救济手段。在这些案件中都没有体现出英国判例中"不干涉公司内部事务"理念，因此 19 世纪 70 年代之前美国公司法案件中援引英国福斯规则的情形几乎不存在。③

70 年代以后，麻省最高法院在布鲁尔诉波士顿剧院（*Brewer v. Boston Theatre*）一案④首次提出了美国现代派生诉讼的基石——"提起请求"原则（the requirement of demand），即少数股东必须是在已经请求董事会和全体股东以公司名义提起诉讼，但是此项请求已经被拒绝的情形下才能提起诉讼。但是"提起请求"的条件不适用于存在欺诈行为或者越权行为的情况。随后，美国最高法院于 1881 年霍斯诉奥克兰市（*Hawes v. City of Oakland*）⑤一案中，建立了少数股东提起派生诉讼的实体规则和程序规则。在法官判决中体现出受到 1843 年福斯规则的直接影响，法官在其判决中声称"英美法法院在

---

① A. J. Boyle, "The Minority Shareholder in the Nineteenth Century: A Study in Anglo-American Legal History", 28/317 *Modern Law Review*, 1965, p. 321.

② 3 Paige 222 (NY Ch., 1832).

③ A. J. Boyle, "The Minority Shareholder in the Nineteenth Century: A Study in Anglo-American Legal History", pp. 322~323.

④ 104 Mass. 378 (1870).

⑤ 104 U. S. (14 Otto) 450, 26 L. Ed. 827 (1881).

实质上并无不同"。① 在实体规则上,将派生诉讼的诉由严格限制在特定的情形下,包括董事越权行为、欺诈性交易或者为了自己的利益严重损害公司或者股东利益。在程序规则上,将"提起请求"作为少数股东可以提起派生诉讼的先决条件。股东应当向公司或者全体股东提起寻求救济的请求。如果股东不能证明其已经提起或者请求被拒绝的,则法院将驳回其派生诉讼请求。

霍斯诉奥克兰市一案不仅确认了股东派生诉讼的实体规则和程序规则,意义更深远的是,自霍斯诉奥克兰市判例伊始,美国法院沿用该判例创立的规则并且更加开明地进行解释演绎,股东可以提起派生诉讼的情形,不仅包括该判例适用的情形,而且扩大到董事违反义务时的各种情形;对"提起请求"的要件也有所放松。甚至有些法院已经不再要求原告满足"提起请求"的要件,或者法院可以在特定情形下豁免原告满足"提起请求"这一要件。② 由于英美法院在是否赋予少数股东诉权问题上截然不同的态度,英国和美国在派生诉讼制度的发展道路上,前行的脚步渐行渐远。

正是美国法院对于派生诉讼的发展持有开明的态度,滥诉之风盛行,很多没有诉由的诉讼被诉诸法院,股东往往为了一己私利而贸然提起诉讼。特别是美国实践中,为了解决集体行动的固有弊端,促进小股东对公司董事的监督以减少委托人和代理人之间的利益冲突,法院支持在股东派生诉讼中适用风险代理律师费用(contingent fee),③这种做法在客观上使得在律师有足够的动力极大地鼓励了小股东提起派生诉讼。

---

① A. J. Boyle,"The Minority Shareholder in the Nineteenth Century: A Study in Anglo-American Legal History", p. 317.

② Xiaoning Li, *Comparative Study of Shareholders' Derivative Actions: England, the United States, Germany, and China*, Deventer: Kluwer, 2007, p. 93.

③ M. J. Loewenstein, "Shareholder Derivative Litigation and Corporate Governance", *24/1 Del. J. Corp. L.*, 1999, p. 14. 在该文中作者指出在股东代表诉讼中通常的律师费用高达整体赔偿额度的 20%~30%。

在 20 世纪 40 年代,滥用派生诉讼已经成为相当严重的问题。[①] 因此,纽约州组成了特别委员会对 1936—1942 年期间的 1400 件股东派生诉讼案件进行调查,1944 年 2 月公布的《伍德报告》(the Wood Report)作出了派生诉讼弊大于利的结论,调查报告发现:①原告股东大多数是名义上的,没有经济利益可言;②数量有限的律师主导了大量的诉讼;③原告很少能胜诉;④私下和解很常见,但公司却在和解中毫无收获。[②]《伍德报告》的调查结果直接导致了纽约州关于保证金要求(security for expenses)相关立法的出台,在诉讼过程中被告可以要求原告(及其律师)提供保证金以保证能够支付公司支付的诉讼费用。纽约州寄希望于该保证金的要求能够阻止无谓的诉讼。[③]随后接着有其他州采用了相同的立法,但是虽然这种预设在理论上是可行的,但是在实践中似乎并没有收到成效。"理性的律师、懒散的被告加上富有同情心的法官,导致原告很少被要求提供保证金,也最终没有承担被告公司的诉讼费用。"[④]从 60 年代后期开始,股东派生诉讼大有卷土重来之势。[⑤]

20 世纪 80 年代美国掀起了敌意收购和杠杆收购的狂潮,公司控

---

① 1949 年 Cohen v. Beneficial Indus. Loan Corp. 一案中,美国最高法院的判决也同样表达了对股东派生诉讼可能被滥诉的担心,认为,"不幸地,派生诉讼救济方法本身提供了被滥用的机会的问题不容忽视。诉讼有时并不是为了纠正错误,而是实现他们的扰乱性价值。……由于小股东受无意义的派生诉讼的损害非常小以及管理层更不愿意花很大的精力去加入意义不大的诉讼而与小股东妥协,因此不负责的小股东比大股东更有可能提起无意义的派生诉讼……这样的诉讼被专业讼棍(professional slang)形象地称为突袭诉讼(strike suit)"。337 U. S. 541 (1949),p. 538.

② Ferrara et al. *Shareholder Derivative Litigation：Besieging the Board*,New York：Law Journal Press, 2005, Section 1.03. 转引自 Xiaoning Li, *Comparative Study of Shareholders' Derivative Actions：England,the United States,Germany,and China*,p. 93。

③ 该法律规定,如果提起派生诉讼的股东,其所持有的股份、表决权信托证书或受益人利益所代表的股份,在公司发行的任何种类股份总额不足 5%,且其市场价不到 50 000 美元,则根据被告的请求和法庭的命令,有向法庭提供诉讼费用担保的义务。

④ W. Allen et al. , *Commentaries and Cases on the Law of Business Organization* (3rd),Austin：Wolters Kluwer Law & Business,2009,p. 372.

⑤ J. C. Coffee, Jr. & D. E. Schwartz, "The Survival of the Derivative Suit：An Evaluation and a Proposal for Legislative Reform",81/261 *Colum. L. Rev.* ,1981,p. 262.

制权市场的迅速发展,对公司管理层产生了威慑作用。此外,美国证券交易所要求上市公司设立独立董事以履行监督公司管理层的职能,股东派生诉讼不再是改善公司治理环境的唯一手段。[①] 70 年代后美国经济特别是金融市场得到快速发展,也使得法院重新审视保护公司经营不受干扰和保护少数股东利益之间的平衡关系。因此,大多数的法院采取了"独立诉讼委员会"原则这一做法。

独立诉讼委员会(Special Litigation Committee)是由董事会任命独立董事组成的专门委员会,目的在于决定公司是否应当终止派生诉讼。为了保证独立诉讼委员会以公司的最佳利益行事,委员会被授予全权作出是否终止诉讼的决定,并且保证其独立性且不具有利益关系。但 1981 年特拉华州最高法院萨帕塔公司诉马尔多纳多(*Zapata Corp. v. Maldonado*)一案[②]和 1979 年纽约法院奥尔巴赫诉本内特(*Auerbach v. Bennett*)一案[③]确立的原则代表了不同法院对待独立诉讼委员会的态度有所不同,在萨帕塔公司诉马尔多纳多一案中,确立了一个分两步走的适度审查标准。在公司依特别诉讼委员会的建议向法院提出终止诉讼的请求时,请求人首先要证明委员会的独立性和主观上的善意、调查的合理性以及支持其决策结果的合理依据。法院在对上述各事项得到满意答复后仍然可依其自由裁量权,对委员会的决定进行第二步审查,即适用商业判断原则来决定是否采纳驳回诉讼的建议。而在奥尔巴赫诉本内特一案中法院确定的"独立诉讼委员会"原则是,如果独立诉讼委员会是独立并且充分了解信息的,则委员会作出的决定是受到商业判断原则保护,不应当由法院再次判断。[④]

在美国,关于股东派生诉讼利弊优劣的争论一直没有停息。以

---

① Ferrara et al. Shareholder Derivative Litigation:Besieing the Board,Section 8.01.

② 430 A. 2d 779 (Del. Supr. ,1981).

③ 419 N. E. 2d 994 (N. Y. 1979).

④ W. Allen et al. ,*Commentaries and Cases on the Law of Business Organization* (3rd),p. 388.

费希尔为代表的学者提出了批评意见，认为股东派生诉讼难以起到完善公司治理的作用。一则，已经有其他公司治理的首选以促进管理层以公司最佳利益行事，二则，责任规则在激励机制上毫无建树。[①] 而高额的诉讼费用，一方面使得律师有动力去挖掘此类代表诉讼案件，另一方面则广受批判的是，股东派生诉讼的最终受益人并非公司及股东，而是原告律师。[②] 联邦法院在 1982 年的一则判决中，认为律师在诉讼中扮演着推波助澜、不光彩的角色，将不必要的股东派生诉讼称为"变种勒索"，"这种突袭诉讼(strike suit)则是贪婪的豺狼们用寻求公司福祉的伪装来掩盖他们对于公司财产的渴望所做的基本工作"。[③] 还有学者指出，解决滥诉的根本方式是废除股东派生诉讼。[④] 但是以科菲教授为代表的学者则肯定股东派生诉讼的积极作用，这是目前占主导地位的观点，他们认为股东派生诉讼的确在威慑管理层不法行为、降低代理成本方面起到重要作用。[⑤] 虽然现实中披露了一些数据对于股东派生诉讼具有负面评价，但是股东派生诉讼的首要作用在于阻止不法行为，但是不法行为被制止的价值很难用实证方式来衡量。[⑥] 而且，意图通过实证研究的方式来论证股东派生诉讼本身依然是个难题。由于假设条件和实证研究的方式不同，研究得

---

① D. Fischel & M. Bradley, "The Role of Liability Rules and the Derivative Suit in Corporate Law: A Theoretical and Empirical Analysis", 71/261 *Cornell L. J.*, 1983, pp. 262~263; M. J. Whincop, "The Role of the Shareholder in Corporate Governance: A Theoretical Approach", 25/418 *Melb. U. L. Rev.*, 2001, pp. 432~438.

② M. J. Loewenstein, "Shareholder Derivative Litigation and Corporate Governance", 24/1 *Del. J. Corp. L.*, 1999, p. 14.

③ *Brown v. Hart*, Schaffner & Marx, 96 F. R. D 64 (1982), p. 67.

④ R. Romano, "The Shareholder Suit: Litigation Without Foundation?", 7/55 *J. L. Econ. & Org.*, 1991, p. 65.

⑤ J. C. Coffee, Jr. & D. E. Schwartz, *The Survival of the Derivative Suit: An Evaluation and a Proposal for Legislative Reform*, pp. 302~309; I. Ramsay, "Corporate Governance, Shareholder Litigation and the Prospects for a Statutory Derivative Action", 15/149 *U. N. S. W. L. J.*, 1992, p. 156.

⑥ R. B. Thompson & R. S. Thomas, "The Public and Private Faces of Derivative Lawsuits", 57/1747 *Vand. L. Rev.*, 2004, p. 1775.

出的结论也大相径庭。①

公司法领域中没有任何一个治理机制像股东派生诉讼一样能够引起长期持久的争论。时至今日，股东派生诉讼因其可能存在的滥诉问题备受指摘，但是股东派生诉讼现象仍然普遍存在。② 笔者认为，在美国，股东派生诉讼的确在威慑管理层不法行为、降低代理成本方面起到重要作用。研究表明，要分辨某一国家的股东是否受到更好保护，其中一个重要的结构性特征就是它们倾向于赋予股东起诉董事和管理层的权利。换言之，它们在正式法律体系内提供了一个解决这些纠纷的框架。那些允许股东将管理层告上法庭的"对抗董事"权利的国家，相比于没有采取类似保护措施的国家，其所有权更加分散，资本市场更加发达。③ 同样，各国在公司法改革中，加强少数股东利益保护，纷纷效仿美国引进股东派生诉讼制度本身就是明证。但是，股东派生诉讼作为一种事后救济手段，毕竟是通过消耗巨大诉讼成本的方式，来达到遏制管理层不法行为的目标，因此，笔者认为，在不能否认股东派生诉讼制度的积极作用的同时，不能无限扩大股东派生诉讼制度在公司治理结构的地位。

20 世纪初，安然事件的爆发以及由此发现的一系列著名公司的丑闻曝光都暴露了美国在公司治理和财务管理制度方面还存在着重大漏洞和缺陷，引发了世界各国投资者对美国资本市场是否诚信完备的质疑，为了应对诚信危机，美国开始对金融监管和公司治理方面进行改革，其中最突出的措施包括 2002 年出台的《萨班斯—奥克斯法

---

① B. G. Garth et al, "Empirical Research and the Shareholder Derivative Suit: Toward A Better-Informed Debate", 48/137 *Law & Contemp Probs.*, 1985; B. A. Banoff & B. S. DuVal, "The Class Action as a Mechanism for Enforcing the Federal Securities Laws: An Empirical Study of the Burdens Imposed", 31/1 *Wayne L. Rev.*, 1985.

② J. Armour, et al, "Private Enforcement of Corporate Law: An Empirical Comparison of the United Kingdom and the United States", 6/687 *Journal of Empirical Legal Studies*, 2009, pp. 687～722.

③ 许成钢、卡塔琳娜·皮斯托:《转型的大陆法法律体系中的诚信义务:从不完备法律理论得到的经验》,《比较》,第 11 辑,130 页。

案》(Sarbanes-Oxley Act)。该法案的出台虽然没有直接触及股东派生诉讼制度，但是也会因此产生重要影响：更积极的公司信息披露义务有助于股东发现公司存在的问题，而且，该法案加强了独立董事和独立董事委员会的职能和作用，有利于事先遏制公司管理层的不法行为，如果事先监督机制能够如愿发挥积极作用，将会使派生诉讼制度在公司治理结构中占据次要的地位。①

（三）德国股东派生诉讼制度的改革及其评价

德国具有与英美法系截然不同的公司治理结构。首先，与美国公司董事和管理层在公司治理结构占据核心地位不同，德国普遍存在"董事会——监事会"的双重结构②，董事会负责公司日常经营管理，而监事会的职责在于监督董事会的运作，因此，监事会也肩负着保护股东免受管理层不当行为侵害的职能。③ 其次，德国，股东利益尤其是少数股东利益，并不是传统公司法首要关注的问题。传统上，德国公司法具有关注利益相关人的文化传统，特别是在公众公司治理结构中，不仅仅是股东，其他利益相关人，包括债权人、员工以及经理的利益也应当受到关注。因此，改革前的公司法并没有为少数股东提供足够的保护机制，某种程度上而言，少数股东利益保护的问题甚至会遭到忽视。在实践中，公司董事会也更加关注大股东尤其是银行的利益。这种保护少数股东利益的理念是与德国缺乏成熟的资本市场相关联的。德国并没有形成美国式分散的股权结构，大多数公众公司的股份仍然掌握在少数投资者，特别是银行手中。这些银行作为控制股东，也为公司提供资金贷款。资本市场并非是主

---

① Xiaoning Li, *Comparative Study of Shareholders' Derivative Actions*, p. 95.

② 根据 1952 年德国《劳工管理关系法》(*Betriebsverfassungsgesetz* 1952)的规定，超过 500 名员工的有限责任公司和股份公司应当设置监事会。

③ Klaus J. Hopt, "The German Two-Tier Board: Experience, Theories, Reforms", in Klaus J. Hopt et al. (eds.), *Comparative Corporate Governance: the State of the Art and Emerging Research*, New York: Oxford University Press, 1998, pp. 227～228.

要的融资渠道。此外,少数股东也在购买股票的时候将投票权委托给银行。[1] 因此,保护少数股东利益不是公司法首先需要考虑的问题。

但是,在过去的十几年内,如何改善公司治理环境的问题,包括建立保护少数股东利益、监督公司管理层的机制已经开始受到普遍关注。其中最重要的原因是,需要吸引国内外的投资者通过国内外的资本市场到本国进行投资。[2] 德国资本市场由于缺乏对少数股东的保护和对公司管理层的监督被认为是对股东不友好的市场,[3]这种状况需要通过公司法改革来得以改善。90年代以后德国经济发展迟缓,公司治理环境没有显著变化。而千禧年之际英美股市泡沫随着高科技神话的破灭而消失,加上一些著名大公司暴露出的公司治理丑闻也让全球资本市场的声誉雪上加霜,德国也未能幸免于难,资本市场的国际地位也受到影响,而投资者的信心也遭到重创。[4] 特别是德国"董事会——监事会"双重结构的治理模式中,监事会的监督职能遭到质疑。学者认为,监事会不参与日常经营管理,难以获得有效信息对管理层进行监督。而监事会的成员部分是由股东选举产生,部分由职工代表任命,因此,监事会不仅代表股东利益,还需要兼顾员工利益。而双重结构的治理模式下,监事会不仅没有称职地履行监督职能;相反,董事会和监事会成员之间密切关系的存在,以及控制股东对监事会成员的约束,使得起诉公司董事几乎成为不可能。同时,监事会不参与经营管理,定期例会的工作模式也不利于监事会

---

① F. Chantayan,"An Examination of American and German Corporate Law Norns", 16/431 *STJJLC*,pp. 445~446.

② T. Baums,"Company Law Reform in Germany",SSRN:http://ssrn. com/abstract= 329962 (last visited:March,2011),p. 12.

③ J. C. Coffee,"Do Norms Matter? A Cross-Country Evaluation",149/2151 *U. Pa. L. Rev.*,2001,p. 2158.

④ B. Singhof & O. Seiler,"Shareholder Participation in Corporate Decision making Under German Law:A Comparative Analysis",24 /493 *BKNJIL*, 1998, p. 563. See Xiaoning Li,*Comparative Study of Shareholders' Derivative Actions*,p. 196.

发现问题、解决问题。①

为了重拾投资者信心，改善公司治理环境，19 世纪 90 年代末 20 世纪初，德国公司法开始进行公司法现代化的改革，力图建立友好的资本市场，在加强审计独立和监事会职能、改善股东大会等方面做出了改进。但是德国并未能形成由市场主导的公司治理机制。②

为了推进更深层次的公司法改革，2000 年德国总理任命"公司治理政府委员会"对德国公司治理体系和公司法进行全面审查并形成公司法改革的建议。该委员会的主席西奥多·鲍姆斯（Theodor Baums）教授将此次改革的原因归纳为以下几点：第一，近年来，由于管理失误或者是公司治理的失败，一些大型公司因为犯罪行为而轰然倒下。第二，国际投资者在考虑是否投资德国市场时，会把他们对国际市场的预期带到德国市场。资本供求关系的国际化将会减小公司治理规则在国与国之间的差异。第三，德国正在对养老金制度进行改革，希望能建立一个与掌控私人投资资本的机构投资者相关的新模式。因此，这项改革将会对德国资本市场造成巨大变化，投资者的范围也在扩大，因此，需要对成文法进行改革。第四，"立法者间的竞争"（competition of regulators）在欧盟已经尤其重要，因此公司法的发展必须要适应市场的需要。第五，以风险投资作为融资方式的公司也需要更加灵活的公司法。③

2001 年 7 月，该委员会提交了一份包括 150 条公司治理改革建议以及公司法应当如何改革以实施上述建议的报告。依照该报告的计划，完成德国公司治理改革的三部曲④，包括 2002 年颁布《公司

---

① H. Hirt, *The Enforcement Of Directors' Duties In Britain And Germany A Comparative Study With Particular Reference To Large Companies*, Bern: Peter Lang, 2004, p. 269. See Xiaoning Li, *Comparative Study of Shareholders' Derivative Actions*, p. 196.

② U. Noack & D. Zetzsche, "Corporate Governance Reform in Germany: The Second Decade", 16/1033 *EUR. BUS. L. REV.*, 2005, pp. 1038~1039.

③ T Baums, "Company Law Reform in Germany", pp. 2~3.

④ T Baums, "Company Law Reform in Germany", pp. 3~4.

治理法典》①,通过《关于股份法、会计法以及透明、公开的深化改革法》(*Gesetz zur weiteren Reform des Aktien-und Bilanzrechts*, *zu Transparenz und Publizität*)②,以及 2005 年对公司法进行改革。正是通过 2005 年《关于公司诚实经营和派生诉讼现代化的法》(*Gesetz zur Unternehmensintegrität und zur Modernisierung des Anfechtungsrechts*,"派生诉讼现代化法")对德国《股份公司法》中相关股东派生诉讼的规定在实体和程序上都进行了根本性的改革,股东派生诉讼制度的主要变化体现在以下三个方面。

(1) 明确规定了股东有权提出派生诉讼。德国原《股份公司法》虽然明确规定了董事的注意和忠实义务,但是决定是否起诉不法侵害公司的董事的权力在于监事会。而耗时费力去起诉董事所带来的经济利益往往不及公司声誉受损所带来的损失,监事会不愿意因此而提起诉讼,而《股份公司法》原第 147 条的规定不利于少数股东请求提起派生诉讼,根据该规定,股东大会或者持有公司 10％股份的少数股东可以请求监事会起诉管理层,或者持有公司 5％股份或者股份市值达到 50 万欧元的股东可以请求法院任命独立代表以公司的名义起诉管理层。③ 公司败诉时则可以要求提起诉讼的股东赔偿诉讼费用。④ 而公司诉讼的进程并不是由少数股东来主导,而是由公司或者法院任命的独立代表来控制,并且,公司胜诉时利益也归于公司而不

---

① 2002 年 2 月《公司治理法典》的颁布,以概括性的、易于理解的方式整合了不同的现行法律,即《股份法》、《商法典》以及分散于其他法律中的关于公司管理和监督的规定。同时,该《公司治理法典》引进了"遵守或解释"(comply or explain)的原则,即上市公司的董事会和监事会每年要对公司是否遵行了由联邦司法部在《联邦司法部公报》电子版的官方部分公布的最佳行为建议,如果公司没有采纳则应当作出解释,从而使得股份公司能够更广泛地接受公司治理实践。

② 该深化改革法将"遵守或解释"原则通过立法形式进行规定,并重申将会将报告中的建议通过立法形式进行规定。

③ 在 1998 年《股份公司法》规定中,少数股东不能以自己的名义而是以公司的名义提出诉讼,因此与严格意义上英美法系中的派生诉讼还有所区别。《股份公司法》第 147 条第(1)、(3)款分别对请求监事会提起诉讼和请求法院任命独立代表诉讼规定了不同的条件。这不在本文的论述范畴内,此处不做详细论述。

④ 《股份公司法》第 147 条第(4)款。

是请求提起诉讼的少数股东。因此，为了避免诉讼成本和公司声誉受损，受到影响的股东往往促使公司管理层和监事会私下解决。因此，公司管理层可以坐稳交椅直到安稳退休。① 因此，德国公司中管理层承担责任的情况几乎不存在。股东诉讼这一条款并没有在公司治理中起到敦促管理层履行义务的作用。这条规定受到学者诟病，甚至被无情地批评为"死去的条款"。②

《派生诉讼现代化法》对《股份公司法》第 147 条进行了修正并增加了第 148 条。德国派生诉讼的显著特征是规定了"两步阶段"的诉讼许可程序，第一步，即提出诉讼许可申请的股东要证明，其已经徒劳地、并设定合适期限地向公司要求，（由公司）自己提起诉讼。这一规定强调了股东派生诉讼"辅助性"的特征。③ 第二步，如果法院准许了股东的诉讼许可申请，则该股东必须再次要求公司在合理期限内自己通过诉讼主张损害赔偿请求权。如果公司仍然拒绝起诉，或者在股东设置的期限过后仍没有起诉，则股东可以在法院决定生效后的三个月内向公司所在区的州地方法院以自己名义提起诉讼，诉讼结果由公司承担。二次请求程序的设定，旨在为公司再次提供一个自己起诉的机会，这也迎合了股东派生诉讼损害赔偿请求权主体实为公司的特性。④ 同时，为了更利于少数股东提起派生诉讼，降低了少数股东提起诉讼申请所必须达到的持股比例（即公司 5％股份或者股份市值达到 50 万欧元），持有公司 1％股份或者股份市值达到10 万欧元的股东即以提起申请。

在费用承担方面，如果法院没有批准诉讼许可程序，则要由申请股东自己承担该项程序的费用。在其他情况下，诉讼费用承担问题

---

① U. Noack & D. Zetzsche,"Corporate Governance Reform in Germany：The Second Decade", p. 1041.

② B. Singhof & O. Seiler, "Shareholder Participation in Corporate Decision making Under German Law：A Comparative Analysis", p. 558.

③ 胡晓静：《德国股东派生诉讼制度评析》，《当代法学》，2007(3)，137 页。

④ 同上注，138 页。

则在诉讼中视不同情况而定。如果公司自己起诉或者接手股东提起的尚未完结的诉讼，则对于其起诉前或者接手前股东已经支付的费用，公司要予以补偿。如果股东派生诉讼被全部或者部分驳回，并且股东不是基于故意或者有重大过失的错误陈述而获得的诉讼许可，则公司要补偿申请人为此承担的费用。①

（2）派生诉讼改革尽可能在保护少数股东利益和防止不必要的诉讼之间寻找平衡。在降低提起诉讼条件的同时，也对派生诉讼设置了一些障碍。在"诉讼许可程序"阶段，要获得提起派生诉讼的许可，申请人就应当提出证据证明：①该申请人在基于公开的信息而获悉违反义务或者遭受损害之前已经获得股份；②股东已经通知公司，但公司在一定合理期限内无法解决争议。③证明公司因存在欺诈或者其他违反法律、备忘录、章程或者其他不当行为而遭受损失。而法院应当审查是否具有重大的理由足以驳回求偿诉讼。② 与英国公司法中规定的"两步"诉讼程序不同的是，英国公司法下的"两步"并不是实质性审查，而德国《股份公司法》下的"两步阶段"程序是实质性审查，需要提供证据满足以上证明条件。

同时，新的《股份公司法》引入了商业判断原则，根据对第93条第（1）款的修正，董事行为受到商业判断原则的保护，如果董事的决定是建立在适当的信息基础上，并且他合理地相信他的行为是为了公司的最大利益，则不能认为董事违反了义务。但是不同于美国法商业判断原则，由被告董事而不是由原告股东负有举证义务。

（3）为了便于股东行使诉讼权利，解决股东"搭便车"的问题，修改后的德国《股份法》在第127a条规定了股东论坛（Aktionaersforum），股东在股东会召集、特别审查和股东派生诉讼等情况下，都可以在股东论坛向其他股东发出请求。③ 随着现代网络信息科技的发展，这一独

① 《股份公司法》第148条第（6）款。
② 《股份公司法》第148条第（1）款。
③ U. Noack & D. Zetzsche, "Corporate Governance Reform in Germany: The Second Decade", p. 1042.

特的制度在股权分散、投资者日益国际化的背景下，能够为股东之间建立起联系的平台，使得信息能够迅速便捷地为股东所知晓，有利于解决股东的理性冷漠问题。

即使股东派生诉讼制度得以建立，但是欧洲大陆并没有出现派生诉讼的风潮。在学理研究中，尚未建立适当的模型来解释这一现象。一般学者将此归结为股东"搭便车"现象。派生诉讼胜诉时利益归于公司，而败诉时则由原告律师承担诉讼费用，这使得任何小股东更愿意期待其他股东能够提起诉讼，从而最终没有任何股东会提起派生诉讼。同时，认为简单地降低对提起派生诉讼的股东持股比例的要求意义不大，因为小股东相比大股东而言更没有动力提起诉讼，降低持股比例要求并不会带来派生诉讼现状的显著改善。① 因此，如何看待德国股东派生诉讼制度实施的有效性，目前还尚未有定论。但是从积极的方面去看，至少德国已经作出了改善公司治理模式的尝试。

（四）日本股东派生诉讼制度的引进与发展

日本股东派生诉讼的产生和发展是日本商法西方化的产物。日本明治维新走上资本主义西方化发展道路之后于 1899 年开始实施日本商法，日本公司制度深受大陆法系尤其是德国商法的影响。② "二战"以后，为了适应战后经济恢复和垄断资本发展的需要，同时，也是回应驻日本美国联军司令部提出的加强公司少数股东权益保护的要求，1950 年日本政府对日本商法进行大刀阔斧的改革，使得日本股份

① S. Kalss（ed.）. Vorstandshaftung in 15 europäischen Staaten. Vienna, 2005. See: K. Grechenig and M. Sekyra, "No Derivative Shareholder Suits in Europe—A Model of Percentage Limits, Collusion and Residual Owners", Working Paper No. 312, *The Social Science Research Network Electronic Paper Collection*, http://papers. ssrn. com/paper. taf? abstract_id=933105(last visited: March, 2011), 2007, p. 2.

② H. Kanda & C. Milhaupt, "Re-examining Legal Transplants: The Director's Fiduciary Duty in Japanese Corporate Law", 51/887 *The American Journal of Comparative Law*, 2003.

公司制度的面目大为改观,修改后的日本商法吸收了美国公司法的经验,不仅引进了授权资本制,还从法律角度实现了所有权和经营权的分离,规范并强化了董事会的权限,公司经营者被赋予了全面的业务执行权限,将股东派生诉讼制度写入日本商法。①

"二战"后日本经济逐步复苏并实现高速发展,派生诉讼制度并没有成为公司治理的利器。统计数据显示,在日本商法引进派生诉讼制度之后至90年代之间40余年中仅有不足20起针对董事提起的派生诉讼,这个数据大约只是美国同时期的1/5。有学者认为,不能将此现象单纯认定为日本厌诉文化的因素的影响,而是应该归结于高额的诉讼费用和律师费用的存在、公司治理的约束,以及日本律师缺乏提起诉讼的动力。② 根据日本民事诉讼规则,原告应当在提起诉讼时向法院支付受理费,并且受理费是基于案件标的额(the amount of the claim)进行计算。而案件标的额是指公司管理层因被诉而向公司承担的经济责任,而不是股东个人因派生诉讼胜诉后可能获得的经济利益。因此,股东个人在尚未确认是否能够获得经济补偿时就必须支付大笔的受理费。③

90年代中期开始日本经济社会的主旋律是规制缓和,趋向自由化。目的在于打破日本20世纪80年代泡沫经济崩溃之后的经济不景气状态,促使经济再度增长。公司法制的自由化也被纳入这一主旋律。近10余年来,日本多次对商法中关于公司基本制度的条款进行改革,甚至一年修改两三次。最近一次最重大的公司基本制度改革是把分散在商法第二编(公司编)、有限责任公司法、有关股份有限公司监察等相关法律中有关公司的规定合编为公司法典。日本新

---

① Tomotaka Fujita,"Transformation of the Management Liability Regime in Japan in the wake of the 1993 revision", in Hideka Kanda,(eds.), *Transforming Corporate Governance in East Asia*,New York: Routledge,2009,p. 16.

② M. D. West, "The Pricing of Shareholder Derivative Actions in Japan and the United States",88/1436 *NW. U. L. REV.*,1994,pp. 1437~1438.

③ Tomotaka Fujita,"Transformation of the Management Liability Regime in Japan in the wake of the 1993 revision",p. 16.

《公司法》于 2005 年 7 月 26 正式颁布,并于 2006 年 5 月开始实施。[①]

首先,1993 年日本商法对受理费作出了回应,修改后的第 267 条第(4)款规定,派生诉讼应当按照非财产案件计算缴纳受理费。而根据日本民事诉讼费用的规则,非财产案件应当缴纳的受理费仅为 8 200 日元。日本商法中的派生诉讼受理费规则修改之后,日本正值经济发展疲软,投资者对企业不满情绪得以宣泄,立即涌现出大量的派生诉讼案件,1993 年当年就有 84 起股东派生诉讼案件,而截至 1999 年年底共有 286 起股东派生诉讼案件。[②] 大量派生诉讼案件的出现,是否会因为滥诉而影响公司的正常经营甚至造成全体股东利益损失的问题,引起了社会各方的关注,来自日本企业界的抗议声音尤其强烈。对 1993 年至 1999 年间派生诉讼的实证研究证明,很多原告提起派生诉讼并非出于了追求全体股东利益最大化的目标。[③]

为了平息派生诉讼带来的负面影响,防止股东以提起诉讼获得不当利益,日本法院采取的应对措施是,在被告董事能够提供表面证据证明原告股东提起派生诉讼是基于"恶意"时,则根据《商法》第 267 条第(6)、(7)款的规定,应被告的请求,可以要求原告提供担保。从法院的实践来看,如果原告已经认识到很有可能会败诉但仍然提起诉讼,或者是认为原告提起诉讼是意图从诉讼中获得不法利益的情形下,法院会要求原告提供担保。这使得"提供担保"实质上起到了检验原告是否是"公正并适当"地提起诉讼的作用。[④] 该条规定被保留在 2005 年日本新《公司法》第 847 条第(7)、(8)款规定中。在公司法修改建议稿中曾经有建议,在继续诉讼将会导致公司承担不合理

① 周剑龙:《日本公司法制现代化中的股东代表诉讼制度》,《南京大学学报》,2006(3),43 页。

② M. D. West,"Why Shareholders Sue: The Evidence From Japan", Michigan Law and Economics Research Paper No. 00-010, SSRN: http://ssrn.com/abstract=251012(last visited: March,2011) pp. 2～3.

③ M. D. West,"Why Shareholders Sue: The Evidence From Japan",p. 20.

④ Tomotaka Fujita,"Transformation of the Management Liability Regime in Japan in the wake of the 1993 revision",p. 21.

的成本或者利益受损的情形下,法院享有驳回起诉的权力。但是,鉴于新《公司法》的主导思想是公司法制的自由化,股东派生诉讼不能失去其作为监督管理层重要工具的作用,因此该提议没有被纳入新公司法中。

为了使股东派生诉讼制度更趋于合理化,2001 年年底日本商法就股东派生诉讼的程序做出了一些修改,主要内容包括:第一,股东请求公司提起诉讼追究董事责任时监事的考虑期限由 30 天改为 60 天;第二,公司起诉时应当立即公告不得拖延,当公司得到股东提起诉讼告知时亦然;第三,公司可不经全体股东的同意,和被追究责任的董事达成和解;第四,股东和代表诉讼的被告达成和解时,若公司为非该和解当事人的,法院应当将该和解的内容通知公司,并催告其如有异议在 2 周内陈述意见,若公司在限期内没有提出书面异议的,视为公司同意和解内容;第五,若全体监事同意,公司可以为了辅助被告董事参加代表诉讼。[①] 而 2005 年《公司法》第 849 条第(1)款再次确认了公司可以辅助派生诉讼任何一方参加派生诉讼。

与美国的股东派生诉讼不同,日本对有权提起股东派生诉讼的股东作出了限制性规定。同时,与前文提及的德国股东派生诉讼的股东持股比例或股份市值不同的是,现行日本《商法》并没有最低持股比例或数额要求,而是规定有权提起诉讼的原告股东必须是 6 个月以前连续持有公司股份的股东。[②] 同时对提起诉讼的主观要件作出了规定,2005 年日本《公司法》第 847 条规定:如果提起诉讼追究董事责任的目的仅是为了追求该股东个人或第三人的不正当利益,或给公司造成损害,则该股东不得提起诉讼。

日本股东派生诉讼主要是为了追究公司董事的损害赔偿责任,但是《商法》同时规定,在公司发起人的责任、公司监事的责任、公司清算人的责任、以不公正的价格认购新股的人的责任、借行使股东权

---

① 周剑龙:《日本公司法制现代化中的股东代表诉讼制度》,载《南京大学学报》,2006(3),44 页。

② 日本《商法》第 267 条第 1 款。

利之机从公司获得不正当利益股东的利益返还责任的情形下，也可以通过准用的形式启动股东派生诉讼。[①] 而日本新公司法将审计员也纳入诉讼被告的范围。

（五）我国派生诉讼制度的建立及初步评价

就我国的上市公司现状而言，"一股独大"是股权结构的典型特征。虽然不存在西方国家公众公司中所有权结构过于分散，以致不能有效制约经营者意义上的所有与经营相分离现象，但是，控制股东掌握公司人事、业务上的大权，随时有权撤换董事等管理人员，有权对公司的重大事项作出决定，也存在滥用权力损害中小股东利益的现象。[②] 实践中针对公司和证券违法行为的执法供给仍然显著不足。以市场监管机关的执法行为为例，尽管中国证监会尽到了相当程度的努力，执法的效果却并不令人满意。实证研究表明，国内证券市场存在大量的违法"暗数"，表明对违法行为的打击力度不够。[③] 因此，为了保护中小股东利益，完善公司治理结构，我国 2005 年公司法改革中首次引入了股东派生诉讼制度。

概言之，我国现行股东派生诉讼制度的规则简单笼统，仅对原告资格、提起请求及其例外情形、诉讼对象作出了概括性的规定。

根据我国《公司法》第 152 条第 1 款的规定，股份有限公司的股东提起派生诉讼必须满足以下两个前提条件，一是连续 180 天以上持有股份，二是持有股份比例必须达到 1％以上。对有限责任公司的股东

---

① 周剑龙：《日本公司法制现代化中的股东代表诉讼制度》，45 页。

② 梁上上：《股东表决权：公司所有与公司控制的连接点》，载《中国法学》，2005(3)。

③ 所谓违法暗数，就是指确已发生但未被相关机构(包括司法机关、证监会以及交易所)发现、证实并依法进行惩戒的潜伏违法违规行为的估计值。从总体上看，来自上市公司和证券公司的被调查者都认为：在证券市场中违法违规行为的暗数是相当庞大的。参见《证券违法违规惩戒的实效和制度成本分析》，上证联合研究计划第 13 期(法制系列)课题报告(2005 年 11 月)，北京大学法学院、世纪证券联合课题组，课题主持人：白建军、许克显；转引自汤欣：《私人诉讼与公司治理》，载汤欣主编：《公共利益与私人诉讼》，92 页，北京，北京大学出版社，2009。

没有此类限制。

《公司法》第 152 条规定了派生诉讼的前置程序,有资格提起派生诉讼的股东,可以书面请求监事会或者不设监事会的有限责任公司的监事向人民法院提起诉讼。监事会、不设监事会的有限责任公司的监事,或者董事会、执行董事收到前款规定的股东书面请求后拒绝提起诉讼,或者自收到请求之日起 30 日内未提起诉讼,股东有权为了公司的利益以自己的名义直接向人民法院提起诉讼。同时,规定了前置程序的例外情形,即情况紧急、不立即提起诉讼将会使公司利益受到难以弥补的损害的,股东可以不经由前置程序直接提起派生诉讼。但对于何种情形属于"情况紧急",并未给出任何解释。

根据《公司法》第 152 条第 3 款,我国派生诉讼不仅可以针对董事、监事、高级管理人员提起派生诉讼,在他人侵犯公司合法权益造成公司损失时,股东亦可提起派生诉讼。

自 2005 年公司法首次引入股东派生诉讼制度,时隔近四年,直至 2009 年 12 月才有第一起真正意义上的股东派生诉讼的出现。[①] 2009 年 12 月 11 日山东省高院受理了 78 名 * ST 三联中小股东诉三联集团侵犯 * ST 三联商标专用权纠纷一案的立案,该案系《公司法》修订后的首次股东派生诉讼的司法实践。[②] 从这起仅有的案例中,我们看到几个事实:首先,现有的原告资格严苛,不利于股东派生诉讼的提起。2009 年 6 月 2 日, * ST 三联流通股东郑建伟、北京和君创业咨询公司等中小股东委托北京大成律师事务所向全国征集 * ST 三联

---

① 原告们的诉讼请求如下:①请求确认三联商社享有注册号为"779479"的"三联"商标的独占许可使用权,以及享有三联商标的特许经营权、无形资产使用权等附属权利。②请求判令三联集团停止使用以及授权其关联公司或其他公司使用"779479""三联"商标与第三人进行的同业竞争的侵权行为。③请求判令三联集团向三联商社移交特许连锁合同及其他相关材料,并向三联商社赔偿 2007 年之后的加盟费和特许权使用费以及其他经济损失共计 5 000 万元(暂计)。2009 年 12 月 30 日, * ST 三联董事会对此作了公告。《 * ST 三联小股东发起首例股东代表诉讼》,载"和讯网",http://news. hexun. com/2009-06-03/118268552.html(最后访问时间 2011-03-14)。

② 《代位诉讼:小股东之三联集团案目前仍在进行中》,"中国证券报"http://www. p5w. net/stock/news/gsxw/201003/t2866796. htm(最后访问时间 2011-03-14)。

商社小股东授权以状告三联集团，直至同年 12 月 11 日征集到公司 1.56％的股份，提起了派生诉讼。其次，少数股东对于提起派生诉讼态度漠然，最终仅有持有公司股份 1.56％的股东共计 78 人作为原告提起诉讼，反映出少数股东对于派生诉讼是否能发挥其作用仍然持有怀疑态度。再次，并未对律师形成良好的激励机制。总之，目前的股东派生诉讼制度难以实现立法的初衷，成为遏制管理层不法行为、保护中小股东利益的利器。

三、经济全球化下的法律移植：股东派生诉讼制度带来的启示

（一）资本的力量：公司法领域法律移植的原动力

法律移植，作为一种隐喻，包括三个层面的含义，不仅是指法律的机械类隐喻，还包括有机类隐喻和语言类隐喻。[①] 第一个层面的含义主要是指法律移植的立法层面，而后两个层面是指法律移植的有效性层面。时至今日，无论人们愿意喜欢与否，法律移植已经成为各国构建或者完善本国法律秩序（特别是私法领域的相关制度）的主要途径之一，因此，继续在理论层面上否认移植法律规则本身的可行性似乎在法律移植之风盛行的大势所趋之下已经显得苍白无力。在当今全球化时代，法律已经远远不是特定民族传统和独特民族精神的产物，不同民族的文化和社会环境、地理、气候以及其他某些环境差异也不足以构成法律移植不可逾越的障碍。[②]

法律移植的动因归纳起来，主要包括以下几方面，第一，也是最明显的，法律移植为新法律的产生提供了低成本、快速和潜在的丰富的法律资源（特别是外国法律规则有可能产生学习效应），在某种情

---

① 高鸿钧：《法律移植：隐喻、范式与全球化时代的新趋向》，《中国社会科学》，2007(4)，117 页。

② 高鸿钧：《法律移植：隐喻、范式与全球化时代的新趋向》，120 页。

况下可能是唯一可行的法律改革方式（"实用性"动机）。第二，这种法律变革的形式经常发生在殖民和军事占领以后（"政治"动机）。第三，法律改革是典型的法律业界的领域（从广义上讲包括律师、法官和司法部门），与法律借鉴有关，即从认可的外国资源中借鉴法律经常会满足法律业界的需求（"象征性"动机）。而移植的动机以及负责应用和执行的法律业界的动机，会影响到移植的成败。[①] 从上述英国、德国、日本以及我国股东派生制度的移植过程来看，法律移植的过程往往不是受到单一动机作用，而是多种动机并存共同作用，特别是日本战后公司法改革处于独特的政治背景下，三种动机形态共同影响了日本股东派生诉讼制度的建立和发展。笔者认同上述法律移植动因的存在，但是同时也认为由于上述动因只是停留在法律移植的表象上，并没有揭示法律移植的根本原因。笔者认为，归根结底，前述国家近期在公司法领域进行改革的原动力，可简化为两个具有魔力的字眼"资本"。

公司作为资本的载体，能够代表资本的流向，是由公司的根本属性决定的。公司是在近现代工业革命发展时代下产生的，是投资者追逐利益、分散投资、控制风险的产物，公司的根本属性是股东仅负有有限责任，公司具有独立人格，这使得投资者既愿意投资，又敢于投资。特别是现代上市公司更是具有资本结合的特征，公司成为资本的载体，而众多公司的结合构成了市场经济最核心的内容——市

[①] 神田秀树、屈尔蒂斯·米约普：《重新审视法律移植：日本公司法中的董事诚信义务》，《比较》，第 11 辑，146 页。同时，对于上述几种动因，作者可以举出若干实例，1950 年日本公司法从美国引入董事的忠实义务，即第 254－3 条款规定："董事对公司负有依照法律、公司的规章制度和股东会议，忠实地履行其职责的义务。"这一法律改革显示出主要由政治（254－3 条款时美国驻日最高司令部时期被引入的）和象征主义（人们普遍认为忠实义务是美国的重要法律规则）所促成的，而不存在移植的实际动机。见《重新审视法律移植：日本公司法中的董事诚信义务》，154 页。而韩国和中国台湾地区通过复制 254－3 条款也引入了忠实义务，这一改革显示出主要由实用性动机（日本的经验表明忠实义务会在公司治理中发挥作用，这些国家和地区的法律和政治经济环境与日本由许多相似之处）和象征主义（同前日本）所促成。见《重新审视法律移植：日本公司法中的董事诚信义务》，156 页。

场。近现代工业文明发展的历史证明，科学技术的发明、提高能够转化为现实生产力，但这个转化的过程必须得到资本等资源的支持。换言之，公司在近现代社会的经济发展中扮演着极其重要的角色，从这个意义上说，哥伦比亚大学校长尼古拉斯·巴特勒将公司誉为"现代社会最伟大的发明"并不过分，美国经济学家德隆的研究表明："人类 97％ 的财富，是在过去 250 年的时间里创造的。"因此，资本的流向决定了中心市场的所在和资源配置的方向，能够转化为生产力的资本多寡，决定了市场所在地的经济竞争实力的强弱。

但是资本的流向并非是盲目的。20 世纪 90 年代后期以来，四位著名美国经济学家以 LLSV 命名[①]，合作撰写的系列论文对投资者保护和证券市场发展的关系进行了论述，开创了"法与金融"研究的先河。其观点简言之，是认为对外部投资者的法律保护程度会决定一国证券市场的强弱。而不同法系渊源、法律传统下，对外部投资者的保护存在系统性差异。股东和债券持有人的权益得到更好保护，使其免受公司内部人的侵害，则股东更愿意投入资本，从而形成活跃的股权融资市场即证券市场，大型公司也往往有更为分散的股权结构；反之亦然。[②] LLSV 关于法与金融之间关系的重大发现，对现实生活的影响巨大，越来越多的国家认可法律、融资市场以及经济发展的正向循环关系，市场正在法律和区域经济发展之间架起了一道桥梁——法律对股东利益保护越周全，成功融资的可能性越大，经济随之得以发展的机会更大，而能够吸引到资本投入的市场，也会加强对法律制度和公司治理模式的影响。

因此，为投资者提供充分保护的公司治理模式与相应的法律机

---

① LLSV 是 Rafael La Porta、Florencio Lopez-de-Silanes、Andrei Shleifer 与 Robert Vishny 四位经济学家的组合，可参见其最新概括其观点的论文 La Porta, Lopez-de-Silanes, & Shleifer, "The Economic Consequences of Legal Origins", 46/285 *Journal of Economic Literature*, 2008。

② 缪因知：《法律与证券市场关系研究的一项进路——LLSV 理论及其批判》，《北方法学》，2010(1)，114～115 页。

制(既包括立法,更包括执行)已经成为了获取资本的必要对价之一。换言之,资本具有中立的色彩,没有国界,也没有民族精神可言,哪里的资本市场能够给这个市场的主角——投资者提供最优化的保护和带来最大的经济利益,资本就随之流向何处。"公司治理结构已经越来越成为投资决策的重要因素,其中尤其重要的是公司治理与投资国际化之间的关系。资本的跨国流动使得公司拥有更加广泛的融资渠道。要想从全球资本市场充分获益,吸引长期资本的投入,公司治理安排必须予人信任,并被人充分理解。即使公司主要不依靠外国资本,坚持良好的公司治理实践也将有助于提高国内投资者的信心,从而减少资本成本,最终拥有更加稳定的融资来源。"[①]因此,在全球化时代的社会里,绝大多数的国家已经身不由己地被卷入经济全球化和法律全球化的潮流中。因此,公司制度领域中的法律规则、制度乃至理念、秩序已经不再是平民布衣百姓的日常洒扫应对和衣食住行的简单映射,而是各国抢占资本市场、争夺资本资源的核心武器。所有在这场没有硝烟但更加残酷的战争中奋力博杀的参与者,无论是英国公司法改革中声称的"致力于提供快速、公平、经济高率的机制以解决少数股东和公司管理层的争议",还是德国宣扬重拾投资者信心、力求跑赢欧盟"立法者间的竞争",抑或是日本十余年来孜孜不倦多次修法以实现"公司法制的自由化",它们作出持续不懈努力都是为了一个目标:提供合理的公司治理机制,争夺资本市场。当然,我国也不例外,2005 年公司法改革正是我国参与世界经济市场竞争的明证。随着中国现代化进程的加快,中国经济实力的迅猛发展,我国本土经济市场与世界资本市场接轨,大量优质企业寻求海外上市,已经让决策者看到改革公司治理模式的必要性。但是,在明确了资本、市场摆在各国决策者面前一个更重要的问题就是,应当选择何种公司治理模式,或者技术层面而言选择何种公司法律规则制度?

---

① OECD: Principle of Corporate Governance (1999),转引自缪因知:《公众投资者的兴起与中国公司治理模式选择》,载"中国民商法律网"http://www.civillaw.com.cn/Article/default.asp? id=41429(最后访问时间 2011-03-14)。

（二）美国本土法律的全球化：法律移植的重要途径

科学技术的进步和经济的全球化，也随之形成了法律的全球化。法律全球化是全球化的重要组成部分，与科技和经济的全球化密不可分。根据桑托斯的观察，法律全球化有四种路径：一是全球化的地方主义；二是地方化的全球主义；三是世界主义；四是人类共同遗产的保护。他认为，从目前的情势看，前两种方法是主要路径，后两种方法是次要路径。①当今美国强势的经济和科技地位，使得这种地方法律的全球化无疑更大程度地在实际效果上表现为美国法律的全球化。当然，这种美国法律的全球化，并非是简单的形式上美国化，而是以股东为导向、以保护少数股东在内所有股东利益为价值取向的公司治理模式的全球化。从前文对各国股东派诉讼制度的发展和引进来看，在公司法领域中，美国以股东为导向的公司治理模式，以及在此模式范畴中的各项公司法律制度正在世界范围内得以广泛推广。

笔者认为，公众社会投资者的兴起，使得以股东利益尤其是中小股东利益保护为价值取向的公司治理模式必将得到决策者的青睐，根本上来说，选择以股东利益为导向、以中小股东利益保护为价值取向的公司治理模式，也是由资本流向这一因素所决定的。

首先，经济全球化和信息通信技术的发展，使得新环境下的资本竞争凸显出一个新的特点，即公众投资者的兴起。经济全球化和信息通信技术的发展带来了两个最直接的变化：首先，使得少量资本的集合成为可能。经济的发展使得民众在满足基本生活需求的同时有余力进行投资活动。而科技手段的发展使得集合和运用资本的成本降低，资金的多寡不是限制公众投资者的障碍，投资者不再局限于某一特殊的群体，而是股权进一步分散化，投资者更加社会化。不仅是在股权高度分散的美国，即使处于发展中国家阶段的中国，在这个

---

① S. Santos, *Toward a New Legal Common Sense：Law, Globalization, and Emancipation*（2nd edition），London：Butterworths，2002，pp. 178～182；转引自高鸿钧：《法律移植：隐喻、范式与全球化时代的新趋向》，121 页。

"全民皆股"的年代,资本市场已经不是阳春白雪,而是成为平民百姓日常生活中的一部分,布衣百姓直接投资二级市场或者购买理财产品间接持有股票的情形比比皆是,将富余资金进行投资成为民众管理资产的重要手段之一。其次,公众资本流向世界各地其他市场成为可能。经济全球化和信息通信技术的发达使得投资超越了国界,同时,全球各地广阔的融资市场也提供不同公司治理机制和投资产品供投资者选择,公众投资不再拘泥于一国一城池。同一公司的投资者可能遍布世界各地,没有国界种族语言之分的障碍。

其次,公众投资者的兴起,必将会对公司治理模式的选择造成重大影响。公众投资者不仅能够通过股东大会表决等方式进行用手投票,而且还能抛售股份用脚投票,甚至形成某种利益团体影响舆论导向和立法。世界经济进一步全球化、科技信息通信手段的便捷,也使得资本力量具有高度流动性,而少数股东持有的资本所汇集成的力量也不容小觑,而且跟机构投资者不同的是,小股东更加缺乏忠诚度,他们更容易选择用脚投票重新选择更利于自身利益的资本市场。因此,公众投资者的兴起,在公司治理结构的选择中成为一种重要的力量,特别是推动少数股东利益保护成为公司治理中的一项重要理念。

第三,美国式以股东为导向、以保护少数股东利益作为重要价值取向的公司治理模式因此成为法律移植的模范榜样。在经济全球化的社会中,法律移植已经成为各国构建或者完善本国法律秩序的重要途径之一,不同于全球化之前的现代社会,当今的各国已经能够在法律移植的过程中掌握着主动权,政治精英和法律精英能够主动地在形形色色的法律秩序中选取他们认为是最优化蓝本的法律制度。一方面,美国的资本市场被公认为是世界上最发达的融资市场已然是个不争的事实,而立法者们也大都认同法律制度母国的经济优势和所实施的法律制度具有紧密的联系,在深信"法律很重要"的政治精英和法律精英的眼中,美国当今在经济全球化中经济发展的出色表现在一定程度上正是归结于其以股东价值为导向的公司法律制度的优越性；①另一方面，美国高度分散的股权结构，促使其治理模式以保护少数股东利益作为重要的价值取向之一，因此，为了吸引公众投资者、加强融资市场的竞争力，与之相关的法律秩序也因此不约而同成为各国政治精英和法律精英争相效仿的模范。两方面的因素共同作用，使得法律全球化在很大程度上表现为美国法律的全球化这一途径。正是这样，富有美国特色的股东派生诉讼制度超越了特定的国界，成为世界各国公司治理制度中的重要组成部分。

　　另外有一个值得思考的现象是，与 20 世纪 60 至 80 年代美国试图通过法律输出占领世界法律市场，并通过推广美国法的试验进而实现世界法律美国化的状况不同，21 世纪初，经济全球化下的法律全球化不约而同地表现为各国决策者对于美国法律自发地借鉴和移植。桑托斯根据沃勒斯坦关于世界体系的划分，认为法律全球化对于中心国家、半边缘国家和边缘国家的法律移植具有不同的后果。对于西方那些中心国家而言，它们在"全球法"的移植中处于主动地位，成为"全球法"的输出国。对于半边缘和边缘地区的发展中国家而言，它们移植"全球法"往往是被动的，更多是基于经济和政治的压力。迫于这些压力，它们在许多情况下不得不将中心国家的法律作为"全球法"加以接受。② 笔者认为，中心国家、半边缘化国家和边缘国家的划分已然弱化，现代公司法律制度侧重于借鉴和学习美国公司治理模式，并非是基于美国等西方发达国家处于"中心国家"的地位使得其成为"全球法"的输出国，而是恰好是"美国"模式，即以股东导向的公司治理模式在这场资本战争中取得了短暂而非永久性的成功——各国法律制度之间存在着争夺资本和市场的竞争，只有能够迎合投资者需求的治理模式才能胜出。换言之，在公司法领域由于

---

① R. Kraakman & H. Hansman, "The End of History for Corporate Law", 89/439 *Georgetown Law Journal*, p. 450.

② S. Santos, *Toward a New Legal Common Sense: Law, Globalization, and Emancipation*, p. 179, 315；转引自高鸿钧：《法律移植：隐喻、范式与全球化时代的新趋向》，125 页。

资本"中立"的特性决定了所有的融资市场,包括美国融资市场都面临巨大的竞争压力,即使是西方各个发达国家以及美国也不例外。如前所述,英国、德国在公司法改革中相互借鉴、以期整装再度争夺世界资本市场,美国在公司治理丑闻以后于 2002 年通过《萨班斯——奥克斯法案》加强独立董事在公司治理中的监督作用(此制度与大陆法系如德国"监事会——管理层"双层管理模式具有异曲同工之妙)等,均凸显出不同法域、不同公司治理模式的国家在法律制度改革和公司治理模式完善的过程中相互学习、彼此借鉴成为一种常态。

(三) 趋同与异化:法律移植的效果

法律移植,包括立法层面和实施效果两个层面。从立法层面讲,用以评价派生诉讼制度改革的重要因素不是在新建立程序下派生诉讼案件的数量多寡,而是是否已经如各国公司法改革初衷所期待的一样,提起派生诉讼的依据是否更加清晰易懂,从而使得提起派生诉讼能够被认为是值得采用的救济手段。在此意义上,以成文法的形式规定股东派生诉讼规则已经是一种重要的进步。对公司股东而言,与其在普通法纷杂的判例中求索可能的救济手段相比,他们更能够通过公司法明确的条款清晰地界定自身是否能够提起派生诉讼,派生诉讼规则和程序的确立,促使股东更能够通过派生诉讼程序的途径,敦促董事履行对公司所承担的义务。

法律移植,与之密切相关的一个公司治理理论是"公司法的实质性趋同"理论。正如科菲教授发表题为"历史重现"的长文中所指出,各法域的公司法在"将最终完成形式上的趋同"和"将各守本位,不会发生趋同"之间,可能存在第三种发展进路,即各公司法可能最终发生"实质意义上的趋同"(functional convergence),但此种趋同是通过证券市场规则的同一化来实现的。[①] 笔者赞成这一观点,而从各国股

---

① J. C. Coffee, Jr. ,"The Future as History: The Prospects for Global Convergence in Corporate Governance and Its Implications",93/641 *Nw. U. L. Rev.*

东派生诉讼制度的具体规则来看，各国立法或者法院判例在对提起公司派生诉讼的前提条件进行审查，在适格原告的界定、担保的应用、商业判断原则在股东派生诉讼中的应用、是否存在诉讼特别委员会终止诉讼的权限、公司在股东派生诉讼程序中的地位等诸多方面，具体规则之间已经趋于相同，不仅如此，规则和制度背后的立法理念和功能也已然发生趋同。

笔者认为，更值得关注的是后者，即法律移植是否能够有效，换言之，某种法律制度脱离了制度起源的母国，是否能够在制度引入国移植成功。当然，意识形态的趋同并不意味着实践中的迅速趋同。① 虽然人们已经对何种治理模式才是最好的实践已经达成共识，但是，立法上的趋同并不意味着能够得到立竿见影的实施效果。当然，派生诉讼改革的效果必须假以时日，方可定论。

在此，有个值得注意的问题，即与股东派生诉讼相关的法律制度的不完备程度较高，这加剧了该制度实施过程中异化的可能性。与股东派生诉讼规则紧密相关的是董事义务的界定问题。股东派生诉讼最常见的形式就是针对公司管理层违反受信义务而提起的诉讼。而受信义务作为英美公司法上的一个核心概念，若不援引一个规模庞大的判例法，就难以理解它的准确含义。其中被广为接受的是谨慎义务和忠诚义务，对这些义务中每一项的含义都需要通过援引一系列更加具体的义务来加以解释。这些义务有一些已经做了明文规定。而对于那些没有明文规定，或者即使做了规定但是在涵盖范围和意义方面仍然留下了相当大模糊地带的义务，则只能通过判决过程由法庭来推导确定。在普通法国家，法庭负责确定经理人员对股东义务的界限，这些界限要想被彻底确定下来本质上是不可能的。② 英国公司法改革之后的股东派生诉讼也面临这样的不确定性，股东提起派生诉讼的范围扩大，例如当公司董事违反董事一般义务时股

---

① R. Kraakman & H. Hansmann, "The End of History for Corporate Law", p. 454.

② 许成钢、卡塔琳娜·皮斯托：《转型的大陆法法律体系中的诚信义务：从不完备法律理论得到的经验》，125～126 页。

东可以提起派生诉讼,而英国《公司法》第 172 条规定的董事一般义务的界定仍然不清晰,仍需通过日后的案例实践加以澄清。因此,笔者认为,法律制度的不完备程度越高,该制度的法律移植就更加困难,在实施过程中异化的可能性就越大。

(四) 公司治理模式的再优化:法律移植的发展趋势

股东派生诉讼制度的引进或者改革,必然带来其他制度的相应变化。与股东派生诉讼直接相关的问题就是责任承担问题。股东派生诉讼的实施,本质上是增强了董事义务的可归责性,股东派生诉讼的存在,使得侵害公司及少数股东利益的不法行为人承担损害赔偿责任,从而对公司管理层的行为形成威慑作用,这正是实现公司治理目标的重要途径。

美国实践存在着一个特殊的现象:美国的公司和证券诉讼非常普遍,但是,实际上真正由董事承担法律责任的情况并不常见。[①] 美国各州立法规定公司可以采取各种私人风险转移机制(private risk-shifting devices),包括董事和高级管理人员补偿(D&O indemnification)[②]、董事责任保险(不得涵盖基于欺诈或者其他类似的故意行为而产生的董事责任),[③]此种私人风险转移机制的采纳使得董事即使承担名义

[①] B. S. Black, et al., "Outside Director Liability: A Policy Analysis", 5/162 *Journal of Institutional and Theoretical Economics*, 2006.

[②] 董事和高级管理人员补偿是指公司对现任或者离任的公司董事或者高级管理人员在诉讼中作为被告所承担的费用予以补偿。补偿制度比较具有代表性的是美国《示范公司法》第 8 章的相关规定,包括许可补偿(permissive indemnification)、强制补偿(mandatory indemnification)和命令补偿(judicial indemnification)三种情形。参见施天涛:《公司法论》,472 页,北京,法律出版社,2006。各州公司法也有关于补偿的规定。例如根据《特拉华州公司法》第 145 条,公司对董事在第三人提起的诉讼中发生的与诉讼相联系的合理的"费用、判决承担的责任赔偿、罚款及和解的支付款项"予以补偿。该条同时规定了公司只能在董事"以诚信的方式作出决策,并且以公司的最大利益为出发点行事"的情况下才给予补偿。参见朱慈蕴等:《公司内部监督机制——不同模式在变革与交融中的演进》,151 页,北京,法律出版社,2007。

[③] A. Hamdani & R. Kraakman, Rewarding Outside Directors, 105/1677 *Mich. L. Rev.*, 2007, p. 1688.

上的责任，也极少实际承担个人责任。董事责任保险作为一种重要的私人风险转移机制，已经成为国际通行的做法。提供责任保险有利于分散和减少独立董事履行职责可能面临的法律风险，董事责任保险对于董事因过失而非不诚实（dishonest）或者恶意的（knowing bad faith）错误行为，以及在文件披露中的错误或者误导性陈述所产生的费用和责任提供了有用的但有限的保护。① 从历史上看，美国的董事责任保险以股票市场大崩溃和美国 1933 年《证券法》的颁布为契机，②在 20 世纪 70 年代到 90 年代之间发展成熟，已经成为公司不可或缺的利益平衡机制。③ 大多数的公众公司都会为董事提供责任保险，公司为董事提供责任保险等保护措施，正是为了消除公司诉讼给董事人才资源市场带来的负面影响，有利于无辜的董事抵制那些不正当的指责，鼓励适格人士接受董事职位，阻却恶意股东的无益诉讼。④ 英国也允许公司提供董事责任保险、对董事对除公司或关联公司外的人所产生的责任进行补偿、养老金计划这三种方式直接或者间接地为公司董事提供补偿。⑤

正是风险转移机制的存在，使得法律责任约束的有效性受到学者的质疑：董事过失责任（negligence regime）并未使得董事具有高度的动力积极监督管理层，相反法律约束机制的成本较高，其明证就是法律很少对于疏于监管管理层的董事课以责任，并且法律具有例外情形和不明确的地方使得董事得以逃脱法律责任。⑥ 风险转移机制

---

① 施天涛：《公司法论》，477 页。

② 李建伟：《独立董事制度研究——从法学和管理学的双重角度》，273 页，北京，中国人民大学出版社，2004。

③ 朱慈蕴等：《公司内部监督机制——不同模式在变革与交融中的演进》，153 页。

④ Robert W. Hamilton, *The Law of Corporation in a Nutshell*, St. Paul, Minn. : West Group, 1996, p. 449.

⑤ 《英国公司法》第 232 条第（2）款规定："公司针对由其承担的与公司相关的任何过失、失责、违反义务或违反信托相关的任何责任，直接或间接为公司董事或关联公司提供补偿的条款，是无效的，除非经下列条款许可(a)第 233 条（提供保险），(b)第 234 条（限制第三人补偿条款），(c)第 235 条（限制养老金计划补偿条款）。"

⑥ A. Hamdani & R. Kraakman, *Rewarding Outside Directors*, p. 1686.

的存在,似乎正在让股东派生诉讼陷入了一个悖论:消耗巨额的诉讼成本,以期望追究董事责任、对董事行为进行责任约束,而私人风险转移机制的存在,使得董事实际承担赔偿责任的情况几乎并不存在,而潜在的董事责任使得保险商们提高保险金,以应对派生诉讼可能导致偿付的赔偿费用,最终支付董事保险的成本最后又被转嫁到股东身上。这样的悖论似乎让股东派生诉讼的存在价值受到质疑。

笔者认为,这个问题的本质是如何看待股东派生诉讼制度在整个公司治理机制中的地位问题。公司治理说到底是如何解决经营者和所有者之间的代理成本问题。而在此,笔者再次重申,在各种降低代理成本的公司治理措施中,股东派生诉讼制度即使起到保护少数股东利益、阻止管理层不法行为的作用,但是,不是最重要或者首先考虑的手段,作为一种代价高昂的事后救济手段,应当在股东其他救济手段用尽的情况下才应当被予以考虑采用。现代公司治理模型可以被比喻成一个"矩阵":在这个矩阵中存在着不同的市场,包括董事人才资源市场、收购市场、产品市场和资本市场,这些市场各司其职,间接发挥着监督管理层的作用;而在这些市场里穿插不同的要素,包括董事、管理层、守门人(如为董事会或者股东提供专业咨询和服务的审计、律师、证券分析师、信用评级人、投资银行等),董事和管理层处于公司治理的核心地位,由他们来管理公司,同时,由审计、律师、分析师等守门人来协助股东们提供监督机制。而信息披露则是公司治理模式中的关键因素,它的存在使得监管更加便利,也为私人救济机制的实施提供了动力。整个公司治理机制是依靠上述不同的市场、不同的要素共同运作,来发挥其降低代理成本的作用,使得整个公司机制更加有效率、低成本地运作。因此,在整个公司治理机制中,各个法律制度构成了公司治理机制的有机整体,相互依存,相互作用,此消彼长。比如,股东派生诉讼的存在,普遍加重了董事义务,势必会对董事人才资源市场造成不利的影响,而高素质的人才因为惧怕承担太多的义务而不愿意担任董事职位,同样也会不利于公司的有效运作,从而从根本上影响公司以及股东的利益。因此,不能孤立地看待公司治理机制中任一法律制度的价值所在，如何整体地、有机地、协调地完善各个法律制度，完成公司治理模式的转变，仍然是有待研究的工作。在此，笔者推论，在公司治理机制的有机整体中，由于股东派生诉讼制度发生了改变，势必引起整个公司治理机制中其他相关法律制度的相应调整。

四、结论

经济全球化，随之带来法律全球化。法律移植已经成为各国构建或者完善本国法律秩序（特别是私法领域的相关制度）的主要途径之一。股东派生诉讼作为公司治理中的一项基本制度，被认为是遏制管理层不法行为、保护公司及少数股东利益的重要机制，已经为各国所普遍接受。股东派生诉讼正在公司治理机制中起到为股东提供救济手段的补偿作用和改善公司治理环境的威慑作用。是否赋予股东起诉董事和管理层的权利，已经成为衡量某一国家是否能够为股东提供良好保护的结构性特征，因此，为了完善本国公司治理结构，重拾投资者信心，实现公司法的现代化，吸引公众投资者、加强融资市场的竞争力，英国、德国、日本纷纷完成了本国股东派生诉讼制度的改革。

在法律移植的过程中，笔者认为，首先，法律移植的过程往往不是仅受到单一动机的作用，而是多种动机并存共同作用，包括"实用性"动机、"政治"动机、"象征性"动机，但是归根结底，世界国家近期在公司法领域进行改革的原动力是争夺资本的需要。资本的流向决定了中心市场的所在和资源配置的方向，资本并非是盲目的，决策者已经认识到法律、融资市场以及经济发展的正向循环关系，法律对股东利益保护越周全，成功融资的可能性越大，经济随之得以发展的机会更大；而能够吸引到资本投入的市场，也会加强对法律制度和公司治理模式的影响。为投资者提供充分保护的公司治理模式与相应的法律机制（既包括立法，更包括执行）已经成为了获取资本的必要对价之一。其次,经济全球化和信息通信技术的发展,促使公众社会投资者的兴起,对各国公司治理模式的选择造成重大影响,美国式以股东为导向、股东利益尤其是中小股东利益保护为价值取向的公司治理模式受到各国决策者的青睐,最终使得法律全球化在很大程度上表现为美国法律的全球化这一途径。富有美国特色的股东派生诉讼制度超越了特定的国界,成为世界各国公司治理制度中的重要组成部分。再次,美国式股东导向的公司治理模式在竞争中取得全球化的普及。从各国股东派生诉讼改革来看,该制度的具体规则已经趋于相同,不仅如此,规则和制度背后的立法理念和功能也发生趋同的现象。但是,值得引起注意的是,法律制度的不完备程度越高,该制度的法律移植就更加困难,在实施过程中异化的可能性就越大。与股东派生诉讼相关的法律制度的不完备程度如果较高,则会加剧该制度实施过程中异化的可能性。又次,在公司治理机制的有机整体中,由于股东派生诉讼制度发生了改变,势必引起整个公司治理机制中其他相关法律制度的相应调整。

再论环境侵权民事责任
——评《侵权责任法》第 65 条

罗 丽[*]

伴随着我国经济建设的飞速发展,因产业活动或其他人为活动所引起的污染和破坏环境并造成他人生命、身体健康、财产乃至环境权益等损害的侵权行为屡屡发生。为追究这类侵权行为人的侵权民事责任以救济受害人,我国《民法通则》采取了"二分法"的做法。一方面,在《民法通则》第 124 条中做出了"违反国家保护环境防止污染的规定,污染环境造成他人损害的,应当依法承担民事责任"的规定,将污染环境致人损害的侵权行为作为特殊侵权行为,实行无过错责任原则。并且,又通过司法解释缓和受害人举证困难,实行举证责任

---

　　* 罗丽,北京理工大学教授,法学博士。本文系北京理工大学科技创新计划重大项目培育专项计划 2010 年项目(项目代码:3230012210902)、2010 年环境保护部课题"环境行政立法与政策研究"的阶段性成果。

倒置规则，①为救济受害人提供了有效途径。另一方面，与前述规定相对，《民法通则》将破坏环境的侵权行为排除在"特殊侵权行为"之外，将其归类于一般侵权行为，实行过错责任归责原则，在举证责任分配上，贯彻"谁主张，谁举证"原则。②

我国长期以来的司法实践证明，这种将同属于第二类环境问题的环境污染和自然环境破坏截然割裂开，分别采取特殊侵权行为责任与一般侵权行为责任进行处理的做法，不仅违背了环境侵权行为的本质特征，欠缺科学性，而且还不利于充分发挥环境侵权民事责任功能以实现救济受害人的目的。近年来，当我们翘首以待《侵权责任法》能科学构建我国环境侵权民事责任制度时，2009 年 12 月 26 日通过并于 2010 年 7 月 1 日施行的《侵权责任法》第八章"环境污染责任"的规定却令人失望！特别是《侵权责任法》第 65 条依然沿袭《民法通则》第 124 条的规定，继续无视环境侵权民事责任的特殊性，固守传统"二分法"的做法，其实质是原地踏步，毫无进展。本文试图通过对我国司法实践中的典型案件的分析，反思我国现行立法在构建环境侵权民事责任制度方面的严重不足，探寻我国司法实践适用现行立法所存在的问题，以期对我国环境侵权民事责任制度的完善尽绵薄之力。

一、法官断案：是固守现行立法，还是造法创新？

2007 年 4 月 9 日，重庆市第二中级人民法院对"重庆市梁平县七星镇仁安村村民委员会、吴高斌、杨正平等与刘国权、汤昌华等环境

---

① 2001 年 12 月 31 日最高人民法院公布的《关于民事诉讼证据的若干规定》第 4 条（三）明确规定"因环境污染引起的损害赔偿诉讼，由加害人就法律规定的免责事由及其行为与损害结果之间不存在因果关系承担举证责任"。

② 根据《民法通则》第 106 条关于"公民、法人违反合同或者不履行其他义务的，应当承担民事责任。公民、法人由于过错侵害国家的、集体的财产，侵害他人财产、人身的应当承担民事责任。没有过错，但法律规定应当承担民事责任的，应当承担民事责任"的规定，除第 124 条规定的"污染环境致人损害的侵权行为"为特殊侵权行为外，破坏环境的侵权行为为一般侵权行为。

侵权纠纷案"作出了终审判决。该判决虽然及时解决了上诉人与被上诉人之间的民事纠纷,使本案受害人也在经历了一审、二审的维权历程之后,获得了民事救济,①但是,该案的判决理由却不得不令我们进一步反思。

(一) 基本案情

本案是一起因煤矿开采引起的水资源破坏纠纷案件。重庆市梁平县人民法院作为一审法院受理了原告重庆市梁平县七星镇仁安村4组村民以梁平县七星镇仁安村村民委员会、高斌煤矿业主吴高斌、高平煤矿业主杨正平等作为被告的民事诉讼。在一审诉讼中,原告认为原告所在地所发生的地表水与地下水的水位下降、当地水资源流失严重等现象,是由于被告开设煤矿矿井后的采煤行为所致,因而向人民法院提出了要求被告赔偿损失、停止侵害、排除妨害的诉讼请求。

一审法院受理本案后,对本案事实进行了调查,在对原被告双方当事人进行调解未果的情况下,作出了"由四被告连带赔偿原告每人3000元,限本判决生效后5日内付清;驳回原告的其他诉讼请求;案件受理费16760元,其他诉讼费25350元,共计42110元",由四被告承担的一审判决。②一审判决后,一审被告人均不服(2006)梁平县人民法院民重字第3号民事判决,向重庆市第二中级人民法院提起上诉。上诉人以损害行为不存在、原审判决适用法律错误、原审判决诉讼程序违法等为上诉理由,请求撤销原审判决,驳回被上诉人的诉讼请求。重庆市第二中级人民法院(以下简称"二审法院")受理了此案,并组成合议庭进行了审理。在二审诉讼中,二审法院进行了实地调查,并对双方当事人进行了调解,但终因双方争执较大而未能达成调解协议。因此,二审法院最终于2007年4月9日作出了"驳回上

---

①② 《梁平县七星镇仁安村村民委员会等与刘国权等环境侵权纠纷上诉案,重庆市第二中级人民法院民事判决书(2007)渝二中民终字第141号》,载"北大法律信息网",http://vip.chinalawinfo.com/case/displaycontent.asp?Gid＝117517509&Keyword＝(最后访问时间2011-06-08)。

诉,维持原判"的判决。①

(二)法官造法：创新性地运用了环境侵权民事责任理论

本案一审与二审法院创新性地运用了环境侵权民事责任理论,科学地对原告与被告的举证责任进行分配,充分发挥了环境侵权民事责任的功能,迅速救济了受害人。从目前的司法实践来看,本案一审与二审判决突破了我国现行立法仅将"污染环境致人损害"的案件作为特殊侵权案件的缺陷,将法学界成熟的环境侵权理论成果运用到具体的案件审理过程之中,堪称积极学习法学新理论、灵活将法学理论与司法实践现结合、积极救济受害人的司法实践典范。

1. 明确案件性质是环境侵权

在审理过程中,本案一审、二审法院首先明确了案件的性质,并以此作为前提对原、被告的举证责任进行科学分配。具体而言,在一审审理中,原审法院即重庆市梁平县人民法院在判决中首先对本案性质进行了判断,认为"本案原告主张被告采煤后,煤炭矿层遭到破坏,原告赖以生存的地表、地下水位下降,水资源流失,导致原告的生产生活受到了严重损害,属于因水资源受到破坏而引起的诉讼",在此基础上,认为"水资源破坏属于环境侵权,适用举证责任倒置",为原被告双方举证责任分配奠定了理论基础。一审法院最后以"要求被告举证证明其开采行为与水资源受到破坏无关,但被告未举证证明,应承担举证不能的法律后果"为由而判决被告败诉。在二审审理中,二审法院继续坚持一审法院关于本案性质是环境侵权纠纷案件的判断,在阐明环境侵权属于特殊侵权行为,适用无过错责任归责原则以及在因果关系方面实行举证责任倒置规则等环境侵权民事责任理论研究成果的基础上,认定上诉人构成环境侵权,应该承担损害赔偿责任。

---

① 《梁平县七星镇仁安村村民委员会等与刘国权等环境侵权纠纷上诉案,重庆市第二中级人民法院民事判决书(2007)渝二中民终字第 141 号》,载"北大法律信息网",http://vip.chinalawinfo.com/case/displaycontent.asp? Gid＝117517509&Keyword＝(最后访问时间 2011-06-08)。

2．突破现行立法存在的缺陷，创新造法

根据我国《民法通则》第 124 条关于"违反国家保护环境防止污染的规定，污染环境造成他人损害的，应当依法承担民事责任"的规定，《环境保护法》第 41 条关于"造成环境污染危害的，有责任排除危害，并对直接受到损害的单位或者个人赔偿损失"的规定，1992 年最高人民法院《关于适用民事诉讼法若干意见》第 74 条的规定，以及 2001 年最高人民法院《关于民事诉讼证据的若干规定》第 4 条（三）的规定等，只有"污染环境造成他人损害"的侵权行为，才被作为特殊侵权行为适用无过错责任原则，且在举证责任分配上实行举证责任倒置规则，即"因环境污染引起的损害赔偿诉讼，由加害人就法律规定的免责事由及其行为与损害结果之间不存在因果关系承担举证责任"；而对于破坏环境造成他人损害的情形，只能按照一般侵权行为处理，且在举证责任方面也只能根据《民事诉讼法》规定的"谁主张，谁举证"原则进行举证。显然，这样对遭受因具有复杂性、渐进性、潜伏性和广泛性等特征的环境侵权行为侵害的受害人而言，是很难获得救济的。

为了有效救济受害人，对于并非属于"污染环境造成他人损害的"侵权行为，本案一审及二审法院均突破了其审理案件时现行立法的缺陷，创新性地运用环境侵权民事责任理论这一法学研究成果，[①]将环境侵权扩展至"水资源破坏"的情形，认为"水资源破坏属于环境侵权"，并进一步阐明"环境侵权属于特殊侵权行为，因此产生的损害赔偿责任应适用无过错责任原则。因环境侵权具有复杂性、渐进性和

---

① 环境法学界的通说认为，环境侵权民事责任是公民或法人因污染或破坏环境，造成受害人人身、财产乃至环境权益等损害所应当承担的民事责任。它是一种特殊侵权民事责任，实行无过错责任归责原则，且在举证责任方面，实行举证责任倒置、因果关系推定规则。参见金瑞林主编：《环境法学》，216 页，北京，北京大学出版社，1999；曲格平主编：《环境与资源法律读本》，91 页，北京，解放军出版社，2002；马骧聪主编：《环境保护法》，141～142 页，成都，四川人民出版社，1988；韩德培主编：《环境保护法教程》（第五版），308 页，北京，法律出版社，2007；陈泉生：《环境法原理》，86 页，北京，法律出版社，2000；王明远：《环境侵权救济法律制度》，13 页，北京，中国法制出版社，2001；罗丽：《中日环境侵权民事责任比较研究》，83 页，长春，吉林大学出版社，2004。

多因性,且损害具有潜伏性和广泛性,故法律规定应由被告对损害事实与损害后果不存在因果关系承担举证责任,""由于被告未能举证证明不存在因果关系,"因此,法院认为被告应承担举证不能的法律后果,即"被告的采矿行为已构成环境侵权,应共同承担损害赔偿责任"。①本案一审、二审法院通过活学活用环境侵权民事责任理论研究成果,最终实现了积极救济受害人,充分发挥环境侵权民事责任功能的效果。

二、立法现状:《侵权责任法》第 65 条的缺陷

如前所述,2009 年 12 月 26 日通过并于 2001 年 7 月 1 日施行的《侵权责任法》的第八章的规定依然沿袭了此前的立法规定,固守"环境污染责任"的传统规定,在第 65 条规定"因污染环境造成损害的,污染者应当承担侵权责任",并在第 66 条中规定只有在"因污染环境发生纠纷"的情形下,"污染者"才"应当就法律规定的不承担责任或者减轻责任的情形及其行为与损害之间不存在因果关系承担举证责任"。可见,《侵权责任法》第 65 条的规定是对《民法通则》第 124 条的沿袭,虽然该条删除了《民法通则》第 124 条中有关"违反国家保护环境防止污染的规定",但由于针对"违反国家保护环境防止污染的规定"所引起的司法实践的困惑,国家环境保护局(现国家环境保护部)早在 1991 年已通过发布《关于确定环境污染损害赔偿责任问题的复函》[1991 年 10 月 10 日(91)环法函字第 104 号]进行了解决;②而

---

① 《梁平县七星镇仁安村村民委员会等与刘国权等环境侵权纠纷上诉案,重庆市第二中级人民法院民事判决书(2007)渝二中民终字第 141 号》,载"北大法律信息网",http://vip.chinalawinfo.com/case/displaycontent.asp? Gid=117517509&Keyword=(最后访问时间 2011-06-08)。

② 为解决适用分歧,原国家环境保护局(现环境保护部)曾就《环境保护法》第 41 条的适用发布过《关于确定环境污染损害赔偿责任问题的复函》[1991 年 10 月 10 日(91)环法函字第 104 号],明确规定:"承担污染赔偿责任的法定条件,就是排污单位造成环境污染危害,并使其他单位或者个人遭受损失。现有法律法规并未将有无过错以及污染物的排放是否超过标准,作为确定排污单位是否承担赔偿责任的条件。"

《侵权责任法》第 66 条的规定,也只是对 2001 年最高法院《关于民事诉讼证据的若干规定》第 4 条(三)的规定的照抄,因此,《侵权责任法》第 65、66 条的规定实际上是原地踏步,并没有克服我国现行立法中所存在的关于环境侵权民事责任规定的缺陷。

第一,《侵权责任法》第 65 条的规定欠缺科学性。我们知道,因人为活动或自然原因使环境条件发生不利于人类的变化,以致于影响人类的生产或生活,给人类带来灾害的现象被称为环境问题,其通常可分为第一环境问题和第二环境问题。第一环境问题,是因自然界自身变化而引起的、人类不能预见或避免的环境污染和环境破坏现象,因此,对这类环境问题,人类只能通过采取预防措施,减少或避免其危害后果的发生。与此不同的是,第二环境问题,是因人类自身的人为活动所引起的地球局部或全球性的环境变化以及环境污染等现象。[①] 这样,通过对人类活动进行调整,不仅能够避免、减少该类环境问题的发生,而且还能对已产生的有关环境问题进行抑制、治理,从而使已被污染、破坏的环境得以再生。从民事侵权法的角度而言,环境侵权行为,正是引起第二环境问题,并致使他人生命、身体健康、财产乃至环境权益遭受侵害的行为。

在环境法上,根据环境问题引起危害后果的不同,第二环境问题还可以进一步划分为环境污染和自然环境破坏。[②] 尽管如此,由于环境污染和自然环境破坏都是人类不合理开发利用环境的结果,二者之间相互联系、相互作用,并具有复合效应。即严重的环境污染可以导致生物死亡从而破坏生态平衡,使自然环境受到破坏;而自然环境的破坏则降低了环境的自净能力,加剧了污染的程

---

① 汪劲:《环境法律的理念与价值追求——环境立法目的论》,1~2 页,北京,法律出版社,2000。

② 环境污染,是指人类活动如工农业生产和城市生活污染物的排出等所引起的环境质量下降,以致于产生大气污染、水污染、土壤污染等危害人类及其他生物的正常生存和发展的现象。自然环境破坏,是指因人类不合理的开发利用资源或进行大型工程建设等,使自然环境和资源遭到破坏,引起水土流失、土壤沙漠化、盐碱化、资源枯竭、气候变易、生态平衡失调等环境问题产生的现象。金瑞林主编:《环境法学》,17 页。

度。①同样,因污染环境的侵权行为所引起的侵害生命、健康、财产等损害后果,与因破坏环境的侵权行为所引起的后果也并无显著差别,都会在引起环境恶化的同时,造成他人生命、健康、财产等损害。因此,在研究第二环境问题,探索解决第二环境问题的有效途径时,应该遵循该二者之间的相互联系、相互作用以及复合效应等特征,而不能将环境污染和自然环境破坏二者截然割裂开来。因此,从本质上而言,环境侵权行为,不仅包括诸如因工业生产活动等引起的大气污染、水质污浊、土壤污染、噪音、振动、恶臭等污染环境的侵权行为类型;而且,还包括因不合理的开发利用资源或进行大型工程建设等活动,引起的诸如破坏森林资源、土地资源,引起水土流失、土壤沙漠化、盐碱化等其他类似的破坏环境的侵权行为类型。

我国《侵权责任法》继续沿袭《民法通则》第124条的规定,在《侵权责任法》第65、66条明确规定:“因污染环境造成损害的,污染者应当承担侵权责任,”“因污染环境发生纠纷,污染者应当就法律规定的不承担责任或者减轻责任的情形及其行为与损害之间不存在因果关系承担举证责任”,此即采取狭义说构建污染环境侵权民事责任制度,显然是欠缺科学性的。一是割裂了环境污染与环境破坏二者之间的必然联系。将环境侵权行为以及环境侵权民事责任,仅仅理解为污染环境的侵权行为及其责任,在实质上是割裂了环境污染和环境破坏二者之间的必然联系,人为地将第二环境问题截然分开,这种做法不利于探索解决第二环境问题的有效途径。二是破坏了环境侵权民事责任制度的整体性。环境侵权民事责任制度是关于公民或法人因污染或破坏环境,造成受害人人身、财产乃至环境权益等损害所应当承担的民事责任的法律规范的总称。它涉及环境侵权行为、环境侵权行为构成要件、归责原则、举证责任分配、责任承担方式等基本规定,它们共同构成一个理论整体。但是,由于《侵权责任法》第

---

① 吕忠梅:《环境法》,4页,北京,法律出版社,1997;王灿发:《环境法学教程》,134页,北京,中国政法大学出版社,1997。

65、66条依然固守我国一贯的立法规定,将"污染环境的侵权民事责任"纳入特殊侵权民事责任类型,采取无过错责任归责原则、因果关系推定、举证责任倒置等特殊途径追究侵权行为人的民事责任;而将"破坏环境的侵权民事责任"归于一般侵权民事责任,按照一般侵权民事责任制度追究侵权行为人民事责任。这种将同一类型的环境侵权行为分别划归不同责任制度的结果是破坏了环境侵权民事责任制度的整体性,更不利于救济受害人。

第二,《侵权责任法》第65条的规定没有顺应社会发展需要。随着社会经济的迅猛发展,环境问题日趋成为威胁人类生存与发展的重大问题。在科学技术不断更新的今天,引起社会环境恶化、造成他人损害的环境侵权行为,已不仅仅是1986年制定《民法通则》之时的污染环境的侵权行为,而且还应包括破坏生态环境资源和人文环境资源的破坏环境的侵权行为。如果人为地割裂具有间接性、持续性、潜伏性、环境侵权行为主体具有不平等性、不可互换性和不特定性、损害后果的广泛性与伴随性等共同特征的环境侵权行为,只对"污染环境"的情形作为特殊侵权行为处理,而对同一性质的"破坏环境"的情形作为一般侵权行为处理,实际上是无视社会发展的客观需要,轻视环境侵权民事责任救济受害人的功能。

从国外立法实践来看,尽管英、美、德、日等代表性国家对于环境侵权民事责任的内涵,在其范围理解上也存在并不完全一致的现象,采取的救济受害人的法律措施也存在一定的差异,但总体而言,这些国家的法律规范并未采取将环境侵权民事责任仅仅限定于环境污染责任的狭窄范围之内的立场。恰恰相反,从有关立法规定来看,环境侵权民事责任的范围还包括了诸如振动、地面下沉、压力、病源菌、动植物、日照和通风妨害、风害和光害、眺望和景观破坏、填海破坏海岸、文化遗产和舒适生活环境破坏、放射线危害等环境破坏现象所致他人损害的民事责任。如德国《环境责任法》第3条即明确规定:"一项损害系因材料、振动、噪声、压力、射线、气体、蒸汽、热量或者其他现象而引起的,以这些现象是在土地上、空气或者水中传播为限,此项损害系因环境侵害而产生。"可见,德国法上环境公害问题的范围极为广泛,包括因材料、振动、噪声、压力、射线、气体、蒸汽、热量或者其他现象而引起的损害,而并没有仅限于因材料、噪声、射线、气体、蒸汽、热量等现象而引起的污染环境的侵权责任之狭窄范围之内。除此之外,德国法还规定了因振动、压力或者其他现象而引起的环境侵害的责任。在日本法上,将这种伴随社会的不平衡发展而对生活环境的破坏所造成的侵害生命、身体、财产权等的大气污染、水体污染、土壤污染、噪声、振动、地面下沉和恶臭现象,称为"公害"。① 除此之外,日本判例也承认了日照和通风妨害、风害和光害、眺望和景观破坏、自然保护破坏、填海破坏海岸、文化遗产和舒适生活环境破坏、放射线危害以及其他环境破坏等环境破坏现象为公害。② 虽然日本在《大气污染防止法》、《水质污染防止法》中规定,仅在因大气污染、水质污染而造成生命、身体健康被害的情况下才适用无过错责任归责原则。但是,日本四大公害诉讼判决理论极大地修正、丰富了传统民法过失论,形成了以调查研究义务为前提的高度预见义务和结果回避义务相结合的公害过失论,对被告企业课以较为严格的义务,有利于救济受害人。③

与国外立法与实践相比,我国《侵权责任法》无视环境侵权行为的本质特征,在第 65 条继续沿用《民法通则》的规定,既不利于救济受害人,也不利于从整体上预防、抑制环境侵权行为,实现保护环境之目的。可以说,《侵权责任法》第 65 条的规定是一种无视社会发展需要且原地踏步的做法,它人为地给充分发挥环境侵权民事责任功能设置了障碍。

---

① 日本《环境基本法》规定:"公害"是指伴随企(事)业活动及其他人为活动而发生的相当范围的大气污染、水体污染、土壤污染、噪声、振动、地面下沉和恶臭,并由此而危害人的健康或生活环境(包括与人的生活有密切关系的财产以及动植物及其繁衍的环境)。

② 参见[日]淡路刚久、大塚直、北村喜宣编:《公害法判例百选》(日文版),142~218页,东京,有斐阁,2004。

③ 罗丽:《中日环境侵权民事责任比较研究》,123~150页。

第三,《侵权责任法》第 65 条的规定,将继续增加救济受害人的难度。在我国司法实践中,因公民或法人污染或破坏环境,造成受害人人身、财产乃至环境权益等损害的环境侵权行为屡屡发生。而对于这样的环境侵权行为,因为我国现行立法,特别是《民法通则》第 124 条规定的缺陷导致受害人无法获得救济的不公正判决,更是频繁出现。近年来在我国发生的这类典型案例如"种植行道树诱发梨树生病损害赔偿案",①"浙江省平湖师范农场特种养殖场诉嘉兴市步云染化厂、嘉兴市金禾化工有限公司、嘉兴市步云富欣化工厂、嘉兴市向阳化工厂、嘉兴市高联丝绸印染厂水污染损害赔偿纠纷案"②等。在这些案件中,受害人之所以无法获得公正救济,其主要原因就是我国现行立法存在缺陷。如"种植行道树诱发梨树生病损害赔偿案"的一审、二审法院判决驳回原告诉讼请求的主要理由是,"桧柏只是梨锈病的发生条件之一,仅有桧柏的存在并不必然导致梨锈病的发生"。法院根据我国《民法通则》第 124 条规定,将该案作为一般侵权民事责任纠纷,依据《民事诉讼法》"谁主张,谁举证"的规定,由原告承担"行

_____

① 本案是于 2004 年发生在湖北省武汉市的一起围绕栽种公路的行道树诱发梨锈病而致周围梨农收成减产而引起的损害赔偿纠纷案件。原告为武汉市某农业区 2227 户梨农,被告为市交通委员会、湖北省交通厅公路管理局、市公路管理处、区公路管理所、区国道路段收费站、区交通局、区公路管理段 7 家单位。原告与被告纠纷的重点在于 1997 年被告所属公路部门在 107 国道东西湖区路段栽种桧柏的行为与原告所种植大量梨树发生梨锈病以及梨树减产的后果之间是否存在因果关系。原告坚持认为被告所属公路部门在 107 国道东西湖区路段栽种桧柏,是诱发梨树发生梨锈病并导致梨农收成减少的直接原因;而被告则主张梨树减产的原因是多方面的,原告提供的证据不能证明桧柏树与梨树损失之间存在法律上的因果关系。本案一审法院武汉市中级人民法院依法组成法庭进行了调解,在双方调解未果的情况下,于 2005 年 1 月 19 日开庭审理,并于 2005 年 3 月 18 日做出了驳回梨农的诉讼请求,一审案件受理费用 33 万余元全部免交的判决。此后,原告不服一审判决向湖北省高级人民法院提起了上诉。但二审法院经审理后依然作出了驳回上诉,维持原判的二审判决。

黎昌政、李正国:《武汉梨农状告"行道树"栽种单位案一审判决》,载"新华网",http://news. sina. com. cn/c/2005-03-18/22315399889s. shtml(最后访问时间 2011-06-08)。

② 《浙江省平湖师范农场特种养殖场诉嘉兴市步云染化厂等水污染损害赔偿纠纷案(浙江省平湖市人民法院民事判决书(1996)平民初字第 23 号)》,载"北大法律信息网",http://vip. chinalawinfo. com/Case/displaycontent. asp? Gid=117492318&Keyword(最后访问时间 2011-06-08)。

道树桧柏的栽种与梨农梨树罹患梨锈病之间具有必然因果关系"的举证责任，由于梨农无法提供"必然因果关系"的证据，因此惨遭败诉而含泪承担损害结果。同样，在"浙江省平湖师范农场特种养殖场诉嘉兴市步云染化厂、嘉兴市金禾化工有限公司、嘉兴市步云富欣化工厂、嘉兴市向阳化工厂、嘉兴市高联丝绸印染厂水污染损害赔偿纠纷案"中，一审法院于 1997 年 7 月 27 日判决原告败诉的主要理由也是"原告提出蝌蚪死亡是由于五被告的水污染造成，但未能提供直接有力证据予以证实，故无法确定原告损害事实与被告污染环境行为之间存在必然的因果关系"①；此后 1998 年的二审、2001 年的浙江省高院的再审均固守一审判决理由而致使原告败诉。② 直到 2009 年最高人民法院基于"因环境污染引起的损害赔偿诉讼，由加害人就法律规

---

① 本案是于 1995 年发生在浙江省嘉兴市的一起围绕养殖场所饲养的青蛙蝌蚪死亡与企业所排废水之间是否存在必然因果关系的纠纷案件。对于原告所提出的其所饲养的青蛙蝌蚪死亡是被告所排废水所致的主张，一审法院即浙江省平湖市人民法院于 1997 年 7 月 27 日做出了驳回原告诉讼请求的判决。参见《浙江省平湖市人民法院民事判决书（1996）平民初字第 23 号》，载"北大法律信息网"，http://vip. chinalawinfo. com/Case/displaycontent. asp? Gid=117492318＆Keyword（最后访问时间 2011-06-08）。

② 对于平湖市人民法院的一审判决，嘉兴市人民检察院于 1998 年 6 月 20 日向嘉兴市中级人民法院提出抗诉。嘉兴市中级人民法院虽然依法组成合议庭对本案进行了再审，但嘉兴市中级人民法院法院依然认为："本案因青蛙蝌蚪死因不明，死亡的数量不清，无法判定原审五被告的违法排污行为与原审原告主张的损害事实之间存在必然的因果关系，"从而于 1998 年 10 月 20 日作出了"驳回抗诉，维持原判"的判决。浙江省人民检察院于 2000 年 3 月 10 日对本案提出抗诉。浙江省高级人民法院于 2000 年 12 月 22 日作出（2000）浙法告申民监抗字第 23 号民事裁定书决定对本案进行提审。浙江省高级人民法院经组成合议庭审理后，认为"根据因果关系推定原则，受损人需举证证明被告的污染（特定物质）排放的事实及自身因该物质遭受损害的事实，且在一般情况下这类污染环境的行为能够造成这种损害。本案原审原告所举证据虽然可以证实原审被告的污染环境行为及可能引起渔业损害两个事实，但由于原审原告所养殖青蛙蝌蚪的死因不明，故不能证明系被何特定物质所致，故原审原告所举证据未能达到适用因果关系推定的前提。……由于原审原告据以推定的损害原因不明、证据有限，其所主张的因果关系推定不能成立，其遭受的损害无法认定为系原审被告引起，故要求原审被告承担侵权损害赔偿责任依据不足"，由此，于 2001 年 5 月 31 日作出判决《维持嘉兴市中级人民法院（1998）嘉民再终字第 2 号民事判决》。

参见《嘉兴市中级人民法院民事判决书（1998）嘉民再终字第 2 号》、《浙江省高级人民法院民事判决书 （2000）浙法告申民再字第 17 号》，载"北大法意网"，http://www. lawyee. net/Case/Case_Display. asp? RID＝24740（最后访问时间 2011-06-08）。

定的免责事由及其行为与损害结果之间不存在因果关系承担举证责任"的规定,判定本案的举证责任应由 5 家企业承担。位于上游的 5 家企业污染了水源,同时段,下游约 6 公里的养殖场发生了饲养物大批非正常死亡的后果,5 家企业又没有足够的证据否定其污染行为与损害后果之间的因果关系,因此应当向养殖场承担侵权损害赔偿责任。这才纠正了此前的错误判决。① 遗憾的是,原告的胜诉是在他 14 年艰辛维权之后才到来的!

由于《侵权责任法》第 65、66 条只是重申了《民法通则》第 124 条、最高人民法院《关于民事诉讼证据的若干规定》第 4 条(三)中关于无过错责任归责原则、举证责任倒置等规定,并继续保持将破坏环境的侵权行为作为一般侵权行为处理,这种立法实际上是原地踏步的做法,并未真正将救济环境侵权受害人作为其目的,因此,在今后的司法实践中,此类环境侵权纠纷中的受害人依然会处于难以获得救济的困境。

三、一种担忧:是严格执法,还是鼓励法官造法?

如上所述,我国现行立法在构建环境侵权民事责任制度方面的上述缺陷,虽然已导致了我国司法实践中适用法律的错误与混乱现象的出现,但这些问题并未引起我国《侵权责任法》立法者的足够重视。反映在《侵权责任法》的立法上,第 65 条沿袭《民法通则》第 124 条规定,继续在环境侵权民事责任制度方面采取"二分法"的狭义理解,这种立法既无益于完善我国的环境侵权民事责任制度,当然也无益于救济受害人。

即使在我国现行立法有明确规定的情形下,平湖蝌蚪案获得最终胜诉居然花费原告 14 年的心血!不难想象,尽管《侵权责任法》已经实施,但其对救济环境侵权受害人的作用依然存在相当大的局限

---

① 原告不服浙江省高级人民法院再审判决,向最高人民法院提出再审申请。最高人民法院作出(2004)民二监字第 123-1 号民事裁定,提审了本案,并做出正确判决。参见孔令泉:《平湖蝌蚪案环保维权 14 年》,载"民主与法制网",http://www.mzyfz.com/news/times/c/20090608/140013.shtml(最后访问时间 2011-06-08)。

性。因此，为了克服现行立法中存在的问题，法官在司法实践中突破现行立法而创新造法，也在所难免！然而，当我们在赞许重庆市梁平县人民法院、重庆市第二中级人民法院法官们的创新性精神的同时，我们不得不反思，是应该鼓励法官严格执法，还是频繁造法？[①]

诚然，由于制定法是我国的基本法律渊源，法官应该严格执法，但是，在立法中存在漏洞或空白时，司法实践中法官造法就不可避免了。[②] 但是，当我们已经发现立法中存在漏洞，我国立法机关为什么不通过完善立法的手段填补立法漏洞，而要将立法漏洞任由司法实践中的法官"自由裁量"与"造法"呢？就环境侵权民事责任制度而言，我国立法，特别是《侵权责任法》立法无视已经在理论与实践中被证明的我国环境侵权民事责任制度不完善的事实，而依然沿袭传统立法，维持存在漏洞的立法现状，这无异于置司法实践中的法官于两难处境。当法官面对污染环境致人损害之外的破坏生态环境造成损害的侵权行为时，要么严格依据《侵权责任法》第 65 条规定，舍弃救济受害人利益的"自由裁量"；要么以救济受害人为己任，采取"自由裁量"、"法官造法"等手段救济受害人，舍弃严格"依法"断案原则。因此，在立法上，如果不能科学构建环境侵权民事责任制度的话，那么，在今后的司法实践中，我国拥有良知与丰富环境侵权民事责任理论知识的法官舍弃适用《侵权责任法》第 65 条的规定，继续运用环境侵权民事责任理论判决案件，即法官继续造法的现象就不可避免。尽管"中国应该允许法官造法"的理论具有一定合理性，[③] 但是，笔者认为，为保持我国基本法律渊源的稳定性，我国应从立法上完善现行立法的缺陷，为法官严格执法提供法律保障。

---

① 类似案例还有《贵州省桐梓县木瓜镇龙塘村老房子 32 户村民与綦江县赶水矿产有限公司损害赔偿纠纷上诉案》(贵州省高级人民法院民事判决书(2004)黔高民一终字第 30 号)，载"北大法律信息网"，http://vip.chinalawinfo.com/newlaw2002/slc/SLC.asp? Db=fnl&Gid=117460422(最后访问时间 2009-10-08)；《刘邦正、童富友、李正凡等诉陆元山、杨正平环境侵权纠纷上诉案》(重庆市第二中级人民法院民事判决书(2009)终字第 3 号)，载http://www.lexiscn.com(最后访问时间 2011-06-08)。

②③ 何家弘：《论法官造法》，《法学家》，2003(5)。

环境权构造论

王社坤[*]

　　环境权理论的提出契合了环境保护的现实需求,得到了环保主义者的热烈拥护。然而,环境权由应有权利向法定权利转变的道路却依然漫长。因为即使宪法或法律明文规定了环境权,法院也往往以环境权过于概括、缺乏确定性等理由,拒绝承认环境权为法定权利。[②] 我们不得不说法院的担心是有道理的,承认主体、内容、客体均

　　[*] 王社坤,清华大学法学院环境资源能源法中心博士后研究人员。本文系在作者博士论文部分内容之基础上修改而成。博士论文写作受北京市科学技术委员会博士生论文资助专项资金资助(协议编号:ZZ0823),后续修改受台达环境教育基金会资助,在此一并致谢。
　　② 如在杜文、慕米良、钟建立等三百多名市民状告青岛市规划局一案中,法院就认为目前人们使用的环境权概念,还仅限于学理讨论阶段,环境权的享有主体、环境权的内容以及相关权利之间的界限等问题,尚不明确,环境权还不是一种法定权利。参见姜培永:《市民状告青岛规划局行政许可案——兼论我国建立公益诉讼制度的必要性与可行性》,《山东审判》,2002(1),59 页。

不确定的权利,必然会危及法秩序的稳定性。

令人遗憾的是,关于环境权的主体、客体、权能等具体问题,在我国现有的环境权理论中找不到明确、系统、令人信服的答案。本文试图在已有研究的基础上,对环境权的构造展开分析,以期减少或消解环境权的不确定性。

一、环境权的主体

环境权建立的客观基础是环境的生态利益,而对于良好环境的生态利益的享受,是以生物体的认知能力、感官功能为基础的,因此只有生物体才可能是环境权的主体。又因非人类生物体只是道德权利主体,而非法律权利主体。[①] 因此,环境权的主体只能是生物意义上的自然人,而不包括法人、单位、国家等法律拟制的主体。

作为环境权主体的人是指任何人,不分民族、种族、性别、国籍、社会地位、健康状况、财产状况、年龄状况、政治信念、宗教信仰、犯罪与否。[②] 因为,环境权是一种自然(天赋)权利,是与生俱来、不可或缺的;同时又是不可分割、不可剥夺的。这种权利不会因为人的身份、地位乃至政治与文化背景不同而不同,是一种"普遍权利要求"。[③]

法人、单位和国家等法律拟制主体不是环境权的主体,其原因有二。

第一,从权利主体特性看,法人、单位和国家均属法律拟制的人,不具有生物性,没有生态利益需求,故不是环境权的主体。

国家既不可能像自然人那样在环境中"生存繁衍",也无须享用

---

① 由于法律关注的是人的行为是否对环境、自然产生有害影响,以及如何更有效地防止或控制这种有害影响,因此法律需要直接规范人的行为模式及确立相应的法律后果。所以在处理人与自然关系问题上,基本观念依然应当是人类中心主义。在现阶段或许只有把环境的利益解释为人的利益,纳入人的权利范围之内,环境或许才会得到更好的保护。

② 参见张晓君:《个体生态环境权论》,《法学家》,2007(5),102 页。

③ 肖巍:《作为人权的环境权与可持续发展》,《哲学研究》,2005(11),8 页。

"清洁空气",环境权不能成为国家这种主权单位或政治实体享受的对象。①

尽管单位是独立于其成员的法律主体,但是单位不是生命有机体,单位不会有生物学和美学上舒适性的感受,清洁空气、清洁水等环境要素并不能使单位呼吸新鲜的空气,使单位赏心悦目,拥有舒适性利益的是单位的成员,因此单位与舒适性资源没有满足与被满足的关系。② 所谓的享受良好生产环境的权利的拥有者并非单位本身,而是单位的职工。因为,破坏法人所属区域的良好环境,对法人而言只能是侵犯其生产经营权和财产权,而并不是什么清洁适宜的生产劳动环境权。即使这些虚拟的人是由许多自然人组成或包括了许多自然人,享有环境生态利益从而成为环境权主体的也只是这些自然人,而不能因为这些自然人与法律拟制的人在某些方面存在关联而混淆了他们的界限。作为法律拟制人的法人对于清洁适宜的生产劳动环境不能,也不可能享受,唯有法人的成员才可以对良好环境进行享受。

第二,从权利内容看,拟制主体拥有的与环境相关的权利不是环境权。

国家所拥有的与环境相关的权利,在国内法意义上是国家的环境行政管理权,是权力而非权利;③而在国际环境保护活动中国家所拥有的与环境相关的权利是国家主权的派生权利,是国家主权不可或缺的组成部分,而不属于环境权的范畴。④ 单位所拥有的与环境相

---

① 徐祥民:《对"公民环境权论"的几点疑问》,《中国法学》,2004(2),109 页。

② 胡静:《论环境权的要素》,载"中国环境法网",http://www.riel.whu.edu.cn/article.asp? id=25010(最后访问时间 2011-06-01)。

③ 这一点或许是受环境法律关系理论的影响,因为大多数学者都将环境法律关系的内容统称为环境权利,而不区分权利和权力。

④ 国家只有在作为本国人民的环境权的代表时,特别是本国未来世代人类的环境权代表时,才谈得上享有环境权。而这个时候,国家也不是直接的环境权的主体,而是处在一种监护人的身份或者环境受托人身份,而在程序上享有环境权。周训芳:《环境权论》,166页,北京,法律出版社,2003。

关的权利主要体现为经济性权利,主要包括对良好环境进行无害使用权和依法排放其生产废弃物的权利,这恰恰是环境权所欲对抗的行为。

作为环境权主体的人,往往表现为作为个体的自然人。因为,对环境要素的自由使用、受益,尤其是精神交往、生态交往,只能个人亲自实践,其主体只能是单数的人。① 然而,这并不意味着环境权是一项纯粹的个人权利。环境权的出现也源于人类作为社会性的"公共性需求",即除了人类作为个体性存在所要满足的必要欲望以外,作为社会成员所需的其他的、并且需要其他成员协助的那些需求。②

某一环境权主体不能以环境权为由排除他人享有的环境权,换言之环境权不具有排他性。这是由环境的整体性决定的,环境作为一个整体是人类赖以生存的物质基础,任何人对于整体的环境具有的只是享受生态利益的权利,这种享受是被动的、消极的。只要整体的环境合乎要求,只要置身于合乎要求的环境之中,环境权就实现了;在这个过程中,权利人无需积极的作为,也无需借助于义务人的作为或不作为。正是基于此,徐祥民教授将以环境生态利益享有为内容的权利称为自得权,即自己满足自己的需要,而不是等待别的什么主体来提供方便,也不需要排除来自其他主体的妨碍。③

可见,虽然环境权的建立是以个人为起点的,但是个人的环境权却往往以集合的方式出现。因为,环境利益为每个生活在特定环境中的个体所享有,同时又不可分割地为这个环境中的集体所拥有。每一个在环境中生存的人都对其生存环境享有环境权,即环境是由公众共同享有的。尽管我们能从个人本位的角度来把握环境权的概念,但就其实质而言,这些资源却是人类社会所共享。因此,其权利

---

① 吴亚平:《论环境权是一种物权》,《河北法学》,2006(6),94 页。

② 郑少华:《从对峙走向和谐:循环型社会法的形成》,49 页,北京,科学出版社,2005。

③ 徐祥民:《环境权论——人权发展历史分期的视角》,《中国社会科学》,2004(4),125 页。

主体与客体就具有了"共有"与"共享"的理念。^① 正是在这一点上,环境权的主体,在终极意义上可以归结为人类整体,即环境权是人类整体对环境的权利。每一个人都是人类整体的一员,都是环境的共有人,只不过环境共有这种共有关系是永远不可能被分割的,分割就意味着毁灭。每一共有人只能共享环境的生态惠益,而不能进行独占性的支配。另外,需要强调的是,环境的共有并不意味着多数权利者只对一个环境享有"一个"权利。恰恰相反,它是各个权利者所各自拥有的单个的权利。^②

当环境被损害时,所有人的利益都会受到损害,从理论上讲所有人的环境权都可能受到侵犯。然而,并非所有的环境权主体都会主张环境权,但也绝不会没有人主张环境权。总有一些热心公益的人,或者蒙受了特别损害的人会站出来主张环境权,最终结果就是,所有人的环境权得到了维护。因此,在实践中环境权的权利主体通常表现为一定数量的多数人。而且往往是与某一特定环境存在着一定利害关系的人,或者说居住于一定地域之内的居民。^③ 只不过,这"一定数量的多数人"主张的不是一个环境权,而是"一定数量"的环境权。通过主张各自的环境权,权利人在实现环境公益的同时,环境私益也得到了增进。因此可以说,环境权就是一项兼具(个体)私益性与(集体)公益性的权利。

作为环境权主体的人,与作为民事权利主体的自然人,都表现为具有生命现象的人,在外在表现形式上完全一致,但是两者也存在重大差异。首先,在权利行使的目的方面,环境权的行使目的主要是维护公共环境利益;而民事权利的行使目的主要是维护权利主体自身的利益。^④ 其次,一般的民事权利基于当事人意思自治原则,可以转

---

① 郑少华:《从对峙走向和谐:循环型社会法的形成》,46 页。
② 中山充:《環境共同利用権:環境権の一形態》,111 页,东京,成文堂,2006。
③ 大须贺明:《环境权的法理》,《西北大学学报(哲学社会科学版)》,1999(1),55 页。
④ 朱谦教授在分析环境权与民事权利的区别时也指出了这一点。参见朱谦:《论环境权的法律属性》,载《中国法学》,2001(3),64 页。

让或放弃权利,并且使得该权利消灭;而环境权主体尽管可以容忍对环境权的侵犯,放弃寻求救济,但这种放弃却并不意味着环境权的消灭,其他主体的环境权也不因这种放弃而受影响。再次,民事权利主体对于权利客体往往拥有排他性的支配利益;环境权主体对于环境却没有支配的权利,只能共享环境公益。

环境权主体有时也被定义为公民,而公民的表现形式就是自然人,因此称公民为环境权的主体也未尝不可。然而从概念属性和使用语境看,将环境权主体定位为公民是不合适的。因为公民是一个公法上的概念,政治意味较浓,是与国家对应的政治概念。环境权作为一项宪法权利,将其主体定位为公民没有任何问题。但是环境权不仅在人权意义上使用,也是一项具体的法律权利,可以在私人间适用。此时,再将环境权主体界定为公民,显然会引起一些不必要的误解。[①] 因此,环境权的主体就是人,只是在不同的语境中,体现出了人的不同属性。作为私权的环境权主体是自然人,强调人的自然属性;作为宪法权利的环境权主体可以称为公民,强调人的社会属性。

在现代社会,环保团体已经成为环境保护的主要推动力量之一,是维护环境公益的卫士。基于此,日本的中山充教授认为,环境的管理和保护仅由自然人来承担显然不充分,因此也应该承认以环境管理和保护为目的的团体,在其目的范围内也应是环境(共同利用)权

---

① 有学者进一步分析了其中的原因:第一,从产生背景看,环境权最初是以第三代人权的形式被提出的,而第三代人权是建立在社会连带学说上所发展起来的社会权。这种社会权所要保护的利益并非私人利益,而是社会公共利益,这样就将环境权和一般的私人财产权和人身权区别开来。第二,从环境权立法实践看,在各国国内法中环境权通常规定于宪法之中,而宪法规定的权利当然是公民的权利。第三,从环境权理论的历史沿革看,"公民环境权"最早是由蔡守秋先生在1982年《中国社会科学》上发表的文章《环境权初探》提出来的。而当时的法学理论对于公民和自然人的概念区分还不是太明晰,往往混用,《民法通则》的用语即是典型例证。参见尹腊梅:《论环境权的要素及与其他权利的界限》,《黑龙江省政法管理干部学院学报》,2005(4),118 页。

的主体。①

上文已经指出,环境权的主体只能是具有生理和心理现象的自然人,而不能是法律拟制的人,但是现实又需要赋予环保团体一定的合法身份。为保持环境权理论逻辑的周延,本文认为可以按照以下方法解决这个问题:环保团体本身不拥有环境权,但是环保团体可以作为环境权人的代理人从事环境保护活动。这种代理权的取得无需环境权人的个别授权,环保团体成员接受团体章程的行为本身就可视为对环保团体的概括、默示授权。当然,代理权的行使范围仅以环保团体章程所宣示的环境保护目标为限。

二、环境权的客体

环境权的客体就是环境及其生态功能。

"环境"一词在环境科学中主要指人类的生存环境,是作用在"人"这一中心客体上的一切外界事物和力量的总和。它包括人类赖以生存发展的各种自然要素,例如大气、水、土壤、岩石、太阳光和各种各样的生物;还包括经人类改造的物质和景观,例如农作物、家畜家禽、耕地、矿山、工厂、农村、城市、公园和其他人工景观等。前者称为自然环境,是直接或间接影响人类生存和发展的自然形成的物质和能量的总和;后者称为人工环境或社会环境,是人类劳动所创造的物质环境,是人类物质生产和文明发展的结晶。② 我国的环境立法借鉴环境科学上的定义,将环境定义为影响人类生存和发展的各种天然和经过人工改造的自然因素的总体,包括大气、水、海洋、土地、矿藏、森

---

① 参见中山充:《環境共同利用権:環境権の一形態》,121页。中国也有学者持相同观点,如汪劲教授认为,"从环境权乃至自然享受权的角度出发,其权利主体的范围还包括法人、组织和团体",这里的"法人、组织和团体"实际上主要就是环保团体。汪劲:《环境法学》,87页,北京,北京大学出版社,2006。

② 中国大百科全书出版社编辑部:《中国大百科全书·环境科学》,1页,北京,中国大百科全书出版社,1983。

林、草原、野生生物、自然遗迹、人文遗迹、自然保护区、风景名胜区、城市和乡村等。

从类型上看,作为环境权客体的环境首先是人生存以及能维持像人那样生活所不可缺少的空气、水、土壤、日静和景观等自然环境,这是无须置疑的。而人为环境,即人类在自然环境的基础上改造加工而创造出来的包括建筑物、工厂、道路等在内的体现人类文明的环境,是否可以成为环境权的对象,则不能一概而论。

人为环境有一部分是财产权的对象,比如桥梁、道路等,它们不能成为环境权的对象。还有一部分属于文化性财富,如文化遗迹,历史古迹等,它们属于人类的文化遗产,可以给人们带来精神上的享受,并且千百年来历经风雨,已经和自然环境融为一体,可以将它们作为环境权的客体。①

环境是一个中性词,是一种客观存在,本无所谓好与坏,只是在它成为了人类权利的客体之后,才进入了价值评判的界域,才称其为好的环境或坏的环境,这时环境这个概念已经注入了许多主观价值判断的成分,已与环境这个整体概念区别开来。纵观学者们的对环境所加的修饰:健康的、舒适的、适宜的、优美的、良好的……林林总总,但是它们之间并没有本质的区别,重要的不是如何称呼人类想要的环境,而是判断环境合乎人类期望的标准是什么,本文使用良好一词来修饰环境。②

良好环境,即一个适宜于人类健康的、满足人类生存和发展需要的、令人心身愉悦、舒适和满足的、与自然和谐的,有利于人类各方面发展的、符合人类尊严的自然环境。而为判断某一环境是否处于良

---

① 对此日本学者则持有更为谨慎的态度,认为:"对于诸如文化性环境那样的多义性概括性的概念,因它会使权利内容暧昧化、模糊化,故将其放入环境权的对象之中是不能予以承认的。但是,就是在文化性财富之中,比如说对文化遗迹则应个别另行处理。假如能明确地限定其内容的范围,下好定义,且阐明其在宪法中的根据、权利主体的范围以及承担对象的话,那么将文化遗迹纳入环境之中,也是应该予以承认的。"参见大须贺明:《环境权的法理》,60页。

② 本文之所以选择良好这个词,并没有什么实质的理由,或许纯粹是一种个人偏好。

好状态,环境法也设计了一系列具体的技术工具和配套的法律制度,对环境的良好状态进行技术性描述和量化界定,即用法律化的技术来衡量环境是否处在一种良好状态。其中最为重要的就是环境质量标准,它是对环境中有害物质和因素在一定时间和空间内容许含量和良好环境的最低要求;它是评价环境是否处于良好状态和制定污染物排放标准的依据,体现了一定时期内一个国家为控制污染在技术上和经济上可能达到的水平,以及公民享有良好环境权的幅度范围。

俄罗斯学者布·弗·叶费罗耶夫也认为,良好环境应当理解为其各种参数均符合法律规定的保证保护人的生命和健康、保护植物和动物以及保存遗传基因的各项标准的环境。这些标准包括:有害物质最高容许浓度标准,噪声、振动、磁场和其他有害物理影响最高容许程度标准,辐射影响的最高容许程度标准,自然环境最大容许负荷标准,卫生防护区标准等。① 而德国刑法学家罗克辛则指出:"虽然'环境'这个概念(与'公共秩序'或者'道德'一样)太含糊,难以作为独立的法益适用,但是,'保持土地、空气和水等的洁净,使之免受使环境承受负担的有害物质的侵害',就绝对足够具体了。"②

判断良好环境的标准应该是动态的既具有普遍性又具有特殊性的标准,是一组多层次的而不是单一的标准。然而,现有的判断良好环境的标准都侧重于人类的健康,也就是说以是否达到健康标准来衡量环境是否良好。这显然是不充分的,因为人类对于良好环境的要求不仅仅是为了满足最低限度的生存要求,它还要求满足良好环境带给人的精神利益和享受。例如,公民对自然公园风景自然保护区和自然遗迹等享有美丽的、科学的、教育的、历史的等方面的权益,还有清洁、精力充沛和精神愉悦、日照、安宁等。而且,在某些方面还未找到合适的术语来命名良好环境权所带来的各种环境利益。例

---

① 王树义:《俄罗斯生态法》,186 页,湖北,武汉大学出版社,2001。
② [德]克劳斯·罗克辛:《德国刑法学总论(第 1 卷)》,王世洲译,18 页,北京,法律出版社,2005。

如,对野生动物和花卉的幸福和美好的感情,从祖国的文化遗迹和自然风光中获得文化认同感和自我肯定等。① 但这些利益更依赖于人的社会属性和文化判断,并与人类的主观感受相联系,因此对这类价值的保护,必须在法律上建立表达人类主观感受的通道,并提供相应的价值判断标准,然后通过标准的具体实施,保护环境的各种价值。② 这些标准的缺乏,大概也就是环境权内容模糊的根源,就如同只有物特定之后,物权才能特定一样,只有对良好环境的判断标准界定得比较清楚了,以它为客体的权利(本文所谓的环境权以及原初意义上的环境权)才有可能明确;而这一方面有赖于环境科学技术的发展,另一方面也有赖于环境法学者的努力。③

良好环境是经过人的价值评判之后的环境,是人基于自身需求对环境的描述,因此不可避免地带有主观色彩,与人的需求息息相关。在环境恶化到足以威胁人类的生存时,人对环境的需求就是对生存的需求,因为人类首先要生存才可能有其他的权利要求;而当人类能够享有适合生存的环境时,人们就会提出更高的环境质量要求,如在日本的一些判例中就确认了公民观赏风景的权利、宁静权、通风权等。

基于上述认识,有的学者将环境区分为基础环境、优美环境和舒适环境。基础环境指人类可以正常生存的最低质量状态的环境。优美环境指由于自然的作用而形成的具有卫生或审美方面特殊效能的环境区域。④

---

① 周训芳:《环境权论》,197 页。

② 吕忠梅:《环境法新视野》,134 页,北京,中国政法大学出版社,2000。

③ 正如邱聪智教授所言:今天对环境权进行明确科学的界定,特别是对环境权进行司法维护有一定的困难,人们难以依据环境权寻求民法保护,但最终有一天环境权会成为人们的实有权利。特别是随着科技的进步和发展,环境权概念将可以从科学上,对环境品质与人类健康之函数作用关系之研究,算定各种环境标准,作为法律保护范围之根据,如是,不仅所谓概念之模糊不定,可以逐渐克服,甚至较财产权人格权之适用,更具科学性及客观性。邱聪智:《公害法原理》,90 页,台北,三民书局,1987。

④ 陈茂云:《论公民环境权》,《政法论坛》,1990(6),36 页。

而有的学者则将环境区分为安全环境、健康环境、舒适环境和生态美感等多种。其中,安全环境是实现环境健康权、环境舒适权和生态美感权的基础。处于不同经济和社会状况的公民对生命健康、精神安宁、感情稳定和生态美感的需求程度也是不同的。经济发达地区的公民对生命健康权的需求层次肯定要比赤贫者的需求层次高。现实生活只能满足一部分环境权利要求。公法应优先确认那些在现实生活中能够实现的环境健康权、环境舒适权和生态美感权。承认客体的多维性和保护顺序,并不是反对公法在社会生活条件允许的情况下同时确认环境健康权、环境舒适权和生态美感权。①

日本学者宇都宫深志提出的金字塔式的环境质量概念,则对满足不同需求的环境进行了更为细致的层级划分。首先,环境质量的第一阶段是指城市环境从生态学来讲是否安全,这是关系到作为生物的人的生存、生命维持、健康并构成其他诸如公众卫生、舒适性等基础的下层结构。环境质量金字塔的第二阶段是"公众卫生",废弃物及污水处理问题等城市卫生、大气污染、水质污染、噪声、放射性污染等直接关系到人的健康的公害问题是第二阶段的中心课题。环境质量的第三阶段是"环境的舒适性",它与经济合作与发展组织所指出的宁静、美丽、私生活、社会关系及其他"社会质量"的课题有关。环境质量的第四阶段是历史、文化环境的保存。最后,环境质量的最高水平是艺术、文化美。② 这五个层级的环境全面反映了人对环境的不同层级的利益需求,环境权的发展必然要经历这五个层级。

无论如何,保障人与动植物的身体或物理的健康是良好、健康环境的最基本的要求,也是制定污染物排放标准和环境质量标准的首要目标。然而,良好环境还应该超越不危害人体及动植物健康的标准,而满足人们审美的、文化的、精神的需求。

需要注意的是,保障健康的标准可以精确化,而保障人们审美

---

① 王小钢:《试论公民良好环境权的公法确认》,《行政法学研究》,2004(2),54 页。

② 参见[日]宇都宫深志:《城市的环境质量与阿美尼梯行政的开展》,载加藤一郎、王家福主编:《民法和环境法的诸问题》,122 页,北京,中国人民大学出版社,1995。

的、文化的、精神的需求的标准就具有相当的弹性(但绝不是说就完全没有衡量的标准)。[①] 并且,对后者的保障往往受制于一国的经济和社会的发展程度。对于一个发展中国家或者一个最不发达国家来说,对健康权进行有效的保障是一个最基本的、最重要的任务。而对于发达国家来说,在人之健康已经得到有效保障的前提下,则应当努力满足国民精神上的需求。[②]

最后需要强调的是,作为环境权客体的环境具有开放性,环境的范围随着人类认识世界、改造世界能力的增强和人类实践活动的不断进行而逐步扩展。从原始文明的刀耕火种,到农业文明的畜牧作业,再到工业文明的机械化运作,人类活动的范围在逐步扩大,环境的范围也在不断地向外延伸。

因此,法律上的环境概念不仅应当有一个概括性的界定,而且还应列举出环境法律制度所要保护的环境组成要素。因为在既有的科学技术条件下,法律所能明确的人类行为活动所及的环境范围是有限的,法律应明确某些既定的环境要素,以便人们进行有关行为活动。与此同时,随着人类实践的发展和科学技术的进步,环境范围也在不断扩大,人类必须以一定的标准来界定环境组成要素,才能适应社会发展的客观需要。从定义方式看,概括式加列举式规定,既满足了弥补列举式规定"挂一漏万"的不足,又能将既有的已经成熟的环境要素概念罗列出来,以利于司法实务操作,是相对较为完善和准确的定义方式。

三、环境权的权能

环境权的权能,对权利主体而言,即为拥有环境权可以给他带来哪些法律上的优势或好处?凭此权利他可以做什么?或者要求其他

---

① John C. Dernbach, "Taking the Pennsylvania Constitution Seriously When It Protects the Environment: Part Ⅱ-Environmental Rights and Public Trust", *Dickinson Law Review*, Fall, 1999, p. 104.

② 吴卫星:《环境权内容之辨析》,《法学评论》,2005(2),140 页。

人做什么？简单地讲，环境权就是利用环境及其生态效益满足生理和心理需求的权利，利用环境的内容、方式及实现途径即构成环境权的权能。

欲明确界定环境权的权能，需首先明确诸如与环境权相对应的义务是什么、谁是义务主体之类的问题。因为，当我们说某人享有某项权利时，我们一定要清楚这一权利所关联的对象，即这一权利是以什么人的法律负担为基础的，是特定的个人，还是全部他人，或者是部分他人？对这个问题的回答愈具体，则"某权利"的含义就愈精确。①

以往的研究，往往认为环境权要么是针对国家的人权，要么是针对私人的私权。本文认为，事实上环境权具有双重属性，一方面环境权是一项私权，是针对其他私个体的权利；另一方面环境权又是一项基本人权，是公民针对国家的一项基本权利。②

基于性质的差异，作为人权的环境权与作为私权的环境权确实存在很多差异，但是两者并非绝对排斥。事实上，诸如财产权、人格权之类的权利也同时具有人权属性和私权属性。所谓公法上的权利或者私法上的权利，只是权利保护方法的不同，权利本身并无本质性差异。我们需要改变本质主义的思维方式，运用非本质主义的逻辑，就会发现环境权既具有人权属性，又具有普通权利的特征。③

---

① 王涌：《私权的分析与建构——民法的分析法学基础》，97页，中国政法大学博士学位论文，1999。

② 关于环境权的人权属性，有学者从另一个角度给出了解释："人们逐渐认识到，人类利用环境要素所产生的冲突并非仅仅是社会个体之间的利益冲突，国家应将对社会经济的干预政策很好地扩展到环境保护领域，政府应在环境保护方面发挥更为积极的作用。由此可见，现代社会环境权的价值目标是由国家出面对社会整体环境利益进行前瞻性安排和事先协调。此时，独立的、现代意义上的环境权在法律制度层面上才逐得到确认。由此看出，现代意义上的公民环境权是作为生存权等社会性权利而不是自由权等市民性权利的下位阶权利而存在的，它首先是全体国民对国家要求的权利。"赵红梅、于文轩：《环境权的法理念解析与法技术构造——一种社会法的解读》，《法商研究》，2004(3)，43页。

③ 王小刚：《近25年来的中国公民环境权理论述评》，《中国地质大学学报(社会科学版)》，2007(4)，63页。

基于上述认识,本文认为环境权的义务主体有两类:一是国家;二是私个体,主要是对环境资源的经济价值进行开发利用的私个体(以下称为开发性环境利用人)。根据义务主体的不同,环境权也可在两个层面上使用,即针对国家的环境权和针对私个体的环境权。前者是一种公法意义上的权利,或者说是人权意义上的权利;后者是一种私法意义上的权利,或者说私权意义上的权利。这两类权利的本质内容是相同的,都是对良好环境的享有权;但是两者在权利实现的具体方法上存在较大的差别。①

国家作为义务主体的主要义务就是保障环境权人对良好环境的享有,②具体包括三方面的内容:第一,国家不得通过自己的行为妨害这种利用,即国家自身不得损害和破坏环境,这也可以称为国家对环境权的尊重义务。第二,国家要对其他环境利用人因利用环境容量或者自然资源可能造成的对环境质量利用的妨害而采取措施,这些措施包括但不限于禁止或者限制开发性环境利用,这也可以称为国家对环境权的保护义务。③ 第三,国家在现有经济和技术水平条件下要对已经破坏了的环境(主要是由自然原因造成的)进行治理,使其恢复良好状态,这可以称为国家对环境权的履行义务。

开发性环境利用人作为义务主体负担的主要义务是不得损害环境权人对良好环境的利用,具体包括两方面内容:第一,合理利用环境容量或自然资源的义务,所谓合理利用的判断标准主要是指是否遵守了国家的环境管制措施。第二,因利用环境造成环境污染或破

---

① 作为私权的环境权实质上就是运用私法手段保护作为人权的环境权的表现方式,在根源上其并不是基于私法而产生;与此相类似的是人格权,民法上的人格权从其本质上看都是宪法位阶的人格权运用民法手段加以保护的表现。

② 国家为了履行义务,根据宪法关于环境权的规定管制私人的环境利用行为是完全合法的。但是,私人是否可以依据宪法关于环境权的规定制止私人的环境利用行为则是存在疑问的。这是因为传统理论认为,宪法是规范国家和公民关系的法律,不适用于公民之间的关系。但是现实又有这种需求,于是就出现了政府行为理论、宪法第三人效力理论等观点,为私人适用宪法条款对抗其他私个体侵害其宪法权利提供理论支撑。

③ Bryan P. Wilson,"State Constitutional Environmental Rights and Judicial Activism: Is the Big Sky Falling?",*Emory Law Journal*,*Spring*,2004,p. 53.

坏时的赔偿损失和恢复原状义务。①

在界定了与环境权人相对应的义务主体之后,下文试图进一步界定环境权的权能。

环境权的首要权能就是对良好环境的享受权,这种权能表明环境权首先是一种自由权,②是权利人对环境生态效益的自我满足。这种满足无需像债权那样依赖于特定主体的行为,它是一种法律允许的但法律并不通过强加别人以义务来予以支持的自由。③ 而且这种自由权是与生俱来的自然权利,只是随着环境危机的加剧和环境生态效益的稀缺,才产生了成为法律权利的要求。

与环境权的自由权能相对应,环境权人以外的任何人(国家、自然人或者拟制人)都没有权利要求环境权人不自由享受环境生态惠益。正是在这个意义上,环境权属于消极权利。④ 因为环境权和言论自由权一样,其实现并不必然要求国家采取积极的行为;而且拥有环境权并不必然意味着国家应当给予权利人某种其并不拥有的利益,恰恰相反,它可能意味着国家不能剥夺权利人已经拥有的

---

① 很显然,作为环境权的义务主体,私个体承担的义务要轻于国家,其承担的主要是一种消极义务,即不侵犯环境权,这主要是因为在现有技术水平下,对环境资源经济价值的开发利用完全不对环境造成不利影响是不可能的,而且他们又是人类生存发展的必需,所以对环境权人来说这是不得不容忍之"害",当发生冲突时,要进行利益衡量,而不是一刀切地绝对保护环境权。

② 此处的自由权不是与社会权相对应的自由权,也不是对迁徙自由权、言论自由权等权利概称,而是分析法学派在分析权利概念时对权利构成要素的一种表述,英文对应的是 privilege 或 liberty,意指一个人可以做某事的自由。

③ 正是在这一点上,徐祥民教授将环境权概括为自得权。然而,在本文看来,这只是以环境生态利益为客体的权利的权能之一种,而非全部。

④ 这一点本文和我国目前学界的多数观点不甚一致。因为,环境权,即本文所谓的环境权,在我国往往被视为积极权利。如白平则先生就曾在《论环境权是一种社会权》一文中,明确断言:"环境权是积极权利,不是消极权利。"其原因在于环境权往往被归为第三代人权或者社会权之一种,而社会权则被视为与自由权相对应的人权类型,通常是对含有要求国家积极作为的价值诉求的基本权利的概括。(夏正林:《社会权规范研究》,63 页,济南,山东人民出版社,2007)但是,积极权利和消极权利的区分并不是绝对的,某项权利并不必然只能是消极权利或积极权利。事实上,环境权本身既是积极权利又是消极权利。

利益,①即国家应当防止私主体和国家及其机构污染或者破坏良好的环境。②

环境权人利用或享受环境生态惠益的自由与财产权人利用财产的自由有所不同。第一,对环境的利用不以对环境的占有为前提,而对财产的利用往往以对财产的占有为前提。第二,对环境的利用是共享的,而对财产的利用往往是专有的。第三,对环境的利用可以叠加,而对财产的利用则具有排他性。第四,环境权人对环境的享有是以非损害的方式进行的;而对财产的利用则会对财产带来不同程度的损害或者消耗,而且对财产性的环境要素的利用总难免对环境要素产生一定的破坏作用。③

如果仅仅赋予公民某种自由,但却不赋予其请求排除干预的权利,那么此种自由只能是形同虚设。环境权的实现以存在符合要求的环境为前提,对环境权的干预主要表现为损害了权利人所要自由享受的环境及其生态功能或者人为隔断了环境权人与良好环境的联系。因而环境权得以实现,还需要具有排除干预的权能,即要求他人不得损害环境及其生态功能或消除环境权人接近良好环境的障碍。

排除干预权是一种要求义务人做什么或者不做什么的权利。对于环境权人而言,拥有环境权就意味着可以要求其他人负有一项法律义务——不得妨碍对环境生态效益的利用和享受。

与环境权的排除干预权能相对应的义务主要由两类主体承担,一是国家,二是开发性利用人。其义务大致相同,即不得妨碍对环境生态效益的利用和享受。然而,在义务履行方式上则存在差异。国家在履行该义务时除了自身不得直接从事破坏环境的行为外,还需通过行使公权力防止私主体损害环境,即适当环境管制之义务。开

---

① Bryan P. Wilson, "State Constitutional Environmental Rights and Judicial Activism: Is the Big Sky Falling?", p. 53.

② Tim Hayward, *Constitutional environmental rights*, Oxford: Oxford University Press, 2005, p. 150.

③ 参见吴亚平:《论环境权是一种物权》,94 页。

发性利用人的义务比较简单，就是遵守环境管制，合理利用环境容量和自然资源，防止损害环境及其生态功能。

如果义务人违反不得干预的义务，则环境权人可以行使停止侵害请求权，即在他人行为损害了环境及其生态功能时有权要求其停止侵害、排除妨害。

环境权主体针对国家行使停止侵害权能的主要表现形式是通过宪法诉讼或者行政诉讼，或要求国家修改或者废止有违环境保护要求的立法，或要求国家停止某种侵害环境的行政行为，或要求国家积极履行环境管制义务。也正在这个意义上，环境权具有了积极权利和消极权利的双重属性。①

然而，在私权意义上，环境权的停止侵害请求权能是通过采用民法的保护方法，主要是侵权法来保障的。环境侵权长期以来一直是以人格权、财产权作为救济依据，这虽然对损害的赔偿和侵害的排除具有一定的效果，但就预防损害结果的发生而言，则存在相当的局限性。为了弥补上述缺陷，实现防患于未然的目标，就要承认一种新型权利，当环境遭受某种程度的污染破坏，或在科学上足以认为有损害公民生命健康或财产的现实危险时，权利人可以请求保护和救济，以此实现排除环境侵害，防止对环境质量、人体健康、财产等的进一步损害的目的。这种新型权利就是环境权。

与其他民事权利不同，作为私权的环境权一般情况下都或多或少地具有共享性，而且根据其利用的环境要素的不同而呈现出很大的差异。其中，通风采光权等其加害人和受害人容易确定，私权性最强，同时受公法（如建筑法、城市规划法等）和私法保护；而清洁空气权，加害人和受害人往往均难以确定，公权性最强，仅受环境法等公法的保护；其他的权利如清洁水权、安宁权（包括宁静权、安稳权）等，则介于以上两种类型之间，兼有公权和私权的性质。② 无论环境权的

① Bryan P. Wilson, "State Constitutional Environmental Rights and Judicial Activism: Is the Big Sky Falling?", p. 53.

② 王明远：《环境侵权救济法律制度》，9 页，北京，中国法制出版社，2001。

私权性和公权性强度如何,他们都可以适用侵权法进行保护。但是其主要功能乃着眼于环境侵害的排除,因此个人能据以请求赔偿者较少,大多为要求停止侵害行为或者消除现实的侵害危险。①

由于环境权人对于环境生态惠益的享受是有层级区别的,停止请求权权能的行使也受此影响。对于环境利益需求的层级大体上可以区分为生理需求与心理需求。生理需求要求的是安全的环境,而心理需求要求的是优美的环境。在安全环境受到破坏或者威胁时,往往也会侵犯人的人身权或者财产权,此时出现权利竞合现象。受害人既可以主张人身权或者财产权,也可以主张环境权。这就犹如为了限制人身自由而导致人身伤害,生命健康损害只是侵害人身自由的加重后果,生命健康损害可以视为侵害环境权的加重后果,不能据以否定环境权存在的必要性。② 在优美环境受到破坏或者威胁时,往往不会造成人身财产损失,此时受害人只能主张环境权,要求停止侵害,恢复环境的良好或者优美状态。

由于停止侵害请求权的行使对象往往是开发性环境利用人,而开发性利用为人类社会发展提供了物质基础,如果一味承认环境权人可以行使停止侵害请求权而停止开发性利用行为,未免过于片面和绝对。本文认为,停止侵害请求权之行使需根据侵害结果及侵害行为的类型具体分析。如果环境侵害危及人体健康,则停止侵害之

---

① 我国通常意义上的环境侵权实际上往往注重的是侵害环境权的后果,即对造成的财产、人身损害进行赔偿,对于环境权本身的侵害则没有关注,而是被吸收进财产和人身权的侵害之中。对于环境权的救济,只有少部分可以被价值化且私权性很强的具体权利种类(如通风权、采光权)适宜采用损害赔偿的方式,其他类型的权利则更宜于采用停止侵害或消除危险等救济方式。

② 如徐祥民教授就认为:“……对由环境破坏引起的财产损失和生命、健康损害等所产生的赔偿、排除妨害,等等,不是环境权范畴内的事,这类请求另有法律根据……如果说在出现环境污染或者破坏等事件,比如出现日本水俣病那样的公害时赔偿是用来减少损失,实现社会正义的有效方法,那么,这种赔偿不是针对环境权的,它的依据是国家对公民的健康权、生命权或者对公民、法人甚至国家的财产权所做的法律安排。”参见徐祥民:《宪法中的“环境权”的意义》,载“中国环境法学网”,http://www.riel.whu.edu.cn/article.asp?id=29644(最后访问时间 2011-06-02)。

适用自当没有疑问。如果环境侵害并未危及人体健康,则需根据侵害行为类型进一步分析;若导致环境侵害之开发性利用行为超出了利用许可之范围,则行使停止侵害侵权要求其停止超范围之环境利用行为当无疑问;若导致环境侵害之开发性利用行为并未超出利用许可之范围,则停止侵害之适用恐有疑问。因为此时开发性利用行为已获得公法上的许可,如适用停止侵害无异于通过民事诉讼撤销公法许可,未免导致法律秩序的混乱。此时,环境权人应提起行政诉讼,请求撤销相应的开发性利用许可,以实现停止侵害请求权之目的。①

与排除干预权能相关的一个问题是,环境权是否具有防止现有环境质量恶化的权能?在有些学者看来,无论"清洁环境"如何定义,他们都有一个假设的前提:国家不能自己采取行为或者允许他人采取行为使得现有环境变得不清洁,即使其也属于"清洁环境"。因为,环境权条款的立法目的就是防止环境恶化。② 本文认为,由于环境权的客体是良好的环境,而良好环境总是需要通过定量的标准进行衡量。如果国家的行为将导致环境质量低于法定标准,毫无疑问权利人可以行使排除干预权。但是如果国家的行为尽管会对环境有所损害,但是又不至于导致环境质量低于法定标准,则权利人是否可以行使环境权阻止国家采取这种行为,似乎就有了疑问。其答案在很大程度上,可能取决于某个特定时期的生活水平和社会观念。如果公众生活水平较高,对于良好环境有着更好的要求,则环境权就可能具有了防止现有环境质量恶化的权能;反之,则基于提高生活水平的考

---

① 当然,这只是转移了问题,因为在行政诉讼中法院依然面临着难题:是否撤销该许可? 其判断标准是什么? 这些问题涉及环境权与开发性利用权的冲突问题,即按照许可条件行使开发性利用权却导致环境质量低于标准。本文认为,此时唯有通过个案进行利益衡量。限于篇幅本文对此不再展开,但是总体上看,利益衡量中的主要考虑因素有二,一是环境损害的严重性及其范围;二是开发性环境利用行为的公共性及其环境保护措施的完善性。

② John C. Dernbach, "Taking the Pennsylvania Constitution Seriously When It Protects the Environment: Part Ⅱ-Environmental Rights and Public Trust", p. 104.

虑,环境权就不具有该项权能。

事实上,环境权不仅仅是被动性享受环境利益的权利,也不仅是排除干预的权利,更是能动性地创造良好环境、恢复或者增加环境利益的权利。

因此,环境权还具有第三个重要权能——环境改善请求权,即在环境破坏发生时或者基于提高环境质量的需要而要求国家采取措施恢复、保护或者提高环境质量的权利。在这个意义上,环境权又属于积极权利,即要求国家采取积极行为保护环境的权利。[①]

此项权能相对应的义务主体是国家,因为作为人权的环境权,主要是通过国家的积极作为来实现的。但是环境权人不能要求国家必须提供一个现实的良好环境,而只能要求国家为了良好环境的保持或实现采取合理的措施;他的保障主要是通过程序性保障而实现的,现实中最重要的就是参与环境影响评价,针对行政机关有关环境的决定提起撤销之诉或者针对行政机关的不作为提起履行职责之诉。可以说其主要权能是要求国家采取一定措施保障良好环境,而不是要求国家提供一个良好的环境。[②]

四、结论

环境权是以环境危机为背景而产生和发展起来的一项权利,它源于对人类与环境关系的重新认识。在整个权利体系中,环境权是在现有的人身、财产等传统权利类型之外,基于保护环境和其他权利的需求而产生的新型权利。

环境权的主体只能是生物意义上的自然人,而不能是法人等法

[①] 实际上,消极权利和积极权利的区分在很大程度上可能是一种幻觉,因为很多传统的消极权利也常常要求国家的介入。例如,被视为消极权利的财产权也需要国家提供警察、法院和法律体制,否则谈论财产权是没有意义的。可见,国家的积极介入并不必然是专属于积极权利的特征。

[②] 王小钢:《试论公民良好环境权的公法确认》,54 页。

律上拟制的人。环境权的客体就是具有生态功能的环境,准确地说是合乎人类期望标准的环境,即良好环境。环境权的首要权能就是对良好环境的享受权,这种享受权能表明环境权首先是一种自由权,是权利人对环境生态效益的自我满足;环境权的第二项重要权能是排除干预权,即要求他人不得损害环境及其生态功能,在他人行为损害了环境及其生态功能时有权要求其停止侵害、排除妨害;环境权的第三项重要权能是环境改善请求权,即在环境破坏发生时或者基于提高环境质量的需要而要求他人采取措施恢复或者提高环境质量的权利。

环境权绝非与环境相关的所有权利,而仅仅是针对环境生态利益而确立的权利。本文对环境权主体、客体及权能之界定,其宗旨就是还原环境权之本来面目,即以环境的生态利益为内容之实体权利。当然,这只是一个开端。

英美法中是否存在所有权？
——"ownership"在英美不动产法中的真实含义

吴一鸣[*]

一、问题的提出

英美法中是否存在所有权？这是一个涉及如何看待英美物权法的根本性问题。国内许多学者认为,英美法中并不存在所有权概念,甚至连物权概念都不存在。

> 英美法系财产法……沿袭古日耳曼法的传统,理论上并没有一个明确的所有权概念,至今也没有一个完整的定义,所有权

---

* 吴一鸣,法学博士,华东政法大学民商法教研室讲师。本文系"上海市教委第五期重点学科·民法与知识产权"(项目号 J51104)建设项目,及华东政法大学 2010 年度校级科研项目"英美不动产登记制度研究"(项目号 10HZK021)之阶段性研究成果。中国社会科学院李宇博士对本文进行了仔细阅读并提出中肯的批评意见,在此谨致谢意!

更多地表现为对某一利益的拥有，英美财产法甚至可以不提到所有权而讨论财产权的法律问题。①

英国法并不存在如大陆法上所有权的明确概念，更没有采纳物权一词。②

从概念本身的逻辑看，英美法并无严格的"所有权"概念，亦未形成固定的人和物两种观念。……英美土地法虽然吸收、借鉴了罗马法的有益因素，但仍未形成大陆法系中相应的物权制度。……两大法系财产法的主要区别在于是否存在"绝对的所有权"。……所有权在英美法上并不代表任何特别的意义，只是一种抽象的存在。③

类似见解尚有不少。④ 持此类见解的学者虽未明确认定英美法中不存在"所有权"，而是认为英美法中不存在明确的"所有权的概念"，但其实这两者并无本质不同。因为，所有权是一个概念，而不是一个类型。⑤ 无此概念，也就意味着不存在此概念所指称的对象。

若英美法果如这些学者所言，连所有权都不存在，则英美法是通过何种制度实现财富的分配，确保财产的安全？本文所要解决的问题就是，英美法中是否确无所有权制度？为何面对"ownership"这一通译为"所有权"的英语词，许多学者依然断言"英美法中没有所有权概念"？这一英语词在英美法中的准确含义究竟为何？鉴于不动产

---

① 梅夏英：《民法上"所有权"概念的两个隐喻及其解读——兼论当代财产权法律关系的构建》，《中国人民大学学报》，2002(1)，93 页。
② 王利明：《物权概念的再探讨》，《浙江社会科学》，2002(2)，87 页。
③ 马俊驹、梅夏英：《财产权制度的历史评析和现实思考》，《中国社会科学》，1999(1)，97 页。
④ 参见王利明：《一物一权原则探讨》，《法律科学》，2009(1)，69 页；孟勤国、张淞纶：《英美法物上负担制度及其借鉴价值》，《环球法律评论》，2009(5)，23 页；李岸曰：《两大法系房地产概念之比较研究》，《当代法学》，2001(6)，54 页等。
⑤ 关于法学中"概念"和"类型"的区别，请参见［德］卡尔·拉伦茨：《法学方法论》，陈爱娥译，331～345 页，北京，商务印书馆，2003。

法在物权法体系中的重要地位,①并考虑到论证之集中,本文的论述将围绕不动产法展开。

二、保有体制：从不动产的所有到持有

在英美法发展历程中,确实存在过一个没有不动产所有权的时期。要理解这一事实及其成因,非理解具有英美法特色的保有(tenure)制度不可。理解保有制度,则需追溯至 1066 年的诺曼征服。

"诺曼征服是一个英国法历史上影响极为深远的事件。"②就物权法而言,其重要性在于,欧洲大陆的保有制度随着征服被威廉一世带入英国。③

简言之,保有是一种围绕土地而建立的领主和其附庸之间的社会关系。④ 附庸持有领主的土地,并向领主承担各种封建义

---

① 尤其在英美不动产法形成初期的封建社会中,土地不仅是财富的象征,更是社会地位的体现,故"对土地法的论述是法律史著述的核心内容。……因为土地对于贵族的权力而言具有决定性的意义,对于地方上地位较低的小人物也同样重要,因此,被称为土地法的那些习俗和诉讼程序就显得极为重要。众多文献都以记载土地案件为其显著特色"。[英]约翰·哈德森:《英国普通法的形成——从诺曼政府到大宪章时期英格兰的法律与社会》,刘四新译,97~98 页,北京,商务印书馆,2006。

② F. W. Maitland, *Constitutional History of England*, London: Cambridge University Press, 1908, p. 6.

③ 参见 Alfred G. Reeves, *Treatise on The Law of Real Property*, Vol. I, Boston: Little, Brown, and Company, 1909, pp. 339~341。

④ 保有制度起源于欧洲大陆。罗马帝国分裂后,欧洲陷入无序与混乱,佃农起义、政府勒索、部族冲突等时时威胁个人的人身和财产安全。在人们凭借自身力量不足以自保的情况下,唯一的办法即为依附于善于征战的贵族以寻求保护,代价则是丧失人身的独立和土地的所有。原来的土地所有人虽能继续耕种土地,但已不再"拥有"(own)土地,而只是"持有"(hold)土地。他们在持有土地的同时,应向其领主提供各种劳役(service)(主要是军事性质的),而领主在获得持有人的土地和效忠的同时,负有对持有人提供保护的义务。由此,土地"所有"逐渐被土地"保有"取代,土地成为连结人与人之间关系的唯一纽带。参见 E. H. Burn, *Cheshire and Burn's Modern Law of Real Property*, 16th ed., London: Butterworths, 2000, pp. 9~11。

务；①领主向附庸提供保护，并保留在某些情况下收回土地的权利。②附庸并不拥有（own）土地，他和土地之间的关系只是持有（hold）关系。

英国本土原无统一的、普遍适用的保有制度，③但在诺曼征服以后，一切都改变了。征服者威廉认为自己对英国王位有继承权，④而英国本土的地主们却迫使其通过武力来主张权利，则地主们对土地的权利应被剥夺，威廉可以像处分私产一般处分之。以此为由，威廉在消灭或驱逐不肯降服的撒克逊贵族后，将其土地收归自己（国王）所有，并按功绩和亲疏分配于亲信和征战有功者（据称将 1/4 的英格兰土地封给 10 位亲信）。而对承认威廉为国王的地主们，则允许以金钱赎回自己的土地。⑤

由此，每一个从国王处分到或赎回土地之人均成为土地的第一持有人（tenant in chief），他们持有（hold）——而不是拥有（own）——土地，因为所有的土地只属于国王。同时，第一持有人为履行自己因持有国王的土地而应向国王承担的义务，而将持有的土地进行再分封。分得土地的持有人为履行自己对其领主（即第一持有人）所负义

---

① 此类义务种类繁多，如军事性质的、农役性质的、宗教性质的等。但除农奴保有（Villeinage）外，持有人应履行的义务种类及数量在保有关系设定之时即被确定，领主不能事后随意改变。根据义务内容的不同，保有分为军役保有（Military Tenures）、农役保有（Socage）、教义保有（Frankalmoin）等几个主要类型，其种类和内容在 13 世纪后期逐渐成型。参见 W. S. Holdsworth, *Historical Introduction to the Land Law*, Oxford: Clarendon Press, 1927, p. 23. 在英国，历经数百年发展，最终仅余一种保有，即农役保有。这种保有现今有一响亮的名号——自主持有（freehold）。

② 譬如附庸对领主不忠、对领主犯有重罪等均可导致土地被收回。

③ 参见咸鸿昌：《论英国土地保有制的建立及结构特点》，《山东师范大学学报（人文社会科学版）》，2008（4），110～111 页。

④ 诺曼征服的起因为，1066 年 1 月，英王爱德华（Edward）去世，未留子嗣。当时有三人均主张对英国王位拥有权利，其中包括爱德华的堂兄、诺曼底公爵威廉。他于 1066 年 10 月 14 日渡过英吉利海峡攻入英伦岛，在南海岸黑斯廷斯（Hastings）一战中击败对手，夺取王位，自封为王，史称诺曼征服。参见 F. W. Maitland, F. C. Montague, *A Sketch of English Legal History*, New York and London: G. P. Putnam's Son, 1915, pp. 200～205. (Appendix II: the Effects of the Norman Conquest on the History of English Law and on the Development of the Common Law).

⑤ 参见 E. H. Burn, *Cheshire and Burn's Modern Law of Real Property*, 16th ed., p. 12.

务也会将土地继续分封。

从第一持有人往下的分封被称为采邑分租(subinfeudation)。采邑分租可不断进行,每一次采邑分租均产生一层保有关系。据梅特兰(Maitland)考证,在同一块土地上,最多时可存在八个层次的次保有人(sub-tenancies),即存在八个层次的保有。① 其中,保有结构最底层,也即最终直接占有土地者被称为直接持有人(tenant in demesne),第一持有人和直接持有人之间的人均被称为中间领主(mesne lord)。在这一上至国王,下至直接持有人的保有系统中(见图 1),国王是最大的领主,不是任何人的附庸;每一个中间领主既是其领主的附庸,又是其附庸的领主;直接持有人没有附庸,但如其采用采邑分租的形式再将土地分封给他人,即随之变为中间领主,不再是直接持有人。②

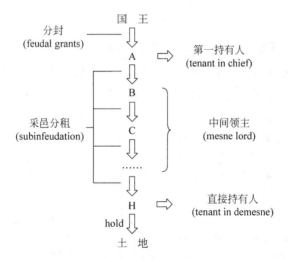

图 1　土地分封及保有结构图

_____

① 参见 E. H. Burn,*Cheshire and Burn's Modern Law of Real Property*,16th ed. , p. 14.
② 在这一由层层分封所构建的保有系统中,领主与其附庸之间的权利义务关系具有相对性。譬如 A 将土地分封给 B,B 又将土地分封给 C。如 B 未向 A 履行所承诺的封建义务,A 可直接扣押现由 C 占有的土地。C 不得以其一直依约向 B 履行封建义务为由对抗 A,因为 C 与 A 之间并无直接的保有关系。同理,纵因 C 未向 B 履行封建义务而导致 B 向 A 履行义务能力减弱,A 亦不得直接要求 C 向其缴付劳役。故有名言谓"我的附庸的附庸不是我的附庸"。

这样,随着保有的不断推行,整个英国社会被纳入一个严格的金字塔形封建等级结构。正如斯塔布(Stubbs)所述:

> 1500 个第一持有人代替了爱德华国王时期不计其数的土地所有人,……国王是最高的领主,王国的土地、以及按照盎格鲁—撒克逊习惯法占有的土地均属于国王,所有持有土地的人均直接或间接地持有国王的土地……①

在此金字塔形结构中,每一个人通过土地确定自己的身份,也通过土地与他人紧密相连。②"土地被用于协调和维持使人们获取或保持名望的社会关系,"③土地保有制度成为编织整个社会关系的制度工具。

随着保有体制的彻底推行,在英国,除国王外,无人可直接拥有土地。在最初时,事实也确是如此。尽管随着时间推移,事实在不断发生实质性变化,但保有的外壳并未随之改变。"英美法宁愿一步步地削弱保有制度的实际效力,也不愿动摇保有理论本身的基础,"④于是保有的理念也就一直影响到今日的英美法。

英美法理论至今仍不认为私主体能够拥有(own)土地,私主体与土地之间的关系依然只是一种持有(hold)关系。此种观念在实践中虽已无实质性意义,⑤但因所有英美物权法论著均以"hold"一词表述人和不动产之间的关系,若不能准确理解该词的来龙去脉,将会对英美物权法产生根本性的误解。

---

① William Stubbs, *Constitutional History of England in Its Origin and Development*, Vol. I, 3rd ed., London: Clarendon Press, 1880, pp. 259~260.
② 威廉通过武力建立远比欧陆强有力的中央政权,因而英国的分封制度堪称世界上最稳固的土地分封制度。
③ [英]约翰·哈德森:《英国普通法的形成——从诺曼政府到大宪章时期英格兰的法律与社会》,98 页。
④ Robert Megarry and William Wade, *The Law of Real Property*, 7th ed., London: Sweet & Maxwell, 2008, p. 36.
⑤ Robert Megarry and William Wade, *The Law of Real Property*, 7th ed., p. 36.

三、地产权：所有权消逝后的产物

既然在保有体制下，实际利用土地的人和土地之间是一种"持有"（hold）关系，则在此种关系之中，持有人所拥有者为何物（或权利）？[①]

显然，在保有制度下，不可能存在"土地的绝对所有权"这样一种概念。因为从持有人角度而言，一旦未忠实履行封建义务，其土地会被收回；从领主角度而言，只要持有人忠实履行义务，领主即不能对土地行使权利。[②] 因此，无论领主还是持有人，对土地仅享有一种有限的权利。故而，"英国法从未将所有权概念适用于土地"（English law has never applied the conception of ownership to land）。[③]

那么，土地持有人究竟拥有什么？英国法对此作出独特回答：土地持有人所拥有的是一个存在于持有人和土地之间的抽象实体，该实体被称为地产权（estate）。[④]（见图 2）英国的法律人"首先将所有权与土地本身分离开来，继而将其附着于一观念之物，谓之曰地产权"（first detaches the ownership from the land itself, and then attaches it to an imaginary thing which he calls an estate）。[⑤]

简言之，地产权即为对土地进行占有性利用的权利范围。如持有人可以终生占有土地，且其死后可由其继承人继承土地，则该持有人拥有的即为一个不限嗣继承地产权（fee simple）；如该土地在持有人死后只能由其直系卑亲属继承，则该持有人拥有的即为一个限嗣

[①] 对此问题，保有制度本身未作回答。因为保有所反映的是领主和土地持有人之间关系，意在解决谁持有谁的土地、谁向谁负何种封建义务、谁得向谁行使领主特权之类问题。但以土地换取特权的领主对土地拥有何种性质的权利？作为土地的直接占有人，持有人对土地又拥有何种性质的权利？保有制度并不关心此类问题。

[②] W. S. Holdsworth, *Historical Introduction to the Land Law*, pp. 29～36.

[③] E. H. Burn, *Cheshire and Burn's Modern Law of Real Property*, 16th ed., p. 26.

[④] E. H. Burn, *Cheshire and Burn's Modern Law of Real Property*, 16th ed., p. 32.

[⑤] Markby, *Elements of English Law*, s. 330, cited from E. H. Burn, *Cheshire and Burn's Modern Law of Real Property*, 16th ed., p. 29.

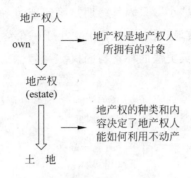

图 2　英美法中的地产权

继承地产权(fee tail);如该土地只能由持有人终生占有,不能继承,则该持有人拥有的即为一个终生地产权(life estate)。这三种地产权都是占有性质的,唯各自存续的可能性不同而已。不限嗣继承地产权因其继承人范围最广,可能存续的时间最长;限嗣继承地产权的继承人范围较小,可能存续的时间次之;终生地产权不存在继承问题,可能存续的时间最短。

不过,上述三种地产权有一个共同特点,即地产权终于何时是不确定的,因为此类地产权均随特定人死亡而终止,[①]而死亡属于不确定的法律事实。这三种"终期不能确定"的地产权构成英美不动产法上的自主持有地产权(freehold)。而如果一个地产权的期限在其设定之始即为确定的或可被确定,则该地产权即为租赁地产权(leasehold),[②]又名"小于自主持有地产权的地产权"(estate less than

---

　　① 譬如不限嗣继承地产权终止于最后一代继承人死亡且无继承人的场合,限嗣继承地产权终止于最后一代继承人死亡且无直系卑亲属的场合,终生地产权终止于地产权人死亡时。

　　② 依期限的不同,租赁地产权分为四种,分别为定期的租赁地产权(tenancy for a term)、定期续展的租赁地产权(periodic tenancy)、不定期的租赁地产权(tenancy at will)与宽容租赁地产权(tenancy at sufferance)。参见 Jesse Dukeminier and James E. Krier, *Property*, 5th ed. , New York: Aspen Publishers, Inc. , 2002, pp. 445～451. 最后一种租赁地产权主要适用于租赁地产权到期后地产权人依然占有不动产之场合,之所以在此场合将原地产权人的占有视为租赁地产权,旨在避免此种占有成为无权占有(adverse possession)以至发生时效取得。

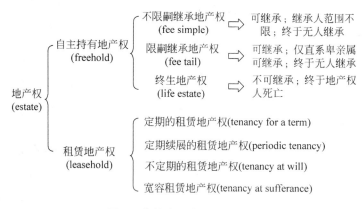

freehold)。之所以"小",只因其终期是确定或可确定的。① 纵是一个为期999年的租赁地产权,在理论上也小于一个终生地产权。确定小于不确定,这就是英美法的朴素与固执。

图3　英美法地产权分类结构

综上可见,在保有关系中,土地持有人并不直接拥有土地,但拥有一个抽象的"物"——地产权,该地产权决定着持有人对土地的利用方式。当此种观念被扩展至保有关系之外时,一切土地上的权利皆成为 own 的对象。由此,主体直接拥有土地的可能性被彻底隔断。

既如此,英美不动产法的所有权是否当真不存在? 如果存在,又在何处?

四、fee simple：英美法所有权的回归

在英美法中,指称不动产所有权的术语并非 ownership,而是 fee

---

① 参见 *Restatement*（*Second*）*of Property*：*Landlord and Tenant* §1.4 comment *a*(1977)。如当事人设定的租赁地产权的终期不确定或难以计算,譬如以地产权人死亡或战争结束作为地产权终止期限,该地产权肯定不能依当事人之意思发生效力,一旦涉讼,可能被视为终生地产权、定期续展的地产权或不定期的租赁地产权。该现象也经常被英美法学者用于证明英美法中存在物权法定原则。参见 Thomas W. Merrill & Henry E. Smith, *Optimal Standardization in the Law of Property*：*The Numerus Clausus Principle*,110 Yale. J. 1,October,2000,pp. 11~12,22。

simple，即前述的不限嗣继承地产权。但该术语并非自始即有与所有权相同的内涵，而是经历了一个漫长的发展过程。为叙述方便，下文迳用不限嗣继承地产权的英文原文"fee simple"。

（一）不限嗣继承地产权发展简史

fee simple 并非和英美财产法同时诞生。从诺曼征服至 12 世纪，土地持有人（holder）所拥有的对土地的权利不可继承。[①] 如土地持有人死亡，土地将重回领主之手，不由持有人的继承人继承。该继承人（一般是持有人的长子）欲取得对土地的权利，须经领主认可，并向领主效忠。[②] 而且至关重要的是，该继承人和领主之间另须进行一次正式的占有权交付（delivery of seisin）仪式。[③] 此外，新的持有人应向领主缴纳一笔继承权利金（relief）。具备上述要件后，持有人的继承人始取得对该土地的权利。

1100 年，亨利一世宣布，当他的仆臣（即第一持有人）死亡时，其继承人无须和国王重新进行协商，亦无须进行占有权交付仪式，而仅须缴纳一笔合适的继承权利金即可继承原持有人的土地权益。[④] 此例一开，各级领主纷纷效仿。虽然从理论上而言，是否采用此种便利继承的做法完全取决于领主的意愿，且即使采用，亦可随时取消，但此种实务做法很快成为继承人的一项权利，即当持有人死亡时，其继承人仅须缴纳一笔继承权利金即有权继承持有人的土地权益，不以领主同意及举行占有权交付仪式为要件。至 12 世纪末，继承

[①] 参见 Joseph William Singer, *Property Law：Rules，Policies，and Practices*，3rd ed.，New York：Aspen Publishers，2002，p. 562。

[②] 参见 Richard R. Powell，*Powell on Real Property*，New York：Matthew Bender & Company Inc.，2009，§ 13.01 [2]。

[③] 占有权交付（delivery of seisin）为一个非常正式的仪式，是英国封建社会中得到普通法承认的取得土地的正式程序。如当事人之间未进行该仪式，他们之间的土地产权变动不受普通法承认与保护。在一定程度上，这也是信托的前身——用益（use）——得到衡平大法官保护的部分原因。

[④] 参见 Theodore F. T. Plucknett，*A Concise History of the Common Law*，5th ed.，New York：Aspen Publishers，Inc.，1956，p. 524。

人的这一权利已牢固确立,①他们可经由诉讼方式保护该权利,只要他们一直在向领主提供劳役并向领主效忠。② 对于继承人的这一权利,领主们未表示太大反对,因领主能从土地中获得的利益并未因此而受影响。因此,到 1200 年左右,很少有人怀疑持有的土地是可继承的。③

随着土地权利成为与动产一般可继承的对象,④产生了一系列与继承有关的重要原则,主要包括四方面:①禁止遗嘱处分土地权益。⑤②长子继承制。③如持有人死亡时其长子已先死亡,则土地权益由持有人的长孙继承;如无长孙,由持有人的孙女们共同继承、平均分配;如死亡的长子无任何子嗣,土地权利由持有人的次子继承;如持有人死亡时无任何在世的儿子,土地权益由其女儿们共同继承、平均分配。④如持有人死亡时无任何子嗣,土地权益由其最亲近的旁系亲属继承。⑥

当一项土地权利不但可被继承,且可被持有人的旁系亲属继承时,fee simple 已初具雏形。

1290 年,英国议会通过具有历史意义的《完全保有法》(The Statute Quia Emptores 1290)。依该法规定,除第一持有人外,自由保有土地的持有人(freeholder)可自由转让所持有土地的全部或一部,无须征

---

① 早在 1135 年,对于死亡持有人的较亲近的亲属而言,土地继承权已是一项相当牢固的权利。而至亨利二世时代,"没有迹象表明,在死亡佃户存在确定的继承人时领主能够真正重新控制死者生前占有的土地"。[英]约翰·哈德森:《英国普通法的形成——从诺曼征服到大宪章时期英格兰的法律与社会》,230 页。

② 参见 Richard R. Powell,*Powell on Real Property*,§ 13.01 [2]。

③ 参见 David A. Thomas ed.,*Thompson on Real Property*,§ 17.01(a)。

④ 需特别指出的是,此时的继承仅限于法定继承,持有人不能通过遗嘱处分其土地权益。在英国,土地权益可遗嘱继承是 1540《遗嘱法》(Statute of Wills 1540)颁行后之事。参见 Theodore F. T. Plucknett,*A Concise History of the Common Law*,5th ed.,p.587。

⑤ 在当时英国,与土地有关的案件由国王法庭(king's courts)审理,与动产有关的案件由教会法庭(ecclesiastical courts)审理。尽管教会法庭承认遗嘱处分动产的有效性,并极力鼓吹禁止遗嘱处分自己的财产是罪恶的,但国王法庭始终拒绝承认处分土地权益的遗嘱之效力。其主要原因在于,对土地权益进行遗嘱处分会影响到领主的利益。

⑥ 参见 Richard R. Powell,*Powell on Real Property*,§ 13.01 [2]。

得领主同意。① fee simple 的自由转让由此得到立法肯定。② 至 15⌐
年《遗嘱法》颁行之后，fee simple 开始可以遗嘱继承。1660 年《保有
废除法》又大量削减土地持有人应向其领主提供的各种劳役
（service）。至 1925 年财产法改革，土地持有人所负封建义务终被
荡涤一清。至此，fee simple 成为一种持有人可自由处分的权利，一
种完整、自足的土地权利，一种英美法中"最大"的地产权（estate）。

这其实宣告了，曾因保有制度的确立而消逝的不动产所有权随
着保有制度的名存实亡，重返英美法世界。

（二）fee simple：术语释义

笼统地称 fee simple 是英美法中最大的地产权，严格而言并不准
确。因为 fee simple 又有许多分支，其中"占有性的、绝对的不限嗣继
承地产权"（fee simple absolute in possession）才是英美法中最大的地
产权（fee simple 的分类结构，请见图 4）。

1. fee simple

在由 fee 和 simple 二词组成的术语中，fee 指"可继承的不动产权
益"，③因此，限嗣继承地产权（fee tail）亦属 fee 的一种，而终生地产权
（life estate）则不称为 fee。simple 意谓地产权可被所有继承人——无

---

① 由于封建社会中的保有涉及劳役缴付和人身依附关系，如任由持有人自由转让地
产权，领主特权可能落空。因此，在诺曼征服后较长时期内，fee simple 不可自由转让。但
在种种因素作用下（主要是持有人所采用的变相转让 fee simple 的方式对于上层领主的利
益损害更大），终致 1290 年《完全保有法》通过。该法承认持有人有权转让 fee simple，但同
时禁止原先变相转让 fee simple 的做法。参见 W. S. Holdsworth, *Historical Introduction to
the Land Law*, pp. 102～106。

② 该法在今日英国与美国绝大多数州依然有效，因其确立土地自由交易的理念，被
认为现代英美不动产法的重要支柱之一。参见 Robert Megarry, William Wade: *The Law
of Real Property*, 7th ed., p. 29。

③ Bryan A. Garner (Editor in Chief), *Black's Law Dictionary*, 8th ed., St. Paul,
Minn: West Publishing Co., 2004, p. 648。"fee"源自"fief"，最初意指土地持有人所持有的土
地，后演变为拉丁文"feudum"，继而又演变为拉丁文"feud"，最终演变为英文词"fee"。参见
E. H. Burn, *Cheshire and Burn's Modern Law of Real Property*, 16th ed., p. 12。

- fee simple
  - 绝对的 fee simple (fee simple absolute)
  - 可灭却的 fee simple (fee simple defeasible)
    - 自动终止的 fee simple (fee simple determinable)
    - 附收回权的 fee simple (fee simple subject to a condition subsequent)
    - 附期待权益的 fee simple (fee simple subject to executory limitation)

说明：本图中所有种类的 fee simple 均可以占有性、回复性和剩余性三种形态存在；由于可灭却的 fee simple 和非占有性的 fee simple 在现实生活中不占有重要地位，因此在英美法文献中，若无特别限定，fee 或 fee simple 即指占有性的、绝对的 fee simple(fee simple absolute in possession)。

图 4　fee simple 的分类结构

论直系或旁系(指在同一顺位内)——继承，[①]由此区别于限嗣继承地产权，[②]因后者仅可由地产权人的直系卑亲属继承。[③]

fee simple 对继承人范围不设限制，故只要地产权人家族的血脉在延续，地产权也将一直延续。唯一能够导致 fee simple 自然终止的事实为，最后一代地产权人死亡时无继承人。正因如此，fee simple 延续的可能性，显著高于明确限定继承人范围的 fee tail，因而在理论上称为“最大”的地产权。

2. absolute

依美国《财产法重述》之定义，绝对的不限嗣继承地产权(fee simple absolute)指未附加自动终止条件、收回权或未来权益的不限

---

① 参见 Bryan A. Garner (Editor in Chief), *Black's Law Dictionary*, 8th ed., St. Paul, Minn: West Publishing Co., 2004, p. 1417。

② 在今日英国，这一土地权利被称为限嗣继承土地权益(entailed interest)，不再称地产权(estate)。

③ 在今日英国，simple 的含义略有变化。因为在地产权人死亡且无遗嘱的场合，并非由其第一顺序继承人直接取得普通法地产权，而是由遗产管理人以受托人身份取得普通法地产权，再依 1925 年《遗产管理法》(*Administration of Estate Act 1925*)及其修正法所定规则将土地权益在相关继承人之间进行分配。不过若从最终可得到实际利益的继承人之范围来看，simple 的含义并未发生实质性变化。

嗣继承地产权。① 英国 1925 年《财产法》虽未直接定义 absolute 一词，但从条文内容判断，该法对 absolute 的界定与《财产法重述》的定义基本一致。据此，如果一个 fee simple 会因某一事实的发生而被终止（导致其自然终止的事实除外），或会因某一事实的发生而转由第三人取得，此种 fee simple 即非"绝对"（absolute）的 fee simple，而是一个"可灭却"（defeasible）的 fee simple。譬如，一个高尔夫俱乐部被授予一个 fee simple，授予契据中附有条件："只要该地产用于该俱乐部的目的。"该 fee simple 即非绝对的 fee simple，因为一旦该土地在将来某一时候被用于其他目的，fee simple 将自动终止，并回归出让人或其继承人之手（这是一个自动终止的 fee simple）。同样，如有这样一份契据，"将 fee simple 授予 A，但如 A 拥有了 X 地的产权，该 fee simple 将转由 B 取得"，此种 fee simple 也不是绝对的，因为当 A 取得 X 地产权时，其 fee simple 将被剥夺（这是一个附期待权益的 fee simple）。

可灭却的 fee simple 其实是在不动产所有权的存续时间上设置了一个额外条件。该条件的存在使得所有权人的地位并非"绝对"稳固，进而会影响到财产交易。因此，英美法通过许多途径对限制 fee simple 的条件本身进行限制，从宏观上实现对可灭却的 fee simple 的总量控制。② 在当代英美法中，可灭却的 fee simple 如果不是微不足道的话，至少也已无关大局。

---

① 参见 *Restatement (First) of Property* § 15 (1936)。该条原文为"An estate in fee simple absolute is an estate in fee simple which is not subject to a special limitation or a condition subsequent or an executory limitation"。

② 对此类条件进行控制的途径主要有二。其一，直接规定条件的存续期限（如 40 年），期限届至时，如条件成就或未成就（视条件内容而定），可灭却的 fee simple 即转化为绝对的 fee simple。其二，通过禁久决规则（Rule Against Perpetuities）对条件的有效性进行直接评价，如条件违反禁久决规则，条件无效，该 fee simple 即为绝对的 fee simple。See Emanuel，*Property*，New York：Aspen Publishers，Inc.，2001，pp. 54～58、103～104。关于禁久决规则，见高富平、吴一鸣：《英美不动产法：兼与大陆法比较》，251～268 页，北京，清华大学出版社，2007。

3. in possession

在英美法中,地产权可以以三种形态存在,即占有性地产权(in possession)、回复性地产权(in reversion)和剩余性地产权(in remainder)。就占有性地产权而言,其"占有"不仅包括对土地的实际占有,还包括接受租金的权利。① 譬如一个不限嗣继承地产权人将土地出租给他人,按期收取租金,其 fee simple 依然是占有性质的。② 如果 A 授予 B 终生地产权,并规定当 B 死亡时,由 C 取得 fee simple,C 的地产权即为剩余性质的 fee simple,因为 C 不能立即占有土地,且在 B 死亡前无权收取租金。而如果 A 在授予 B 终生地产权时未规定 B 死亡后的地产权归属,则当 B 死亡时,土地依然由 A 取得。因此,在为 B 设定终生地产权时,A 就为自己保留了一个回复性 fee simple。回复性与剩余性地产权均属未来权益(future interests),其权利人仅当在先的占有性地产权终止后始得实际利用土地。而占有性地产权意味着当下即可对土地进行实际利用。

4. 英国法规定

需要强调的是,自 1925 年英国财产法改革之后,英国的自主持有地产权(freehold)中仅余一种普通法地产权(legal estate),即占有性的、绝对的不限嗣继承地产权(fee simple absolute in possession)。除此之外的不限嗣继承地产权、限嗣继承地产权、终生地产权、未来权益(future interests)皆成为衡平法性质的不动产权益(equitable interests)。如此类权利设定于 1997 年之前,就只能存在于定序授予(settlement)中,并主要适用《定序授予土地法》(*Settled Land Act 1925*);如设定于 1997 年之后,就只能存在于土地信托中,并主要适用《土地信托和受托人选任法》(*Trusts of Land and Appointment of Trustees Act 1996*)。其直接后果是,除极少数场合外,此类衡平权益纵然登记,亦不发生对抗效力,③不再构成所有权上的物权负担,并实

---

① 参见 Law of Property Act 1925,§ § 205 (1) (xix),95 (4)。

② 据此,英国法中的占有(in possession)亦有大陆法系的间接占有之义。

③ 参见 Law of Property Act 1925,§ 27。

质上成为信托中的受益权。这对于简化英国的不动产物权体系具有重要作用。

（三）fee simple 之内容及限制

如前所述，在处分上，fee simple 是一种可自由转让及遗嘱处分的地产权。而在对土地的使用上，拥有 fee simple 的地产权人（以下简称"地产权人"）也对土地拥有广泛的权利。普通法的一个原则是，不限嗣继承地产权人是土地之中、地面之上、土地上空所有的物之主人。① 如同夏利（Challis）在其 1885 年著作《不动产法》（*Law of Real Property*）中所述：

> 它（指 fee simple——笔者注）赋予地产权人、并且从普通法产生之初即赋予地产权人在土地上空、地面之上及土地之下实施一切其所能想到的行为的合法权利，包括进行无节制浪费的权利。②

但实际上，地产权人的权利并不像夏利所描述的那样毫无节制，即使在夏利生活的年代，即已有诸多法律法令限制地产权人使用土地的自由。时至今日，英美国家更基于公共利益的考虑，通过诸多制定法限制地产权人的权利。

1. 地下矿藏与宝藏

地下矿藏并不尽属地产权人。例如依英国法，地下的煤炭属于煤炭局（Coal Authority），③岩层中自然状态的石油和地下的金矿、银矿属于英王所有。④

---

① 参见 Kate Green & Joe Cursley，*Land Law*，4th ed.，London：Palgrave MacMillan Publishers Ltd.，2001，p. 50。该原则源于罗马法格言"土地所有人之所有权上达天空，下达地心"（*cujus est solum，ejus est usque ad coelum et ad inferos*）。

② 参见 E. H. Burn，*Cheshire and Burn's Modern Law of Real Property*，16th ed.，p. 182。

③ 参见 Coal Industry Act 1994，§ § 7,8。

④ 参见 Petroleum Act 1998，§ § 1,2。

地下的无主埋藏物一般属于地产权人所有,但无主宝藏(如埋藏地下的无主金银币)属于国王所有。[①]

2. 土地之上的空间

地产权人对于土地之上的空间拥有权利,他人在未取得地役权的情况下不得利用该空间。但地产权人对土地之上空间的权利并非无限,其权利的"高度"仅限于依通常目的使用土地之需。[②] 因此,为对土地上的房屋进行航拍而驾机飞越土地,不构成对土地的非法侵入。

3. 对水的权利

无论对于地下的渗流水还是地面河道中的流水,地产权人均无绝对的所有权,且其对水的利用权受法律限制。如依英国 1991 年《水资源法》(*Water Resources Act 1991*)规定,除非得到国家河流管理局(National Rivers Authority)签发的许可令,并按照许可令的内容,任何人不得从河流中取水或允许他人从河流中取水。[③] 此外,地产权人的土地上如有一条有潮汐的河流,公众有权在此河流中航行与渔猎。

4. 规划法

随着人口增加,对于建设用地的需求随之增加。如果不对土地开发者的行为进行控制,农业用地和自然景观将会不可避免地减少

---

① 英国 1996 年《宝藏法》(*Treasure Act 1996*)规定,宝藏指距发现日 300 年以上的铸币或金、银含量超过 10% 的金属制品。单独一枚铸币并非宝藏。如在同一发现地有两枚以上金或银含量相同的铸币,此种铸币始构成宝藏。如在同一发现地有十枚以上铸币,无论其金、银含量如何,均可构成宝藏。在宝藏发现地的其他物品(如装满铸币的罐子),亦属宝藏。某些距发现日 200 年以上但不到 300 年的具有历史、考古和文化价值的埋藏物,不属于宝藏,但国务大臣(Secretary of State)可通过法定文件指定其为宝藏。

② 参见 Robert Megarry,William Wade:*The Law of Real Property*,7th ed.,p.57。

③ 对此有两个例外。首先,如一次性取水不超过 5 立方米,无须许可。但"一次性"取水虽未超过 5 立方米,而该"一次性"取水属于一个连续性取水行为中的一次,且该连续性取水行为的总量超过 5 立方米,仍须经许可。其次,为家庭生活或农业目的,在 24 小时内取水不超过 20 立方米的,无须许可。参见 Water Resources Act 1991 (as amended by Water Act 2003),§§ 24,24A,27,27A。

或消失,土地资源将遭受严重破坏,城市发展也会陷入无序和混乱。为此,英美法国家均以规划性的法律限制土地用途。在英国,此类法律以《城乡规划法》(*Town and Country Planning Acts*)为核心;在美国,以分区法令(zoning ordinance)为核心。在当代英美法国家,此类法律是对 fee simple 的最大限制。因此在此类法律出现之初,很多人悲叹,随着控制土地用途的权力(power)被政府收取,fee simple 已被彻底摧毁。但时至今日,几乎无人再持此见解,因为土地拥有者认识到,正是地方政府的此种权力,确保了他们土地的价值不致因周边土地用途的改变而遭受减损。①

此外,地产权人的权利还会受到公权力的其他限制。比如在土地上兴建房屋须取得许可;不得拆除列入保护文物名录的建筑;遵守保护社区中低收入阶层的立法,如住宅法(Housing Acts)和租金法(Rent Acts)等;为公益目的,政府有权强制购买私人土地等。

(四) 从所有权的视角考察 fee simple

占有性的、绝对的 fee simple 为英美法地产权人能够拥有的、对土地的权益范围最大的地产权,其接近甚至几乎等同于大陆法系的不动产所有权。

从存续的角度而言,fee simple 权利人有终生使用土地的权利;地产权人如未对土地作出遗嘱处分,其死后该土地即由其继承人(无论旁系直系或尊亲属卑亲属)继承;如最后一代地产权人死亡且无任何继受人,fee simple 即行终止,土地收归国有。② 而大陆法系的所有权也不过如此:所有权人可终生使用土地;其死亡时(另无遗嘱处分)由其继承人继承该所有权;最后一代继承人死亡且无任何继受人的,土地归国有。尽管所有权被通称为永久存续的物权,但此所谓"永久存续"无非是所有权存续期限"不作人为限制"的另一种表达而

---

① 参见 Kate Green & Joe Cursley, *Land Law*, 4th ed., p. 50。
② 在英国,英王为国家之象征,收归英王即收归国有。

已,实质上与 fee simple 无异。

从权利处分的角度而言,大陆法系的所有权人可将所有权完整转让给他人,可在所有权上设定他物权。拥有 fee simple 的地产权人亦可对 fee simple 为此处分。所有权和 fee simple 之间亦无差异。

从地位而言,所有权为其他物权之源,无论其他物权如何强大,一物之上始终有一所有权。一俟物上的其他物权消亡,所有权随即恢复圆满。同样,fee simple 为英美法中其他不动产物权之源,无论从分割的角度还是创设的角度理解,fee simple 之外所有的不动产物权均以 fee simple 为基础而存在。[①]

由此可见,无论从权利的存续规则、功能乃至限制上,英美法的 fee simple 和大陆法的所有权均无差别。[②] 换言之,在不动产领域,与大陆法"所有权"概念对应的并非"ownership",而是"fee simple"。[③]

五、"ownership"在英美不动产法中的真实含义

既然在英美不动产法中,与"所有权"对应的术语为"fee simple",则英语中的"ownership"又作何解? 如果在英美国家,私人能拥有土地的所有权,又该如何理解"英国所有的土地归英王所有"这一广为流传的观念? 此与笔者所得出的"fee simple 即不动产所有权"之结

---

① 英美法存在一个清晰的他物权体系。用益物权以终生地产权(life estate)与租赁地产权(leasehold)为重心,前者主要解决家庭内部的不动产利用问题,后者主要解决不动产的商业利用问题,依不动产的用途,租赁地产权分为建设租赁、农业租赁和矿业租赁等。担保物权以抵押权(mortgage)为核心。在英国,尤其是在 2002 年《土地登记法》颁行后,抵押权作为不动产所有权上的物权负担之性质更为明显和彻底。参见 Land Registration Act 2002, § 23.

② 纵有区别,亦仅存在于可灭却的 fee simple 部分,因为在大陆法系,所有权转让不得附加自动或主动收回条件。不过在英美法,即使当事人设定可灭却的 fee simple,导致 fee simple 灭却的条件之存续期限亦受严格限制,且此种类型的 fee simple 在实践中并不常见。

③ 早在 1925 年《财产法》颁行不久,英国学者即指出:"世袭地产(即 fee simple——笔者注)之为租地式已名存实亡,却得训为完备永久的土地所有权了。"[英]勒克斯:《英国法》,张季忻译,陈融勘校,243 页,北京,中国政法大学出版社,2007.

论有无冲突？对于这些问题的回答，仍需追溯至诺曼征服。

前文已述，诺曼征服之后，威廉一世将英国所有的土地收归国王所有，然后层层分封，建立起一个稳固的保有体制。在此体制中，除国王外，人人都只是土地的持有人（holder），而非所有人（owner）；每个持有人皆应向其领主效忠，并缴付各种劳役（service）；①持有人如违反对领主的义务，严重时会受到被收回土地的惩罚。

世易时移，尤其是随着封建制度消亡，效忠义务和缴付劳役义务在不同时期的立法中被逐渐削弱乃至最终废弃。② 由此，不计其数的中间领主及其后裔不再关心谁是他们的持有人，因为持有人不再会给他们带来实际利益；众多持有人也不再关注谁是他们的领主，因为他们已无须向谁效忠或缴付劳役。终有一日，生活在英国土地上的人们突然发现，他们已无法确知谁是谁的领主。

然而，尽管保有"已成为纯粹的历史遗迹而再无任何实际效力"，③保有这个框架却从未被废除，留存至今。因此，即使人们找不到自己的领主，但有一点仍毋庸置疑：英国所有的土地均从国王分封而来，国王乃英国位阶最高的领主；即使中间领主尽失，国王这一领主始终存在。因此，当持有人不能确定自己的领主时，国王即其领主。

于是，在今日英国，下列观念依然正确：所有土地均属英王；此外所有的人均不拥有（own）土地，而只是持有（hold）国王的土地；持有人所能获得的"最大"的地产权是占有性的、绝对的不限嗣继承地

---

① 前文已述，劳役（service）不限于劳作，包括军事性质、农役性质、宗教性质等不计其数的种类，甚至有许多今人看来荒诞不经的 service（如定期到领主面前跳一跳），此类 service 的内容与其字面含义全然无关。

② 此类立法活动主要是：其一，1290 年《完全保有法》（*The Statute Quia Emptores 1290*），以保护上层领主的利益为出发点，但实际效果却是导致封建等级结构的收缩；其二，1660 年《保有废除法》（*The Tenures Abolition Act 1660*），缩减保有类型，并废除保有中大量的领主特权；其三，1925 年财产法立法，此次法律改革彻底清除英国不动产法的封建性因素，1660 年《保有废除法》遗留的持有人少量封建义务至此被清空。

③ E. H. Burn, *Cheshire and Burn's Modern Law of Real Property*, 16th ed. , p. 85.

产权(fee simple absolute in possession)。①

但问题在于,当持有人无须为持有土地而承担任何私法上的义务(即无须效忠或缴付劳役)且对土地拥有完整的享用和处分权时,国王的土地所有权已不含任何私权的成分,而纯化为一种领土主权;与此同时,持有人所拥有的"最大"的地产权实已成为不折不扣的所有权(见图5)。② 正如英国学者所言,"在英国,理论上,那个拥有一亩地的人依然是在持有国王的土地,但实际上他现在完整且绝对地拥有该土地,恰如他拥有他的马与手表一般",③"一个拥有 fee simple 的土地持有人享有绝对所有权(absolute ownership)的一切利益,除了它的形式"。④

图 5　持有人的权利成为所有权的过程

正因此,即使在美国这一从建国伊始即确立共和政体的联邦国家,所有州的制定法均延用 fee simple 这一源于封建社会的术语指称地产权人对土地所拥有的最完整的权利,而未有任何不适。⑤

---

① 参见 Cyprian Williams,75 S. J. 848 ("The fundamental principles of the present law of ownership of land",1931),转引自 Robert Megarry and William Wade,*The Law of Real Property*,7th ed. ,p.35。

② 学者刘四新也指出,在当今英美法中,fee"已不再仅仅是土地使用权,而是绝对的土地所有权(absolute ownership)了"。[英]约翰·哈德森:《英国普通法的形成——从诺曼征服到大宪章时期英格兰的法律与社会》,译者前言。

③ Alfred G. Reeves,*Treatise on The Law of Real Property*,Vol. Ⅰ,Boston:Little,Brown,and Company,1909,p. 7.

④ Robert Megarry,William Wade:*The Law of Real Property*,7th ed. ,p. 52. 在同页注 124 中,作者提及,威廉姆斯(Joshua Williams)曾言道,"学生们要做的第一件事就是去除绝对所有权的观念",而梅特兰又在后面加一句,"学生们要做的第二件事就是痛苦地再将这个观念收回来(reacquire)"。

⑤ 依庞德之考证,美国在殖民地早期只是适用英国的司法审判制度,并未延用英国普通法。"直到 18 世纪中叶,随着法院体系的设立和学习英国法律的风行,才出现根据英国的法律进行的司法审判。"[美]罗斯科·庞德:《普通法的精神》,唐前宏、廖湘文、高雪原译,夏登峻校,80 页,北京,法律出版社,2001。但即便如此,美国的法律家自始即未新造或选用其他英语词指称不动产持有人对不动产的最大权利,而沿用 fee simple 一词。

当然，也有学者认为，国王尚余一项领主特权，即当持有人死亡而无继承人时，其持有的土地会被国王收回。① 但这不过是一个无主不动产收归国有的制度，世所常见，非英美法独有。②

至此尚有一个问题有待回答：既然在英美法中，fee simple 即不动产所有权，则 ownership 又表何意？

其实，在英美不动产法中，ownership 仅表示某一不动产物权的归属而已，不是一个权利概念，而仅描述一种关系。该词描述的是人与权利之间的归属关系，并不描述人与不动产之间的关系。至于某人可如何利用与处分不动产，则取决于 ownership 的对象，即不动产物权。③ 譬如土地所有权人 O 授予 A 一个租赁地产权，授予 B 一个地役权，并将土地抵押于 C。如图 6 所示。

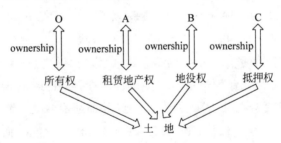

图 6　ownership 在英美不动产法中的含义

---

① 在封建保有制度中，领主对持有人享有许多特权，其中之一即收回权（escheat），即当持有人绝嗣、对领主犯有重罪、不忠或不履行封建义务时，领主有权收回土地。需说明的是，在现今英国，地产权人死亡时无继承人且无遗嘱，即使有人能够证明其是死者的领主（即中间领主），死者的土地仍收归国王。参见 Administration of Estate Act 1925, §§ 45,46 (1) (vi)。

② 如《荷兰民法典》第五编第 24 条："没有其他所有权人的不动产归国家所有。"《荷兰民法典（第 3、5、6 编）》，王卫国主译，113 页，北京，中国政法大学出版社，2006。《越南社会主义共和国民法典》第 239 条第 2 款："所有权人不明物……为不动产时，自公告之日起满五年仍不能确定所有权人的，则该不动产归国家所有，发现人依法可以获得一定数额的奖金。"《越南社会主义共和国民法典（2005 年版）》，吴远富译，60～61 页，厦门，厦门大学出版社，2007。

③ 我国已有学者意识到，通常被译为所有权的 ownership 其实并不等同于所有权，其含义应为"享有"或"归属"。参见屈茂辉：《物权公示方式研究》，《中国法学》，2004(5)，68 页，注 4；咸鸿昌：《英国土地自由继承地产的内涵及其法律规范》，《南京大学法律评论》，2009 年秋季卷，201 页。

此处共有四个并列的 ownership 关系,分别表示特定人与特定权利之间的关系,每人对土地拥有何种利益,并不取决于 ownership,而是取决于 ownership 的对象。由此可见,ownership 并无权能内涵,单凭 ownership 并不能说明人与土地之间的关系。此与大陆法系所有权概念有天壤之别,后者有权能之内涵,称某人对土地有所有权,即可明了其人利用与处分土地之权能。因此,若径将 ownership 译作中文"所有权",便会出现"一物之上多个所有权并存"的表达,[①]让大陆法系学者颇费思量。

英美法此种思维模式貌似特殊,实则与大陆法系无异。后者亦常有"我有一个地役权"、"我有一个抵押权"、"我有一个建设用地使用权"之类表述。此处所谓"有"即为英美法所称"own","我"与权利之间的关系即为一种 ownership 关系(见图 7)。只不过,在所有权的场合,常称"我有一块土地",而罕有"我有一块土地的所有权"之类绕口的表述。这似乎是一个正确的表达,因为所有权的对象确为土地,且"对所有权的所有"亦不合表达习惯。但问题在于,这两句话中之"有"同样只表明一种归属关系,此"有"并非所有权之"有"。若将此处的"有"理解为"归属",则"有"的对象只能是所有权,而非土地本身。民法为权利法,[②]正是权利界定了人支配物的法律空间,换言之,在民法世界中,人是通过权利这一制度工具支配物。人只有先"有"某项权利,始得依其权利之内容有保障地对物进行利用与处分。[③] 否则,人究竟能对物干什么,唯有依强力而定矣。由此可见,"我有一块土地的所有权"虽嫌绕口,却真正准确。

当然,英美法对于不动产物权的此种理解,产生于"只有国王才

① 马新彦:《美国财产法上的土地现实所有权研究》,《中国法学》,2001(4),176 页。类似表达,亦可参见王利明:《一物一权原则探讨》,《法律科学》,2009(1),69 页;孙毅:《一物一权主义原则的当代命运》,76～77 页,中国政法大学博士论文,2003。

② 参见张驰:《民法性质论》,《华东政法大学学报》,2008(1),33 页。

③ 就所有权而言,无论所有权的基础是神授、劳动、抽象的正义要求、德性抑或其他,其所含利益首先必需通过"所有权"这一概念进入法律体系,始能得到法律保护。

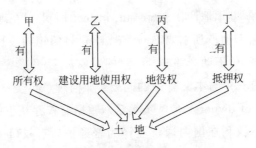

图7　大陆法系不动产物权之归属结构

能对土地拥有绝对的所有权"这样一种特定的历史环境和制度背景，非有意而为之。但此种无意之理解，却完全符合民法的权利法性质与权利理论的逻辑结构。其间或有偶然因素发生作用，但从制度演进视角观之，这是与吾邦吾民一样的外邦芸芸众生，面对财富分配这一重大问题时所作出的虽非刻意但却合乎理性的反应。

六、结论

综上可见，英美法确有一时期，不动产所有权由于特殊的历史原因而消亡（国王除外），各种地产权取而代之。但随着封建社会随风而逝，地产权体系中最基础的一种地产权——fee simple——逐渐摆脱层层束缚，实质上取得所有权的内涵和法律地位。不动产所有权由此重回英美法世界。

不过，在那个无所有权之年代形成的英美法特有的地产权制度（system of estate）也几乎完整进入现代社会。这固然与英美法尊重传统的习惯有关，但最根本的原因在于，地产权制度完全能与现代物权制度兼容。地产权制度的一个直接后果为，在英美物权法中，主体与客体之间始终存在一个抽象的地产权，主体并不直接拥有不动产，而是拥有权利，ownership 即表示权利与主体之间的此种归属关系，而非所有权本身。地产权制度的另一奇特后果是，fee simple 虽已实质性地取得所有权的地位，但英美法中至今无"不动产所有权"之类术语,"'不限嗣继承地产权人(tenant in fee simple)'在理论上仍是日常生活中所称不动产所有者(owner of land)的正确表述"。① 因为,在地产权制度下,不动产并非"所有"的对象。

最后还有一个与本文有关的问题:如何理解英美法中的双重所有权(duality of ownership)? 英美法双重所有权存在于信托制度中,信托受托人的权利在国内通常被译为普通法所有权(legal title),受益人的权利通常被译为衡平法所有权(equitable title)。其实,这并非两个所有权。在历史上,这两个术语所表达的是同样的利益诉求在不同法律体系中获得保护的不同可能性;在当代英美法中,这两个术语代表的其实是一个所有权中不同部分的权能。限于篇幅,此处不能展开,容另文阐述。

---

① Robert Megarry and William Wade, *The Law of Real Property*, 7th ed. , p. 35.

刑法解释目标是个认知性问题吗？

李　强[*]

一、刑法解释目标问题的认知主义研究进路

　　刑法解释的目标是什么？对此存在主观解释论与客观解释论的争议。前者认为，刑法解释应当阐明立法当时立法者的意思；后者则主张，刑法解释应当揭示适用刑法时刑法条文的客观外在意思。[①] 反对主观解释论的理由很多，但举其荦荦大端者，为以下两点：立法原意不明确、难以探究甚至无法探究；刑法要保持稳定但更要适应社会

---

　　[*]　李强，清华大学法学院刑法学专业博士研究生。

　　[①]　参见吴丙新：《刑法解释研究学术报告》，载陈兴良主编：《刑事法评论》，第 25 卷，377 页，北京，北京大学出版社，2009。

发展。① 前一个是说，主观解释论的目标并不真实；后一个则是说，主观解释论的价值取向不正确。

但是，正如学者指出的那样，刑法理论对于刑法解释问题的研究，大多仍是法学内部的独白式表达，而对法学之外其他学科的理论资源重视不够。② 刑法解释目标问题也不例外。从刑法解释问题的本质来看，它不仅是刑法理论需要探讨的问题，也是法理学、法哲学所关注的问题。若把理论视野放得更广阔一些，解释作为一般性的哲学问题、语言问题、认知问题，也是一般哲学、语言学、认知科学的研究对象。因此，出现上述研究上的盲点，确属不应该。

正是基于对上述盲点的察觉，近年出现了从认知的角度出发，借用其他学科相关理论来研究刑法解释目标问题的路向，笔者称之为认知主义的研究进路。其代表者非王政勋教授莫属。③ 王政勋教授在其研究中，借用认知科学（认知心理学、认知语言学）、哲学解释学的相关概念、理论，丰富了前述对于主观解释论的主要两点批判，并试图从这一认知主义的研究进路出发，论证客观解释论的惟一正当性。用他自己的话来说就是，"刑法解释事实是也应该是客观解释"。④（着重号为引者所加）具体而言，其基本主张约略如下。

---

① 例如，参见张明楷：《刑法学》，33～34 页，北京，法律出版社，2007。该学者更加详尽的论证，可参见张明楷：《罪刑法定与刑法解释》，85～94 页，北京，北京大学出版社，2009。但是，张明楷教授在后一文献中将立法解释与主观解释等同，却是错误的。从法理学角度对立法原意之无法探寻性的详细论证，可参见苏力：《解释的难题：对几种法律文本解释方法的追问》，载梁治平编：《法律解释问题》，40～47 页，北京，法律出版社，1998。

② 参见王政勋：《刑法解释问题研究现状述评》，《法商研究》，2008(4)，158 页。

③ 除上注文外，王政勋教授基于这一进路研究刑法解释问题的主要论著还有：《论期待可能性理论的合理性——基于言伴语境的考察》，《法律科学》，2008(4)，75～86 页；《论刑法适用的言外语境》，载陈兴良主编：《刑事法评论》，第 23 卷，112～149 页，北京，北京大学出版社，2008；《从图式理论看刑法解释立场》，《中外法学》，2009(3)，358～374 页；《范畴理论与刑法解释立场》，《法律科学》，2009(6)，26～37 页。其中与本文论题直接相关的是后两篇论文。王政勋教授所谓的刑法解释立场问题，其实也就是笔者所言之刑法解释目标问题。当然，从认知的进路来研究这一问题的不止他一个人，但由于其借用的理论资源之丰富、认知倾向之强烈，因而从中所反映出来的问题之值得关注，在笔者看来，都是最具代表性的，因此，本文不惮以偏概全，以王政勋教授的研究为例对这一进路进行批判性考察。

④ 王政勋：《从图式理论看刑法解释立场》，358 页。

首先，从认知科学的角度论证了立法原意的不可还原。刑法中的概念大多属于所谓"原型范畴"，具有如下特点：范畴内的所有成员并不具有共同的语义特征；范畴的边界是开放的、变动的；范畴内部存在典型原型（中心）和非典型原型（边缘）的区别，后者和前者存在不同程度的相似性，并且还会出现二者地位倒转的情况。由于原型范畴总处于流变之中，因此，我们很难准确把握立法当时立法者心目中所设想的典型原型，从而无法探究真实的立法原意。即便是学者认定的"立法原意"，也是解释者解读出来的文本意义，是被建构出来的"立法原意"。①

其次，从认知的角度证明了立法原意在理解、解释刑法的过程中很难起到作用。由于作为原型范畴的刑法概念自身具有模糊性和变动性，以及解释者在理解、解释刑法时，必然会根据当下情况，基于自身已有的知识、经验及其结构（认知心理学所谓之"图式"或者哲学解释学所谓之"前见"）来探寻刑法文本的可能意义，因此，解释者就不是文本意义的被动接受者，而是主动的解读者，整个解释过程也必然带有浓厚的个人性、历史性，从而，解释就"必然是"一个因应解释者当下语境的客观解释过程。② 也就是说，刑法解释必然要因应社会发展，不能受制于藏身在过去的立法原意。

上述只是对于王政勋教授论证的粗线条勾勒，就其主要论证逻辑而言，笔者有如下关键性质疑。王政勋教授既然认为刑法解释事实上是客观解释，那么就意味着，可以从解释活动本身所具有的认知特性（概念对象是模糊、变动的；解释主体的图式、前见会影响解释过程）必然得出如下结论：解释活动所指向的目标是刑法文本的客观意义。也就是说，解释活动的目标是内在于解释活动本身的。这显然与我们的通常理解相悖。在我们看来，尽管任何解释活动的认知特性都是一样的，但是，人们仍然会有不同的解释目标。即，解释活动

---

① 参见王政勋：《范畴理论与刑法解释立场》，26～37 页。
② 同上注，29～35 页；王政勋：《从图式理论看刑法解释立场》，358～361 页。

的目标是外在于解释活动本身的。例如,主观解释也要面对模糊、变动的概念对象,也会受到图式、前见的影响(这和主观解释论者是否认知到了这些是不同的问题),但为何它所追求的目标仍然会和具有同样认知特性的客观解释不同? 因此,王政勋教授的这一论证逻辑能否成立就值得商榷。另外,细察王政勋教授的论证过程,也可以发现,他在一定程度上误解了相关学科的理论。接下来,笔者就从这些误解开始,对刑法解释目标问题的认知主义研究进路进行一番批判性考察,直至揭示出其内在、根本的论证困境。

二、"图式"到底是什么?

王政勋教授认为,根据认知心理学、认知语言学的研究结论,所谓"图式"(schema)是指,对个体心理活动、外部行动具有决定性影响,对个体行动的产生以及语言活动起着调节、控制作用的个体内部已有的知识、经验和结构。[①] 即作者认为,个体内部已有的知识、经验及其结构都是图式。那么,是否如此呢?

首先,被王政勋教授举为"图式"概念最早提出者的康德,其关于图式的论述就否定了上述看法。康德指出:"先天的纯粹概念除了范畴中的知性机能之外,还必须先天地包含有感性的(即内感官的)形式条件,这些形式条件中包含有那些范畴只有在它之下才能应用于任何一个对象的普遍性条件。我们将把知性概念在其运用中限制于其上的感性的这种形式的和纯粹的条件称为这个知性概念的图型,而把知性对这些图型的处理方式称之为纯粹知性的图型法。"[②](着重号为原文所有。"图型"即"图式"——引者注)也就是说,图式扮演了将现象归摄到范畴之下的中介者角色。这个中介者之所以必要是因为,"纯粹知性概念在与经验性的(甚至一般感性的)直观相比较中完

---

① 王政勋:《从图式理论看刑法解释立场》,358 页。

② [德]康德:《纯粹理性批判》,邓晓芒译,139~140 页,北京,人民出版社,2004。

全是不同质的,它们在任何直观中都永远不可能找到。"例如,因果性范畴就无法通过感官直观到。纯粹知性概念(范畴)要能一般地应用于现象(对象、直观)之上,就"必须有一个第三者,它一方面必须与范畴同质,另一方面与现象同质,并使前者应用于后者之上成为可能。这个中介的表象必须是纯粹的(没有任何经验性的东西),但却一方面是智性的,另一方面是感性的。这样一种表象就是先验的图型。"①(着重号为原文所有)用其他学者的话来说,图式是作为中介的"附加的先天结构"。② 不难看出,在康德那里,"图式"是先验的,不包含任何经验性的东西。

其次,现代认知心理学家关于图式的说明也不能支持王政勋教授的界定。王政勋教授引述说,"根据鲁姆哈特,图式是人大脑中对某一范畴的事物的典型特征及关系的抽象,是一种包含了客观环境和事件的一般信息的知识结构。"③(着重号为引者所加)鲁姆哈特在其论著中也写道:"一个图式就是一个用于表征储存在记忆中的类属概念的信息结构"。④(着重号为引者所加)其他学者则指出:"图式是高位阶的认知结构,其一直被假设为人类多方面知识和技能的基础。在说明感知、语言、思维、记忆当中旧有知识如何与新得知识互动时,图式扮演了重要角色。"总而言之,图式就是"一种无意识的认知结构,其构成了人类知识和技能的基础"。⑤(着重号为引者所加)另外,认知心理学家对图式与现象经验之间关系的讨论,也从反面表明了,图式并不是个体内部已有的经验和知识:图式具有一定的抽象性,而

---

① [德]康德:《纯粹理性批判》,138~139页。

② [美]迈克尔·弗里德曼:《分道而行》,张卜天译,25页,北京,北京大学出版社,2010。

③ 王政勋:《从图式理论看刑法解释立场》,359页。

④ Rumelhart,"Schemata and Cognitive System",in Wyer & Srull (eds.), *Handbook of Social Cognition* (Volume 1), New Jersey: Lawrence Erlbaum Associates, Inc. , 1984, p. 163.

⑤ Brewer & Nakamura,"The Nature and Functions of Schemas",in Wyer & Srull (eds.), *Handbook of Social Cognition* (Volume 1), New Jersey: Lawrence Erlbaum Associates, Inc. , 1984, p. 120, 136.

现象经验则是具体的、个别的。例如,"自由女神像的哪只手握着火炬?"会驱动个体关于自由女神像的视觉图像经验,但是,这一具体的图像经验并不是图式:只有塑像、雕像(statue)的图式,而没有自由女神像(the Statue of Liberty)的图式。① 而如果王政勋教授所说的经验、知识是指,在具体经验、知识的基础上抽象形成的一般经验或知识,那么,这就已经是在说经验或知识的结构了。因此,图式是一种结构,而不是特殊、具体、个别的经验或知识。

现代认知心理学家和康德都把"图式"定义为一种结构,一种起中介作用的结构。只不过,康德将其视为先天结构,是范畴和现象之间的中介;现代认知心理学家则将之看做知识结构、信息结构或者认知结构,是旧有经验、知识与新得经验、知识之间的中介。② 可以说,康德是在先验哲学层面讨论问题,认知心理学家则是在经验科学层面进行研究,前者为后者奠定了认识论上的哲学基础。正因此,现代图式理论才把自身的理论渊源追溯到了康德。

三、认知主义的图式理论能否合理解释真实的理解、解释活动?

王政勋教授在定义了"图式"之后,为我们概述了图式理论的主要内容,其中几乎没有涉及社会文化互动因素,而更加注重个体认知的一面。③ 尽管王政勋教授为我们呈现的图式理论是这样一番面貌,但是正如笔者后述,其论文其他部分的论述却表明,社会文化互动是理解、解释活动不可或缺的要素。如此,就不得不让我们产生疑问,一个不重视社会文化互动因素的认知理论能够合理解释真实的理

① Brewer & Nakamura,"The Nature and Functions of Schemas",in Wyer & Srull (eds.),*Handbook of Social Cognition (Volume 1)*,New Jersey:Lawrence Erlbaum Associates,Inc.,1984,p.138.

② 关于图式是知识结构还是认知结构的争论,可参见郑淑杰:《社会图式理论述评》,《内蒙古师大学报(哲学社会科学版)》,1996(2),16~22 页。

③ 参见王政勋:《从图式理论看刑法解释立场》,359~360 页。

解、解释活动吗? 毕竟,真实的理解、解释活动是深深嵌入社会文化语境的。其实,这样的脱节、矛盾,也是现代图式理论自身局限的体现。

尽管历史分析显示,早期的图式理论学者曾指出,图式并不仅仅是存在于头脑中的现象,同时还是超出认知者而扩展入社会文化世界的诸模式,从而强调文化与个体记忆、个体知识与文化实践之间的交流互动关系,但是,随后的理论发展表明,现代图式理论仍然主要把图式视为一种个体的、存在于头脑之中的现象,而忽视了图式的社会文化属性。① 如此导致的后果就是,图式理论无法合理解释真实的理解、解释活动。如下两个图式理论研究的特点就反映了这一局限。

首先,图式理论惯用的研究方法是实证研究,研究者需要简化、控制其他变量,从而凸显某一变量的作用;这种研究方法严重依赖实验过程,脱离了真实生活环境。例如,让不同受试者阅读同一个具有多种可能含义的"歧义文本"(bizarre text),由此可以发现受试者在各自不同的经验、知识背景下,对相同文本做出了完全不同的解释。歧义文本是模棱两可的,几乎不包含任何具体的所指。当它们与个体已有的经验、知识相关时,这有助于激活特定的图式。但是,这些歧义文本与自然文本不同,后者即便存有疑难,也会因为其他各种因素而具有特定所指。因此,对歧义文本的反应趋向于激活已有的默认图式,从而无法解释更加丰富、复杂和多样化类型的知识。② 例如,图式的发生和演化就无法通过这种方法来说明。

图式理论实证研究方法与实际相脱离的局限也反映在王政勋教授的研究当中。王政勋教授在《从图式理论看刑法解释立场》一文的实证研究部分,提醒被调查者作答时"不要和其他人商量"。③(着重号为引者所加)这表明王政勋教授试图突显个体已有的经验、知识对当前理解活动的影响(历时的维度),而有意阻断共时的社会沟通维

---

① McVee,Dunsmore & Gavelek,"Schema Theory Revisited",*Review of Educational Research*,Vol. 75,No. 4 (Winter,2005),p. 532,535.

② Ibid.,p. 538.

③ 王政勋:《从图式理论看刑法解释立场》,363 页。

度。但是,这一共时维度恐怕是无法忽视的侧面。王政勋教授在问卷中设计了一个便衣警察"紧急避险"的案例,让三个不同受试群体做出是否成立犯罪的回答。对于那些认为"不构成犯罪"的受试者,王政勋教授提示他们注意本案例与《刑法》第 21 条第 3 款的规定之间的关系。[①] 经过提示,个别人"恍然大悟",更改了原先的决定;另一些人则仍然坚持无罪结论,但提不出具体理由。王政勋教授接着又提示能否以期待可能性理论对该警察予以出罪,这一看法得到了大家的认可。[②] 在笔者看来,这一调查问卷之外的互动过程恰恰反映了更加真实的刑法解释过程。由于合议庭、审判委员会、司法解释、上级法院批复乃至错案追究等制度的存在,我国法官的解释活动通常会受到其他个体解释活动的影响。就像该文所说,当法官遇到疑难时,他们"会思考、会翻书、会讨论、会请教,甚至会请示上级法院"。[③](着重号为引者所加)甚至讨论、请教、请示上级法院是我国法官解释活动的常态。如此司法常态所导致的后果就是,在特定案件中,法律解释者往往不是一个"有面目的法官",而是一个"无面目的法官",是一个机构、一个组织、一群人。[④] 这恰恰反映了刑法解释活动所具有的社会互动侧面。

其次,现代图式理论一直专注于图式的激活,而在图式的发生、发展问题上着力不多。为处理这一问题,学者强调社会文化因素的作用,并指出,以往虽然也有研究注意到个体、社会环境和社会文化因素等两方面,但始终只是将后者作为背景变量,而现在应当将社会文化因素视为构成图式的必要要素。[⑤] 一方面,在认知过程中,物质的和非物质的文化人造物发挥着重要的调节、沟通作用,比如语言、

---

① 《刑法》第 21 条第 3 款的主要内容是,职务上、业务上有特定责任的人不能为了避免本人危险而实行紧急避险。

②③ 王政勋:《从图式理论看刑法解释立场》,369 页。

④ 参见强世功、赵晓力:《双重结构化下的法律解释》,载梁治平编:《法律解释问题》,237 页,北京,法律出版社,1998。

⑤ McVee,Dunsmore & Gavelek,"Schema Theory Revisited",p. 539.

行动、事件等，这反映了意义生成过程的对话本质。另一方面，实践活动、物质经验在构建知识关系的努力中发挥着重要作用。但是，强调个体认知活动的传统图式理论却忽视了上述两方面，从而无法令人满意地解释图式的发生和演化。[①] 基于上述社会文化的视角，学者认为，"图式是从个体与其环境之间的社会互动当中涌现出来的"。整个知识建构可以被看做是，包括个体和社会因素在内的知识内化和外化过程的演进。在此基础上，学者建构了一个两维度四变量（公共↔私人；社会↔个体；"↔"表示双向互动）四"空间"（A. 公共—社会；B. 私人—社会；C. 私人—个体；D. 公共—个体）的演化框架。个人认知过程和结构的发生、发展就反复沿着从"空间"A 到"空间"D 的方向前进，形成四个相应的转变过程：A. 运用（appropriation）：个体对于在与他人互动中零散获得的思维方式的运用；B. 转化（transformation）：个体将之前运用的思维方式予以转化，变成自己的东西；C. 公开（publication）：个体通过交谈、行动，将其原本属于私人的想法予以公开或使之能被他人观察；D. 常规化（conventionalization）：通过这一过程，那些被公开的思维方式变成了一种常规，成为个体以及其他人自身思维的一部分。整个演化过程呈现为螺旋式的前进。这一演化模型的缺陷是，似乎每个维度和"空间"必须依次被激活，然而实际的知识建构过程显然要复杂很多。[②] 或者缺失某个过程，或者几个过程同时发生。

这一现代图式理论在内容上重个体认知轻社会文化互动的局限也体现在王政勋教授的研究当中。例证是前文已引用过的关于"紧急避险"案例。王政勋教授与受试者就该案例进行的互动表明，社会文化互动是理解、解释活动必不可少的要素。

我们可以从王政勋教授和受试者两个方面进行观察。从受试者这一方面来看。首先，认为便衣警察不构成犯罪的受试者关于紧急

---

① McVee, Dunsmore & Gavelek, "Schema Theory Revisited", p. 543.

② Ibid. , p. 547.

避险的图式是,紧急避险的成立并未对主体身份有任何限制;这可以说是对刑法规定的一个未经反思的运用。其次,当被提示注意《刑法》第 21 条第 3 款的规定时,受试者改变了原先的决定,将其图式调整为,职务上、业务上负有特定责任的人不得为避免本人的危险而实施紧急避险;这同样是在未经反思地运用刑法规定,而这一新图式是通过同他人互动而获得的。再次,关于期待可能性的进一步提示使得坚持无罪结论的受试者获得了支持其决定的充分理由,从而将之前运用的思维方式转化成了自己的东西。最后,整个过程都可以看做是受试者在公开个人的想法。从王政勋教授这一方面来看。首先,王政勋教授公开了自己关于紧急避险的想法。其次,通过互动,王政勋教授使其想法为受试者所接受,从而成为共享的知识;这其实是一个常规化的过程。最后,需要注意的是,与受试者的情形相反,整个过程中,王政勋教授关于紧急避险的图式一直没有改变。由此可见,图式的演变在很大程度上依赖于社会文化互动,单纯依靠个体认知,是无法对这一现象进行全面合理的解释的。

四、"前见"和"图式"有何不同?

王政勋教授在其论文中称:"在诠释学哲学(即哲学解释学——引者注)中,图式被称为'前见'。"[①]这一论断大体成立。因为所谓"前见"(Vorurteil)是指,对待理解之物的一种预先理解、先行判断(Vorurteil)。"实际上前见就是一种判断,它是在一切对于事情具有决定性作用的要素被最后考察之前被给予的。""一切理解都必然包含某种前见。"[②]也就是说,在对个体认知活动发生作用这个层面,图式与前见的功能大致相当,都说明了过去经验、知识对于现在的认知活动的影响。但是,二者的类同也就仅此而已,其他深层次的区别也是显

---

① 王政勋:《从图式理论看刑法解释立场》,360 页。
② [德]伽达默尔:《诠释学 I:真理与方法——哲学诠释学的基本特征》,洪汉鼎译,368 页,北京,商务印书馆,2007。

而易见的。

首先，在定义内容上，二者不同。已如前述，图式是一种在认知活动中起中介作用的结构，其本身并不是经验或知识。与之相反，前见是一种预先理解、预先判断，其本身就可以是具体、个别的经验或知识，当然也可以是某种经验或知识的结构。在这个意义上，前见包括了图式。

其次，二者各自的哲学根基并不相同。前文对图式理论与康德批判哲学之间渊源关系的揭示表明，图式概念尚身处于认识论当中，而前见则在哲学解释学的存在论转向之后，具有了存在论上的意义。这一转向的发源地是海德格尔的基础存在论分析。在海氏看来，人作为此在（Dasein）与在世的其他存在者最本质的区别是，此在在它的存在中与存在本身发生交涉。也就是说，此在总是在其存在中以某种方式、某种明确性来理解自身，对存在的理解本身就是此在的存在的规定。① 简言之，理解是此在的根本存在方式。而所谓解释是理解使自己成形的活动，② 即理解的具体实行。前见作为理解、解释，自然也是此在的存在方式。

再次，相较于图式概念，前见本身就具有很强的社会文化互动色彩。前见作为理解、解释，是此在的存在方式。根据海德格尔的论述，此在的存在是"在世界之中存在"（In-der-Welt-sein），这个"在之中"体现为多种方式。例如，和某某东西打交道、制作某物、安排照顾某种东西、利用某某东西以及从事、贯彻、探查、询问、谈论等。总之就是操劳，即此在与世内存在者打交道的存在方式。③ 如此，理解活动作为此在的存在方式，自然也具有"在之中"的属性。海德格尔所谓的"在世界之中存在"其实就是在说明人及其理解活动是存在于个

---

① 参见［德］海德格尔：《存在与时间》，第 3 版，陈嘉映等译，14 页，北京，三联书店，2006。德文的 verstehen、Verstand、Verstaendnis 等词，陈嘉映等译为"领会"，洪汉鼎译为"理解"。本文统一做"理解"。

② 同上注，173 页。

③ 同上注，61 页以下。

体间互动和社会文化环境之中的。

复次，对比图式概念，前见所指向的本来就不仅仅限于认知活动。在哲学解释学当中，此在的理解活动并不是纯粹认识性质的，那种认识论的理解反而是次要的、派生的。理解某物是指能胜任或掌握它。[①] 比如，"理解一把锤子并不意味着理解这把锤子的特性或使用锤子的步骤。相反，要在理解（Verstehen）的意义上理解锤子只要去使用锤子就可以了。这是因为在最源初的层次上，我们就是以这些技艺的方式存在着。我们作为这样的存在者存在着，我们应对着我们被抛入其中的世界并处理向我们展现的种种可能性"。因此，这个"理解"应当被把握为"应对"（coping）。[②]

最后，图式与前见所依据的哲学前提假设显然并不相同。相关研究指出，现代图式理论的哲学前提假设是欧陆哲学的理性主义，以认识论为旨归，其典型特征是主客体相分离的二元论。"在这一世界观当中，作为认识者的主动个体一般被假设为与作为认识对象的世界相分离，以至于前者能够通过他的图式性表征活动来表征后者。在这一世界观当中，人的心灵（mind）是极端理性化的，也就是说，过于重视内在于个体的认知结构和过程。"[③]与之相对，前见的哲学前提假设是海德格尔的基础存在论，以存在论为旨归，其典型特征则是打破传统的主客体相分离的二元论。比如，将"在世界之中存在"设定为此在的基本建构，使得此在的存在与世界的存在成为一体；而解释学循环、效果历史等观点中也充满了主客体，或者说，理解与被理解之物的对立与统一。[④] 就如同伽达默尔本人所言："只有在产生的东

① 参见[加]让·格朗丹：《哲学解释学导论》，何卫平译，152～153 页，北京，商务印书馆，2009。

② [美]伊森·克莱因伯格：《存在的一代——海德格尔哲学在法国 1927—1961》，陈颖译，107 页，北京，新星出版社，2010。

③ McVee，Dunsmore & Gavelek，"Schema Theory Revisited"，p.542.

④ 参见倪梁康：《现象学及其效应》，259 页，北京，三联书店，2005。

西仅仅能够被理解的地方,存在才被经验到。"①

五、受前见/图式作用的解释就是客观解释?

在本文第一部分,笔者已经指出,王政勋教授的一个关键结论是,因为理解、解释活动总是会受到前见/图式的影响,所以,刑法解释必然是一个客观解释的过程。对于这一论断,想必很多人会觉得突兀、难以理解。笔者接下来就将王政勋教授的具体推论过程展示出来。首先,客观解释强调文本的价值和解释时的当下情景对刑法理解和解释的意义。其次,文本的价值是通过对文本的解释来揭示的,而文本的解释必然是解释主体基于已有知识、经验的解释,即,会受到前见/图式的作用。再次,解释时解释主体已有的知识、经验也是解释时的当下情景之一。因此,客观解释所强调的就只有解释时的当下情景对刑法理解和解释的意义。最后,顺理成章地得出结论——受前见/图式影响的解释就是客观解释。需要补充说明的是,上述将解释时解释主体已有的知识、经验纳入解释时的当下情景的涵摄过程之所以能够成立,在于作者在刑法解释问题上所采取的"泛语境论"立场。根据作者之前的研究,刑法文本的理解、解释是囿于一定语境的理解、解释,这些语境包括言内语境、言伴语境、言外语境。② 解释主体已有的前见/图式被作者明确地归入言外语境。③ 很明显,作者所理解的"解释时的当下情景"要宽于学界的通常理解。对此,需要特别加以注意。

对于上述推论过程,笔者有如下几点质疑。

首先,客观解释强调文本的价值和解释时当下情景的意义这一

---

① [德]伽达默尔:《诠释学Ⅱ:真理与方法——补充和索引》,洪汉鼎译,541 页,北京,商务印书馆,2007。

② 参见王政勋:《论期待可能性理论的合理性》,77 页;王政勋:《论刑法适用的言外语境》,112 页。

③ 王政勋:《论刑法适用的言外语境》,113~114 页。

说法并没有错,但是,这一说明其实转移了客观解释的重心。客观解释的重心在于,刑法解释的目标是阐明刑法文本的客观意思。就此可以推论认为,客观解释重视文本的价值和解释时的当下情景。也就是说,王政勋教授将一个由核心内容推论得出的次要内容当作了客观解释的关键。这样的重心转移也是为之后的推论做铺垫,即,只要是强调解释时的当下情景的解释,就都是客观解释。

其次,王政勋教授进一步通过改变"解释时的当下情景"的内涵,而将客观解释的重心进一步还原为对该情景的意义的强调,经过如此还原,王政勋教授所理解的客观解释其实已与学界的通常理解不同了。一般而言,学界所理解的"解释时的当下情景"是指解释时的社会情势、制度环境、价值观念等外部因素。也只有当解释主体充分考虑到这些因素的重要性,并力图使刑法文本与之相适应时,才会形成客观解释。也就是说,所谓客观解释重视"解释时的当下情景"是指,重视解释时的社会情势、制度环境、价值观念等外部要素。与此相反,王政勋教授将"解释时的当下情景"扩大为,包括解释时解释主体的知识、经验状况等内部因素在内的普泛整体。也就是说,王政勋教授所谓的客观解释重视"解释时的当下情景"还包括重视解释时解释主体的知识、经验状况。然而,解释活动所具有的认知特性(概念对象是模糊、变动的;解释主体的图式、前见会影响解释过程)是一切解释活动的内在固有属性,即便解释主体对之并无自觉意识,它们也仍然在对解释活动产生影响。既然并无自觉意识,也就无所谓重视或者强调,主观解释与客观解释的区别仍然存在。退一步而言,即便解释主体明确意识到了这些认知特性,并且很重视、强调它们对解释活动的作用,这也只能保证解释主体会对解释活动进行进一步的反思,而不能保证他们就会采取客观解释的立场。主观解释与客观解释之间的区别无法抹除的原因在于,与上述解释活动的认知特性不同,解释时的社会情势、制度环境、价值观念等对解释活动的影响并不是确定无疑的,需要解释主体根据自己的价值选择来决定在解释时是否考虑以及是否因应这些因素。当做出肯定回答时,则为客观解释,反之则为主观解释。由此可见,同样的表述之下,未必会是相同的内容。

最后,王政勋教授的论证其实是对刑法解释活动进行了一次认知主义(在王政勋教授那里,前见和图式都是被认知主义地理解的)转换,即,从刑法解释活动的认知侧面可以推论出其价值选择的侧面。具体而言就是,从刑法解释活动所具有的认知特性可以推论出刑法解释的目标必然是适用时刑法文本的客观意思。然而,这样的推论并不能成立。因为,主观解释与客观解释的区别不在于认知层面,而在于价值层面的不同,即,二者背后的价值选择不同。"这个问题是政治的而不是认识的。"①主观解释追求法的安全性、确定性和可预测性,客观解释则追求法的灵活性、动态性和周延性。② 也就是说,在兼顾刑法的人权保障机能和法益保护机能的前提下,主观解释更加重视人权保障机能,客观解释则更加重视法益保护机能。正是出于不同的价值选择,客观解释才根据不断变化的解释时的当下情景来解释刑法文本,从而实现刑法文本的不断完善和与时俱进;主观解释则根据固定不变的立法当时的立法原意来解释刑法文本,从而实现刑法文本含义的确定性和可预测性。即,最终决定解释活动目标的是各自背后不同的价值选择,而不是解释活动本身所具有的认知特性。从另一个角度来说,认知科学(在王政勋教授那里就是以图式理论为代表的现代认知心理学、以范畴理论为代表的现代认知语言学以及被认知主义地理解的前见理论)所处的层面是事实认知的层面,而刑法解释立场则处在价值选择的层面。根据构成现代刑法学方法论基础的新康德主义事实/实然与价值/应然二分法,从前者是无法推论出后者的。③ 以上表明,从解释活动本身所具有的认知特性是推论不出解释活动的目标的,更遑论从中推论出解释活动的目标

---

① [美]波斯纳:《法理学问题》,苏力译,341 页,北京,中国政法大学出版社,2002。
② 参见梁根林:《合理地组织对犯罪的反应》,66 页,北京,北京大学出版社,2008。
③ 参见陈劲阳:《新康德主义与新古典犯罪论体系》,《当代法学》,2004(6),84 页以下。

必然是适用时刑法文本的客观意思了。

总之,刑法解释目标问题的认知主义研究进路的根本性误识在于,错把作为价值选择问题的刑法解释目标问题当作认知性问题来处理。在这样的误识之下,无论王政勋教授借用多少认知科学理论,也都无法论证客观解释论的正当性,更遑论其惟一正当性了。甚而言之,与其说王政勋教授通过他的研究论证了客观解释论的惟一正当性,倒不如说,他已经预先接受了客观解释论的正当性,再来论证客观解释论的惟一正当性。其实,正确的进路是,在价值选择层面批判主观解释论,论证刑法的灵活性的价值高于刑法的安定性的价值。但是,一旦进入这个层面,也就无法得出惟一正当的结论了。就像学者指出的,主观解释论强调的法律价值是"法律安定性"和"权力分立",客观解释论则强调"客观真实的法律意义"和"法律的历史性"。但是,这二者各自所强调的价值都无法单独证成法律。主观解释论面临的难题是如何避免法律的僵化,而客观解释论面临的难题则是,如何维持立法权和司法权的分立以及阻止法官恣意的危险。因此,只有两方面价值共同,才能证成法律,极端的主观解释论和极端的客观解释论都不可取。哪个多一点,哪个少一点才是关键。① 这样的话,何来惟一正当的结论?

当我们进入到这么一个深入的层面,才会发现,那些认为立法原意无法探究、并不存在,只是解释者的建构的批判,其实都没有搔到痒处。笔者当然也认为,所谓历史上真实的立法原意是一种虚幻,但是,笔者并不会因为它是解释者的建构就抛弃、鄙夷"立法原意"这个概念。因为,主观解释论的根本不在于这个概念本身,而在于维护权力分立以及法律安定性这样的价值立场,那个所谓的"立法原意"不过是实现这些价值目标的技术手段而已,即便它是解释者的建构,也无损于它所担负的任务。想一想,法律文本的"客观意思"又何尝不

---

① 参见[德]考夫曼:《法律哲学》,刘幸义等译,139~140 页,北京,法律出版社,2004。

是解释者的建构? 主观解释论者和客观解释论者把"立法原意"和"客观意思"如此当真,反倒反映了法律教义学摆脱不掉的本性:将一切价值选择问题都转换为看似价值中立的技术/事实问题,用追求真理过程中不同途径的选择掩盖权力争夺过程中不同策略的选择。① 这样想来,波斯纳的如下言论就显得不那么激进了:完全摒弃"解释"这个词,而代之以实用主义地谈论在特定案件中有关司法功能的不同竞争性进路会带来什么不同后果,一种强调法官的自由,一种强调法官作为治理结构中的下级官员的责任;②哲学解释学没有解决解释问题的办法,它不是法律解释的拯救者,也不是法律解释的死刑判决者,它不会教你如何解释特定法律,它甚至不会告诉你是应当宽泛解释法律文本,还是紧紧抓住文字的表面含义。③ 哲学解释学有助于理解解释问题,却无助于解决解释问题。这结论是否让人倍感挫折?

---

① 参见强世功、赵晓力:《双重结构化下的法律解释》,244 页。
② 参见[美]波斯纳:《法理学问题》,342 页。
③ 同上注,374 页。

婚姻的经济属性与房产权的份额分配

徐爱国[*]

最高人民法院《关于适用〈中华人民共和国婚姻法〉若干问题的解释(三)》(征求意见稿)[以下简称婚姻法解释(三)]内容众多,其中包含了父母出资购房产权推定的条款。其一,一方父母购房,房产归其子女个人所有;其二,双方父母购房,产权归配偶双方按份共有。此草案一经公布,就引起了社会各界的讨论。赞同者称,此规定合乎了物权法的精神,有利于避免年轻人以婚姻骗取财产;否定者说,此法玷污了婚姻的神圣性,极端的情况下会导致妻子年老色衰时被净身出门。

本文的目的,是要从婚姻中的经济属性出发,分析婚姻中财产性质及其变化,从而确定父母出资购房情形下夫妻双方对房产的财产份额,以使婚姻财产的分割合乎法律上的公平与平等。

---

　　* 徐爱国,北京大学法学院教授。

一、婚姻定义中的经济要素

我们对婚姻有着各种各样的定义,不同的定义以不同的方式解释婚姻的经济属性。当我们说,婚姻是维系家族的延续、扩展家族政治功能的时候,婚姻的经济属性是被掩盖了的。古代社会,父母之命、媒妁之言不谈财产,"六礼"的程序只涉及了婚姻的聘礼。古代社会,夫妻不存在着夫妻间的"共同财产",因为财产属于整个家庭,家庭财产只能够由家长控制。丈夫的死亡和妻子的再嫁并不能够改变小夫妻"共同财产"为家族财产的性质。

当我们说,婚姻是神事与人事的结合,是男女两性为了共同生活而达成合意时,婚姻的宗教神圣性也同样遮掩了婚姻的经济属性。在传统的天主教教义中,夫妻本为一体,夫妻不可分离。离婚是不允许的,分割"共同财产"就成了一句空话。不过,当基督教义提出了婚姻基于"合意"的时候,婚姻的经济属性开始显现出来。既然婚姻存在合意,就意味着婚姻就是一种交易。有了交易,就有经济的利益。

明确提出婚姻即为契约,是近代以后的事。康德说,婚姻是兼有财产和人身权利的契约。这为现代的婚姻实质奠定了基本的格调。既然婚姻是一份契约,就会存在着讨价还价。当经济学侵入到婚姻法领域的时候,婚姻不是别的,它只是一种经济的行为。因此,波斯纳说,婚姻是一个合伙,家庭是一个企业。婚姻家庭的组建和运行同样遵循着经济的规律。

二、婚姻中的经济属性

求婚是有经济诉求的。古代社会,门当户对既是政治地位的对等,又是经济实力的匹配。富家公子爱上了平民之女,该女子只能够做个妾,妾的经济地位不如妻。现代社会,年轻美貌的女子爱上的男子必定有一定的经济实力,不能够说其中没有经济上的考量。感情至上的青年男女寻找配偶的时候,即使高呼"爱情万岁",他们的爱情也是有价的。通常情况下,通过婚姻取得经济上的增进以改善自己的生活水平,隐含地存在于爱情游戏之中,"爱情"至上的大旗下躲藏着个人财产的私利。

"花痴"和"情圣"所鼓吹的无上爱情其实也是有价的。拿经济学上的术语来说,那是一种主观的价格,而不是一种客观的价格。客观的价格是容易计算的,市场价格即是如此。主观的价格是不好计算的,因为那里面有个人的偏好。爱情至上者对完美爱情的追求,其实是在追求他爱情主观价值的实现。条件好的男女找不到自己的"白马王子"或"白雪公主",不是缺少爱情,而是找不到主观估价的"变现"途径。按照波斯纳的分析,如果排除了政治和道德的因素,以纯粹经济学的角度看待婚姻,那么年轻女子只嫁给有社会地位的老人和有财富的富人。财富是钱,社会地位也是财富。即使是"男才女貌"的俏皮话,也蕴涵着财富上的考虑,有"才"未来必有钱,那是对未来的投资,有"貌"也是钱,美貌意味着财富的机会。

历史上的相当长的时间里,毁损婚约会发生侵权行为的诉讼,一般是女子或者女子的父亲状告毁约的男子。对于女子而言,男子毁损婚约,导致她两个方面的财产损失:其一,机会成本增加和预期收益的减少。对女子而言,年轻比年老"价值"高,其"身价"函数随年纪的增加呈递减,而男子"身价"则随年纪的增长而递增。其二,"折旧率"增高,女子订婚一次,在声誉上就遭受损失一次。若多次遭受这种声誉损失,"价值"也会相应降低。对于父亲而言,女儿蒙受毁约的后果,便是财产上的损失。女儿嫁不出去,他要为女儿的生活承担生活的成本,支出增多意味着父亲的财富在减少。此类诉讼,称为"伤心之诉"或者"婚约之诉"。在具体的案件中,法官是支持受伤的父亲和女儿的。

婚姻本身蕴涵的经济属性,法学界讨论得多。婚姻带有财产的功能,应该是被广泛认同的命题。夫妻的财产有分别制和共同所有制。采取分别制的地方，夫妻收入和开支乃至于离婚时候的财产分割，因为有约在先，经济上不会发生纠纷。采用共同制的地方，夫妻财产的估价于是就成为一个法律问题。通常来讲，法律还是保护女子的。"男主外，女主内"既是一种社会的习惯，也是一种家庭的"政治迫害"。女性主义者多有抱怨。主外是要创造家庭的财富，主内是否创造财富，学者的答案还是肯定的。因为女子的"相夫教子"也是在创造财富，只不过"相夫教子"的价格不是市场的价格，法律上将其认定为夫妻共同财产，其实是在弥补妻子家务劳动的矫正。A 出资 99 元 B 出资 1 元一起做生意，挣了另外 100 元，此为利润。100 元的利润如何分配？亚里士多德有建议，如果 A 是父 B 是子，那么 A 得 99，B 得 1，此为分配正义；如果 A 是夫 B 是妻，那么 A 得 50，B 得 50，此为矫正正义。在后一种情况下，妻子"相夫教子"与丈夫创造财富，在财富数量上占有同样的比例。在西方国家个人所得税法中，"男外女内"的夫妻普遍采取的"合并申报"的形式，其中蕴涵的经济学考量，也是把女子对内的劳动价值与男子在外的劳动价值同等对待的。

男子通过离婚增加自己的财富，这样的情形不多见；而女子离婚一次即增加一次自己的财富则比较常见。这也是年轻女子找有钱人家出嫁的经济学基础。即使妻子不工作，离婚的时候也要分掉丈夫一半的财产，法律是在帮助女子，法律的理由是：其一，家务劳动与市场劳动同价；其二，妻子婚姻期间脱离了市场，当她离开家庭重新回到社会的时候，她的挣钱能力有所下降，为了保护女子，因此法律要进行矫正，让丈夫拿出钱来补偿妻子。中国与西方离婚制度不同的地方，在于中国女子同时在家庭内和家庭外"战斗"，因此离婚后再婚前是不要前夫提供生活费用的。但是，西方的传统是女子不工作，当她离婚之后，她就失去了生活的保障。要生存下去，如果她不再婚的话，她前夫便要供养。法律是保护女子的，而人是趋利的理性的动物，利用法律达到个人利益的最大化，也在常理之中。

三、婚姻法修改建议中的财富份额分析

如果认可了上述婚姻的经济属性，那么我们可以推演到新近的婚姻法解释（三）征求意见稿。在父母出资购房处，草案有两条规定。

第八条　婚后由一方父母出资购买的不动产，产权登记在出资人子女名下的，可视为对自己子女一方的赠与，应认定该不动产为夫妻一方的个人财产。由双方父母出资购买的不动产，产权登记在一方名下的，可以认定该不动产为按照双方父母的出资份额按份共有，但有证据证明赠与一方的除外。

第十一条　夫妻一方婚前签订不动产买卖合同，以个人财产支付首付款并在银行贷款，婚后不动产登记于首付款支付方名下的，离婚时可将该不动产认定为不动产权利人的个人财产，尚未归还的部分贷款为不动产权利人的个人债务。婚姻关系存续期间由夫妻共同财产还贷部分，应考虑离婚时不动产的市场价格及共同还贷款项所占全部款项的比例等因素，由不动产权利人对另一方进行合理补偿。

另外还有一个貌似可以关联的条款："第六条　夫妻一方的个人财产在婚后产生的孳息或增值收益，应认定为一方的个人财产；但另一方对孳息或增值收益有贡献的，可以认定为夫妻共同财产。"

总体上看，婚姻法解释（三）的规定存在如下的问题：第一，草案尊重了物权法，无视了婚姻关系的人身权性质，尊重了财产中的个人财产保护，而忽视了婚姻关系中夫妻共同生活、权利义务合一的特点。第二，草案注重保护财产取得时候的产权份额，而没有关注财产保有期间财产权利的变化。也就是说，草案只是静态地保护了初始状态的物权及以后不变的收益，而没有动态地考虑财产运作过程的价值增减。而一个现代社会更应该注重财产的动态状况，而不是静

态的状况。第三,草案没有全面列举父母购买财产的各种情况,比如全额购买与分期付款的差别、父母按揭与夫妻按揭的差异,亦即草案没有确立差别的原则。

四、合乎经济上成本效率规律的份额分配模式

要全面合理地对父母出资购房产权作出划分,我们应该区分不同的情况分别处理。

第一,对房产有约定的情形。如果结婚前签订了财产所有权协议,而且还约定了离婚后房产的处理合意,那么不会发生房产划分的问题,按照协议执行就行了。一个婚前协议的要约与承诺不能达成,双方就不会走进婚姻的殿堂。如果一方欺诈和隐瞒,那么法律会按照当事人的请求诉之于法律,法官会作出判断。法官要判定的事实,乃是离婚财产协议是否真实有效。

第二,对房产没有约定,房产登记名为父母的情形。中国房产实行登记制,父母名下的房产所有权属于父母。父母将房产供子女使用时,假定是无偿的使用,法律的性质为赠与的使用权。夫妻之间不存在债权债务关系,非血缘关系配偶的一方既没有财富的增值,也没有财产的减损。另外,假定是有偿的使用,那么法律性质为租赁,小夫妻有财产上的增减,非血缘关系的一方或者以实际财富购买使用权,或者以家务劳动抵扣租金,他/她对房产租金的增减量有影响,离婚的时候此财富应该计算在内。离婚时候得不到房产,也应该得到所付租金的补偿。

更细节的情形是,如果父母全额购房,或者分期付款且由父母按期给付案揭,那么房产归于父母;反之,如果父母首付,夫妻分期支付,那么房产的产权性质会有变化。从形式上看,离婚的时候,房产所有权归父母,但要补偿非血缘关系一方的支出及贷款利息,外加通货膨胀带来的减损。从实质上分析,如果非血缘关系一方支付大大超过或者持平父母的首付,他/她未尝不可提出法律上的请求,要求

房屋的所有权,然后补偿父母。此为"实质高于形式原则",或"实质正义高于形式正义原则"。

第三,对房产没有约定,房产登记名为子女,但是父母有投入的情形。同样地,由于房产所有权实行登记制度,那么房产所有权应该归于夫妻。如果配偶一方(或其父母)在婚前全额购买,且为房产惟一产权人,那么另外一方短期内无权主张产权。但是,如果婚姻存续时间相对较长,房产权性质会发生变化。期限如何规定和个人财产如何转化为夫妻间的共同财产,这是法律的一个难点。不管哪种情况,婚姻期间双方的投入都应该在离婚的时候予以确定和补偿。如果是婚后分期付款,那么不管是哪一方定期给供,房产为双方共有,因为婚姻期间家庭收入夫妻共同共有。

父母的投入或是全额或是首付,如果首付后父母继续给供,那么父母可以提起所有权变更之诉。对非血缘关系一方的补偿,前已有说明。这里,父母对房产的投入,法律性质可以是赠与,也可以是借贷。如果父母只首付,而按揭由夫妻给供,那么房屋所有权性质出现混同,原则上看,房产权归夫妻所有,夫妻要偿还和补偿父母。夫妻间如何确立房产权,遵循婚姻法中离婚财产分割的一般原则和规则。

如果双方父母共同出资购买,那么应该区分婚姻内部的产权和婚姻外部的债权。双方父母全额购买的,财产归夫妻共有,夫妻对双方父母共同承担房款债务;父母首付,夫妻按揭的,房产归夫妻双方共有,夫妻对双方父母共同承担出资额度的债务。

五、法律上的难点

婚姻关系存续期间财产的增值和减损,是法律上一个难题。难题出现在三个方面。其一,婚姻存续时间的长短决定了财产性质的变化。短期的婚姻,夫妻共同投入和产出混同相对较少,短暂的婚姻不影响房产的性质;长期的婚姻,夫妻共同经营家庭,产权应该发生变化,毕竟婚姻财产关系带有人身的权利,不能够完全适用物权法,分配的模式应该是矫正正义，而非分配正义。其二，从长期的投资收益上看，房产的价值呈上升趋势，此增值可以是先前的投资额度，更重要的是国家经济的增长。从夫妻双方关系上看，丈夫的"价值"到大约 60 岁以前都成上升趋势，而妻子的"价值"大约自 30 岁后成下降趋势。如果完全按照物权法分配，那么丈夫的份额大大超过妻子，离婚的时候妻子有被净身出门的风险。这样的结果是不公平的，国家经济增长不能够只有利于丈夫，而不利于妻子。因为这个缘故，法律应该给予矫正。夫妻共同生活期间，丈夫的增值应该补偿妻子的减损。或者说，夫妻要共同消化丈夫的增值和妻子的减损，然后共同享受国家经济增长的利益。其三，房产的价值一般与取得时候的价值相关，问题是：房屋保有环节是否会影响房屋的价值？如果在保有期间夫妻对房屋有修缮和改善，其增值是可以计算的；如果没有对房屋的改善，房物的增值与房屋的保有之间的价值关系，该疑难问题似乎尚未被认真对待。

中国亟宜确立新型的家制和家产制
——婚姻法解释(三)评议

俞　江[*]

一、"清官难断家务事"

看完婚姻法解释(三),说实话,我佩服最高人民法院向全社会征求意见的勇气。它注定要遭遇社会批评甚至反感。中国古谚曰"清官难断家务事",而该司法解释已经深度介入到家务事中。同时,我也理解公众的情绪,多数人并不关心司法解释的专业水准,他们关注的是法律对自己的生活发生了什么影响。显然,现在这种影响令人不满。

关于婚姻法解释(三)的逐条讨论已经很多,在学习这些讨论的

---

[*]　俞江,华中科技大学法学院教授。

过程中,我渐渐感到,只要保留那些夫妻关系存续期间财产归属的条款,人们就不会满意。而这些条款在婚姻法解释(三)中占了近一半的比重。具体说来,共有 9 条之多,分别是第 6 至 8 条、第 11 至 13 条、第 15 至 17 条等,这 9 个条款大致涉及四种问题,即夫妻个人财产在婚后的归属、父母资助财产的归属、夫妻继承财产的归属和婚姻期间债务的负担等。这些条款与《婚姻法》及婚姻法解释(二)具有关联性和连续性,只是以前条款不多,没有引起公众的注意。这次密集地出现,说明新时期的家庭财产矛盾已经发展到必须予以总体解决的地步,最高人民法院的本意,定是希望用细化规则去厘清夫妻财产的归属,以使下级法院临案有所准据。没想到,这些条款使公众受到暗示,认为国家从此提倡夫妻在生活中把经济账算清楚,以便做好离婚和分割财产的准备。国人对婚姻的态度,自来避讳离婚,“百年好合”、“白头到老”是对婚姻的最佳祝福。婚姻法解释(三)中的这些条款,有冒天下大不韪之嫌,这就难怪有网友开玩笑说:《婚姻法》成了“离婚法”。

我认为,这种不满不再是法律技术问题,而是一种重要的法文化现象。仅对该司法解释进行条文解析,不足以理解这种文化现象。我的基本看法是,司法解释(三)是《婚姻法》的自然延伸,最高人民法院出台该司法解释,是我国在家庭法领域原定的立法方向和法律框架向前推进的结果。如果不从立法方向、框架和原则上去考察,我们无法理解最高人民法院所面临的困境。同时,如果不正视家庭法的立法方向和框架的失误,最高人民法院只能一边承受公众舆论的压力,一边被迫出台司法解释(四)、(五)、(六)等,以至无穷。因此,要把最高人民法院从家庭法的制度困境中拉出来,必须对回过头来审视和反思《婚姻法》。

所以,本文主要讨论两个问题:①家庭秩序与社会秩序具有哪些根本区别,家庭内部为什么不适宜提倡“算清楚”经济账,以及国家法应持何种态度对待家庭矛盾;②既要化解新时期的家庭矛盾,又要让最高人民法院走出《婚姻法》预设的制度陷阱,必须在法律框架和具体制度方面做出哪些创新。

二、国家法对家庭关系应持谦抑态度

自秦朝以来,国家就把家庭视为重要的社会基础,关注家庭关系和家庭伦理,并意识到,惟如此才能保持国家和社会稳定。汉代以来,儒家理论成为主导性的国家学说,在它影响下,国家法确立了以谦抑态度对待家庭问题的基本思路。具体地说,法律只对家庭犯罪做出禁止性或惩罚性规定,民事方面仅被动地因应家庭习惯做出适应性规定,司法则克制自己避免深度介入到家庭纠纷中,为家庭矛盾的自我化解留出充裕空间。

据汉代以来的正史记载,一些官员面对家庭争产案件时,并不主动判断财产归属,而是努力激发亲情,争取双方谦让以平息纷争。今天,这些记载正受到批评,以为古代国家过于强调情理而忽视法律。其实,古代大量的家庭案件,仍需以法律为判断基准,正史记载的处理方法不具备推广可能性。但正史记载发挥着导向作用,它树立了处理家庭纠纷的理想办法。它强调,官吏应重视感化和教育,努力唤醒家庭成员间的亲情,尽量避免去算家庭经济账,尽量以协调的方法平息家庭纷争。从留存至今的清代州县档案看,县衙总是尽可能调动亲戚邻里去调解家庭案件,避免把国家权威强势带入到家庭纠纷中去。我们认为,传统法对待家庭的谦抑态度,仍是一笔宝贵的法文化财富。不过,这种谦抑态度只是基于数千年的经验认识,今天更需要从理性角度去解释经验的价值。

家庭作为感情的团体,其最终目标是祥和与喜乐。家庭关系不能等同于社会关系,家庭关系的特征是亲密性,一般社会关系的特征则是疏离性。家庭关系丧失了亲密性,家就失去了意义,并对家庭中人构成不幸。除了亲密性外,家庭成员之间还具有感情和利益的紧密相关性,家庭成员退出家庭或有不幸事故,都对家庭利益和家庭幸福带来重大损害。

尽管财产对家庭幸福很重要，但财产只是实现家庭幸福的基本条件，不是家庭的目的。家庭是以欢乐与幸福为最高宗旨，在此宗旨下，除非在极端恶劣的环境中，家庭成员间必须在利益方面恪尽容忍义务。更重要的是，由于公正性主要是指利益分配的合理性，因此，若家庭内部利益分配基本均衡，强调公正反而会削弱亲密性，从而不利于家庭幸福。而社会关系不具备亲密性，社会团结的基础在于维护社会成员的正当利益，故社会秩序的最高价值在于实现公正。

家庭和社会的不同，可以归纳为以下几个方面。

第一，约束条件不同。家庭以封闭性为客观约束条件。封闭性意味着家庭成员不可退出或不可或缺。所谓不可退出或不可或缺，并不是事实上不能退出或消灭，而是任一成员的退出或消灭，都会对家庭造成沉重的打击。而社会则以开放性为客观约束条件，社会成员的交往基于平等、互利的预期，一旦不合意，则具有退出的选择权。当然，以上两种约束条件的分析是纯化后的，只是为了表现二者的基本区别，未考虑各种复杂变例。但由此可知，不同的约束条件，决定了家庭制度和社会制度必须区别看待。

第二，内在关系不同。家庭看重成员之间的亲密关系，一切可能破坏亲密性的手段均须收敛。算经济账的行为，是区分"我"与人，算得越清楚，心理落差越大，亲密性也越差。至于社会成员之间，则首重独立人格和个体权益，虽然也应保持某种感情联系，但须以充分保护个体权益为基础，一旦损害他人的基本权益，维持感情的必要性也随之降低，更勿论亲密感情。

第三，调整手段不同。调整家庭关系以容忍为原则，尤其是物质生活有基本保障和利益分配相对均衡之后，相互容忍是家庭幸福的必要条件。否则，父母若算计子女，则妨碍子女的身心健康；夫妻间斤斤计较，不利于夫妻和睦；子孙不敬，则老人不会有幸福的晚年。所以，古代中国对家庭秩序的调整主要适用礼，强调夫妻相敬如宾，父慈子孝，兄友弟恭，不同的家庭身份恪尽各自的容忍义务，以保证家的祥和与喜乐。法律只是发挥陪衬和辅助礼的作用。但社会关系的调整手段,则以权责明晰为要。古人曰:"与国人交,止于信。"社会普通人之间不存在特定身份关系,故利己为常态,利他为美德。

总之,家庭秩序和社会秩序有着明确的分界。在家庭秩序中,利他或容忍是必要手段。在家庭内提倡适当容忍,并非否定利己,而是因为容忍与利己是统一的,只有通过容忍来维持家庭成员的亲密性,才符合个人的最高利益。

以上仅是从一般意义上说明家庭与社会之区别。重视家庭的温馨、和睦与成员利益,不是中华民族的特色,而且是世界各民族社会共通的。重视亲情和家庭,在任何一个民族社会中,都是文明和有教养的表现。为此,只要想想那些外国战争影片中,战士怀揣着家庭照片上战场的镜头;想想美国著名影片《乱世佳人》中,那种对家园和老橡树的依恋之情,就会发现,中西文化在重视家庭方面没有本质区别。如果非要说有什么不同不可的话,那么,最大的不同在于,在中国没有统一的宗教,这样,家庭不但是人的身体之安放处,且为普通人精神或心灵之唯一安放处。而因为有宗教传统,西方人的精神或心灵尚可在宗教中找到寄托。

家庭既然是中国人精神或心灵的惟一安放处,家庭幸福对于个人就有无与伦比的重要性。可以说,家庭成员之间的对立,是对普通中国人最大的打击,甚至某个家庭成员的死亡事件,其严重程度也无法与之相比。比如,老人在子孙环绕中死去,叫做"善终"。他的死亡给亲人带来的是悲伤,但一般来说,这种悲伤还不至于引起精神崩溃。而吴飞先生关于当代华北地区自杀现象的调查和研究表明,家庭成员间的猜忌、隔阂或争吵,亲人间的冷淡、对立或怀疑,以及这些事件或情绪带来的抑郁、窒息、绝望的家庭气氛,均足以使中国人产生巨大的挫折感和自我否定感,引发精神崩溃或自杀事件。是的,如果家庭内部视若寇仇,对于中国人来说,再多的钱、再公正的社会,又有什么意义!? 吴飞先生指出,大多数中国人在自杀前想到的是:"我死了,看你们怎么办?"

正因此,不但在一般意义上,法律应当对家庭问题持谦抑的态度,而且,因家庭是普通中国人惟一的精神寄托,中国的法律还应特别考虑如何设置完善的制度,以细心呵护家庭的祥和与美满。然而,婚姻法却以密集的条文,去规定夫妻存续期间的财产归属,其实际效果,是提醒中国夫妻在财产问题上要加倍小心,提醒人们随时与家人算清经济账,这种提醒将在夫妻间形成持续隔阂的力量,削弱家庭所需的温情、和睦和喜乐的氛围,消解夫妻间的亲密关系。公众反感的原因,盖均缘于此。我们相信,婚姻法解释(三)的本意绝非如此,遗憾的是,它做了自己不想做的事。

三、设置新型的家制和家产制

不过,即使如此,我仍然认为,婚姻法解释(三)中详细规定夫妻财产归属是必要的。不能认为,家庭需要温情与亲密,就必须牺牲家庭内部的公正性。关键是,在整个家庭法体系中要把握好亲密性和公正性之间的平衡度,这个平衡度把握得好,二者应该是相辅相成的;把握得不好,二者就成了对立相悖的关系。婚姻法解释(三)引起社会争议,是因为它加重了"算清楚"的倾向,但它只是一个司法解释,不可能承担多种任务。而且,作为司法解释,它只能在现行的家庭法框架下发展,不能越出去行使立法功能。引发公众反感的,其实是因为在整个家庭法体系中,缺乏与婚姻法解释(三)相平衡的力量,即缺乏保护家庭亲密性的基本制度。这样,再加上婚姻法解释(三)这个砝码,整个家庭法领域就严重失衡了。显然,是整个家庭法框架出了问题,而不是一个司法解释的问题。在这个框架的制约下,最高人民法院所面临的两难困境可以表述为:如果要维护家庭的祥和与温情,就不能出台鼓励夫妻间算清经济账的条文;如果缺乏算清楚家庭经济账的法律条文,大量的离婚案件又没有规则可依。

所以,需要认真考虑的是,让最高人民法院陷入两难困境的家庭法框架,是怎样形成的? 它的弊病何在? 通过怎样的制度创新,才能摆脱这一框架性陷阱?

我认为,现行家庭法框架的根本问题,在于用孤立的《婚姻法》取代一切家庭关系法,并由此导致用单一的夫妻财产制度取代家庭财产制度。这种框架性或结构性的失误,是让最高人民法院进退失据的根源所在。

我国采用《婚姻法》取代其他家庭关系法的立法思路,原先基于两种考虑:一是要取消"封建"的或不平等的旧家庭模式;二是建立男女平等的家庭关系。这两种考虑都是正当的。但立法在落实这些考虑时,忽视了与中国家庭传统的衔接,设计了单一化和极端化的家庭法框架,这种框架根本没有考虑如何对应复杂的中国家庭形态。甚至可以说,立法者根本没有认真研究过中国的家庭传统和家庭形态,只是从学理上凭空设计了一个《婚姻法》,想当然地以为可以据此改造中国家庭。在社会关系和经济关系较为单纯的时期,中国式家庭处于休眠状态,《婚姻法》尚可勉强维持。一旦经济和社会发展起来,中国式家庭立刻活跃起来,展示出它应对新经济和新形势的能力,并由此产生复杂多样的家庭财产关系。单一化的《婚姻法》框架,在应对这些复杂的家庭财产关系时,立刻显得左支右绌,不得不依靠最高人民法院的司法解释来为其弥缝。基于此,要理解婚姻法解释(三)所面临的困境,必须上升到家庭法的立法思路层面,反思以下三个问题:

(1)取消父权至上的旧家庭模式后,是否不允许中国家庭里有父母?

(2)取消旧家庭后,是否意味着家和家产也需要取消?

(3)取消夫权至上的旧家庭,建立男女平等的新家庭,是否意味着在平等的夫妻之间不能提倡谦让的美德?

显然,三个问题的答案均应是肯定的。但仅有《婚姻法》的立法格局,实际这是对以上三个问题均做了否定回答。由此带来的弊端,需要深入辨析。

第一,《婚姻法》仅仅考虑了夫妻构成的家,而把父母排除在家庭之外,认为父母只能以夫妻身份单独成立一个家,实际这是在当代中国家庭中取消了父母的合法地位。近代中国家庭革命要消灭的是父权,现在看来,它连父母在家庭中的地位也一起消灭了。通过《婚姻法》,中国式家庭已被强制简化为夫妻式家庭,但却并未根本上改变现实中的家庭结构。而且,社会和经济形势的变化,反而强化了传统家庭关系和观念。比如,高房价迫使成年子女更加依赖父母资助,由此强化了父母与小夫妻的经济联系。这种强化的结果,造成父母与小夫妻这一关系中的财产纠纷增多,而《婚姻法》未将这一关系视为家庭内部关系,由此导致司法机关在新形势的冲击下进退失据。直到这类财产纷争发展到无法回避的时候,只好在先天不足的法律框架下细化规则,由此才发展出了婚姻法解释(二)的第22条,并再发展出婚姻法解释(三)的第8条、第13条等。事实上,父母一直就是大多数中国普通家庭中的固定成员。中国家庭对父母的养老从来就负有不可懈怠的责任,同时,父母很少计较在经济和生活上帮助小夫妻,比如,经济上资助小夫妻购置新房,生活上帮助小夫妻抚养婴幼。在中国式家庭中,夫妻只是重要的家庭关系之一,却不能涵盖所有家庭关系。如果说,父母和子女处于家庭结构的纵轴线上,夫妻处于横轴线上,从而构成了一个十字形的家庭结构,那么,《婚姻法》是试图仅以横轴线去取代整个结构。结果,因过分关注夫妻关系,而忽略了家庭其他关系,造成了法律与现实的巨大差距,为了弥补这种差距,婚姻法解释(三)只能在《婚姻法》的框架下细化规则,结果却是继续放大我国家庭法中的结构性失误。正是因为《婚姻法》没有充分考虑中国式家庭的现实,才出现了司法解释中将父母对小夫妻家庭的资助视为赠与的条款。我对这些条款极不以为然。何以在美国没有听说过父母帮小夫妻买房的事情?如果小夫妻与父母视同陌路,父母凭什么要无偿资助他们?事实上,中国父母这么做,不过是把小夫妻视为家庭的一部分。父母是按照传统伦理在履行家庭义务,但法律却不予承认,非要把这种家庭内部行为定性为社会一般人之间的赠与关系。正是从扭曲或歪曲了正常的家庭伦理和社会观念的意义上说,这种法律是不合理的。

第二,按照《婚姻法》的思路,不但旧式家庭被取消了,连家的名分都被取消了。事实上,连《婚姻法》承认的夫妻式家庭,也没有给予它一个整体的名分,更勿论去承认在家的名义下的财产。在夫妻财产制的框架下,家庭中只有两种财产,一是个人财产,二是夫妻共同财产。而这两种财产又同属一类性质,即个人财产制。夫妻共同财产是以夫妻个人财产为基础构造的财产集合形式,在这种财产形式中,能够看到的只有夫和妻的个体身份,没有家的身影。夫妻共同财产,从功能上说,最多发挥了一种松散的家庭纽带作用。有理由问,除了作为个体身份的夫和妻,整体性的家在哪里? 法律是否应该鼓励家庭成员共同创造财富? 如果是的话,那么,法律应该赋予这种共同财富的名分何在? 我们知道,中国传统家庭是以男方为主,其不合理在于,男方是家的中心,妻子只能以"她者"身份融入家里,这是典型的男女不平等的家。但它的合理处在于,家是稳固的,即使有成员退出或死亡,家仍然存在,家产也不能随意分散,因此,家和家产可以继续发挥赡养老人和抚育儿女的功能。而在《婚姻法》中看到的只有两个独立的个人,家不见了。同时,《婚姻法》从未考虑设置以家为主体的财产制度。正是因为没有家产这种蓄水池,父母的资助没有了归宿,只好在归个人所有还是夫妻共同所有这两个答案中作选择。其实,按照中国的家庭传统,父母有帮助小夫妻"成家立业"的义务,但由于整体性的家在法律中缺位,父母完成义务的行为,居然变成了破坏夫妻亲密关系的缘由。面对这样的结果,让中国父母情何以堪?! 而法律与社会道德如此扞格,也难让人承认其合理。

第三,《婚姻法》的立法原则是夫妻平等,但平等不意味着夫妻间不能相敬如宾。夫权是近代以来家庭革命的对象,夫权消灭后,法律主张建立平等的夫妻关系,这本来无可非议。但夫妻平等并不必然导致夫妻亲密,这就像在古代中国,夫妻不平等并不必然导致夫妻不亲密一样。平等只是解决了夫妻的地位问题,夫妻关系仍然可以有两种发展方向,一种是在平等的基础上相互谦让,共同持家,并在持家的合作中保持亲密关系;一种是因平等而斤斤计较,随时要求算清楚家庭账，并在这种算账过程中疏离或对立。我国法律显然希望鼓励和支持前一种夫妻关系。遗憾的是，由于没有家的设置，夫妻失去了共同用力的方向。在"家"完全缺位的制度框架下，夫妻个人财产和随时可因离婚而消灭的夫妻共同财产，几乎成了夫妻之间的离心力。人们惊呼，当代夫妻关系已经出现了向对立关系加速滑动的迹象。如果这是真的，那么，《婚姻法解释（三）》一旦出台，的确可能成为疏离夫妻的新助力。

综上所述，对《婚姻法》和《婚姻法解释（三）》的反思，必须放在三个大背景下，第一，需要放在近代以来家庭革命的大背景下；第二，需要放在中国传统家庭伦理和家庭观念及其在当代社会的延续性的大背景下；第三，需要放在家庭文化的普遍性和民族性的大背景下。

今天，孤立的《婚姻法》取代一切家庭关系法所带来的框架性陷阱，不但把最高法院置于两难困境中，而且已使亿万家庭生活陷入尴尬境地。要使法律涉及的当事者摆脱这种困境，除了创制适合中国社会的新型家庭法，已经别无出路。新型家庭法应该注意借鉴其他国家的亲属法或家庭法的内容，并充分考虑本国的家庭结构、家庭观念和家庭伦理，以使家庭法尽量与中国的家庭道德相契合。而其中的关键，则是承认整体性的家，确立"家"在民法中的地位，并让家能够成为财产的主体。

实际上，确立家制和家产制，在世界民法典中不乏先例。如《瑞士民法典》第87条，确立了家庭和教会的民事主体地位。在它的亲属编中，除了规定夫妻共同财产外，特别用第九章规定"家庭的共同生活"，内容包括抚养义务、家长权和家产。《意大利民法典》第一编名为"人与家庭"，确立了家庭在民法中的重要地位，该编中并有专节规定家庭财产。法律确立家的合法地位，可以给家庭一个名分，强化成员的归属感。而设置家产，则具有蓄水池的功能，它既对内吸纳家庭成员的个人财富，以完成家庭日常所需承担的养老、抚幼等任务，又对外承担债务，为家庭的健康发展提供持续保障。在家产明晰的情况下，个人财产仍可作为一种有效的补充形式。不会因为家和家产的存在,湮没了个人在家庭中的独立地位。这就像在中国古代家产制中,允许嫁妆作为妻子个人的"私财",而妻子常常用"私财"来帮助家庭走出困境,以获得美誉。

　　国家有细心呵护家庭的责任,这是人们的共识。但在这次《婚姻法》司法解释征求公众意见的事件中,已经让人们清楚地看到,呵护的愿望已成泡影。现在,到了必须正视这一问题的时候了。在中国民法体系中确立新型的家制和家产制,不但是为最高人民法院解套,而且是全社会的现实需求。当然,具体到中国将来的家制和家产制该如何小心规划,尚有许多具体的理论问题需要研究。

个体的失败

——评婚姻法解释(三)之公开征求意见

周林刚[*]

怎么是个体的失败?《婚姻法解释(三)》明明是个体和他的自由的高歌猛进,是共同体价值的节节败退,怎么会是个体的失败?

是的,是个体的失败。这就是这篇小文打算指出的秘密。

一、对争议的争议

《婚姻法解释(三)》征求意见稿引起了巨大的争议。有论者批评说,《婚姻法解释(三)》着眼的全部是离婚,这不是很荒唐吗?但是,既然诉到法院的夫妻财产分割问题都是离婚问题,那么最高人民法院的相关司法解释不着眼于离婚,还着眼于什么呢?另有评论者批

---

[*] 周林刚,清华大学法学院 2010 级博士研究生。

评这个《婚姻法解释（三）》太过技术主义，是为法院这个官方机构减负。然而，首先这种貌似技术主义的法律确定性，也是防止权力专断的合理手段。至于这其中到底有没有推卸法院自身责任的意图的问题，单从一个《婚姻法解释（三）》的"风格特征"，不足以为证。至少，我们还应当具体地考察一下这些解释条文的内容。除非解释条文的内容除了确定性之外，别无其他合理性可言，我们才可能合理地推测这种意图。那么，除了确定性之外，还有没有其他的实质合理性，能够为《婚姻法解释（三）》辩护？

其他的合理性支持当然是有的。问题或许只在于那是哪种合理性，它符合的是谁的公平感。面对这个《婚姻法解释（三）》（以下简称《解释（三）》），几乎所有人都能够辨识出其中的个人主义的、自由化的精神气质。但这样说，似乎还不过瘾。因为仅仅指出其中的自由和个人主义气质，还远不能痛快地表达对它那种世俗的、虚无的、自私自利的邪恶品质的厌恶。于是有论者便进一步指陈说，那其实是资本的合理性，符合的是市场的公平感。《解释（三）》的秘密就在于市场压过了中国的"自然法"，资本主义侵入了家庭。被引为证据的那个第 12 条写道："登记于一方名下的夫妻共同所有的房屋，一方未经另一方同意将该房屋出售，第三人善意购买、支付合理对价并办理登记手续，另一方主张追回该房屋的，人民法院不予支持，但该房屋属于家庭共同生活居住需要的除外。"在这里，物权法战胜了婚姻法，交易安全战胜了婚姻稳定，岂不是言之凿凿？

且不说这一条中的"但书"已经表示的是两种价值的一种折中，在另外一个也是备受争议的条款里，我们甚至读到了完全相反的价值决断。在被认为是针对"小三"问题的第 2 条里，《解释（三）》规定："有配偶者与他人同居，为解除同居关系约定了财产性补偿，一方要求支付该补偿或支付补偿后反悔主张返还的，人民法院不予支持；但合法婚姻当事人以侵犯夫妻共同财产权为由起诉主张返还的，人民法院应当受理并根据具体情况作出处理。"批评意见说，在这条规定里面，"小三"很亏。这里不打算讨论这个问题；只是顺便一提的是，

"根据具体情况作出处理"究竟意味着什么,从这个条款里根本无法获得确定的认识,法院在这里得到一个授权,它可以根据"具体情况"进行裁量。不过无论如何,它都为追回"小三"处的财产赋予了法律上的可能性。这不恰好证明,《解释(三)》此刻是站在家庭立场之上的吗?

更进一步说,《解释(三)》的第 12 条涉及的是婚姻的物质方面,牵涉的问题是市场伦理(或者更准确地讲,是市场的非伦理),与共有财产对于家庭共同生活所具有的伦理意义,这二者之间的矛盾;第 2 条涉及的是婚姻的人身方面,是个人自由与婚姻伦理之间的矛盾。就后者而言,尽管人们可以从个人自由的角度来看待"小三"、"出轨"等问题,但个人自由的这种运用、表现,在很大程度上不被认为是值得肯定的,当然更不值得鼓励。《婚姻法》中"夫妻应当互相忠实"的宣告就是明证。所以,《解释(三)》的价值取向,从整体上看,仍然兼顾了市场和家庭。第 12 条的"但书"也表明,它为家庭保留了一个核心领域。然而,就此仍然可以提出疑问:在这种看似两者兼顾的表面之下,难道不能辨识出市场和资本明显占据着强势?毕竟,在这个解释条文中,家庭的物质基础部分被压缩到了"共同生活需要"这个底线。

但是,以"资本主义对决家庭"这样一种方式来提出问题,本身就是不确切的。从这个对立,人们读出的信息或者是资本的冷酷无情与家庭的温情脉脉之间的对立,或者是资本附着其上,反过来他也附着于资本的那个利欲熏心的"个人"同"家"这个伦理—情感共同体之间的对立。人们在这里很容易产生一种幻觉,以为《解释(三)》反映的问题,是家庭的传统伦理价值遭到了资本这个世界历史事物的入侵,具有精神高度的共同体遭到了"个人"的瓦解。这种问题的提法让我们误把中国家庭的问题,单纯地植入到一个文化批判的问题域中。它激起一种浪漫主义的悲情与豪情,实则是错误地将我们置于一个看似严峻的决断处境:是资本还是家庭?是个人还是共同体?二者必选其一。

问题提错了,答案也将难免是错误的。为什么提错了?原因之一在于,上述列为对立的两个方面之间的对峙并非短兵相接。相反,它们是通过政治国家这个"第三者"彼此遭遇的。原因之二则是,那个被描述为"家庭"的共同体,实质上也由个体——或许是另一种形象的个体——所承载着。把个体与共同体对立起来的做法,往往是制造虚假选择、蛊惑人心的幻术。所以,问题在于考察两个领域以及两种个体彼此相遇的那个"中介",从而把文化批判上升为政治批判。

二、最高人民法院的试行立法

把所谓的资本主义入侵定位在 2001 年《婚姻法》的修订,是错误的。的确,比较 1950 年、1980 年以及 2001 年《婚姻法》的条文,我们可以看到,2001 年《婚姻法》用了最多的文字(第 17、18、19 条)来界定财产归属。但是,这并不足以作为"2001 年入侵"的证据。因为,仔细辨析 2001 年《婚姻法》的内容就可知道,这些极大地丰富了的有关财产归属的规定,实际上源自此前 20 年间的司法实践。最高人民法院的司法解释实践,早已获得了比法律条文更细致、更丰富的内容。这一点在 1993 年 11 月 3 日、以"法发[1993]32 号"文件的形式下发的《最高人民法院关于人民法院审理离婚案件处理财产分割问题的若干具体意见》达到极致。这个司法解释用了 2000 多字来界定夫妻双方的财产归属及其分割问题,篇幅超过 2001 年《婚姻法》的一半、相当于整部 1980 年《婚姻法》。2001 年《婚姻法》第 17、18 条条文在很大程度上是对这个司法解释的再提炼、再概括。

如果要说有资本对家庭的入侵,那么或许也应该把它的时间挪前。不过,时间的界定不是重点。重点在于,婚姻法中的这个财产领域的法律发展,是通过最高人民法院的司法实践这个通道来进行的。或许能够支持 2001 年作为资本入侵的一条重要的证据是,正是这一年《婚姻法》修订之后,婚前财产经过若干年生活转化为共同财产的规定被取消了。但是,哪怕是这个要点也是经过最高人民法院的手来实现的。2001年《婚姻法》修订之后，最高人民法院很快就出台了《婚姻法》司法解释（一），明确规定："婚姻法第十八条规定为夫妻一方所有的财产，不因婚姻关系的延续而转化为夫妻共同财产。但当事人另有约定的除外。"（第19条）这条司法解释之所以必要，显然是因为从修订后的《婚姻法》第18条的条文本身，无法确定究竟是否存在转化的可能。《婚姻法》的修订是在该年的4月，而这个《婚姻法》司法解释（一）是在同年12月出台的。间隔的时间并不长。也就是说，最高人民法院在很短的时间内就进一步"发展"了法律。

人们常常从宪法的角度来质疑最高人民法院是否不正当地篡夺了立法权力。这回最高人民法院就婚姻法《解释（三）》公开征求意见则近乎不打自招，表明了自己就是在行使立法权，即便是以解释之名。有论者已经指出，这种把拟定的条文拿出来公开征求意见的做法，并不是将自身基于司法理性的论证技艺展示于公众，从而发挥修辞功能，对公众进行说服；相反，它是拿出了规制的意图、拿出了一些即将作出的决断，以试探公众的反应。这个过程，就相当于广场上的一次立法会议。人们或许会就具体条款进行争执、斟酌乃至辩论，最终最高人民法院得到的，除了所谓的意见和建议外，主要还是一个社会公众对它赞同或不赞同的态度；换句话说，这是一次虚拟的表决。所以最高人民法院的这次公开征求意见，在宪法层面上，具有极其巨大的意义。对部分观察者来说，这意义是负面的（公开征求意见的做法有最高人民法院对自己司法解释工作的自我授权，这一点在法发〔2007〕12号文件中作了规定；在这部分观察者看来，这种自我授权就更是荒谬了）。但我们也应该看到，尽管我们惯常的法律思维以及我们的官方表达都告诉我们，法院是审判机关，最高法院对"法院审判工作中具体应用法律、法令的问题"进行解释（例如1981年《全国人民代表大会常务委员会关于加强法律解释工作的决议》，2007年《最高人民法院关于司法解释工作的规定》——也就是这里提到的12号文件）。但事实是，我们的法律除了极少数例外，往往都是简约型的。上文已经提到，1980年《婚姻法》的总字数只不过赶得上1993年一个司法解释的篇幅。这种简约型的法条构造技术在一定程度上造成了所谓围绕法律的"根茎结构和多维进化"状况（出自季卫东先生的一个术语）。更准确地说，并不是法条构造技术造成了这一结果，因为这种法条构造技术自身也只是总体权力运作网络有意安排的结果。虽说人大常委会承担立法解释的职能，但事实上，除了在刑法领域，它几乎总是金口难开，绝不进行立法解释。作为立法解释与司法解释之区分基础的官方表述，即"条文本身需要进一步明确界限或作补充规定的"问题，和"法院审判工作中具体应用法律、法令的问题"，不论其在理论上有无证立的可能，至少在实践上，是被废弃不用的。真正的区分标准并不在此。

这样一种法条构造技术和法律解释的实践，似乎表明，最高人民法院的立法功能很可能已经成为了我国立法权力运作机制的一个有机组成部分。在此，《婚姻法》的实践是一个非常恰当的例证。在1980年到2001年这22年之间，司法解释领域已经积累了婚姻关系方面的大量经验素材，在2001年修订《婚姻法》的时候，这些经验经过筛选，有选择地进入了法律的条文之中。这个反馈过程类似一个归纳法。在新法修订之后最高人民法院很快就启动了新一轮的法律发展过程，这个过程，就其性质看，则是一种实验。它不是简单的归纳，也不是演绎；凡存在发展、丰富的地方，都可以被看做是对新方案的实验。新法修订两年后，最高人民法院又出台了婚姻法司法解释（二），又用了相当的篇幅对婚姻关系中的财产问题进行界定。像《婚姻法》文本中开放性的兜底条款"其他应当归共同所有的财产"，也在这个解释中得到具体化（这无论如何都应当属于"补充规定"的情形）。归结起来看，立法机关与最高人民法院之间的结构性关系是非常鲜明的。它们是往返反馈的一种合作机制：简约的法条构造技术以及立法解释行动的自我冻结，形成了一种授权的事实；最高人民法院及其整个法院系统由此担负起经验性的立法试验任务，并在一定的时间和阶段，将散布的司法经验进行系统化；这种归纳工作在新一轮的法律修订时获得再一次的系统化（不妨称之为再系统化）；但是再系统化仍然是谨慎的、有选择的,并不是所有的司法经验都能进入法律文本;在这个再系统化阶段告终之后,人们将发现新一轮的实验又开始了。尤其值得一提的是,每一次系统化之后,并不是说之前的司法解释就必定"没用"了。因为,"系统化"或"再系统化"的吸收往往很有限,仍然会留下大量"未作规定"或"未予明确"的空间,除了在废止的司法解释名录里面的那些文件或条文外,法律的承受者很难判断此前的司法解释哪些确切地失效了,哪些没有,甚至连法院自己都辨识不清。因此,在一次或若干次再系统化之后,司法经验仍然以自身特殊的形态"活着"。

这就是最高人民法院及其法院系统的试行立法。它在相当的程度上,可以说明我们的政治国家这个中介的具体结构,事实上,不只在立法机关与司法机关之间,在中央和地方、立法机关和行政机关之间,同样形成了类似的权力分配和合作机制,在法律位阶上较低、民主基础相对更弱的一方,通常都要负担起这种功能。

三、个体:分而治之的客体

婚姻本身社会功能的弱化、个体自由的进展,无论从经验还是从规范上看,都极为明显。比如 1950 年《婚姻法》对夫妻权利义务的规定中,赋予家庭为了"新社会建设而共同奋斗"的义务,而以后的《婚姻法》中,这样的规定消失了。同是 1950 年《婚姻法》,在有关婚姻条件的条文中规定,不能发生性行为者不得结婚。但是一方面,技术的进步或许已经解决了性行为与生育之间的关系问题;另一方面,生育本身也已经不再是 1980 年《婚姻法》之后设定的必要功能,实际上与之相反,法律反过来对生育进行控制了。更进一步,2004 年的《婚姻登记条例》,简化了结婚、离婚登记的手续,把婚姻关系从居委会、村委会及单位的手中给解脱了出来,交于当事人个体之手。与之并行的,或许就是所谓的资本对家庭的入侵过程。然而,当家庭的共同体领域被逼到一个"底线"范围之内时,这里缩小的并不仅仅是"共同体领域",因为被逼迫进来的也已经是内在化的个体,缩小的也是个体本身。我们如果将社会功能的弱化视为婚姻这枚硬币的一面的话,那么硬币的另一面则是婚姻与爱情之间趋于等同。换句话说,婚姻这个外在的、法律的建筑,现在在转化为内在的、情感的偶然性。它遵循这样一条法则:尽管形式与内容、法律与情感、婚姻与爱情是不同的,但应当使两者的差异最小化。

照理,这也是寓于婚姻自由原则的内涵之一。但问题并没有这么简单。婚姻和家庭从来都以一定的方式与更大的环境联系在一起。家庭经常被认为是社会的单位。婚姻自由与这个作为社会的单位之间究竟是什么关系?如果就婚姻论婚姻,就家庭论家庭,就会错失婚姻家庭问题所包含的具体政治意义。婚姻自由把联合的自主权交付于个体,由他们运用自己的情感和理智去创造联合,创造共同利益,创造一个社会的单位,并实践一种彼此承认的共同体生活。因此,假如家庭要被视为社会的单位,视为更大共同体的缩影的话,那么这个个体就应当被看做一个能够联合的个体。家庭只是他实现自身的场景之一。因此,对这个个体的关怀,还需要联系到他在家庭领域之外的处境;而这个个体在家庭领域被治理的方式,假如正好反映了他在总体社会中被治理的方式,那么对家庭领域的考察,也能够用来说明他的总体处境。

实际上,简约的婚姻法条文将大量的价值冲突问题留给法院去处理,遵循的乃是"分而治之"的原则。婚姻中的"问题性"首先被区隔开来,以减弱其影响。更进一步,这个被区隔开的"问题性"在司法系统中又采取单个案件、单个家庭的形式。"个案"更彻底地分解了这个被隔离的部分。于是,"分而治之"下的个人,其抗议声太小、太弱、太微不足道,而缺失了公共领域中的扩音器,这个婚姻中的个体,与那个被谴责的做生意的个体,恰是一对孪生兄弟,权力对他们分别施以威逼和利诱的技术。在理性的生意人洋洋得意时,他的兄弟却只能向隅而泣。

概念的僭政
——评强世功《司法能动下的中国家庭》一文

舒　窈[*]

人类语言总是有着无穷无尽的创造力,当它宣称是在表述"事实"的时候,实际上只不过是表述了建构后的事实。在我们有意无意的想象中,事实经历加工、编码和过滤,形成了语言的表述,从而在二者之间形成了一条或宽或窄的裂缝。有时候,这条裂缝是在无意中产生的,让我们姑且原谅这类说话人或作者的无知。不过,有时这种裂缝的存在或加深,却是起因于人为的动机。我宁愿相信,以下将要分析的这篇文章,属于后一种情形。因为以这位作者的学识和能力,本来可以将事实表述得更为准确和客观。

北京大学法学院强世功教授,在本年度第一期的《文化纵横》杂志上发表了《司法能动下的中国家庭——从最高法院关于〈婚姻法〉的司

---

* 舒窈,自由学者。

法解释谈起》一文。该文属于该杂志的本期专题文章之一,与其并列的尚有马忆南、顾骏、吴飞及赵晓力等人作品。这一系列文章所共同讨论的对象便是近来大名鼎鼎的"婚姻法解释(三)"。强本人曾在去岁 11 月于北京大学组织过一次同样主题的会议,因此,《文化纵横》的本次专题也可被看做上次会议的思考成果。鉴于强本人是该次会议的召集者,且计划在其负责的《政治与法律评论》杂志中开辟同样主题的专栏,因此,可以估计其对该主题的热心程度应不亚于参会及写作的其他学者。所以,不应认为该文是其粗制滥造的应景之作。在确定了作者本人对文章的认真程度后,我们便可以转入对文章内容的分析。因为如果该文仅仅是作者漫不经心下创作的应酬稿,那么,我们也大可不必认真对待文章的内容,而对文章的赞扬和指责也就显得无甚意义。

就对"婚姻法解释(三)"的批判而言,该文在一开头便切中要害。这一司法解释的确是"建立在个人主义和自由主义的立场上"。无疑,新司法解释是一种庸俗至极的经济—技术思维,对自由主义在相当程度上持批判态度的强,当然有充分理由大加鞭挞,而即使是负责任的自由主义者,也本应为此感到耻辱。新司法解释的出台者和欢呼者,确已在精神世界中远离了我们社会普通民众的真正需求,转而沉浸在一种堕落版自由主义的虚假胜利之中。

强接下来对"婚姻法解释(三)"的分析,也的确颇能击中要害。例如,对婚姻中个别财产制以及明晰房产的强调,的确有可能开辟了"男性对女性、强者对弱者的弱肉强食时代";"AA 制婚姻契约"无疑是最高人民法院惊世骇俗的伟大创举,从而将家庭的神圣感与温情脉脉摧毁殆尽;如此一来,当婚姻双方都意识到房产而非感情才是其根本利益所在,进而都依赖其父母投资介入购房时,婚姻的"再封建化"也似乎不可避免。不过,需要指出的是,强所有这些观点,要么已经有人提出,要么属于正常人根据正常推理能力也能思考到的范围。

于是,我们最需要关注的乃是强文中区别于他人观点的最大创新之处,亦即他将最高人民法院多次出台《婚姻法》相关司法解释的举动[包括"婚姻法解释(三)"的出台],冠之以"司法能动主义"的称号,并进而对其施展猛烈批判。在他看来,正是最高人民法院出台的历次相关司法解释,瓦解了原本作为社会生活之基石的婚姻与家庭生活,并进而以一种自由主义观指导下的新婚姻模式取而代之。于是,善良风俗一去不复返了,人格扭曲了,社会堕落了。而这一切,都是最高人民法院的错,"司法能动主义"的错。于是,在文章最后,他大声呼吁"司法节制",而这才是司法的"美德"。只有实现"司法节制",民族才能从自由主义的婚姻泥潭中得到神圣的拯救。

必须承认,乍看上去这的确很有道理。最高人民法院的司法解释权限一直是学术界的一个争议焦点,许许多多的人反感这一不明不白的准立法权限,认为它意味着对立法机关权力的侵夺,而其本身又缺乏民主的根基。不过,让我更感兴趣的,倒是强使用"司法能动主义"这一文本现象本身。因为,强在文中对"司法能动主义"所赋予的意义和能量,似乎与我们平常的理解有所偏差。

"司法能动主义"一词起源于美国,即"judicial activism"。熟悉美国宪政史的人都知道,这一概念被用来形容上世纪50、60、70年代美国联邦最高法院的所作所为。一般认为,那个时代的美国联邦最高法院曾经以强劲的姿态,通过一系列的判决,来寻求在种族、性别、环境、刑事司法等领域的政治与社会变革。尤其是由布朗案(*Brown v. Board of Education*)和罗伊案(*Roe v. Wade*)引发的一系列诉讼行为,伴随着美国民权运动的蓬勃发展,在很大程度上促成了极为明显的社会变革,以及学术上的剧烈争议。这些案件甚至已经成为20世纪美国民族历史叙事的一部分。美国的自由派为之欢呼雀跃,在他们看来,法院承担了多数人暴政中孤胆英雄的角色,他们成为了无法在常规民主渠道中表达意见的"分散而孤立的少数"的代言人,法院是宪法的守护者,是社会进步的发动机。美国的保守派则为之哀叹不已,他们眼中的美国法院是一个僭政的恶魔,它侵犯了民选机构的职权,它使用强大的能量摧毁了昔日美好的盎格鲁—美利坚生活方式,使美国社会越来越走向种族混杂的堕落状态。

　　至此，我们应该能理解到，将曾在美国社会造成如此剧烈影响（不论这种影响是否"正义"，是否代表真正的"进步"，是否真正改善了弱势群体的生存状况），并造成如此大范围学术争议的"司法能动主义"概念，套用于当代中国的司法—政治语境中，无疑令人感觉荒唐和可笑：我们没有沃伦法院；我们缺少有效保障下的审判独立；我们没有行政部门、立法机关乃至军队对司法系统的主动配合；我们也不曾拥有司法审查制度；我们的法院也从来没有以宣告某一法律违宪的强硬姿态，来推动户籍、收入分配、社会保障等亟待改革领域内的积极变革；而且，在我们的学术界，也更没有产生有关最高人民法院所谓"司法能动主义"是好是坏的争论，因为这种"主义"距离中国现实太过遥远。

　　仅仅是因为出台了若干《婚姻法》司法解释，从而就获得了"司法能动主义"的头衔。对此，最高人民法院似乎应该感谢强的这一创举。因为在话语中，最高人民法院的地位在无形中被抬高，数百名通过公务员选拔考试一次性进入最高人民法院的法官瞬间拥有了美国联邦最高法院 9 名大法官的殊荣，他们成为了正义的急先锋，为社会改革和进步率先做出了孜孜不倦的努力。

　　当然，强对"司法能动主义"的评判，无疑没有遵循以上美式自由主义的进路，而毋宁更接近于美国保守派的看法。于是，数百名中国法官推行的"价值的僭政"，显然要比由 9 个美国法官推动的暴政更为恐怖。而借用罗森博格（Gerald N. Rosenberg）的词汇，借助司法途径寻求社会变革，这即便不是令人厌恶，也至少是个"虚伪的希望"（hollow hope）。所以，"司法节制"才是"美德"。

　　强无疑熟悉美国宪政史，也无疑对"司法能动主义"的具体意涵、时代背景以及不同派别所持评判有着充分了解。因此，强为最高人民法院贴上"司法能动主义"的标签，并进而站在类似美国保守派的立场上去批判建构出来的自由主义的"司法能动主义"，就更显得不是一种无意的误读，而更像是一种有意的扭曲。而这种扭曲的目的，便在于批判其所设想的该司法解释所表达的中国自由主义思潮。

然而,从深层次上说,这种有意的扭曲,却未必能有效实现强批判中国自由派的目的,因为强的这一"套用"在很大程度上是一种张冠李戴。首先,强自身所处的中国左派/保守派立场,与他本人所青睐的美国保守派的立场有着距离。中国左派强调强国家对经济领域的干涉,而美国右翼保守主义则倾向于自由放任;中国左派强调城乡居民间在经济、教育等机会上的真正平等,并呼唤进一步完善社会保障制度,而美国保守派似乎对改善种族、性别、阶级差异方面并不感冒,而毋宁是倾向于维持现状。其次,强所攻击的中国自由派,也与20世纪30年代以来的美国自由主义传统极为不同。中国的自由派是彻头彻尾的"自由主义",他们主张自由市场,主张以法治等手段实现对公权力的有效制约。而美国的现代自由主义则融入了20世纪的左派传统,在罗斯福新政之后,美国自由派走向了经典自由主义的对立面,转而主张国家对市场的适度调控,并对如黑人、妇女、同性恋者等弱势群体更加同情。正因如此,美国的这种自由主义也被称为"新政自由主义",乃至"美国左派"。

于是美国宪政史就这样给强开了一个大玩笑,这导致强在将美国各政治派别的称谓、观点套用于中国各派别时,发生了可爱的错乱。由于熟悉美国宪政史,强本能地将中国问题放置到美国的宪政史的范畴中去。然而,这无疑不符合国情。于是,滑稽的是,虽然中国左派日日夜夜声称着中国右派所试图引入的西方制度、观念"不符合国情",但实际上其自身的思维方式和分析框架,却也同样在很大程度上"不符合国情"。左派同样在智识资源上严重依赖着西方学术的产物,也同样在虚幻的概念上做着文字游戏,却仍自以为触摸到事物的本质。"不符合国情"这一学术—政治论争中的灵丹妙药,看来不仅是某一派别垄断的专利。

让我们再度回到强对"司法能动主义"的使用本身。因为,强对这一概念的运用还存在着另外一些瑕疵。首先,根据强的标准,不论法院是否意在且能够引起剧烈社会变革,也不论法院行动的目的为何,只要法院不再"消极"地司法,而略微地"能动"一点,那么这就是万恶的"司法能动主义"了。那么,遵照这种逻辑,广受部分人士拥戴的轰轰烈烈的打黑除恶运动,由于也是借助公检法程序,莫非也是一种应该打倒的"司法能动主义"了?所以,将"司法能动主义"抽离其原本从属的美国宪政史具体情势,而将其意义泛化进而滥用于各种情形,将会产生其使用者自身也无法接受的可笑结果。其次,强在文中第二部分似乎有意表明,最高人民法院司法解释中"司法为民"、"司法便民"这类字眼,便是"司法能动主义"的体现。不过,严格地说,这类字眼与其说反映了"司法能动主义"的倾向,毋宁说是体现了"马锡五审判方式"的当代复兴。而"马锡五审判方式"毫无疑问代表了中国左派所追求乃至欢呼雀跃的革命传统。这样看来,强在文中硬要把明明是左派拥护的这种本土化、革命化、群众运动式审判方式,扭曲成美国味十足的"司法能动主义",进而对其大肆攻击,便同其政治理念发生了明显冲突。

此外,强在文中还存在其他用词不当的问题。该文第一部分标题("家产制的式微:个别财产制与明晰房产")即存在瑕疵。"家产制"(这个词在正文中也多次出现,而且还出现了"房屋家产制"这种创新组合词汇)在文中似乎是"家庭财产制"的缩写,以区别于"个人财产制"。不过,马克斯·韦伯的社会学告诉我们,"家产制"是一种建立于家庭伦理基础之上的国家政治—法律结构,而非狭隘的家庭共同财产制度。强大概读过晦涩的韦伯作品,不过也大概忘记其内容乃至词汇了。

知识分子常常处于"文化斗争"的最前沿。在这个"诸神争斗"的时代,学术研究从来没有实现过彻底的"价值中立",它总是处于具体处境之中,被不同派别以不同方式随意操纵,进而角逐出纷纷扰扰的价值争斗中的优胜者。从这个角度来说,选取各自所需的概念工具,并使其服务于自己的具体目的,似乎不值得苛责。于是,总会有一些学人,站立在"价值中立"的废墟之上,尽情挥舞着自己的意识形态大旗,将情感洪流倾泻在本应是理性商谈的圣坛,从而使他们的所言所行完美地契合了虚无主义的后现代时代精神。

英国最高法院掠影

程雪阳[*]

2010 年 5 月底,西欧的天气异常的好,我就盘算着去英国旅行。虽然从荷兰到英国的飞机只需要一个小时,但由于英国没有加入《申根公约》,还是要办理签证,好在有伦敦的翟小波师兄帮忙,省去了诸多麻烦。

伦敦景点特别多,大英博物馆、国家美术馆、白金汉宫、威斯敏斯特大教堂、牛津街、海德公园,以及到处可见的教堂,让人眼花缭乱。然而,对于我这样一个学法律出身的学生来说,印象最为深刻的还是英国的最高法院。

说起最高法院,人们可能会觉得它一定坐落在一间高大雄伟、庄

* 程雪阳,郑州大学与荷兰格罗宁根大学(University of Groningen)联合培养宪法与行政法专业博士研究生。清华大学高鸿钧教授对本文的构思和修改提出了很多重要的建议;郑州大学的苏彦新副教授、香港中文大学邓寒冰博士对诗歌的翻译给出了很多宝贵的批评和建议;师妹康华茹同学的认真校对和修改让本文增色很多,在此一并表示感谢。

严肃穆的宫殿里,起码我是这么认为的——美国联邦最高法院似乎也是这么认为的,在 2010 年的年度报告中,该法院首席大法官罗伯茨称:

> 最高法院雄伟的建筑已成为最令人熟悉且最形象的法治标志之一。建筑师采用古典元素加耐用的建筑石料,恰如其分地抓住了法院在我们政府体制中的不朽角色。应当感谢那些制定宪法的天才,以及在过去两个世纪里捍卫宪法制度和宪法精神的伟大人物,是他们缔造了今天的最高法院和国家的司法系统,并使之成为世界各国司法的典范。

但英国的最高法院完全不是我预期中的样子,以至于第一次探访时,居然没有找到,无功而返。直到返回荷兰的前一天,当我再次来到威斯敏斯特区时,才终于在议会大厦对面的一栋并不高大的连体建筑中找到它。

由于之前参观议会大厦时已经对相关程序有所了解,所以我很顺利地就进入了法院,并从前台接待人员处拿到导游图和当天开庭情况的介绍书。得知最高法院院长菲利普斯勋爵(Lord Phillips)正在一号法庭审理案件,我便在工作人员的引领下兴奋地进入了该法庭——要知道,虽然本人在中国生活了二十多年,但既没有进过最高法院,也没有亲眼见过最高法院的院长。

当时,菲利普斯勋爵正与其他四位法官一道审理一起名为 Ting&Ors(Respondents) v Borrelli & Ors (Appellants)的案件,因为案情主要涉及商业纠纷,我不是很感兴趣,遂将注意力集中到了法庭内部的设置和法官的服饰上。法庭内部装饰颇为典雅,屋顶上方悬吊着美轮美奂的吊灯,墙壁上挂着一些著名人物的画像,地上则铺着极为精致的地毯。奇特的是,最高法院的法庭并不如同寻常法院"两造当事人,法官坐中间"那般,而是一个圆桌会议的设置。大法官们并不穿影视剧中的那种古典长袍,而是身着一种类似于西服的礼服——据说,在重大节日时,他们还会在礼服上搭上一个金饰带;每个大法官面前有一台电脑,但貌似并没有法槌;律师却带着假发,穿着如同影视剧里的那般;另外,双方律师并非分坐法官两边,而是共享法官席对面的半圆形桌子;若有律师要发言,便需首先起立敬礼,然后走到半圆形桌子的中间再开始陈述;大法官们偶尔也会打断律师的发言,询问一些他们比较关心的问题。

当天参与审判的除了菲利普斯勋爵以外,还有霍尔男爵(Lady Hale),她是英国最高法院第一位女法官。去英国之前,我曾看到过她的资料,毕业于剑桥大学,之后在曼彻斯特大学执教 18 载,并出版有《家庭,法律与社会》等著作,是一位杰出的法律学者。1984 年,她成为英国下议院一个法律委员会的成员,并领导一个团队从事家庭、儿童等方面的法律改革工作。2009 年 10 月 1 日最高法院正式运作以后,霍尔男爵以深厚的学术功底和丰富的法律实务经验跻身大法官行列。

参加完庭审后,我又参观了其他两个法庭,除了三号法庭归枢密院司法委员会使用外,二号法庭和三号法庭在装饰风格上与一号法庭大同小异,并没有什么特别。倒是位于负一楼的展览室让人欣喜不已。在这里,人们可以了解英国司法制度是如何一步步走到今天的,《2005 年宪制改革法案》通过之后英国司法制度所发生的变化,也图文并茂地展示了出来。

今天的英国最高法院主要是由上议院的上诉委员会演变而来,这一点已经为人们所熟知,但诚如罗宾·弗莱明敏锐观察到的那样,"英国制度的发展往往是既不稳定,也不确定"。上议院的司法权并非自始即有,也非无可争议的。

在 13 到 14 世纪时,组成英格兰议会的上下两院并不受理案件,而只是接受一些民众对地方法院判决的请愿。1399 年,英国的下议院完全停止了这项工作,而将接受民众对司法请愿的事务全部交给了上议院。不过,上议院似乎也并不情愿从事这项工作,1514 年到 1589 年间仅仅受理了 5 起请愿案件,1589 年到 1621 年间则一起案件都没有受理。

1621 年，一位名为爱德华·尤尔（Edward Ewer）的诉讼当事人对地方法院的判决极为不满，坚持要求得到公正的审判，所以当时的英王詹姆士一世就将其请愿书转交给了上议院。此后，上议院开始源源不断地收到民众的请愿书，甚至不得不设立一个专门委员会来处理相关事务。在最初阶段，民众需通过议会的书记员将请愿书转交给上议院，然后由上议院举行全体会议决定是否接受此一请愿以及是否交付请愿委员会加以审理。然而，随着请愿数量的攀升，请愿委员会逐步获得了独立决定是否接受请愿的权力。

此后的请愿委员会事实上已经在行使司法职能，但由于没有法律或者惯例规定请愿委员会应当按照何种程序和标准来处理此等事务，所以该委员会也常常直接受理一些没有经过下级法院审理过的案件，这使得英格兰的司法管辖权出现了某种程度上的混乱。1667 年，矛盾终于爆发。这一年，一位名叫托马斯·斯金纳（Thomas Skinner）的商人到上议院请愿说，英王查理二世授予英国东印度公司在亚洲的贸易垄断权损害了他的权益，因为此前他一直在此地区从事贸易活动。东印度公司并没有对斯金纳的请愿进行回应，而是答辩称，这是一个一审案件，上议院无权管辖。上议院及其请愿委员会对东印度公司的主张置之不理，依然接受了斯金纳的请愿。东印度公司无奈，遂到下议院请愿，称上议院受理一审案件是不正常且离奇的。下议院支持东印度公司的主张却未能说服上议院。矛盾由此骤然升级，由一个简单的请愿案件逐渐演变成两院之间的斗争——下议院无法阻止上议院受理此案，于是就监禁了斯金纳；上议院则报复性地监禁了东印度公司的董事长。英王查理二世试图调和两院之间的矛盾，让他们不要再纠缠于此案，但遭到双方的拒绝。无奈之下，英王下令将本案所有的资料从两院的议事记录销毁，这才强制化解了危机。此次危机之后，也许是害怕再次招惹麻烦，上议院再也没有受理过一审案件，而仅仅是充当下级法院的上诉机关。这就是著名的托马斯·斯金纳诉东印度公司案。

此后的一百多年间，上议院继续充当着请愿受理机关的角色，但其对请愿事务的处理是一种政治性的决断,还是一种法律性的裁判,性质并不明确——上议院所有的议员都能参与上诉案的审理,而且很多案件需要经过全院投票表决才可以作出判决。于是,这种并非由职业法律人组成的事实上的终审法院饱受质疑,有人甚至呼吁应当剥夺上议院的这种准司法职能。为了应对这些挑战,1876年,英国议会通过了《上诉司法权法案》。依照该法案的规定,上议院真正成为了一个受理重大或者极为复杂案件的司法上诉机关。另外,只有曾经从事资深司法职务2年以上,或者出任执业大律师15年以上的议员才可以成为上议院的常任法官或者非常任上诉法官,即司法议员(Law Lord)。虽然上议院其他议员均可自由出席和旁听案件审理过程,但事实上很少有非司法议员出席上诉委员会在每周四下午两点向全院所作的案件宣判会议。1883年,上议院再次发生了一些非司法议员企图通过投票干预司法判决的事情,但这次投票结果并未获得承认,此类事件此后再也没有发生过。

在很长的一段历史时期内,上议院上诉委员会是在上议院议事厅内审理案件。但在"二战"期间,由于下议院议事厅在空袭中遭到破坏,下议院不得不移师上议院议事厅开会,上议院司法议员们顿时失去了办公场所。无奈之下上诉委员会不得不临时搬到一个独立的委员会厅处理案件。有趣的是,"二战"结束后,这一临时的应急措施却变成了一种常态——上议院的司法议员们再也没有回到议事厅工作,而是将这个委员会厅作为自己的固定办公场所。有评论家调侃说,感谢敌人的炮弹让司法议员们彻底从其他议员中分离了出来。

尽管伟大的孟德斯鸠曾经热烈地颂扬英国宪制,认为行政、立法和司法权分立、互相制衡是英国公民自由的保障,并以此作为灵感,论述了三权分立的基本原理。但事实上,英国不但信奉"议会至上",而且立法、行政和司法三权之间也并没有完全明确和清晰的界分。就司法权而言,尽管上议院司法委员会已经在历史的演变过程中逐渐成为独立的终审法院,但从形式上来说,它依然隶属于议会,并且与议会一起办公——尽管已经从议会大厦的议事厅搬到委员会厅了。所以，在外界和民众看来，立法与司法还是纠缠不清，甚至有评论家揶揄说，不知道那些"藏在威斯敏斯特宫的幽长的走廊里的司法议员们"是怎么做出判决的。

2003年6月，执政的布莱尔政府提出要建立一个独立的最高法院，几经周折之后，终于在《宪政改革法案》中得以落实。2009年10月1日，最高法院正式挂牌成立。在挂牌仪式上，最高法院院长菲利普斯勋爵宣布：

> 英国迈出了权力分立的最后一步。尽管这一步是通过相当缓慢的渐进变革实现的，但司法权终于完全与立法和行政分立。……这一宪政体制变革的核心之一就是公开，让公众更方便地了解我们的审判工作……我希望，当一百年后人们回过头来回顾这一重大变革时会认为这是英国宪政发展史上的一个里程碑。

看完最高法院发展史之后，还有三块展示牌与我在欧洲所从事的学习和研究密切相关，急忙掏出笔和纸，抄录下来：

其一，与英国议会的关系方面，这个刚刚成立的最高法院是这样自我定位的：首先，它承认自己与美国及其他国家的最高法院不同，不能推翻（strike down）议会的立法；其次，它强调自己可以通过判例法来更加清楚地解释国内法律和法令；再次，当国内法关涉到《人权法案》所承认的《欧洲人权公约》保护的权利时，它有权按照《欧洲人权公约》的规定来解释国内法，并在这种努力不能成功时，做出"不一致宣告"；最后，如何处理法律之间的不一致，是议会而非最高法院的权力。

我曾经写文章批评时下的中国公法学界在研究司法审查时，总是对美国、德国、法国或者日本情有独钟，而对英国、新西兰、加拿大、荷兰这些与我国体制相似的国家却总是一笔带过，要么说它们是传统所致，要么说它们（也）是例外。学术上的"嫌贫爱富"导致了中国公法学界对近些年由英国、加拿大、新西兰等传统英联邦国家所发展出来的"弱司法审查模式"漠不关心,却对美国式的"强司法审查模式"趋之若鹜,结果不但不能说服执政党进行改革,而且连学术界内部的质疑声也越来越大。因此,英国最高法院的上述定位应当引起人们的重视。

其二,就与欧洲法院(European Court of Justice)和欧洲人权法院(European Court of Human Rights)的关系而言,英国最高法院宣布自己是联合王国的最高上诉法院。然而其同时指出,自己不但应当尽可能地按照与欧洲法一致的原则来解释本国法,进而确保直接适用的欧洲法在(联合王国)境内的有效性,而且必须保护《欧洲人权公约》所规定的权利。依据《关于欧盟之运作条约》第 267 条的规定,当遇到欧洲法含糊不清但对相关诉讼的裁决至为重要时,最高法院必须向位于卢森堡的欧洲法院申请裁决。对于拥有 300 多年"议会至上"传统的英国来说,接受欧洲法和《欧洲人权公约》的至上性无疑是一个十分艰难的决定。在过去相当长的一段时间内,英国法院常常认为,本国法是有约束力的,即便是它们与国际法冲突也不例外。然而,今天的英国最高法院既承认了位于法国斯特拉斯堡的欧洲人权法院的判决效力,也承认了位于卢森堡的欧洲法院判决的效力。

其三,最高法院是全英国民事案件的最高上诉机关,也是英格兰、威尔士和北爱尔兰地区刑事案件的终审机关,但苏格兰高等法院则对苏格兰地区的刑事案件保留了终审权。另外,尽管枢密院司法委员会已经将教会法庭、五港同盟海军法庭等法庭的判决上诉受理权转交给最高法院,但其依然对一小部分案件(比如来自毛里求斯等地的案件)具有终审权。

从法院出来时,我曾跟一名工作人员闲谈。当问到为何最高法院的建筑如此普通时——当然,所谓"普通"是从气势上来说的,事实上这座哥特式的建筑不但历史久远,内部保存有很多珍贵的文物,而且本身也是二级历史建筑物——那位工作人员笑了笑,答曰,英国最高法院是一个年轻的法院,还没有一周岁,自然条件艰苦一些,不过慢慢会好起来的。我一想也是,美国最高法院不也是到了 1935 年才有了自己独立的办公场所嘛!

在英国的一周,时间非常紧凑,白天是一个背包客,独自旅行,晚上则回到师兄的寓所,与他畅谈学术,分享见闻,觉得开心不已。然而,随着时间的沉淀,表面的浮华和喧嚣逐渐褪去,一些本质的问题才在脑海中浮现出来,挥之不去。

近代以来,宪政、法治和民主等理念大多发源于英国。19世纪之后,伴随着大英帝国的兴起和在世界的扩张,宪政、民主、人权在英国人的隆隆枪炮声中播散全球,最后竟引发出一股应时而动、一发弗止的世界宪政潮流。几百年后,"日不落帝国"的子民退回到了自己的英伦三岛,但上述理念和制度依然是盎格鲁-撒克逊民族的骄傲。然而时事变迁之后,即便是曾经发达的法律制度,也在法律的全球化(特别是第三次法律全球化)浪潮中处于被边缘化的危险境地,备受世人指责:一个以民主和保护人权为傲的国家,怎么能依然保留着立法权与司法权不分的陋习呢?——欧洲人权法院曾经数次公开批评英国的上议院上诉委员会、枢密院司法委员会不算是正式的法院;本国人民也抱怨说上诉委员会不公开、不透明,以至于他们根本不知道终审判决是如何做出的。于是,先进变成了后进,特色变成缺点,引以为傲的传统变成了保守落后的陈旧愚见。

当英国最高法院即将成立的消息传遍世界时,美国联邦最高法院首席大法官约翰·罗伯茨(John G. Roberts Jr)在2007年的年度报告中高兴地宣布,"四百年前,英国将自己的普通法出口到北美殖民地,然而,近来它却进口了美国式的权力分立理念,准备将上议院的司法审查职能转移给一个独立的最高法院"。美联社则发表评论唏嘘道:"英国最高法院的设立,是在经历了百余年的妥协折中之后迈出的一小步,这个以最高法院命名的机构将祛除英国人古老的宪法怪癖,兑现政府将司法和立法分离的诺言。"被人指责为患有怪癖却怠于改进,自然不是一件开心的事情。"思乡"的英国人却只能耸耸肩,然后安慰自己说,这不过是喝了一杯威士忌之后作出的无聊决定;或者批评政府说,这纯粹是"为了改革而改革",除了浪费纳税人的钱(5600万英镑)外,不会起到任何效果;又或者,搬出孟德斯鸠自嘲说,即便是他老先生在世,也不会同意英国走这么远。但面对法律全球化,特别是全球法律美国化的压力,他们能做的似乎也仅仅是发发牢骚而已。

事实上,是否要设立最高法院,仅仅是这个落寞帝国所面临的诸多问题之一。当他们真的把最高法院建立起来之后,发现别人又在批评英国的不成文宪法"杂乱无章",或者直接质疑英国是否真的拥有一部宪法了。于是,是否要制定一部成文宪法便成为下一个需要英国人讨论的主题了。也许,这个曾经的文化殖民者已经发现,自己要么已经"被殖民",要么正处在"被殖民"的路上。

英国之于我,仅仅是域外的猎奇;我之于英国,也仅仅是个匆匆的过客。作为过客的我并不是要为一个失落的帝国吟唱哀歌,只是猛然间发现,即便是对于那些曾经发达,并且依旧发达的国家来说,什么是值得珍视和保留的传统,哪些是应当摒弃的陋习,如何在法律的全球化时代保留自己的传统,也是一个需要认真考虑的问题。

随附英国桂冠诗人安得鲁 · 姆辛(Andrew Motion)在 2009 年 10 月 1 日最高法院成立当天专门为最高法院创作的诗歌。

献给最高法院

安得鲁·姆辛(1999—2009 年担任英国桂冠诗人)

流沙随着潮汐涨落回到离散多年的陆地;
铸沙成石——石头被雕琢,然后运到这里
镌写联合王国的法律
画圆为方,落成最高法院。

法曹坐落于此,高举着正义的天平
面对着西敏寺和议会

但完全独立。只受缚于
公理与论辩。

判例千年在背后支撑——
群己权界的衡平
实现公正,履行职责:
将久远的慎思传承到今天。

新的法院建在旧的基石之上:
司法心知依旧自由如常
联合王国虽分为四,却宛若一家
理性的光芒平等地照耀着它们。

律师的道德难题
——美国里奥·弗兰克案

李锦辉[*]

　　律师应当保守在执业活动中得知的案情秘密,职业保密义务是世界各国法律对律师的普遍要求。这个义务可能会使律师陷入职业道德困境。美国法学院经常讨论的一个案例是:假如委托人向律师透露是自己杀了人,但其他人正在为此受审,甚至可能会被判处死刑。知情的律师应该怎样做? 这并不是法学院的教授们凭空想象出来折磨未来的法律人的假设,这是一个真实的案件。这个案件就是1913 年发生在美国亚特兰大的里奥·弗兰克案。

　　里奥·弗兰克(Leo Frank)1884 年 4 月 17 日出生于德克萨斯州帕里斯,在纽约长大。1906 年,他从康奈尔大学毕业,获得机械工程学士学位。他毕业后不久,他的叔叔邀请他到亚特兰大佐治亚去创

---

　　* 李锦辉,法学博士,广东海洋大学讲师。

办国家铅笔公司。年轻的弗兰克就来到了亚特兰大。亚特兰大有一个小犹太人社区,1910年弗兰克娶了当地一个富有名望的犹太人家的女儿露西亚·塞林格为妻。弗兰克是个低调的人,他身材瘦小,戴着眼镜,容易紧张,成天抽烟。在他被捕之前他在亚特兰大根本不为人知。和当时在南方的大多数工厂一样,弗兰克雇佣了妇女和儿童在工厂工作。很多妇女和儿童只能拿极低的报酬。当时美国到处都是这样的血汗工厂,弗兰克的所为并不足为奇。

在弗兰克的国家铅笔公司的童工中,有一个叫玛丽·费甘的女孩。和她那个时代的众多女孩一样,她在工厂里干活以贴补家用。当她母亲再嫁后,她已经用不着在工厂里干活,但她喜欢她的工作因此坚持待在工厂。

1913年4月27日,星期天,凌晨大约三点,国家铅笔公司的巡夜人来到地下室想用一下黑人专用的厕所,在灯笼暗淡的灯光里,他发现一个人躺在地板上,他马上通知了警察。当警察们赶到现场时,他们被现场的惨状惊呆了。地板上是一个年轻女孩,13岁的童工玛丽·费甘。她身上沾满了锯末、木屑和污垢,脸上瘀伤遍布,脖子上还绕着一段绳子。女孩死前曾被人性侵犯过。长长的血迹显示她的尸体是从其他地方拖到这里的。

凌晨四点,警方强行将工厂的负责人里奥·弗兰克带到了工厂。弗兰克看见尸体时吓得直发抖,说自己不认识她。然后他检查了雇工记录,发现玛丽·费甘星期六中午到过他的办公室去领取她1.20美元的工资,这是她每小时12美分工作10小时的报酬。然后再也没人见到过她。

《亚特兰大宪章报》最先披露了这起谋杀案。之后亚特兰大的各家报纸开始了激烈的报道竞争。《佐治亚报》出了至少40期特别报道来报道费甘谋杀案。为了弄到更多内幕消息,这两家报纸对能提供抓获凶手的新闻线索的人开出了高达1800美元的奖励。

里奥·弗兰克,作为富有的犹太人,很快成了警方怀疑的目标和媒体攻击的对象。费甘的尸体被发现后两天,1913年4月29日,弗兰克被警方怀疑犯谋杀罪并被羁押。在警方看来,在警方询问弗兰克时,弗兰克极度地紧张,而这种过度的紧张就是明显的有罪的人的表现。而当他在警察局被询问时立即要求铅笔公司的律师赫伯特·哈斯以及后来的主辩护律师路德·罗瑟(Luther Rosser)帮助,这一点更加强了警方的怀疑。

谋杀案发生四天之后,死因裁判陪审团召开会议以决定是否应该继续无保羁押弗兰克直到大陪审团决定是否起诉他。地方检察官找了很多证人说弗兰克是个色情狂。几个前女雇员作证说弗兰克调戏过她们。尼娜·福拜夫人被警方找来指证弗兰克。她是一所公寓出租房的老板,案发两个星期之后,她告诉警方在费甘谋杀案发生那天,弗兰克给她打了几次电话要求预定一间房间给他自己和一个年轻女孩使用。在警方的渲染和媒体铺天盖地的宣传之下,验尸官陪审团决定起诉弗兰克。温文尔雅的弗兰克被媒体塑造成了一个犹太色魔。关于他的流言四起。街头巷尾甚至出现了一首歌谣被小孩子满街唱道:

> 小小姑娘玛丽·费甘
> 有一天她离开家
> 要去铅笔工厂看游行,
> 她 11 点离开家
> 她吻别妈妈说再见
> 可怜的小孩没想到
> 这回她要死掉了
> 她遇到了弗兰克
> 人面兽心的弗兰克
> 他笑着说:小玛丽
> 这回你回不了家了。

亚特兰大市市民对玛丽·费甘谋杀案的反应超出了对普通的刑事案件的反应。市民们的反应主要由三家媒体主导着,其关注程度持续广泛,超乎寻常。媒体和公众对费甘案的强烈关注其实与当时的美国社会转型相关。美国当时的南方,尤其像亚特兰大,正在从农业化乡村社会向工业化城市社会转变。离开乡村来到城市的贫穷农民惟一的生计就是到工作环境极其恶劣的血汗工厂做工。13岁的玛丽·费甘每天工作十小时,每小时才12美分的工资就是工厂主压迫贫困工人的一个典型象征。而弗兰克就是这样的一个工厂主。这样,玛丽·费甘的死就有了某种压迫与反抗的象征意味,激发了公众的愤怒。这给了警方巨大的压力,而亚特兰大地区的地方检察官胡·M.多西(Hugh M. Dorsey)感受到的则是机遇。野心勃勃的他需要迎合公众对犹太人的愤怒以树立自己的威望,为自己竞选州长铺平道路。

5月24日,谋杀案发生一个月之后,大陪审团仅仅花了10分钟就做出了对弗兰克的指控。吉姆·康利(Jim Conley)成了案件的重要人物。康利27岁,是工厂的看门人。曾经因盗窃和其他犯罪进过几次监狱。

康利对大陪审团的叙述是:案发那天,弗兰克把他叫到他的办公室,告诉他有个女孩倒在车间的车床上死了。弗兰克和他把尸体扛到地下室。他们俩人回到弗兰克的办公室后,弗兰克给了他200美元,然后又收回去了,说以后再给他。还说:"凭什么吊死我,我在布鲁克林有有钱有势的犹太人朋友。"

在整个调查期间,新闻媒体充满了各式各样的小道消息。经过几乎所有南方主要媒体连篇累牍的报道,这个案件已经成了全国性的新闻。实际上媒体已经把公众煽动到近乎狂热的地步,在法庭审判期间,愤怒的民众团团包围了法院。警方仅在法庭内就动用了20名警察来维持法庭秩序。

7月28日,庭审开始。法庭上的律师和检察官都是当时美国南方最知名的人物。路德·罗瑟和著名的刑事专家罗本·阿诺德担任辩方律师。检方则由胡·多西和哈帕主诉。检方的主要武器是看门人吉姆·康利。对于检方来说,能否向陪审团成功指控弗兰克取决于陪审团是否能够相信吉姆·康利的故事。

控辩双方的斗争围绕着吉姆·康利的证词进行。平时邋里邋遢的康利在法庭上仪表焕然一新。他驾轻就熟地陈诉了证言。这位看门人说那天他和往常一样在 8 点 30 分到达工厂。弗兰克叫他去干了些杂事。然后弗兰克在康利跑腿回来之后告诉康利他正在等一位年轻的小姐。康利说他和弗兰克预先约定好了信号——听到楼上的跺脚声之后就锁上前门防止有人打扰弗兰克寻欢作乐,而当他听到弗兰克吹口哨时就打开门。康利说这套暗号他们以前已经使用过多次。

康利指证说案发当天玛丽·费甘来了之后就直接上了楼,过了一会儿他听到了从二楼的工作区域传来一声尖叫(这就是检方认定为谋杀案发生的地方),几乎与此同时一位女工进来了然后上了楼。康利说这位女工在楼上待了好一会儿。这位女工离开后,康利打起了瞌睡,直到他被楼上的跺脚声惊醒。他就锁上了门。过了一会儿,上面传来了一声口哨,康利打开门,到了楼上,在二楼楼梯口他看见弗兰克浑身在颤抖,手里还握着一截绳子。

康利说,弗兰克告诉他那个女孩抗拒不从,他就打了那女孩把她的头撞在车床上。弗兰克叫康利把女孩的尸体用棉布袋子包好扛到地下室去。康利照着他说的去做了,但是他扛不动费甘的尸体。于是弗兰克抬脚,康利抬肩把尸体抬到了电梯上,用电梯降到地下室,扔掉了尸体,然后坐电梯返回了二层。回到弗兰克的办公室,弗兰克给了他 200 美元,叫他把尸体烧掉。康利拒绝了钱,于是弗兰克收回了钱,然后告诉他那天晚些时候再回来。康利于是回了家,吃了点东西喝了点酒,一觉醒来已经是第二天的早上 6 点半了。

康利的证词生动精彩,富有说服力,当他讲到弗兰克以前的风流韵事时,法官要求妇女和儿童离开法庭,以免他们听到康利栩栩如生的关于弗兰克和工厂里的女性的色情历险的细节。新闻媒体也觉得康利的有些证词太过于色情而在新闻报道中省略了他的部分叙述。

轮到辩方交叉质询康利了。罗瑟和诺德律师在三天时间里花了16 个小时的庭审时间来质询康利的证词。他们迫使康利承认自己在以前的证言中撒过谎。他们质询康利的证词的准确性，但是没能迫使康利在证词的陈诉上犯大的错误。

弗兰克自己也走上了证人席作证。他花了四个小时的时间来讲述他的过去，他在亚特兰大的生活。他驳斥康利谎话连篇，否认自己与谋杀有任何相关。辩方找了将近 200 名证人出庭作证，其中有 100 名证明了弗兰克一贯的善良品行。这些证人全是白人，而且几乎全部来自北方。有 20 个证人则作证证明康利是个臭名昭著的骗子。

多西检察官对辩方证人的交叉质询集中在弗兰克的放荡品行上。不管证人如何回应他的质询，他总是能让陪审团回想起康利栩栩如生的证言。辩方证人作证完毕后，检方又请出了一些证人以证明弗兰克的放浪形骸，尽管他们之中没有谁能够亲眼见到过自己所说的事情。

控辩双方的总结陈词直接围绕着反犹太情绪进行。辩方律师阿诺德说"如果弗兰克不是犹太人，根本就不会有针对他的指控"。阿诺德律师指出里奥·弗兰克案件就是美国的德弗斯案（一起发生在法国的著名冤案），和德弗斯案一样，弗兰克也仅仅因为他是犹太人而被审。

胡·多西检察官则首先赞扬了一些知名的犹太人，然后提醒陪审团一些罪犯同样是犹太人。他说"犹太人可以成为辉煌的社会精英，也同样能够沦落到人类耻辱的最低点"。多西检察官声情并茂地继续他的最后陈词。许多人热泪盈眶。当多西检察官描述到如鲜花盛开的少女如何被变态的弗兰克蹂躏时，玛丽·费甘的母亲在法庭上失声痛哭。在多西检察官三天的最后陈词中，每一天他都是在观众雷鸣般的喝彩和欢呼声中离开法庭。

观众的情绪非常激动。因此新闻媒体敦促罗恩法官星期一再让陪审团开始审议，他们担心由于人太多，如果陪审团星期六审议得出不管什么结果都会引起一场暴动。罗恩法官同意了。当着陪审团的面，罗恩法官还和警察局长以及地方军队指挥官讨论如果发生暴乱他们能否控制局势。辩方律师后来指出，这种行为实际上是让陪审团相信如果他们得出无罪的结论将会引发一场骚乱。罗恩法官裁定休庭到星期一,让多西检察官在那天结束最后陈词。

星期一,多西检察官一到法院就受到了聚集在法院外示威群众的热烈欢迎。罗恩法官下令警方可以镇压骚乱,警察局长感到无能为力。法官忧心忡忡,只好在法庭里和警察局长商议后决定:为了避免意外,当陪审团宣布裁决时,辩方律师和疑犯都不能在场。弗兰克的律师同意了。三个小时之后,多西检察官结束了自己最后陈词。最后一句话是非常戏剧化的三声疾呼"有罪!有罪!有罪!"正在这时,教堂的钟声敲响了,全场欢声雷动。

陪审团花了不到四个小时的时间送回了决定:弗兰克有罪。上千名聚集在法庭外的民众疯狂了。罗恩法官不得不将量刑宣判推迟到第二天以防意外。第二天,法官在秘密的情况下宣判弗兰克绞刑。

弗兰克的两位辩护律师很震惊。他们认为自己确凿无疑地证明了案件中存在很多疑点。弗兰克提出上诉。辩方律师开始了漫长的上诉过程。在上诉期间,曾经作证说案发当天弗兰克打电话给她预定一间房间给自己和一个年轻女孩幽会的福拜夫人收回了自己的证言,说警方在询问她时把她灌醉了。辩方律师最终把案件上诉到联邦最高法院。1915 年 4 月 19 日,联邦最高法院以七票对两票的最终结果否决了上诉请求。休斯大法官和霍姆斯大法官则表示了异议,霍姆斯大法官在异议中说:"暴民们的法律得到被恐吓的陪审团的认可并不是程序正义。"

在南方,对弗兰克的偏见和反犹太人的热情则是由佐治亚州著名的政治家汤姆·沃森(Tom Watson)煽动的。沃森坚决反对北方媒体、弗兰克的律师和犹太人士对弗兰克案件的干涉。他对漫长的上诉拖延死刑很不耐烦,威胁道:"如果弗兰克的阔亲戚继续在这件事上撒谎,某些可怕的事情就要发生了。"

辩方律师现在只剩下了一个选择,请求赦免。依据美国法律,州长和美国总统有权赦免罪犯。就在这时,审判时担任康利的律师威廉·M.斯密斯发表了一份令人震惊的声明,声明说他相信弗兰克是无罪的。更令人震惊的是,斯密斯律师说他相信康利才是真正的凶手。他说他的确信是建立在对证据的重新估量上,并没有提出任何新证据。与此同时,几位调查此案的新闻记者写了一系列的文章推断弗兰克是无辜的。然而,佐治亚州媒体和民众并没有对斯密斯律师的声明和北方新闻媒体的报道有丝毫同情。汤姆·沃森坚持认为斯密斯律师是被弗兰克的律师和犹太人收买了。

州长史莱顿的州长任期快要到了。他是一个很受欢迎的州长,也是国会参议院的热门人选。而沃森则表明只要史莱顿不赦免弗兰克,他将会支持史莱顿成为国会参议员。史莱顿州长认真考虑了案件的证据。他最终相信弗兰克是无辜的,也相信他的清白总有一天会被证实。最终,经过 12 天的漫长考虑,1915 年 6 月 20 日,在新州长就任 6 天之前,史莱顿做出了不受欢迎的决定:赦免弗兰克的死刑,把死刑改为终身监禁。同时决定把弗兰克转移到更加安全的米利奇维尔州监狱。他公布了他的决定,在其中他说道:我能忍受误解、侮辱和各种谴责,但是我不能忍受我的良心时时刻刻提醒我,在我作为一个州长的时候没有去做我认为正确的事……这(次赦免)意味着我的余生将在卑微中度过,但我宁愿去种地为生也不愿意感觉手上沾有鲜血。

沃森对弗兰克被赦免怒不可遏,宣称:"私刑也比这样无法无天好!"他鼓动人们吊死弗兰克和史莱顿州长。许多人在沃森的鼓动下相信州长被犹太人的金钱收买了。暴民蜂拥而至,州政府不得不宣布史莱顿州长家半径半英里的区域为军事管制区,并下令一个营的州武装部队驻扎在他家周围以保证他和家人的安全。

在弗兰克被赦免之前,一个叫做"玛丽·费甘骑士团"的组织成立了,这个组织后来最终演化成了新三 K 党。史莱顿州长的继任者纳塔尼尔·哈里斯加强了米利奇维尔州监狱的防卫,防止有人劫走弗兰克以执行私刑。但 1915 年 8 月 16 日深夜,25 个人还是出现在了米利奇维尔州监狱门前,控制了守卫,用手铐铐住了监狱长。这支私刑纵队的组成者包括一位前州长,一位前市长,一位州议会议员,一位法官。弗兰克被带回了马利耶塔。天亮的时候,在马利耶塔市外的一个橡树公墓中,他们把弗兰克摆在一张桌子上,给他套上绳子,把绳子挂在树枝上,踢翻了桌子,他们没等弗兰克死去就一哄而散,只留下弗兰克的尸体在风中摇摆。弗兰克的尸体最终被运回纽约布鲁克林,埋葬在家族墓地。

弗兰克案在美国历史上有着深远的影响。1915 年威廉姆·J.西蒙斯(William J. Simmons)重新成立了三 K 党,在弗兰克案中成立的玛丽·费甘骑士团成了新三 K 党的成员。而同样是为了弗兰克案成立的犹太人反歧视联盟一直延续到今天。最为重要的是,弗兰克案促使美国联邦最高法院颁布了一系列新的审判规则。1923 年,霍姆斯大法官在为一个案件的多数意见写判决书时引用了弗兰克案,认为在案件审理中公众的偏见情绪是对正当程序原则的侵犯。

吉姆·康利继续着他的下层社会生涯,1919 年在一次入室行窃的企图中被枪击并被判入狱 21 年,而作为在弗兰克案中与警方合作的回报,他仅在监狱里待了一年。1941 年他因赌博被捕。1947 年因酗酒和扰乱社会被捕。他一直活到 70 多岁,死于 1962 年。

政治家们的命运则各不相同,前州长史莱顿实际上被驱逐出了政界,只好回去干他的律师本行。检察官多西凭借他在弗兰克案中积累的人气终于实现了自己入主州政府大楼的梦想,成为 1916 年至 1921 年佐治亚州州长。汤姆·沃森更是步步高升,1920 年被选为美国参议院议员,但很快于 1922 年去世。在他的葬礼上三 K 党给他送了个直径八英寸的大花圈。

1943 年,阿瑟·格瑞·鲍威尔(Arthur Gray Powell)——一名优秀的佐治亚州律师,他后来成为一名法官——在自己的回忆录中透露自己通过律师/客户关系了解到了真正的凶手的身份。但鲍威尔出于律师职业道德的考虑没有在回忆录中透露凶手的身份。在回忆录中,鲍威尔写到:

> 我是为数不多的知道弗兰克并没有犯下他被法院宣判的罪,并因此被人用私刑处死的罪行的人之一。在联邦最高法院

> 维持佐治亚州高等法院的判决之后，我了解到了谁是杀害玛丽·费甘的真正的凶手。尽管我希望自己可以披露这一信息，但是只要相关的人还活着我就永远也不能这么做。

他没有在自传中透露谁是凶手。但已经很清楚的暗示弗兰克不是凶手，而且凶手还活着。

1982年，在弗兰克被吊死67年，吉姆·康利去世20年后。阿罗恩佐·曼恩（Alonzo Mann），一位69岁的老人终于出面指证吉姆·康利。曼恩宣誓担保证明自己那天晚上看见吉姆·康利扛着玛丽·费甘的尸体。曼恩当年只有13岁，是铅笔公司办公室的工作人员。康利威胁他不准说出去否则就杀了他。事实上，在此之前，除了康利之外，检方的所有证人陆陆续续都全部撤回了他们的证言，承认他们做的是伪证。1986年3月11日，在弗兰克被私刑处死70年后，他最终被赦免刑罚，但并没有赦免他的罪，只是承认在弗兰克在监狱期间没有尽到监管义务以及对他的审判是不公正的。

弗兰克案的故事还没有结束。在康利、史莱顿州长和鲍威尔律师去世后，根据各种解密的文件，后人终于在鲍威尔律师的文件中找到了吉姆·康利承认自己罪行的直接证据。

在弗兰克的申请被最高法院驳回后的某一天，在玛塔利亚市执业的鲍威尔律师接待了一位黑人。这位黑人想聘请鲍威尔成为自己的代理律师。这位黑人首先询问自己和律师的谈话内容能否保密。鲍威尔律师告诉他替当事人保守秘密是律师的职业准则，而且律师享有不被法庭传唤作为证人以其知悉的客户秘密指证委托人的特权。只要客户告诉律师的不是未来委托人将要去犯什么罪，秘密都不会泄露。这位黑人委托人说："我的名字叫吉姆·康利。我就是指证弗兰克的证人。现在我非常担心这些全国各地蜂拥而来的犹太人会不断地重新要求审理此案，并最终说服人们相信我是凶手，而不是里奥·弗兰克。所以我需要你来做我的律师。"鲍威尔律师问："如果你是清白的，你需要我做什么？"康利说："麻烦就在这儿。我不是清白的。这事是我干的。是我杀了玛丽·费甘。弗兰克没杀。他是被冤枉的。他现在要被处决了。"鲍威尔律师马上说自己不能代表这么一个把别人送上绞刑架的罪犯,并要求他立即离开。康利说:"你不当我的律师没问题,但你不能把我刚才告诉你的话告诉任何人。"

康利离开了鲍威尔律师的办公室。鲍威尔律师却如坐针毡,不知如何是好。作为一名律师,他必须保守委托人的秘密,这是他的职业操守和执业道德准则。而作为一名虔诚的基督徒,知道一个无辜的人正在为一件自己没有做过的罪行而准备受死却不能拯救这个无辜的人,鲍威尔律师感觉自己像是罪犯的同谋。鲍威尔律师前思后想,最终他受不了良心的谴责,他急匆匆地跑去见史莱顿州长。见到史莱顿州长之后他说:"州长先生,现在我是以一个基督徒的身份和你说话。我知道里奥·弗兰克是绝对无辜的。我知道是谁杀了玛丽·费甘——但是我不能告诉你我怎么知道。请你看着我的眼睛,看看我有没有在说谎。我百分之一百地肯定:弗兰克没有杀人。你一定要赦免弗兰克!我知道我告诉你这些把你置于两难境地,但非常抱歉我只能告诉你我能告诉你的,不能告诉你我不能告诉你的。"

在史莱顿州长去世后,他的日记被公开,其中一篇日记写道:"两千多年前,在世界的另外一个角落,一位长官允许一位无辜的人(耶稣)被钉上十字架处死了。这位长官在历史上臭名昭著。这是《圣经》告诉我们的教训。我不会允许这一幕再次发生。我要拯救这个人的生命,即使这么做会毁了我的职业生涯。"

今天,弗兰克案已经成为美国法学院律师职业道德课程的经典案例。近百年之后来反思这起冤案,更让我们理解在真实的社会环境中实践法治公平正义的理想何其艰难。尤其在一个社会正在艰难转型、社会阶层对立和分歧严重的时代。民众的愤怒在政治野心家的蛊惑下最终成为挑战法律正义的力量。美国当年经历过的工业时代的转型正在中国发生,美国当年经历过的社会阶层分化也正在中国进行。相似的历史背景如何避免相似的历史悲剧?律师和新闻媒体怎样在法治实现的过程中正确发挥自己的力量?这些问题才是我们今天重新审阅弗兰克案应该思考的地方。

司法治理与政治司法化
——读赫希《迈向司法治理：新宪政主义的起源与后果》

扶　摇[*]

　　法律是政治最主要的产物，但法律不仅仅是政治的产物，它也构成政治本身。[①] 赫希本书的研究从属于司法政治学（Judicial Politics）

---

　　[*] 扶摇，清华大学法学院博士生。

　　本书英文版为 Ran Hirschl, *Towards Juristocracy: The Origins and Consequences of the New Constitutionalism*, Cambridge: Harvard University Press, 2004。

　　关于 juristocracy 一词，据笔者查阅，是一个新近出现的组合词，笔者最初译为"法官统治"，后来接受了高鸿钧先生先前对该词的译法——"司法治理"。纵观 Hirschl 的 *Towards Juristocracy* 一书，讨论的是法院，运用违宪审查权的法院，如何成为政府治理中的重要主体，成为重大争端的最终决定者，主导着政治、社会、经济的发展，影响着民众的生活，呈现出"司法主导"的"司法治理"样态；另其词根"ocracy"本身就是统治、治理的意思，而"jurist"则意指法官为代表的司法机构。还有如 democracy 指民主，demos 指民众、人民；theocracy，指神权政体、神政、神治国。所以结合本书讨论"juristocracy"的语境，认为翻译成"司法治理"比较贴切。

　　① Keith E. Whittington (et al.), "The Study of Law and Politics", in Keith E. Whittington, & R. Daniel Kelemen (eds.), *The Oxford Handbook of Law and Politics*, Oxford: Oxford University Press, 2008, pp. 3~15.

研究进路。在美国,司法政治学,其最初源于政治科学对法律与政治的研究,曾经分属在公法研究领域,而现在则被冠以司法政治学的名号。美国 20 世纪 60 年代的行为革命,使美国政治科学就法律与政治研究的中心从宪法原理转向了法院、法官、法律行动者与组织方面。随后,设计法院的政治过程,法律判决的作出及执行成为这些领域都也纳入了司法政治学实证研究的场域。另一方面,司法政治学研究是一个范围宽泛的交叉学科,现在关于法律与政治的实质范围比以往任何时候都要宽泛,学者们开始从更开阔的视野,研究法院与法官在政治进程中的角色、行为及对社会的影响等。不仅在美国,司法政治学在许多国家及国际领域都引起了持续增高的关注,正在勃兴的学术共同体开始把目光投向了法律、法院与政治这一主题的研究上。① 没有什么完美的方式可以在法律与政治之间划出明确的界限。赫希立足于司法政治学的研究谱系,针对新近出现的司法权扩张现象开始了他的研究。

一、论述情景:司法权扩张

司法权自"二战"后在全球急剧扩张,在晚近的 30 年间达到高潮;国家的最高法院,被赋予司法审查权,已演变成重要的,甚至是关键的政治决策的机构。全球范围内,有 80 多个国家以及几个超国家实体,进行了宪政改革,史无前例地把大量权力从代议制机构转移到司法机构。推动这项司法权力扩张的国家,从东方集团国家到加拿大,从拉丁美洲到南非,从英国到以色列。这些国家中的大部分或颁行了新的宪法或进行了宪法修整,这些宪法中都包含一项权利法案,同时还确立了某种形式的能动的司法审查制度。在这些国家中,权利话语成为政治话语的主导形式,主张约束政治权力,通过司法保障权利,以至于权利信念在公共讨论中近乎取得了神圣地位。简言之,在过去的 30 多

---

① Keith E. Whittington(et al.), "The Study of Law and Politics", in Keith E. Whittington, & R. Daniel Kelemen (eds.), *The Oxford Handbook of Law and Politics*, Oxford: Oxford University Press, 2008, pp. 3~15。

年间，全世界见证了一种令人震撼的政治治理范式的急剧转型，运用司法审查权的法院成为政治、社会治理的关键机构，呈现出"法官统治"的现象，赫希把其称之为司法治理（juristocracy），而赫希的论述就是始于这个背景。不过赫希在书中并没有给司法治理下一个明确的定义，而是选择四个论述的素材，采取司法政治学中常用的定量分析法，一方面描述事实现象，另一方面进行实质分析，给读者展现出司法治理的图景，用不同的事实情景与不断地分析，透视出他言语下的司法治理。

二、赫希的预设和关切

迈向司法治理这一全球趋势，毫无疑问是 20 世纪后期到 21 世纪前期治理模式中最重要的发展，法院现在在解决复杂难缠的社会、政治争端方面发挥着关键角色；然而，比较司法政治学研究领域，对于特定情形下司法赋权的政治根源，相对而言，还没有进行系统理论化的研究。赫希在书中表达了对当下研究进路与状况的不满，指出了自己的研究路径与论题。目前很多学者强调宪法化和司法审查的去集权化与权力分散效应。通过宪法化实现司法赋权，也因此被普遍地看做体现了进步的社会—政治变革，被看做是限制国家恣意权力的必然诉求，或者说，是社会大众、政界人士对"二战"后一种"强"民主观念与普世人权观念真诚信奉的结果。然而，赫希认为这些宏大的理论没有一个是针对过去几十年里发生的任何宪政革命后面隐藏的政治矢量（political vectors），进行真正体系性比较与细微分析的基础上得出的。还有，这些解释忽视了宪政变革中行动者的角色，忽视了政治精英制度模式选择背后的真正动因，忽略了那些举足轻重的经济大亨与杰出卓越的司法名流们对权利宪法化和司法审查扩张所起到的贡献。[1] 更重要的是，它们不能说明全世界都在发生的司法权

---

[1]　Ran Hirschl, *Towards Juristocracy：The Origins and Consequences of the New Constitutionalism*, p. 213.

扩张这一现象为何时间、范围、本质上却呈现出重大的差异。赫希认为，现有的关于宪政变迁的理论在解释任一具体实例时都面临着困境，例如它们不能说明，为什么那些相对开明、法治的政体如加拿大、以色列和新西兰恰好在各自的时间段，在政治和司法上的进步达到了它们的最高层次，而不是十年前或者十年后。

因此赫希提出了"统治权保持"（hegemonic preservation）观点，用来解读他所关切的问题，同时也证成他的这一论点。赫希所关注的问题是，第一，近来声势浩大的宪法化趋势的政治根源是什么？换句话说，在一个特定的政体中，通过权利宪法化，确立司法审查达到司法权的扩张，在何种程度上反映出是真正的进步革新？或者说，这些变革只是先前的社会政治斗争的另一种方式吗？第二，权利宪法化、确立司法审查的实际影响是什么？第三，司法赋权的政治结果是什么？采取权利宪法化、确立司法审查来实现前所未有的政治司法化（judicialization of politics）对于 21 世纪的民主政府有何启示？[1]

赫希声称要超越美国的经验，而选择了曾是英国殖民地的四个国家——加拿大、以色列、新西兰与南非作为他论述的素材，他认为这四个国家宪政革命的情形提供了十分理想的检验其理论的基础。他解释了选择这四个国家的具体原因：第一，加拿大、以色列与新西兰这三个国家都经历了宪政改革，但却没有发生像东欧集团国家那样的激烈的政治动荡，没有引发政体的变迁。第二，这三国都存在着不同程度的政治、经济与伦理方面的分化问题，如加拿大面临着魁北克分裂问题，新西兰面临着经济贫富差距问题，以色列则面临着宗教冲突问题。而这三国的宪政改革恰恰就是在这种分立的社会情境中进行的。第三，南非的政治变革是与法律革命同步进行的，南非宪法法院在当代宪政主义中做出了杰出贡献，树立了司法治理的典范。[2]

---

① Ran Hirschl, *Towards Juristocracy: The Origins and Consequences of the New Constitutionalism*, p. 5.

② 同上注，pp. 8~10.

三、赫希的"统治权保持"论点

在过去的 30 多年中,涌动了三波大的民主化浪潮：20 世纪 70 年代的南欧；20 世纪 80 年代的拉丁美洲；20 世纪 90 年代早期的中欧与东欧。在这些地区新兴的民主政权中,伴随着民主化运动,司法权也同期得到了发展与扩张,主要是通过权利宪法化,确立相对自主的司法体制和运用司法审查树立起来的法院的至上地位。事实上,除了一些个别例外情形,司法权的扩张主要发生在民主政体中。传统的解释宪政变迁的理论基本可以归为三类：进化论模式、功能主义解释、制度经济学路径。因此很多学者认为,近来发生的世界范围内的民主化,与跟它同期发生的司法权的全球性扩张,二者存在着紧密的关联。独立、能动的司法制度的出现似乎是民主增长的一个必要条件,同时也是民主化不可避免的附带产物。

司法权的扩张确实与后威权政体或准民主政体中政治的、经济的自由化有关联。然而,在赫希看来,民主扩张带来司法权的扩张这一解释论题带有一定的局限性。考虑到新兴民主国家中司法权的实际运作、司法审查设置的模式所存在的重大差异,赫希认为单单基于"全球范围民主的转型"并不能为司法权扩张、司法赋权、确立司法审查,提供一个合理自治的解释。更重要的是,"民主扩张"这一论题不能解释在那些民主已确立的政体中司法权的扩张在时间、范围和本质方面所呈现的重大差异。由此他提出了所谓"统治权保持"观点,用来解释宪政革命的政治根源,透视宪政变革时期确立司法审查权威的背后动因。[①]

赫希指出,权利宪法化,司法审查的确立,并不是孤立于一个国家核心的政治纷争与经济利益之外而发展起来的。法官也不是在政治的真空中运用其司法权的。换句话说,司法审查不是从天上掉下

---

① Ran Hirschl, *Towards Juristocracy*: *The Origins and Consequences of the New Constitutionalism*, pp. 38~49.

来的。在他看来,作为国家的统治精英阶层之所以可能会把治理权力转移到司法机构,确立司法审查,授权司法进行重大的政治决策,引出司法治理,需要三个条件:第一,统治精英的统治权,与实行多数决策制的关键领域的控制权,正在遭受那些持有政策偏向的次级集团不停的挑战;第二,该政治体制中的法官因其清廉和政治公正而享有相对高的威望;第三,该政体中的法院总体上倾向于遵照占主导地位的意识形态上、文化上的习性来运作。①

赫希认为,实施权利宪法化,确立司法审查,向司法机关转移治理权力,是国家社会中三方势力即政治精英、经济精英、司法精英战略博弈的产物。政治精英、经济精英和司法精英彼此拥有可兼容的利益,共同主导着宪政改革的时间、程度和本质,而政治精英发挥着决定性作用。② 说得更直白些,就是为了阶层利益,在这些光鲜、嘹亮的革新之后隐藏着权利之外的博弈与斗争。把重大问题的决策权从立法机关和行政机关转移到法院那里,采纳司法治理之所以对政治权力持有者有如此大的吸引力,其原因如下:当他们就自己容易引起争议的方针设法获得公众的支持时,就会依赖高等法院在公众中的形象即职业的并且非政治的决策机关;当他们觉得把公共争议置于多数主义决策制领域很可能会使他们自身的政策偏好遭受风险时;或者,对抗那些政治对手时,估算通过扩大司法权来设定约束秩序,将会提高他们的绝对或相对地位。可以看出,赫希的"统治权保持"论点采取的是利益导向路径来分析解释宪政变革。依照其"统治权保持"论点,实施权利宪法化,确立司法审查,进而实施司法治理,通常是受到威胁的政治精英阶层为了保存或强化自身的决策支配权,有意实施的策略选择。实际上,这也是分析司法审查动因时学者们所采取的策略路径(strategic approach)理论,也就是理性选择理论。另一方面,赫希指出,实施司法治理,转移决策权同时也要受到经济

---

① Ran Hirschl, *Towards Juristocracy: The Origins and Consequences of the New Constitutionalism*, p. 98.

② 同上注,pp. 95～97.

精英与司法精英的支持,因为政治精英、经济精英与司法精英他们彼此之间拥有互相兼容的共同利益。由此,赫希发出了令人震惊的警告:那些看起来人道主义的宪政改革,经常掩饰了那些本质上只是自利于掌权者的议程,所谓宪政改革只不过是对统治阶层利益的一种粉饰。换句话说,权利宪法化既不是一个给定政体中进步变革的原因也不是其反映,它只是先前就存在的并且还在持续的,社会—政治斗争所采取的一种手段。因此,宪政改革、权利宪法化、司法审查的确立,不但要明确制度选择的内在动力,还要追问其实际的影响。

四、宪法化的影响

赫希专门用两章的篇幅(第4章、第5章)考察了这四个国家实施权利宪法化后,最高法院或者宪法法院在典型案例中针对宪法上基本权利所做司法解释的情形,分析了纸上的权利与现实中的权利,提出了充满隐忧的看法。根据四个国家最高法院或宪法法院的司法实践,他指出,宪法上的权利从来不是在真空中被解释或实施的,所谓的宪法化或权利宪法化的实际结果、影响往往被高估了。针对宪法权利所做的司法解释,似乎在促进分配正义的实现方面能力有限,比如像就业、健康、住房、教育等领域,指向这些问题的积极社会权利的实现,需要国家更积极地介入和众多的公共支出与财富再分配,仅有法院的司法判决是不行的,即便法院再积极,其判决结果的执行也是被动的。然而,赫希也提出,只要消极自由仍受到关注,尤其是那些与隐私保护、个人自主、形式平等、经济活动自由、迁徙自由和财产相关的自由——这些自由都要求国家保持克制、避免侵入的私人领域与经济领域,则针对宪法权利所做的司法解释还是有可能发挥更大的影响,而这种维护权利的司法作为便种下了社会变迁的种子。[①]

---

　① Ran Hirschl, *Towards Juristocracy: The Origins and Consequences of the New Constitutionalism* , pp. 100~167.

赫希对这四个国家的法院围绕宪法权利所做判决、数量、类别及结果做了定量的实证分析。如迪斯雷利所说"世界上有三种谎言：谎言,弥天大谎和统计数字",赫希也认为他统计分析所得的数据并不能完全覆盖权利宪法化的所有影响,不能绝对地说明权利宪法的实际影响力,但是这些分析数据还是能照亮以往就此问题经常所做的抽象的、未受检验的草率结论,因此能够揭示出宪政转型背后的社会宏大趋势。对于这种简单却颇有冲击力的论调,即认为宪法化对历史上曾被边缘化的利益发挥了明确积极的作用,赫希认为要抱以怀疑的眼光、审慎的态度。他反复强调,所谓权利法案在促进分配正义的发展上起到了有效的革命性作用的观点,也是有疑问、有待进一步探讨的。不过,权利宪法化在确认曾被边缘化的身份资格以及提高个人自由的地位上,确实起到了关键的作用；然而要警觉的是,它对那些历史上曾被剥夺公民资格群体之社会经济地位的改善方面,单独起到的作用却被经常夸大。因此,在选择了制度模式之后,还需要具体的运作。在赫希的语境中,迈向司法治理的关键是政治司法化,即在制度确立之后,还存在一个如何实现政治司法化的问题。[①]

五、政治司法化

尽管宪法化在促进分配正义实现方面的实际影响经常被高估,但毫无疑问的是,宪法化对法院政治角色的定位确有变革性影响。而法院作为一个司法机构,其政治角色是什么,或者说它能承担什么样的政治角色呢？当年托克维尔在观察美国之后写到："在美国,几乎所有的政治问题或道德问题迟早都要变成司法问题。"[②]以至于"自托克维尔以来,美国人倾向于司法治理这一点,早已为人们

---

① Ran Hirschl, *Towards Juristocracy: The Origins and Consequences of the New Constitutionalism*, p. 168.

② [法]托克维尔：《论美国的民主》(上卷),董果良译,310 页,北京,商务印书馆,1988。

所熟知"。① 而过去的几十年里司法能动主义浪潮席卷了全球,世界范围内,宪法法院或拥有司法审查权的普通法院逐渐变成解决"大政治"争议和政治道德困境的重要决策机构。例如,根本性的恢复正义问题,政治合法性问题,集体认同问题等,都依据宪法辞令(通常是权利和确令)被置换成了宪政议题,政治司法化使它们很快就找到了通向法院的道路。司法治理的前提是政治司法化,或者可以说政治司法化与司法治理是一体两面。政治司法化(judicialization of politics),意指依赖法院和司法技艺来解决核心的道德困境、公共政策问题和政治争端,已成为 20 世纪晚期和 21 世纪前期政府治理中最重要的现象之一。就像世界上其他采纳新宪政主义的国家那样,在加拿大、以色列、新西兰及南非四个国家中,依赖新确立的宪政架构和司法程序,政治对司法的顺从(deference)达到了前所未有的高度。司法决策(judicial policy-making)成为政府治理的新模式,政治司法化成为主旋律,司法至上达到前所未有的高度。② 在这些国家,最高法院,凭借司法审查权(有些是新近才确立的),经常被请求来解决大量的争端,从表达自由、宗教自由的范围、平等权利、隐私权、生育自由,到与刑事正义有关的公共政策、财产权、贸易商事、教育、移民、劳工和环境保护。法院对炙热争议——如同性婚姻——里程碑式的判决经常会成为各大报纸的头条新闻,这已成为一种普遍现象。同时,跨国家的法庭也成为全球层面或地区层面协调政策的主要场所,从贸易纠纷、货币政策争议,到劳工标准和环境保护规则。法院在政治上的重要意义不仅仅是在全球范围内比以前得到更大的发展。在国家内部,法院也在扩展着自己的场域,成为政府治理模式的新选择。简言之,政治司法化目前意指把极富争议的、持久的政治争端大规模地转到法院来解决,借助司法权和法律话语,以这种看上去更中立性的机构

---

① [美]邓肯·肯尼迪:《法律与法律思想的三次全球化:1850—2000》,高鸿钧译,载《清华法治论衡》第 12 辑,111 页,北京,清华大学出版社。

② Ran Hirschl, *Towards Juristocracy*: *The Origins and Consequences of the New Constitutionalism*, pp. 169~176.

来缓和、应对各具特色的冲突和压力。不妨回想一下这样的例子,美国最高法院 2000 年对总统选举结果的判决,墨西哥 2006 年的总统选举,2004 年韩国宪法法院对国会弹劾卢武铉案的否决,德国宪法法院围绕德国是否加入《里斯本条约》所做的决议,后威权的拉美国家依赖法院来解决转型正义的困境,东欧与后种族时代的南非及独特的土耳其政体依赖法院来处理历史遗留问题等,把以往用政治手段解决的办法都转而戴上了司法的"帽子"。世界范围内,那些大的争端都被转换成宪法争端,随之而来的假定就是,法院——而不是政客们,是做出关键决定的合适机构。

赫希认为,尽管政治司法化趋势现在越来越普遍,但是就全球范围内政治司法化的学术讨论,令人惊讶的却不是很多。政治司法化通常被看做是全球迈向宪法至上与"权利话语"的附属品。所以,赫希本书在提出"统治权保持"论点之外,另一非常有冲击力、负有原创性的论述就是围绕政治司法化所做的分析,尤其是他提出的大政治的政治司法化,令人耳目一新。他的论断是,政治司法化通常涉及三种相互联接的过程:第一,在最抽象的层面上,政治司法化指涉的是法律商谈、法律术语、法律规则、法律程序进入政治领域、决策机构的过程中,这可被归结为"社会关系的司法化"。第二,政治司法化比较具体的面相是,法院和法官在决定公共政策的产出方面占有重要地位,主要是通过行政司法审查,由司法来界定政府机构之间的权限,以及界定普通的权利审判规程,这可归结为程序司法化,即在公共决策过程中实现程序正义和形式公正。现在不管是在欧盟层面还是国际层面都呈现出政治司法化的趋向,发生了大规模的重大决策权向跨国实体或法庭的转移。第三,"大政治"(mega-politics)的司法化,在处理那些重大、影响广泛的大政治时要给予法院和法官信赖。笔者认为最有价值的就是赫希所提的大政治的政治司法化,因为法院毕竟还要保持自身的限度。①

---

① Ran Hirschl, *Towards Juristocracy*: *The Origins and Consequences of the New Constitutionalism*, pp. 169～210.

赫希对大政治的政治司法化又划分了四个子类别：第一，对立法部门、行政机关在对外事务、财政政策和国家安全方面的特权实施司法审查。第二，政治变迁的司法化，这意指对执政权更替的监督与审查。关于这一情形，现代宪政史上最卓越的案例，一个是南非宪法法院"批准最终宪法"的传奇故事，这是第一次由一个宪法法院拒绝接受制宪机关起草的全国性宪法文本的实例，当然，在制宪机构再次修改后，南非宪法法院最终于1996年批准了"最终宪法"。另一个彰显此种大政治司法化的实例就是，2004年韩国宪法法院否决并撤销了韩国国会通过的卢武铉总统弹劾案，一个被国会弹劾掉的总统又被司法机构官复原职，这在现代宪政史上尚属首次。第三，选举进程的司法化，即对选举进程的司法监督，法院成为解决国家选举结果引发的争议的最终裁决者。这样的例子，除了人们熟知的美国戈尔诉布什案，还有中国台湾地区2004年的领导人选举，格鲁吉亚2004年选举，波多黎各2004年选举，乌克兰2005年选举，刚果2006年选举，意大利2006年选举。在这些实例中，法院或宪法法院在决定选举的结果时都发挥了关键的角色。第四，恢复正义或转型正义（transitional or restorative justice）的司法化。如在东欧、后种族隔离时代的南非，移民社会国家——原住民地位的纷争——尤其是澳大利亚、加拿大和新西兰。恢复正义的司法化在跨国家层面也不乏例证，如国际刑事法院，前南斯拉夫国际刑事法庭，卢旺达国际刑事法庭。恢复正义司法化关涉的是国家、社会转型过程中，如何对待处理历史遗留问题。

那么政治司法化的动因是什么呢？对此，学者提出了许多可能的原因与解释。对于政治司法化动因的解读路径，基本上可以划分为三类，即制度特质观、司法行为观和政治决定观。① 第一，所谓制度特质，意指权利宪法化与司法审查的确立对政治司法化的影响。该观点认为低限度相对宽松的司法审查基准，法院的可接近性，有利于

---

① Ran Hirschl, *Towards Juristocracy*: *The Origins and Consequences of the New Constitutionalism*, pp. 169～210.

司法审查进入政治决策领域,进而有利于政治司法化。第二,所谓司法行为观,意指法院本身所具有的政治性和司法行为的职业性与外表中立性特征,法院司法行为中的利益策略,以及政治系统中法院天然的不利因素。强调宪法法院最重要的角色就是,它是政治性的机构,尽管它是一个司法机关,法院不是在制度的或意识形态的真空中运作。第三,政治决定论,意指良好的宪政架构与能动的司法机构确实是促进政治司法化的重要因素。然而,若没有政治领域相关要素的容纳和支持,不管是明示的还是默示的,政治司法化就不可能发展到一种至高地位,更别说持续下去了。从政治决定路径解读政治司法化的研究可分为三个子类别:社会政治的宏观趋势,权利商谈与诉讼的兴起,最后是政权持有者的战略操纵。首先,政治司法化置身于社会政治的宏观趋势,宪法化、政治对司法的顺从以及司法权的扩展,是那些型塑政治的具体社会、政治、经济诸要素相互博弈整体进程的一部分。隔离开这些要素,就不能理解政治司法化,而政治司法化也不是孤立于这些博弈之外而单独发展的。其次,权利商谈与诉讼的兴起。权利商谈的兴起,权利意识的增强,带来法律动员(legal mobilization),很容易产生出所谓的"自下而上的司法化",即法律动员与政治司法化存在关系。所谓法律动员是指,将愿望或需求转化为权利主张或法律主张(legal claims),此时法律便是被动员了,[①]法律动员涉及了人们的法律意识,即人们在什么程度、如何运用法律概念来界定日常生活的经验,或者人们认识、评价、使用法律的方式。对于权利和自由的有效保护,成文的宪法规定是一个必要的条件,但它肯定不是一个充分条件。能否在一个给定政体中播下社会变迁的种子,就此而言,权利规范的效用大部分时候是因情况而异的,它依赖于存在有利于法律动员的支持性结构,更一般地说,就是存在有利于"自下而上的司法化"的社会文化条件。再者,战略选择——统治

---

① Zemans,Frances Khan(1983) Legal Mobilization: The Neglected Role of the Law in the Political System. The American Political Science Review 77(3): 690~703.

权保持观,这是赫希提出的一种更加现实主义的路径,给出了他自己对政治司法化的解读。在赫希看来,所谓的政治司法化是统治者基于自身利益、战略性的思量之后作出的具体战略抉择。其本质是统治者的统治策略,把权力进行转移,随之转移风险,也转移责任。这情形多存在于多党执政,选举政治发达的政制中,或者独裁制、威权制向民主制转型的境况中。在选举政制中,选举获胜执政的可能值与司法独立的度量值二者呈反比关系。当执政党在继续保持执政权上只有较低的期望值时,它就很可能会支持一个强势的司法系统,以确保下一届执政党不能利用司法机构来实现其自身的政策目标。不过,这还有赖于法院自身具备权威和良好的声望。法院本身的政治性,以及各种可控的对法院的反制约,也是这种治理治理权力转移的背后动因。

六、司法治理之路

现在,司法权的扩张还处于变动中,司法治理还处于成长阶段。任何企图概括总结司法治理、政治司法化影响的尝试都是暂时性的。尽管对权利作出宪法分类,制定宪法权利清单为政治司法化提供了必要的制度架构,但无疑它还不是产生出高水平的政治司法化的充分条件,赫希的研究已经表明了这一点。如果脱离那些形成加拿大、南非、新西兰、以色列如今政治体制的卓绝奋斗,宪法化与司法审查的增长、政治司法化、司法治理都不可能得到发展,而且也无法真正认识司法治理这一现象。对于司法治理而言,尽管一个宪政架构的存在非常重要,但是它自身并不是政治司法化的充分条件,对与司法或司法审查介入政治领域的广度和深度而言,还必需政治精英的支持。既有制度的因素,也需要政治权力持有者的支持和司法精英的积极运作,二者联合发酵,促使了决策权的转移,授权司法登场,推动法院进入原则问题领域——根本性的政治与道德问题。实际上仔细观察这些国家最高法院或宪法法院的实际运作,其政治司法化的表现也绝对不是想当然的绝对政治无涉,可以看到,这些国家的法院都明显地倾向于遵照统治精英的利益、期望及国家的元话语（metanarratives）来操作所谓的政治司法化。一旦这些法院偏离"正题"而"误入歧途"，则法院很难不受到政治压力的反抗。不过，在权力分散的政体中，如在族群、语言、宗教等方面存在着高度异质，以至于可能会导致政治动荡甚至丧失统治的政治危机，则根本性国家建构进程的司法化——把国家的高等法院转换成解决极具纷争的重大争端的主要场所——就显得很普遍。看一下加拿大、以色列和南非宪政转型的情形，就会明了这一点。尽管法院是司法治理的主角，但政治的剪刀会用各种手法来削减过分出击或经常掉队的法院硬朗的翅膀。殊不知，法官们也是有谋略之决策者，他们深知自己抉择的范围也会受到各种约束与政治偏见的反弹。法官们会采取各种策略，来避免或引致与其他强大的政府分支之间的冲突。现实情况有时就是如此，行政机关及其他机关对法院判决的无视、拖延甚至干脆不予执行。法院判决的执行问题恰恰是法院自身面对的最大困境，法院往往缺乏独立的执行力。因此，法院并不能完全脱离政治的控制，只能去政治化而不能无政治。①

　　总之，司法治理、政治司法化是多种原因、要素的产物，涉及制度的、经济的、社会的、政治的诸环节。赫希分析得出，引发并维持政治司法化的要素有三个：一是能促进政治司法化的宪政架构，二是能轻松跳入政治深水但相对自主的法院，三是有利于政治司法化的政治环境。政治司法化首先且最重要的是政治要素的派生物，而非司法要素的派生物。②

　　综上所述，可以把赫希的"统治权保持"观点、司法治理的逻辑归纳如下。通过宪法化实现司法授权，引出政治化最初的驱动力来自政治利益，为了使统治阶层特定的政策偏好隔离大众压力。至少，在统治阶层设法避免做出那些注定没有赢家的道德上和政治上的艰难

---

　　① Ran Hirschl, *Towards Juristocracy: The Origins and Consequences of the New Constitutionalism*, pp. 169～210.

　　② 同上注，pp. 211～223.

决定时,根本政治问题的司法化为政客们提供了一种便利的庇护。总之,当富有争议的政治议题被转换成法律问题来对待时,随之而来的看法就是,法院和法官,而非被选举出来的代表,应当去解决这些问题。把诸如此类的"大问题"从政治领域推到法院那里,实际上受到了那些代表统治精英与既得利益政治参与者心照不宣的支持,即便他们不是积极的发起者。为了减少他们自身和他们所操纵的官僚机构面对的风险,政治司法化、授权司法决策为这些精英们及其政治上的代表提供了有效减少风险的措施。

赫希的分析给我们展示了司法治理、政治司法化背后的政治斗争、利益博弈,似乎在光鲜、嘹亮的公平口号之下涌动着非正义的交换,甚至弥漫着某种"阶级斗争"的色调,不过赫希似有夸张之嫌。抛却背后动机之价值评判,仅仅从一种治理的技艺角度来讲,司法治理,作为一种正在兴起的社会治理范式,与传统的政治治理、行政管理相比,还是具有某些优势的。有学者认为:"(司法治理),一是司法借助于专业技术性,具有去政治化的效果,有助于减少和弱化政治冲突;二是司法机构的中立性和解决纠纷的程序性,有助于当事人和社会公众对于裁决结果的接受和认可,从而可防止纠纷扩大和冲突激化;三是司法机构通过具体诉讼可以把许多群体之间的冲突分解为不同的单个纠纷,而这有助于防止纠纷群体化和冲突组织化;四是司法机构在解决纠纷的过程中,借助时间的冷却效应,可以缓解当事人和公众的情绪;五是在推进社会和政治改革过程中,诉诸司法判决比通过立法和行政决策更隐蔽,从而有助于减少改革的阻力和对抗。"[①]颇有价值的是,"在无法实行直接民主制或民主参与不充分的现代多元社会,司法治理有助于缓解立法机构和行政机构的政治负担,并可逐渐扩展社会公众对争议问题的宽容度"。[②]

---

① 高鸿钧:《美国法全球化:典型例证与法理反思》,《中国法学》,2011(1),31 页。
② 〔葡〕博温托·迪·苏萨·桑托斯:《迈向新的法律常识——法律、全球化和解放》,刘坤轮、叶传星译,423 页,北京,中国人民大学出版社,2009;转引自《美国法全球化:典型例证与法理反思》,31 页。

回首历史,"人类以国家为单位的各个历史阶段,每走过一个苦难的历程,都要通过宪法来制定为克服困难所需要的新规则,以此来继续人类的发展;每经过一段苦难深重的生活,都要通过宪法来确定为消除苦难所需要的新的政治及社会的基本形态,从而进入新的历史阶段"。① 法院确实既没剑也没钱,法院也不是在制度或意识形态的真空中运作,然而在人类宪政变革的历程中,每每可以看到大法官的身影。

读罢此书,掩卷沉思,民主浪潮的洗礼,宪政之堤的固守,人性尊严之舟时起时伏,法治的航帆时卷时舒,变幻又变幻的日月,在大法官的笔下一点点记载着那些自由的故事。当一片国土还纵横着权利的沟壑;当法律的地图还交错着民主的沼泽;当人性的庄园还弥漫着善恶的荆棘,人,所面对的是这么彼此,这么共同。当前的挑战不是个别的,而是普遍的;当前的机运不是天然的,而是创造的,充满整个民族、整个时代、整个世界。让共同担当的文字,有力地、坚韧地横过历史的三峡!

---

① [日]杉原泰雄:《宪法的历史——比较宪法学新论》,渠涛等译,11 页,北京,社会科学文献出版社,2000。

编后记

　　2011 年是个特殊的年份，它是辛亥一百周年；这一年春天，中国政府宣布了中国特色社会主义法律体系的形成；在清华百年华诞之际，《清华法治论衡》也走过了 11 年的历程。

　　一百余年来，中国经历了"数千年未有之大变局"，从闭关锁国到"开眼看世界"再到"开放"、"入世"，从帝制走向共和。在衣冠服饰方面，今天中国人已经超越了华夷之辨；就法律语词与法律体系而言，古今之异远远超过中西之别。全球化或许是个宿命，否则你无法解释如下种种"奇观"：美国次贷危机，沪深股市暴跌；利比亚开战，中国汽油涨价；日本闹地震，中国人闹"盐荒"、美国人抢碘片。

　　小编在哈佛游学时，曾上过邓肯·肯尼迪（Duncan Kennedy）的"比较法与法律全球化"的课程，与教授本人也多有交流，对于"左派"的邓肯来说，全球化大概是不可避免的悲剧。"无巧不成书"，本辑中屡屡出现的赫希（Ran Hirschl，《走向司法治理》的作者）也是小编的老师，作为"自由派"，他对于法律全球化（司法审查全球化）的趋势与效果都比较乐观。在中国语境下，现代化很容易与"西化"、全球化混同。有人说，现代化是一个古典意义的悲剧，他带来的每一个利益都要求人类付出对他们仍有价值的东西作为代价，它只是"片面的深刻"。吊诡的是，小编在智识上倾慕"司法治理"与"全球化"，在文化上"怀旧"，感情上则同情"左派"。

2011 年 3 月，清华法学院成立"凯原中国法治与礼制研究中心"，"中心"的宗旨是对传统中国的法治理念、典章制度和法律文化进行系统研究、深度反思和重新诠释，使中国的法治和法学既能体现中国独特的法律智慧，又能包容人类普世的法律价值。在此前一年，清华法学院将法史学与比较法学相结合，新建了"比较法与法律文化"学科，该专业招收的第一届的博、硕士研究生将于 2011 年秋入学。"不中不西"的小编得以共襄盛举，终于心有所属。

每一辑论衡的顺利出版，都离不开作者与出版社的支持、关照。这里还要特别感谢鲁楠、赖骏楠、徐霄飞、李鹿野、杨静哲、康家昕诸位同学的热心参与和惠助。

聂　鑫

2011 年 4 月